ふたつのオリンピック

東京 1964/2020

ロバート・ホワイティング

玉木正之 訳

TWO OLYMPICS

Robert Whiting

角川書店

ふたつのオリンピック　東京１９６４／２０２０　目次

謝辞
妻とその親戚の皆さんの、
心からの理解と温かい支えに感謝します。

本書に登場する人物については、プライバシーの点から、
一部の名前を変更していることをお断りしておきます。

翻訳協力　蜂谷敦子
装画　石原一博　　装幀　國枝達也

第一章　オリンピック前の東京で

東京。一九六二年。冬

人、人、人、人……。まず目を奪われたのはひとの群れだった。それは膨大《ぼうだい》な量だった。どこもかしこも、ひとの波で溢《あふ》れ返っていた。男も女も寒さのなかで、暗い色の厚手のロングコートを身にまとっていた。誰もが黒い髪だった。その黒い塊が、大きな波のようにうねって自動車やオートバイや自転車で渋滞する道路にまで溢れだしていた。誰もが黙々と歩いていた。駅は、改札もホームも階段も、どこもかしこも長い行列ができていた。通勤電車がホームに着くと、通勤客を電車のなかへ押し込むための専門の駅員が力を発揮した。

次に目についたのは建設工事だった。どこを向いても建設中か解体中のビルが目に入った。工事は、どれもが規格外だった。歩道は激しく掘り返されて随所で分断され、車道は油圧ハンマーで叩《たた》き壊されて大きな穴が開き、瓦礫《がれき》を積んだダンプカーが唸《うな》り声をあげて走りまわっていた。見上げると工事中の高速道路が、鉄筋や電気のケーブル線を剝《む》き出したままの姿で空を覆っていた。そんな街の真ん中に突っ立って周囲を見渡すと、興奮状態が身体にも感染してきて、高揚感に満たされる思いがした。

とにかく街は騒音だらけだった。クルマのクラクション、削岩機の音、杭《くい》打ち機の音、路面電車の車輪の音、鼓膜を押し破るようなブルドーザーの音。ブッブッブー、ダッダッダッダ、ドシッバシッブーン、ガーンガーンガーン、ウイーンウイーン、ドスンドスン、キイーキイイーキイイイー……。西銀座《にしぎんざ》の交差点にあった電光掲示板には、騒音の量が、79、81、83、86……と変化する数字で表示され、そのすぐ隣には注意書きも添えられていた。「静かに！　現在の騒音88ホーン。住宅地域の基準値50ホーン。交通量の多い地域の基準値70ホーン。もっと静かに！」この騒音値はおそらく正確だった。しかし騒音がやむことはなかった。

激しい混雑と交通渋滞。セメントの臭いが街中を覆いつくし、あらゆるひとの五感を猛攻撃していた。埃《ほこり》、煤《すす》、煙、スモッグが充満し、常に自動車の排気ガスに襲われていた交通警官は、小型の酸素ボンベを携帯していた。歩行者の多くはマスクをつけ、通りに沿ったカフェは道路に設けた座席を、大きな透明のビニールシートで覆っていた。銀座近くの別の電光掲示板は、時刻と気温に加えて現在の二酸化硫黄《いおう》と一酸化炭素の濃度を表示していた。近くの交番には、大気中の有害物質で気分を悪くした市民のための救護所も用意されていた。

そんな光景を目にした私は、まだ若僧だった。北カリフォルニアのユーレカという小さな町の機械工の息子だった私は、アメリカ空軍から東京に派遣されたばかりだった。一九六二年一月の凍えるような寒い日、有楽町《ゆうらくちょう》の街角に立ち、街が解体され、そして再び構築されてゆく姿を眺めているうちに、私はその躍動感にすっかり魅了されてしまった。その後の人生で、私は世界を何周かまわるくらい多くの国々を見てまわり、多くの都市に住むことになったが、そこで見たどんな都市も、あのとき目の前にひろがっていた東京の光景にはまったくおよばなかった。

当時の東京は、のちの歴史家たちが「歴史上最も劇的な変化のひとつ」と呼ぶようになる瞬間の真っ只中《ただなか》にあった。アメリカのB29によって文字通りの焼け野原になった土地に出現したみすぼらしい木造のあばら屋や、モルタルづくりのチープなビルの群れが、今まさに倒され、壊され、破壊され、そこにまったく新しい街が出現するところだった。何もかもが新しかった。高速道路、地下鉄、空港と都心を結ぶ総工費数百万ドルのモノレール、東京と大阪を結ぶ総工費十億ドル、時速二百キロの新幹線など、なにもかもが新たに建設中で、それらはすべて一九六四年の東京オリンピックのためのものだった。

東京は一九六二年二月の時点で居住者が一千万人を超え、世界一の過密都市だった。人口はさらに飛躍的増加をつづけ、街ははち切れんばかりの様相を呈していた。事実、毎日何百人ものひとびとが東京に流入しつづけていた。その多くは十代の労働者たちで、集団就職列車に乗り、地方の二倍の給料を手にできる東京の工場や無数にある建設現場へと送られてきた。

目がまわるほどの変化を遂げる当時の東京の生活ペースを、雑誌の〈タイム〉誌は「ニューヨークの二倍の勢い」と断言し、「地球上で最もダイナミックな街」と呼んだ。


私は、府中《ふちゅう》の空軍基地に配属されていた。そこは東京郊外にある外部から隔離された「小さなアメリカの島」のようなところで、アメリカ式の喫茶コーナー《ソーダ・ファウンテン》やチーズバーガーもあり、『ボナンザ』や『ガン・スモーク』といったアメリカのテレビ番組も放送されていた。基地の外にあったバーの女たちは、「ユー・チェリー・ボーイ？（あんたは童貞？）」「ユー・ライク・ジャパニーズ・ガール？」と怪しげな英語で呼びかけ、ＦＥＮ（極東放送）で全米トップ40の音楽を聴いていた。空軍の兵士たちの多くは、基地の売店で背中に富士山《ふじさん》の絵と「日本」と漢字で書かれたジャケットを買ったりしていたが、基地から遠出する機会はごくたまにしかなかった。府中で三年を過ごしても、刺身を食べたこともなければ、日本語もほとんど覚えず、わかる単語といえば、マーロン・ブランドが主演した日本が舞台の映画の題名で、ＦＥＮの司会者のウォルトとヒロコが一日の最後に口にする「サヨナラ」という言葉と、基地の周囲にいた女たちとの定番の会話の言葉「ショート・タイム、イクラ？」くらいだった。

しかし私の心をいちばん惹《ひ》きつけたのは東京の街だった。府中は新宿《しんじゅく》駅から電車で約半時間。田《たん》圃《ぼ》や畑やベッドタウンをいくつか通り抜けた東京の西の果てにあり、私は可能なかぎりこの道程《みちのり》を何度も行き来した。基地の外にあった韓国人が営む仕立屋でつくらせたスリーピースの濃紺のスーツに身を包み、日本語会話集と都心の地図を手にして東京へ出かけた。ポケットに入れていた何枚かの五十円玉は、京王《けいおう》線の車内を巡回して小銭をせびる白衣姿のアコーディオン弾きや傷痍《しょうい》軍人に渡すためだった。

小さな町の子供《キッド》だった私は、世界最大の都市へ来て、できるだけ多くのことを経験したいと思っていた。

ゴジラに破壊されるシーンをアメリカの映画館で見て以来、是非とも自分の目で見てみたいと熱望していた世界一有名なビルディング（と私が思い込んでしまった）国会議事堂をはじめ、この街ではあまりにも多くのことが同時進行しており、そのすべてに首を突っ込むことは到底不可能だった。東京の街からは、新旧を問わず、洋の東西を問わず、あらゆる文化が溢れだしていた。ショッピングとエンターテインメントの拠点としての巨大なデパートや、七十ミリフィルムの映画を巨大スクリーンで上映する映画館、それに一日中チンジャラチンジャラと賑《にぎ》やかな音を出しつづけるパチンコ屋などが並び立つなかに、暖かい湯気を出すおでんの屋台、煙をもうもうと吐き出す焼き鳥屋、怪しげな安売り屋、一杯飲み屋などが犇《ひし》めき合っていた。そして、そんなところに突然、古いお寺の砂利と岩の静寂な庭が現れ、周囲の喧噪《けんそう》を忘れさせた。その寺の中庭では禅の道を説くように、弓道や茶道の指導も行われていた。

巨大な回転展望フロアを最上階に頂く未来的なホテルニューオータニは、かつて徳川《とくがわ》時代の大名の屋敷跡だった四百年の由緒ある庭園に隣接していた。真っ赤に輝いていた東京タワーは、パリのエッフェル塔に倣《なら》って建てられたもので、当時は世界一の高さを誇り、百年以上の歴史がある花街《ゲイシャハウス》を見下ろしていた（その花街は、敗戦直後にはアメリカ占領軍の軍人しか客がなく、野蛮に見えた彼らを門前払いするか歓迎するか、どっちにするか大いに悩んだ。が、ようやく景気も回復し、日本人の客も増えてきて新たな〝誇り〟を取り戻し始めていた）。

アメリカのある雑誌には、オリンピックに向けた建設ラッシュについて、こう書かれていた。

「東京はニューヨーク以外のどの大都市よりも躍動し、その躍動が、さらに新たな躍動を生んでいた」

この指摘は間違いなく事実だった。とりわけコーヒー愛好家は、そう思ったに違いない。東京には一万五千軒のコーヒーショップがあった。これは世界のどの都市よりも多く、しかもスターバックスが東京に進出するよりもずっと前のことだった。これらは「喫茶店」と呼ばれ、店によってはクラシックやジャズなど、さまざまな音楽をゆっくり聴くことができ、一日中ソファに座って本を読んでいても誰からも文句を言われなかった。喫茶店はシンプルな飾り気のない店から、少しばかりシュールな凝ったインテリアの店まで様々だった。戦前からつづくカフェはほとんどなくなってしまっていたが、それらはパリのサロンのように落ち着いた木目の壁の内装で、ステンドグラスの窓やティファニーのランプが飾られていた。

私がよく通ったのは、花嫁衣装のような裾《すそ》の長いドレスを身につけ、ヴェールまでまとった美女たちがコーヒーを給仕してくれる〈レディースタウン〉や、エディット・ピアフのシャンソンやセゴビアのギター演奏の音楽を流していた小さな店〈セ・シ・ボン〉だった。かつてバレリーナだった〈セ・シ・ボン〉の経営者の女性は、私が映画俳優のウォーレン・ベイティに似ていると言ってくれた。私は身長百七十センチ、体重六十八キロ。茶髪でニキビの跡の残るごく平凡な容貌《ようぼう》の白人だった。しかし彼女をはじめ日本人の多くは、ふだん日本人以外の人間と接する機会がほとんどなかったため、ハリウッド映画『草原の輝き』の主役を演じた若いスターのイメージを重ねるのに、私程度で事足りたのだ。『草原の輝き』は日本でも大ヒットして、そのときウォーレン・ベイティは、すでに数百万人の日本のティーンエイジャーの女性たちからアイドルとして憧《あこが》れの目で見られていた。そのことを知っていたので、私は彼に似ていると言われても反論しようとは思わなかった（基地の友人で、オクラホマ出身の元アメリカンフットボール選手のマックは、肩幅が広く短い金髪で、鼻の骨が折れ曲がっていたせいか、スティーヴ・マックィーンのそっくりさんで通っていた）。

ナイトライフ

陽が沈むと、東京は本性を現し、ネオンの街へと変身した。カタカナや漢字のネオンサインが明るく大胆な色彩で点滅する様子は、まるで上空に巨大な光り輝く昆虫が襲来してきたかのようだった。夜の街の明かりがあまりにも強烈だったので、一九六一年に初めて有人の宇宙飛行が始まって以来、ソ連やアメリカの宇宙飛行士たちは宇宙からでも簡単に東京を見つけることができたという。

飲食店の数はニューヨークの二倍。あらゆる種類の食べ物が提供されていた。鮨《すし》屋、牛丼屋、蕎《そ》麦《ば》屋が街の角々に軒を連ね、一流ホテルには五つ星のフランス料理店もあった。それはマクドナルドやシェーキーズやウェンディーズが進出してくる何年も前のことだった。

東京はまた、一キロ四方あたりにあるバーの数でも世界一だった。ある調査によると、銀座、赤《あか》坂《さか》、新宿、渋谷《しぶや》、上野《うえの》、浅草《あさくさ》の東京の六か所の飲み屋街だけで、八千軒のバーと、三千軒のナイトクラブやキャバレーがあり、三十万人ものホステスが働いていたという。

小さいものは客が十人も入ればいっぱいになり、水洗便所もない穴蔵のような店で、ニッカウヰスキーのハイボールを十セントに満たない三十円で飲ませるバーから、ハイクラスは二時間で一か月分の給料が吹っ飛んでしまう銀座の〈クラウン〉や〈クインビー〉のような上品な高級クラブまで、ありとあらゆる業態の店が揃っていた。立ち呑《の》みのスタンドバー、カクテルラウンジ、ビアガーデン、コンパ……などなど。あまりにも多くの飲食店が犇めき合っていたうえに、次つぎと新しい店が生まれていたため、それらをすべて制覇するのは到底不可能で、東京の夜の愉《たの》しみは無尽蔵だった。

たとえば――千年の歴史を誇る烏森《からすもり》神社からほど近い新橋《しんばし》駅前の近代的なビルのなかには、約百軒の立ち呑みバーが営業していた。ある日マックと私は、それらのバーをすべて一晩で呑んでまわろうと試みた。日本語で〝はしご酒〟と呼ばれている行為である。しかしその試みは失敗に終わった。哀れにもマックが、二十軒目を目前にしてぶっ倒れてしまったのだった。

日本の古い言いまわしに「酒は呑んでも、呑まれるな」という教訓がある。が、東京には、酒を呑まないという選択肢はほとんどないように思われた。十八世紀の偉大な俳人小林一茶《こばやしいっさ》は、「酒好きの蝶《ちょう》なら来《こい》よ角田川《すみだがわ》」という一句を詠み、蝶々（女性？）まで酒に誘ったという。

東京でいちばん大きいナイトクラブは〈ミカド〉だった。そこではトップレスの踊り子たちによるエキゾチックなショーが催されていた。踊り子たちの露出度は高かった。が、無線の呼び出しベルを身に付けて高価なイヴニングドレス姿で接客する千二百五十人のホステスたちに負けず劣らず優雅で上品だった。映画『トコリの橋』［ウィリアム・ホールデン、グレース・ケリー、ミッキー・ルーニーが共演した朝鮮戦争を舞台にした映画］にも登場する新橋の〈ショウボート〉も、同じくらいの大きさだった。客はミシシッピ川に浮かぶ巨大な蒸気船を模した店内に案内され、上下するエレベーターに乗ったバンドの演奏を、入れ替わり立ち替わり現れるホステスとともに楽しんだ。空いたグラスは、オモチャの汽車を運転する女の子が小さな貨車にのせて片付けていった。

百ドルに満たない下士官の月給でやりくりしていた私のような予算のない者のためには、新橋の〈ランデヴー〉のような手頃な店もあった。そこは「軍隊」をテーマにした店で、客は「兵隊」に先導されて砂袋を積みあげてあるステージの脇を通ってテーブルに案内され、白い看護婦姿でナース・キャップを頭につけたホステスを紹介された。また上野には、身長百五十センチ以下の女の子だけを集めた〈トランジスター・キューティー・クラブ〉や、女の子の眉毛《まゆげ》を色とりどりに派手にペイントした〈アイブロウ・クラブ〉、なぜか人体の解剖模型がインテリアに使われていた〈ロマンス・タウン〉や〈ブンブンルーム〉などがあった。さらに、知的な雰囲気を好む客に向けて、ホステスが文芸誌を読んで文学論を交わす〈ニューヨーカー〉、それとは正反対の非知識人向けの〈アホ・クラブ〉という名前の店まであった。

さらに安い店を望むなら、入口に紙でできた赤い提灯《ちょうちん》をぶらさげている〝赤ちょうちん〟と呼ばれる居酒屋や、日本のウィスキー製造の先駆者であるサントリー株式会社がフランチャイズ化した〈トリスバー〉もあった。〈トリスバー〉は、ロンドンのパブの東京版のような店で、当時の日本で最高級のスコッチだったサントリーオールドを、一杯七十円（約二十セント）で飲むことができた。これらの店では、東京郊外にあるアパートへの帰宅途中の働き者のサラリーマンが、心身をリフレッシュしようとしている姿を毎晩見ることができた。

東京の夜はあまりにも多くの物事が同時進行しており、視覚への刺激が過剰で、異邦人の目ではすべてを理解することが不可能だった。歓楽街の狭いビルには、一階は喫茶店、二階はバー、三階はダンスホール、四階はナイトクラブ、五階はレストラン、六階は高級クラブ、といった具合に、水商売と呼ばれる店が積み重なっていた。それらの店は、目印としてビルの横に取りつけられた看板に、日本語の表記法のすべてを使って、ひらかな、カタカナ、漢字、ローマ字のいずれかの文字で店名が書かれていた。そのなかの一軒の店を目指してビルに入り、薄汚れたエレベーターに乗ると、そのなかにも店名と階数が書かれたパネルが貼りつけられていた。これらの情報の大洪水に慣れていない西洋人が、溺《おぼ》れずに思い切って目的の店に到達するのには、強い精神力が必要だった。

ユーレカ

私がカリフォルニア州のユーレカで過ごした子供時代、日本についてはまったくと言っていいほど無知だった。オレゴンとの州境から約百マイル［百六十キロ］南に位置するユーレカは、霧の濃い港町で、セコイア《レッド・ウッド》［常緑樹の巨木］の林業と漁業で成り立っていた。約三万人の住民は、ほとんどがユリのように白い肌の田舎者ばかりで、誰もがトラックを交通手段とし、地下鉄など見たこともない者ばかりだった。当然日本人はひとりもいなかった。日本料理の店もなく、地元の映画館で日本映画を上映していた記憶もない。いや唯一の例外は、ゴジラやラドンの登場した映画で、私は〈ユーレカ・シアター〉で二十五セントを払ってそれらの映画を見た。富士山は、一九五六年の映画『八十日間世界一周』で一瞬映ったのを見たことがあっただけ。芸者については、一九五八年の今ではすっかり忘れ去られたジェリー・ルイスのコメディ映画『The Geisha Boy』［邦題は「底抜け慰問屋行ったり来たり」］で得た知識——と言えるかどうかはわからないが——それしかなかった。

父は、機械工をしていた。同時にいわゆる何でも屋で、水道などの配管器具の店を経営するかたわらクルマの修理などもやっていた。第二次世界大戦中は海軍に所属し、掌砲兵曹［戦艦などで大砲の弾薬を扱う兵士］として、太平洋戦線で最も苛烈《かれつ》な戦場だったガダルカナルで日本軍と戦った。そのときのことについて父は何も語らなかった。アマチュアの写真家でもあった彼は日本製のカメラの性能を賞賛していたが、のちに息子が彼の言う〝日本好き《ジャップ・ラヴァー》〟になろうとしていたときには不愉快そうな様子だった。

母は家族のなかでいちばんのインテリで、本の定期購読会の会員だった。母がジェームズ・ミッチェナーの『サヨナラ』やハン・スーインの『慕情』など、アジア人とアメリカ人との間の恋愛がテーマの本を読んでいたのを憶《おぼ》えている。母はそれらの本を、私たち三人の子供には見せないようにしていた。それは少々生々しいベッドシーンが描かれていたからだった。母の書く字は美しかった。

両親は、アングロサクソン系の教会には通わない長老派と呼ばれるプロテスタントだった。ふたりとも酒は飲まず煙草も吸わず、汚い言葉を口にすることもなかった。働き者の父はほとんど家を留守にしていて、家庭は母に任せきりだった。母は料理をつくり、洗濯をし、病気になった子供の世話をし、私たちへの誕生日のプレゼントやピアノのレッスンの日などを忘れないよう常に気を配っていた。しかし彼女はニュージャージー州レッドバンクの町で過ごした幼少期に、深い心の傷を負い、そのトラウマを克服できずにいた。

母と五人の兄弟姉妹は極貧のなかで育った。彼らはレッドバンクの町外れの古い家で、暖房も給湯器もなく、靴さえ履けないような暮らしをしていた。母の父親は移動遊園地の作業員で、麻薬の常習者で競馬場に入り浸っていた。母の母親は身長百五十センチと小柄で髪はプラチナブロンド。酒場で客を引く娼婦だった。キャメルの煙草をひっきりなしに吹かし、安い密造酒のスコッチを飲んでいた。一九二六年母が十二歳のとき、彼女の両親は突然姿を消した。前の日まで普通にいた両親が次の日にはいなくなっていたのだ。数日後、国の福祉局から職員がやってきて、呆然《ぼうぜん》としている子供たちを州の保護下に置いた。そして母はレッドバンクのはずれにある農家に里子に出された。そこで母は学校を中退させられ、路上の青果売りの屋台で働かされた。そんなある日、死体安置所から呼び出された。麻薬と酒でボロボロになった彼女の母親の遺体の身元確認のためだった。

その後母は、白い肌で高い頰骨に黒髪の映える美しい女性に成長した。母の崇拝者はたくさんいた。そのなかでクラーク・ゲーブルのような口髭《くちひげ》をたくわえたハンサムな父が母を勝ち取った。一九三五年に二人は結婚。一九四一年に姉のマーゴ、翌年に私が誕生したあと、第二次世界大戦が深刻化し、当時三十歳だった父は海軍に召集され、太平洋に送り出された。一九四五年に終戦を迎えると、カリフォルニア州の陽光輝くサンタローザで配管器具の会社に職を得て、私たちを呼び寄せた。七年後、父は新しい仕事に就くため、霧深く陰気で辺鄙《へんぴ》なユーレカの町へ、私たちを連れて引っ越した。

母は、不幸な女だった。不幸な育ちのせいで精神的にも不安定で神経質だった。偏執的で常に自分を哀れみつづけていた。子供時代がどんなに惨めだったか、彼女がその文句を口にしないときはなかった。親密な間柄だった兄弟たちと離れてカリフォルニアに引っ越さなければならなくなったことについても不平を言いたてた。母は、サンタローザがとくに好きだったわけではなかったが、ユーレカの町は忌み嫌っていた。

「ここは神様に見捨てられたようなところ。来るんじゃなかった」と、母は何度も言い放った。

「子供なんか産むんじゃなかった。結婚なんかするんじゃなかった」そして自分たちを中産階級の下流に追いやったと、父をいつも詰《なじ》っていた。

母はひどい癇癪《かんしゃく》持ちで、私たちの様々な罪をあげつらい――それが母の妄想かどうかとは関係なく――発作を起こしたように怒りだし、身体的な虐待におよぶこともあった。ヘアブラシ、コート用のハンガー、丸めた〝サンセット・マガジン〟が彼女の武器で、私たちの顔に蟻の駆除剤を塗りたくったことも一度や二度ではなかった。しかし、言葉の虐待のほうがもっと辛《つら》かった。私たちがどれほど怠け者で価値のない存在かと、来る日も来る日も母は罵詈《ばり》雑言《ぞうごん》を浴びせつづけた。姉はあばずれ、私はのろま、弟のネッドは望まぬ〝事故〟の産物だと言われた。

母には友達がなく、社交上近寄ってくる誰をも疑ってかかった。誰とも気さくに話し、外出好きの父とは正反対だった。父は三つの仕事を掛け持ち、フリーメイソンのメンバーで、いつも誰かのクルマの修理か、誰かの手伝いのために出かけていた。

父は英雄と讃《たた》えられたこともあった。私はそのことを、ずっとあとになって知った。南太平洋の島で、父は炎に包まれたP39エアコブラからパイロットを引きずり出し、ジープに乗せ、彼の大腿《だいたい》部の動脈から噴き出す血を片手で押さえながら、もう一方の手でハンドルを操り、近くの衛生兵のもとへと運んで彼の命を救った。父は何も恐れるもののない男だった。しかし母の厳しい言葉と定期的に爆発する怒りの発作からは、用心深く逃げつづけていた。今となってはそう思うほかない。父はたいてい家にいなかった。たまに家にいても自分の作業部屋に籠《こも》り、写真や発明（彼は地震の際にガスを止めるバルブの特許を取得した）といった趣味に没頭していた。まるで活火山のように、いつ爆発するかわからない母の怒りを私たちに押しつけて……。

私は心臓が弱く病気がちで、食の細い子供だった。思春期になると顔はもちろん首や背中まで、ひどいニキビに悩まされた。シャツを脱がなければならないビーチへ行くのがイヤだった。そんなこともあってか、私は恥ずかしがり屋で内向的で気むずかしい男に育ち、ひどい鬱《うつ》の発作にたびたび襲われるようにもなった。ユーレカ高校に入ってからはバスケットボールの軽量級のチームに入ったり、陸上部のトラックを走ったり、成績優秀者に選ばれたりもした。が、私は、数少ない友人が私の家に近寄ることは許さなかった。寝室が三つに、平らな屋根。ユーレカのどこにでもある形の家の自室で、私は長い時間を独りで過ごした。窓から半マイル先の太平洋を見つめ、どこか別の場所へ行きたいと願った。どこでもいいから、ここではないどこかに……。

私は十七歳でユーレカ高校を卒業した。飛び級で、クラスのなかでは最年少の一人だった。そして当然のように近くのハンボルト州立大学に入学。町の市場の運搬係の安い賃金でも通える大学はそこしかなかった。もはや私は両親の家での暮らしに耐えられなくなっていた。そこで勉強をやめ、合法的に親元を離れることができる十八歳の誕生日をひたすら待った。その日が来ると、私は徴兵ですぐにでも陸軍に入隊できる1Aに分類され、転属を申し出て合衆国空軍に入隊した。カリフォルニアのユーレカからできるだけ遠くに派遣されることが私の希望だった。そしてまもなく基礎訓練を受けるためにテキサス州サンアントニオのラックランド空軍基地に送られた。

ラックランド基地は暑く不快なところだった。軍曹の怒鳴り声が岩を砕く削岩機のようにあちこちで響いていた。体力訓練、パジルスティック［両端に柔らかいパッドをつけた訓練用の棒］を使った格闘訓練、ライフル射撃、夜を徹しての行軍などからなる九週間の軍事訓練で、軍曹は新兵たちを鍛えあげる任務を負っていた。この訓練で、まず何より筋肉がついた。適性検査も山ほど受けさせられ、その結果私はミシシッピ州のキースラー空軍基地の電子諜報《ちょうほう》学校に送られた。

電子諜報は暗号化されている電子信号の傍受や分析を通じた諜報活動の一種で、私はキースラー基地の教室で数か月間訓練を受けて卒業し、東京郊外の府中航空基地にある第五空軍の極東司令部に派遣された。その命令に、私は心の底からがっかりした。当時の多くのアメリカ人にとって、日本はただのちっぽけな小国だった。諜報部員の派遣先としては、スパイ活動の中心であり誰もが行きたがっていたベルリンとは較べ物にならない僻地《へきち》だった。

アメリカとソ連（そして共産主義の同盟国としての中国）との間の冷戦はかなり緊迫した状況を呈

していた。ベルリンは東ドイツ政府が一九六一年八月に建設した〝壁〟によって分断されていた。それは東ドイツの市民が西ベルリンへと脱走しないように、また、イギリス、フランス、西ドイツ、アメリカが支配する西ベルリンの市民が入ってきて、東ベルリン市民の思想に影響を及ぼさせないための遮断壁だった。そこは国際諜報活動の最前線であり、スパイ活動の中心地だった。私の脳裏には、ちょっとした妄想が芽生えていた。真夜中の深い夜霧に包まれ、輪郭が霞《かす》んで見えるブランデンブルク門をバックに、任務のためにトレンチコートの襟を立て、中折れ帽《フェドラ》を目深にかぶり、世界の歴史を変える秘密の書類を抱えて登場する……。なのに、私は、日本へ？　なぜ？　私の夢見た妄想は、シャボン玉のようにパチンと消えた。

　しかし、配属先の決定を取り仕切るコーン曹長の意見は違った。陽焼けした顔でコーンパイプをくわえたテネシー州出身の空軍軍人は、こう言った。「きみは自分がどれほどラッキーな男か、わかってない。東京は世界一の街だ。ゲイシャは選《よ》り取り見取り。人力車で、どこへでも行ける。人口が一千万の街角には、どこにも呑み屋《サケ・ハウス》がある。想像をはるかに超えるネオンサイン。私が若返ることができたなら、迷わず東京を選ぶね」

　それは異国情緒たっぷりの言葉だった。私はゴジラやラドンの映画に登場する東京の記憶をたどったが、ひとびとが逃げ惑うなかで東京タワーが踏みつぶされるシーンと、富士山の上空を巨大なトンボのような生き物が飛びまわる場面しか思いだせなかった。

　私はどう考えていいのかわからなかった。が、ひとつだけ確かなことがあった。家からできるだけ遠く離れたいという私の希望は叶《かな》えられたのだ。

　そのときはまだ知る由もなかったが、私は、その後半世紀にもわたってつづくことになる、ひとつの街への冒険に旅立とうとしていたのだった。

〈クラブ88〉六本木

府中の諜報部の同僚たちが東京へ繰りだすとき、人気があった店は〈クラブ88〉だった。それは東京で最も刺激的な街である六本木《ろっぽんぎ》にあった。そこには大使館や外国人向けのナイトクラブ、レストラン、ちょっと風変わりなバー、そして星条旗《スターズ・アンド・ストライプス》新聞の支部がある米軍施設ハーディー・バラックス［赤坂プレスセンター］などもあった。そんななかで〈クラブ88〉は同僚たちが気に入っていた最先端のナイト・スポットだった。〈クラブ88〉はライヴ演奏を売り物にしてあらゆる階層の外国人客が地元の客と混じり合っていた。〈クラブ88〉という店の名前はピアノの鍵盤《けんばん》の数に由来し、この店のピアニストは才能あふれるアフリカ系アメリカ人のラリー・アレンというインディアナ州出身の元アメリカ兵《GI》が務めていた。彼は日本占領時代に、米軍部隊を聴衆にした何曲かのレコードを出し、アジア中の外国人向けの店や米軍のクラブで演奏していた。

鍵盤の王子《プリンス・オヴ・キイズ》と渾名《あだな》されていたアレンは、自分で作詞作曲した歌もうたっていた。彼の歌はほとんどが有名な曲のパロディで、そのなかには『セントルイス・ブルース』の替え歌『新橋の女《シンバシ・ウーマン》』などというものもあった。

　シンバシ・ウーマンのおっぱい……ボディのくびれ……

　シンバシ・ウーマンの……そのおっぱいとくびれは、ニセモノだよ……

〈クラブ88〉には、テーブルが二十卓と長いバー・カウンターがひとつ。それとは別に鮨のカウンターもあった。外交官、海外特派員、種々雑多なビジネスマン、来日中のアメリカ下院議員など、いつも様々な人たちで賑わっていた。警察当局の関係者がやって来てヤクザと隣り合わせに座っていることもあった。ナイトクラブが閉まる深夜の十一時を過ぎると、近所のクラブの踊り子や歌手やホステスなどが現れ、カトリックの神父やその他の宗派の宣教師たちと一緒に椅子に腰掛けている光景も見られた。

〈クラブ88〉は深夜の十一時半以降も店を開けている数少ないナイトクラブのひとつだった。〈コパカバーナ〉や〈ニュー・ラテンクォーター〉のような高級クラブほどではないが、けっこう高い店だった。しかし、当時の三万六千円に相当した百ドルという軍人の月給でも、たまに遊びに行ってバーに座り、グラスの氷がすべて溶けてしまうまでねばることは可能だった（そんな技術を、私は間もなく身につけた）。このクラブには、女性は男性の誰かの同伴でなければ入れないというルールがあった。これはおそらく娼婦《しょうふ》が店を占領してしまわないためにつくられたものだった。それでも毎晩真夜中あたりになると、目を引く濃い化粧をした女性たちが、誰か一緒に入ってくれる人物を外で見つけては店に入ってきて、バーに陣取り違法なサービスの値段の交渉をしていた。〈クラブ88〉の常連で、私よりもずっと金持ちだったボブ・キルシェンバウムによると、「最初の言い値は一発一万円。でも、時間をかけて粘れば三桁《けた》まで値下げしてくれた。凄《すさ》まじい場所だったよ」とのことだった。

東京は、金持ちの兵士や海外からやって来た詐欺師たちを大勢引き寄せる街だった。〈クラブ88〉は、そんな街で代表的な外国人用ナイトクラブの経営者となった遣《や》り手のアロンゾ・シャタックが考えてつくった店だった。彼は赤坂六本木界隈《かいわい》では伝説の男だった。占領時代に諜報員だったシャタックは、キャノン機関に所属していた。その機関は、日本国内の共産主義者を捕まえ、共産主義の扇動者たちの機能を破壊することが任務だった。シャタックは東京中でその名を知られた、歩く歴史書とも言える人物だった。ミズーリ州セントルイス出身のシャタックは武器の専門家で、太平洋戦争では下士官兵としてボルネオで戦った。一九四五年に来日した彼は軍を去り、横浜の米軍憲兵司令官の事務所に入った。そこでは汚職が蔓延《まんえん》していて、アメリカ船から積み下ろした荷物を運ぶトラックの三台に一台はヤクザが取り仕切る闇市へ直行していた。シャタックは、そこで日系アメリカ人のサブロウ・オダチと出会った。オダチは戦時中に慶應大学で学んだ。そのせいか、彼自身驚いたことに、アメリカ人であるにもかかわらず大日本帝国陸軍に召集され、士官となり台湾で従軍した。終戦後オダチは、アメリカ人の同胞からの厳しい尋問に耐えたのち、通訳としてGHQの参謀第二部に入り、横浜港に派遣された。オダチは自称柔道十段で、シャタックに武術を教えた。ふたりは協力して横浜港を浄化してみせた。その働きでGHQの諜報機関の司令官だったジャック・キャノンの目にとまった。キャノンはシャタックの気骨を試してみようとして、ある日横浜の埠頭《ふとう》の正面に現れた。身長百九十センチ、体重八十キロほどで、かつてテキサスの国境警備員だったキャノンは、身分証を見せずに検問所を突破しようとした。その瞬間キャノンよりもわずかに小柄で眼鏡をかけたシャタックは大外刈りを決め、キャノンは気がつくと地面に仰向《あおむ》けに転がされていた。その結果、シャタックとオダチは即日キャノン機関の諜報員となった。

シャタックの任務は、共産主義者のスパイを捕まえて二重スパイに仕立てあげたり、北朝鮮の船から麻薬を押収したりすることだった。北朝鮮は純度九九・九％のヘロインを製造して日本の地下組織を経由して日本に送り始めていた。それは、できるだけ大勢の日本在住のアメリカのGIを薬物中毒にして、朝鮮半島で開戦寸前だった戦争を少しでも有利に導くことが目的だった。

そんなシャタックが、その後ナイトクラブのビジネスに手を染めるようになったのは、テッド・ルーウィンという賭博《とばく》師との運命的な出会いがきっかけだった。ルーウィンは、東京のナイトクラブ〈オスカー〉の秘密の裏部屋で、高額なレートのポーカー賭博を開き、GHQの高官たちからごっそりカネを巻きあげていた。キャノンは、彼が銃や麻薬の密輸などの重犯罪にも関わっているかどうかを確かめるため、シャタックを捜査に送り込んだ。じじつルーウィンにはアメリカでのいかがわしい前科があり、暴行や賭博関連の罪での逮捕歴があった。また上海《シャンハイ》やマニラでカジノを経営したこともあった。しかし彼は正真正銘の戦争の英雄でもあった。バターン死の行進［第二次大戦中に日本軍がフィリピンのバターン半島で、投降してきた米軍兵士やフィリピン軍兵士を移送するのに炎天下の長距離を徒歩で歩かせ、多くの犠牲者を出した事件］を生き延び、フィリピンや九州での捕虜収容所でも生き抜き、その結果マッカーサーから勲章を授けられていた。映画『キング・ラット（鼠の王）』［シンガポールにあった日本軍の捕虜収容所でたくましく生き続けた米兵の物語。一九六五年イギリス映画」さながらに、ルーウィンは仲間の捕虜のために賭博の才能を活用し、捕虜収容所で大日本帝国陸軍の将校のためのカジノを開き、ルーレットやブラックジャックのコツを教えては薬や食料を得て、その結果大勢の命を救った。そんなルーウィンをシャタックは徹底的に捜査した。が、銃や麻薬の取引の証拠は見つからなかった。そしてその捜査中に、二人は親友となった。ルーウィンは終戦後の銀座でカジノ〈クラブ・マンダリン〉を開店したが、何度も強制捜査を受けて結局は日本の当局によって閉店させられた。彼はナイトクラブ〈ラテンクォーター〉を一緒に開こうとシャタックを誘った。シャタックは承諾し、オダチを道連れに諜報員の仕事を棄てたのだった。

客にタキシードの正装を求める〈ラテンクォーター〉は、ペレス・プラードなどアメリカから有名なミュージシャンを招き、元ヤンキースのスーパースターだったジョー・ディマジオからアメリカ映画の大スターであるウィリアム・ホールデンまで、来日したセレブが皆こぞって来店するキャバレーだった。ただし、それは一九五六年に客の煙草の火の不始末による火事で、店が焼失するまでの話だった。ルーウィンは日本を去り、シャタックとオダチは、同年六本木に〈クラブ88〉を開店した。そこは、戦闘機フライング・タイガーとエア・アメリカの旅客機のパイロットだったウォー・ゲイダが経営していたナイトクラブ〈ゴールデン・ゲート〉の跡地だったが、ゲイダが裸の女性フィリピン人ダンサーのレヴューを行い、公序良俗違反で逮捕され、それを機にシャタックとオダチがその店を手に入れ、元アメリカ陸軍婦人部隊のリズ・ローリーを雇って彼女に厨房《ちゅうぼう》を任せ、〈クラブ88〉をオープンさせたのだった。

間もなく〈クラブ88〉には多くの著名人が訪れるようになった。ある夜には日本ツアー中に呑みにやって来たナット・キング・コールがピアノの前に座り、数曲うたったこともあった。ある夜のまだ早い時間には、バーに座っているリック・ジェイソンに遭ったこともあった。彼が出演したテレビドラマ『コンバット!』は日本でも大ヒットした。ジェイソンの声は当然日本語に吹き替えられていたが、彼はアメリカ本国よりも日本のほうが人気が高く、数年にわたって日本映画に何本か出演した。彼は愛想がよくチャーミングな男で、自分のことを話すよりも、十九歳のGIが東京でどんな生活をしているのか興味津々のように思えた。「坊《キッド》や、この大都会の住み心地はどうだい？」そう言った彼は、まるでハンフリー・ボガートのようだった。

別のときには、シャーリー・マクレーンが店に入ってくるのを見て驚いた。この赤毛の大女優は、こざっぱりした口髭の夫スティーヴ・パーカーと一緒に東京にいた。夫は映画や舞台のプロデューサーで、東京を活動の拠点にしていた。彼は娘と一緒に渋谷で暮らし、妻はロサンゼルス西部のマリブに家があり、ふたりは太平洋を挟んで少々風変わりな取り決めを結んで生活をしていたようだった。一九六二年当時、シャーリーは夫のプロデュースする映画『My Geisha（青い目の蝶々さん）』の撮影で東京にやって来て、撮影の合間に家族を訪ねていた（その映画のもう一人の主役のシャンソン歌手でもあるイヴ・モンタンは、シャーリーを誘惑できるかどうか夫のパーカーと賭《か》けをして、その結果パーカーはカネを巻きあげられたというエピソードはけっこう有名な話だった）。

アル（アロンゾ・シャタックの愛称）とシャーリーは仲がよかった。が、アルとパーカーは仲が悪かった。シャタックはこのショービジネスの興行主のことを、「気むずかしい酔っ払い」と呼んでいた。パーカーは手練《てだ》れの詐欺師でもあったのだが、そのことは本書でのちに詳しく述べることにしよう。

有名な暴力団である東声会《とうせいかい》の会長の町井《まちい》久之《ひさゆき》も〈クラブ88〉に来ていた。それは忘れられない出来事でもあった。ある夜、彼の子分のひとりが三十八口径の拳銃《けんじゅう》をホルスターにぶら下げて〈クラブ88〉に入ってきた。それは日本の厳格な銃刀法に明らかに違反している行為で、シャタックは帰るように促した。が、ヤクザは断った。そこでシャタックは悪党の右腕をひねりあげ、ホルスターから拳銃をつかみ取ると、彼を店からたたき出した。一週間後、この騒ぎを詫《わ》びるため、町井がみずから当事者の男を連れてやって来た。男の左手の小指の先は切り落とすよう命令されて消えていた。それは日本の暴力団が、組の面目を潰《つぶ》した組員に、贖《あがな》いとして行わせる習慣だった。

その当時、私はシャタックのことをよく知らなかった。そのころ彼はニューヨークに貿易会社の事務所を開いたばかりで、あまり日本にいなかった。それから約五十年後、私は、老人養護施設の〈マウンテンヴュー・アリゾナ〉で暮らしている彼にインタヴューする機会を得た。東声会のヤクザとのもめ事は、結局高くついたと彼は話してくれた。子分の事件のあと、シャタックは町井が開く高額レートの花札賭博に誘われるようになった。会長直々の謝罪を受けたため、その誘いを無下《むげ》に断るわけにもいかなかった。が、当然ながら勝つよりも負けるほうが圧倒的に多かったという。

〈クラブ88〉は、明け方近くまで店を開けていた。このクラブはそのあたりの時間、明け方あたりがいちばんいい雰囲気だと評判だった。暗い照明に煙草の煙が漂うなかで、ラリー・アレンは大きな逞《たくま》しい身体を小さく前屈《まえかが》みに折って、ピアノの鍵盤に覆い被《かぶ》さるようにしながらロマンチックなバラード——『テンダリー』『マイ・ファニー・ヴァレンタイン』『スマイル』『今宵《こよい》の君は』などを情感たっぷりに弾いた。東京のこの時間で、〈クラブ88〉ほど素敵な場所はなかった。

通りを挟んで向かいにあった〈ニコラス・ピザハウス〉は、いい意味でも悪い意味でも有名な店で、〈クラブ88〉の客は誰もが、遅かれ早かれそのピザハウスに通うことになった。二階建てで黒い壁、こぢんまりしたボックス席、赤と白のチェックのテーブルクロス。そしてテーブルにはキャンティの空き瓶のなかにキャンドルが灯《とも》されていた。〈ニコラス・ピザ〉は、美味《おい》しいイタリア料理を食べるのにうってつけの店だった。そこはまた、日本政府が厳重に管理し、購入を制限していたドル紙幣を求める日本人が訪れる場所でもあった。経営者はニューヨークのイーストハーレム出身のイタリア系アメリカ人ニコラ・ザペッティで、占領時代にはハッタリと喧嘩《けんか》っ早さで闇市で大儲《もう》けした。私は彼と知り合い、のちに彼についての本『東京アンダーワールド』を書くことになるのだが、彼は二十年近い東京生活で何度も逮捕され、一度は強制送還もされた男だった。しかし、どうにかして東京に留《とど》まり、富を築いた。彼は自分のレストランの裏部屋で行っていた巨額の不法な両替ビジネスにくわえ、暴力団関係者と非合法のウィスキーやショットガンの取引も行っていた。警察は、彼を東京のマフィアのドンと呼んでいた。実際にはマフィアの一員ではなかったが、イタリア大使館は、経営者がマフィアだという噂を耳にして、〈ニコラス・ピザ〉には近寄らないよう職員に命じていたらしい（あるイタリア大使館の職員は、「あのAmerican dago（アメリカ系のイタリア野郎）はイタリアの面汚しだった」と吐き捨てた）。

ニコラが〝マフィアの仲間〟だという噂には根拠が三つあった。ひとつは彼の犯罪歴。ふたつ目は、彼の血縁とビジネスの関係者。従兄《いとこ》のガエターノ・ルッケーゼはニューヨークで五本の指に入る犯罪組織のトップの男だった。またニコラが定期的に取引をしていた男がニュージャージーの犯罪組織に属していた。つまりニコラの血縁も商売もアメリカの犯罪社会の大物たちと関係があったのだ。そしてみっつめの根拠が、彼の店の常連客だった。東声会、住吉《すみよし》会、山口《やまぐち》組、稲川《いながわ》会など、地元の暴力団の幹部はもちろん、東京に支部を置く地方の暴力団の幹部も、ニコラの店を頻繁に訪れていた。ニコラ・ザペッティは、もうひとりの当時名の知れたアメリカ人実業家ジョー・ディペロといざこざがあって訴訟にまでなった。そのとき二人を裁いた裁判官は、彼らのことを、「下水管から這《は》いだしてきた二匹のドブネズミ」と評した。

ザペッティは日本の裏社会の連中が自分の店の常連客であることを喜んでいた。彼はマフィアのドンだと思われていることを楽しみ、ヤクザの抗争の疵痕《きずあと》を顔に持つ暴力団員——とくに韓国系の暴力団員や東声会の組員たちと好んで交際した。東京を拠点に保険代理人の仕事をしていたジャック・ハワードによれば、ザペッティはレストランを始める前、少々暴力を必要としていると思えるアメリカのビジネスマンに対して、ヤクザの友人を派遣する事業を展開しようと考えていたという。

ザペッティは、「ヘイ、きみは用心棒を欲しがってるだろう」と、東京のアメリカ人向けクラブでくつろいでいるビジネスマンに話しかけた。そして「きみにピッタリの男を用意できるぜ」と言って、顔に傷があり小指の先が欠けた日本人の暴力団員を連れてきた。が、あまりにも不気味な外見にビジネスマンは誰もが逃げ出したという。

先に書いた俳優のリック・ジェイソンは〈ニコラス・ピザ〉の常連となり、ザペッティと親友になった。リックは丸々と太ったこのレストラン経営者を、「極東のトニー・ガレント」と呼んでいた［ジョー・ルイスとも戦ったことのあるヘビー級ボクサーで、反則ぎりぎりのラフ・ファイター。のちにプロレスラーに転向。用心棒の役でマーロン・ブランド主演の映画『波止場』にも出演した］。

ザペッティは、はっきり言って相当にイカレた変人だった。彼は日本人警察官を殴って二度逮捕され、ある夜など自分のレストランの前で、拳銃がきちんと働くかどうかを調べるため、空に向けて弾丸をぶっ放した。そんなことで名前を知られた彼だったが、寛大な心の持ち主でもあった。白系ロシア人の医師ユージン・アクセノフが近所で経営していた〈インターナショナル・クリニック〉とある約束を交わし、病気になって治療費を払えない者がいるとアクセノフは無料で診察し、その後、通りの向こうにある〈ニコラス・ピザ〉に送り届けた。するとザペッティは、メニューにあるどの料理も無料で振舞った。彼は一九九一年に亡くなるまで、この取り決めを守りつづけたのだった。

私は三十年後にザペッティについての本を書き、それが東京でベストセラーになり、ハリウッドの四つの映画会社から映画化のオファーを受けることになった。もちろん当時は、そんなことになろうとは想像もできなかった。

ガイジン

一九六〇年代初頭の東京は、アメリカ人にとって、悪くない場所だった。六〇年代を迎えて、日米安全保障条約の延長に反対する大衆の激しい集団的暴力の波が湧き起こった。が、それに反して日本の親米政府が条約の延長を強行。七万五千人の米軍兵士が日本国内に留まることになったが、一般市民の多くが抱いた怒りは、あっという間に鎮まっていた。日本人の多くは、そんなことよりも新しいアメリカ大統領ジョン・F・ケネディと、彼の若々しいエネルギーや楽観主義、そして合衆国のための新たな計画と、その計画が醸し出す期待感や緊張感に夢中になっていた。六〇年代のうちに月に人を送り込むというケネディの約束は、アメリカ人と同じくらい日本人の想像力を刺激した。日本のメディアは、とくにジャクリーン・ケネディの存在を特別に取りあげ、彼女の優雅さとファッションのセンスは日本人女性のお手本となった。

日本人はケネディが駐日アメリカ大使にエドウィン・ライシャワーを任命したことにも大喜びした。彼はハーバード大学の研究者で、日本語を流暢《りゅうちょう》に喋《しゃべ》り日本人女性と結婚していた。ライシャワーの前任者は、あのマッカーサー将軍の甥《おい》で傲慢《ごうまん》なダグラス・マッカーサーII世だった。当時の多くの外交官がそうだったように、マッカーサーII世は外交官の学ぶべき外国語はフランス語だけだと考えていた。彼にとって日本語を話すことは威厳に欠けた振る舞いであり、そうするアメリカ人を見下していた。それは〝現地人になること〟であり、アメリカ人社会のエリートたちの多くは、みっともない行為と考えていた。

ジョン・F・ケネディは、計画されていた自分自身の訪日に向けた地ならしとして、一九六二年に弟のロバート・ケネディ（RFK）司法長官をアジア親善旅行の一環として東京に送り込んだ。それもまた、JFKの株を大きく上昇させた。じじつロバートの派遣は大成功だった。彼は、恒例の外交レセプションや公式晩餐《ばんさん》会は、日本人についての知見を深めるのに何の役にも立たないと切り捨てた。そのかわり、できるだけ一般市民と交流した。日本人の子供たちとサッカーを行い、女性団体や反米的な社会党、労働組合のトップなどと面会し、相撲や柔道を観戦し、銀座のバーで日本酒を傾け、カウンターで日本人の客と乾杯し、陽気にボンゴを叩いてみせた。

私は、新宿にあった喫茶店〈風月堂《ふうげつどう》〉で、ビート族［五〇〜六〇年代にアメリカや日本に現れた社会に反抗的な姿勢を示した若者たち］の日本人数人と一緒に、不鮮明な白黒テレビでRFKの姿を生放送で見た。彼は東京の名門早稲田大学での討論会でマルクス主義者の学生たちからヤジを浴びせられていた。日本でのアメリカの帝国主義的振る舞いや、自由民主党のアメリカに有利となる共謀的行為を責め立てる学生たちに対して、くしゃくしゃの髪の毛をしたロバートは、礼儀正しく答えていた。アメリカは多様な思想と、それらの思想を表現する権利を尊重している。なぜなら、それだけが国家の進むべき道を決める唯一の方法なのだから、と。

彼は、声がいちばん大きかった学生を壇上に呼び寄せ、穏やかに挨拶《あいさつ》して言った、「君は民主主義の最善の形を体現している。なぜなら共産主義の支配する国では、市民が政府の方針に大声で反対することなど、けっしてできないのだから」

それは劇的な瞬間だった。テレビを見ていた多くの日本人は、これほど立派な世界の大物を、自分たちの国のエリート学生たちが不作法に詰るのを見て、恥ずかしく思った。礼儀正しいという日本が世界に誇る評判が、地に堕《お》ちたように思えたのだ。ＲＦＫの対応がとても礼儀正しかっただけに、余計に多くの日本人を悔しがらせた。そして彼は学生たちと一緒に肩を組み、早稲田の校歌までうたったのだった。

テレビの放送が終わると、〈風月堂〉の馴染《なじ》みの客で、乱れた髪の頭にベレー帽をかぶり、ヴァン・ダイク髭［顎の髭を長い逆三角形に伸ばした髭のスタイル］の三十代の男が、ロバート・ケネディを詠んだ十七音節の英語の俳句を書いて、私に手渡した。後世のために、ここに書き残しておく。

Kennedy is cool　ケネディはクール
I dig his windblown hair　風に吹かれし髪も良し
Banzai USA　バンザイ　ＵＳＡ

ケネディ兄弟とともに、日米関係の新時代が始まった。一九六二年四月、ケネディ大統領は、アメリカの領土で広大な基地のなかに米軍の会員制クラブや高級ゴルフコースまで存在している沖縄を日本に返還し、さらには沖縄住民のための福利厚生を充実させると宣言した。これは残念ながら大統領の暗殺により延期されたものの、沖縄返還は十年後に実現した。

ケネディ家が権力の中枢にあった間は、アメリカ人であることを誇らしく思えた。彼ら兄弟が、日本人にアメリカに対する尊敬や憧れの念を育《はぐく》んだのは明らかだった。誰もがケネディと関わりのあるものに触れるため、英会話を上達させようとして、アメリカ人と接触したがった。もちろんそれは、来たるべきオリンピックのためでもあった。

一千万人もの人口を抱える東京で、アメリカの民間人――ビジネスマン、外交官、諜報員、英語教師、柔道留学生、宣教師、モルモン教のジョセフ・スミス・ジュニアの教えを説く信徒、そして成功を求めて居座りつづける占領軍関係者など――は、七千人程度しかいなかった（イギリス人、フランス人、ドイツ人は、それぞれ約一千人。それに一万五千人の中国人と、六万五千人のコリアンを含めると、合計約九万五千人の外国人が東京に住んでいた）。東京の米軍施設は、その多くが郊外にあったため、当時の東京の人間がＧＩを目にする機会は滅多になかった。じっさい軍関係者のほとんどは、基地やその周辺から出たがらなかった。そこである日本の作家は、大勢いるはずの彼らは、日本人にとって〝幽霊のような存在〟だと書いた。それだけに、東京の街に出てくる少数のＧＩやアメリカ人は格別な注目を浴びた。

そのため我々は、ほとんど日本語を話す必要がなかった。ほんの少しのフレーズを使えれば十分だった。たいていは日本人のほうからわざわざ親切に力を尽くしてくれたのだ。アメリカ人と〝いんぐりっしゅ Ingurishu〟を話すチャンスに飛びつく日本人は山ほどいた。信じられないかもしれないが、「コンバンワ」「キヲツケテ」程度の数少ない日常の慣用句しか話せないまま日本で数年間も過ごしているアメリカ人や、その他の英語圏の外国人は珍しくなかった。

東京にいる他のアメリカ人と同じように、私も喫茶店やバーにいると、必ず誰かが近寄ってきて、「May I speak English with you?（英語で話してもいいですか？）」と言われた。それは静かに座っている暇がないほどだった。駅のホームでも日本人が寄ってきて、英語の発音の誤りを指摘してほしいと言われた。街角で迷った様子で少しの間突っ立っていると、すぐに誰かがやって来て「Can I help you?（何かお困りですか？）」と話しかけられた。諜報部の上司の意向で、私は民間人の格好をしていたため、アメリカに腹を立てている左翼の日本人は、幸いなことに近づいてこなかった。

もちろん私は、どこへ行っても歓迎されたというわけではなかった。〝日本人専用〟〝外国人お断り〟といった札の下がったところは（たいていはナイトクラブだが）、いくつもあった。ときには道端でゴロツキから侮辱されることもあった。「ヤンキー・ゴー・ホーム！」はお馴染みのセリフだった。しかし、たいていは親切に迎え入れられた。

日本人との会話はいつもほとんど同じ内容だった。なぜ日本に来たのか？　日本人をどう思うか？　日本には四つの季節があるのを知ってるか？　日本人はとても勤勉だと思うよね？……

そのうち、私と話そうとした日本人たちは誰もが、カリフォルニア州ユーレカ育ちの私個人にはまったく興味がないことに気づいた。彼らは、一目で私をアウトサイダーだとわかって関心を寄せ、歩く英語の教材と見做《みな》しただけだったのだ。子供たちは私を見ると、まるでUFOを見つけたかのように、「ガイジンだ！」と叫んだ。〝ガイジン〟という言葉は、外側や外部を表す〝外〟と、人間や人類を表す〝人〟という二つの漢字から構成されている。そのことがわかると、意味は明白だった。

この種の出来事には、いつも当惑させられたが、東京の私立小学校に通う十歳のアメリカ人の少年までが、日本人の大人たちの〝臨時英語教師〟にさせられていたのを知ったときは、心底驚いたものだった。そして日本人は、さらに強烈な熱意で英語習得への道をこじ開けようとするのだった。

お茶の水

東京ではオリンピックに向けて誰もが英語を学びたがっていた。東京には数百もの英会話教室があったが、教師の数が足りておらず、需要はたっぷりとあった。東京できちんとした報酬を得られる英語教師の職に就くのに、必要なことは英語が母国語であることだけだった（外見がアメリカ人に見えるヨーロッパ人で、訛《なま》りがひどすぎない場合は英語が母国語である必要さえなかった）。そういうわけで私は、東京で代表的な英字新聞である〈ジャパンタイムズ〉に掲載されていた「英会話教師求む。時給千二百円。経験不要」という求人広告に応募した。

私は、もっと長い時間を東京の街で過ごしたかった。そこで過ごすためには資金が必要だったのだ。

トーマス外国語学院は、六本木や赤坂から少し離れた東京の東側にあった。そこは学生街で、明治大学や東京医科歯科大学、有名な私立女子校の共立女子大学や共立講堂が建ち並んでいた。順天堂大学やお茶の水女子大も近かった。この地域は古書店が多いことでも有名で、店の通路は立ち読みをする学生や教師、近くの会社員などでいつもあふれていた。

そこはまた十九世紀にロシアの大主教の命により、ミハイル・シチュールポフが基本設計を行い、ジョサイア・コンドルがじっさいに設計して建設された東方正教会の復活大聖堂［通称ニコライ堂］の所在地でもあった。

お茶《ちゃ》の水《みず》の文字通りの意味は、〝茶の水〟であり、江戸時代に、この地にあった高林寺の湧き水を将軍家の茶の湯に用いたことに由来した。しかし一九六三年の時点では、お茶の水近辺の川は下水や工場からの化学物質、ゴミ、ヘドロ、死んで膨れて浮かんでいる魚などで汚染されていて、その水を飲むのは命がけの行為だった。

この地域はJR（当時は国電）の中央線が通っており、聖《ひじり》橋を渡った川の向こう岸には地下鉄丸ノ内線が通っていた。この水路からの有毒な硫黄のような匂いはかなり強烈で、止むことのない交通渋滞による光化学スモッグも加わるため、このあたりの歩行者は誰もがマスクをしていた。

鉄筋コンクリート六階建てのトーマス外国語学院は、日本ドミニコ会によって神保町《じんぼうちょう》の賑やかなすずらん通りに創設された。この学校は、ケベック州セントローレンス川沿いのシャールボイ出身で、若く丸顔でいつも陽気なフランス系カナダ人のアーサー・ボーリュー神父が運営していた。

英会話教師に応募した私への面接は、驚くほどの短さだった。

「あなたはアメリカ人で、ネイティヴ・スピーカーですか？」と、神父がフランス系カナダ人訛りが強い英語で問いかけた。

「はい。生まれも育ちも合衆国です」と、私は答えた。すると、神父は、「グーッドゥ」と言うと、

「いつから始められますか？」と訊《き》いた。

「私は、何をすれば……？」

「ただ座って生徒と話し、彼らの文法と発音を直せばいいのですよ」

この学校には四百人の生徒が在籍し、さまざまな国籍の教師十数人が、二階から五階まで十五ある教室で教えていた。そのなかにアメリカ人のネイティヴ・スピーカーはひとりもなく、そのたったひとりのポジションに二十歳の私、ロバート・ホワイティングが納まったのだった。

トーマス外国語学院は、英語を学ぶ日本の高校生や大学生を集め、その一方で聖書を教え、できれば彼らをキリスト教徒に改宗させることを目的として設立されていた。十六世紀に日本に伝来したキリスト教は、かなり少数派の宗教で、戦後には人口の一％程度しかおらず、信者たちの通う教会の数も少なかった。じっさい日本人のなかには、キリストとサンタクロースを混同している人までいて、デパートのショーウィンドウには十字架にかけられたサンタクロースや、トナカイが曳《ひ》く橇《そり》に乗ったキリストなど、当時は奇妙な装飾も随所に見られた。ほとんどの日本人にとって、クリスマスは西洋版のお正月であり、パーティーを楽しむときであり、ロマンチックな夜を過ごすときであり、あわよくば恋人とベッドインするきっかけになるとき……といった感覚だった。東京では、女性の処女喪失がいちばん多いのがクリスマスのときとも言われていた。

じっさいのところ寺や神社がそこいらじゅうにある割には、日本は宗教色の濃い国とは言い難か

った。ほとんどの国民は特定の信仰を持っていなかった。しかし仏教と神道は葬式や結婚式でそれなりの役割を担っていた。

ボーリュー神父はローマ・カトリック教会のドミニコ会に所属していた。日本でのドミニコ会の歴史は、〝隠れキリシタン〟の時代にまで遡《さかのぼ》る。学校の壁には、天国を見上げるイエス・キリストの絵のとなりに、「聖書を学ぶことに興味のある方には無料で講義します」と書かれた紙が貼られていた。その申込者には、大きさも形も雑誌〈パリ・マッチ〉〔フランスの大衆向け大判グラフ雑誌〕にそっくりなドミニコ会の定期刊行物〈カトリックグラフ〉が配られた。

ボーリュー神父は、オリンピックに向けた建設ラッシュの始まる前、一九五八年に来日した。彼によると、当時の東京は活気のない、まったくつまらない街だったという。

「東京に魅力的なものは何もなかった」と神父は振り返った。「とにかくひどく貧しかった。家はほとんどが木造で、ペンキも塗ってないから、とてもみすぼらしく見えました。日本の文学には、よく桜の花について書かれていたけど、桜の木は戦争中にほとんどが切られてしまったため、桜の花を見つけるのは難しかった。上野公園にも少ししかなかった。それに上野公園の一部の区域は、とても危険でした。そこにはたくさんの浮浪者がいて、犯罪者も多かった。危険な人物がたくさんいて、我々は公園に立ち入ることが禁じられていました」

開校当時は聖書のクラスへの出席希望者が多く、改宗率も極めて高かったという。聖書を教えるのが上手《うま》いリチャードという名の教師もいて、一時は聖書のクラスに九十人の生徒が集まり、その多くがキリスト教に改宗した。クリスマスになると、キリストの生誕を祝うだけでなく、多くの改宗の儀式も行われたという。

日本ではキリスト教への改宗の波が三度押し寄せた、とボーリュー神父は私に説明してくれた。

「一回目はキリスト教が初めて伝来した十六世紀でしたが、その後、徳川幕府はキリスト教徒を迫害しました。二回目は一八六〇年代からの明治時代初期。日本が鎖国を解いて西欧文化なら山高帽から三つ揃いのスーツまで何でも取り入れ、日本独自の文化を失いそうにも見えたときでした。宮廷内の多くの日本人もキリスト教徒となり、西欧の王室を模倣したかった明治天皇までが、一時はキリスト教徒への改宗を考えました。が、その後考えを改めて、神道に戻りました。そして三回目が、この第二次大戦後。日本人はアメリカのものなら何でも受け入れました。一時は漢字や仮名をローマ字に変えようとまでしました。裕仁《ひろひと》天皇も、明治天皇と同じようにキリスト教徒への改宗を考えたこともあったのです」

たしかに終戦直後の日本には多くの改宗者が生まれた。ダグラス・マッカーサー将軍は、占領時代にアメリカ聖公会の牧師一万人をアメリカから日本に呼び寄せた。彼は公然と行われていた売春や麻薬の蔓延に驚き、彼自身がよく口にした日本人の〝モラルの低さ〟をなんとかしようと考えたのだ。マッカーサーは七千万人の日本人をキリスト教徒に改宗させると公言もした。が、結局達成できたのは六十万人だった。

「戦後の〝改宗ブーム〟は五〇年代の終わり頃まで続きました。日本にあるすべてのドミニコ会の教会で、クリスマスの時期にはそれぞれ二十〜三十人の改宗者が出ました。が、その後は減る一方で、私が日本に来た五八年頃にはほとんどゼロにまで落ち込んでしまいました。平均してひとつの教会での改宗者は年に二〜三人。東京オリンピックを開催することになり［東京オリンピック招致が決定したのは一九五九年五月二十六日］、日本人は自分たち自身のやり方を見直し、自信を持ち始めたのでしょう……」

ボーリュー神父は、日本人にとっての宗教とはまず何よりも文化的なものだと考えた。日本人は湖や山にも神が宿っていると言う。が、日本人がそれを信じているかどうかは定かではない、と彼は言った。仏についても同じだ。神職も僧侶《そうりょ》も大勢いるが、彼らの主な役割は、日本文化に欠かせない祭儀や行事を行うこと。日本人は結婚式を挙げるためや、新生児の健康を祈るために神社へ行き、葬式のために寺へ行く。日本人は宗教を文化的なツールとして活用している。〝カッコイイ〟から白いウェディングドレスと黒いタキシードを取り入れる。それは単なるファッションに過ぎない。彼らは教会のチャペルで式を挙げ、その後神道の式のため和装に着替える……彼らにとっての宗教は、それだけなのだ。

日本にも有名なクリスチャンは何人もいた。例えば日本の野球界随一のスター選手だった長嶋茂雄《ながしましげお》はキリスト教の学校である立教大学に通っていた。彼は試合前に必ずキリスト教の祈りの言葉を口にしたという。のちに長嶋は、アメリカの高校に通った経験を持つ妻が、キリスト教徒だったことから改宗した。ふたりは立教大学のキャンパスにあるドミニコ会の教会で結婚式を挙げていた。しかしボーリュー神父は彼らの信仰がどれほどのものか疑問を抱いていた。

もっとも、アーサー・ボーリュー神父の心の中はともかく、トーマス外国語学院（別名トーマス外国語協会）は順調だった。

そこには多種多様な外国人教師が多数いた。そのひとりは東京で先進的な医療の研究をしていたビルマ［現在はミャンマー］から来ていた医師のアウン・キュウ・キ氏だった。彼は英語を教えることで収入の足しにしようとしていた。ドイツ人のジャーゲン（ジェリー）・ベックは世界中を旅している若者で、次の目的地であるウラジオストックへの飛行機代を稼ぐために英語を教えていた。フランス系カナダ人の修道士ヴェスパー・フラナガンは北海道のトラピスト修道院を追い出された男だった。二十歳の私を含めて、どの人物もセンセイと呼ばれていた。私たち全員、英語を上手く喋れることを除いて——それさえ訛りのある場合もあったが——他人に何かを教えることのできるような資質はまったく持ち合わせていなかった。しかし私たちに求められたのは、生徒たちと話し、彼らの英会話の練習を手助けすることだけだった。それが日本の英会話学校では当たり前のことだった。

教師たちは、まったくの寄せ集め集団だった。ラングーン［現在のヤンゴン］出身のキ医師は、背が低くて丸顔で、話すといつも興奮して口に泡を浮かべた。彼は日本人を好きではないと言っていた。大戦中に日本がビルマを占領していたとき、彼らは類を見ないほど残虐だったという。そのことが記憶に残っていて、それから二十年近くが経とうとしてもまだショックが忘れられないようだった。

彼を苦しめているのは、日本人が自分たちのやったことを、反省しているようには見えなかったことだった。

「彼らはとんでもない人種差別主義者だよ」彼は、突然そう言い出した。ある夏の夜、休憩時間にふたりで学校の前の舗道に佇《たたず》んでいるときのことだった。「彼らはアジアでいちばんの人種差別主義者だ」

「どうしてそう思うんだ？」と、彼の怒りに当惑して訊《たず》ねた。すると、「戦争に負けた国民が、どうして自分のほうがエライと思えるんだ？」と問い返された。

キ医師はオックスフォード大学で学び、完璧《かんぺき》なクイーンズ・イングリッシュで話していた。

「私がそう思う理由を話してあげよう」と彼は言って、ハイライトタバコの煙を吐き出した。「僕はオックスフォードで学んだ。完璧な英語を話す。でも多くの生徒は僕から学びたがらない。クラスを変えて欲しがる。それはただ生徒たちの求める西洋人と風貌が違うからだ。僕の肌は黒すぎる」

キ医師の外見は明らかにアジア人だった。アメリカ英語を話す日本在住の日系アメリカ人も、キ医師と同じような差別を受けていた。

「ボブ、きみはどんなに恵まれてるか、自分ではわかってないね」と彼は言った。「肌が白いだけで……」

「しかし、その一方で」と、彼は急に明るくなった。「日本はいい医科大学があって、いい薬をつくっていることも確かだ」

ドイツ人のジェリー・ベックは、ドイツ訛りが強いものの流暢な英語を話した。彼は教師の仕事が増えるからと言って、アメリカ人のふりをしていた。ダンベルを使って筋肉を鍛えていた彼は、女たらしでもあった。背が高くハンサムで、語学学校に来ている若い日本人女子大学生を片っ端から惹きつけ、彼はその多くの女性とベッドをともにした。ボーリュー神父は、ジェリーが最上階にある屋根裏部屋のような個室に無料で寝泊まりすることを許可していた。そこでジェリーは課外授業のほとんどを行っていた。

ボーリュー神父は、ルールをひとつだけ定めていた。それは学校の女子生徒と一緒にいるところを見つけたらクビにするというものだった。

「東京には五百万人の女の子がいる」と、ボーリュー神父はいつも言っていた。「だから一人でも何人でもそこから好きに選べばいい。何もこの学校から選ぶ必要はない。彼女たちはここには別の目的できているのだから」

ジェリーはこのルールを無視していた。彼は可能な限り多くの女性と寝た。が、私の知る限り、ジェリーが学校にいるあいだにボーリュー神父から咎《とが》められたことはなかった。ジェリーの失敗談は、近所の喫茶店で元恋人のウェイトレスから紅茶に煙草を入れられたことを笑い話にしていただけだった。

実際のところ日本の女子学生の多くは、西洋人の男と出会うためにこの学校に通っていた。日本の若い女性は恥ずかしがり屋で慎《つつ》ましやかだと思われていたが、この学校の生徒のなかには猛然と教師にアタックしてくる女性もいた。もしも彼女がそのエネルギーを英会話の授業に注いでいたなら、すぐに英語がペラペラになっていたと思えるくらい彼女は積極的だった。彼女たちのなかには、学校から数区画離れたところでお気に入りの教師を待ち伏せし、喫茶店に誘う女性もいた。また、なんとかして教師の家の電話番号や住所を探り出し、教師が帰宅したころを見計らってドアをノックする女性もいた。教師と駆け落ちした女性もひとりやふたりではなかった。

学校には、青白く小太りで真面目なドミニコ会修道士のヴェスパー・フラナガンという教師もいた。彼は若い日本人男性への強い欲望を抱き、その気持ちをコントロールできず、ボーリュー神父の頭痛の種になっていた。ドミニコ会は彼を北海道のトラピスト修道院に派遣した。が、彼はそこの神父を誘惑しようとしたため、修道院から追放されてしまった。彼はその後、御茶ノ水駅のトイレで大学生に抱きついて逮捕された。このような問題に関して、日本は当時も今もある程度寛容なところがある。それは、仏教の僧が見習いの子供の僧と寝たり、武士が十代の少年を手下に起用して戦場へ連れて行き、戦闘の合間の愉しみを提供させたりする歴史があったからとも言える。その結果か、ヴェスパーは当局から警告を受けただけで釈放された。カトリック教会における小児性愛が、まだ世界的な大問題になる前のことだったから、学校の評判が傷つくこともなかった。そして私の知る限り、彼はそれ以上に問題を起こすこともなかった。とはいえヴェスパーは、私に幾度となくちょっかいを出してきた。すれ違うときに私のおしりを叩いたり、私を呼び止めていかにも好色そうなにやけ顔を見せたりして、「ちょっと屋根裏部屋に行かない?」などと誘ってきた。私が、女性のほうがイイと答えると、「ボブ、きみはどんなにもったいないことをしているか、わかってないんだね」という言葉を返された。

ボーリュー神父は、私がこれまでに出逢ったなかで、最も陽気な人物だった。いつも笑顔を見せ、どんなことにも怒ったりせず、いつ会っても優しく幸せそうに顔を輝かせていた。彼と顔を合わせていた数年間、私は彼のしかめっ面を一度も見たことがなかった。彼は、いつも笑顔でこう言っていた。自分は神の仕事をしているから幸せなのです。さらに、私は、ほかの大勢の外国人たちのように〝快楽〟を求めて日本にいるのではなく、神を多くのひとびとに紹介するために日本にいるのです、とも。一九六四年のオリンピックが近づくに連れ、残念ながら改宗者の数はさらに減りつづけていたのだが……。

私はさまざまな生徒に英語を教えた。私は、いま、〝教える〟という言葉を非常に広い意味で使った。なぜなら私自身、自分が何をやっているのか、よくわかっていなかったからだ。私は教育という分野での経験が皆無だった。何の資格も持っていなかった。しかし誰もそんなことは問題にするどころか、気にもかけないようだった。私は、英語のネイティヴ・スピーカーであり、生徒の前に座って話し、生徒の話す英語を直す。それだけで十分だった。

しかし、少しでも深く考え始めると、それはけっして容易なことではなかった。英語には日本人が発音するのに非常に困難な音がいくつかある。それは、V、Th、R、Siで、たとえば〝Very Good〟は〝Beli Goodoh〟になってしまう。〝Them〟は〝Zem〟に、〝Read the Book〟は〝Leadoh za Booku〟に、〝Sit Down〟は〝Sheeto Down〟といった具合に……。

私の姓のWhiting(ホワイティング)も、生徒たちは上手く発音できなかった。そのため、私は、名前(ファースト・ネーム)でRobertを「ロバトさん(Lobato-san)」と呼ばれていた。

発音で、同じことの繰り返しの練習を一時間も二時間もつづけるのは、誰だってウンザリするだろう。とはいえ、私が受け持った生徒のうち、キリスト教に改宗することに少しでも興味を持った者はひとりもいなかった。頰の赤い少しぽっちゃりしたある生徒は、名門お茶の水女子大学の二年生で、英語がとても上手かった。が、教会にはかなり懐疑的だった。

「神が実在するかどうかさえわからないのに、なぜアメリカ人は、GodのGを大文字にするのですか?」彼女はそんな質問をぶつけてきた。「自分の子供を生け贄《にえ》に差し出すアブラハムなんて、いったいどんな親なんですか? 理解できない。マリアが処女だったということもね」

彼女は夏休みを高級リゾート地である軽井沢《かるいざわ》で過ごし、そこからバートランド・ラッセルの著書『宗教から科学へ』を私宛に送ってきた。栞《しおり》の代わりに近くの森で拾った葉っぱを挟んで。彼女は、バートランド・ラッセルは哲学者として尊敬するが、聖トマス・アクィナスには賛同できないと書いたメモも同封していた。

彼女は、東京へ戻ってくると、この本について議論することを望んだ。

「聖トマスは真実を追究していないと思う」と彼女は言った。「ラッセルと違って、トマスにとっては信じることが信仰の証《あかし》だったから、哲学者とは言えないでしょう。確たる証拠もないのに神の存在をどうして信じられたのかしら?」

彼女はカトリック教会の歴史、とくに異端尋問、プロテスタントとの間の抗争など、中世カトリック教会の評判のよくない蛮行についても批判的だった。そしてカトリックでいったい何が起きたのか、何が起こっているのかを知りたがった。

　私は、さも熟考しているかのように眉を寄せ、彼女の言葉を理解しているふりをした。私は長老派《プレスビテリアン》教会の一員として育ったが、大人になってからは教会から遠ざかっていた。キリストの復活の物語を心から信じていたボーリュー神父とは違い、私は自分がキリスト教をどれほど信じているのか、まったく確信がなかった。気がつくと彼女と話すうちに、私は彼女に同意していた。が、同時に雇い主のために何とかキリスト教を擁護しようともしていた。

　私は日本神話についての乏しい知識を総動員して、彼女に問い返した。「裕仁天皇が太陽神の末《まつ》裔《えい》だと日本人は本当に信じているの？」

「天皇は戦争犯罪者よ」と彼女は答えた。「アメリカは天皇を自分たちで利用するために玉座にとどめるのでなく、刑務所に送るべきだったのよ」

　彼女の雄弁は、いつもこんなふうにつづいた。

　同じくらい困難な授業はほかにもあった。それは、これも名門の共立女子高校の女子生徒たちだった。彼女らは紺色の可愛いブレザーの制服姿で、一冊の英語のテキストを手にして教室に現れた。それは日本人の教授が書いた本で、〝shit〟や〝fuck〟といったアメリカのスラングを紹介したもので、彼女たちはそれらの単語の発音を私に尋ねるのだった。

　私は、週末をよく学校で過ごした。三階の屋根裏にある小さな畳の部屋に泊まり、土曜日の午前と午後のクラスを教え、夜はベックと過ごした。私たちは、立ち読みしている客でいつもいっぱいの隣の本屋によく立ち寄った。そして戦前からあったという近くの二階建ての映画館〈オデヲン座〉へよく行った。そこは古い名画を三本立て百円（約三十セント）で上映していた。日曜の午後、そこで、『穴 Le Trou』［ジャック・ベッケル監督の遺作で最高傑作とされる仏映画］『ファニー』［マルセル・パニョル脚本の仏映画］『太陽がいっぱい』［アラン・ドロン主演の仏映画］などを見たのは、私にとって素晴らしい想い出になっている。また別の日には稲垣浩《いながきひろし》監督三船敏郎主演の有名な剣豪映画『宮本武蔵《みやもとむさし》三部作』も見た。ただ、唯一興醒《きょうざ》めだったのは日本人の観客が落としたミカンの皮や蛸《たこ》の天麩羅《てんぷら》の欠片《かけら》を求めて、時折ネズミが床を駆けまわることだった。そのネズミを避けるため、膝《ひざ》を前の席の背もたれに掛けておかなければならなかった。映画館を出ると私たちは、近くの立ち食いカレーライスや蕎麦を食べて腹ごなしをしてから女の子をナンパしに近所のバーや喫茶店に繰り出したのだった。

私が生徒たちを教えていたのではなく、生徒たちが私にさまざまなことを教えてくれた。日本で私は、生徒たちから本当の教育を受けたのだった。

私は、三菱重工の社員のクラスを〝教える〟ため、お茶の水の学校から丸の内にある三菱のオフィスに派遣されたこともあった。三菱重工は当時世界有数の造船会社で、大戦中の日本軍のゼロ戦（零式《れいしき》艦上戦闘機）の製造で知られていた。そこでの私は、目から鱗《うろこ》が何枚も落ちる経験をした。レッスンは土曜日の五時から始められた。彼らの予定が空いているのは、その時間帯しかなかった。

就業規則では、就業時間は平日の午前九時から午後五時までと、土曜日の半日と定められていた。が、社員は全員就業時間外も会社に留まり、のちに〝サービス残業〟と呼ばれるようになる無給の超過勤務に携わっていた。週一日の休日であるはずの日曜日でさえ、全員がエリート大学出身の彼らは、会社に出てきて仕事をするか、とくにやることがないときも、社員同士の絆《きずな》を強めるための会社の社交行事に参加することが頻繁に求められた。社員はたいへんな努力を強いられていた。それにもかかわらず、出世は個人の能力や成果ではなく年功序列に基づいていた。それでも誰も文句を口にする者はいなかった。

彼らは暗い色のスーツ、白いワイシャツ、控えめな色のネクタイという〝現代の軍服〟に身を包んだ日本のサラリーマン軍団のエリート戦士だった。彼らのひとり、金縁の眼鏡をかけ、髪の毛を平たく梳《と》かした、礼儀正しく柔らかい物腰の小柄な男性の鈴木《すずき》さんは、超大型輸送船の設計者だった。五十万トンのタンカーの性能と大きさは世界一で、鈴木さんはこの業界では世界有数の設計者だった。とりわけ日本人特有の細部へのこだわりが、日本製超大型輸送船の品質を高めていた。鈴木さんはノルウェーの造船会社から誘いを受けたことがあった。設計主任の職で、給与は日本で彼が手にしている四倍の額を提示された。彼と妻と二人の子供をオスロに呼び、郊外の美しい新築の家に住まわせ（当時一家が住んでいた狭苦しいアパートの一室とは大違いだった）、子供たちをノルウェー随一の名門学校に通わせ、彼自身は運転手付きの専用車で出勤できる、という条件だった。アメリカ人が同じ立場にいたら、即刻喜んで引き受けたに違いなかった。が、鈴木さんは断った。この話を受けることなど微塵《みじん》も考えなかったという。

「私は日本人です」と、鈴木さんは言った。「私は日本の一員です。私は、日本がテレビや自動車、カメラや超大型輸送船など、世界最高の製品を製造する国になってほしいのです。それが、私が日本に留まる理由です。私がノルウェーに行ったら、みんなは私を裏切り者だと言うでしょう。オスロに引っ越して、会社や同僚を裏切ることなんて、できるはずがないでしょう」

三菱重工の関連企業である三菱自動車に勤める彼の仲間も、アメリカのデトロイトの会社からの同様の誘いを断った。

いまになって考えると私にも納得できるのだが、西洋文明が世界で唯一最高であり、アメリカが世界一偉大な国であると教育されて育った二十歳の素朴な田舎者だった私は、そのとき、そのような行動を聞いて、仰天するほかなかった。

「あなたはアメリカ人です」と、鈴木さんは言った。「しかも若い。そんなあなたには、私の言いたいことは理解できないでしょうねえ」

また生徒のなかには、有名なお茶と海苔《のり》の大企業の社長もいた。この会社のコマーシャルはテレビでよく流されていた。

京橋《きょうばし》にある社長のオフィスに誰か教師を寄越《よこ》すよう学校に電話がかかってきて、私が選ばれた。

彼は事業で大成功をおさめていた。日本中に海苔の養殖場を所有し、海苔の生産とお茶の製造に力を注いでいた。彼の会社の海苔もお茶も、日本中で有名だった。ただ、彼は優秀なビジネスマンかもしれないが、少々だらしのない男だった。コーヒーテーブルを挟んで座った彼のズボンの前のチャックが開いたままだったり、ワイシャツに昼ご飯の食べかすがこびりついていたりして、口の端からはいつもつばを垂らしていた。眼鏡が分厚くて、彼の目は巨大なビー玉のように見えた。そんなこととは関係なく、彼は信じられないほどの大金持ちだった。

彼は私をよく銀座のバーに連れだした。バーが閉まっていたときなどは、ホステスをふたりほど呼びだして、遅いディナーのお供をさせた。彼はいつも綺麗《きれい》なほうの女の子を自分の相手にした。そして少々魅力的ではないほうを私にあてがわせた。彼はあからさまに自分で序列をつくり、明らかにその行為を楽しんでいた。彼はひっきりなしに私を誘い出し、素直で従順な私は礼儀正しくそれに従った。私は彼のオモチャのガイジンだった。

深川

一九六三年、私は富士銀行両国深川《りょうごくふかがわ》支店の銀行員たちのグループに英語を〝教える〟よう依頼された。しかし、そこでも〝教わった〟のは私のほうだった。

そこは東京の東側に位置し、かつての江戸の中心部で下町《したまち》と呼ばれているところだった。隅田川《すみだ》の河岸に位置し、歴史と日本文化の香りが漂う場所で、両国は一七〇三年に忠臣蔵《ちゅうしんぐら》で有名な吉良義央《きらよしなか》が四十七人の赤穂《あこう》浪士に殺害された場所でもあった。その吉良邸の一部は、いまも両国の公園に保存されている。また両国は、古代からつづく日本の国技である相撲の中心地だった。この界隈には多くの相撲部屋が居を構えていた。年に六回行われる大相撲の国技館は、一九六三年当時は両国の近くの蔵前《くらまえ》にあり、両国の旧国技館は日大講堂としてプロレスやプロボクシングの興行に利用されていた。

大きな工場や小さな町工場、脆《もろ》そうな木と紙でできた職人や行員たちの家が犇めき合う隅田川周辺の低地であるこの地域は、一九四五年三月九日から十日にかけてアメリカのB29爆撃機による大規模な空襲で文字通りの焼け野原になった。この空襲で八万人の命が奪われたと、私は『I saw Tokyo Burning』（ロベール・ギラン著）を読んで知った。炎の熱が舞いあがって生まれたハリケーンのような猛烈な風が夜の街を吹き荒れて火の粉を飛ばし、ありとあらゆるものを炎で包み込んだ。人、家、ペット……すべてが瞬く間に炎上し、近くの運河や川に逃げた人たちも、煙を吸い込んで窒息したり、沸騰した川の水で生きたまま茹《ゆ》でられたりした（私は、そんな経験をして生き延びた一人の女性と会ったこともある）。

英語の授業で出会った銀行員の生徒のひとりは、礼儀正しく物腰の柔らかい中年の管理職で、空襲で多くの親戚《しんせき》を失っていた。その惨《むご》い経験を生き延びたひとびとに共通する感想が、彼の次のような発言に総括されていた。「原子爆弾で死ぬほうがまだマシだった。それほど東京大空襲は悲惨だった。広島や長崎では、少なくとも一瞬で死ぬことができたのだから」

「翌朝。黒焦げの死体が辺り一面に散乱していた」と、彼は静かな口調でつづけた。「川は死体であふれ、道路も自動車が走れないほどたくさんの死体が転がっていた。歩くことさえままならなかった。臭いが酷《ひど》かった。風が吹いていて、死体から舞いあがる灰が周囲に充満していた。私の親戚は皆死んだ。私の母のかつての同級生も全員死んだ。地域の行政当局が身体の一部や骨や灰を拾い集め、それらを神社に積みあげていた。骨を探す人が来て拾いあげていたが、どの骨が誰のものなのか、誰にもわからなかった」

私はアメリカ人として恥ずかしかった。何と返事をすればいいのかわからなかった。私が動揺しているのに気づいた彼は、こうつづけた。「戦争だったのだから仕方ない。そうとしか言えないですよ。それに、もう過去のことです」

ハッピーバレー

東京での生活に慣れてくるうちに、山手《やまのて》線沿いの中心地のひとつである渋谷が大好きになった。渋谷は大学生や若い労働者の街で、金持ちの遊び場である銀座よりも手頃で、気取って浮ついた雰囲気もなく、六本木のようにガイジンだらけでもなかった。渋谷は他の場所よりも〝リアルな日本〟——そんなものが実在するとして——を感じさせる場所だった。渋谷には、近代的なデパートがあり、安キャバレーやバーや屋台もあり、今にも崩れそうなブリキ屋根の居酒屋まである、何もかもが混在する面白い街だった。

渋谷には有名なハチ公の銅像があった。この伝説的な犬は、日本人の価値観のなかで、とくに重要視されてきた〝忠義〟を体現していた。飼い主が急な発作で亡くなって渋谷駅に帰って来なくなっても、ハチ公は自分が十年後に死ぬまで、毎日彼をその場で待ちつづけ、通り過ぎる通勤客から同情され、愛された。現在もハチ公の銅像は、東京で最も有名な待ち合わせ場所となっている。

渋谷の建築物で最も人気があったのは、渋谷駅から徒歩二分の場所にあった〈リキ・スポーツパレス〉だった。この巨大で派手な新しい高層ビルは、スポーツと娯楽の殿堂で、プロレスやプロボクシングのイベントのための大ホール、ボウリング場、ステーキ・ハウス、キャバレー、美しい女性のマッサージ師から価格表にあるお好みのサービスを受けることのできる〈リキ・トルコ〉を備えていた。ほかにも渋谷の名所として、〈恋文横丁〉があった。屋台のような板張りの小さな家屋が並ぶ店先では、海外に帰ったアメリカ兵などの恋人に手紙を書いて送りたい日本人女性のために、日本人の英語の達人たちが英語の手紙を代筆していた。

私は〈ハッピーバレー・ダンスホール〉の常連だった。そこは一九四〇年代のスタイルで人気を集め、毎週土曜日は大勢の客で満員すし詰め状態だった。〈ハッピーバレー〉は広く大きなダンスフロアとステージから構成され、ダンスフロアは高い天井から吊《つ》り下げられたミラーボールで、くるくるまわる七色の光に照らされていた。ステージではビッグバンドが三十分交代で演奏を繰り返していた。原信夫《はらのぶお》とシャープス&フラッツのようなスウィング・バンドがグレン・ミラーやトミー・ドーシーの一九四〇年代のヒット曲――『イン・ザ・ムード』『茶色の小瓶』などを演奏し、次にロックン・ロール・バンドが『ロック・アラウンド・ザ・クロック』『ザ・ツイスト』などの新しい曲を演奏した。これらの音楽が交互に繰り返されたあと、十代のハスキーな〝日本のポップスの女王〟弘田三枝子《ひろたみえこ》などの日本人歌手が登場し、自分の最新ヒット曲を歌いあげた。ある夜などは、とつぜんコニー・フランシスが現れ、東京のポップ・チャートで第一位だった『可愛いベイビー』を日本語で歌ったこともあった。

私は本質的に言葉数の少ないおとなしい男だった。が、ビールを二杯も飲むと別のスイッチが入った。そういう意味では私は多くの日本人と似ていた。多くの日本人はたいがい恥ずかしがり屋で基本的に寡黙だった。しかしそれもアルコールが入るまでのことだった。私も、そんな日本の雰囲気にすっかり歩調を合わせるようになった。多くの日本人が仕事帰りにリフレッシュしていたのとまったく同じように、私は〈ハッピーバレー〉や渋谷の歓楽街のバーに通いつづけた。それは私が買った会話集『エッセンシャル日本語』で覚えた日本語のフレーズを練習するいい機会にもなった。「ココニ、ヨクキマスカ?」「オナマエワ、ナンデスカ?」「ネンレイワ、オイクツデスカ?」などと、私は日本語の練習を繰り返した。

美容師、ウェイトレス、秘書、女子大生などが大勢やってくる〈ハッピーバレー〉は、ナンパに最適の場所だった。当時はマリークワントのミニスカートが日本で大流行する(そして、ビートルズの音楽が大ブームを巻き起こす)直前で、細身のスカートやポニーテイル、カプリパンツ、シフトドレスなどの女の子がたくさんいた。まず、彼女たちのひとりをダンスに誘ってフロアに降りる。ルンバ、チャチャチャ、ジルバなどのテンポの速い曲が連続したあと、スローな曲――たとえば

『ムーンライト・セレナーデ』『ブルー・ムーン』などが演奏される。その夜の最後のダンスはスローテンポが約十五分間もつづく〝ちーくだんす〟だ。このダンスの踊り方を知らなくても、誰かが必ず教えてくれた。

音楽で、自分と相手がいい雰囲気《イン・ザ・ムード》になったら、たいてい終着点は〝ラブホテル〟だった。家やアパートは狭苦しく、薄い紙の障子や襖《ふすま》で仕切られているだけで、プライバシーが欠如しているという日本独特の住宅事情から、日本独特のラブホテルが発明された。

当時の渋谷も、現在と同じくらい多くのラブホテルが存在していた。そこでは部屋を二時間の休憩で借りたり、一晩中借りたりすることができた。それらの部屋は、いい香りのするジャグジーや回転するベッド、天井の鏡、コンドームの自販機、ムーディな音楽、バイブレーター、エロティックな映画を映す映写機などを売り物にしていた。のちにテクノロジーが発達すると、自分たちの行為を録画するためのビデオカメラまで用意されるようになった。このホテルに入るときは、ロビーの壁の細長い隙間から入場料を払ってチェックインし、部屋番号の記された鍵《かぎ》を受け取ればいいだけだった。帰るときも、鍵をその隙間から返却するだけ。顔を合わせるやりとりはなく、気まずい視線を交わすこともない。つまり、恥ずかしさが排除されていた。

少なくとも当時は、西洋人の男は日本人女性の目に魅力的に映るとよく言われた。その理由のひとつは、西洋流の〝レディファースト〟の習慣だった。ドアを開けてあげるなどの些細《ささい》な親切は、主人の男性より三歩後ろに下がって歩かなければならないという、サムライの時代からの日本の社会規範から大きく懸け離れていて、日本の女性に歓迎されたのだ。

しかし、〈ハッピーバレー〉で女の子を誘うときは（各人の性格にもよるが）、少々注意しなければならなかった。美しい和服やダンス用のドレスで着飾り、ハイヒールや口紅でめかし込んだ姿がとびきり魅力的だったので、色白の若い女の子だと思って誘ったところが、腕の中の女の子がじつは女の子じゃなかったと気づき、既に手遅れ状態になってしまったことも少なからずあった。

また、人前でどの程度女の子と仲良くするかには、慎重に構える必要があった。一部の日本人の男は、外国人の男といちゃつく日本女性を見ると不愉快になった。日米間の直近の歴史の影響から、女の相手がアメリカ人の男ならなおさらだった。女の子と手をつないで道を歩くと、「パン助！」と怒鳴る声がときどき聞こえた。それはアメリカ人が日本で覚える最初の言葉のひとつだった。

私は〈ハッピーバレー〉に頻繁に通った。そこで、バーテンダーのジュンと仲良くなった。ジュンは痩《や》せて背が高く気むずかしい性格の若者で、髪をオールバックに梳かし、もじゃもじゃの口髭を蓄えていた。ジュンは英語が少し話せたので、私が来ると英会話の練習ができると喜んでくれた。私は彼に基地《ベース》からお土産を持って行った。ジョニーウォーカーの黒ラベルがいちばん喜ばれた。ブランデーのナポレオンやアメリカ製の煙草、リーバイスのジーンズや革のベルトなども好評だった。それらの製品は、日本の市場では高い関税がかけられていたが、基地の売店ではバカみたいに安く売られていた。ジュンは、私から受け取ったジョニーウォーカーを自分で飲んでしまい、空いた瓶にサントリーオールドやサントリーロイヤルといった国産のウィスキーを入れた。〈ハッピーバレー〉ではその酒を高額で客に飲ませたので、ジュンは上司から気に入られた。ほとんどの客が酒の違いに気づかなかったのは、京都の郊外を流れる谷川の美味しい水を使って蒸留したサントリー・ウィスキーの品質が、当時すでに素晴らしく優れた出来だったことを証明していた。私自身も、日本人の客と同じようにサントリー・ウィスキーを楽しんだ。〈ハッピーバレー〉では、私は滅多に酒代を請求されなかったから、なおのことサントリーで十分満足できた。

ジュンは、私に敬意を表して一九六三年の正月に自宅に招いてくれた。狭い二部屋のアパートに、彼は妻と赤ん坊の息子と三人で暮らしていた。ひとつの部屋は六畳。もうひとつの部屋はクローゼット程度の大きさで、タンスと折りたたまれた布団でほとんどいっぱいになっていた。

日本語と英語の単語と身振り手振りを交えて会話しながら、私たちは座卓を囲んで使い古した座布団に座り、日本酒を飲んでおもちやお雑煮など日本の伝統的な正月料理を食べた。その後、酒がまわったころ、ジュンは自分が純粋な日本人ではなく、コリアンの父と日本人の母のあいだに生まれた男だと告白しはじめた。日本ではコリアン系のひとびとに対して大きな差別があるため、このことはごく少数のひと以外には秘密にしていると彼は言った。

日本は二十世紀の初めに朝鮮半島を植民地化し、そこの住人に日本語を学ばせ、日本語で話すことを強制した。また、二百万人のコリアンが日本に住むことになったが、その多くは強制労働者として連れてこられた。ジュンの父親もそのひとりで、九州の炭鉱で働いていた。彼は九州の貧しい農家の十代の娘と結婚したが、戦後間もなく朝鮮半島に戻ってしまい、その後彼からの音信は途絶えた。父は、彼の両親の故郷である〝北〟にいるのではないかとジュンは考えていた。日本にはコリアンたち——彼らは〝在日朝鮮人〟と呼ばれていた——が、まだ五十万人以上残っていた。彼らは、朝鮮半島の生活環境が戦後の日本よりもずっと悲惨であり、北と南の武力衝突が迫るなか、さらに悪化していたため、母国に帰らない決断をしていた。しかし戦後まもない日本では、コリアンたちが良い学校に入ったり、日本の有名企業に職を得たりするといったことが極めて難しかった。そのため結果的に、不本意ながらも犯罪組織に加わってしまう者も少なくなかった。

ジュンは、美容師をしていた日本人の妻と〈ハッピーバレー〉で出会った。ふたりは、自分たちの息子がそのような差別を受けてほしくないので、ジュンは自分の出自を秘密にしていると言った。彼は、自分が生きているあいだは息子にも真実は隠すつもりだと語った。「きみには本当のことが話せるよ。きみは、この国の人間じゃないからね。でも、ほかのひとには言えない。息子には人生で多くのチャンスを手にしてほしいと願っている……」

〈ハッピーバレー・ダンスホール〉は、渋谷を拠点にその界隈を支配している安藤《あんどう》組の縄張りだった。約五百人の組員で構成された安藤組は、全国約八千人の組員を擁し、その四分の一が東京を拠点にしている住吉会や、銀座を拠点に約千五百人の構成員がいた東声会に較べると、さほど大きな組織ではなかった。が、安藤組は、構成員の不足を知恵と熱意で補っていた。

安藤組を結成したのは、安藤昇《のぼる》だった。身長は百六十五センチほどで、醜い長い傷が左頬を横切っていた。彼は、東京の伝説《レジェンド》だった。子供のころは少年院への入所歴があり、戦時中は大日本帝国海軍の人間魚雷の部隊にいて生き残った彼は、戦後、法政大学に入学したもののギャング集団結成のために中退。数年後、殺人未遂で逮捕収監されたが、出所したのちに映画スターとなった（この話は詳しく書き残す価値があるため、第六章で改めて取りあげることにする）。

私が〈ハッピーバレー〉に通いはじめたころ、安藤はまだ刑務所にいて、彼の組の幹部たちが安藤のために渋谷を取り仕切っていた。安藤組の下っ端たちは、いつも〈ハッピーバレー〉やその表通りにたむろしていた。ほかの伝統的なヤクザの組とは対照的に、安藤組の組員たちは刺青《タトゥー》や指詰め（失敗を贖うために小指の先を切り落とす慣習）を忌避し、しゃれたスーツを着こなしていることで有名だった。

日本の当時のヤクザは、映画に出てくるような誰もが想像する姿ではなかった。彼らはおおむね肉体的に逞しくなかった。たいてい背が低く、痩せていた。彼らが危険だったのは、ナイフや（滅多にないことだが）拳銃を持っていたこと、それに覚醒《かくせい》剤を使うか、アルコールを飲んでいるせいで、常に興奮していたからだった。

渋谷の路上、とくに安藤組が本部を構える宇田川町《うだがわちょう》あたりで、彼らは時折、通りがかる私に対して嫌がらせをした。「ヘイ、ガイジン、ヘイ、アメ公（それはアメリカ人への蔑称《べっしょう》だった）、ヤンキー・ゴー・ホーム！」彼らは、ガイジンに嫌な思いをさせることで、自分たちの強さを見せつけようとした。が、たいていはうわべだけのことで、こっちが怖がっていないことを示すと、彼らは態度をころりと変えておとなしく口を閉じた。

ある夜遅くに宇田川町の通りをぶらぶら歩いていると、不機嫌そうな顔をしたポンパドールのヘアスタイル［前髪を思い切り持ち上げて後ろになびかせた、若いときのプレスリーの髪型］の男がとつぜん躍り出て、私の行く手を遮った。彼は何か攻撃的な言葉を呻いて眉をひそめた。当時の私は基地のジムでウェイトトレーニングを欠かさなかったため、かなりいい体格をしていて、しかも酔っていたので素面《しらふ》のときの慎重さを欠き、大胆になっていた。そこで私は、相手と同レベルの非友好的な言葉を喚《わめ》き返した。すると突然彼が笑い出し、前歯が二本抜けているのが見えた。そして彼は片手を伸ばし、握手を求めてきた。そして私に近くのバーまで付き合うよう主張し、ついて行くと彼はそこで自分の友達を紹介し、サントリーの水割りを私に注いでくれた。誰も英語を話さず、私たちは手振り身振りと小さな辞書を使ってコミュニケーションをとった。バーテンダーは大量のEPレコード［片面に一曲入っている直径十七センチの小さなレコード］を出してきて、ビクターのポータブル・プレイヤーで、エルヴィス・プレスリーが歌う『GIブルース』や『ブルー・ハワイ』をかけた。どちらも日本で大ヒットしていた曲だった。新しい友人は、意外にも「ぶるーうー・すえーど・しゅーず……」などと私にまったく理解できない言葉で歌い出し、歌い終わると私に腕相撲の試合をやろうと言いだした。私はウェイトトレーニングのおかげで腕力には自信があったが、ヤクザが怒りだして復讐《ふくしゅう》の機会を狙われるのもイヤだったので、彼の面目を潰さないよう最後は引き分けで終わるように気を遣った。後日、私はそのバーにジョニーウォーカーのボトルを一本持って行った。すると彼らは感謝してそれを受け取り、次はケースごと持ってきてくれないかと頼まれた。その後、私はそこには寄りつかないようにした。

安藤組は〈ハッピーバレー〉の近くで丁半博打《ばくち》の賭場を開いていた。ある夜、〈ハッピーバレー〉の閉店後、ジュンがそこへ行ってみないかと私を誘った。〈ハッピーバレー〉のすぐ近くの脇道の階段を降りると、大きな鉄の扉の奥に広い畳敷きの部屋があった。

扉をくぐる前に、扉の向こう側に立っていた赤いアロハシャツを着た屈強な男が、私たちを睨《にら》みつけた。彼は、「ナニ、コレ?」と、半月形の傷に無精髭を生《は》やした顎を突き出し、私を指しながらジュンに訊いた。「彼は大丈夫。友達だ」とジュンは答えた。

男はジュンに一歩近寄り、ジュンがまるで透明であるかのように焦点の合わない目つきで睨《ね》めつけた。するとそれまで横の壁により掛かって前かがみに立って傍観していた別の安藤組の下っ端が、ふいに背筋を伸ばした。彼はカービン銃を抱えていた。

「彼はハッピーバレーの常連だ」ジュンは表情を変えずに言った。「彼は、ハナガタさんともバーで一緒に飲む仲だ」

私は、ハナガタさんが誰なのか見当もつかなかった。それでも、その名前に魔力のあることはわかった。門番の男の厳《いか》めしい表情がほんの数ミクロン緩み、私たちに中へ入るように身振りで示した。

広い畳の部屋の真ん中には、長い長方形の白い布が敷かれ、その両側にはパンチパーマの〝チンピラ〟（ギャング予備軍）や、サラリーマン、地元の商店主などがずらりと並んで座っていた。真剣な面持ちでいる彼らの中央に、腹巻きと白いステテコ姿で背中に見事な入れ墨を彫った〝壺振り《ディーラー》〟がいて、誰もが彼の振るサイコロにカネを賭けていた。壺振りが上着を着ていないのはイカサマの疑いを消すためだと、ジュンが説明してくれた。賭けの進行手順は、数世紀前からまったく変わっていないという。壺振りが鮮やかな手さばきで二個のサイコロを片手の指に挟み、もう一方の手で壺の内側を空だと示すために客に見せたあと、「ハイリマス！」と叫んでサイコロを竹でできた壺《カップ》に入れ、それを白い布の上に逆さにしてサイコロの目を隠す。次に「ハッタ！　ハッタ！」という叫び声が飛び交い、参加者は二つのサイコロの目の合計が偶数（丁）か奇数（半）かにカネを賭ける。ライフルを手にして入口付近に立っていた用心棒は、再び眠っているかのように前かがみになり、壁にもたれていた。ほかの組員たちは銀座のクラブのホステスのように、賭博に参加している客たちの煙草に火を点《つ》けたり、日本酒をコップに注いだりしていた。私は礼儀として五百円札（約一・三八ドル）一枚をほんの気まぐれで賭けた。その結果、勝って数千円を手にしたのには心の底から驚いた。しかし私は、所詮《しょせん》は取るに足らない客だった。参加者のなかには一万円札を束で賭けている客も少なくなかったのだ。

ジュンと私が賭場を出て、覚束《おぼつか》ない足つきで通りに出ると、東の空が白みはじめていた。そのころには私は、丁半博打を自分の羽目を外す行為のなかに加えるべきではないと、心に堅く誓っていた。

数週間後のある日、〈ハッピーバレー〉で酒を飲んでいると、円形のバー・カウンターの反対側に座っている男を、ジュンが指さした。男は白いスーツを着て白い帽子をかぶっていた。顔にはいくつもの疵があった。それらは暴力団の抗争によるものだとあとで知った。

「あれが花形敬《はながたけい》だ」と、ジュンは畏怖《いふ》とまではいかなくても敬意を込めた声で囁《ささや》いた。

ジュンの説明によると、花形は安藤組の幹部《キャプテン》で安藤組長の次に有名な男だった。身長は百八十センチほどで、ボクシングの技術が抜群で、のちに出版された彼を描いた本『疵―花形敬とその時代』（本田靖春、筑摩書房）はベストセラーとなり、二度も映画化された。

安藤昇の自伝『やくざと抗争』（徳間書店）には、花形の輝かしいエピソードが記されている。一九五八年のある夜、花形は三十二口径の拳銃で三発の銃弾を浴び、肋骨《ろっこつ》と指を骨折した。ほかの負傷した組員とともにタクシーで近くの病院に行った花形は、体内の弾丸を取り除く手術を受けた。そして二時間ほど休むと病院のベッドから抜け出し、韓国料理店へ行き、たっぷり食事を摂《と》り日本酒を何杯も飲んだ。そしてコールガールを呼び、彼女と宇田川町の〈岩崎旅館〉で一夜を過ごした。翌朝、花形はその日の指示を仰ぐためにいつもどおり安藤の事務所に現れた。花形がボスの机の正面に立つと、一発の弾丸が彼のコートから落ちて転がった。安藤はその様子をこう書いている。

「彼は日常の自然な行為のようにふるまった」

私はジュンに向かって、私のおごりで花形に一杯出すよう頼んだ。私が持参したナポレオンのダブルショットだった。普段出会う日本人なら、そのあと英語を話したいと近寄ってきて長時間付き合う羽目になるのだが、花形は違った。彼はグラスを私に向かって軽く掲げて一口で飲み干し、そして悠然と店をあとにした。

一九六一年に安藤昇が刑務所に入ると、花形は安藤組の実質的な組長になり、東声会に対して起こした戦争を指揮した。安藤組と東声会の間には、それまでにもしばしば抗争があった。東声会の組員たちは、よく〈ハッピーバレー〉に現れてはトラブルを起こしていた。ある雨の夜には、のちに名を残すことになる大喧嘩が勃発した。〈ハッピーバレー〉の入口のそばの歩道で、東声会の下っ端の組員が煙草の箱を落としたところが、安藤組の組員がそれを故意に足で踏みつけた。するとその東声会の男は、二軒離れた鮨屋に飛び込み、大きな包丁を握って出てくるや敵の腹を切り裂き、哀れな男の腸を道路にぶちまけた。それ以外にもいくつも殺傷事件が起き、死者も何人か出た。

そんな安藤組も、組員の一部がヘロインの取引を始めたことから規律が緩みだした。それは、麻薬には手を出すなという安藤昇の命令に真正面から背く行為だった。そして横浜を根城とする稲川会のヘロインの売人が安藤組の弱体化を嗅《か》ぎつけ、渋谷エリアへの進出を開始した。

一九六三年九月のある夜、花形は渋谷の郊外から少し離れた二子玉川《ふたこたまがわ》の自宅アパートに帰る途中で襲撃された。東声会の二人の組員に短剣で襲われ、何度も身体を刺された。新聞報道によると、花形は逃げようとしたが約二百メートル先で倒れ、そこで息絶えたという。彼の後任として大学を中退した柔道の有段者が実質的な安藤組の組長におさまったが、彼も一年後に、のちに稲川一家となる鶴政会《かくせいかい》の組員に射殺された。一九六四年になって安藤が出所してきたときには、安藤が「見違えた」と表現するほど渋谷の街は激変していた。そのとき安藤組は実質的に終わってしまった。安藤昇は数少なくなった残党を集めて解散を伝えた。

ちょうどそのころ、ジュンは店を辞め、宇田川町の十階建ての鉄筋コンクリートビルの二階に小さなバーを開いた。カウンターに十席、その後ろにテーブルが二卓。そのようなひとがすれちがえないほどの小さなバーは東京に千軒もあり、そこで生き残るためには、仲間の水商売の男たちや仲間たちがどれだけ贔屓《ひいき》にしてくれるかにかかっていた。ジュンは開店パーティーに私を招待してくれた。そこには〈ハッピーバレー〉の従業員が数人と、渋谷の水商売の業界筋の人たちが集まっていた。ジュンはいつになく上機嫌な顔でカウンターの内側に立ち、飲み物をつくったり会話を楽しんだりしていた。

しかし彼のバーは、その後何か月かのあいだ苦戦を強いられた。店の家賃を支払うだけで精一杯だとジュンはこぼしていた。私は可能な限りアルコールや煙草をジュンに持って行った。彼は昔どおりジョニーウォーカーの空き瓶にそれより安価なサントリーを詰め、国産の水割りの倍の値段をとっていた。しかし数か月後のある日、バーに寄ってみると扉は閉まったままだった。彼のアパートへ行くと、そこも空っぽだった。ジュンは、あっさり消えてしまった。彼の居場所は誰にもわからなかった。彼が一か月に二割の高利をとる東声会の高利貸しからカネを借り、返せなくなったという噂を耳にした。その後、彼と会うことは一度もなかった。

そんなことがあったにもかかわらず、渋谷は私の心の中で特別な存在のままだった。八月のある蒸し暑い夜、私は基地に帰る終電を逃した。しかもタクシーに乗るカネも持っていなかった。駅の正面にあるあの犬の銅像の隣に腰をおろし、始発が走り出す午前五時までここで過ごそうと腹を決めた。そのときだった。すぐそばの鉄道弘済会の売店（現在のキヨスク）の店じまいをしていた年配の女性に、どうしたの？　と声をかけられた。たどたどしい日本語で事情を話すと、老婆は耳を傾けて私に同情してくれ、店じまいを終えると「ついてきなさい」とひとこと言って歩き出した。私があとについていくと、彼女は裏通りを抜け、二階建ての木造アパートの一階にある一室のドアを開けた。そこには彼女の孫と思われる十歳くらいの少女が布団のなかですやすやと寝息をたてていた。老婆は隣の三畳間に布団を敷いてくれ、「おやすみ」と言って少女と並んで横になった。翌朝、彼女は私のためにトーストとコーヒーを用意し、食事のあとアパートを出て行く私を見送ってくれた。それはシンプルで素晴らしい親切だった。私は、そのときの親切を今まで一度たりとも忘れたことはない。その日から渋谷に行くときは、いつも老婆の売店に立ち寄り、彼女と小さな女の子のために基地からプレゼントを持って行った。彼女はほんとうに素敵な女性だった。

第二章　米軍時代

府中

六〇年代初頭、日本は自由民主党による親米政府が支配していた。自民党はアメリカが強力にサポートしていた。アメリカは第二次世界大戦で打ち負かした日本と安全保障条約を締結していた。日米安全保障条約はサンフランシスコ講和会議で一九五一年に調印され、六年八か月におよぶ米国による日本占領が終了した一九五二年四月二十八日に発効した。この条約はアメリカが日本国内に米軍を駐留させることにより日本に防衛を提供することを規定していた。そのため十二万人の米兵が日本列島に点在する数多くの陸軍、空軍、海兵隊の各基地に配備され、基地の大多数は日本最南端の列島のひとつである小さな沖縄本島に集中していた。そして私が派兵された府中《ふちゅう》も、東京のはずれにある特に小さな基地のひとつだった。

日本へ到着するには三日かかった。一九六二年の年始休暇のあと、カリフォルニア州のトラヴィス空軍基地から四発プロペラ軍用機に乗り、途中ホノルル、ウェーク島、硫黄《いおう》島にそれぞれ一泊し、太平洋上空を合計四十四時間も退屈に過ごした。

当時はどの航空機にも機内の映画上映などなく、何か気晴らしをしたいなら本を読むしかなかった。『地上より永遠《とわ》に』［ジェームズ・ジョーンズ著、一九五一年のベストセラー長編小説／フレッド・ジンネマン監督、バート・ランカスター、デボラ・カー、フランク・シナトラなどの出演で五三年に映画化された］を一冊読み終えたといえば、この飛行時間の長さがよくわかるだろう。私には、読書以外にも暇つぶしの方法があった。同乗していた赤ん坊が泣きやまず、困り果てた母親を見てお節介な大佐が助けてあげるように私に命じたのだ。その結果、赤ん坊を抱っこしてあやしたりして時間を潰《つぶ》すことができた。この私の大奮闘のお礼に、赤ん坊は青い冬用制服をオシッコでぐっしょりと濡《ぬ》らしてくれた。なるほど軍人生活は楽ではないと、誰もが言うのも納得した。

東京から二十五マイル（約四十キロ）ほど離れた立川《たちかわ》空軍基地に午後遅く着陸する直前、日本の姿を空から初めて見た私は、ズボンを濡らしたまま目を丸くした。目の前に田んぼと畑が将棋盤《チエッカーボード》のように四方に広がっていた。遠くには富士山が見えた。異国情緒《エキゾチズム》あふれる光景だった。

入国手続きを終えると、年上の日本人紳士から声をかけられた。脂気のないガサついた頰で金歯を光らせ、金の房のついた濃紺の制服を着た彼は、私の運転手だと名乗った。彼は私のB４の大きさの空軍の青いミリタリーバッグを持ち、痛いくらいに寒さの染みる屋外に駐車していた空軍の濃紺のステーションワゴンに私を乗せ、十五マイル（約二十四キロ）ほど離れた府中まで私を運んでくれた。センターラインに木が植わっている片側一車線のアスファルトの道路を走る車中で、私はやっとくつろぐことができた。道の両脇には田んぼや雑木林、細い小さな煙突から煙を吐き出す藁《わら》葺《ぶき》屋根の農家や仏教の寺が見えた。豊作や多産を祈る場として、また狐の神を祀《まつ》り日本酒を供える場としての〝お稲荷《いなり》さん〟と呼ばれる小さな神社も道端にあった。軍のジープ、大きなアメリカの乗用車、トヨタのセダン、オートバイ、人力車など、道路を走る車の種類は驚くほど多様だった。道路に沿って走っている線路のうえを、満員の通勤電車がゴオオオオーと大きな音を立てて追い抜いていった。私は新鮮な空気が吸いたくなって、クルマの窓を開けた。その瞬間、汚物の臭いが車内に流れ込んできた。

三十分後、私たちは東京の西側の中心の新宿《しんじゅく》までつながっている京王《けいおう》線の東府中駅に着いた。両脇に街路樹が植えられた短い道路の先に、府中基地の入口があった。こぢんまりとした快適なこの基地には、第五空軍、太平洋空軍司令部、そしてこれから三年半にわたり私の職場となる太平洋軍電子諜報《ちょうほう》センター（PACOM ELINT CENTER）があった。

私は第五空軍第六〇〇〇支援航空団の兵舎に案内された。そこは近代的な寮のような建物で、私は三階にある個室をあてがわれた。窓からは田んぼが見下ろせた。夕方の弱まる橙色《だいだいいろ》の光を横から浴びて、モンペ姿の老女が懸命に農作業をしていた。遠くには青灰色の空の下で、土の空地の野球場で幼い少年たちがフライのボールを追いかけていた。

私は荷を解き、ホールの突き当りにあった風呂場《ふろば》でシャワーを浴び、持ってきた民間人の服に着替え、新居の探検を始めるために階下に降りた。

娯楽室にはソファや様々な形の椅子、星条旗《スターズ・アンド・ストライプス》新聞の最近のバックナンバーが収められたラック、ビリヤード台などがあった。そこには、背が高く華奢《きゃしゃ》で金髪をポンパドールに固めたオクラホマ出身の男がひとりで立っていた。彼は〝スリック〟と名乗り、ビリヤード台を指さしてエイトボールをやらないかと私を誘った。彼の名前を聞いたときに警戒するべきだった〔スリックには「ずるい」、スリッカーには「詐欺師」の意味がある〕。が、勝負に挑み八回連続で負けてしまった。もともと軽かった私の財布がさらに軽くなると、スリックは私を少しは哀れに思ったのだろう、あたりを案内しようと申し出てくれた。全員女性の日本人ロックバンドが延々と演奏している〈エアマンズ・クラブ〉では、スリックは私にビールをおごってくれた。彼は支給された軍票〔軍隊内でのみ通じる紙幣〕を円に替える方法を実演してみせてくれてから、私を基地の外へと連れ出した。

午後遅くに私たちは〈ハン〉と呼ばれる通りに着いた。そこは心地よく静かな場所で、両側には街路樹と小さな店舗が並んでいた。魚屋、肉屋、新鮮な果物と野菜の屋台、〈ハーブ・スロー保険〉という看板、洗濯屋の〈キング・ランドリー〉、ハンバーガーと二十五セントのソーダの看板を掲げた軽食堂の〈ウインピー〉、焼き芋屋の屋台……などなど。道の両脇にはきちんと下水溝が整っていた。

暗くなると、そこは安っぽいバーやケバケバしいナイトクラブが延々と続く通りへと変貌《へんぼう》した。それらの店には〈ザ・シルクハット〉〈ザ・プリンセス〉〈ブルー・ライト〉などという名前がつけられていた。それらの薄っぺらい木造の店には、派手に化粧して奇妙な英語を操る女の子たちがたむろしていた。水玉模様のロングスカートと軍用作業着のジャケットを着て、マスカラをたっぷり塗り、髪の毛を大きなお団子に結い上げたひとりの女の子は、自分の店〈ゴールデン・ナゲット（金色の睾丸《こうがん》）〉の前に立ち、英語で声をかけてきた。

「You like Japanese girl now,yes probably.（アナタ　ニホンノ　オンナノコ　スキ、タブン　イエスネ）」

スリックは私への友好の証《しるし》として、それから一晩かけてこの町のさまざまな楽しみかたを教えてくれた。

電子諜報

翌朝私が着任報告を行った太平洋軍《PACOM》電子諜報《エリント》センターは、府中基地の裏口近くにある二階建ての窓が一切ない建物を独占していた。この建物の壁の厚さは一メートル近くあり、堅牢《けんろう》な鉄の正面扉は、武装した空軍憲兵隊が二十四時間監視していた。私は予《あらかじ》め発行してもらっていた入館に必要な電子諜報センターの特別なＩＤカードを調べられたうえでなかへ入ることができた。

電子諜報センターは、国家安全保障局《NSA》と中央情報局《CIA》による合同指揮のもとで、電子スパイ活動、陸海空三軍の共通情報収集、そして暗号解析などを行っていた。建物内部には巨大コンピュータが収められた部屋がいくつもあり、そこの堅牢な鉄の扉も、ボタンが並んだパネルに毎週変わる秘密の暗号を打ち込まないと開かないシステムになっていた。その扉の向こうは、軍事計画が練られる場所だった。

極秘情報にアクセスする権限を持つ人物でなければ、その建物に入ることはできなかった。私の場合はＦＢＩがユーレカに派遣した捜査官によって、私の家族、近所のひとびと、友人、ユーレカ高校の職員などに聞き取り調査が行われた結果、私が反逆的な傾向のない真に忠実なアメリカ人であることが確認されていた。

電子諜報センターでは二種類の情報収集を行っていた。ひとつはアメリカ国家安全保障局が指揮するもので、国防総省の航空部隊がソ連の海軍と空軍の主要な基地があったウラジオストックをふくむ中国、北朝鮮、ソ連東部の海岸沿いを低空飛行してデータを収集し、ときには内陸部まで侵入して調査していた。もうひとつはCIAの監督のもと、高高度でこれら三か国の内陸奥深くを偵察飛行する任務だった。これらの飛行部隊は、どちらも敵の防空態勢に関連する様々な種類の情報―つまり敵の地上レーダーの様子や遠隔操作可能な測定機器など、さまざまなデータが詰まった録音テープや写真フィルムなどを持ち帰ってきた。なかでも、すでに存在がわかっている核兵器施設や、存在が疑われている核兵器施設の写真を入手することが最優先任務で、それらの情報は電子諜報センターの解析官が徹底的に分析した。

低空飛行の任務のために、第五空軍は四発プロペラ機のP2VやC135で構成された航空隊を組織し、それらは東京から南西に二十八マイル（約四十五キロ）ほど離れた横須賀《よこすか》海軍基地と台北《タイペイ》の基地から飛び立っていた。中国本土に侵入する際、飛行機は敵のレーダー探査を避けるために高度一千フィート（約三百メートル）程度の低空を飛んだ。高高度で飛行する任務のためにはロッキードU2偵察機が使用された。U2偵察機は一九六〇年にアメリカ人パイロットのゲーリー・パワーズがソ連上空で撃墜されて身柄を拘束されるまでは、アメリカ人の民間人が操縦して厚木《あつぎ》から飛び立っていた。それ以降すべてのU2は台北から台湾人パイロットが操縦することになった。彼らが持ち帰ったデータは分析のためアメリカ空軍のジェット便で、台湾からすぐさま府中の電子諜報センターに運びこまれてきた。

私は初日から解析官として働いた。六インチ（約十五センチ）の大きさのオシロスコープが目の前にあり、ダイアルやスイッチなどがいっぱい並んだ大きな精密機械で、目の玉が飛び出るほど高価なSLAパルス・アナライザーと呼ばれる操作卓や、整然と並んだデータ解析用機器――低空飛行ミッションで使われる二トラック録音の一／四インチ用テープ再生機と、U2偵察機用に使われる二インチ十六チャンネルのテープ再生機、白い紙に黒インクであっという間に高速で画像を描くブラッシュ・レコーダー、光の放射を用いて高速で画像と信号を印刷するヴィジコーダー、そして電子諜報学校時代から訓練でよく扱った何度も繰り返し再生分析のできるループ再生機……などの前に私は座った。毎朝私は出勤報告時に一本のテープを渡され、それに録音されたすべての〝音〟を分析するよう命じられた。低空飛行用の二チャンネル一／四インチのテープか、高高度ミッション用の二インチ十六チャンネルのテープを、まずオシロスコープでパルスの繰り返しの周波数を確かめて音を識別し、測定する。その後、その信号を記録したときの機体の位置を地図上で確認する。それによってレーダーの種類、性能などがわかるのだ。

監視下にある国々が使用するレーダーは、主に早期警戒レーダー、高度測定レーダー、射撃管制レーダーの三種類だった。早期警戒レーダーは侵入してくる敵の航空機の位置を突き止めるため、沿岸部に設置されていた。高度測定レーダーは侵入してくる航空機の高度を測定する。そして射撃管制レーダーは通常内陸深くに配備され、高度測定レーダーが識別した航空機に焦点を合わせる。その際に発せられる甲高い音が特徴だった。射撃管制レーダーが航空機の追跡に成功すると地対空ミサイルが発射され、その航空機を撃墜する。上空を飛ぶ私たちのパイロットたちは、そうならないように飛行技術を駆使しなければならなかったが、それ以前にどこにどんなレーダーが待ち構えているのかを把握しておく必要があり、その正確な情報を与えるのが我々の任務だった。

信号解析の結果は、偵察写真の解析の結果得られたデータと照合され、他の地上での諜報活動からの情報とともに、空軍諜報調査報告書にまとめられた。戦争が起これば、米軍のB52爆撃機のパイロットたちは、どのようにすれば敵に発見されずに敵の領空の奥深くに侵入し、ミサイルを発射されることなく飛びまわることができるかを熟知しておかなければならない。敵のレーダーの場所や能力を知り尽くしていれば、たとえば探査信号を妨害したり、実際よりもずっとたくさんの航空機が上空を飛んでいるように敵を勘違いさせたりすることで、レーダーを無効にすることもできた。

これらの戦略は電子妨害手段《ECM》と呼ばれていた。

私の仕事は、深夜の霧に煙るブランデンブルク門を背景に繰り広げられているに違いないスパイ活動とはかなり違ったものだった。しかし、ただ機械の前に座りつづける作業とはいえ、その作業の中味がアメリカの国家の安全にとってどれほど重要かということに思いを馳《は》せると、それは、それなりの緊張感を伴うスリリングな作業だった。ユーレカ出身のニキビ面の田舎者《レッド・ネック》の十九歳にとって、かつてバイトしていたスーパーでの食料品の袋詰め作業よりも、ずっとやりがいのある楽しい仕事であることは確かだった。他国の領空を侵犯していながら上層部がそれを否定していることを気に病んで夜も眠れないような人間は、私が知る限り私の職場にはいなかった。中国、ソ連、北朝鮮は共産主義国だった。そして共産主義者たちは私たちの敵だった。私たちはそんな時代を生きていた。『ゴッドファーザー PARTII』のハイマン・ロス［ユダヤ系ギャングの大物］の有名な科白《せりふ》「これは我々が自ら選んだビジネスだ」――という言葉を拝借するなら、「これは我々が自ら選んだ人生だった」と言えるだろう。当時のソ連の最高指導者ニキータ・フルシチョフもアメリカ帝国主義に厳しく抗議して、国連総会の演説では靴を脱いで手に取り、それを壇上の机に叩《たた》きつけたり、西欧諸国に対して「おまえらを葬ってやる」と言い放ったりしていた――私たちは、そんな時代を生きていたのだから。


ほかに小規模な軍事活動もいくつか行われていた。潜水艦や海上の船舶に関する情報を収集する軍艦を保有する海軍保安部《NSG》という組織は、北朝鮮沿岸の巡視を繰り返していた。その情報収集艦のひとつであるプエブロ号が、一九六八年に北朝鮮の海軍に拿捕《だほ》されたこともあった。

NSGとともに電子諜報センターに技術者を派遣していた陸軍保安局《ASA》という組織は、ソ連の軍人たちや中国の軍人たちの単なる雑談や無駄話を盗聴しつづけていた。が、その中味に興味があっても、「情報は知る必要のある者にだけ与える」という原則が存在したため、情報へのアクセスは原則禁止されていた。諜報活動はすべて、与えられたミッションを実行する部隊と、その結果を解析する部隊とに分かれていたため、任務の全貌はおろか、知り得た一部の情報の意味するところも、誰も理解することはできなかった。

　電子諜報センターでの将校と下士官の比率は、ほぼ一対一だった。陸軍、海軍、空軍、海兵隊の四つの部隊の人員も絶妙なバランスで混合され、少数の民間人も各所に混ざって配置されていた。彼らが互いを好ましく思っていなかったのは、言葉遣いによって理解できた。〝スワビー〟（甲板掃除＝海軍）、〝グラント〟（豚野郎＝陸軍）、〝ジャーヘッド〟（脳味噌《のうみそ》空っぽ＝海兵隊）、〝フライボーイ〟（飛んでるお調子者＝空軍）といった自分と異なる所属の兵隊に対する蔑称《べっしょう》が普段の会話で飛び交っていた。

　勤務は週四十時間、月曜から金曜までの朝八時から夕方五時だった。勤務時間が終わると、基地のジムでウェイトトレーニングをしたり、二週間に一度の合気道の授業《レッスン》を受けたりした。汗を流したあとは、〈エアマンズ・クラブ〉やハン通りで酒の飲み方《レッスン》も教わった。とはいえ、緊急にデータ解析が必要な場合には、十二時間連続の緊急任務に呼び出されることもしばしばあった。

　緊急任務が発令されると、解析官を呼び戻すために、ストリップ小屋のバーや裏通りの〈尺八パーラー〉（そこには、自分の番が呼ばれるまで時間を潰せるよう、無料の飲み物と〈スポーツ・イラストレイテッド〉のバックナンバーが何冊も揃えられた快適な待合室があった）、〝Turkish Bath Room: Well Come〟（トルコ風呂［ソープランドのこと。現在では使われない表現］：ようこそ）と手書きの英語で書かれた看板が立つ建物のなかを探しまわったことも一度や二度ではなかった――そこでは若い女の子が客の身体を洗ってマッサージしてくれたが、ほかにも要求すればそれに応《こた》えてくれた。誰とは言わないが、ある解析官は深夜の緊急任務に呼び出された際、耳に石鹼《せっけん》の泡を残したままだった。

　電子諜報センターに配属されてしばらく経つと、そこでの仕事が単調すぎて退屈になってきた。

U2偵察機のミッションでは、週に三度十二時間連続座りっぱなしで、同じ信号が点《つ》いたり消えたりするのを監視しつづけなければならなかった。しかし作業の重要性から常に緊張感につつまれていたことは事実だった。ミッションのため飛行してるパイロットたちがどれほど危険に晒《さら》されているかということも、私たちの脳裏を頻繁に過《よ》ぎった。そのことを思うと、退屈などとは言ってられなかった。

例えばU2偵察機は、史上最も薄くペラペラといえるほど軽量につくられた飛行機だった。それは単一エンジンでひとり乗りのロッキード社製の航空機で、ほかの航空機とは較べられない特別に設計された偵察機だった。〝ドラゴンレディ（猛女）〟の愛称で呼ばれたこの飛行機は高度七万フィート（約二万一千メートル）を飛び、あらゆる天候及び時間帯で任務を遂行することができた。翼幅百三フィート（約三十一・四メートル）で、揚力を強化するために軽量化が必要だったので、着陸用ギアはまるで自転車のブレーキのようなものしかついていなかった。離陸の滑走時には長く左右に伸びている両翼のバランスをとるため、取り外し可能な〝ポゴ〟と呼ばれる特殊な車輪が両翼の先端に取りつけられていて、それは離陸した瞬間に外れるようになっていた。着陸時には飛行機の両側を挟んで二台の専用車両が滑走路を走り、着陸しようと進入してくる機体が左右のどちらかに傾くのを防ぐため、機体の減速に合わせて作業員が手を伸ばしてポゴを再び両翼の先端に装着した。

U2の重量はフルに装備した状態で二万五千ポンド（約十一トン）、最高時速五百マイル（約八百キロ）、巡航速度は時速四百三十マイル（約七百キロ）で、飛行速度が遅くなりすぎると失速して墜落し、速くなりすぎると大破してしまう。そんな航空機の操縦席にたったひとりで座り、機体を操るために操縦桿《かん》を握るパイロットには、卓越した知能と技術、そして強い忍耐力と勇気が求められた。

U2偵察機の狭苦しい操縦席に座ったパイロットは、地球の丸みがハッキリと視認できるほどの高高度を飛びながら寒さに耐えなければならなかった。彼らは与圧スーツを着込んでフルフェイスのヘルメットをかぶっているため、鼻を掻《か》くこともできず、飲食物はチューブですすった。そんな操縦席に十二時間も座りつづけ、疲労が蓄積し、高高度のせいで奥行きの空間認識に異常を感じながらも、着陸時にはポゴを取りつけるため地上三メートルの高さで機体を急減速させて安全に着陸しなければならなかった。任務で飛行中のパイロットは、敵の国土の上空を出入りして常に撃墜される危険に晒されつづけた。そんな緊張感に包まれた任務を終えて機体から出ると、慌てて純粋な酸素を吸い込むせいで脱水症状に見舞われることもあり、血中に窒素の泡が形成されて深刻な減圧症に見舞われることもあった。

U2が飛行する高高度には敵の戦闘機やミサイルは届かないはずだったが、いつもうまくいくとは限らないことが証明された。ゲーリー・パワーズの搭乗した機体が、ソ連のスヴェルドロフスク［現在のエカテリンブルク］上空で、地対空ミサイルS75ドヴィナーに撃墜されたのだ。ミサイルが尾翼部の真後ろで爆発し、U2は仰向《あおむ》けにひっくり返ってしまい、翼を破損した。すぐに脱出装置を使い機体を離れたパワーズは、パラシュートで降下したところを拘束されてしまった。彼は貝やフグから抽出された毒薬のサキシトキシンを致死量入れた小さな注射器を一ドル紙幣に包んで携帯していたが、それを使う時間もなかった。

中国上空を飛行するのも、同じくらいの危険が伴った。中国の防空システムの強度と能力は、一九五〇年代に飛躍的に進化していた。そのため偵察機が中国本土の上空を飛行するのは、極めて困難になっていた。〝竹のカーテン〟（当時はよくそう呼ばれていた）の奥から情報を得るのは容易ではなかった。おまけに中国の通信セキュリティ・システムは非常に精巧で幾重にも保護されていたため、国家安全保障局は中国の暗号のほとんどを解読できなかった。

中国上空のU2の任務は一九六二年一月に始まった。同年九月から翌年九月までの一年間に、台湾人パイロットが操縦していた五機のU2が、中国本土上空で中国の防空迎撃機や地対空ミサイルによってすべて撃墜された。

低空飛行で諜報活動をしていたP2V機もしばしば攻撃された。ときにはひとつの任務中に何度も繰り返し攻撃されることもあった。地上からのサーチライトが空を照らし、数多くの対空砲が次つぎと放たれ、銃弾が機体に打ち込まれた。また、中国空軍のソ連製MiG17戦闘機がどこからともなく突然姿を現すこともあった。P2Vは地上レーダーを回避するため上空一千フィート（約三百メートル）よりも低空を飛行したが、その作戦がいつも成功するとは限らなかった。私が府中にいた間、三機のP2Vが中国本土上空で撃墜された。そのうちの一機には十三名が搭乗していた。合計五十人の私の知っている乗組員が命を落とした。

私が最も鮮明に覚えている事件は、低空飛行をしていたときに中国のミサイルによって撃墜されたP2Vに関するものだった。その後、墜落した機体の位置を確かめ、搭載してあった機材をすべて破壊し、録音テープを回収するため、諜報員が派遣された。回収されたテープは電子諜報センターに送られ、私はそのテープの解読を任された。私が機器の前に座り、山東《さんとう》省に向けて飛行し、航路監視装置が緯度と経度を音声で発してレーダーの位置を記録する途中、パイロットはたどたどしい英語で呟《つぶや》いていた。それが死の直前までつづいていた。

「ホクイ三十七、トーケイ百二十一」

「ホクイ三十七、トーケイ百二十」

「これより（中国）本土上空に入る」

「早期警戒機急接近」

「ホクイ三十六度、トーケイ百十九」

そこで急に甲高い機関銃の射撃音が響き、その後、現代のファックスやモデムの音によく似た、自動追尾を知らせる不快なコトコトキイキイという音がつづいた。最後に台湾人パイロットの声が残されていた。「I'm sorry. Good bye.（ごめんなさい。さようなら）」

それがテープに残された最後の音だった。バーンとか、ドカーンという爆発音は残されていなかった。ただ無音の静寂だけが残されていた。

私は気分が悪くなった。人生で初めて、勇気という言葉の本当の意味を理解した。

努力はしていたものの、CIAは中国国内の情報提供者をほとんど獲得できていなかった。中国本土の内部にいる者をスパイに勧誘し管理することは極めて困難だった。なんとか仕立てあげたそのような者を、CIAや台湾人のスパイと一緒に中国に潜入させても、たいてい彼らは捕獲されたり殺されたりする結果となった。例えば一九六二年には――それは、ずっとあとになって知ったことだが――八百七十三人の台湾人奇襲隊が、捕虜を取り返し、情報を収集する任務を負って中国に派遣された。が、そのうち百七十二人は帰らなかった。その後の一九六三年の任務での隊員の帰還率は約一五％だった。

CIAは、当時イギリスの植民地だった香港《ホンコン》への本土からの亡命者に接触し、せいぜい彼らからしつこく話を聞きだすくらいのことしかできなかった。しかしそのような方法で収集した情報は、控えめに言っても信憑性《しんぴょう》に欠けるものだった。したがって、残された最も重要な情報源として、中国上空の領空侵犯が何度も実行されたのだった。

キューバ危機の十三日間

電子諜報センターで最高のストレスを感じた時期は、のちに「キューバ・ミサイル危機」として知られるようになる一九六二年十月の二週間だった。その間に私は二十歳を迎えることになっていた。が、電子諜報センターの誰もが感じたのと同じように、そのときは生きて誕生日を迎えられないかもしれないと真剣に考えた。私たちは、ソ連の核弾頭がセンターに飛んでくることを本気で覚悟したのだった。

その年の十月十四日、ソ連がフロリダからちょうど九十マイル（約百四十五キロ）南のキューバに、核爆弾の搭載可能な準中距離弾道ミサイルを配置していることがわかった。その上空を飛んだ味方のU2偵察機が発見したのだ。その兵器は全長二十二メートル、メガトン級の核弾頭を搭載したSS-4準中距離ミサイルだった。それらの存在によりアメリカのほとんどの領土が攻撃射程圏内に入った。ミサイルがキューバから発射されたら、十五分でホワイトハウスに到達が可能だった。

十月十九日、米軍は厳戒態勢《ハイ・アラート》に入り、即時にキューバへ侵攻する準備を整えるよう命令を下した。府中でも全員外出禁止。基地に全員が閉じ込められ、週七日一日十二時間勤務のシフトが毎日組まれた。もちろん非番のときも待機が命じられた。

十月二十二日、アメリカ大統領ジョン・F・ケネディは、ミサイルの発見について全米に向けて語った。ソ連の最高指導者ニキータ・フルシチョフのことを〝不道徳《インモラル》なギャング〟と呼び、ミサイルの撤去を要求し、キューバ周辺の大西洋上で海上封鎖という軍事行動を断行した。彼はまた万一に備えて、キューバのミサイル基地を爆撃する計画も整えさせた。これに応じてフルシチョフはケネディに親書を書いた。その親書で、フルシチョフは今回の海上封鎖を「人類を世界核戦争の地獄へ導く侵略行為」と呼んだ。

重苦しい膠着《こうちゃく》状態がつづくあいだ、ワシントンとキューバとは地球の裏側にあたる場所でも、ソ連と中国の動きに対する監視を強化しつづけた。そして何らかの攻撃は避けられないと確信し、一挙に不安が高まった。アメリカや日本だけでなく世界中のニュースも、この危機についての報道一色となった。基地内の人間はアメリカ人も日本人も、不気味なまでに冷静を装いながら各人の仕事をつづけ、最新のニュースを知るためメイド・イン・ジャパンのトランジスタ・ラジオに耳を傾けていた。娯楽室のテレビはFENかNHKのどちらかのニュースが流れっぱなしで、暗い表情のアナウンサーが今回の危機の最新情報を二十四時間伝えつづけていた。基地の外のデモ隊たちは平和を訴えるプラカードを掲げていた。しかしデモ隊も、いつもよりもおとなしく見えた。

多くのソ連艦船がアメリカ海軍の封鎖を突破しようと試みた。アメリカの軍艦はそれらに威嚇射撃を行った。十月二十七日、U2がキューバ上空でソ連のミサイルに撃墜されると、国防総省は戦略空軍の防衛基準態勢《DEFCON》を、核戦争まで残り一段階しかないレベル2に引きあげた。これは六時間以内に完全武装の部隊を派遣し、交戦態勢に入れるよう準備しなければならないことを意味した。また、核爆弾を搭載したアメリカのB52爆撃機が世界中で空中待機しつづけた。アメリカの歴史上デフコン《DEFCON》がこれほど高くなったことはなかった（唯一残されたデフコンのレベル1とは、核戦争が実際に間近に差し迫っている状況を示した）。歴史家のアーサー・シュレジンジャー・ジュニアは、のちにこのときの対決を「人類史上最も危険だった瞬間」と表現した。

　この膠着状態が始まった直後、電子諜報センターの指揮官の海軍将官は、私たち全員を集めて話し始めた。彼の説明を聞くあいだ、私たちは全員息を凝らして彼を睨《にら》むように見つめつづけた。

「これは訓練ではない」彼は、重々しい口調で話し始めた。「いま我々が直面している危機は、どれほど誇張しても誇張し過ぎとは言えない。現実として核戦争が勃発《ぼっぱつ》し、我々全員があの世に行く可能性がある。書くべき手紙があるなら、いま書いておくことを勧める。君たちには次の機会などないかもしれないから……」

　私はお茶《ちゃ》の水《みず》の語学学校に電話し、しばらくのあいだ東京には行けないと告げた。

　ソ連がキューバに送ったのと同じような弾道ミサイルは、アメリカ軍も沖縄に配備していた。そのことを、当時はソ連も他のどの国も知らなかった。ミサイルは全部で八基あり、六か月前にトラックで輸送され、沖縄の地下ミサイル基地に隠されていた。〝TMAHORN Mace〟と書かれたこれらのミサイルは、全長十三メートル、重さ八トン。それぞれの内部に、一・一メガトンの核弾頭が詰められていた。それは広島に落とされた核爆弾の七十五倍の威力で、半径五キロ以内のものをすべて抹消し、そこに二十階建てのビルと同じ深さのクレーターをつくる能力があった。そして、その後数十年間も放射能で汚染されることになるのだ。射程距離は比較的短いものの、ウラジオストックは射程圏内で、中国も同じだった。基地の者の多くは現実に起こりうることとして、沖縄の核ミサイルが上海《シャンハイ》や北京《ペキン》を全滅させ、その報復に沖縄の住人九十万人が攻撃される可能性が高いと考えた。もしかしたら大阪や東京でさらに数百万人が犠牲になるかもしれないとも思っていた。もちろん、電子諜報センターは真っ先に標的となるだろうと確信した。

私たちは、家族に手紙を書いた。アメリカの郵便業務にはヘロドトスの詩をもじったモットーがあり、郵便配達員は「雪にもみぞれにも、夜の暗がりやどんな気象状況にも負けずに職務を行う」とあった。しかし、「核の冬にも負けず」という言葉は入ってなかった［核戦争が起こると大規模な人為的環境変動が起こり、「核の冬」と呼ばれる氷河期が訪れるとされている］。我々はそのことに一抹の不安を抱きながらも黙々とペンを走らせた。基地から外へは一歩も出られなかった。私たちは〈エアマンズ・クラブ〉で毎晩互いを慰めあったり、心の奥に広がる恐怖で取り乱したり、滅茶苦茶《めちゃくちゃ》に酔っぱらってその恐怖を忘れようとしたりして、現実の状況となんとか折り合いをつけて心の平静を保とうとするほかなかった。

そんな状況で十月二十四日に私は二十歳の誕生日を迎えた。日米地位協定のもとで米兵が守らなければならなかった日本の法律上、二十歳になった私は飲酒が合法となった。私は、その事実を法律に従って祝った。そのときは、酒を飲めるようになったこと以外に祝いたくなるようなものは、ほかに何も見当たらなかった。

「ホワイティング君、誕生日おめでとう」とスティーヴ・マックィーン似の仲間が言ってくれた。「あとはきみが二十一歳まで生きられることを祈るばかりだな」

私たちのほとんどは、自分たちが死ぬにはまだ早すぎると思った。しかし第二次世界大戦で戦死した兵士の平均年齢も、それほど高くないことを誰かが指摘したことで、私たちは考えを改めた。軍人なら死んでもおかしくない年齢なのだ。私たちは恐怖で錯乱し、平常心を失い、徐々に酔いにまかせてアルコールの海に溺《おぼ》れていった。

しかし幸運なことに、私たちのまったく知らないところでケネディとフルシチョフの裏ルートの交渉が進行し、狂気よりも正気が勝利した。十月二十八日、このふたりのリーダーはひとつの取り決めに合意した。アメリカは今後はキューバに侵攻しないと宣言し、トルコとイタリアに配備していた中距離弾道ミサイル〝ジュピター〟を秘密裏に撤去することを条件として、ソ連は国連の監督下でキューバのミサイルを撤去し、ソ連に引きあげさせることになった（この対話の副産物として、ケネディとフルシチョフはワシントンDCのホワイトハウスとモスクワのクレムリンのあいだにホットラインを開設した）。

この取り決めが発表されると、私たちの誰もが胸をなでおろした。これを機に教会通いを始める者も何人かいた。

私は、お茶の水通いに戻ることにした。

ラドリオ

語学学校は、御茶ノ水駅から坂を十分ほど下った神保町《じんぼうちょう》の商店街すずらん通りにあった。担当の授業の合間に、私たち（先生たち）は、すぐ近くの煉瓦造《れんがづく》りの喫茶店〈ラドリオ〉で、よくザクロのソーダをストローですすりながらあれこれ喋《しゃべ》って時間を潰した。すずらん通りの先のクラシック（だったと思う）音楽を流す喫茶店〈ミロンガ〉や、その近くのスイスのアルプスの山小屋のような〈さぼうる〉に行くこともあった。ときには授業のあと、すずらん通りに数多くある小さなレストランへ夕食を食べに行ったりもした。

そのころには、私は日本の食事にすっかり慣れていた。鮨《すし》や刺身など生の魚は難なく食べることができた。鰻重《うなじゅう》やチャーハンも問題なかった。もちろんチーズバーガーのほうが好きなことには変わりがなかったが、日本のレストランは美味《おい》しいチーズバーガーのつくり方をわかっていなかったようだった。そのため、たまにステーキを食べる以外は日本の料理を食べつづけた。私はグルメではなかった。私にとって食べ物は身体を動かすためのただの燃料にすぎなかった。私が育った家では夕食の席はまるで戦場で、できるだけ早くさっさと食べ終わり、一刻も早くそこを離れたかった。そんな家庭で育ったのだから。

神保町界隈《かいわい》には、大正時代の二十世紀初頭に創業した〈野崎《のざき》屋刃物店〉もあった。そこには伝統的な手づくりの刃物から手や足用の爪切りまで、想像することのできる刃物はなんでも揃っていた。あらゆる種類のハサミもあった。左利き用ハサミ、超小型バサミ、床屋用ハサミ、植木バサミ……などなど。また、包丁、スイスのアーミーナイフ、登山用ナイフ、狩り用ナイフ、柄に真珠が埋め込まれたナイフもあり、地元のヤクザもよくそこで買い物をしていた。夏には涼しい店内で一息つくことができた。サウナのような湿気の多い日本の暑さが和らぐと、商店街では竹のカゴに入った鈴虫を買うこともできた。蟬の声が止み、鈴虫が歌う〝虫の音〟を聴くと、日本の涼しい秋を迎える気持ちになった。

〈ラドリオ〉には大きなテレビが置いてあった。クイズ番組やニュース、時代劇、西部劇などが映っていることもあったが、大抵はスポーツ番組がつけられていた。それは東京のどのレストラン、バー、居酒屋も、ほとんど同じだった。

そのころの日本人は明らかにスポーツ中毒に陥っていた。毎晩のゴールデンタイムと週末はいつも、テレビの野球中継だった（しかもほとんどすべてが読売ジャイアンツの試合だった）。野球でなければ、相撲だった。大相撲の本場所は年に六回、十五日間のリーグ戦が夕方四時から六時まで放送された。野球は通常は週に五日、ナイターが放送された。金曜日の夜には、プロレスの試合の『三菱ダイヤモンド・アワー』が放送された。単なるショーであるプロレスを、日本人がスポーツとして真剣に見ていることは驚くべき発見だった。

そんななかで私が歴史の目撃者となったのは、一九六三年五月二十四日の〈ラドリオ〉でのことだった。私は七千万人のひとびとともにテレビ画面の前で、日本人プロレスラー力道山《りきどうざん》とアメリカ人レスラーでWWA（世界レスリング協会）世界ヘビー級前チャンピオンのザ・デストロイヤーの試合を観戦した。

空手チョップで知られた力道山は国民的な英雄だった。筋骨逞《たくま》しい元力士の力道山は、自分よりもずっと大きく狂暴なアメリカ人レスラーを打ち負かすことで、一九五〇年代半ばごろから日本で大きなプロレス・ブームを巻き起こしていた。それらの試合は大抵細かく筋書きが決まっていた。なかには八百長――良く言えば演技の振付――に、気づいている日本人もいたが、大多数の初《うぶ》な国民はそれに気づいておらず、敗戦から立ち直ろうとしていた日本人の多くは力道山の〝活躍〟に勇気づけられていた。一九五七年十月七日に四万七千の座席のある後楽園スタジアムで行われたルー・テーズとのNWA世界ヘビー級選手権の試合は六十分時間切れ引き分けとなったが、ある雑誌の調査によるとこのときのテレビ視聴率は八七％だった。

力道山のほとんどの試合は筋書きどおりに進行した。が、なかにはそうでないものもあった。一九五四年十二月に行われた試合では、力道山が柔道の全日本選手権優勝者である木村政彦《きむらまさひこ》を病院送りにした。木村は力道山とタッグを組み、シャープ兄弟などと闘っていたレスラーだった。が、そのときは二人が雌雄を決して一騎打ちをすることになったのだった。そこで力道山は突然木村が反則をしたと怒りだし、木村を滅多打ちに殴り始めた。空手と拳《こぶし》で力道山に滅多打ちにされた木村は、意識朦朧《もうろう》となってコーナーにうずくまった。前歯が折れ、顔にいくつもの傷を負い、血まみれとなり、目の上の醜い切り傷は試合後に数針縫わなければならないくらいだった。

ザ・デストロイヤー、本名リチャード・ベイヤーは身長五フィート十インチ（約百七十八センチ）、体重二百ポンド（約九十一キロ）。シラキュース大学ではアマチュア・レスリングで活躍し、また一九五三年のアメリカンフットボール大学対抗オレンジ・ボウルではガードの一員としてスターティング・メンバーに選ばれた。彼は真面目なレスラーだった。が、彼のプロとしてのキャリアは、顔をすべて隠すマスクを被《かぶ》るようになってから花開いた。マスクは妻のガードルでつくられたものだった（「女性のガードルは世界で一番脱がせにくい」と彼は記者に説明していた）。ザ・デストロイヤーはその直前にロサンゼルスで行われたWWAタイトルマッチで、身長六フィート十インチ（約二百十センチ）、体重二百五十ポンド（約百十三キロ）のジャイアント馬場《ばば》と勝負していた（その〝結果〟は、日本での本格デビューを前に、アメリカで武者修行をつづけていた馬場の〝反則負け〟だった）。

ザ・デストロイヤーの必殺技は4の字固めで、一度その技をかけられると誰も逃れることはできなかった。彼は、自分がかけた4の字固めを抜けられた者に一万ドルを支払うと公言していた。

ザ・デストロイヤーと力道山は、私や多くの日本人がテレビで目撃した〝歴史的一戦〟の直前にも、五月十九日に大阪で闘っていた。その試合の半ばで、ザ・デストロイヤーは力道山に4の字固めを掛けようとした。が、力道山は、からくも逃れてこの試合を何とか勝利した（という筋書きだった？）。

ところが、それから五日後の試合は様相が一変した。この日も力道山の勝利を期待し、代々木《よよぎ》の東京体育館は一万五千人の観客で超満員。日本人の多くがテレビ画面の前に座り、〈ラドリオ〉もすべての席が埋まり、テレビを置いた日本中の施設が同じ状態になった。駅前の広場も、駅のなかも、街中の電器店のショーウィンドウの前も、すべてひとで溢《あふ》れかえった。そして試合が始まると、その瞬間から、街全体がこの試合を見るために静止してしまったような状態になった。

通常は物静かな日本人客も、アルコールの力を借りて力道山の名前を連呼した。そしてアメリカから来た相手レスラーにヤジを飛ばした。ザ・デストロイヤーは目を突いたり髪を引っ張ったりする反則を連発。対する力道山は空手チョップで応戦。ザ・デストロイヤーの口を狙って必殺のチョップを何発も浴びせた。

「ジャップの野郎ども、どうしようもねえな」と英会話学校の同僚のキ医師が二番目に大きなジョッキに入ったビールを飲み干し、真っ赤になって言った。「やつら、この馬鹿げたデタラメを本気にしてやがる」

しかし力道山とザ・デストロイヤーのこの日の試合は、日本のプロレスでは珍しく仕組まれていない試合だった。

試合半ばにザ・デストロイヤーが4の字固めを掛けたときから様相は一変した。絶対に外れない必殺技が完全に掛かってしまったのだ。抜け出せない力道山は、いろいろな方向に動いて転がりまわった。が、ザ・デストロイヤーの技はますますきつく絞まり、痛みも増していくようだった。力道山は少しでも痛みをやわらげようと、なんとか反転して俯伏《うつぶ》せになった。すると今度はザ・デストロイヤーの足が痛めつけられた。が、ザ・デストロイヤーも必死になって体勢を戻し、再び優位に立った。ふたりは凄《すさ》まじく苦しんでいた。しかし力道山の苦しみのほうが勝っているようだった。彼は痛みに叫び声をあげ、顔を引きつらせてリングのマットを叩きつづけた。しかし彼は、ギヴアップだけはしなかった。彼は闘って闘って闘いつづけた。そして、ついに審判が試合を止めた。審判は、この試合がこのままつづけばどちらかが死ぬと判断し、試合を止めて引き分けを宣言したと、あとになって説明した。このときは審判がふたりの絡み合った足を引き離すのにも、相当な時間がかかった。その後力道山は、三日間の入院を余儀なくされた。

この年に始まったニールセン／ビデオリサーチの調査によると、このテレビ中継の視聴率は六四%、つまり実際に七千万人近くの日本人がこの試合を観たという。力道山とルー・テーズの試合の頃はテレビの台数が少なかったため、今回の試合のほうが視聴者数はずっと多かったに違いない。

ガイジンと外国人

私は日本語の文法の教科書を買い、その学習の過程で日本文化についてボーリュー神父からいろいろ学んだ。「ほとんどの日本人は、調和《ハーモニー》と体面《フェイス》を重んじています」と彼は説明した。「そして日本人は、互いの日本人に対してとても礼儀正しく接します」

「日本語は日本人の体面を保つのに最も適した言語なんです」と、ボーリュー神父はつづけた。「文法の構造を考えてごらんなさい。『お茶が好きです』、『太郎《たろう》が好きじゃありません』といった具合に、目的語を文章の一番前に持ってくることもできます。すると最初に、対話している相手の表情を観察することができます。太郎の名前を最初に出したときに、相手が太郎を好きだと気づいたなら、動詞を『好きじゃありません』から『好きです』に変更することもできるのです。日本人が日本語をつくり、また日本語が日本人をつくったということですね」

「アメリカ人は、『私は自分の考えを言う。ほかの人がどう感じるかは気にしない』と考えます。けど、日本人は違う。そこが大きな違いです。日本人の好きな言葉はなんだと思いますか？　それは、〝和〟と〝思いやり〟です。わかりますか？」

「はい。わかりました」と私は答えた。

ボーリュー神父はまた、日本人は西欧人よりも死とうまく向き合っているとも言った。

「〝お葬式〟に行くと、いつも死に対する日本人の敬意の深さに驚きます。西欧では誰かが死ぬと、お通夜、お葬式そして埋葬とほんの数日ですべてが終わります。日本では、お通夜とお葬式を終えると火葬場へ移動し、そこで死者の灰のなかから、特殊な長い箸《はし》で出席者全員が順番に骨を拾います。それはまだ序の口で四十九日間の喪に服する期間があり、その間に故人の魂は来世に旅立つ準備ができ、故人が来世に入りやすくなるように仏教の僧侶《そうりょ》が適切な名前［戒名］を考えます。もちろんそれによって」と彼はつづけた。「僧侶がお布施を受け取る機会が増えることにもなります」

「〝結婚式〟では当事者ふたりへの敬意はもちろんありますが、本質的には二つの家、家族が結びつくことを意味します」

「日本人はガイジンを差別していると思いますか？　キ医師がいつもそう言っているように……」と私は訊《き》いてみた。

「ええ、もちろん。プロ野球チームはガイジン選手を三、四名に制限しています。一部の場所、特にレストランなどでは、外国人の立ち入りを禁止しているところもあります。一部の不動産屋もガイジンを受け付けないことがあります。彼らは言語が違うことを最も心配しています。確かに差別はありますね。大抵の日本人は、常に外国人がまわりにいることには不快を感じるようですね」

スパイと麻薬

私たちの仕事は〝トップ・シークレット〟だった。そして時には〝ウルトラ・シークレット〟に区分されることもあった。U2偵察機に関しては特別に高度な機密事項だったため、日本に駐留しているアメリカ海軍にさえ知らされていなかった。もちろん私たちも自分たちの仕事について、電子諜報センターの外部の者には絶対に話してはならなかった。私が軍を除隊したときは、府中での任務について、その後二十五年間口外しないと誓約書に署名させられた。もしもその誓約に反する行為を行えば、カンザス州レヴンワースの軍事刑務所に長期間収監される判決が下されることになっていた。アメリカは日米安全保障条約でのパートナーである日本政府にも、電子諜報センターの活動の内容は知らせていなかった。私がそこにいた数年間で、日本政府や自衛隊の職員を敷地内で見たことは一度もなかった。事実、建物のなかで見た日本人は清掃員だけで、彼らが入ってくるときも、すべての機密情報をファイルキャビネットや金庫に仕舞い込んで施錠したあと、武装した警備員の監視つきでようやく入室できたくらいだった。すべての軍事情報は厳重に管理され、隠されていた。

……そのはずだったのだが、一九六〇年初頭にU2偵察機が燃料切れを起こし、地元のグライダークラブの滑空場に不時着したことがあった。すぐに武装したアメリカ軍の警備員が現場に急行し、奇妙な形の飛行機を野次馬たちの目から隠した。が、日本のマスコミのヘリコプターが上空を旋回して撮った写真が、すぐに新聞や週刊誌に掲載された。その数か月後には、別のU2が基地の近くの田んぼに墜落し、武装した海兵隊員が墜落現場を封鎖する前に、住民たちがそれを間近で見てしまった。六月にパワーズの乗っていた撃墜されたU2の写真がソ連共産党の機関紙〈プラウダ〉に掲載されると、日本政府は初めて基地で何が行われているのかを知り、U2偵察機の配備撤回を求めた。パワーズ事件で少々浮足立っていたアメリカ軍は、U2を台湾に移転せざるを得なかった。しかし電子諜報センターの仕事は、依然として極秘裏につづけられた。

五〇年代末に厚木海軍基地の司令官だった海軍大佐アラム・Y・パルナックは、のちにジョン・F・ケネディを暗殺するリー・ハーヴェイ・オズワルドを覚えていた。オズワルドは一九六〇年にソ連に亡命する前、厚木で海兵隊のレーダー・オペレーターとして、U2偵察機の追尾活動を行っていた。オズワルドがソ連の上司に情報を渡したせいで、ソ連はアメリカの偵察機を撃墜できたのではないかと疑われた。

一九六三年十一月まで……つまり、あの〝大事件〟が起こるまでは、私が勤務していた府中でオズワルドの名前が出たことは一度もなかった。ジョン・F・ケネディの暗殺のニュースは、まるで手榴弾《しゆりゆうだん》攻撃を連続して受けたかのように爆発的に廊下を駆け抜けた。誰もがショックと悲しみを隠しきれなかった。ただし、それは私が鮮明に覚えているひとりの人物を除いてのことだった。アフリカ系アメリカ人でデトロイト出身のマホーンという名の下士官は、私の部屋に顔を出してこう言った。「君たちの大統領が死んだらしいね」彼の目に同情の色はなかった。それ以来「君たちの大統領」という彼の言い方が、私の心の片隅に残りつづけた。

ジョン・F・ケネディが暗殺された翌日、ある日本人女性が私を横浜《よこはま》のレストラン〈クリフサイド〉での夕食に誘ってくれた。彼女は以前、海苔《のり》会社の社長に連れられて行ったクラブのホステスで、〝私の大統領〟が亡くなったことを〝慰める〟この小旅行のために、運転手つきのリムジンまでレンタルしてくれた。そして食後は、彼女が予約してくれた横浜グランド・ホテルのスイートルームに泊まった。いま思い出しても、彼女の英語はなかなか上手だった（この出来事については、詳しく後述することにしよう)。

マホーンは、大多数の日本人をふくむ多くの連中とは違い、この事件にまったくショックを受けていなかった。東京で知り合ったひとたちのなかには、わざわざ私にお悔やみを言いにきてくれたひともいた。夕食に連れ出してくれるひとも何人かいた。ふたりの知人は、実際に花まで届けてくれた。そのような行為には心に温かいものを感じると同時に、なぜここまでしてくれるのかと少々困惑もした。

電子諜報センターでは、我々の敵は、ソ連、中国、北朝鮮の共産主義であることを、ことあるごとに叩き込まれた。さらに私たちのなかにも共産主義のスパイがいると警告されていた。私たちは、常に警戒を怠らないよう指導された。

私の直属の上司の海軍機関長は、格言を口にするのが好きで、「軽口で船は沈む」が口癖だった。そして「何をしているのかと訊かれたら、レーダー・オペレーターだと、それだけを答えろ。基地の外の女たちも含めて、他人の前では絶対に酔っぱらうな」と言っていた。

日本共産党は占領時代から活発に活動していた。党員は五万人しかいなかったが、中国とソ連の支援を受け、米軍の駐留に反対するデモを展開した。

一九六〇年には、政治に関心のない一般の日本人も日米安全保障条約の延長に反対し、同年の五月と六月には数百万ものひとびとが抗議デモを繰り返した。最も激しかった抗議は訓練された共産党が主導した全学連と、思想的に彼らに傾倒していた学生たちによって引き起こされた。彼らは機動隊との衝突を先導した。内部にいた者からの情報によると、全学連は日本共産党から資金援助を受けていたという(抗議に参加した学生には二百円から三百円の日当が支払われ、無料の弁当も出ていたらしい)。

日米安全保障条約延長の国会通過を妨害しようとして、一九六〇年六月十五日の夜には約一万四千人の全学連のメンバーが国会議事堂を襲撃し、スチール製のヘルメットをかぶった四千人の機動隊員めがけて石やゲバ棒が投げつけられた。この乱闘のなかで二十二歳の東京大学の女子学生が踏みつけられて亡くなった。あまりにも暴力的な抗議デモの結果、予定されていたドワイト・アイゼンハワー米大統領の訪日はキャンセルされたのだった。

「モスクワと北京は日本の中立化、さらには日本の奪取が第一の目標だということを明確にしてきた」と元駐日アメリカ大使ダグラス・マッカーサーII世（有名なマッカーサー将軍の同名の甥《おい》）は語った。

電子諜報センターのほとんどの米軍将校は、外部の者をすべて怪しむような目で見ていた。入口のゲート近くで政治的なプラカードを掲げる日本人も、金網のフェンスの向こう側から望遠レンズをつけたカメラで基地の施設を写真に撮るカメラマンたちも……。私たちは誰に対しても常に油断しないよう命じられていた。情報交換のために横須賀や厚木の海軍基地へ移動する際の〝パパさん〟と呼ばれていた日本人運転手や、〈エアマンズ・クラブ〉で私たち相手に接客する日本人ウェイトレス、ハン通りにあって私たちがたまに行くコリアン風焼肉レストランの支配人、中華レストラン〈大飯店〉の中国人経営者、商店街にあるバーにたむろしているアメリカの軍人とも民間人とも言えない西洋人の常連客、それに府中に長く住んでいる酔っぱらいの白系ロシアの老人は、ハン通りのバーに出没しては片言の英語で私たちによく話しかけてきたが、彼らのすべてに潜在的にはスパイの可能性があるようにも思われた。

基地の外の道路やバーや商店街などをうろつき、じっさいに武器を買おうとしている怪しげな人物もいた。それがただのヤクザなのか、もっと悪い動機を秘めた共産主義のスパイなのか、それを判別するのは難しかった。麻薬を密売する者もいた。それもただ金儲《もう》けのために行うだけでなく、軍の機密を漏らさせようとしていたり、GIを麻薬中毒にして少しでも敵の能力の低下を狙っている者もいる、と私たちは聞かされていた。

じっさいに兵器の売買が行われていたとしても、私はその現場を見たことがなかった。しかしG

Iが立川や横須賀で銃を売って逮捕されたという報告は、たまに耳にした。数百ドルで拳銃《けんじゅう》を売り、盗まれたと言い張った空軍の馬鹿な憲兵隊員がいたことは、私も知っていた。彼は当然刑務所に送られた（電子諜報センターの夜間警備中に、退屈しのぎに拳銃で遊び始めて手を撃ち抜いてしまった空軍憲兵隊の警備員も、彼と同じくらい馬鹿だった。翌朝私が出勤すると、入口の机には血と肉の破片が飛び散っていた。彼も本国に強制送還された）。

麻薬は兵器よりも目についた。ハン通りを歩いていると誰かが近寄って来て、〝ジャブ〟に興味がないかと、しょっちゅう訊かれた。私はそれに引っかかったことはなかったが、彼らについて行き、それが軍にばれて本国に送還され、除隊させられた仲間が何人かいたことは知っている。

立川基地の外には「ヘロイン窟《くつ》」まであった。ヘロインは中国や北朝鮮のスパイからバーの女の子の手にわたり、そこへ持ち込まれた。立川には共産主義に賛同し、スパイ活動と破壊工作に従事していると思《おぼ》しき中国人やコリアンの住民も数多くいた。〈ニッポンタイムズ〉［〈ジャパンタイムズ〉は一九四三年から五六年まで〈ニッポンタイムズ〉と改称していた］の記事によると、一九五三年六月に朝鮮戦争が終結する頃には、ヘロイン窟は十軒以上もあり、常用者は数百人もいたという。韓国で従軍したGIがその数をさらに増やした。GIたちは朝鮮半島でヘロインを覚え、韓国のバーの女の子からヘロインを受け取って日本に持ち込んだ。GIのなかにはヤクザにヘロインを売って麻薬取引に手を染める者までいた。

当時と較べると、軍はいくらか浄化されていたが、麻薬が完全に一掃されていたわけではなかった。知り合いのデックマンという男は管理部門の航空兵で、兵舎では私の隣の部屋に住んでいた。彼はヘロイン窟のひとつに通い、そのうち中毒になった。立川駅から基地まで彼と一緒に歩いていると、彼は私に窟のひとつを指さして教えてくれた。それは西洋風の普通の家で、基地の正門からそれほど遠くない場所にあった。そこに入ってリヴィング・ルームの椅子に座ると、〝ママさん〟がメニューを持ってくる、と彼は教えてくれた。「メニューと一緒に熱いおしぼりと淹《い》れたてのお茶を、いつも出してくれた」と彼は言った。「そんなサービスをしてくれるのは日本だけだよ」

そこでは、パイプ、煙草、注射針のどれかを選べたという。煙草は、煙草の先を舐《な》めてヘロインの粉の入ったボウルに差し込み、そして火をつけて吸った。彼は足繁く通い、すぐに煙草を卒業して注射針へと進んだが、ある日、床でもがき苦しんでいるところを、匿名の救急要請に応じてやってきた医師によって麻薬中毒であると診断され、本国に強制送還された。その後は、ロサンゼルスのダウンタウンで路上生活をしているらしい、というのが私が聞いた彼の最後の噂だった。

私たちが東京へ出かけるときは、特に六本木《ろっぽんぎ》や赤坂《あかさか》界隈では注意を怠らないようにと注意された。私の上司だった海軍機関長によれば、そこは「共産主義スパイの巣窟」だった。〈クラブ88〉や〈ニコラス・ピザ〉からほんの数歩のところにソ連大使館があり、その二軒の店のどちらにもソ連のスパイが常連客として通っていた。そう言えば米軍基地内の米軍の活動に関する情報などを得ようとして、ロシア人のスパイが星条旗新《スターズ・アンド・ストライプス》聞のアメリカ人社員たちに賄賂《わいろ》を贈ろうとしたという話を聞いたこともあった。のちに私が親しくなったトム・スカリーは同新聞社の社員のひとりで編集者だったが、彼はソ連のスパイから何度もワインや夕食を奢《おご》られたという。そのスパイは寝返る代償として現金数千ドルとその他の待遇をスカリーに提示した。スカリーはワインと食事を存分に楽しんだうえで現金を断り、そのスパイを日本の当局に通報した。その結果、スパイは国外追放処分になったという。

スパイの活動拠点として公安から特に目をつけられたのは、〈ニコラス・ピザ〉から通りを挟んでちょうど向かいにあった〈インターナショナル・クリニック〉だった。この病院は、前述したように白系ロシア人医師のユージン・アクセノフが経営していた。彼の両親はロシア革命のときに中国のハルビンに亡命。彼自身は戦前にそこから医学生として東京にやってきた。学費を稼ぐため日本の戦争プロパガンダ映画に出演し、強いロシア訛《なま》りの英語をしゃべって捕虜となったアメリカ人パイロットの役を演じたこともあった。その後彼は、国籍もパスポートもないまま東京にとどまった。アクセノフは流暢《りゅうちょう》なロシア語を話し、待合室の革張りのソファは近くにあるソ連大使館から来てロシア語の雑誌を読んでいる患者でいつもいっぱいだった。

冷戦の緊張が頂点に達すると、証拠はそれだけで十分だった。すべての桜の木のうしろには共産主義者たちが隠れているに違いないとまで疑うようになった日本の当局は、この病院に目をつけた。公安調査官はアクセノフを常に監視するようになった。覆面捜査官がタクシーや覆面パトカーで東京中を追い回した。アクセノフの行く先々に公安の刑事が現れ、同じレストランで食事をし、電話を盗聴した。が、じっさいは盗聴が下手だったため、捜査官同士の話し声がよく聞こえたと、アクセノフが友人に語る程度の結果に終わった。

両国

両国《りょうごく》は戦後の焼け野原から再建が進み、新しく多くの相撲部屋も建て直され、徐々に復興に向かっていた。しかし終戦直後の数年間は、電気も暖房用の燃料も食糧もすべてが欠乏していたため、主食は家畜の飼料用に育てられたサツマイモと、時折手に入る薄められた牛乳しかなく、大勢のひとびとは生活を闇市に頼っていた。

富士銀行は大相撲のスポンサーだったため、〝私の生徒〟だった銀行員たちにはコネがあり、私を誘ってくれて近くの相撲部屋で稽古《けいこ》を見学することができた。その相撲部屋は何の変哲もない大きな木造の建物で、部屋の名前が大きく正面玄関に掲げられていた。なかは広い土間になっていて、毎日の稽古で使われる土俵があった。なかに招き入れられた私たちは、土俵の横にあった畳の間に座った。そして出されたお茶とケーキをいただきながら、太った若い力士たちが取っ組み合うのを見せてもらった。

私はこれほど太った人間を見るのは初めてだった。彼らは体重を増やすために〝ちゃんこ鍋《なべ》〟と呼ばれる特製のシチューを食べるのだと、私を誘ってくれた瀬山《せやま》さんが教えてくれた。彼は背が低く痩《や》せ型で、銀行の口座部門の副部長をしていた。「彼らはビールもたくさん飲むんですよ」と彼はつづけた。

先輩の〝関取〟と呼ばれる〝力士〟が、背中や太腿《ふともも》を竹刀で乱暴に殴って若い力士を指導していた。殴られた者は痛みにうめき声をあげていた。

バシッ、バシッ！　という音と、うううん……という痛みから発せられるうめき声が聞こえ、再び、バシッ‼　という音が響いた。

「ジーザス（なんてことだ）！」と私は声をあげた。「人間がこんなふうに扱われるのは見たことがない。軍隊でもこんなに酷《ひど》くはない」と、私が言うと、瀬山さんは、「体罰は彼らにとって教育の一部なんです。体罰によって、より強い力士ができあがる」と、言った。その声は堂々としていたが、どこか妙に捻《ねじ》れたプライドのようにも思えた。

彼は四十代で、日本一の名門大学である東京大学の卒業生だった。度を超した真面目人間の彼は滅多に笑うこともなく、彼の楽しみはサルトルやキルケゴールを英語で読むことだった。しかしそんな彼でも、目の前で繰り広げられている暴力を楽しんでいるように見えた。

相撲は日本古来から存在したスポーツで、柔術とともに日本の古い武術《マーシャルアーツ》だった。

相撲の起源は何世紀も昔、ほとんど神話の時代まで遡《さかのぼ》る。西暦七二〇年に完成した『日本書紀』にも言及され、皇室の儀式としても行われた。興行としての相撲は江戸時代に始まり、当初力士は浪人がなるものだった。ごく初期の相撲では力士は時に死ぬまで戦い、頭蓋骨《ずがいこつ》や肋骨《ろっこつ》を砕くこともあった。が、今日の相撲の取り組みはもっと穏やかなものになっていた。

相撲の取り組みでは、髷《まげ》を結った力士が、〝廻《まわ》し〟と呼ばれる精巧な帯だけを身に着ける。力士は、〝土俵〟と呼ばれる土でできた直径四・五五メートルの小さな円形のリングから敵を押し出すか、地面に倒そうとする。重心が低いことが求められるため、力士はできるだけたくさん食べて太らなければならない。そのため、百三十キロ未満で成功した力士はほとんどいない。

力士は、日本の主要都市で年に六回開催される十五日間の優勝をかけたリーグ戦に出場する。力士を訓練するために規則によって権威を与えられた相撲部屋は少数しかなく、出場力士は全員そのいずれかに所属していた。

相撲は儀式に始まり儀式に終わる。その多くは神道に由来している。取り組みを始めるために、ふたりの力士が土俵にのぼり、まず四股《しこ》を踏み、清めの塩をまき、取り組みに向けて士気をあげるために、両拳を地面につけて四つん這《ば》いになり、睨み合う。対決前の精妙なウォーミングアップの儀式として、伝統的な色彩豊かな錦《にしき》織りの衣装を身につけた行司の前で、それを何度か繰り返してから闘うのだ。

一九六三年九月、私は蔵前《くらまえ》国技館で開催されている九月場所の千穐楽《せんしゅうらく》に招待された。蔵前国技館では、年に六回あるリーグ戦のうち、三回が行われた。一万一千人を収容できる大ホールには一階席と二階席があり、一階席は最大四人が畳の上で胡坐《あぐら》をかいて座る升席に区切られ、二階には一般的な椅子の観客席が並んでいた。その日の注目の取り組みは、当時のふたりの大横綱、大鵬《たいほう》と柏戸《かしわど》の対決だった。そして運命的なことに、その取り組みは大相撲の歴史に残るものとなった。瀬山さんの説明によると、大鵬はその時すでに戦後最も偉大な横綱と称賛されていた。身長百八十七センチ、体重百五十三キロの大鵬は当時二十三歳で、すでに十一回優勝していた。彼の名前は不死鳥で〝巨大な鳥《ビッグバード》〟を意味した。セサミストリートでビッグバードのキャラクターが現れる六年前のことだった。大鵬は日本最北の島である北海道の出身。ロシア革命により亡命したウクライナ人のコサック隊員マルキャン・ボリシコと日本人の母親の間にできた息子で、当時日本領だった北方の島サハリン（南樺太《みなみからふと》）で生まれたが、第二次大戦末期にソ連軍が侵攻してきたため、一九四五年には北海道に引っ越した。以来大鵬は、母親に育てられ、モスクワへ帰った父とは二度と会うことはなかった。

彼は一九五六年に木樵《きこり》として働いていたところをスカウトされ、二所ノ関《にしょのせき》部屋に入門した。その当時、彼の体重はたった七十キロだったが、スピード出世を果たして一九六〇年には関脇の地位で初優勝。それによって彼は大関に昇進したが、その優勝はその後の彼の三十二回に及ぶ優勝の幕開けとなった。大関で二度の優勝を果たした彼は、一年後には早々と横綱に昇進。大相撲の歴史で当時最年少の横綱昇進だった。その頃には大量のちゃんこ鍋とビールのおかげで、大鵬の体重は百五十キロまで増えていた。大鵬は一日四時間の稽古を欠かさなかった。木の柱を両手で交互に叩く〝てっぽう〟を行ったり、胸や頭でも柱にぶつかったり、柔軟性を身につけるため、数えきれないほどの股《また》割りや屈伸運動もやった。大鵬の得意技は安定した寄り切りだった。肌が白くハンサムで真っ黒な髪の大鵬のもとには、女性ファンから結婚の申し込みが殺到していた。

大鵬の最大のライバルが柏戸だった。百八十八センチ、百四十キロの筋肉質の柏戸は北国の山形出身で、本名は富樫剛《とがしつよし》。一九五四年に十六歳で伊勢ノ海《いせのうみ》部屋に勧誘され、大鵬と同時に横綱に昇進した。

相撲は長い歴史を持ち、格付けが細かく設定された厳しい格闘技だ。そのため昇進には通常かなりの時間を必要とするため、大鵬と柏戸の同時早期昇進は非常に珍しいことでもあった。しかし柏戸の得意技も寄り切りで、その当時ふたりの対戦成績は柏戸が勝《まさ》っていた。しかし柏戸の優勝経験は一度だけで、いつもあと一歩のところで優勝を逃していた。柏戸は横綱昇進後も、まだ優勝してはいなかった。彼は何度も怪我に見舞われ、一九六三年の一月から七月までは四場所連続で休場。そのため彼には「ガラスの横綱」というあだ名がつけられたくらいだった。しかし九月場所で華々しく復活し、彼自身初となる初日からの十四連勝を果たし、同じく十四連勝の大鵬との全勝同士の最後の取り組みに向けて、国技館は大いに盛りあがっていた。ほとんどの日本人は柏戸に勝ってほしいと願っていた。引退した力士であるＮＨＫの解説者までもが、放送でそのように公言した。

その日、大鵬と柏戸の決戦の前にいくつかあった幕内の取り組みは、スケジュール通りに進行した。土俵に登場した力士には、スポーツマンらしい筋肉質の身体をした力士もいれば、百八十キロから二百三十キロの少々醜く肥満した力士もいた。

「関取のなかには、トイレに行くときに付き人の手助けが必要な者もいる」と瀬山さんは、土俵を見ながら教えてくれた。「彼らはお尻《しり》を拭《ふ》こうにも手が届かないんだ」

知りたくもなかったこんな情報を聞かされたところでどう答えていいものか、まったく見当もつかなかった（もっとも、この情報は単なる〝都市伝説〟の一種で、力士は誰もが身体が柔らかく、トイレで苦労することはないと、のちに教わった）。

午後六時が近づくころになると、最後の取り組みである千穐楽結びの一番が始まった。ふたりの偉大な横綱が土俵にあがり、取り組み前の儀式を行うあいだ、江戸時代の着物を纏《まと》った十名以上の男がスポンサーの幟《のぼり》を掲げて土俵の周囲をまわった。それぞれの幟は、勝ち力士に進呈される合計数百万円の賞金を表していた。

相撲で対戦するふたりの横綱のおなかは、どちらもメディシン・ボールくらいの大きさの胃袋で膨れあがっていた。

呼び出しが力士の名を呼びあげると、それぞれ土俵に登り、まず四股を踏み、それによって大地を踏み固め、土俵から邪気を取り除き、〝力水《パワーウオーター》〟と呼ばれる水で満たされた木の柄杓《ひしゃく》を渡され、その水で口を漱《すす》ぎ、魂を清める。そして次に渡された〝力紙《パワーペーパー》〟を口に当て、身を清める。ふたりは土俵の中央に歩み寄りながら、片手にいっぱいに掬《すく》い持った塩を土俵に撒《ま》いて清める。そして顔を合わせた両者は、両腕を広げてから（これは武器を隠していないことを示す伝統的な仕草である）再び四股を踏み、蹲踞《そんきょ》の姿勢を取ったあと、両拳を土俵につけ、四つん這いになって激しく睨みあい、またそれぞれ土俵の端に戻って塩を手に掬い取り、それを撒いて仕切りを繰り返す。この儀式を、取り組みの開始時間がくるまで繰り返す。

そして、制限時間いっぱい――大鵬と柏戸は土俵で同時に拳を地面におろし、両手の拳骨《げんこつ》で土俵に触れたその瞬間、気合いを合わせた両横綱は真正面から激突。激しくぶつかり合った。まるで二頭の水牛がぶつかり合ったかのようなドスンという激しい衝撃音を響かせ、土俵の中央で顔を真っ赤にして唸《うな》りながらがっしりと組み合った……かと思った次の瞬間、大鵬が柏戸を一気に土俵際まで押した。しかし柏戸ががっしりと前廻しを摑《つか》んで引きつけると、形勢は大逆転。廻しを手にできていない大鵬を一気に押し返す。大鵬は必死に抵抗したが、柏戸は容赦なく大鵬を土俵際まで押し返し、土俵から押しだした。観衆から凄まじい歓声が上がった。それは、ほんの数秒間のできごとだった。

その後しばらくしてから、日本国歌の斉唱を皮切りに長い儀式が続いた。優勝した柏戸には巨大な天皇杯や、飾り皿や銀の盃《さかずき》、小さな像など、様々な意匠を凝らした賞品と賞金が授与された。

富士銀行の行員たちは、銀行から近所の文京区《ぶんきょう》にあった伊勢ノ海部屋の祝勝パーティーに招待されていた。瀬山さんは親切にも私も一緒に連れて行ってくれた。伊勢ノ海部屋は設立が十八世紀まで遡る日本で最も古い相撲部屋のひとつで、当時は一九四九年に建てられた鉄筋コンクリートの建物になっていた。

私たちは広い畳の部屋に招き入れられ、数十人のひとびとと一緒に座布団に座った。何分かすると伊勢ノ海親方と優勝した柏戸がやってきて、私たちの前に座った。ふたりとも紋付き袴《はかま》姿の正装だった。親方は丁寧に墨で書かれた手書きのスピーチ原稿を取り出し、お祝いの挨拶《あいさつ》を述べた。部屋の若い衆たちは大きな銀の盃に日本酒を注ぎ、柏戸は慣習に則《のっと》ってそれに口をつけた。その後、日本を代表する銘柄のキリンビールの大瓶の栓が次つぎと開けられ、コップに注がれて参加者に配られた。親方が「カンパイ！」と叫ぶと、みんなが柏戸に向かって乾杯した。

参加者のうち唯一のガイジンだった私は、許されて――いやむしろ自分から勝手にというべきか――前に出て、柏戸の巨大な手と握手した。その手はまるでスギの枝のように大きく堅かった。

私は「オメデトウゴザイマス」と日本語で言った。

彼は「さんきゅう」と答えた。私は、ありがとうと言いたかったのだと察した。彼がわざわざ英語を使おうとしてくれたことに優しさと礼儀正しさを感じた。

私たちが、おかきをつまみながらビールをおかわりしてほろ酔い気分になっていると、柏戸は部屋を出て旗手を従えてオープンカーに乗り込み、ファンや後援者の声援に応えるためのパレードに出発した。

しかし日本中の誰もが柏戸の優勝を祝っていたわけではなかった。著名な小説家の石原慎太郎《いしはらしんたろう》（のちの東京都知事）はこの取り組みを見て、翌朝の日刊スポーツ紙のコラムに〝八百長〟だと書いた。ふたりの横綱のライバル関係を盛りあげ、相撲人気と相撲への関心をさらに高めるため、大鵬がわざと負けたのだと非難した。それは、最近の十二場所のうち大鵬が九回も優勝し、その圧倒的な強さのために世の中の大相撲への関心が薄らいできていた矢先の出来事だった。

石原はありきたりの作家ではなかった。一橋大学を卒業する二か月前に書いた小説『太陽の季節』で、日本で最も権威ある小説の賞である芥川《あくたがわ》賞を受賞。彼の弟の裕次郎《ゆうじろう》が、その小説を原作とする映画に俳優として出演し、日本で最も注目される映画スターとなった。当時すでにたくさんのベストセラーを生み出していた慎太郎と映画スターの裕次郎は、当時の日本の若者文化の中心的存在だった。慎太郎の少々尊大な自分に対する評価は、後年の一九九〇年、雑誌〈プレイボーイ〉に載ったインタヴューにも表れている。そこで彼は、こう語った。「もし俺が映画の仕事に携わりつづけていたなら、少なくとも黒澤明くらいは軽く凌《しの》いでいたね」

彼は政治的発言でも、物議を醸した。日本による朝鮮半島の占領を正当化し、南京《ナンキン》での大虐殺やレイプ事件も〝幻〟だと発言し、在日外国人に対する発言で彼らの反発を買い、熱心な極右の有名人となっていた。彼はのちに圧倒的な得票数で国会議員や東京都知事に何度も選出された。

そんな石原が大鵬対柏戸の一番で大鵬をやり玉にあげたのは、彼のルーツが外国にあったからだと指摘する声もあった。喧嘩《けんか》腰の石原の言いがかりに、大鵬は激怒した。そして相撲協会に激しく抗議したため、協会上層部の親方は石原に対して訴訟を起こす準備を始めた。石原は謝罪するか裁判で決着をつけるか、そのふたつの選択肢のうちのひとつを選ぶことを迫られ、結局詫《わ》び状を書いて謝罪の意を表明することを選んだ。それは彼の派手な経歴のなかでは非常に珍しいことだった。彼は自分の発言を初めて撤回させられたのだった。

皮肉なことに、この事件は大鵬と柏戸を土俵の外で深く結びつけた。ふたりは強い友情を育《はぐく》み、その友情は柏戸が一九九六年に亡くなるまで続いた。大鵬は一九七一年に引退するまでに合計三十二回優勝し、六回連続優勝も二度果たした。柏戸の優勝は五回だけだったが、準優勝は十五回。横綱として四十七場所に出場し、これは当時歴代六位の成績だった。

両国には別の思い出もあった。ひとりの女性が両国に住んでいた。私の初めての真剣な日本人の恋人である。彼女は居酒屋で働いていた。〝居酒屋〟とは、活気があり煙草の煙が充満した、東京のどこにでもある大衆酒場のことで、表には赤い提灯《ちょうちん》がぶら下がり、屋内には屋根の下に太い木の梁《はり》が通り、一段上がったところに畳が敷かれ、ウェイターやウェイトレスは着物姿で動き回っていた。私と生徒たちは、いつも授業のあとで彼女が働く居酒屋に行った。私たちはビールと干しイカ、お好み焼き、卵焼きなどを頼んだ。ウェイトレスのなかに、いつも人懐こい笑顔でバラ色の頬をした二十歳くらいの女の子がいた。名前はチャコと言った。仕事着の着物姿で髪を後ろにピンでまとめたチャコは、とても魅力的だった。カウンターの奥にいる頭の禿《は》げたチャコの父親は、この居酒屋のオーナー兼経営者だった。彼はある日私たちのテーブルに近づき、土曜日の午後に彼の娘に英語を教えてやってくれないかと私に頼んできた。私は一も二もなく引き受けることにした。

次の土曜日から私は、彼らの家に通い始めた。チャコと父親は居酒屋の上の階に住んでいて、彼女は英語がすでにある程度堪能《たんのう》だった。そこで会話の練習を始めると、彼女はパット・ブーンやエルヴィス・プレスリーやザ・ベンチャーズの話をしたがった。レッスンのあとはいつも彼女の父親がステーキと野菜の夕食を用意してくれ、レッスンを行った二階の居間でごちそうになった。

　彼女が私のことを単なる英語教師以上に意識していることは明らかだった。彼女は、友達と一緒に夜のクラブに遊びに行くのが大好きだとほのめかした。

「あなたも踊るの？」と彼女は私に訊いた。

「少しはね」と私が答えると、彼女は日本語で言った。「ステキ。ソレヲミタイ」

　数週間後、私は彼女を六本木の星条旗新聞《スターズ・アンド・ストライプス》極東支部がある〈ハーディー・バラックス〉のなかの〈サンズ・クラブ〉での夕食に誘った。待ち合わせ場所に現れた彼女は、いつもの下町の女の子ではなかった。モダンガールを意味するいわゆる〝モガ〟だった。彼女は見るからに窮屈そうなタイトな赤いドレスを身につけ、少しばかりぐらつきながらもハイヒールを履いていた。髪はおろし、歯は白く輝いていた。いつもとは完全に別人に見えた。

　私たちはカクテルを少し飲み、ダンスを踊り、夕食をとった。そして屋上にあがり、東京の夜景を見た。数ブロック先で暗闇のなかにオレンジ色の東京タワーが光っていた。その後、何度かそんなデートがつづいた。〈ニコラス・ピザ〉にも行き、彼女はそこで生まれて初めてペッパーローニ・ピザを食べた。すると例の経営者がそばを通り、「小僧《キッド》、いいねえちゃんを連れてるじゃないか」と言った。別のデートでは、バンドがグレン・ミラーやロックンロールや歌謡曲を交互に演奏する浅草のダンスホールに行った。私たちはツイストを踊った。そして隅田《すみだ》川で船に乗り、両国橋の下をくぐり、そのあと、浅草《あさくさ》の裏通りにある旅館でロマンチックなひとときを過ごしたりもした。

　次の土曜日の前に彼女から連絡があり、いつものレッスンのかわりに居酒屋近くの浅草寺《せんそうじ》で会いたいと言ってきた。私は待ち合わせ場所へ行った。鮮やかな赤と黒で雷と雷雲を表している巨大な赤い提灯で有名な雷門《かみなりもん》に着くと、彼女はすでに待っていた。そのとき、日本人のよく言う〝空気〟が変わっていた。

いつもの英語のレッスンで着ているジーンズとTシャツではなく、彼女は、ちょっと高価そうな〝着物〟を身に羽織り、いつもの楽しげな笑顔のかわりに硬い表情を浮かべていた。

「すこし歩きましょう」と言うと、彼女は私を先導して、扇子、版画、仏教の道具、ゴジラのTシャツ……など、いろんな土産物を売っている小さな店や屋台、それに手相見などが並ぶ仲見世《なかみせ》通りに入った。そこはアメリカンフットボールのコートくらいの大きさで、参拝客でごったがえしていた。

浅草寺は日本でも有数の古くて大きなお寺で、観音像を祀っていた。それに鳩もたくさんいた。彼女はおみくじ売り場のひとつで立ち止まり、私に小さな絹の布袋に紐《ひも》のついたお守りを買ってくれた。

「これは〝シアワセ〟のためのお守り」と彼女は言った。「私からのプレゼント。あなたに幸せが訪れるように」

そして私たちは、敷地の中央の鳩が群がる広場にある五重塔と本堂の前まで歩いた。そこで立ち止まると、彼女は振り返って私にひとつ質問があると言った。とっても真面目な質問だと。

「思い切って話してごらん」と私は言った。

「私には恋人がいるの」と彼女は話し始めた。「彼から、今年の夏一緒にヨーロッパに行こうと誘われたの。私は行くと答えたわ。それで彼はチケットを買ってしまった。でも、それはあなたに会う前のこと。私、どうすればいいと思う？」

私は、突然そんなことを言われようとは露ほども思っていなかった。〝恋人〟〝ヨーロッパ旅行〟〝どうすればいいの？〟

私は理解不能の状況に陥った。しかもとても危険な状況に。どう答えればいいのか、まったくわからなかった。

十一月の終わり頃のことだった。空気が冷たかった。冷たい風が吹き抜け、落ち葉が広場に舞った。

数歩先では、大きな真鍮《しんちゅう》製の桶《おけ》のようなもののなかで大きな線香が焚《た》かれ、何人かのひとびとが御利益がある煙を浴びていた。そうすることで、肉体的にも精神的にもいろんな不調が治るといわれていた。私もそこに飛び込みたかった。

私はさんざん口ごもった末に、気まずい雰囲気を少しでも和らげようと、軽くユーモアを交えて答えた。

「海外旅行は視野を広げるのに最適だよ」私は精一杯気の利いた言葉を口にしたつもりだった。

「こんなチャンスを逃すべきじゃない。君の成長のためにもなるはずだよ」

この言葉は最悪だった。こんなことを言うべきではなかった。冷え冷えとした沈黙が長くつづいた。彼女はいきなり背を向け、私を独り残して去っていった。

次の週の富士銀行での授業のあと、私たちはいつも通りにその居酒屋に行った。彼女は私の前に水の入ったグラスを思い切り叩きつけ、私の安物のスーツは飛沫《しぶき》で濡れた。彼女はまだ怒っているようだった。私たちが帰ろうと立ちあがると、彼女は英語で書いたメモを私に渡した。府中に帰る一時間半のあいだ――総武《そうぶ》線で神田《かんだ》まで行き、中央《ちゅうおう》線に乗り換えて新宿まで行き、京王線に乗り換えて東府中で降りるまでのあいだ、私はそれを何度も読み返した。

「私はあなたからレッスンを受けるのをやめます。チャコより」

それっきりだった。それ以降、富士銀行の生徒たちとその居酒屋に行くたびに、彼女はなぜかいつも必ず留守だった。彼女の父親は素知らぬ顔をしていた。

ボーリュー神父の考えによると、私は幸運だった。神父は日本人の若い女の子と外国人の若い男が付き合うことを好ましく思っていなかった。そうした女の子のほとんどは、豊かな西洋への切符《チケット》がほしいという動機を心の奥に抱いてる、と彼は考えていた。また同時に、西洋人の若者にとって日本はあまりいい場所ではない、とも思っていた。ここは、所詮は世界の隅っこで、〝僻地《バック》の水溜まり《ウォーター》〟のような場所だ、と。

「日本に来て、楽しんで金もうけをするのはいい。でも、ここに留《とど》まってはいけない」ある夜、彼は諭《さと》すように言った。「ここのような僻地《へきち》では、往々にして自分を見失ってしまう。時間を無駄にしてはいけない。祖国に帰ってまっとうな人生を歩みなさい。日本は若者向きの場所ではない。老人が退職後に来るようなところだよ」

彼は、ことあるごとに繰り返した。「ここに留まってはいけない」「ここでは自分を見失う」……。

私は、英会話学校での仕事を府中空軍基地の電子諜報センターの同僚ふたりに紹介した。それをきっかけに、私自身の仕事は終わってしまうことになったのだった。紹介したひとりはレス・ミカレクという名前で、フロリダ州の裕福な家庭で育った陸軍上等兵《スペシャリスト》だった。彼は両親への反抗を示すために家を出て陸軍に入隊した。彼は白いマフラーを巻いたりして、軍の服装規定の範囲内でファッションのセンスを光らせていた。日本では日本語を勉強し、高円寺《こうえんじ》のバーで働く日本人の恋人ができた彼は、またもや両親への反抗の証《しるし》として彼女と結婚した。ミカレクは彼女をフロリダに連れて帰るつもりだった。英語教師として働き始めた直後、彼は学校の教室のペンキ塗りの作業を請け負った。教室の壁が薄汚れてみすぼらしくなってきたと感じたボーリュー神父が、彼に頼んだのだ。ミカレクは週末のあいだに作業をした。ボーリュー神父が翌週教室にやってくると、壁は、黒、赤、黄、青、白、緑のペンキで鮮やかに彩られていた。まるで巨大なルービック・キューブのようだった（まだルービック・キューブが発明される前のことだったが）。それはドミニコ修道会の施設よりも前衛芸術の美術館に相応《ふさわ》しい奇抜さだった。この仕上がりを見て、ボーリュー神父は度肝を抜かれた。彼は塗り直しを求めた。このとき賃金についても双方に誤解のあることが明らかになった。ボーリュー神父は時給で支払うと言った。が、それは一般的な日本人塗装工の時給の意味だった。しかしミカレクは、東京の塗装工の時給よりもずっと高額の英会話教師の時給で支払われるものだと思い込んでいたのだ。そんなゴタゴタがつづいた結果、ボーリュー神父は上層部からドミニコ修道会の関係者ではない教師を全員クビにするよう指示された。ミカレクと私が紹介したもうひとりの基地のアメリカ人が即刻クビになった。そして私もクビになった。

　私はすぐに同じ種類の次の仕事を見つけた。それは銀座《ぎんざ》の華やかな表通りにあった〈アメリカン・スタジオ〉という英会話学校で、お茶の水の学校よりも少し高級感があった。そのころの私は日本の何もかもに夢中になっていた。両親に定期的に出していた手紙でその気持ちを伝えた。その状況を、両親は喜んでいなかった。ソニー製の高価なテープレコーダーを彼らに送っても、彼らの気持ちは変わらなかった（両親は関税を支払わされたと文句を言った）。そもそも父は日本が好きではなかった。父は滅多に手紙を寄越《よこ》さなかったが、珍しく送られて来た手紙には、私に〝日本狂い《ジャップ・ラヴァー》〟になってほしくないと書かれていた。母は、自分と一緒にいるよりも息子はなぜ東京に住むほうを選ぶのか、その理由がまったくわからなかった。母は極度のナルシストだった。正直に言うと、東京のエネルギーが桁《けた》外れだったことを除けば、私がこれほど東京を愛した理由のひとつは、ただ東京が両親の家から八千キロ以上離れているからということだったのだ。

アメリカの諜報活動史――キャノン機関

　第二次世界大戦後の東京におけるアメリカの諜報活動の歴史は、占領の第一日目にすでに始まっていた。勝利に高揚したマッカーサーの部下たちが日本へ乗り込んでくると、好戦的だった日本を平和を愛する民主主義国家に変えるため、数多くの変革に次つぎと手をつけた。ＧＨＱは日本軍の指導者たちを粛清し、大戦で利益を得ていた財閥を解体した。また、封建領主から土地を取りあげて小作人に分配し、日本で初めて女性に参政権を与え、新しい憲法の草案を作成した。

しかし、日本における左翼団体のデモの頻発とともに、中国で毛沢東《もうたくとう》率いる共産軍の勢力拡大と北朝鮮の建国が重なると、チャールズ・ウィロビー少将が指揮するGHQの参謀第二部《G2》内部で警戒感が強まり、拡大しつつあった共産主義の脅威に立ち向かうための方策が整備された。

それらの方策のうち最も劇的だったのが、当時陸軍少佐で（のちに中佐に昇進）、かつてテキサスの国境警備隊員だったジャック・キャノンが率いる秘密工作組織「キャノン機関」の創設だった。

キャノン機関は戦後の東京で、またアメリカの諜報作戦の歴史のなかでも、最も興味深い異彩を放つ活動を実行した。当時その存在と活動は極秘だった。が、私はずっとあとになって、府中基地の第五空軍諜報部の老兵たちや、キャノン機関に所属していた元諜報員自身からその歴史を特別に聞くことができた。東京の上野《うえの》に近い一万五千坪におよぶ広大なキャノン機関の司令部跡を訪ねる機会を得ることもできた。

私に初めてその機関のことを教えてくれたのは、ダークという名の海軍兵曹長だった。白髪交じりの彼は、占領軍の敵の諜報活動を防ぐG2防諜部隊に所属した経歴の持ち主だった。その後彼は、第五空軍の諜報部に移り、私と知り合うことになった。オクラホマ州出身のダーク曹長は明るく謙虚で、ほかの海軍兵曹長と違い、階級や経歴に関係なく誰とでも気さくに接する人物だった。ある夜、私は電子諜報センターの何人かの解析官と一緒に、カフェテリアの隅のテーブルでダーク曹長と同席した。私たちは、航空機に搭乗している諜報員の根性《ガッツ》について話し合っていた。真夜中に中国本土上空を飛んでいて基地に帰って来られる可能性が低くなってしまったパイロットが、機体から飛び降りるのにはどれほどの勇気が必要なことか……ダーク曹長が、キャノン機関のことを口にしたのは、そんな話がきっかけだった。

「今ここで行われている諜報活動を破天荒で大胆だと思うのなら、ジャック・キャノンとその仲間が大暴れしていたころのことを見せてやりたかったよ」

「キャノン？」

「君たちはキャノンが誰かも知らないのか？　キャノン機関も？　なんてこった。君たちに教えてやる。偵察、誘拐、麻薬取引、銃撃戦、死体泥棒、彼らはなんでもやったんだ」

ダーク曹長の説明によれば、ジャック・キャノン少佐は、第二次世界大戦中、爆発物の専門家としてボルネオとマニラで従軍し、一九四五年九月、四一一対諜報部隊の一員として来日した。彼は戦後最初に東京へやってきたアメリカ人のひとりだった。

ウィロビー少将の指揮のもとで、キャノンは、欧米人、日系二世、コリアン系アメリカ人からなる二十六人の諜報員を集め、北朝鮮とソ連や中国、そして日本国内の共産党シンパに対する極秘任務を実行させるために訓練を施した。彼らは警察でもないのに、武器を所持し、敵を拘束し、尋問まで行った。

ダークは一九四八年の出来事を話し始めた。それは、朝鮮北部に新たに建国された朝鮮民主主義人民共和国に、キャノンの部下たちが潜入した話だった。キャノンは裏社会の情報提供者から極めて重大な情報を得た。それは北朝鮮が満州《まんしゅう》の畑で栽培したケシを原料にして純度九九・九％のヘロインを製造し、東京や横浜に大量に運び込もうとしているとの情報だった。

「北朝鮮にはふたつの目的があった」とダークは私たちに語った。「ひとつは日本で可能な限り多くの麻薬を売りさばき、その収益を日本共産党にもたらすこと。もうひとつは、できるだけ多くの米兵をヘロイン中毒にし、朝鮮半島で起こりつつある戦争――それから二年後の一九五〇年に始まることになったのだが――で、多くの米兵を戦えなくなるようにすることだった」

「それ以前は、日本では大量のヘロインを目にすることはなかった」とダークは続けた。「児玉誉士夫《こだまよしお》のことは知っているだろう？　あの超国家主義者だ。過去にヘロインを日本に持ち込んだのは、彼くらいなものだった。彼が中国に建てた工場で製造したブツを、彼と彼の慰安婦部隊が日本に持ち込んだ。児玉は、ほかにも様々な物資を中国大陸から略奪し、自民党を含む右翼の活動資金とした。しかし北朝鮮の計画は、それよりもずっと大胆なものだった」

ダーク海軍兵曹長によると、キャノンの手下たちは北朝鮮の大胆な計画に対して豪快な対抗策に打って出た。ヤング・ホーという名のサンディエゴ出身のコリアン系アメリカ人の指揮のもと、キャノン機関の諜報員たちは横浜に拠点を置くヤクザのふりをして平壌《ピョンヤン》に行き、可能な限り大量のヘロインを仕入れる契約を北朝鮮の上層部と締結したのだ。彼らが東京に戻ってくると、すぐに北朝鮮の漁船が東京湾に入り、指定された場所に浮きのついた袋を落としていった。袋のなかには十数個のアルミ缶が入っていた。アルミ缶は一つ一キロの重さで、〝Red Lion（赤いライオン）〟と英語で印刷されたラベルが貼られていた。缶の中には九九・九％の純度のヘロインが詰まっていた。諜報員たちは缶を引きあげ、横浜の事務所に持ち帰り、ヘロインを取り出して重さや純度などを測定した。

「そのブツは強烈だった」とダークは言った。「測定している間に漏れて部屋に漂ったのをほんの少量吸っただけで、全員がハイになってしまうほどだった」

諜報員たちは、もちろんヘロインの売買をやりたかったわけではなかった。また作戦が外に漏れるのも避けたかったので、そのヘロインを処分した。そして、荷物が海で流されてしまったので、もう一度送るようにと北朝鮮に連絡した。もちろん、これで大量のヘロインは無駄に消えることになった。

北朝鮮は次の荷物を送ってきた。そしてその次も。しかしGIのなかに中毒者が現れているという報告がまったく聞かれないことに、北朝鮮側は徐々に不信感を募らせた。そしてヤング・ホーの偽ヤクザたちとは手を切り、横浜に拠点を置く本物のヤクザたちと次々と契約を結んだ。すると、すぐに大量のヘロインが横浜の街中で密売されるようになった。それらは二十倍に薄められ、それによって生じた利鞘《りざや》を日本共産党が吸いあげたという。

「一九四八年の末までには」とダーク曹長はつづけた。「あらゆるところに麻薬があふれるようになった。そのときのことは〈クラブ88〉のアル・シャタックに聞くといい。彼は当時キャノン機関で働いていた。しかもその中枢部で。私が占領軍で知らされていた限りでは、横浜のある橋の上では、いくらでも好きなだけの量のヘロインを買うことができたらしい。ブツは防水の袋に入って海中に沈められていて、注文があると、その袋に取りつけられた紐を密売人が引っ張りあげる仕組みになっていた」

本物のヤクザが取引を引き継ぐようになると、ヘロインの密輸を阻止することがキャノン機関の大きな任務となった。キャノン機関は北朝鮮の上層部で働く二重スパイを抱えていたので、麻薬が沈められるおおよその日時と場所を前もって知ることができた。それにもかかわらず、ヘロインは機関の目をすりぬけて日本に持ち込まれた。真夜中に横浜近郊の海辺の公園や人気《ひとけ》のない神社やお寺で、キャノンの手下とギャングたちのあいだで激しい銃撃戦が行われたこともあった。キャノン自身も横浜の野毛山《のげやま》公園で起こった銃撃戦で、三十八口径の銃弾を撃ち込まれて脚を負傷した。

一九四八年以降、北朝鮮で製造された麻薬は東京横浜界隈の麻薬市場では定番の品物となった。麻薬の密売は一年間で百万ドル以上の儲けがあるといわれ、当時のレートで三億六千万円以上にもなり、それはとてつもない金額だった。

面白いことに、大量のヘロインが日本に流入したにもかかわらず、日本人のあいだでの大流行にはまったくつながらなかった。その理由をダーク曹長は次のように説明した。ヘロインは無気力になる麻薬だが、東京は働き者の街だ。ひとびとは夜明けから夕暮れまで、ときにはもっと長く、ほぼ週に七日働き詰めに働いている。そんなひとたちには鋭敏な状態でずっと起きていられる興奮剤系のアンフェタミンのほうが合っているんだ。タクシー運転手や深夜労働者、猛勉強をする受験生、ナイトクラブのホステスなどには、酩酊《めいてい》系のヘロインでなく興奮系のアンフェタミン系の麻薬のほうがぴったりなのだ。平壌の上層部がそのことに気づくと、北朝鮮は覚醒剤《かくせいざい》を製造し始め、それを日本人に供給しようとした。覚醒剤は東京での大流行麻薬《デザイナーズドラッグ》だった。かつてはヒロポンと呼ばれ、戦時中の日本政府が航空兵《カミカゼパイロット》や兵士や工場労働者などに支給した。が、品質が悪かったため、中毒者や片頭痛や記憶障害等の副作用に苦しむ者が大量に現れた。しかし北朝鮮が製造し、山口《やまぐち》組などの暴力団が流通させた覚醒剤はヒロポンよりも品質が良く、その後数十年にわたって裏社会の麻薬市場を席捲《せっけん》することになったのだった。

数週間後、ダークは私ともうひとりの情報解析官を連れて東京に行き、かつてキャノン機関の本部があった場所に私たちを案内してくれた。そこは想像を絶する凄《すご》い所だった。映画『華麗なるギャツビー』に出てくる宮殿のような巨大な屋敷には、広大な敷地に三棟の建物――西洋風の二階建ての邸宅、広い部屋が四十四もある和風の家屋、そしてビリヤード専用の建物――があった。芝生や石像、石造りの灯籠《とうろう》、手水鉢《ちょうずばち》、テニスコートなどが備わった庭もあった。当時そこは日本の最高裁判所の司法研修所として使われていた。その後、国から重要文化財に指定されることになる。私には見当もつかなかったが、ダークはなんらかのコネを使って私たちをなかに入れてくれた。

旧岩崎《いわさき》邸と呼ばれるその施設は、もともと三菱財閥の創始者の長男で、三代目社長岩崎久弥《ひさや》男爵の自宅だったところで、日本の明治時代の建築の多くを請け負ったイギリスの有名な建築家ジョサイア・コンドルの設計によるものだった。

そんな広大な敷地のなかのキャノン機関の本部は、ヨーロッパの格式高いホテルのような趣のある〈本郷《ほんごう》ハウス〉に設けられていた。一階には暖炉のある大きな居間、食料貯蔵庫つきの巨大な厨《ちゅう》房《ぼう》、図書室、ベッドルームが九部屋に、小部屋が四部屋あった。

ダークは、庭が眺望できる二階にあるキャノンの執務室に私たちを連れて行った。彼によるとキャノンは、庭にコカ・コーラの空き瓶やブリキの空き缶やビールの空き缶、それに役に立たなくなった電球などを並べ、それらを的にして日々射撃の練習を繰り返していたという。キャノンは常に携帯していた金メッキのされた拳銃で、自分の執務机からそれらの的に向かって発砲した。あるときなど彼の発砲した銃弾が的を外れ、混雑した上野のアメヤ横丁の商店の窓を割り、ちょっとした騒ぎになったこともあったという。

　キャノンは日本中の誰よりも火器に詳しかった、とダークは言った。「彼は本物の銃マニアだった。彼の通訳をしていたヴィク・マツイによれば、アメリカの銃砲年鑑『シューターズ・バイブル』をすべて記憶していたらしい。キャノンを夜中の三時に起こして、ジャーマン・ワルサーPPKの重さ、長さ、弾丸の初速をいきなり訊ねたとしても、彼は半分眠りながらでも正確に答えられたにちがいない。実際にキャノンは、のちに〝グレーザー・セイフティ・スラグ（グレーザー社製安全弾）〟という「殺傷能力の低い安全な弾丸」を発明した〔その弾丸は旅客機内などで警備にあたる警官が、周囲に大きな被害をおよぼさないために使用している〕。キャノンは自分で組み立てていた銃が暴発した結果、胸にその銃弾を二発受けて死亡したのだが、その死によって、彼の発明したスラグが〝安全《セイフティ》〟ではなかったことが証明されたのだった。

「キャノンは夜型人間だった」とダークは私たちに語った。「諜報員はみんなそうだった。彼の一日は夜が更けてから始まった。彼は夜になると、覆面工作員や協力者、敵の諜報員などに会いに出かけた。共産主義活動の臭いを嗅《か》ぎつけると、偵察や尾行もやった。彼は偽名を使い、欲しい情報が入手できそうなバーやナイトクラブ、レセプション会場などに顔を出した。キャノンは女にモテた。大柄で逞しくハンサムで額が広く、髪は茶色くフサフサしていた。女たちは誰もが夢中になった。彼はいつでも平気で美女に話しかけることができるタイプの男だった。もちろん、それほど美しくない女性にも。彼はロシア人女性を相手にその才能を存分に発揮し、彼女たちにソビエト連邦のレセプションに招待させた。そしてその会場に入ると、彼はスパイと思しき人物の写真を密《ひそ》かに撮りまくったんだ」

　ダークによると、キャノンはソ連大使館の日本人事務員を味方につけ、彼から秘密の報告――ソ連側が東京で使用している最新の通信機器についての情報やその写真――を受け取っていた。また、日本で活動するソ連の工作員を彼の側に寝返らせて、ソ連側に渡すための偽の文書や録音テープを提供することもあった。

キャノンが本物の情報を送るときはメッセージを暗号化し、それを録音してほんの数秒間に圧縮し、高速のまま無線で送信した。受信側のオペレーターは、送られてきたメッセージを録音し、スピードを落として再生した。情報提供者と会うのは大抵、真夜中の公園——東京の日比谷《ひびや》公園や横浜の野毛山公園などだった。

東京内外の左翼のデモを抑えるため、キャノン機関は東京の有名な暴力団である東声会《とうせいかい》のボスの町井久之《まちいひさゆき》のようなコリアン系のヤクザまで活用した。

ダークは私たちを地下室にも案内した。隅には机と簡易ベッドが置かれていた。そこはかつて寝室や使用人の部屋に使われていた部屋のようだった。「キャノンとその仲間たちは、拘束した共産主義シンパやその容疑者たちをここで尋問した」とダークは言った。「キャノンたちは必要と判断すると、拳や銃を使うことも躊躇《ちゅうちょ》しなかったらしい」

「彼らは米軍の占領が終わって出ていくまでの五か月間、この地下室である男を監禁していた。中国共産党のスパイだった鹿地亘《かじわたる》という名前の左翼のジャーナリストで、キャノンたちは彼を拘束したものの、どう扱っていいのかわからなくなり、日本の諜報機関に引き渡した。しかし、そこでも彼をどうすればいいのかわからず、何らかの理由をつけてしばらく監禁したあと、彼を解放した。鹿地はそのまままっすぐ警察に向かい、新聞がこの事実を記事にしたため国家的なスキャンダルとなった。そうして日本の多くのひとびとが、初めてキャノン機関の存在を知り、さらに、それが秘密工作部隊だったことを知って、左翼たちは激怒したのだった」

キャノン機関の終焉《しゅうえん》は、占領が終了する前にすでに始まっていた。ある日CIAの代表者がやって来て、今後日本における米軍の諜報活動はすべてCIAの管理下に置かれると宣言した。その結果、多くの者が辞職した。ジャック・キャノンはその筆頭で、即座に異動を希望してテキサス州の陸軍基地フォート・フッドに送られた。結局彼はそこでCIAに仕えることになるのだが、彼の上司はケネディ大統領の暗殺に資金を提供したひとりだと疑われているH・L・ハントだった（ケネディ暗殺の日、キャノンはウィロビーと一緒にダラスで目撃されている)。

キャノン機関の非戦闘員が次つぎと去るなかで、最後まで残ったシャタックも新しいボスに仕えるのを拒否して辞職した。「完全な失敗だった。ワシントンが寄越したのは揃いも揃って間抜けなやつらばかりだった」とシャタックは語った。

そしてシャタックは東京に留まり、ナイトクラブ〈ラテンクォーター〉とそこでパフォーマンスをする芸人たちを供給する芸能事務所を開いたのだった。シャタックはアメリカ人賭《と》博《ばく》師テッド・ルーウィンと、かつてキャノン機関にいたサブロウ・オダチと一緒に〈ラテンクォーター〉の共同経営を始めた。先述のとおりシャタックは、のちにオダチとともに〈クラブ88〉の経営に乗り出すが、彼の怪しい交友関係により一九六〇年代初めに法務省がビザの更新を拒否したため、彼はニューヨークへと去って行った。

キャノンやシャタックらは認めたがらなかったが、ＣＩＡも独自のやりかたでその能力を存分に発揮した。一九五〇年代から一九六〇年代にかけ、ＣＩＡは自民党にひと月あたり百万ドルを渡していた。ＣＩＡはその仲介者として信頼できるアメリカ人ビジネスマンを使った。そのなかにはロッキード社の幹部社員もいた。当時Ｕ２偵察機を製造していたこの飛行機製造会社は、日本に新しくできた自衛隊に戦闘機を売り込もうとして交渉に手をつけ始めたところだった。

ＣＩＡは、士族の末裔《まつえい》でＡ級戦犯の容疑者だった岸信介《きしのぶすけ》が自民党総裁に選出される（そして自動的に総理大臣のポストに就く）ための手助けもした。岸は一九四八年十二月二十四日、東条英機《とうじょうひでき》らが絞首刑に処せられた日に、巣《す》鴨《がも》プリズンから釈放された。それは、政治的および金銭的な支援を受ける代わりに、アメリカに協力して保守勢力の利益のために働くという約束をＧＨＱと交わした結果だったと言われている。

一九六〇年には垂れ下がった耳が印象的な岸は、日本の総理大臣として一九五一年に調印された日米安全保障条約の延長を、国民の反対を押し切って国会通過させた。その結果、日本国内での米軍駐留を許した岸は、アメリカ軍が沖縄米軍基地に核兵器を秘密裏に保管することをも許可していた。

占領時代が終わると、アメリカのほかの諜報機関も日本での活動を開始した。アメリカ大統領ハリー・Ｓ・トルーマンが一九五二年に創設したアメリカ国家安全保障局《NSA》は、国防長官の監視のもとで潤沢な資金も受け、私の勤務先である電子諜報センターを共同管理していた。キューバ侵攻に失敗したピッグス湾事件の翌年の一九六二年、ロバート・マクナマラ国防長官が創設したアメリカ国防情報局《DIA》、同じく一九六二年に偵察衛星を打ちあげるために創設されたアメリカ国家偵察局《NRO》も諜報機関として活動していた。

しかし日本で最も活発に活動していたのは、やはり日本政府のトップへの資金供給経路を有するＣＩＡだった。

もちろん何が行われているのかを完全に理解している国民は、どこにもいなかった。ＣＩＡとヤクザが繋《つな》がっていることを知っている人はいたが、ＣＩＡと与党の自民党のあいだの資金供給経路について知っている人はほとんどいなかった。

このような暴露話は興味深く、また私をとりまく当時の状況や、近代的な東京の街がどのようにつくられたのかを深く理解するのに役立った。

戦後の混乱期には片山哲《かたやまてつ》、芦田均《あしだひとし》両首相の下で、日本社会党が中心となる内閣も成立したが、その政権が瓦解《がかい》し、一九四八年十月に第二次吉田茂《よしだしげる》内閣が発足したあとは保守親米政権が日本政府の既定路線となった。そして農地改革のようなＧＨＱの革新的な改革でさえも、稲作助成金等を伴い、田舎の農民が強固な自民党支持層に再構成されるなど、日本社会は新たな意味を帯びて見える社会に変貌してきた。

私は三年以上ものあいだ複雑な機械の前に座り、テープを解析しつづけた。私たちが電子諜報センターでやっていたことが、社会的に、また政治的に、どのような意味と価値があったのか、それは判然としなかった。アメリカの影響や日本自身の爆発的なエネルギーによって、いったい日本はどのような方向に進もうとしているのか……。その動向を分析しようと思ったことはなかったし、そんなことはおそらく不可能だった。

アメリカ軍が日本国内に駐留することに関する是非を問う議論が、私たちの耳まで届くことはなく、私は毎日命懸けで任務を遂行するパイロットや諜報員の勇気に驚嘆し、私たちは、そんな勇気ある活動を日本に提供していると信じて疑わなかった。

その気持ちは、「軍はお前を一人前の男にする」と、第二次世界大戦世代のほとんどの男たちが信じたのと同じ種類の気持ちだった。また、同じ言葉を父が私に語ったときに、父が胸に抱いていた愛国心とも間違いなく同じ種類のものだった。私は十九歳で入隊し、いま任期を終了しようとしていた。そして思うのは、父はある意味正しかった、ということだった。一方で、アメリカ空軍に入隊して四年間をドイツで過ごしたジョニー・キャッシュ［アメリカで人気のカントリー、ロカビリー、ロック歌手。二〇〇三年に亡くなるまで百四十曲以上の歌をつくった］のように、その時間を取り返しのつかない無駄な時間だったと後悔の念で語った人物がいることも知っていた。

たぶん私自身の経験は、その中間にあった。私は軍隊生活が気に入っていたわけではなかった。無意味な規則が存在し、しばしば理不尽な服従が強制的に求められるのは気に食わなかった。軍人たちが示す偏狭さにも嫌気がさした。敬礼の角度が違うというだけの理由で上官に呼び止められて叱りつけられる。そのくせ夜中にハン通りでその上官にばったり出逢《であ》うと、紅潮した顔には軍人に相応しくないニヤケた表情が浮かんでいてウンザリさせられた。階級の高い者は低い者を理由なくいじめていたことにも……。

しかし私の能力は、軍のなかで認められているようだった。私の入隊期間が終わりに近づくにつれ、電子諜報センターの司令部から、将校訓練学校に入って軍隊でキャリアを積まないかとの誘いを受けた。ほぼ同時期に国家安全保障局《NSA》からメリーランド州のフォート・ミード基地の仕事を紹介するとの申し出も受けた。どちらも仕事をしながら大学を卒業する機会を与えてくれるものだった。が、私はどちらの申し出も躊躇なく断った。軍隊は、すでに私を十分に男にしてくれた。私は、自分が何をやりたくて、何をやりたくないかも、はっきりと決断できるようになっていた。そう思えた。私に残された道は、自分のやりたいことをやるだけだった。

第三章　一九六四年東京オリンピック

東京は二十世紀のうちに、二度にわたって破壊し尽くされた。一度目は一九二三年の関東大震災で、死者と行方不明者合わせて十四万人にものぼった。二度目は第二次世界大戦でのアメリカのB29爆撃機によるもので、一九四五年三月九日から十日にかけての空襲だけで約十万人の命が奪われた。その犠牲者の数は、広島と長崎に落とされた原子力爆弾によるそれぞれの被害にほぼ匹敵した。

終戦から約二十年が経ち、戦争による荒廃からの再建に必死に取り組んだ東京は、ヨーロッパの復興を支援したマーシャル・プランのような恩恵を受けることもなく、住民たちは騒音と埃《ほこり》と環境汚染のスモッグの雲が漂う下で暮らしていた。トヨタやミノルタのような低迷していた日本企業は、アメリカの朝鮮戦争をきっかけに活動を再開させた。そしてアメリカが日本を再び強い国にしようと真剣に取り組み始めたのは、戦後の共産主義の波がアジアの全土を呑《の》み込もうとしはじめたころのことだった。

一九四五年から一九五五年までのあいだに、約二千平方キロメートルの東京の人口は八百万人以上に激増した。それは疎開と戦災で四百万人以下に減っていた人口を倍増させる勢いだった。無数にあった木造家屋は、新しい鉄筋コンクリートの住宅や〝団地〟と呼ばれるソ連にあるような集合住宅にとってかわられた。それらは田舎から流入して来たひとびと――その多くは、耕す土地を持たない農家の次男や三男だった――を収容するために急ごしらえに建てられた。わずかに残されていた昔ながらの東京の良さは、人口の爆発的な増大と復興の建設の槌音《つちおと》のなかで、そのころまでに急速に消えつつあった。

私が初めて日本に来たときは、東京は光り輝くハイテク満載のメガロポリスにはまだまだ程遠い状態だった。生活環境はまだ、旧式《プリミティヴ》な部分が多かった。港や主要な河川には生活の汚水や工場の排水が流れ込み、ヘドロが溜《た》まっていた。水道水を飲むのは肝炎の心配が伴い、少々危険だった。さらに空き巣が頻発し、街には麻薬中毒者も珍しくなく、夜中に公園を歩くのは危険だった。ヤクザはあらゆるところに出没し、その人数は過去最高を記録した。

最悪なのは、下水道から発する臭いだった。数十年後には、東京のトイレは自動的に開閉する蓋《ふた》や温水の噴射と温風乾燥といったコンピュータ制御のハイテクを駆使した機能で世界的に有名となり、下水システムも称賛されるようになる。が、当時は復興が半狂乱の勢いで進んでいたにもかかわらず、水洗の下水システムが整っていたのは東京二十三区の四分の一以下だった。その比率は、二十世紀に入るころから水洗トイレが一般的になっていたアメリカやヨーロッパの大都市とは較べ物にならなかった。東京は世界で最も原始的《プリミティヴ》な（そして臭い）大都市のひとつに数えられ、日本のメディアも自虐的に「汚穢《おわい》都市」と呼んでいた。統計では約七百五十万人の住民の家に水洗トイレがなく、汲取《くみと》り式トイレに頼っていた。ということは、平均的な人間の一日あたりの排泄《はいせつ》物を二ポンド（約九百八グラム）と仮定すると、千五百万ポンド（約六百八十一万キログラム）の糞便《ふんべん》が毎日排出されていた計算になる。それらの排泄物は〝汲取り屋〟のバキュームカーが建物の下から吸い取り、肥料として郊外の田んぼに運ばれた。第二次世界大戦後の米軍の占領時代、アメリカ兵たちは、それらが放つ強烈な悪臭を皮肉り〝蜂蜜運搬車《ハニー・トラック》〟と呼んでいた。汲み取った汚物を郊外の田んぼに運搬していた私鉄電車は、今では通勤電車だが、当時は「汚穢電車」と呼ばれていた。バキュームカーはほとんどの地域で週に一～二回しか来なかった。そのため、東京のほとんどの場所では常に悪臭が漂っていた。そこに道路脇を流れる排水溝の臭いも加わった。排水溝には台所や風呂《ふろ》からの下水が流れ込み、また夜中には酔っ払いが立ち小便する姿も頻繁に見られ、ときには足を滑らせて溝《どぶ》に落ちる酔漢もいた。

彼らは小さな家に住んでいた。東京を訪問したヨーロッパのある外交官は、あまりにも多くの人間が狭い場所に詰め込まれていることに驚き、その住居を「兎《うさぎ》小屋」と呼んだ。もちろん外交官なら、そんな失礼な言葉を口にするべきではなかった。それらの住居は、魚屋、米屋、鮨《すし》屋、菓子屋などの小さな店を営み、店の前の道路は二台の人力車がかろうじてすれ違うことができる程度の幅しかなく、おまけに名前もなく、狭く曲がりくねった道が交差し合い、東京の街はまるで巨大な迷宮《ラビリンス》のようだった。

一九六〇年代初頭、日本人の四割にはサナダムシが寄生していた。ひとびとの体臭も酷《ひど》かった。街にはネズミが走りまわっていた。救急車はほとんど見なかった。乳幼児の死亡率は現在の二十倍だった。

東京のオリンピック招致は、ほとんど無理だろうと言われていた。ライバル都市のデトロイトは、フォード、GM、クライスラーなどの企業が存在する当時は世界一の自動車産業都市だった。しかし東京が五輪招致を射止めた。それは一九五八年に東京を訪れたオリンピック委員会への接待攻勢が功を奏した結果とも言われた（一九九六年に出版されたアンドリュー・ジェニングスの『オリンピックの汚れた貴族』サイエンティスト社刊によると、その接待には東京で一番高級なコールガールのサービスもふくまれていたという）。それに加えて五輪開催をきっかけに東京を再生するため、五億ドル［当時のレートで千八百億円］もの予算が提示された。それは一九六〇年のローマ大会で支出された三千万ドル［百八億円］をはるかに超える金額だった。しかし一九五九年春に東京開催の決定が公表されたとき、多くの日本人が首を傾げたのはそんな金銭の問題ではなかった。

「はたして準備を間に合わせることができるのか？」――日本人の誰もが、そのことを心配した。

東京の都市インフラの再整備は、政府の経済計画とともに着手されていた。それは、トランジスタ・ラジオ、テレビ、自動車などの製造と輸出で、一九六〇年代の末までにGNPと国民一人当たりの所得を同時に倍増させるという計画だった。

オリンピックを見るために東京を訪れるであろう大量の旅行者たちを収容するための近代化プロジェクトでは、多くのホテルの建設が計画された。京都の古いお寺を模した豪奢《ごうしゃ》なホテルオークラ、東京ヒルトンホテル、巨大なプリンスホテル、そして、かつて徳川《とくがわ》時代の大名の領地だった四百年の歴史を有する庭園に隣接している十七階建ての千六百室もあるホテルニューオータニなどなど……。ニューオータニの最上階には部屋全体が回転するレストランがつくられ、それは戦艦大和《やまと》の砲台を回転させる装置を応用したものだった。

そして来日予定の約七千人のアスリートたちを収容するためのオリンピック村、水泳選手やバスケットボール選手がメダルを賭《か》けて競い合うことになる丹下健三《たんげけんぞう》が設計した貝型のデザインの国立屋内総合競技場、陸上競技のための国立競技場、オリンピック史上初の柔道競技が行われることになる富士山《ふじさん》の稜線《りようせん》の形を模した日本武道館（ただし、その屋根の形は蝙蝠《こうもり》が翼を広げているようにも見えた）——等々の建設や整備が予定されていた。しかし、はたしてそれらの建設は、オリンピックまでに間に合うのか……。多くの東京の住人は、首を傾げながら心底不安な気持ちに陥ったのだった。

ラストスパート

オリンピックへのカウントダウンが進むにつれ、はたして準備が間に合うのかという疑念はますます強まった。銀座《ぎんざ》線（一九二七年開通）と丸《まる》ノ内《うち》線（一九五四年開通）に加え、地下鉄の新たな路線が二本——一九六〇年に都営浅草《あさくさ》線、一九六一年に日比谷《ひびや》線が開通する予定だった。が、一九六三年一月になっても、工事はまったく捗《はかど》っていなかった。高速道路の建設期限も守られていなかった。オリンピック担当大臣だった川島正次郎《かわしましようじろう》は報道陣に対して、オリンピックの準備がすべての面で〝後悔先に立たず〟と言わざるを得ないほど遅れている、と認めざるを得なかった。毎日新聞は、社説にこう書いた。「工事の進捗状況は日々変化しているが、それは遅れる一方だ。計画は真剣に見直さなければならない状況に陥っている」

じっさい東京開催が発表されてから四年後の一九六三年二月、開会式の日まで残り六百日になって、オリンピック組織委員会の会長が交代するような有様だった。しかも大失敗を恐れて、誰もその後任の役に就こうとしなかった。〈スポーツ・イラストレイテッド〉誌は第十八回夏季オリンピックの準備に関する記事で「組織の長が確実に面目を失うとすれば、それは今大会だろう」と書いた（結局、実業界の大物である安川第五郎《やすかわだいごろう》がその任を引き受けることになったが、それはひとえに「政府から強い圧力を受けた」からだったと彼自身が述べている）。

一九六四年のオリンピックの招致責任者は、建設大臣の河野《こうの》一郎《いちろう》だった。が、皮肉にも彼は、戦前の国会議員として一九三四年に決定していた一九四〇年の東京オリンピックの開催を、先頭に立って反対していた。一九三七年に日中戦争が勃発《ぼっぱつ》すると、河野らはオリンピックへの支持を撤回。さらに大日本帝国陸軍の上層部も、すべての鉄鋼は中国戦線で戦う武器に必要でオリンピックの関連施設は木材で建設するよう求めた。国外では満州《まんしゅう》での日本の軍事活動に反対する声も高まり、日中戦争の激化に伴って日本政府もオリンピックの東京開催の返上を決定した。国際オリンピック委員会は、日本との招致合戦に敗れたヘルシンキを新たな開催地に決定したが、第二次世界大戦が迫るなか、ソ連がフィンランドに侵攻。オリンピックの開催自体が取りやめとなった。

河野は、準備が遅々として進まないのはダグラス・マッカーサーや占領軍に責任があると主張した。彼は〈タイム〉誌に次のように語った。「かつて日本には内務省という地域の問題を解決するのに強力な権限を持つ機関があった。が、アメリカはそれを民主主義的でない組織だとして廃止した。その結果、今年の夏のような状況に陥ったのだ」

ある意味で、彼の主張は正しかった。五輪の準備状況の遅延の大きな原因は、政府や地方自治体が土地収用法の行使に二の足を踏んでいたからでもあった。私有地を適切な補償金で買いあげるときに、戦前の強制的なシステムから戦後の民主的なシステムへ、どのように変えればいいのか誰もわからなかった。たとえば羽田《はねだ》空港から都心までの二十キロを結ぶ高速道路の着工は、予定地に沿った土地を所有する漁師たちが、政府の提示する何倍もの金額を要求したために遅れていた。ほかにも都心部に向けた内陸を走る第二の高速道路建設のために政府が目をつけていた土地があったが、それを相場師が先に買いあげてしまい、当局が準備していた予算をはるかに超える法外な値段を要求されることもあった。土地収用法を強引に行使しようという政治的意志が欠けていたことは、数十年後に成田《なりた》国際空港の敷地のど真ん中に売却を拒否した農家のひとびとが居座りつづけたことの遠因ともなった。

そのような土地の所有者や住民が売却に応じたとしても、数千人にもおよぶ彼らやその家族たちを東京のほかの住居に転居させるのは容易なことではなかった。そのような住居は土地が不足している東京では簡単には見つからず、問題はさらに拗《こじ》れた。

しかし、いちばんの頭痛の種は、オリンピック見物で来日するであろう約三万人の観光客をどこに泊めるかという問題だった。ある雑誌によると、東京近郊もあわせて西洋式のホテルのベッド数は一万千四百六十床で、そのほかに適切な日本式旅館の寝床は四千七百六十人分あった。それ以外に七千床分のホテルが建設中だったが、それでも全然足りなかった。また、ほかにも〝キャッチ22〟的なジレンマが問題をさらに複雑にしていた「兵役を拒否したい兵隊がいろいろと策を弄するが結局は兵隊にさせられるという小説に書かれたようなジレンマのこと。映画化もされた」。その雑誌によると、外国人は宿泊場所を確保したことを証明しなければオリンピックのチケットを買えないと政府が発表したというのだ。しかし部屋を予約するためには五〇％の予約金《デポジット》を支払うことが要求され、外国人はチケットを確保できていないのにその金額を支払うのを嫌がった。

ほかにもさらに大問題があった。オリンピック開催前の梅雨の降雨量が異常に少なかったのだ。そのため東京は深刻な水不足に陥った。東京の貯水池は三か月間ずっとカラッポだったので、夏が始まると東京都は給水制限を開始し、公衆浴場の営業時間が制限され、プールは閉鎖され、普段は左翼の暴動を鎮圧するのに使われる警察の放水車が細い路地に現れ、近くの川で吸い上げた水を近所の主婦が手にしたバケツに入れていた。蕎麦《そば》屋は営業を短縮し、銀座のナイトクラブでは喉《のど》が渇いた馴染《なじ》み客に「ウィスキーの水割りは我慢して、東京を救おう」と呼び掛けていた。

掘削作業員たちは緊急に井戸を掘ったり、近くの川から水を引き込むための運河を掘った。自衛隊の飛行機はドライアイスを雲に散布し、東京近郊の小河内《おごうち》貯水池の岸では深紅の獅子《しし》の面をつけた神官が身を捩《よじ》って雨乞《あまご》いの舞を舞った。しかし神官は、奇蹟《きせき》をすぐに期待しないよう注意した。

「龍神《りゅうじん》様に願いが届くまでには二日はかかるのです」

オリンピックが近づくにつれ、すべてを間に合わせるために半狂乱の突貫工事が行われた。建設現場では、週七日二十四時間体制で作業がつづけられた。ブルドーザーは突貫工事で景色をつくりかえ、ダンプカーは行列をつくり、悪臭を放つ東京湾を埋め立てるために瓦礫《がれき》を積んで忙しく往来した。一九六四年一月には、東京都が百六十万人の住民を動員して東京の街をきれいにする運動を始めたりもした。

夜になってサラリーマンたちが家に帰り、交通量が少なくなると、東京の街はさらに建設工事を加速させた。眩《まぶ》しい作業灯やディーゼル圧縮機《コンプレッサー》のスイッチが点《つ》くと、東京の主要道路の交通は閉鎖されて迂回路《うかいろ》だらけになり、運び込まれたエアハンマーや杭《くい》打ち機が道路を占拠した。作業は夜明けまでつづき、朝になると大通りは間に合わせの木の厚板で覆われ、道路がもとに戻され、交通が復活した。東京の住民のほとんどが、分厚いカーテンや耳栓を使い、そんな状態をきわめて冷静《ストイック》に我慢していた。しかし私は、英字新聞で読んだある大学生に関する記事を、いまでも鮮明に覚えている。その記事によると、彼の住む部屋のそばで工事がひっきりなしに行われ、騒音で勉強ができず、苛立《いらだ》ちと怒りが頂点に達した彼は、建設現場に走って行き、恨み骨髄の杭打ち機《パイル・ドライバー》の下に自分の頭を突っ込み、苦しみに終止符を打ったという。

オリンピック開催予定日まで残り三か月を切ると、騒音は徐々に静まり、見事に延びた高速道路をふくむ新たな東京の姿が少しずつ現れ始めた。新しい高速道路の新橋《しんばし》から芝浦《しばうら》までの三キロの区間を五十円で走行することもできるようになり、それがどんなものかを見るためだけに大勢のひとびとがやってきた。それがあまりにも流行したため、日活映画『東京五輪音頭』のワンシーンにも使われたほどで、それには私の新しい生徒も〝出演〟していた。

私の新しい生徒は、新品のニッサン・フェアレディZロードスター（彼は、そのクルマを自分の〝週末専用車《ウイークエンドカー》〟と呼んでいた）に私を乗せて、その三キロのドライブを楽しんだ。カーラジオから流れる、デビューしたばかりのビートルズの新曲『抱きしめたい』を聴きながら、その高速道路の表面のなめらかさに〝ウー〟とか〝アー〟とか唸《うな》り声や歓声をあげながらクルマを疾走させた。

「俺は乾いたばかりのアスファルトの匂いが好きだね」と彼は興奮して言った。「これは進歩と発展の匂いだよ」

ドクター・サトウ

佐藤《さとう》という整形外科医から英語の個人授業を頼まれた。私が講義を受けようと思っていたキリスト教系の上智大学の掲示板に貼ってあった広告を通じて、私は彼と知り合った。ある日の夕方、彼の仕事が終わったあとの時間に、私は西銀座にあった彼のクリニックに足を運んだ。

彼は華奢《きゃしゃ》で完璧《かんぺき》な身だしなみの四十代後半の男で、髪をぴっちりとバックに流し、ロスマンズの煙草を吸い、ダンヒルの金のライターを持っていた。整形手術を希望する彼の患者のほとんどは女性だった。銀座界隈《かいわい》のクラブのホステスたちは、つりあがった目や平べったい鼻を修正し、胸やお尻《しり》を大きくしたらもっと魅力的になれると信じている、と彼はかなり上手な英語で話した。

佐藤医師は、私に英語のさらなる上達を助けてくれるよう求めた。

「私はアメリカ人が好きだ。そのことをわかってほしい」と彼は言った。「戦後、アメリカ人たちはどれほど親切だったか。私はそのことを忘れない。彼らは食料やキャンディーを日本人の子供たちにプレゼントしてくれた。彼らは日本の軍人よりもずっと親切だった。日本の軍人たちは尊大で、目つきが悪いというだけの理由で誰彼なく殴ることもあった。日本が戦争に負けて良かったと言いたいわけじゃない。日本人は人間同士が平等な関係でいる方法を知らなかった。

日本人は下手《したて》に出て卑屈に服従するか、上から目線で相手の尊厳を踏みにじるか、そのどちらかしかできない。でも、日本人はアメリカ人から民主主義を学ぶことができる。私は、もうすぐ始まるオリンピックのあいだに、できるだけ多くのアメリカ人と出逢《であ》いたいし、話をしてみたい。だから英会話力を高めたいのです」

週に一度金曜日か土曜日の夜に会って、彼のクリニックでレッスンを行う。その後、彼の誘う店で一緒に食事をし、クラブにも連れて行ってあげる、と彼は言った。そのうえで、一回当たり一万円を支払うという。私はただ彼と会話し、彼の英語を直すだけでよかった。

やります、と私は即答した。一万円が四回で月に百十一ドル。それは、私の月給を上回り、お茶《ちゃ》の水《みず》の英会話学校の賃金の二倍だった。なぜ金持ちの医師が二十一歳のGIを家庭教師に雇おうとしているのかと、少々疑問も湧いたが、そんな疑念は即座に頭のなかから消し去った。必要とするひとがいて、与えることのできる男がいる。私は、ただ需要と供給の関係だと割り切った。私が、日本人のあいだに存在するアメリカ人のイメージとは対照的だったこともプラスに働いたのかもしれない。私のシャイで引っ込み思案な性格が、日本人とうまく相性が合い受け入れられたのかもしれない。私は、東京にいて本当にラッキーだったと思った。

しかし、まだつづきがあった。

彼は自身の仕事の成果を見せたいと、銀座の大通りの先にあるクラブに私を誘った。

〈ル・ラ・モール（死んだ鼠）〉は隠れ家のような銀座のクラブで、東京で最も高級な特別の店だと医師は説明した。実際、そこは当時のMGM映画によく出てくるハリウッドスターにお似合いの豪邸のような雰囲気だった。貝の装飾の螺鈿細工《らでんざいく》を施した大理石の床には大きな革のソファが置かれ、壁にはピカソの絵が飾られ、テーブルには金のライターや灰皿が置かれていた。〈ル・ラ・モール〉は東京でいちばん品が良くて魅力的な女性たちを揃えている、と佐藤医師は言った。そこのオーナーは次のような厳しい規則を決めて守らせていた。出勤時には常に身だしなみを完璧に整え、新品のドレスを着ること。いつも笑顔でいること。お客様には常にお世辞を口にすること。お客様の話に常に興味を持ち、話を合わせること。前に来たことがあるお客様の名前、好きな飲み物、好きな歌を絶対に覚えておくこと（その客が来店したときと帰るときには、ピアニストがその歌のメロディを奏でることになっていた）。お客様の煙草の火を消えたままにしたり、グラスを空になったままにしないこと。「外見は馬鹿っぽくても内面は賢いのが理想の女」という銀座の昔からの格言を絶対に忘れないこと……。

〈ル・ラ・モール〉のオーナーはホステスに完璧を求める代わりに、日本のクラブで最も高い給料を払っていた。

丸い眼、形を整えた鼻、砂時計のようにくびれた腰の女の子たちは本当に綺麗《きれい》だった（しかし私個人の意見としては、魅力的なアジアの女性にはそのような加工など一切は不必要に思えるのだが……）。彼女たちは〈ル・ラ・モール〉の客たち——オリンピック前の時代に、酒や社交を静かに愉《たの》しむ夜に一万ドルを惜しみなく支払える、政治家、映画俳優、野球選手、力士などの金持ちな有力者たち——に、大好評だった。

その夜の客のなかには、あの横綱大鵬《たいほう》がいた。身長百八十七センチ、体重百五十三キロの大鵬は、脂肪と筋肉でできた巨大な山のようだった。そのとき私は、トイレから出てくる大鵬と鉢合わせをし、危うくぶつかりそうになるという経験をした。私は、土俵のうえで彼と向き合う迫力が圧倒的なものであることを理解した。

「スミマセン」と、彼は低音のよく響く声で言った。そして、硬い皮膚の分厚い大きな手で私をそっと脇に寄せた。スター力士、金持ちの整形医、ゴージャスなホステス……。いったい何がどうなっているんだ？　と私は自問した。

ここの女の子たちは、知り合ってすぐに家に連れて帰れるような女じゃない、と佐藤医師は説明した。彼は既婚者で三人の幼い子供がいた。〈ル・ラ・モール〉の客にとって、このクラブだけは特別だった。九百人ものホステスがいて、会ったその夜に簡単にその女の子たちと寝られるような〈ミカド〉のような下劣な〝掃き溜め〟とは違っていた。しかし、そこでも金がすべてであり、じっさい大金が要求された。〈ル・ラ・モール〉の客は追いかけっこのような心理ゲームを楽しんでいた。クラブ側は単なる有料の情欲ではなく、本当の愛とほとんど区別のつかない関係に発展させるというゴールに向かって、大勢の客を駆り立てていた。佐藤医師自身も、そこに愛人がいることを隠さなかった。

そのうち私は、そこのホステスたちに英語を教えてくれないかと頼まれた。オリンピックを控え、オーナーは東京にたくさんの外国人がやってくると予想し、店の女の子たちが彼らと話せるようにしたいと思ったのだ。断る理由はまったく見当たらず、私は毎週土曜日の午後にレッスンをすることになった。それは貴重な体験だった。ジーンズにサンダル履きで、香水をつけず、化粧もしていない顔をスカーフで覆い、ガムを噛《か》みながら、ほぼいつも二日酔いの状態でやって来る彼女たちは、仕事をしているときと同一人物とは思えなかった。彼女たちが必死になってめかし込んだ夜の姿のイメージは、私の頭のなかで徹底的に打ち砕かれた。

私はまた、彼女たちのほとんどがその高給の仕事を嫌っていることも知った。彼女たちは、毎日美容院に行き、たった一度着ただけのドレスを売り払い、新しいドレスを新調しつづけなければならないことにうんざりしていた。彼女たちはただ新しい自分の事業――ブティックや喫茶店のような店を始めるための資金を稼いでいるだけだった。

しかし、そのときは、私自身が東京のナイトクラブのホステスの〝男版〟になりつつある、ということまでは、まだ気づいていなかった。

進歩

一九六四年九月十七日、羽田国際空港から東京都心までのモノレールが営業を開始した。その後、それは世界で最も混雑が激しく、最高の収益をあげるモノレールとなった。

都心に建設された光り輝く新しいビル群が、次々とヴェールを脱いでいった。そのなかには豪華なホテルニューオータニや、五一〇の客室を備えた東京プリンスホテルがあり、オリンピックで使用する予定の体育館や競技場やホールなども、次つぎとお披露目された。バレーボールやサッカーやホッケーの最新式の競技施設である駒沢《こまざわ》オリンピック公園、蝙蝠の翼のような屋根の武道館、陸上競技のための国立競技場。代々木《よよぎ》公園内の水泳や飛び込みのための国立屋内総合競技場は、丹下健三の設計によるもので巨大なテントのような形をしていた。近代的な技術と日本の伝統的な形式とを融合させた建築家の丹下は、のちにプリツカー賞を受賞することになる。

日本人にとってとくに重要だったのは、同じく代々木公園につくられたオリンピック村の完成だった。終戦後に米軍将官たちの家族用宿舎だった施設が改築され、オリンピック開催中に六千六百四十二名の選手やコーチ、トレーナーたちを、そこに受け入れることになった。この地域は明治神宮に隣接し、戦前は帝国陸軍の宿舎や練兵場として使われていた。しかし占領時代にアメリカ軍がこの土地を接収し、〈ワシントンハイツ〉と改名して二千三百五十名のアメリカ空軍の軍人の家族の宿舎となった。

アメリカ軍がこの地域を占領していたという事実は、日本人には十分すぎるほど屈辱的な出来事だった。そこに住んでいた一部の野蛮な外国人の横暴な振る舞いが、事態をさらに悪化させた。

たとえば一九五六年、五人の十代のアメリカ人少年が十八歳の日本人女性を強姦《ごうかん》した事件が大きく報道された。その五人のアメリカの若者は日本の裁判所で裁かれるかわりに、取り調べを受けることもなくアメリカに送還されただけに終わった。基地で働いていた日本人家政婦は、ひと月あたりたった二十四ドル［当時のレートで八千六百四十円］の賃金で、料理、掃除、洗濯、電話の応対、そして子供の世話までやらされている、とある雑誌で不満を口にしていた。その間その家の女主人たちは嫌味なくらいに豪華に着飾り、将校たちが集まるクラブで酔っ払い、他の女性の夫を誘惑していたという。

性的に解放された――と言うべき家族の事件もあった。その家族は家政婦もふくめて全員、同じタイプの淋《りん》病に罹《かか》っていた。私は府中《ふちゅう》で働くその家の父親を個人的に知っていた。彼は基地の外のバーの女の子からその病気に感染し、それを妻にうつした。それはメイドにもうつされ、メイドは十六歳の息子にうつし、彼が高校の同級生にもうつしたため、まわりまわってその家の娘もうつされてしまった。結局、彼ら家族は四人全員まとめてアメリカに送還された。

日本人は長らく、米軍基地が東京都心から出て行くことを願っていた。オリンピックはそれが達成されるきっかけとなった。都心部の基地のなかで最も大きく重要度の高かった〈ワシントンハイツ〉は、調布《ちょうふ》飛行場近くの新たな施設の〈関東村〉へ移された。その費用はすべて日本政府が支払った。そして東京にあった〈ジェファーソンハイツ〉や〈パーシングハイツ〉といった米軍施設も閉鎖され、都心部に唯一残ったのは〈ハーディーバラックス〉だけとなった。そのヘリポートはアメリカ側にとってきわめて重要だったため、アメリカが手放すことはなかった。

一九六四年のオリンピックの中心地として代々木公園の土地が東京都に返還されたことは、日本の左翼団体からも右翼団体からも歓迎された。東京都の都心部からアメリカ軍のすべてが荷物をまとめて出ていく日を、日本人は待ち望んでいた。その撤退が始まったのは、日本人が自尊心を取り戻す第一歩となった。

あとでわかったことだが、オリンピックの開催は皮肉なことに東京の裏社会のギャングたちにも富を与える機会を存分に創り出していた。それは、彼らの協力に対する返礼でもあった。一九六〇年にＣＩＡが裏で支えつづけていた保守与党の自民党は、米軍を日本に駐留させつづける安全保障条約の延長を、国中に広がる反対を押し切って通過させた。その際、日本のギャングたち（ヤクザ組織）は、抗議するひとびとを鎮圧することを手伝い、特別委員会で条約が採決される夜には国会の建物のなかに入り、扉を封鎖して反対する議員たちを排除することにも成功した。彼らは売春宿や賭博《とばく》場など、社会の裏側の独占的な領域だけでなく、工事契約や労働者の派遣、交通整理、宿泊施設、弁当、警備など、表側のビジネスでも大いに分け前にあずかった。

十月一日、オリンピックに向けた事業の最後を飾る新幹線が、東京―新大阪間で営業を開始した。新幹線は乗客を乗せ、五百十五キロを約四時間と、それまでの半分以下の時間で走った。当時の最高速度は時速二百十キロ。それは世界最速の電車となった。新幹線は旧来の風光明媚《めいび》な東海道《とうかいどう》を、地震の発生しやすい太平洋岸に沿って走った。この新たな東海道線は、やがて世界一乗客の多い路線となり、電車の本数でも乗客の数でもニューヨークとワシントンＤＣ間を結ぶ路線をも上回ることになる。また新幹線の到着時刻と発車時刻がきわめて正確だったので、それに合わせて腕時計をセットする人までいた。新幹線は、到着時刻が一時間以上遅れると特急代金は払い戻された。

しかし、すべての準備が完了したわけではなかった。当初の計画では公衆トイレの数がまったく足りていなかった。そのことに役人たちが気づき、政府は春から夏にかけてのぎりぎりになって仮設の公衆トイレを注文した。が、それがまだできあがっていなかった。東京の道端で膀胱《ぼうこう》を空にする日本人男性の習慣は、ハムレットなら「根深く蔓延《はびこ》った悪癖」と嘆くに違いないほど一般的なものだったが、この行為はオリンピックで来日する外国人たちの繊細な感性をかなり刺激すると思われた。そこで、それをやめさせるため、地下鉄には「公共の場所での立ち小便はやめましょう！」という標語が貼られた。

計画されていた高速道路のうちの六本も、まだ完成していなかった。東京都が一九五九年に承認した八本の高速道路のうち完成していたのはたった二本だけで、残りのうち二本だけが着工されていた。そのうちの未完成なもののひとつが六本木《ろっぽんぎ》と渋谷《しぶや》を結ぶ高速道路だった。これはその後数年間も未完成のままだった。もっとも、この高速道路は完成したあとも、小刻みに止まったり進んだりを繰り返すクルマの波で渋滞しつづけた。〈シカゴ・トリビューン〉紙の記者サム・ジェイムソンは、こう書いた。「高速道路のシステムを設計するのに、二車線の道路と二車線の道路の二本を、一本の二車線の道路に合流させるのは賢いやりかたではない。数学的にも間違っている。渋滞を引き起こすに決まっている。このシステムは、クルマを運転をしたことがない人が設計したに違いない」

宿泊施設の不足という厄介な問題を解決するために、政府は八隻の客船を東京湾に係留し、海上に浮かぶホテルとして提供するという最後の手段に出た。ほかにも東京の西側にある山岳のリゾート地や和式の旅館を西洋人用に大急ぎで改装したりもした。

……と、いろいろなことがあったが、未完成の部分があったとしても、最終的にはどうにかこうにかオリンピックを開会するためのインフラは整った。

開会式の一週間前までに、ソ連の選手はアエロフロート機で、アメリカの選手はパンナム機で、イギリスの選手は英国海外航空機《BOAC》で、オリンピック選手たちがぞくぞくと羽田空港に到着し、選手たちがタラップから滑走路に降り立ったところで、次つぎと歓迎の記者会見のマイクが向けられた。選手たちとともに、観光客の最初の波も押し寄せた。

東京の歴史のなかで、世界中からこれほど多くの外国人が集まってきたのは、占領時代が始まったときに何十万人もの外国人兵士——ほぼ全員がアメリカ人で、彼らは実際には招かれざる客だった——が東京にやってきたときを除いては、初めてのことだった。テレビの街頭インタヴューで感想を訊《き》かれた日本人の多くは、〝ガイジン〟を見るのは生まれて初めてだと口にした。

新しく生まれた東京の街は、私が初めてやって来たときの街の姿とはすっかり見違えるようになっていた。建設は終わり、どこを見ても光り輝く新しいビルが目に飛び込んできた。街のいたるところにはオリンピックに参加する九十三の国々を称《たた》える国旗がはためいていた。新聞には、それらの旗のうち七千枚は日本のボーイ・スカウトによる手作りのものだと書かれていた。ホテルオークラは正面玄関の外に、すべての参加国の旗を掲げた。音楽ホールの日劇《にちげき》の正面には「オリンピックにようこそ」と書かれた巨大な横断幕が下げられた。

肩で風を切って歩いていたヤクザたちは、表通りから姿を消した。政府の要請で、組長たちは〝不快な外見〟をした構成員たちをオリンピックのあいだは東京の街から出て行かせ、山や海の近くで〝精神修養《スピリチュアル・トレーニング》〟をするよう命じたのだ。上野《うえの》公園などを占拠していた乞食《こじき》や浮浪者と当時呼ばれていた者たちも、普段は繁華街にたむろしていた売春婦と一緒に魔法のように姿を消した。おまけに東京の二万七千人のタクシー運転手は、当局からクラクションを鳴らさないようにとの通達を受けた。東京を風鈴がぶら下がっているお寺の庭園のように、落ち着いた静かな街にしようと企図したのだ。しかし東京の主要な道路は相変わらずひどい渋滞だった。そのため数多くの横断歩道には、歩行者が安全に渡れるようにと容器に入った黄色の旗が配備された。

東京の住民たちは、東京に詰めかけた選手や大会関係者、ジャーナリスト、観客に対し、礼儀正しく最高のおもてなしをするよう訓練された。東京都が組織した通訳のボランティアは、いつも笑顔で特別のクルマに乗って街中を流し、困った様子の外国人を探していた。実際そのような外国人は容易に見つかった。銀座や明治神宮、赤坂のクラブの近辺などで、（北米やヨーロッパとは全く異なる番地の振られ方をしている）日本の住所を解読しようとして、ガイドブックや地図を食い入るように見つめている外国人旅行者はすぐに発見できた。なかには途方に暮れて大声で喚《わめ》いている者もいて、彼らには明らかに助けが必要だった。そしてすぐさま差し出された助け船は、感謝とともに受け入れられた。その時期、私は主だった繁華街を歩いていると、必ず誰かに呼び止められ、どこへ行くのですか？ そこへはきちんと行けますか？ と訊《たず》ねられた。

しかし、道案内をしようと我先に話しかけてくるボランティアが、たとえいなかったとしても多くの外国人旅行者はあまり道に迷うこともなかった。道端や駅、迷宮のような地下街など、どこにいても英語で書かれた道案内の標識があったのだ。

外国人にきちんと行儀よく接するようにと日本語で書かれた、東京の住民向けの看板もあった。また、外国人男性が示すレディファーストのエチケットを真に受けないよう、若い女性に警告する看板もあった。「レディファーストを愛情（ＬＯＶＥ）表現と勘違いしないように！」という看板は、その通り！　と言いたくなる標語として、いまも私の記憶に残っている。

十月九日、オリンピックの開会式の前日から降っていた大雨は、夜中になって日本の神々が命じたかのようにきちんと止んだ。そして、すべての塵《ちり》や埃や大気中の汚染物質は洗い流され、世紀の大イベントのために街は見事に浄化され、美しく見違えるような姿を見せ、快晴の青空のもとで開会式の日を迎えた。

開会式

開会式は、いろいろな理由で記憶に残るイベントとなった。まず何よりも、開会式の主催者が裕《ひろ》仁《ひと》天皇だったことだ。その二十五年前、大日本帝国の皇軍は真珠湾《しんじゅわん》攻撃や東南アジアへの大胆な侵攻を、彼の名のもとに実行した。ダグラス・マッカーサー元帥は明治天皇の孫である裕仁を、戦時中の首相だった東条英機《とうじょうひでき》らと一緒にはせず、戦争犯罪者として起訴しない道を選び、そのかわりに彼から権力を剝奪《はくだつ》し、神性を放棄させて人間宣言を行わせ、占領軍が日本に確立しようとしていた戦後の新しい平和国家の象徴として天皇制を維持することに決めた。そのため海外からやってきた選手たちを迎える役割を担うのに、天皇はうってつけの存在となった。天皇は、国際オリンピック委員会が通常要求する国家元首としてではなく、対外的には東京オリンピックの〝パトロン〟（この英語の用語は、組織委員会が当時の文部省と相談して決定した）という立場でその役割を担った。

ピカピカの真新しい国立競技場――外には千人もの機動隊が警備していた――で選手が行進して入場するあいだ、七万五千人の群衆とともに、天皇はシンプルな黒のスーツを着てロイヤルボックスに立ちつづけた。アメリカの男性選手たちは巨大なカウボーイハットをかぶり、インドの選手たちは紫のターバンを巻き、ガーナの選手たちは鮮やかな金色の混じる極彩色のローブを着ていた。最後に入場した日本の選手団は、赤いブレザーに白のスラックス姿で、その色合いは日の丸の旗――天皇とともにかつての日本の帝国主義の象徴でもあった国旗の色を示していた。トランペットのファンファーレが鳴り響き、祝砲を放つ大砲が轟音《ごうおん》をあげた。原爆が投下された一時間半後に広島で生まれた（そのため新聞では〝原爆の子〟と呼ばれた）十九歳の学生選手である坂井義則《さかいよしのり》が、聖火を持って百七十九段の階段をのぼって聖火台に点灯した。彼の白いTシャツに描かれたオリンピックのロゴの五輪が、その下の日の丸をかたどった赤い丸と綺麗にマッチして輝いていた。五千百五十二名の参加選手――男性四千四百七十四名、女性六百七十八名――を代表して日本人体操選手の小野喬《おのたかし》が選手宣誓を行った。そして最後に、自衛隊のアクロバット飛行チーム〈ブルーインパルス〉がF86セイバー戦闘機で（パイロットたちは無線ガイドシステムの助けを借りずに目で見た感覚で）オリンピックの象徴である五つの輪を大空に描いてみせた。

その間ずっと、天皇はひとりだけロイヤルボックスにずっと立ちつづけ、天皇らしからぬ慇懃《いんぎん》な態度で参加選手たちに対する尊敬の念を表し、見守りつづけた。競技場の反対側の記者席にいた〈シカゴ・トリビューン〉紙のサム・ジェイムソン記者はこう語った。「それまで天皇がひとりで立ちつづけているのを見たことはなかった。この態度は国際社会が再び日本を迎え入れてくれたことに対して、世界に感謝を示したものだったのだろう」

一九六四年十月十日の開会式のテレビ放送は、日本国民のほとんどすべてが視聴した（そこには私もふくまれ、テレビは全チャンネルが同じ開会式の放送を流した）。またそれは、国際的にテレビ中継された初のオリンピックとなった。放送は、アメリカの衛星シンコム三号（世界初の静止通信衛星）を使ってアメリカに伝送され、アメリカからヨーロッパに送られた。それ以前は、日本から他の国への通信のほとんどは短波を通じて送られていた（日本からハワイを経由して太平洋を横断する初の通信ケーブルは、オリンピックに間に合うよう一九六四年六月に完成していた）。東京での開会式は日本で初のカラーでの生中継でもあった。しかしカラーテレビの受像器は、サラリーマンの月給の三倍以上したため、当時はあまり売れることもなく、カラーで開会式を見た日本人の多くは、電器屋の店頭で見たのだった。また東京オリンピックでは、スローモーションでの再生も導入された（開会式で唯一の汚点は、八千羽の鳩が放たれたことだった。クライマックスを劇的に演出する予定だったのに、幸運にも大きな帽子を被《かぶ》っていたアメリカ人選手を除き、大勢の選手たちが髪に落ちた糞《ふん》を指で拭《ぬぐ》い取る羽目になった）。

私は開会式を、原宿《はらじゅく》のマンションの七階にある佐藤医師の部屋で見た。そこはできたばかりの十階建ての豪華なマンションで、東京で最も羨望《せんぼう》の目で見られる住居だった。ホテルのロビーくらいの広さがある居間の出窓からは、国立競技場が見えた。そのとき、その場には、医師の妻、就学前のふたりの娘、流行のマリークワントのミニスカートをはいた日本人女優がふたり、ハワイから来たハリーという名の日系二世のビジネスマンがいた。

私たちは東芝の巨大なカラーテレビの前で高価なソファに座り、フォアグラを食べ、ブランデーのナポレオンを飲みながら開会式を楽しんだ。その日で最も鮮明に覚えているのは、部屋に充満していたオーラだった。そのオーラは誇らしさに満ちていた。招待主もほかの客たちも、日本人は誰もが誇らしい気分ではち切れそうだった。いつもは感情を抑え気味の彼らの誰もが、テレビに映った開会式を観て涙を浮かべていた。これは目の前で日本がはっきりと変身を遂げている瞬間だった。私はこのときすでに、日本が大好きになっていて、私なりのやりかたでこの感情を共有した。が、また同時に私のなかに響く小さな声が聞こえていた。「おまえはここで何をやっているんだ……？」

私が高価なコニャックをもう一口飲むと、また別の声が響いた。「おまえはカリフォルニアの小さな町から来た、ただのGIだろう？　それが、映画スターや大金持ちと一緒に椅子に座って、いったい何をしているんだ？」

「ホワイティング氏は私の親友だ」と、医師は私の心のなかに響く声に答えるように言った。「べすとふれんど。彼は私の個人教授だ」

みんなは感心した。もちろん医師は、それを狙っていた。

〝ベストフレンド〟という言葉はすでに日本語になっていた。が、伝播《でんぱ》の過程で、その言葉はかなり幅広い意味で使われるようになっていた。当時は、十歳のアメリカ人の子供が英会話の先生になるように頼まれる時代だったので、大人のネイティヴ・スピーカーにとって、特に深い意味はないとはいえ、〝最高の友《ベストフレンド》〟の称号を得るのは難しいことではなかった。

「スゴイ」と女優二人は、日本でよく使われる言葉で異口同音に叫んだ。

じっさいアメリカ人の個人教授を抱えていることは、オリンピック時代の先見性ある富裕層の日本人にとって欠かせないアクセサリーだった（すぐのちの時代には、その座は金髪のアメリカ人女性の個人教授に奪われることになるのだが）。

佐藤医師は、皇族とのつながりもある非常に裕福な医師の息子で、生まれつきのお金持ちだった（彼は戦争中ずっと軽井《かるい》沢《ざわ》の別荘で過ごし、B29による東京への空襲を遠くから眺めていたことをあとで知った）。彼は銀座のクリニックに加え、新宿《しんじゅく》のそばに自身の病院を建てている最中だった。彼は収入の面で日本の上位一％の層に入っていた。彼は、運転手付きのリンカーン・コンチネンタル・リムジンで東京中を走り、イギリスで仕立てた高価なスーツを着て、すでに述べたとおり、銀座の贅《ぜい》沢《たく》なクラブで夜を過ごしていた。彼は、ほとんどの日本のサラリーマンが一年で使うよりも多くのお金を一晩で気前よく使い果たした。

私がそれまでに知り合った普通の日本企業の社員にとっては、この医師のライフスタイルは想像すらできないものだった。彼らは不快な満員電車で片道一時間以上もかけて通勤し、一日十二時間働き、繁華街の立ち飲み酒場で安いニッカウヰスキーを飲み、一着のスーツを布地がテカテカになるまで毎日着つづけ、家畜小屋とほとんど変わらない小さく陰気なアパートの部屋で毎晩、布団の下にそのスーツのズボンを敷いて寝てプレスしていた。ガスヒーターで風呂《ふろ》の湯を沸かすのにも一時間以上かかった。

しかし、彼らはひとつの信念を共有していた。そのことを、私は理解し始めていた。その信念は次のように要約できた。戦争は確かに悪いことだった。しかし日本だけが責められるべきではない。日本はアジアにおける白人の支配と軛《くびき》を絶つために立派なこともしてきた。戦争での日本の悪事は、他の国がしたこととそれほど違うものではない。彼ら日本人たちは、外国人が日本を占領するのを嫌い、儒教的な道徳の価値観を持つ東洋の国の国民として、アメリカ人から押しつけられた西洋風の憲法に対し複雑な感情を抱いていた。彼らは誰もが世界に対して日本の面子《めんつ》を回復するという共通の使命を抱き、オリンピックの開催はそのための大きな第一歩だった。それを達成したことで彼らが感じた誇りは、言葉に言い表せないほど大きいものだった。

ひとは皆、自分自身の価値観を通して他人の生き方や考え方を判断しがちだ。私は確かに、東京の企業戦士のようにはなりたくなかった。それは明らかに私の生き方とは違った。しかし私は、三菱の鈴木さんや彼の同僚たちが抱いている企業や国家への忠誠心に対して、心の底から敬意を払うようになっていた。多くの日本人にとって、焼け野原から脱しようと懸命に努力することは、ある意味で彼らの生き甲斐《がい》となっていた。その態度には確かに、ある種の美しさも宿っていた。

原宿のマンションでの話に戻ろう。その日の私には、場違いな気持ちになってしまうバツの悪い瞬間が二度訪れた。まず私は、ハワイから来たビジネスマンから非難された。というのは、そこにいたとても有名だったらしい女優たちを知らなかったからだった。

「きみは日本文化にもっと関心を持つべきだ」と、みんなの前で彼は言った。「こんなに有名な人たちのことを知らないのは失礼だよ」

もうひとつの気まずい瞬間は、女優のひとりが私に質問したときのことだった。

彼女は日本語で礼儀正しく私に質問した。

「あなたはオリンピックで、何かやっているの？」

私は、社交的なちょっと気取った場所では、その気取りを笑い飛ばしたくなって冗談を口にしてしまう性癖があった。その悪癖がこのとき飛び出し、私はおどけてこう答えた。

「四百メートルリレーでボブ・ヘイズと一緒に走りますよ。それから棒高跳びも」

女優は顔を赤らめた。

「いや、そうじゃなく……」彼女は戸惑ったように言った。「私が言いたかったのは、あなたが運営などの仕事に携わってるのかどうかと思ったので……」

ハワイの男は怖い顔で私をにらみつけた。

「全然面白くない」と彼は言った。

私は、穴があったら入りたくなった。そのとき初めて、私は、日本人が皮肉の効いた冗談を評価しないことを知ったのだった。


その後につづく二週間のオリンピックは、その前に起こったすべてのことを考えると、やや盛りあがりに欠けたようにも思われた。しかし、数多くの最高品質のメイド・イン・ジャパンとともに、日本ブランドを世界に発信するのに貢献したことは確かだった。日本のメディアではそのことを取りあげつづけた。

この大会では、オリンピック史上初めて、様々な競技の結果がコンピュータで記録されるようになった。新しい電子測定器も導入された。それらの技術革新《イノベーション》は形を変えて現在も使用されているものも多い。水泳競技では、時計がピストルの音に反応してスタートし、タッチパッドに触れることでストップする新しいタイム測定システムが取り入れられた。陸上競技の勝敗を決めるため、ゴール付近の特別な画像を用いた写真判定も取り入れられた。そのような技術の進化によって、日本は世界の技術開発の最前線に躍り出た。

なかでも、東京オリンピックの公式計時をすべて担当したセイコー（精工舎）の活躍が際だった。ビルの天辺《てっぺん》に取りつけられた時計で有名な銀座四丁目の服部《はっとり》時計店ビル［現在の和光］を所有する時計メーカーは、東京オリンピック用に千三百種類の計時機器をデビューさせた。九種類のストップウォッチや、水泳選手のタイムを千分の一秒まで計測できる電子システム、九人の泳者の個人のラップタイムを同時に記憶し、レースが終わった瞬間にすべての記録を紙に印刷する機器など、それまで人間が時間をかけて計算していた労力が一気に省かれることになった。ヨーロッパ以外の国のメーカーがオリンピックの計時を担当するのは、一九六四年の東京大会が初めてのことで、このオリンピックによりセイコーは世界にその名を知らしめたのだった。

さらに、ケーリー・グラント主演のハリウッドのメジャー映画『歩け走るな！ Walk Don't Run』がオリンピックの翌年に東京で撮影され、ホテルオークラやイギリス大使館などの東京の風景とともに、五十キロメートル競歩での市街地の様子や、黄色の旗を持って横断歩道を渡る歩行者たちの姿など、東京の日常の様子も世界に伝えられた。

東京オリンピックのチケットは二百十万枚が販売され、そのうち九八％が売り切れた（一九六〇年のローマ大会では四六％だった）。その一部は定価の四倍の価格で闇市場に出まわった。東京都は座席の二〇％を、黒い制服を着た学童のためにとっておき、文部省はスタンドに学童たちの席を確保した。

私自身、目玉競技のチケットを取ることはできず、唯一入手できたのはイラン対ルーマニアのサッカーの試合だった。どちらかのチームを真剣に応援する者はほとんどいなかったが、満員の競技場が熱狂していたのを覚えている。東京オリンピックの期間中は、ただ東京にいてその雰囲気に浸るだけでも十分だった。どこの喫茶店やレストラン、バーなどに入っても、テレビでNHKのオリンピック中継を流していない店などなかった。私がオリンピック選手に間違えられ、どの競技に出ているのかと訊かれたのも一度や二度ではなかった（その度に、私は「ビール飲み競争」と答えた）。

ハイライト

東京オリンピックは大成功で、ハイレベルな競技が印象的だった。競技の多くがソ連とアメリカの対決となったが、予想通りアメリカが優勢だった。最終的にメダル獲得の総数ではソ連が勝ったが、金メダルの数では三十六対三十でアメリカが上回ったため、アメリカの選手の多くは意気揚々と会場を後にした。水泳と陸上という最も人気の高い主要競技で、アメリカは勝利を重ね、アメリカの金メダルがあまりにも多かったので、日本の吹奏楽団はアメリカ国歌を吹き飽きたし、日本の国民も聴き飽きた様子だった。

ある日私が喫茶店で座っていると、テレビでメダルの授与式が放送され、バックにアメリカ国歌の旋律が流れていた。「…so gallantly streaming…」まで来ると楽団は演奏をストップした。最初、私はテレビが壊れたのかと思ったが、そうではなく、これが当時の新しい公式オリンピック版のアメリカ国歌だったのだ［当時は表彰式での国歌演奏が長くならないよう、そのような措置がとられた］。

MGMスタジオ・オーケストラの首席トランペット奏者であり、熱狂的な陸上競技のファンとして世界中をまわり、今大会も観戦していたユアン・レイシーは、アメリカが勝利するごとに演奏される短縮された日本版アメリカ国歌のあとに、彼自身が終わりの部分をつけたし、国歌に対する敬意の欠如を補おうとした。トランペットのソロ演奏が最大限響き渡るように国立競技場の聖火台のすぐ下を陣取った彼は、「so gallantly streaming」に続いて、「And the rockets' red glare…」から最後までを勇壮に演奏した。彼はのちに、東京のナイトクラブに出演し、同じくフランシス・スコット・キー［アメリカ国歌の歌詞を書いた人物］に同情していたボブ・クロスビーとボブキャッツ［ビング・クロスビーの息子と、彼と一緒に活動していたバンド］に加わった。東京には、アメリカ国歌をあまりにも何度も聞かされたため、無意識に口笛で旋律を吹いてしまう者が私もふくめて続出した。

東京オリンピックで最も成功した選手は、ギリシャ神話のアドニス［アフロディテ＝ヴィーナスに愛された美少年］のような金髪のアメリカ人水泳選手ドン・ショランダーだった。四つの金メダルを獲得し、三つの世界記録を更新した彼は、八年間にわたり毎日五時間の練習をつづけてきた。彼は雑誌の企画した今回のオリンピックで最も魅力的なスポーツ選手にも選ばれた。彼はどこに行っても群がる人に囲まれ、プールサイドやオリンピック村を出ればすぐに道ばたでも多くのひとびとに取り囲まれた。彼の容貌《ようぼう》は目につきやすく、また彼のサインや写真をみんなが熱心に欲しがったため、彼はほとんど身動きが取れなかった。日本人の彼の崇拝者たち——そのほとんどは女性だった——から大量のプレゼントを送られた彼は、ソニーのポータブル・トランジスタラジオやヤマハのモーター・スクーターの宣伝にも起用され、日本で新たなキャリアを開いた。国際オリンピック委員会事務局長のJ・ライマン・ビンガムは〈サンフランシスコ・エグザミナー〉紙のスポーツ記者カーリー・グリーヴとのインタヴューで、ショランダー宛の五百個余りの包みと手紙や電報を詰め込んだ大きなカゴを見せながらこう言った。「私はひとりの人間に対してこれほど多くの好意が寄せられているのを初めて見ました。彼はとても若く、強く、ハンサムで魅力的なので、日本人の感覚では、彼を多神教の神のひとりと見なしたようです」日本の学校の教科書には、英語で手紙の宛名を書くための例として、ショランダーの名前や住所が利用されたこともあった。

私はある夜、赤坂の歩道沿いにあるカフェ〈シャンゼリゼ〉で彼を見かけたことがあった。そこは〈コパカバーナ〉から通りを越えた向かいにあり、テレビ局TBSの近所にあった。TBSは日本で有数のテレビ局であるだけでなく、アジアでも名を知られた放送局で、そのカフェは、TBSから出てくるプロデューサーの注意を惹《ひ》こうと若い俳優や女優がたむろする場所として有名だった。

ショランダーはプロテインよりも強力な刺激剤を自分に注入することに決めたのか、そんな場所で群がった熱狂的なファンの声援に応《こた》えて、次つぎにサインをしていた。

ほかに目立ったアメリカ人選手には、ディック（リチャード）・ロスがいた。彼は盲腸と闘ったあと病院のベッドから抜け出し、四百メートル個人メドレーで世界新記録を打ち立てて優勝した。また円盤投げのアル・オーターは頸椎椎間板《けいついついかんばん》の損傷による慢性的な酷《ひど》い痛みに苦しんで、一時は競技中に倒れたものの、見事にそれに打ち勝って連続三回目となるオリンピック金メダルを獲得した。のちにプロ・ボクシングの世界ヘビー級王者となるジョー・フレージャーも、モハメド・アリとの初対戦の約十年前に金メダルを獲得した。フレッド・ハンセンが優勝した棒高跳びの試合は夜の十時までかかった。ビリー・ミルズは、サウスダコタ州のラコタ・スー族のためのパインリッジ・インディアン居留地で育った海兵隊の中尉で、当時はまったく無名の長距離ランナーだったが、一万メートルで優勝して世界を驚かせた。この競技にアメリカ人が勝ったのは史上初めてのことだった。ミルズの二十八分二十四秒四という記録は、それまでのオリンピック記録を更新し、驚くことにミルズのそれまでの記録よりも五十秒近く速かった。最後の一周となったところで、彼は、オーストラリアの有名選手ロン・クラークとバックストレートで互角の接戦を展開していた。が、そこに三位につけていたチュニジア選手のガムーディが追いつき、ふたりの走者の間に割って入り、ミルズを外側に追いやった。しかしミルズはそこからすぐに体勢を戻し、ふたりを追いかけ、クラークに追いつき、追い抜き、そしてガムーディとの距離も縮め、前に飛び出して金メダルを奪い取った。この大逆転劇のため、彼の勝利は一層印象深いものとなった。その後ミルズをモデルにしたロビー・ベンソン主演の映画『ロンリーウェイ』がつくられ、ミルズの名前は海兵隊の新兵募集の宣伝としても大いに効果を発揮した。

大会全体で最も劇的だったのは、アメリカ人選手ボブ・ヘイズのパフォーマンスだった。彼が走るたびに観衆は興奮にどよめいた。彼は百メートルを世界タイ記録の十秒〇で優勝した。準決勝では九秒九で走ったのだったが、風速二メートル以上の追い風を受けたとして世界記録とは認められなかった。四百メートルリレーの前にフランスチームのアンカーがアメリカチームのポール・ドレイトンに言葉をかけたことは、有名なエピソードとして語り継がれた。「きみたちは勝てないね。だって、きみたちにはボブ・ヘイズしかいないのだから」試合後、ドレイトンはこう言い返すことができた。「彼がいるだけで十分だったよ」

その四百メートルリレーは、オリンピック史上最も記憶に残る瞬間となった。トラックは雨に濡《ぬ》れていた。アンカーとして五位でバトンを受けたヘイズは、前の選手を次つぎと追い抜いてトップに躍り出て、さらに三メートル近い差をつけて彼のチームを世界新記録で圧勝させたのだ。興奮した日本のアナウンサーはヘイズを〝黒い弾丸〟と呼んだ。このときの百メートルのヘイズの走りは、八秒五から八秒九と推定され、チームに世界新記録をもたらしたのは、彼が史上最速のスピードで走ったおかげと言え、〈ロサンゼルス・タイムズ〉紙は「史上最速の驚くべき走り」と評した。これがヘイズにとって最後の陸上競技の試合だった。彼は東京のホテルでオリンピックに出場していた金髪のカナダ人ランナーと一緒に夜を過ごしてそれを祝った。勝者は何をやっても許されるのだ。

ヘイズは二個の金メダルと、アディダスの靴を履いたおかげでアディダス社からもらった数千ドルを手にして東京を去った。彼はその金で絹のスーツを九着誂《あつら》えた（そのポケットにもアディダスの金が詰め込まれていたというわけだ）。ヘイズはＮＦＬのアメリカンフットボール・チームに入団し、ワイドレシーバーとしてダラス・カウボーイズのスーパーボウル優勝に貢献した。これによってヘイズは、オリンピックの金メダルとスーパーボウルの優勝記念指輪の両方を勝ち取った唯一の男となった。彼はまた、プロフットボール殿堂に選ばれたふたり目の金メダリストにもなった［ひとり目はジム・ソープ。一九一二年ストックホルム五輪の十種競技金メダリスト］。その一方でヘイズには、麻薬の不法使用によりハンツビル刑務所に入れられるという経歴まで加わった。

何年も経ってから、私はヘイズについて書くためにダラスを訪れた。そこの警察署長からヘイズの調書のコピーをもらった。そこには彼のIQが八十四だったと書かれていた。

東京オリンピックでは、他にも印象的な出来事が数多く起こった。ニュージーランドのピーター・スネルは八百メートル走と千五百メートル走で金メダルを獲得した。イギリスのアン・パッカーは女子八百メートル走で世界記録を樹立したが、彼女は東京大会の前に国際レベルの大会でその距離を走ったことのなかった選手だった。美しい金髪のチェコスロバキアの体操選手ベラ・チャスラフスカは、その技能と優雅さで日本人を魅了し、三個の金メダルを母国に持ち帰った。そのうちのひとつである個人総合では、彼女は長年王者の座に君臨していた伝説的なソ連の体操選手ラリサ・ラチニナを破った。ラチニナは、二〇一二年にマイケル・フェルプスに破られるまで、オリンピックのメダル獲得総数十八個という最多記録を保持していた選手だった。一九六八年にメキシコシティで開催されたオリンピックの表彰式では、チャスラフスカは表彰台のうえで母国へのソ連の侵攻に抗議して顔を伏せ、ソ連国旗から目を背けたことで、より多くの名声を得た。

ソ連のワレリー・ブルメルは走高跳で二メートル十八センチを跳び金メダルを獲得し、東京オリンピックに参加したなかで最も偉大な選手のひとりとして後世にまで残る名声を獲得した。もっとも、ソ連の選手の多くはステロイド工場から出荷されたかのような体つきにも見えた。ソ連は重量挙げだけで四個の金メダルと三個の銀メダルを獲得したが、特筆すべきは陸上競技の筋骨逞《たくま》しいプレス姉妹のことだろう。姉のタマラ（砲丸投げと円盤投げで金メダル）と妹のイリーナ（五種競技で金メダル）のプレス姉妹は、ふたりとも本当は男であるか、少なくともホルモン注射を打っていると信じるスポーツ記者たちから、「プレス兄弟」と揶揄《やゆ》されていた。一九六六年のヨーロッパ陸上競技選手権から染色体による性別検査が導入されるようになって、ソ連はプレス姉妹を大会から退かせた。ふたりはそれ以降二度と競技に復帰することはなく、ウクライナでひっそりと暮らした。

彫像のように整った美しい顔をしたソ連のやり投げ選手エルヴィラ・オゾリナは、前大会の金メダリストで、東京大会でも最も美しい女性選手のひとりだった。彼女の金髪は長くゴージャスで、いつも後ろにたなびいていた。しかし結果は、予想外の五位に終わり、金メダルを逃して故郷に帰れば富も名声も失われてしまうことを嘆き悲しんだ。彼女はレニングラードのスポーツ協会VSSブレヴェニスクの出身で、そこではオリンピック選手は本質的に国からの援助を受けて競技に専念する競技者《アスリート》と見做《みな》されていた。翌日になっても、まだ取り乱していた彼女は、選手村にあった美容院の日本人美容師のもとに行き、髪を剃《そ》るよう頼んだ。美容師が断ると、オゾリナはハサミを摑《つか》んで自分で髪を切った。彼女は残りの会期中、ほとんど坊主頭でオリンピック村を歩きまわり、自身の失敗を恥じて反省していることを身をもってアピールしたのだった。

長距離走者のラナトゥンゲ・カルナナンダは、まったく別の意味で印象に残った。セイロン（現在のスリランカ）の代表選手だった彼は、一万メートル走で最後にゴールインし、その結果、彼は日本の国民的な英雄となった。ビリー・ミルズがテープを切って優勝したとき、カルナナンダは四周遅れで走っていた。間もなく彼以外の選手全員がゴールしたが、カルナナンダは走りつづけた。最初のうちは、観客の多くは棄権するべきだと考えて嘲笑《ちょうしょう》したが、最後の一周になると笑い声は声援にかわり、誰もが彼の我慢強さを称賛したのだ。ゴール・ラインをまたぐ彼の姿は、近代オリンピックの父ピエール・ド・クーベルタン男爵が一八九六年に言った言葉を、新聞記者たちに思い出させた。「人生で最も大事なことが勝利ではなく努力であることと同じように、オリンピックは勝つことではなく参加することに意義がある」カルナナンダは日本のマスコミからもてはやされた。彼は天皇にも面会し、日本のテレビにも登場した。彼の偉業は日本の学校の教科書にまで載ることとなった。誰もが「真のオリンピック精神」を体現した彼の行動に感動した。それは、近年「真のオリンピック精神」が蝕《むしば》まれつつあることに誰もが気づき始め、懸念し始めていたときの出来事だった。金メダリストのミルズさえもが、カルナナンダを〝一万メートルの真の勝者〟と呼んだ。ひねくれ者の私は、そうは思わなかった。きちんとしたトレーニングも積んでおらず、競技に参加するレベルに到底達していなかった彼を、強引に厚かましくもオリンピックに送り出したスリランカは、オリンピックに対する敬意に欠けていることを露呈した——などと書きたくなったのは、私くらいなものだっただろう。しかし、だからこそスリランカ政府は、彼が日本で称賛されていることを公《おおやけ》には認めず、無視したに違いない。また、彼の突然の不審な死［ボートの転覆事故によって死亡したとされている］についても、政府は彼の家族の悲しみも無視したのだった。

結局、日本選手の金メダル獲得数は十六個で三位だった。そのうち体操では五個、レスリングでも五個で、日本は、柔道（金メダル三個）とバレーボール（女子が金メダル）がオリンピック種目に新たに加えられたことにも助けられた。二週間の大会期間中に、特に日本人の独特な心理を露《あら》わにした印象的な出来事が三件あった。

マラソン

そのひとつは、マラソンだった。マラソンは日本でとくに人気が高い競技で、つきまとった雨と霧が絶えない大会二週目の十月二十一日水曜日に、奇蹟的に雨の止んだなかで行われた。国立競技場から府中近くの中間地点まで甲州《こうしゅう》街道を通り、そして帰ってくる四十二・一九五キロのレースの道の両側には、熱心な観客が何列にも重なり合うほどに詰めかけ、声援を送った。その多くは前夜から場所取りをしていた。そのなかには空軍府中基地や空軍立川《たちかわ》基地の空軍兵たちもいた。彼らのなかには、深夜から正午にかけての夜間シフトを終えたばかりで、眠そうな目をしたカリフォルニア出身の二十一歳のＧＩもいた（私である）。

東京大会では、ローマ大会の勝者のエチオピア出身のアベベ・ビキラが勝ち、二大会連続でオリンピックのマラソンを制覇した初の選手となった。彼の姿は前を通り過ぎる瞬間にちらりとだけ見えたが、余計な贅肉が全くない体つきで、尊大と思えるほど堂々とした態度で易々と舗装された車道を走っていった。ローマ大会では、アベベは裸足《はだし》で走ったことで有名になった。彼の足の裏は分厚く、エアジョーダンよりもクッションが効いていると噂された（これは、靴が贅沢品だった当時のエチオピアでは普通のことだった。エチオピアに住んでいた友人によると、人が道端で行き倒れてハイエナに喰《く》われても、唯一足の裏だけは消化できないため食べ残されたそうだ）。しかし今大会では、十月の東京の寒さ対策のためか、彼はランニングシューズと靴下を履いていた。

アベベはスタンディング・オベーションを受けながらゴールインし、日本で大スターとなった（それは彼の母国でも同様で、大勢の熱狂する群衆に先駆けてエチオピアの皇帝が自ら彼を出迎えた）。彼の偉業は何十年たっても日本人の記憶に残りつづけた。なにしろ彼は、レースのあとほとんど息を荒らげることもなく、腕立て伏せや仰向《あおむ》けに寝て足を上下させる腹筋運動など、一連のクールダウンのエクササイズを平然と行った。それを見て、観客は誰もが驚嘆した。他のランナーたちが息も絶え絶えに国立競技場の芝生のうえに倒れ込むなかで、アベベはあと十五キロくらいは走れると穏やかに言い放った。

しかし、このレースには日本国中の心を摑《つか》んだもうひとつの物語があった。それは円谷幸吉《つぶらやこうきち》にまつわる話だった。彼は二位で競技場に戻ってきた。そのとき三位の選手とは十分に差が開いていたので、彼が銀メダルをとるのは確実だと思われた。

そのときまでに私はマラソンコースの横の霧のなかを退散し、東府中駅近くにあったログハウス風の小さな喫茶店に入っていた。そこの入口のショーウィンドウには、食欲をなくさせるような蠟《ろう》細工のバナナや、トマトとキュウリのサンドイッチなどの食品サンプルや飲み物のサンプルが飾られていた。私は店の片隅の、東京オリンピックのポスターの下に置かれた安物の合成樹脂のテーブルの前に座り、ウーロン茶を飲みながら、店主がオリンピックのために買ったと思われるサンヨーの二十一インチのテレビで、様々な顔ぶれの客たちと一緒に声援を送りながらレースの結末を観戦していた。客のなかには地元の農民や、ジーンズとブラウス姿で頭にバンダナを巻いて少々むくんだ顔をした勤務時間外のバーの女の子のふたり連れもいた。彼女たちはウィンストンの煙草をひっきりなしに吸っていた。円谷に対する声援は徐々に高まった。「行け！　行け！　行け！」そのとき突然、イギリスのベイジル・ヒートリーが画面に入り、オリンピックの全陸上競技のなかでも驚くべき速さで近づいてきた。ヒートリーは着実に差を縮め、最後の二百メートルでゴールを目前にして円谷を抜くと、喫茶店の、そして競技場の、また日本中の声援が、ひとつの大きなうめき声に変わった。

「チクショウ！」「ザンネン！」「マイッタ！」「クッソー！」

ヒートリーを応援しているひとは誰もいないようだったので、私はバランスをとるために、そしてスポーツマンシップのために叫んだ。

「バンザイ　エイコク」

そのせいで、喫茶店の客と二人の従業員は揃って私を睨《にら》みつけた。

追い抜かれた円谷は落胆を隠さなかった。レースのあと、同じくマラソン選手だった君原健二《きみはらけんじ》にこう言ったという。「私は日本国民の目の前で、言い訳の出来ない失敗をしてしまいました。次のメキシコでのオリンピックで走って日の丸を掲げることで償わなければなりません」

しかし陸上自衛隊の二等陸尉だった円谷は、背中の故障（腰痛）に悩まされ、四年後の一九六八年一月、メキシコシティ・オリンピックに向けたトレーニング中に自衛隊体育学校の宿舎で手首を切って自殺した。彼は自室で銅メダルを手にした姿で発見されたという。

現場で発見された遺書は、今もなおひとびとの記憶に残っている。それは直前のお正月での家族との回想から始まっていた。「父上様母上様　三日とろろ美味《おい》しうございました。干し柿　もちも美味しうございました。」同じ調子で姉や義理の兄にも、手作りのお寿司《すし》や、酒やリンゴのもてなしを感謝した。そして再び両親に対し「幸吉は、もうすっかり疲れ切ってしまって走れません。何《なに》卒《とぞ》お許し下さい。気が休まる事なく御苦労、御心配をお掛け致し申し訳ありません。幸吉は父母上様の側で暮しとうございました。」と書かれていた。そして彼は、人生に影響を与えた母校の校長や教師や、日本オリンピック組織委員会の役員に対して個々に謝罪した。「お約束守れず相済みません、メキシコオリンピックの御成功を祈り上げます」

柔道

ふたつ目の物語は、マラソンの二日後の金曜日の午後に行われた柔道の無差別級の試合だった。日本生まれのスポーツである柔道は、古代の武術である柔術をもとにして、十九世紀後半に嘉《か》納治《のうじ》五郎《ごろう》によって創始され、一九六四年に日本の要請によって初めてオリンピックの正式競技に追加された。柔道は、第二次世界大戦後に始まった国際大会では常に日本が首位を独占してきた。柔道は絶え間ない鍛錬と精神の向上を重視し（朝の四時に起床し、裸足で雪の上を走るような冬の特訓合宿などを通じて達成される）、日本の（野球をふくむ）すべてのスポーツに対する日本人の心構えを象徴する武術《マーシャルアーツ》と言えた。

東京大会では、軽量級、中量級、重量級、無差別級の男子四部門でメダルが授与されることになっており、日本の柔道家たちは、予想通り最初の三部門で金メダルを獲得していた。そして最後に行われる無差別級で、日本チャンピオンの神永昭夫《かみながあきお》とオランダのアントン・ヘーシンクが闘う試合を見るために、一万五千人の観客が日本武道館に詰めかけていた。百七十九センチ、百二キロの神永に対し二百一センチ、百二十二キロのヘーシンクは、一九六一年にパリで開催された世界柔道選手権で、日本人選手を破り金メダルを獲得していた。しかし観衆やテレビで観戦していたひとびとの多くは、愛国的な誇りのかかった大事な試合では、日本人の神永の闘魂のほうが勝るはずだと信じ、彼が自らのホームグラウンドで勝利するものと確信しているようだった。そもそも柔道とは、柔よく剛を制し、小よく大を制することが本分で、小さな者が技と気力で大きな者を倒すことにこそ意味がある。多くの日本人はそう考えて試合に注目した。

しかし、そうはいかなかった。もともとサッカーやバスケットボールやレスリングをやっていたヘーシンクは、体格とともにスピードや俊敏性も兼ね備えていた。ヘーシンクは最初から最後まで試合を制し、たった九分二十二秒で神永を畳に押さえ込んだ。このことは、たとえ柔道でも、根性や闘魂だけでは限界があるのではないかという疑念を、多くの日本人の心に生じさせた（当時、神永が膝《ひざ》の十字靭帯《じんたい》の断裂に苦しんでいたことは、一般には知られていなかった。彼は言い訳をせず、すべてが終わってから「ヘーシンクは強かったです」と述べた。そのことに、私は感銘を受けた）。

ヘーシンクの圧勝は、何百万人もの日本人に苦い失望をもたらした。この事実は二重の意味で痛ましかった。巨大な金髪の外国人が衛星テレビ中継を通じて、全世界の前で日本人選手に恥をかかせたのだ。銀座の数寄屋《すきや》橋にある電気店のショーウィンドウに置かれた巨大なテレビの前に立ってその試合を観戦していた私は、日本人の痛みを直接観察することができた。私の周りにいたスーツを着た大勢の日本人男性たちは、誰もが悲しい顔をしていた。ほとんど泣きそうなひとたちもいた。

著作家で日本文化研究家のイアン・ブルマが後に回顧エッセイでこのように書いている。

「スポーツはセックスに似ている。最高の喜びをもたらす場合もある反面、最も痛みを感じる部分を傷つけることもあるのだ。そのときは、国家の男らしさという最も繊細な部分が曝《さら》された。敗戦とその後の外国のパワーによる占領という最も深い屈辱から、ようやく抜け出そうとしている一九六〇年代の日本にとって、それはきわめてデリケートな問題だった。国家の男らしさの回復は、その問題のすべてに終止符を打つものとなるはずだった。そして柔道無差別級の金メダルがそれを決定づけるものとなるはずだった。東京オリンピックは、好景気に後押しされて既に掌中にあった。敗戦の恥辱は消し去られ、日本の面目がようやく完全に回復するはずだった……。しかし、そのかわりに起きたことは、まるで日本人の始祖である天照大神が、公衆の面前でよそから来た悪魔にレイプされたような出来事だった」

（Ian Buruma, *Samurai of Swat*, The New York Review of Books. September 26, 1991 より訳出）

しかし、感情を露わにして際限なく喜ぶ一部の勝利したアメリカ人とは違い、ヘーシンクの態度は落ち着いていて、自身が勝利しながらも日本に対する敬意を忘れなかった。彼は試合後に、柔道の規則で決められた通り神永に一礼し、その後もずっと品位ある態度を保ちつづけた。そのことによって（また彼のおかげで日本のスポーツだった柔道の国際化が進んだこともあって）日本人の彼に対する敬意も集まり、評価も高まった。

しかし、まったく残念なことに、後年彼は日本に来てプロレスラーとなり、自身のイメージをひどく傷つけてしまった。彼の豹変《ひょうへん》ぶりもさることながら、彼はその新しいスポーツが驚くほど下手だった。ヘーシンクが所属した全日本プロレスの会長ジャイアント馬場《ばば》は、こう言った。「柔道着を着ると誰も敵《かな》う者はいないが、プロレスのトランクスを着るとこれほど弱い者もいない」

東洋の魔女

日本の誇りを盛り返すために、最後に残されたのは女子バレーボールの日本代表チームだった。彼女たちは、異常と言えるほどまでに厳しい訓練を受け、驚くほど熟練した技量を身につけていた。そして彼女たちは、四千人の観客が詰めかけた駒沢オリンピック公園の屋内球技場で、見事に金メダルを獲得した。それは日本のスポーツ史に伝説として残りつづけ、一九九九年末に掲載された朝日新聞の「二十世紀のスポーツ・ベスト一〇の偉業」のなかで、第五位に選ばれた。

代表チームの選手のほとんどは、日本の実業団バレーボールリーグを牽引《けんいん》したニチボー［一九六四年に日紡から社名を変更。現ユニチカ］の貝塚《かいづか》工場チームのメンバーだった。彼女たちの監督であり、戦時中は大日本帝国陸軍の中隊指揮官だった大松博文《だいまつひろふみ》は、ニチボー貝塚の監督でもあった。彼は、きわめて激しい特訓を選手に課し、〝鬼〟や〝悪魔〟とも呼ばれていた。が、チームを二百五十八連勝に導いた。

大松は一九五四年に日紡貝塚の監督となり、年末年始の短い休暇を除く数年間にわたって、毎日女性選手に生理休暇も与えず、彼女たちをしごいた。彼の練習は、たった十五分の休憩を一度はさむだけで、午後四時半から真夜中まで選手を鍛えつづけた（午前八時から午後四時まで、彼女たちは日紡で事務の仕事をしていた）。特訓では敵のスパイクをレシーヴするため、アクロバティックに回転しながら飛び込む柔道の受け身のような〝回転レシーヴ〟の練習が行われ、選手たちは何度も何度も床に飛び込んでボールを打ちあげ、繰り返し肩を強打し、最後には立ちあがることもできず、ほとんど泣きそうになっていた。すると監督は、「ダメ。ヤメロ。お前は辞めたほうがいい」「帰れ。お前は母ちゃんと一緒に家にいろ！」などと言って彼女たちを叱責《しっせき》した。しかし誰もがこのような特訓に合意しているようだった。それは一種の拷問のようでもあり、〝鬼の特訓〟として知られるようになり、その余りの厳しさからオリンピックの前に、〈スポーツ・イラストレイテッド〉誌で〝Driven Beyond Dignity（人としての尊厳を超えて）〟という記事が掲載されるほどだった。

長らく女子バレーボールの頂点に君臨しつづけた大松は、自分の練習方法が残酷であるとの批判に喜んで同意しながらも、選手の身長や体力で日本に勝るソ連チームを倒すためには、彼女たちに物理的な技術だけではなく、闘う根性も身につけさせる必要があると語った。じっさい大松監督のもとで練習する選手たち自身が、このことを十分理解していると言い、あらゆる批判から断固として監督を庇《かば》った。

ふたりだけを除いてすべて日紡貝塚の選手で構成された日本代表チームは、一九六二年にモスクワで開催されたバレーボール世界選手権で優勝し、世界を驚かせた。ソ連のある新聞は、大松の指導した回転レシーヴの魔力に感銘を受け、彼女たちを〝東洋の魔女〟と名づけた。しかし彼女たちの勝利は、このときだけの偶然の結果と見做され、もう一度勝てる可能性があると考える者はほとんどいなかった。おまけに百七十四センチとチーム一背が高い主将でセンターの河西昌枝《かさいまさえ》は当時二十九歳で、モスクワでの試合を最後に引退し、結婚しようと考えていた。しかしソ連に対抗するため、もう一度彼女にチームを率いてほしいという国民の要望があまりにも強かったため、河西は個人的な希望を後まわしにしてオリンピックに出場することを決意した。

そのときから、河西とそのチームメートたちは、以前よりもさらに長く、午後三時から夜中の二時や三時までの厳しい練習を繰り返した。

柔道の神永がヘーシンクに敗北した衝撃の事件は、彼女たちへのプレッシャーをさらに重いものとした。決勝の日、夕方までにひとびとはテレビの前に飛んで行ったため、銀座の街は歩行者もクルマもほとんど消えていた。「もしも私たちが負けていたならば、国を去らなければならなかったでしょう」と、のちに選手のひとりは語ったという。

私自身は、佐藤医師と銀座の〈ル・ラ・モール〉でこの試合を見ていた。みんなのおしゃべりが止み、客もホステスも揃ってテレビ画面に釘《くぎ》づけとなった。その夜、大勢の観客でひしめく屋内球技場のロイヤルボックスには、若く美しい美智子《みちこ》妃殿下が座っていた。彼女は平民の出身で、センスのいいツーピースの衣装や、シンプルな真珠のネックレス、完璧な振る舞いや恭しい態度で、日本女性にとっての優雅さのお手本となっていた。

河西たちは、優れたチームワークによって、体格で勝るソ連のチームのタイミングを狂わせ、最初の二セットを十五対十一、十五対八と圧勝した［当時のバレーボールは一セット十五点先取。サーヴ権のあるときのみ得点を認められるルールだった］。屋内球技場には轟《とどろ》くような歓声が沸き、美智子妃の笑顔がテレビに繰り返し映された。ソ連の選手たちは第三セットで粘りの反撃を開始し、十四対九とリードした日本を、十四対十三まで追い詰めた。しかし日本チームは何とか持ち直し、〝東洋の魔女〟たちはようやく金メダルを勝ち取った。

試合が終わると、選手たちは飛びあがって喜び、そして、泣いて喜んだ。解説者、観客、美智子妃（彼女の有名な冷静さも、この時ばかりは失われていた）、そしてテレビ桟敷《さじき》の数百万人の観客も、誰もが立ちあがり、拍手を送って彼女たちを称賛した。そのなかには髪を綺麗にセットし、香水の匂いを振りまいている〈ル・ラ・モール〉のホステスたちもふくまれていた。彼女たちは歓声をあげながら涙を流していた。彼女たちのそのような姿は、それまで見たことがなかった。呆然《ぼうぜん》としたソ連チームのモスクワの娘たちは、更衣室に戻って鍵《かぎ》を閉め、大声で泣きだしたという。ビデオリサーチ社によると、全国のテレビ保有世帯の六六・八％がこの試合をテレビで見た。これは現在でも日本のテレビ番組の視聴率として歴代二位で、最後のポイントを獲得した瞬間視聴率は九五％に達したという。

そのとき、もうひとつ素晴らしいシーンがあった。選手たちがコートのなかで喜んでいたとき、あの最高に厳しい親分の大松監督は、選手たちと抱き合ったり握手したりすることもなく、独りで呆然とサイドラインの横に突っ立っていた。そして鼻を袖《そで》でぬぐったあと、力なくベンチに腰を下ろした。私は、そのことに心を打たれた。この場面は、東京オリンピックを記録した市川崑《いちかわこん》の映画でも、きわめて印象的なシーンとして映し出されている。

大松の〝東洋の魔女〟は、東京オリンピックの代名詞となり、その後五十年間にわたって大量の学術論文のテーマにもなった。彼女たちの専売特許である〝回転レシーヴ〟は、資源の不足を闘魂で補い、辛抱強く復活した日本経済を象徴するものとも考えられた。監督自身が名声を喜んで享受し、そのような闘魂についての本を出してベストセラーにもなった（それは、本来なら柔道が世に出すはずのメッセージだったかもしれない）。また、大松博文は、のちには参議院議員に当選し、六年間国会議員を務めた。

河西の物語も、最後は見事なハッピーエンドで終わった。優勝後、チームが総理大臣佐藤栄作《えいさく》と面会したとき、河西はスパルタ式トレーニングを何年も受けてきたため、結婚相手を見つける時間がなかったと佐藤首相に漏らした。のちにノーベル平和賞を受賞した佐藤首相は、すぐさま彼女に十年前の一九五四年に創設されたばかりの自衛隊の若い将校を紹介した。

アメリカ人には信じられないことだが、彼女は一言も文句を言うことなくそれを受け入れた。そして一九六五年五月、佐藤首相と彼の妻を仲人《なこうど》として結婚式を執り行った。彼女にそんなことができたのは、彼女自身が既に軍隊式の訓練の影響を十分過ぎるほど受けてきたからだったかもしれない。ともかく、それは国民的慶事としてすべてのメディアが大きな見出しを掲げて報道した。

佐藤首相は結婚披露宴のスピーチで、河西は日本で首相自身よりも有名な存在だと挨拶《あいさつ》した。実際、彼女はそれから残りの生涯を、ずっと有名人でありつづけた。


東京オリンピックで私が個人的に好きだったのは、オーストラリアの水泳選手ドーン・フレーザーだった。彼女は連続三回目のオリンピック金メダルとなる百メートル自由形で優勝した。その数日後に、大胆にも東京のど真ん中の皇居前に掲げられていた五輪旗を盗もうとして逮捕されたのだが、逃げようとしたときに彼女は警察官の自転車を盗んで走り出し、そのあとを警官が必死になって追いかけた。そしてフレーザーが皇居のお堀に飛び込もうとした瞬間、警官にタックルされて捕まった。警察は、警視庁に連行した彼女が誰かわかると、彼女を即座に釈放したのだった。

皇居のお堀に飛び込もうとしたのは、フレーザーが最初ではない。私は、数年前にアメリカ空軍兵士の一団が飛び込んだことを知っている。そのとき彼らは、全員が酔っ払っていて、そのうちのひとりが誤ってお堀に転落した。そこでほかの兵士たちも、彼を助けるために飛び込んだのだった。が、水の中があまりにも楽しかったのか、警察によって引きあげられるまで、彼らは泳ぎまわりつづけた。警察は、皇居のお堀以外の別の場所で泳ぐようにと厳しく説教したあと、彼らを釈放した。私が覚えている限り、警察の説教は意味がなかったようで、彼ら四人は自分たちの行為を偉業だと思い、誇りにしつづけたのだった。

フレーザーは、のちにオリンピックで経験したことを本に書いて出版し、そのなかで試合のあと酔っ払って選手村の食堂の銀の塩胡椒《しおこしょう》入れやクリスタルのワイングラスなどを盗んでお土産にしたことを暴露した。さらに選手村でセックスをしたり、試合のあとで大酒を飲んで酔っ払う選手が大勢いたことなども書いた。彼女はまた、いくつかの国（日本とスウェーデンがふくまれる）は、セックスへのアプローチがナチュラルかつ大胆で、希望する男性選手にはコーチや職員が女の子（ボランティアの素人の女性も、プロの女性もいた）をあてがっていたとも書いた。彼女は、そのようなコーチや職員が、競技の緊張で疲れ切ったあとで息抜きを求める女性選手に対して何を提供したかについては書かなかった。が、その本を出版したせいで、フレーザーはオーストラリア水泳連盟から十年間の出場停止の処分を受けた。

閉会式

そして別れのときが来た。みんなが帰ってしまうときが訪れた。七万五千人の観客が立ちあがって歓声をあげ、お寺の鐘のような電子音楽が響き、明かりが弱まるとオリンピックの聖火が消えた。国立競技場の巨大な電光掲示板には〝SAYONARA〟の文字が輝き、九十三か国から参加した選手たちはバラバラになってトラックを飛びまわり、貴賓席に向かって最後の挨拶をした。ニュージーランドからの選手団の何人かは、ロイヤルボックスの前で立ち止まり、ハカ（ウォークライ）を歌い踊った。植物の研究をしているときが一番幸せだという裕仁天皇は内向的な性格で知られているが、珍しく笑顔で驚いた様子をカメラで撮影した選手もいたりした。長距離走者のビル・バイリーは裕仁に投げキッスを送った。天皇として隔離された生活を送る人生で、そんなことをしてきた者と出逢ったのはおそらく初めてだったに違いない。そして天皇はずっと立ったままで脱いだ帽子を手にして振りつづけ、彼らに挨拶しつづけたことにも誰もが驚かされた。

整然とした開会式とは正反対に、閉会式は誰もが自由に振舞った。しかし最後の最後まで、日本人は海外からやって来た観客に対し礼儀を保ったのも事実だった。〈スポーツ・イラストレイテッド〉誌によると、会期中の二週間に東京で百九十四人のスリが逮捕されたが、オリンピック会場で外国人の財布を盗んだのは、驚くことにたったの四人だけだった。

すべてが終わると雑誌〈ライフ〉は、感動的な開会式、レベルの高い競技、そして大会全体に行き渡っていたおもてなしの善意《グッドウィル》などを挙げ、一九六四年のオリンピックを〝これまでの大会のなかで最も素晴らしい大会〟と評した。

日本人は、この評価を大いに誇りに思った。昔とは違う新しく生まれ変わった日本が、今ようやく世界に向かって紹介されたのだ。日本はもはや戦争で打ち負かされた世界の除《の》け者の軍国主義国家ではなく、世界の経済を牽引《けんいん》する平和的な民主主義国家へと見事に変身してみせたのだ。東京オリンピックによって日本が今や西欧諸国と同等であり、尊重されるべき勢力となりつつあることが示されたのだ。天皇、日の丸の旗、国歌としての「君が代」(当時はまだ非公式だったが)、(自衛隊という形での)日本兵の活動など、かつてアジア太平洋地域の隣国に対して日本の脅威の象徴として機能していたものが、今やまったく異なる健全な姿で表舞台に出てきたのだ。

それが戦後わずか二十年以内に達成されたことは、アジアや世界の他の地域で近代化を推し進めようとする発展途上国の見事なモデルケースとなったのだった。

東京のひとびとにとってのオリンピックの成功は二重に喜ばしい出来事だった。それは巨大な国際大会を見事に成功させたことと同時に、東京が第三世界の首都から輝かしい国際都市に変身し、外国人の観光客やビジネスマンや先進的な学者などを引き寄せる大都市に昇格した証拠となったのだ。それはひょっとして史上最も偉大な〝都市の大変貌〟と言える出来事だったのかもしれない。

じっさい東京を近代都市として認める最後の駄目押しとなるような出来事もあった。映画史上世界で最も人気の高いシリーズが、オリンピックの翌年の東京と日本を舞台に選んだのだ。シリーズのなかでも評価が高い映画『007は二度死ぬ』は一九六六年に撮影され、一九六七年に公開された。悪の組織スペクターの東京支部である大里《おおさと》化学工業の本社ビルとしてホテルニューオータニが登場。隣接する庭園や、地下鉄、蔵前《くらまえ》国技館、ネオンが輝く銀座の夜の風景などもスクリーンに映し出された。この映画のなかで、相当な日本通として登場するジェームズ・ボンドは、日本酒の燗《かん》酒《ざけ》を美味《おい》しく飲むのに相応《ふさわ》しい温度まで解説し、世界に向かってありとあらゆる日本について大々的に〝広報〟したのだった。

ホテルニューオータニの経営陣は、映画撮影によって生じる日常のホテル業務に対する不都合をはるかに勝る宣伝効果があると考え、撮影班に建物を自由に使用する許可を与えた。しかし、それは見込み違いだったことがあとになってわかった。出来上がった映画のなかで、「東京のどこに泊まっているのか」と聞かれたボンドは、「ヒルトン」と答えたのだった。

大会期間中の世界は調和《ハーモニー》にあふれる平和な空気で満たされ、争いがあるのは競技場のトラックや体育館のなかだけと思われた。が、世界の現実は、そんな幻想を打ち砕いた。オリンピック期間中に中国は初の核実験を行い、ソ連では最高指導者のニキータ・フルシチョフが失脚した。どちらも世界が一瞬にして凍りつくような出来事だった。

オリンピックは日本のテレビにひっきりなしに映し出されたヘイズやショランダーなどのアメリカの金メダル選手の爆発的な人気とともに、最高潮に達した。銀座には、ヘイズの巨大な肖像が赤、白、青のネオンで描かれ、〝ボブ・ヘイズ　USA　世界最速の人間〟と書かれていた。それらは短期的な出来事だったが、他に類を見ないほど過熱した日本におけるアメリカ主義の終焉《しゅうえん》の始まりでもあった。

オリンピックの大成功とGDPの順調な成長によって、敗戦の屈辱にかわって愛国的な誇りが頭を擡《もた》げてきた。それは、アメリカが日本を経済的及び軍事的に支配していることに対する潜在的な怒りと相俟《あいま》って、反米感情の拡大に火をつけた（ベトナム戦争から日本経済は多大な恩恵を享受したはずなのだが、その開戦はさらにアメリカのイメージを損なうことになった）。

都市の変貌のダークサイド

東京オリンピックは日本人にとって輝かしい栄光だった。が、同時にそれは暗い影も落とした。戦争で荒廃した街から世界で有数の国際都市へと東京が一夜にして変貌したことには、滅多に語られない影の側面もあった。オリンピックは環境破壊と東京および周辺の住民たちに多大な苦しみももたらした。そのことを私は、その場にいた人間のひとりとして証言することができる。

日本の第二の都市である大阪では、東京オリンピックに関係するイベントは何も開催されなかった。ということは、東京と大阪をつなぐ新幹線をオリンピックまでに開通させなければならない理由は、はっきり言ってまったく存在しなかった。しかし国鉄の幹部は、新幹線プロジェクトを〝都市開発〟の名目で急がせた。それは、東京オリンピックに世界のメディアが注目しているあいだに、日本の技術レベルの高さを世界に見せつけることが目的だった。そうして建設を急いだせいで(また汚職や賄賂《わいろ》も伴ったため)、このプロジェクトは当初の予算の二倍(オリンピックの総費用のおよそ三分の一)にあたる十億ドル(三千六百億円)もの費用がかかり、国鉄総裁は退任に追い込まれた。

膨らみつづける新幹線のコストを賄うため、モノレールなどの他のプロジェクトの資金が犠牲になった。モノレールは、当初は羽田空港と東京都心を結ぶ予定だったが、最終的には東京駅より数駅手前の浜松町《はままつちょう》が終点となった。それは明らかに便利さで劣る結果となったが、東京駅や新橋といったより適切な地点まで路線を伸ばすための土地買収費や建設資金がなくなってしまったのだ(当初、モノレールの運営会社は新橋を起点とすることで免許を取得していた)。

さらにモノレールを通すために高い私有地を買うのを避け、建設会社は東京都が無料で提供する水上に線路を建設した。その過程で川や運河や海をごみで埋め立て、コンクリートで固めた。それらの地域の漁業組合が保有する漁業権は東京都により放棄させられ、漁師の多くが職を奪われた。

江戸時代からの養殖で〝大森《おおもり》の海苔《のり》〟として有名だった大田《おおた》区大森の海苔養殖場は、すっかり消えてしまった。

資金不足は高速道路の建設にも影響をおよぼした。そのためモノレールと同じように土地を買わずに済むよう、川や運河の上に道路を建設しなければならなくなった。このせいで多くの由緒ある美しい風景が破壊され、目障りな風景が出現した。

江戸時代の東海道の出発点であり、経済の中心地でもあり、そして日本のすべての土地への距離を測定する際の起点にもなっている日本橋《にほんばし》は、明治時代に架け直された立派な橋があった。この橋は、渡ると富士山が見えるときもあった。私は、オリンピックが始まる直前に、この有名な橋を見ようと運河に沿って歩いたことを覚えている。ところが空を覆う巨大なコンクリートの蓋のように、橋のうえをほんの数メートルほどの高さで通る高速道路のために、かつて優美だった景色は完全に台無しにされていた。運河の汚染された水の臭いも酷かったので、私は鼻を覆った。遠くから見ている富士山はさぞかし嘆いているだろうと思った。

オリンピックのための開発事業の結果、東京は船が運航できる多くの水路を失った。川や運河の水面下に、高速道路の支柱やその他の構造物を建てることによって、多くの桟橋が使用できなくなり、船舶を利用する多くの仕事が奪われた。川の水は澱《よど》み、魚は死に、ヘドロが発生した。東京の河口の多くは産業廃棄物ですでに汚染されていたが、汚水はますます腐敗した。その一部は建築や第二次世界大戦時代の建物の解体で廃棄された瓦礫で埋められていた。それ以外の川は、コンクリートで埋められ、道路につくりかえられていた。神田《かんだ》川や隅田《すみだ》川、およびそれらに連結する運河に生きていた生物は、その後数十年間にわたって戻らず、戻って来たのは黴菌《ばいきん》だけだった。

一九六四年のオリンピックの悪影響には、住宅街の人口減少もあった。日本では立ち退きを強制する法律がないおかげで住民が守られていたはずなのに、日本の当局は建設を容易にするため、少額の補償金で頑固な土地所有者の愛国心に訴え、多くのひとびとを家から追い出した。それがうまくいかないと、税金徴収の形をとった嫌がらせや、名誉毀損《きそん》、些細《ささい》な都条例違反の捜査などで脅した。国立競技場の予定地の近隣の百軒以上の住民は、競技場やその周囲の駐車場に土地を明け渡すため、強制的に追い出された。そのあたりを覆っていた緑地は除去され、近くの川はコンクリートで埋められた。特に、都心部の文京区《ぶんきょう》や千代田区《ちよだ》がその直撃を受け、多くの小さな家屋が取り壊され、そこに住むひとびとは郊外の新しい住宅に引っ越すことを強制された。それらの地域では人口減少により、いくつもの小中学校が閉鎖された。強制退去させられた多くのひとびとは、団地と呼ばれるソ連に多く建っているような大規模建築のニュータウンに移ることになった。

ほかに、東京中を走りまわっていた安価で安全で楽しい交通手段だった路面電車も、一九六四年のオリンピックの犠牲者と言えるだろう。道路拡張計画により主要な路線が二本廃止されたことで、クルマの渋滞と東京の大気汚染は悪化し、さらに東京以外の他の都市の路面電車のほとんどすべてが、次つぎと廃止されるきっかけとなった。

戦後日本の建設業界ではよく知られた事実だった談合や価格共謀入札といった腐敗は、オリンピック前の数年にわたってもその醜い頭をもたげていた。多くの建設会社が自ら組織犯罪を取り仕切り、ほとんどの建築現場にはヤクザが出没していた。ヤクザたちは労働者を供給し、臨時の宿舎を提供し、飲食店や労働時間後のための賭博場や売春宿を営業し、そしてなにより〝警護〟を提供した。国民の税金が腐敗した政治家や裏社会のボスの懐に吸いあげられ、コスト削減は大抵おざなりになった。

たとえば高速道路の建築で使うコンクリートを混ぜる際に海から採取した砂を使用したことにより、内部の鉄筋や鉄骨が早く錆《さ》びついた（オリンピックの建設工事とは無関係だが、同様の建設作業の結果、阪神《はんしん》高速道路の支柱の一部が一九九五年の阪神淡路《あわじ》大震災で倒壊した）。

また、オリンピックと新幹線に関連した最悪の事件として、国鉄上層部や自民党の政治家と結託した悪徳不動産会社が、新横浜《しんよこはま》の土地を買いあげたことを指摘するひともいる。彼らは日産やフォードの工場が建てられ多くの仕事がもたらされると嘘の約束をしたが、実際にはその土地は新横浜駅に用いられた。この新幹線の土地取得を利用した詐欺事件は、小説『黒の試走車』（梶山季之著、岩波書店）や映画『黒の超特急』で描かれている。この事件は捜査が行われて裁判となったが、主な関係者は（自分たちの足跡をうまく隠滅させた首謀者から大金をもらって）追及を逃れるため海外に逃亡した。そのため、誰も刑務所に入ることはなかった。

そして日本の国は、一九六四年のオリンピックのために世界銀行から借りた金を返済するのに、三十年以上もかかった。

犬と猫

私は、東京オリンピックの年の秋、いくつかの講座を受講しようと思って上智大学を訪れたあと、近くの喫茶店に座っていた。私の隣のテーブルには若いアメリカ人の男女が座っていた。彼らは明らかに日本に来たばかりのようだった。ふたりはこの街がどれほど素晴らしく、便利で、親しみやすく、清潔かを、目を丸くして話していた。

そのうちのひとり、そばかすのある赤味がかった茶色のポニーテイルの魅力的な女の子が言った。

「東京に来てから、一度も野良犬や野良猫を見ていない」

私は身を乗り出して会話に加わりたかったが、そのとき私が最近知った〝犬猫大虐殺〟と呼ばれる事件を彼女に伝える勇気はなかった。ソチ冬季五輪の前にも、多くの野良犬が殺されたことに世界中から批判が殺到したが、東京ではもっと大規模な〝野犬狩り〟が行われた。第二次世界大戦中、日本政府は食料不足と疫病予防の名目で犬や猫や動物園の動物などを無慈悲にも大量に殺害した。それと同じようなことが、オリンピックの前にも再び〝殺戮《さつりく》の嵐〟として吹き荒れた。今回は、主に美観を整えることが理由となった。一九四〇年代には、不運な動物たちは一斉に捕まえられ、布袋に詰め込まれ、こん棒で殴り殺された。しかし一九六四年までに殺戮方法は技術的に進歩し、二酸化炭素で動物たちを窒息させる機材が用いられるようになった。その結果、オリンピック開会までの一年間で殺された犬や猫は二十万匹と推定されている。

そんな出来事とはまったく無縁に、オリンピックとその熱い余波が漂っていた期間は、私自身の人生のなかでも最高潮に達したと言えるような時期だった。選手たちが去り、競技場に静けさが訪れた後も、東京には少々浮き足だったようなエネルギーが残っていた。一人当たりGDPは着実に上昇しつづけ、十年間で三倍以上になった。この〝経済の奇跡〟は絶好調で、すべての社会階層でこの変化が起こっているのを、私は東京という街のリングサイドの特等席で観察することができた。私はそのときすでにほぼ三年間にわたって日本に滞在し、次の三月に除隊することになっていた。そこで私は、ひとつの決断を迫られていた。

帝国ホテルの〈オールドインペリアルバー〉やホテルオークラなどに行くと、外国人が日本を馬鹿にし、日本人は奇妙で風変わりで、理解不能で信用ならないと語るのを何度も小耳にはさんだ。これが真実ではないと知っていた私は、偏見なく日本を理解する唯一のアメリカ人として、日本の美徳を世界に知らしめる存在になれると自負していた（また、そのような寛大な気持ちを抱いている自分を純粋な存在だとも思っていた）。しかし、オリンピックの頃に状況が変わり始めた。

閉会式から間もないある日、私は渋谷の少し奥まった場所にある一軒のバーに立ち寄った。そこは以前から静かにビールを楽しんだり、そのあと何をして楽しもうかと考えたりするために何度も通っていた場所だった。そのときは背広を着た男だけのグループが近くに座っていた。私が店に入り座る際に、数人が私を見あげたが、その視線は友好的なものではなかった。彼らは、私が他のオリンピックを見に来た観光客たちと同じように、オリンピックが終われば出ていくべきだったのに、まだ東京に滞在し、自分たちの陣地に侵入していることに、怒りの感情を抱いているようだった。

誰も私に話しかけなかったが、彼らが私のことを話題にしているのは明らかだった。私の耳には彼らの会話の断片が届いた。「最近はガイジンが多すぎる……アメリカ人は自分たちがここを所有しているかのように振舞っている……俺たちは何ができるかをやつらに見せつけた……野蛮人には出て行ってもらおう……もちろん、きれいな女の子は残っても歓迎する……ハハハハハ……」

そして彼らは、乾杯で締めた。「世界一の国《グレイテスト・カントリー》、日本に！」

この一件で私は、すでに薄々気付き始めたことを完全に理解した。もはや単にアメリカ人だという理由だけで自動的に親切にしてもらえると期待するようなことはできない。それどころか、私が銀座のクラブや上流社会に足を踏み入れることができたのは、私個人の魅力や業績のおかげではなく、ペットのサルにふさわしい扱いだったと理解し始めた。

佐藤医師との〝親友関係〟は、そのころにはすでに衰えはじめていた。

実家に送金しなければならず一時的に金欠になったので、上智大学の学費を払うために二週間ごとの給料日まで三百ドル借りたい、と〝親友〟に頼んだ。もちろん佐藤医師にとっては端金《はしたがね》だったため、当然承知してくれると思っていた。〈ル・ラ・モール〉ではいつも半時間でそれくらいの金額を使っていたのだ。私は、借りたカネの分は彼にレッスンで返すと言った。

「だいじょうぶ」と、彼は言った。

数日後、彼の病院の事務員から基地にいた私に電話がかかってきた。佐藤医師は緊急の医療上の問題が重なったため、レッスンを休みたいとのこと。そして、彼からまた改めて連絡するという。

その後数週間、彼から連絡はなかった。

長らく連絡が途絶えた末に、とうとう私のほうから電話をかけた。彼の声は冷たかった。忙し過ぎて英語のレッスンを受けられないと彼は言い、私のこれまでの指導に型通りのお礼の言葉を付け加えて電話を切った。〈ル・ラ・モール〉（死んだ鼠）は、その名の通り本当に消滅した（少なくとも私にとっては死に絶えた存在となってしまった。佐藤医師は、私と交代に新しい英語教師を見つけたことを後になって知った。ミネソタ州出身の金髪で美人の交換留学生で、彼女は医師が上智大学の掲示板に貼らせた〝英語教師求む〟という広告に応募したのだという。私はそのことを彼女自身から聞いた。偶然にも彼女は上智大学の私のクラスメイトだった。彼女の生徒となった医師は、彼女の教える動詞よりも彼女の容姿に興味があったらしく、彼女はすぐにその仕事を辞めた)。

佐藤医師にとって、私はペットのサルから、金に汚い詐欺師――ほかの外国人とまったく同じ信用できないヤツ――に転《ころ》げ堕《お》ちていた。

実際のところ、私はそんなことを気にしてはいなかった。事実、私は解放されたのだ。私は何かもっと軽薄ではない、地に足の着いたことをやろうとしていた。私は東京に留《とど》まり、この街の庶民の経済水準で生きるのはどんなものかを知ろうと決心した。私は上智大学に入学し、漢字を真剣に学び、それによってどんな世界が開けるのかを見届けようと思った。

オリンピックで東京が世界に示したのは、世界最高の大会だけではなく、東京自体が見る価値のあるものだということだった。いや、それ以上だった。東京はこれから、産業、商業、文化、スポーツ、夜の歓楽……等々のすべてを、自らの特徴として世界に示してゆくことを前面に押し出していた。そんな素晴らしい〝ショー〟を見逃すわけにはいかなかった。

私はすでに東京に夢中になっていた。エネルギーや活力、礼儀正しさ、秩序、清潔さ、効率性、利便性、いつも時間通りに来る電車、古いものと新しいものの混在、お寺、神社、群衆、眩しいネオン、それらすべてがユニークで魅力的だった。東京は最初の雨粒が少しでも落ちた瞬間、魔法のように次つぎと傘が現れる街である。タクシーのドアが自動的に開く街である。財布を失くしても警察に行けば、家に帰れるように警官が千円貸してくれる街である。

小さな町出身の自分《アイデンティティ》を探している純朴な若者にとって、東京は見ている分には悪くない場所だった。当時の若者たちが憧《あこが》れたパリとは違い、東京は自己発見《セルフ・ディスカバリー》の都市とは思われていなかった。が、それは単に東京があまり知られていなかったからに過ぎない。東京には、ロマンスは言うにおよばず、小さな冒険、絶え間ない刺激、発見すべき新しい世界が山ほどあった。東京は巨大な街で、まだまだ探検すべきところがたくさんあった。そのときの私は、あとになって気づくのだが、まだ東京の表面をかすった程度の経験しかしてなかったのだ。

あのクソみたいな言葉をしゃべるのか？

一九六四年末までに、私は、差し迫った除隊後に東京に居つづけることを真剣に考えるようになった。すでに上智大学の講座を受講し始めていて、和式の小さなアパート——東京の東側の駒込《こまごめ》にある暖房も給湯施設もない六畳間のワンルーム——から翌年早々に退去する予定の知り合いもいて、そこは山手線《やまのて》の駅や、これから利用することになる公衆浴場からも歩いてすぐだった。そのうえ、家賃も手頃だった。

私が東京に引きつづき滞在するかもしれないと聞いて、電子諜報《ちょうほう》センターの同僚の多くは困惑した。彼らのほとんどは、〝BIG BX《ビッグ・ビーエクス》〟（GIは母国のことをそう呼んだ）に帰る日を指折り数えて待っていた［BXはBase Exchange＝基地の売店のこと。食料品からテレビや電化製品までを揃え、百貨店の規模を持つ。そのさらに大きなものを、母国アメリカを指すスラングとして米兵たちは使っていた］。

「アメリカは世界で最も偉大な国だ」と彼らは言った。「いったいどうしてこんなところに住みたいと思うんだ？」（その後カリフォルニアのユーレカに帰ると、両親にもまったく同じことを言われた）。

私にぶつけられた言葉には、人間の意志の自由や人間の権利を認めたアメリカの憲法に明らかに反するようなものもあった。

「ホワイティング、お前は〝日本狂い《ジャップ・ラヴァー》〟なのか？」

「お前は絶壁頭の日本の女が好みなのか？」

「ホワイティング、お前は東洋人のアソコがいいのか？」

私が基地の日本人と現地の言葉で話そうとしたときも、彼らは同様に、国際親善と相互理解に敬意を払って（？）このように返した。

「ホワイティング、お前はそんなクソみたいな言葉《シット》をしゃべるのか？」

電子諜報センターの大柄で逞しいカンザス州出身の空軍の職業軍人であるリチャード・サンダース三等軍曹は占領時代以降、三度目の赴任で日本に来ていた。彼は私の将来について説教する役目を買って出た。

「やめとけ」と軍曹は言った。「日本は若い男がいるべき場所じゃない。日本人の女の子との厄介ごとに巻き込まれるぞ。そうなればお前の人生はおしまいだ」

じっさい、私には日本人の恋人がいた。日本でトップの私学である早稲田で美術を学んでいる学生だった。私はその数週間前に新宿の流行《はや》りのジャズ喫茶〈ヴィレッジゲート〉で彼女と出会った。私が東京に残るのは彼女が理由ではなかった。が、彼女がいたから母国に帰るほうに気持ちが傾くこともなかった。

「やめておけ」と軍曹は繰りかえした。「それが私からのアドヴァイスだ。日本人の女の子と結婚するな。違いがありすぎる。アメリカに彼女を連れて帰ったら、きっと後悔するぞ。彼女はきれいで知性があって才能もある、と言っていたな。しかし彼女の肌は黄色くて、頭は絶壁で、目は吊《つ》り上がっているんだ。それに英語もうまく話せない。二年間楽しんだのだから、もう忘れろ。これからどうなるか、私にはお見通しだ。お前は社会のはぐれ者になるぞ。自分が追放された者になったと気付くのだ。もしくは彼女がアメリカナイズされても、お前は本当に後悔することになる。彼女はお前に指図するようになるんだぞ」

この心のこもった説教にはオチがあった。サンダース軍曹は自身の辛《つら》い経験を踏まえて話していたのだ。彼は最初の赴任から間もなく日本人女性と結婚していた。「私たちは危機を乗り越えるのに、十五年かかった」と彼は言った。「その後ようやく、居心地の良い関係が築けるようになった。そんな苦労をお前自身や彼女にさせたいのか？　そんな価値はないぞ」

私は、私の身近にいる危機の真っ只中《ただなか》にいるひとたちや、その危機を一生乗り越えられないであろうひとたちのことを考えた。十五年がなんだというんだ。私はまだ二十二歳で、結婚のことは考えてもいなかった。私は、日本に居つづけたほうが、じっくりと時間をかけて自分自身の人生について、危機を乗り越え、大きな発見もできるような気がした。結婚相手を探すよりも、そのほうがよほど大事だった。

第四章　駒　込

　東京という都市は、外国人のように事情を知らない余所者《よそもの》にとってはけっして理解しやすい街ではない。そこには都市計画らしきものがない。どこもかしこも混沌《こんとん》としていて、成り行きまかせに膨張してきたかのように見える。地震や台風が定期的に街を破壊するためか、この街の木造住宅の多くはたった二十年から三十年くらいしかもたない。そのように建てられているとしか思えない。そのため、東京は世界で最も変化の激しい都市となっていた。

　主要道路以外の東京の道は、狭く曲がりくねっていて名前もなかった。番地のつけ方の順序はでたらめで、タクシー運転手に目的地を告げる際には自分で書いた詳細な地図が必要なくらいだった。一番地の家が十七番地の家と隣り合い、二番地の家が百メートル離れているといった調子なのだ。これは家が建てられた場所ではなく、建てられた順番に番号が振られたためだとも言われている。

　さらに東京の街は、碁盤の目や同心円状につくられた街とは異なり、徳川家康《とくがわいえやす》によって渦巻き状に設計された特殊なものだった。一六〇三年に家康が天下を統一し、長くつづいた戦国時代に終止符を打ったとき、彼は、漁業しか経済的基盤のなかった未開発の城下町である江戸を首都《キャピトル》に選んだ。家康は街を侵略者から守るため、道をわざとわかりにくくした。街の中心である城を円周五キロの内濠《うちぼり》で守り、さらに隅田《すみだ》川とつながる円周十五キロの大きな外濠で囲んだ。その結果、運河と石壁が迷路のように配置され、視界は制限され、移動は不便になった。

　お濠には三十もの門や橋や櫓《やぐら》が置かれ、それらは今日でも地下鉄の駅名——例えば、虎《とら》ノ門《もん》、桜《さくら》田門《だもん》、赤坂見附《あかさかみつけ》、水道橋《すいどうばし》——として残っている。中国の古代からの風水に従い、住居や寺院の適切な配置で宇宙との調和をもたらして邪気を払うため、北東と南西の鬼門にはそれぞれ寛永寺《かんえいじ》と増上寺《ぞうじょうじ》が配置された。

そのようにしてつくられた江戸は、やがて世界で最も大きな城下町となった。じっさい十八世紀初頭には、江戸は人口百万人を超える世界でも有数の大都市となった。そして二百六十四年ものあいだ、十五代も続いた徳川家の一族が江戸城に暮らし、外国との接触を厳しく制限した封建制のもとで日本全国を支配したのだった。

数世紀にわたる鎖国を経て、一八五三年にペリーが黒船に乗って到来し日本に開国を強要した。その十五年後、京都の朝廷に忠誠を誓う勢力が徳川幕府を倒し、当時数え年で十七歳だった明治天皇を権力の座に就かせて京都から江戸に移し、城の名前を皇居に変え、街の名前を東の首都を意味する東京に変えた。そんな歴史のなかで、この街の迷路のような都市の構造は生き延びたのだった。そして、このときの明治維新をきっかけに、日本は封建社会から近代的な工業国へと移行する幕開けの時代を迎えたのだった。

皇居の建物は、第二次大戦の空襲によって多くが破壊され、再建しなければならなかった（裕仁《ひろひと》天皇は日本の降伏を、この皇居の敷地内にあるコンクリートづくりの地下防空壕《ごう》で決断した）が、内濠の石壁と運河は、九つの門と三つの監視櫓とともに元のまま残り、いまではその周囲をジョギングする大勢のランナーたちの姿を毎日見ることができる。

一九六五年三月、私が府中《ふちゅう》の空軍基地から引っ越してきたのは、そんな混沌とした迷路のど真ん中だった。私は、東京の東側に古くからある下町、駒込《こまごめ》駅の近くに部屋を見つけた。そこは、かつての江戸の中心部で、大衆文化の広がった地域として知られていた。駒込駅は東京の街を一周する山手線《やまのて》の二十九ある駅の一つで、その一帯は太平洋戦争中にアメリカのB29の空襲により焼け野原となった。

私は当時、戸田建設で週に一度英語を教えていて、そこの従業員だった二十代の温和な顔をしたクサカさんが、私の部屋探しを手伝ってくれた。私の新居は駅から徒歩十五分。戸田建設の寮から通りを挟んだ向かいにあった。そのあたりは木造の家や実用本位で何のデザイン的要素もない灰色の鉄筋コンクリートの建物が並ぶ平凡な住宅街で、私の選んだアパートは強風には絶対に耐えられないような安っぽいつくりの漆喰《しっくい》二階建て。部屋は、その二階にあった。家主は普段だったら外国人を受け入れないが、戸田建設が私の保証人になってくれたので例外的に入居できた、と不動産仲介者に言われた。

私のアパートは、同じ建物が六軒並んでいるうちのひとつで、六畳間がひとつに三畳間と、二口のガスコンロと小さな冷蔵庫が備わった狭い台所、それに狭く小さな水洗トイレがあった。トイレは中で立ち上がる余裕もないほどの狭さで、和式だった（そのようなタイプのトイレはアメリカでは見たことがなく、将来日本で普及することになる自動で蓋《ふた》が開閉し、暖房便座や温水洗浄器を装備した高機能トイレとは遠くかけ離れたものだった）が、少なくとも水洗ではあり、汲取《くみと》り式よりはまだマシだった。また日本人のあいだでは、しゃがむのは腿《もも》とふくらはぎの筋肉を鍛えるのにいいとよく言われていた。

私は毎晩布団を押し入れから引っ張り出して、そのうえに寝ていた。そして朝になると、近所のひとたちと同じように窓にかけて干した。その押し入れには、ジーンズ二本、着古したジャケット二着、シャツが三枚と安いスーツが一揃え。私の持っている衣類のすべてを収納した。電話はなく、給湯設備もなかった。風呂《ふろ》に入りたければ近くの銭湯に行き、近所の人たちと肩を並べて体を洗わなければならなかった。冬の暖房は六畳間――私はその部屋をわざと〝応接間〟と呼んでいた――の隅に置かれた小さなガスヒーターだけだった。夏の東京の耐えがたい暑さや湿気から逃れる術《すべ》は、小さな扇風機だけだった。私の机はその部屋の隅に置かれた卓袱台《ちゃぶ》で、それを使うときはあぐらを組んで座った。上智大学の学費は退役軍人の恩給で払い、ひと月四十ドル（一万四千四百円）相当の家賃は英語を教えて得られる収入で賄うことができた。その家賃は、日本に駐在する企業幹部や政府高官の外国人やその家族が住む六本木《ろっぽんぎ》や麻布《あざぶ》あたりの気取った西洋式のマンションの百分の一ほどだった。

〝兎小屋《ラビットハッチ》〟とは、のちに東京を訪れたヨーロッパの外交官が、工業化が進みハイテク社会であるはずの日本の住宅事情があまりにも酷《ひど》いことに驚いて口にした造語である。一部の日本人は外交官に相応《ふさわ》しくない発言に憤ったが、ほとんどの国民はその言葉の背後にある哀しい現実を理解していた。道を渡って向かいにあった戸田建設駒込寮のクサカさんの部屋は、ローウェー刑務所［ニュージャージー州にある刑務所で、狭さと環境の悪さで有名だった］の独房程度の狭さだった。

私が読んだ〈タイム〉誌の記事によると、東京ではほぼ毎週ひとりの幼児が亡くなっていた。それは、ひとつの布団に大勢を寝かせているための窒息死だった。また別の新聞では次のような記事もあった。あるタクシー運転手が皇居の広場で妻と性行為をして警察に捕まった。が、運転手は六人家族で暮らす三メートル四方の家では夫の義務を果たせないと訴え、逆に同情されて釈放されたというのだ。ラブホテルと呼ばれる施設がこれほどたくさんあるのもそのせいと言える。そして日本人男性が希望を失って仕事人間《ワーカホリック》になってしまうのも、同じ理由だと私は信じるようになった。彼らは狭苦しい家に帰るよりも、夜遅くまで会社でだらだらと過ごしたり、会社のお金で同僚と飲みに行ったりするほうがいいのだ。

私は上智大学に毎日電車で通った。東京を一周する山手線で、世界一混雑する駅である新宿《しんじゅく》に行き、そこで東京駅から郊外まで東京を横断して走る中央《ちゅうおう》線に乗り換えて、大学がある四谷《よつや》まで行った。

ラッシュアワーの人混みを押し分け、券売機の行列に並び、制服を着た国鉄の駅員に切符を鋏《はさみ》でパンチしてもらう。駅の改札口の周りの地面は、小さな四角い切符の切り屑《くず》でいっぱいだった。

電車に乗ってる時間は乗り換えもふくめて約一時間。運賃は約十セント［三十円］程度だった。昼間は、トラック、タクシー、オート三輪などが道にあふれて交通渋滞がひどいため、タクシーは四万六千台も走っていたが、乗るのは避けたほうが賢明だった。夜の帰宅はかなり悲惨だった。深夜の駅のプラットフォームにはサラリーマンの吐瀉物《としゃぶつ》や、ホープやピースやハイライトなどの煙草の吸殻がまき散らされていた。

街ではどこを向いても工事現場があり、道路はほとんどが厚い鉄板で覆われ、二本の新しい高速道路がまだ建築中だった。車の排気ガスが街を覆い、徒歩や自転車での通行は、かなり不快感をもよおすものだった。

東京の南にある川崎《かわさき》のような一部の地域では、それらの汚染に工場からの煤煙《ばいえん》が加わった。そのような排気ガスや工場の煤煙により、当時の東京は世界一汚染された都市とも言われた。晴れた日には光化学スモッグが発生し、ときには人体に危険をおよぼすほどの汚染となり、多くのひとびとが頭痛や涙目に悩まされたため、東京都はスモッグ注意報を出し、子供たちを外で遊ばせないよう注意を促していた。

私は、銀座《ぎんざ》の〈アメリカン・スタジオ英会話学校〉での新しい仕事から得られる慎《つつ》ましい収入に見合う倹約生活を送った。床屋に頻繁に行かなくて済むよう、軍隊時代の丸刈りから一転して髪は長く伸びるにまかせるようになった。そして、いつも安食堂に通った。朝食には駒込駅前の喫茶店でコーヒーと五センチの厚さのトーストを食べ、昼食には立ち食い蕎麦《そば》や、椅子に破れたビニールカバーがかけられた大衆向け中華料理店でチャーハンを食べ、夕食には焼き鳥屋の屋台や安い西洋風レストランで〝ハンバーグ・ステーキ〟にパンと玉ねぎを添えたものを食べた（マクドナルドやケンタッキーやシェーキーズなどが東京に現れるのは、もっとあとになってからのことだった）。

私は週に二、三度銭湯に行き、近所の二十人ほどの男たちと肩を並べ、ずらりと並んだ蛇口と鏡の前で小さな腰掛け《スツール》にしゃがんで座り、体を洗った。彼らは私の白い肌と外国人の性器の大きさを興味津々で眺めた。私は日本人の慣習に従い、タオルで陰部を隠すことにした。体を洗い流すと、大きな浴槽に入った。そこの湯は、息が苦しくなるほどの熱さだったが、耐えられなくなるまで浸《つ》かった。クサカさんは戸田建設の寮のお風呂をよく私に使わせてくれた。そこでは少しはプライバシーがあり、恥ずかしい思いをしないで済んだので助かった。

私は安いハイライトを吸った。ハイライトはきつい煙草だがフランスのジタンに似た日本の銘柄で、とても人気があり、いつも角のタバコ屋で小柄な老女から買った。果物や野菜はアパートから通りを越えたところに出ていた屋台で買い、日用品は早朝から深夜まで営業している近所の家族経営の店で買った。

近所には、気に入った食堂があった。そこは寿司《すし》や焼き魚、お茶漬けといった日常的な料理を出していた。通りの先のコンクリートの建物の一階にあり、竹の棒の格子窓と引き戸の前には大きな赤い提灯《ちょうちん》がぶら下がっていた。なかにはカウンターに八席ほどの椅子《スツール》が並び、別の壁の一面に沿って一段高い畳敷きのスペースがあり、四卓のテーブルがあるそこは、障子で仕切られていた。カウンターの向こう側には、出っ歯の中年男性が笑顔で立っていた。いつも笑顔の彼は〝マスター〟と呼ばれていて、彼は私を〝ボブさん〟と呼んだ。でっぷり太った中年の彼の妻が給仕をしてくれた。

夏の夜には何度もそこでお茶漬けを食べながら、テレビで読売ジャイアンツの試合を見て楽しく過ごした。ときには夜の十一時頃に、グラス一杯のビールを飲みながらスポーツニュースを見ることもあった。金歯の中年男性で頭に白い鉢巻きを巻いていたマスターは、ジャイアンツのファンだった。当時は、東京はもちろん日本に住む全員が巨人ファンであるかのように思えた。そのため読売ジャイアンツが昨晩勝ったかどうかを訊《き》くことで、日本中の誰とでも会話をはじめられることを学んだ。

「キョウハ、キョジン、カチマシタカ?」と訊いたり、逆に訊かれて、「ハイ、カチマシタ。キョジンファンデスカ?」と答えることで、コミュニケーションを取ることができた。

その店に行かない日は、クサカさんや戸田建設の寮のひとたちと一緒に出掛けた。クサカさんは中央大学を卒業していた。大学でESSと呼ばれる英会話サークルに所属していたクサカさんは、国外に一度も出たことがないにもかかわらず、英語がとても流暢《りゅうちょう》だった。彼は戦禍のなかで子供時代を過ごしたが、アメリカ人は好きだと告白してくれた。私よりも二～三歳上の彼は、少年時代に上空を飛んで東京やその他の主要都市を灰にしたB29爆撃機が、爆弾を落とす様子を見たことを覚えていた。

それでもクサカさんは、アメリカ進駐軍の兵士たちからチョコレートやチューイングガムをもらったり、その後飢えを防ぐために占領軍から家族が無償の食料を提供されたりしたことも覚えていた。

「人生とは複雑なものだよね」と、クサカさんは控えめに言った。

クサカさんは、私と海外から戸田建設に来ていたふたりの建築家を連れて（ひとりはバンコクから、もうひとりはテキサス州のダラスからの研修生で、戸田建設のクサカさんのもとで日本の建築設計を学んでいた）、近所の小さな神社やお寺、日本の伝統的な雑貨――陶磁器、骨董《こっとう》品、民芸品など――を売る店や、公園や庭園（十七世紀からつづく歴史を誇る六義園《りくぎえん》など）を案内してくれた。

彼は私たちを、近所の小さな和風のバーやレストランにも連れて行ってくれた。そこで私たちは畳に座り、茹《ゆ》でた蛸《たこ》や鰻《うなぎ》、海藻や刺身を出され、キリンビールや日本酒を飲んだ。立ちあがって何か演《だ》し物（隠し芸と呼ばれているもの）をするのが日本の飲み会の慣習だった。私の番が来ると、私はアメリカ国歌の『星条旗《スターズ・アンド・ストライプス》』やエルヴィス・プレスリーの『ラヴ・ミー・テンダー』『好きにならずにいられない』など、歌詞を全部覚えている数少ない曲を歌った。私の歌はひどいものだったが、それがかえっていいのだとわかった。自分から馬鹿をやれば、ほかのみんなも自分をよく見せなければというプレッシャーから解放される。日本人は、気取ったり偉そうにしたりする者を嫌う。出る杭《くい》は打たれるという諺《ことわざ》もある。とはいえ〝隠し芸〟のころには、私の身体にアルコールがたっぷりまわっていたので、いずれにしろ何も気にならなかったのだが。

クサカさんは武術の達人でもあった。合気道の黒帯で武士道の信奉者だった。私を宮本武蔵《みやもとむさし》の生涯をたどる一九六〇年代に制作された全五部作の東映映画の連続上映会に連れて行き、この十六世紀の剣豪のことを教えてくれた。私たちは一日中銀座の裏道にある薄汚れた映画館の最後列に座った。たまに足もとをチョロチョロ走るネズミを避けるためにふたりで両足を前の座席の背もたれに掛けて、クサカさんはスクリーンで起こっていることを私に解説してくれた。この日のことは、東京での最も忘れられない瞠目《どうもく》すべき素晴らしい休験のひとつとなった。

宮本武蔵は日本の歴史のうえで最も熟練した剣豪のひとりだが、書道、絵画、彫刻、茶道、華道などの芸術にも精通し、死を前にして書いた『五輪書《ごりんのしょ》』は武士の生き方について思索したものであり、それは今日までも読み継がれている（一九八〇年代、日本のバブル経済絶頂期には、ウォールストリートの会議室でも日本について学ぶための必読書となった）。この本を通じて武蔵は、武士道とは剣以外に多くの芸術をも修得した者が、剣術と同時に高潔な精神を求めて得られるものとしている。武蔵自身は特に禅画で高く評価された。

このシリーズ映画は吉川英治《よしかわえいじ》の大河小説に基づき、一六〇〇年の関ヶ原《せきがはら》の戦いに十四歳で参戦したことから始まる武蔵の人生をたどっていた。関ヶ原の闘いは、一六〇三年から一八六八年まで日本を支配した徳川幕府が誕生するきっかけとなった歴史的事件だった。武蔵は長剣の刀と短剣の脇差《わきざし》を振るって敵を次からつぎへと倒す二刀流のスタイルを見出《みいだ》し、剣術の完成を目指した。佐々木《ささき》小次郎《こじろう》との有名な巌流島《がんりゅうじま》の戦いでクライマックスを迎え、武蔵は佐々木の刀よりも長い船の櫂《かい》を使って勝った。彼はまた精神的な鍛練も求め、三年間にわたって城の貯蔵庫に籠《こも》って人類の知識が網羅された本を読み漁《あさ》ったという。

武蔵の映画は、文化的な試金石に満ちていた。武蔵は、〝気〟を重視する華道の達人の作品を見分けることができた。他の華道の師匠がハサミを使うところ、この達人は剣で茎を切っていた。それを武蔵は見抜いたのだ。また武蔵は、自分が感服した版画を贈られようとしたところが、自分にはそのような美しいものを所有する資格がないといって貰《もら》うのを固辞したりもした。別の場面では、轆轤《ろくろ》を使って粘土から完璧《かんぺき》な茶碗《ちゃわん》をつくる陶芸家に出会い、自己鍛錬の追求がまだまだ足りないことを思い知らされたりもした。武蔵は墨と毛筆で手紙を書くが、禅の書道の原則に従い、書き始める前に心を空っぽにして清めてから筆を取った。

武蔵は、侍としての心構えを次のような言葉でも示した。

「武士は眠っているときも戦う準備ができているものだ」

「剣に同情はいらない」

「剣は無慈悲なものである」

「私の死は、剣士としての人生の証《あかし》である」

精神の完成と魂の悟りを求めて、「私は挑戦を求める」と武蔵は言った。ある場面で、彼は宙を飛ぶ蠅を箸《はし》でつまむ。別の場面で武蔵は、京都の吉岡《よしおか》道場の数十人もの侍に挑まれる。吉岡道場の当主が武蔵に決闘で敗れ、彼らは復讐《ふくしゅう》しようとしたのだ。そこで、武蔵は言う。「私は侍だから逃げることはできない。私が逃げたなら、武蔵の名を汚すことになる」

決闘が行われる京都郊外の叡山《えいざん》への通り道、山の麓《ふもと》の一乗寺《いちじょうじ》の近くに武蔵は夜明け前、寅《とら》の刻の後半（午前四時から五時の間）に現れた。

彼は、少し山道を登ったところの大木の陰に隠れ、吉岡道場の一門が雪の積もる田圃《たんぼ》に歩み寄ってくるのを見下ろした。そのなかには、殺された吉岡道場の当主壬生《みぶ》源左衛門《げんざえもん》の十二歳になる息子、源次郎《げんじろう》もいた。源次郎は吉岡道場の陣幕の下に置かれた折り畳み式の椅子から、決闘の行方を見守ることになっていた。

武蔵は着物の袂《たもと》から毛筆と墨と半紙の筆記用具を取り出して下界の地図を描き、敵の人数を数え始めた。

「七十三人……七十三対一」

「よし」と彼は言った。

彼は、八幡神《はちまん》に「生きてふたたび戦えますよう」と短い祈りを唱えたあと、二本の刀を構えて山腹を駆け下り、いきなり十二歳の少年を一刀のもとに斬り殺した。つづけてすぐに近くの敵を数人斬り倒し、田圃をジグザグに横切り、円を描いて前後しながら、数秒ごとに立ち止まっては他の者たちを次つぎと斬った。吉岡道場の者たちの約半分が死ぬと、残る者たちは山の中に逃げて行った。そのあと、武蔵はお寺に逃げ込んだ。しかし、武蔵が武装していない少年を斬り殺したという噂が、早くも寺に届いていた。そのため、寺に入ることを拒否された。が、武蔵は反論した。

「私がどんな悪いことをしたというのか？　彼は吉岡道場の旗印だ。私はその旗を倒さなければならない。私があの旗印を討ち取らなければ、私に勝利はない」

彼は数年間国を放浪し、彼の愛するお通《つう》のもとにしばしば立ち寄り、彼に心から従う恋人と短い時間を過ごしては再び去った。彼は、お通を愛していた。が、愛と剣の道を同時に追求することはできないと言った。

「私はすべての欲望を諦《あきら》めた。私は剣のためだけに生きる」と彼が言うと、お通は「剣、力、技術、そればっかり。あなたには情が無い……」と答える。

「私は人生を剣に捧《ささ》げた。だから、心は空だ。武士の道は険しい」

映画の終わり頃、佐々木小次郎に有名な決闘で勝利し、日本一の剣豪となったあと、武蔵は剣を置き、お通のもとに帰る。

そのとき私の友人クサカさんは、少し間をおいてから言った。「日本を理解したいなら、武蔵の生きざまを知らなければならない」

武蔵に影響され、私は合気道黒帯のクサカさんに武術を教えてほしいと頼んだ。午《うま》の刻に行われた私たちの最初のレッスンで、クサカさんは戸田建設の道場の端から真ん中まで私を投げ飛ばした。クサカさんより、百八十センチ七十キロの私のほうが七センチ高く十キロ重かったのに……。

「私は侍だから逃げることはできない」と私は、覚えたての言葉を口にして、次に備えて構えた。すると彼は、再び私を道場の端まで投げ飛ばした。

「武士の道は険しいのだ」とクサカさんは厳粛に言った。

合気道は楽しく、私は夢中になった。

映画

しばらくのあいだ、私は日本映画に夢中になった。三船敏郎《みふねとしろう》主演のチャンバラ映画や、十代のアイドル加山雄三《かやまゆうぞう》（日本版パット・ブーン）がエレキギターを弾きながら歌う映画など、新宿にあった東宝の劇場に土曜の午後の二本立てをよく観に行った。

私が特に気に入っていたのは、新宿東映劇場でのオールナイト上映で、人気の高い仁侠《にんきょう》シリーズなどの東映のヤクザ映画をやっていた。一九六三年に始まったこのシリーズはいつも同じパターンの筋立てだった。忠実な昔ながらのヤクザが、殺された親分の仇《かたき》を討つために刀を研ぎ、背景に演歌が流れ、桜の花びらが散るなか、にやけた悪党たちや敵の組の親分が銃を持って待ち構えるなかへ殴り込み、日本刀で戦う。寡黙で禁欲的な東映のスターの高倉健《たかくらけん》がいつも主役を演じ、一年に十本以上の映画に出演した。クライマックスの戦闘で彼がスクリーンに登場するときほど、多くの血が流れることはなかった。手足が切断され、斬られた頸《けい》動脈から血が噴き出す。私は座席に座り、売店で買ったキリンの缶ビールを飲み、干した鰻を食べた。そのうちオールナイト映画館は、女の子、特に勤務時間外のバーのホステスをナンパするのにも最適な場所であることがわかった。

ほかにも名画座では、忘れられない映画を何本も見た。一九六四年の勅使河原宏《てしがわらひろし》監督の『砂の女』や、黒澤明《くろさわあきら》の『野良犬』『用心棒』、小津安二郎《おづやすじろう》の『秋刀魚《さんま》の味』、そして少々文化度の低い新作映画も観た。

私は日本の小説にもどっぷり浸った。大佛次郎《おさらぎじろう》の『帰郷』、谷崎潤一郎《たにざきじゅんいちろう》の『鍵《かぎ》』、川端康成《かわばたやすなり》の『雪国』……。それらを、当時読みはじめたトルストイ、ドストエフスキー、ツルゲーネフなどのロシア小説とかわるがわるに読んだ。

クサカさんにしつこく誘われて、私たちは駅の近くのバーにも定期的に足を運んだ。彼はそこのママさんに惚《ほ》れていたのだ（じっさいに彼は、その後彼女と結婚することになった）。私たちはいつも、駒込の盛り場にある他のバーではなく、その店に行かなくてはならなかった。ママさんは二十代後半の魅力的な女性だったが、他の女の子たちはそれほどでもなかった。不運なことに日本人のマナーに従って私はそこに座らされ、ママさん以外の女の子たちに飲み物を奢《おご》り、私のビールを注がせ、ひと晩中くだらないおしゃべりに付き合わされた。その間クサカさんは大好きな彼女と話をしていた。そして帰り際にママさんは請求書を書き、私はクサカさんと割り勘にすることになっていた。私たちには仕事があり、お金もあった。そして私たちは、そのお金をバーで働く女性たちのような、それほど恵まれていない人たちのために使うことが期待されていた。彼女たちは私たちに仕えるためにそこにいるのではないことがわかった。その逆だったのだ。私たちが彼女たちに仕えていたのだ。それがこの社会の仕組みだった。

礼儀正しくクサカさんの親切に対するお返しをしようと、しばらくの間このような生活をつづけていると、私の資金はあっという間に尽き果てた。クサカさんは週に六十時間も働いているのに、英会話教師の私とそれほど変わらない給料しかもらっていなかった。しかし実際には、異性とのもっと面白い時間の使い方があった。ときどき突然私に向かって体を投げ出してくるような女の子たちが、日本には無数にいたのだ。

一度など私が新宿三丁目の喫茶店に座っていると、若い女性が私の前に現れ、紙きれを読み始めた。「Excuse me but may I speak your native language in front of you, sir?（すみませんが、あなたの前で英語を話してもよろしいでしょうか？）」

彼女は東京の中学校の英語教師で、教科書を読まないとHello《ハロー》のひとことも言えず、単語の発音は間違いだらけだった。

ほかには、私のアパートの部屋のドアをノックし、自己紹介をしてボトルに五分の一ほど残っていたジョニ黒を持ってきてくれた女の子もいた。彼女はお金持ちの家の家政婦で、電車で私を見つけて私の部屋まで跡をつけてきたのだとあとでわかった。

部屋のドアを開けると魅力的な若い女の子が自己紹介し、高価なウィスキーの瓶を手渡してきたら、あなたならどうする？

失礼。私はビールしか飲まないんです、などと言えるか？

いまはちょうど算盤《そろばん》の勉強で忙しい……なんて言えるか？

それとも、日本語の授業のために漢字の書き取り練習をしてる……とか？

いや、絶対に彼女を部屋に入れる以外にない……。

私は彼女の名前を覚えられなかったので、いつもジョニーウォーカー・ガールと呼んでいた。彼女はアリゾナ州の基地にいるアメリカ陸軍の二等軍曹とペンフレンドとして付き合っていて、婚約しているとまで言った。彼女はアメリカに発《た》つ前に、もう少し人生を謳歌《おうか》したいと言っていた。

もうひとりの驚くべき訪問者は、以前にお茶《ちゃ》の水《みず》で教えていた女の子で、その頃の彼女はいつも制服のセーラー服を着ていたが、ある日の午後、突然私のアパートの部屋の前に現れた。すっかり成長し、マリークワントのミニスカートをはいていた彼女は、エルヴィス・プレスリーの映画『いとこにキッス』のサントラ盤のLPレコードをお土産に持ってきた。私の住まいを彼女がどこで聞いたのか、知る由もなかった。私は彼女も部屋に入れた。

私が銀座の英会話学校〈アメリカン・スタジオ〉で教えたことのある〈ル・ラ・モール〉のホステスは、最後の授業の日に私を夕食に誘った。彼女は運転手付きのリムジンで私を拾い、横浜《よこはま》の丘の上にある上品なジャズクラブに始まり、横浜の有名なグランド・ホテルのデラックス・スイートで終わるというめくるめく夜で私をもてなした。それは彼女なりのお礼の仕方だったようだ。

この街ではそのようなことはしょっちゅう起こった。その頃の東京には、アメリカ人が好きで、それを示すことをためらわない女の子がたくさんいた。何度も言うが、私は特別なところのないいたって平凡な容貌《ようぼう》で、少々痩《や》せた体つきで、口下手で、口数の少ない内気な男だった。少しばかり私に長所があるとすればウォーレン・ベイティのような髪の毛と、健康で比較的よく鍛えられた身体だった。でも、それだけで十分だったのだろう。なにしろ私には、英語を話すアメリカ人のガイジンであるという事実があったのだから。

積極的な女の子たちは、私が電話を持っていないという障害も難なくクリアした。彼女たちは、向かいの八百屋の赤い公衆電話に平気で電話をしてきたのだ。その店の太った陽気な金歯の中年の女主人は、私に向かって女の子が私を訪ねてもいいかどうかと、大声で聞いた。彼女たちの行動から、私は当時の日本の若い女の子にはアパートの部屋を掃除せずにはいられない遺伝子が組み込まれていることを知った。私の留守中に大家から（大家の連絡先をどうやって知ったのか見当もつかないが）どうにかして私の部屋の鍵を受け取った女の子が、皿を洗い、畳を掃き、ゴミ出しをしていたのは一度や二度ではなかった。それは将来に向けた戦略的な作戦で、結婚相手に相応しい能力のアピールや、縄張り意識のようなものだった（お掃除遺伝子がいまの日本の女の子たちにも残っているのかどうか、私にはわからない。それを知るには改めて調査することが必要だろう）。クサカさんから、八百屋のおばさんのせいで近所の全員が私の恋愛事情を知り尽くしていると教えられた。私が大学から家に帰ると、おばさんは手を振って「彼女、来ましたよ」などと言ってくれることもあった。私が階段を上がり部屋のドアを開けると、私の小さな部屋はちりひとつなく掃除され、時には〝応接間〟の卓袱台のうえに近くの店で買った小さなケーキが置かれていた。

戸田建設の地下で医院を開いている医師の木村《きむら》さんを紹介してくれたのもクサカさんだった。木村医師は私の兄貴分の役を引き継ぎ、〈ル・ラ・モール〉のような銀座のバーに連れて行ってくれたり、家族との高級レストランでの食事に招待してくれたり、また私のヘルニアを治してくれたりもした。が、いつも私を、日本について何も知らない間抜けのアメリカ人のように扱った。ヘルニアの手術の間、麻酔が切れて激しい痛みに襲われた私は、我慢できなくなり、痛くなってきたことを訴えた。すると彼は、本物の日本男児なら文句を言わずに黙って痛みに耐えるものだ、と言った。どう考えても本物の日本男児などではない私は、「痛い!」と叫んだ。「痛すぎる。もっと痛み止めを!」そう言うと、彼はため息をつき、(切開跡を縫合する)手を止めた。そして私がどんなに弱虫で、私のせいで痛み止めが無駄になってしまうと文句を言いながら、痛み止めの注射を用意した。

「ぼぶハ、ヨワイデスネ」彼はうんざりしたように首を振って言った。

これが日本流の医療だった(じっさい当時の日本の歯医者は麻酔なしで歯を削り、その穴を埋めるのが普通だった)。

その一方で彼は、三日間の入院で、私を世話してくれた看護婦への心付けしか受け取らなかった。そのため、私は不平など言える立場にはなかった。

上智大学

上智大学はイエズス会が一九一三年に創立した名門大学で、四ツ谷駅やホテルニューオータニの近くにあった。そこには多様な学生——外交官、ビジネスマン、ジャーナリスト、東京に派遣された宣教師の子息、交換留学生、短期留学生、給費生、旅行者、そして私のような数名の元軍人——で構成される国際的な学部があった。学生のなかには、将来の総理大臣(細川護熙《ほそかわもりひろ》)や歌手のジュディ・オングもいた。

私は、そこの学生仲間と親しくなった。横浜に赴任中のアメリカの官僚の息子ジョー・バーナード、東京駐在の韓国人記者の息子ジョン・シン、亡くなった父親の遺産二万五千ドルで旅をするアメリカ人のマーティ・スタインバーグ、インディアナ州出身の金髪で何もかもが派手なフランク・フォリス（彼は年上の日本人女性の援助を受けていた）。

フランクと同じような立場の学生は大勢いた。黒髪の女たらしのラリー・フェッツァーは四十代の日本人女医に英語を教えていた。彼女は一時間の英語の個人授業代として彼に一万円を支払い、高級レストランや週末の旅行に連れ出し、最後はいつもベッドのシーツのなかで過ごした。彼女は、ホンダの真っ赤な新車まで彼に買い与えていた。

フランクの〝生徒〟は投資家で、太り気味の四十歳の独身女性だった。彼女はいつも数百万円を詰めたカバンを持ち歩いていた。彼女は彼にホテルオークラでのステーキの夕食を御馳走《ごちそう》したり、タクシーで箱根《はこね》に連れて行ったり、新幹線で京都に旅行したりしていた。それらの対価として彼女に英語を教え、「彼女の脳ミソを激しく刺激している（彼女を性的にイカせること）」と表現して、そのような異文化交流を釈明していた。

学校のあと、私たちは〈ニコラス・ピザ〉や〈クラブ88〉、ハンバーガー・ショップ〈マノス〉などをブラつくために六本木へ足を向けた。ときには新宿のバーに行くこともあった。

上智には素晴らしい教授が何人かいた。傑出した教授も幾人かいて、そのほとんどはイエズス会士だった。セルビア人の詩人で論理学と宇宙論を教えるコス神父。歴史学と西洋文明学を教えるレイニー神父。アジア社会学を教えるバルトリ神父。そして、どんな大学にもよくいる、いわゆる〝特別な〟教授も何人かいた。例えばオランダ人のヴァン・ホルクム教授は心理学を教えていたが、彼の講義は学生の前でシラバスを読み上げるだけだった。一行ごとに二度繰り返して読むため、ノートをとるのに苦労しなかった。講座が半ばを過ぎるころ、私は彼のシラバスが東京の洋書店で売られているフロイト心理学のポケット入門書であることを発見した。彼が大学側から要求される博士号どころか、修士号や学士号、高校卒業資格も持っていないことが判明し、彼は辞職させられた。彼は高校を中退後オランダ海軍に入隊し、その後WHO（世界保健機関）の男性看護師の職に就いた。

上智で中国語を教えていたウォンという名の先生は、家で酒を飲みながら自分の話す言葉をテープに録音したため、彼の生徒は酔っ払いの中国語を学んだ。

私が個人的に好きだった先生は、インディアナ大学で博士号を取得したカン・オリという名の政治学教授で、日本政治史の講座を担当していた。私の知る限り上智ではその分野に興味を持つ学生は少なかった。が、オリ教授は日本の憲法や戦後の進駐軍など、誰もが無味乾燥のように思っているテーマをこのうえなく興味深いものに変えて教える技術を持っていた。進駐軍についての講義では、日本の命運を左右したGHQ内部の血みどろの抗争に焦点を当てて解説していたことも興味深かった。GHQでは、アイヴィ・リーグ出身の弁護士でルーズベルト大統領のニューディール政策を推進する民政局のチャールズ・ケーディス大佐が、日本をアジアのスイスにしようとする動きを先導した。彼は女性に平等な権利を与え、戦前の地主が支配していた土地を、奴隷のように強制的に働かされていた小作農に再分配する政策を実行し、新しい戦後憲法の起草も手助けした。一方、チャールズ・ウィロビー少将は、連合軍最高司令官ダグラス・マッカーサー元帥が率いたバターン・ボーイズ［フィリピンで第二次大戦中にバターン半島〝死の行進〟を経験した兵隊］のひとりで、参謀第二部の部長だった。彼は中国で台頭していた毛沢東《もうたくとう》主義や北朝鮮に対抗するため、日本を〝共産主義に対抗する砦《とりで》〟にしようと企図し、裏社会から日本のヤクザを雇い、日本の共産主義扇動者を鎮圧した。ケーディスはウィロビーをファシストと考え、ウィロビーはケーディスを共産党シンパと考えていた。ウィロビーは東京警視庁の刑事を使い、ケーディスをスパイさせ、彼の私生活について報告させた。その結果、ケーディスが華族（子爵）の妻と熱烈な情事をつづけていたことが明らかとなり、ウィロビーはそれを根拠にケーディスの民政局でのキャリアを破滅に追い込んだ。そして、その後半世紀以上にわたって日本の保守陣営が政権に維持するための手助けをし、のちに「逆コース」〔戦後日本の民主化や非軍事化とは逆に進む政策を推し進めたこと〕と呼ばれる動きを成功させるために力を尽くしたのだった。

渡邉

渡邉恒雄《わたなべつねお》の件を私にもちかけたのもオリ教授だった。背が高く銀髪の渡邉は膨大《ぼうだい》な購読者数を誇る〈読売新聞〉の政治記者だった。渡邉は私に、英会話教師が必要なのでやってみないかと言った。好奇心にかられた私はやると即答した。

〈読売新聞〉は日本で最大の新聞社で、朝刊と夕刊を合わせて約千二百万部発行していた。それは、〈ニューヨーク・タイムズ〉、〈ウォールストリート・ジャーナル〉、〈ニューヨーク・デイリー・ニューズ〉、〈ニューヨーク・ポスト〉、〈ワシントン・ポスト〉の発行部数を全部合わせたよりも多かった。〈読売新聞〉は保守系新聞で、日本での一番のライバルは、〈読売新聞〉と約同数の購読者数を誇る左寄りのリベラルな〈朝日新聞〉だった（渡邉は軽蔑《けいべつ》を込めて〝赤新聞〟と呼んでいた）。

当時は、日本の家庭の十軒のうち九軒が、新聞を読みながら朝食を食べていた。毎朝、新聞を各家庭の郵便受けに配達するのは、新聞社の販売店の従業員だった。朝の五時に新聞を載せて自転車やオートバイが走る音は、東京の住人の目覚まし時計としての機能まで果たしていたくらいだった。日本ではアメリカと違い、素人の少年がパートタイムで配達することは、それほど多くはなかった。

渡邉は日本有数の腕利きの記者で、彼が週に二度書くコラムは、〈読売新聞〉の英語版にも掲載されていた。彼は日本の政界の実力者たちや、アメリカからの訪問者をインタヴューした（そのリストにはロバート・F・ケネディやエドウィン・ライシャワーなどがふくまれていた）。彼は日本版ボブ・ウッドワードだった（ワシントンDCにボブ・ウッドワードが現れる前のことだが〔ウッドワードは、〈ワシントン・ポスト〉の記者として、カール・バーンスタイン記者とともにニクソン大統領のウォーターゲート事件を暴き、のちに社内で出世した大記者〕）。渡邉は〈読売新聞〉のワシントン支局での仕事を引き継ぐため、すぐにワシントンＤＣに転勤することになっていた。彼は出発前に会話力向上と英語での政治用語の知識に磨きをかけるため、英語教師を必要としていた。東京の中心の高級住宅街である三番町《さんばんちょう》の三階建ての高級マンションに、元女優の美人の妻と若い息子と一緒に住んでいて、いつも運転手付きのリムジンで移動していた。

私は週に二、三度、朝に彼の家に足を運び、一年の半分近くを彼と一緒に過ごした。私たちは彼の書斎に籠り、世界中の政府や政治に関する本の山に囲まれて、畳に置かれた卓袱台に向かって座った。私たちはお茶を飲み、その日の出来事について英語で話した。渡邉は実際、それがとても上手だった。たまに彼の友人で当時〈シカゴ・トリビューン〉の著名な特派員で、のちに〈ロサンゼルス・タイムズ〉に移ることになるサム・ジェイムソンが私たちに加わった。彼は、渡邉が政治関係者のために組織した、政治について議論したり麻雀《マージャン》をしたりする週に一度の〝勉強会〟のメンバーでもあった。

私は渡邉の英語が上達するよう最善を尽くした。しかし、私のほうが教育される側だったと間もなく気付いた。

渡邉は典型的な日本の保守主義者ではなかった。東京の銀行員だった彼の父親は、彼が中学生のときに胃癌で早世した。渡邉は軍国主義を称揚する軍や教師に公然と反抗した。高校では、軍用機をつくる工場に動員されたが、わざと欠陥部品をつくって抵抗したという。戦争末期の一九四五年、大日本帝国陸軍に二等兵として徴集され、上官から身体的な虐待を受けた。

その間に軍は、神風《かみかぜ》特攻隊を使い始めた。それは、のちに日本の右翼が天皇のために進んで殉教したと賛美するようになる作戦だった。が、渡邉の意見は違った。

「全部でたらめだ」と渡邉は怒り心頭に発して言った。「勇気も喜びも、『天皇陛下バンザイ！』の掛け声もなかった。震えて、泣いていた。立ちあがれない者もいた。彼らを引っ張り上げ、無理やりコックピットに押し込まなければならなかったんだ」

彼は日本の軍国主義を全身全霊で憎んだと私に話した。

戦後、一九四五年四月に東京大学文学部哲学科に入学し、短い軍隊生活の経験のあと日本共産青年同盟に加入する。彼はパンフレットやチラシを配り、演説会に参加するようひとびとを勧誘した。一九四七年までに共産党の正式な党員として認められ、大学内の〝細胞《セル》〟のひとつに所属し、他の大学でも演説を行い党員を増やした。

しかし、共産党の運動が教義的過ぎることに気付き、一九四七年十二月に彼は離党届を出した。彼は運動を批判したせいで追い出されたと言う者もいる。

卒業後は読売新聞社に入社し、一九五〇年代末までに、〈読売新聞〉を率いる第一線の記者となり、また保守派の一員となった。彼は記者クラブの代表として、新たに形成された自由民主党の保守派の筆頭だった大野伴睦《おおのばんぼく》を取材し、新進の政治家である（そして将来日本の総理大臣になる）中曽根《なかそね》康弘《やすひろ》と親密な関係を築いた。若く精悍《せいかん》な顔つきで健康的で精力的で、仕立てたスーツに絹の高級なネクタイを締めた中曽根のことを、多くの日本人はＪＦＫになぞらえた。

ぶっきらぼうで不愛想な渡邉は、自分の主義主張をはっきり示した。彼は、国家と宗教の混合物である天皇と天皇制を憎んでいた。とりわけ戦争が起こるのを許したことで天皇を非難し、皇居は取り壊して舗装し、駐車場にするべきだと考えていた。靖国《やすくに》神社への反対も公言し、神道を馬鹿げた宗教だと言い放った。

日本の政治がどれほど腐敗しているかを、私に初めて教えてくれたのも渡邉だった。

「日本の政治は汚い」と、彼はいつも口にしていた。「すべては金次第。政策など関係ない。とにかく金だけだ」

渡邉は、象のような耳をした当時の日本の総理大臣佐藤栄作《さとうえいさく》を軽蔑していた。佐藤は武士から造り酒屋となった家の息子だった。先に述べたように、アメリカの傀儡《かいらい》としてＣＩＡのお気に入りで、一九六〇年に圧倒的な反対を押し切って日米安全保障条約の延長を通した岸信介《きしのぶすけ》の弟だった。佐藤は芯《しん》まで腐っている、と渡邉は本気で考えていた。実際に佐藤首相の政権のもとでは、〝黒い霧〟と呼ばれる政治腐敗スキャンダルが続発した。そのなかには自民党議員が共和製糖から賄賂《わいろ》を受け、二千万ドルもの融資を受けられるように融通した事件や、佐藤内閣の運輸大臣が自身の地元の駅に急行列車が止まるよう裏で手をまわした事件、防衛庁長官がＹＳ－11型機を私用に使った事件、衆議院議長が手形詐欺に関わった事件、自民党の国会議員が実業家から金を脅し取った事件などが起こった。そして、それらはすべて一九六六年に発生した。

渡邉は、佐藤がどうやって首相のポストを勝ち取ったのかについて、自分の考えを詳細に語ってくれた。一九六四年に前首相の池田勇人《いけだはやと》が咽頭癌《いんとうがん》にかかり、体調が悪化したため辞職せざるを得なくなったとき、党の上層部は後任を巡る派閥間の苛烈《かれつ》な党内闘争を避けるため、池田に次の自民党党首を選ばせることにした。日本の議会システムでは議会の第一党の党首、すなわち自民党党首が自動的に首相になることが決まっていた。そのような自民党党首に、理屈のうえでは池田と親密な関係があり、一九六四年の東京オリンピックを取り仕切った河野一郎《こうのいちろう》が選ばれるはずだった。が、池田は病気のせいで話をすることができず、後継者の名前として河野と紙に書き、その紙を折って側近に渡した。

「そのあとのどこかで……」と渡邉は言った。「その紙は横取りされ、消え失《う》せた。そして大金がばらまかれた挙句、佐藤と名前が書かれた新しい紙が現れたんだ」

私のような純朴な二十四歳の男にとって、それはとんでもない暴露話だった。

「私をからかっているんでしょう」と私は言った。

「いや、からかってなんかいないよ」と彼は答え、真剣な顔で言った。「私は真面目に話してるんだ」

佐藤政権の腐敗は、渡邉のコラムでしばしば標的にされた。それに対して、佐藤の妻が贈り物として札束でふくれた封筒を持って、渡邉の妻を訪ねてきたこともあった、と彼は語った。佐藤内閣への攻撃を緩めさせるように、それほど婉曲《えんきょく》的にでもなく大胆な圧力をかけてきたのだ。しかし、気立てが良くて優しい元女優で元モデルの渡邉の妻は、それを受け取らなかった。

「佐藤はハラを切るべきだ」と、渡邉は低い声に軽蔑の色を滲《にじ》ませながら言った。

一九六六年十一月、佐藤はテレビ番組に出演し国中の視聴者に向けて話した。

「モラルの欠如により私の政権や党が国民の不信を招いたことは誠に遺憾であります。ただ、重要なことは責任を負うべきものとしての自分が、事態を十分に把握しなければならないということであります」

こうして、状況を最も上手《うま》く正すことができるのは自身であるという理屈で、佐藤は二期目を目指し党首選に出馬することを表明したのだった。

そのときは、彼が勝つとは誰も思っていなかった。が、十二月の党首選では、何故か佐藤が勝利した。

渡邉のワシントンDCへの転勤は、佐藤のせいだった。そのとき読売新聞社は、新しいオフィスビルの建設用地として土地を買おうとしていた。政府の高官は、渡邉に佐藤の邪魔をさせないことを条件に国の関係する土地の購入を融通することに合意したのだった。

渡邉は一九六八年にワシントンへと発《た》った。が、その前に私が自民党についての論文を書くために、中曽根康弘にインタヴューできるよう取り計らってくれた。その返礼として私は、ワシントン在住のアメリカの行政府で働く軍隊時代の友人を紹介した。彼には日本人の妻がいて、上智大学の学友でもあった。彼とその妻はアメリカ赴任中の渡邉一家の世話を引き受けてくれた。渡邉は佐藤の七年七か月の長期にわたる在任期間の終わりに近い一九七〇年に日本に戻り、その後彼は読売新聞社の社長になり、日本で有数の権力者となった。同時に彼は政界の実力者となり、一九八二年には中曽根首相の誕生を助けた。私と渡邉の歩んだ道はその後しばしば交差することになった。そのことはあとで述べるが、その道は、当時の私にとっては想像もできないような激しい形での交わりになったのだった。

私の政治への関心は様々な形で自分の前に現れた。大学の講義や、自民党の派閥についての卒論。そして何よりも、早稲田大学の学生として芸術を学んでいた彼女が、私に日本の左翼というものを紹介してくれた。彼女の名はアケミ。魅力的な女性だった。彼女とは、ある夜、当時多くの若者が集まっていた新宿のジャズ喫茶〈ヴィレッジゲート〉で出会った。そこでアケミは、ベトナム戦争と北ベトナムへの爆撃を開始したアメリカ軍に抗議するデモのチラシを配っていた。

アケミは脚が長く、アーモンド形の目で黒髪をポニーテイルにしていた。彼女のミニスカートが何よりもまず私を惹《ひ》きつけた。が、そんな気持ちは奥に押しやって、まず彼女にデモについて尋ねた。

「センソウ　ハンタイ　デス　カ？」

「モチロン　ハンタイ」と彼女は答えた。それから英語で喋《しゃべ》りだした。「アメリカの兵隊はベトナムから出ていくべきで、アメリカの兵隊は沖縄からも出ていくべきでしょう。アメリカの兵隊は日本から出ていくべきですよ」

「どうして？　私たちアメリカ人は、世界を共産主義から守っているのに……」と私は訊いた。

彼女は嫌悪と憎悪が混ざり合った目で私を見つめた。

私はそれまで、自分の政治的信念というものについて、深く考えたことがなかった。実際、そんなものを持ち合わせているかどうかも、はなはだ怪しかった。私はただ周りの風潮に乗っかっていただけだった。父はアイゼンハワーを信奉する共和党員で、カリフォルニアの故郷では私も自動的にそういう考えになった。三年間ＣＩＡや国家安全保障局のために、ソ連や中国の共産主義者を極秘にスパイしてきたせいで、私は完全に保守勢力の側に立っていた。そのうえで私は、ジョン・Ｆ・ケネディの大ファンだった。彼は民主党の大統領だったが、次のような発言をするタカ派でもあった。

「私たちは自由のためならば、どんな重荷も負い、どんな犠牲も払い、どんな困難にも立ち向かい、どんな友も助け、どんな敵とも戦う」

それこそがアメリカだった。ベトナム戦争が良いことであり、日本人はそれに同意するものだと私は自動的に思い込んでいた。なにしろ佐藤首相のもとで、日本政府は南ベトナムのサイゴン政府軍に数百万ドルもの資金援助をしていたのだ。そのうえ日本を共産主義の脅威から守るため、日本に七万人の兵士を駐留させていることで、アメリカは日本から感謝されていると私は信じ切っていた。何しろ日本は、米軍基地があるおかげで年間予算の一％しか防衛費を使わなくて済み、国際貿易に集中できたのだから――。

私はそのとき、陸軍特殊部隊のロビン・ムーアが書いたベトナムへのアメリカの関与に関する本『グリーン・ベレー――ベトナムのアメリカ特殊部隊』（弘文堂）を読み終えたばかりだった。のちにこの本は、ジョン・ウェイン主演の映画『グリーン・ベレー』に着想を与えることになった。

「共産主義者たちが北から攻めてきたら、彼らは東南アジアを席捲《せっけん》するだろう」と、私はアケミに言った。「そして日本も……。ドミノ理論という言葉を聞いたことはないの？」

「アメリカ人は罪のないひとびとを殺すよね」彼女は、ため息をつきながら答えた。「村を爆撃し、ハノイを爆撃する。広島に原爆を投下したのと同じ。すべての戦争は悪です」

「だったら、なんであなたの国はその戦争を自分から始めたのですか？　真珠湾《しんじゅわん》を忘れたの？」と口にして、そんなことは言うべきではなかったと気づいた。

「私は真珠湾の時にはまだ生まれてなかったわ」彼女はアーモンド形の眼を光らせて言った。「今の日本人はみんな、戦争を憎んでいます」

日本にとって問題の要《かなめ》は沖縄だった。沖縄は日本の南端に位置する島で、東シナ海に隣接するという地勢的な戦略上の理由からアメリカの陸海空の軍隊の基地があり、二万七千人の兵士が駐留している。米軍が占領していたのは沖縄の土地の五分の一だったが、勤務時間外のGIが至る所にいたため、それ以上に大勢のアメリカ兵がいるように感じられた。ベトナム戦争中の沖縄は主要な中継地として機能し、ベトナムに向かうB52爆撃機や海兵部隊の出撃基地となった（その後一九七二年に沖縄は日本に返還されるが、米軍基地は残り、アメリカの核兵器の秘密の倉庫があったと疑われた）。東京もまた、沖縄に駐留する兵士の主要な保養地としてその問題とつながっていた。じっさい東京の歓楽街では、酔っ払ったGIや水兵が好き勝手放題をやっていたのだ。

「私たちの国にアメリカの兵器を持ち込まないでほしい」と彼女は言った。


次の週末、十月の寒い日に私は初めてデモに参加した。アケミとその友人たちと一緒に、新宿のはずれから始まる反戦パレードで行進した。そのデモは国際反戦デーを記念して開催され、数千人が参加し、反戦歌を歌ったりボブ・ディランやピーター・ポール＆マリーなどの歌詞を口ずさんだりしていた。デモ隊のなかには長髪でジーンズやベルボトムのズボンをはいたヒッピー風の若者たちがたくさんいて、〝フォーク・ゲリラ〟を名乗る者たちもいた。私たちが新宿駅に着くと、行進していたひとびとの一部が、抗議を止めるためのバリケードの方角に火炎瓶を投げ始め、電車にも火炎瓶を投げた。そこへ機動隊が現れ、あたりに催涙ガスが充満した。あちこちで学生と機動隊がぶつかり、取っ組み合いや小競り合いが起こった。

一九六〇年の安保反対のデモが影をひそめてから数年間のどこかの時点で、日本人は受動的なロボットのようで、必死に勉強や仕事ばっかりしている連中だというステレオタイプな見方が浸透するようになった。が、その日、その夜、私が経験したことはまったくそういう見方には当てはまらなかった。コロンビア大学、カリフォルニア大学バークレー校、ソルボンヌ大学など、世界中の様々な場所で勃発《ぼっぱつ》していた文化的革命、そして政治的革命（マーティン・ルーサー・キングやロバート・ケネディの暗殺はそれらの騒乱を象徴していた）が、そのままの姿で東京にも現れたのだ。それは上智をふくむ東京中の大学の校舎にも飛び火し、学生運動が一気に盛んになったため、大学当局は校門の戸締まりと学生の出入りの監視を強化し、警備員を増やした。

学生たちはベトナムでのアメリカの行動を無条件に支持する日本政府にうんざりしていた。それだけではなく、拷問のように苦しい受験競争を経験させられ、学生を大企業の一兵卒に育てあげるような日本の大学の横暴なシステムを憎んでいた。一九六九年一月に過激な学生グループが東京大学の七階建ての時計塔を備えた安田《やすだ》講堂を占拠すると、学生の抗議は頂点に達した。彼らは教室をバリケードで封鎖し、教授たちを取り囲んで詰問し、窓を板で塞《ふさ》ぎ、近寄る者には机や椅子を投げつけ、角材でつくった棒——それらは、しばしば釘が飛び出ていた——を振りまわした。大学当局は彼らをヤクザになぞらえた（実際、のちに左翼学生の一部は裏社会の威嚇や戦闘の方法を採用していたと断言した。それらについては一九九六年に出版された宮崎学《みやざきまなぶ》の著作『突破者』を参照するといい）。それらの学生たちを排除するためには、放水銃や催涙弾銃を持った八千人以上の機動隊と数機のヘリコプターが必要となった。佐藤首相は安田講堂を一年間閉鎖したため、その春の卒業式は行われなかった。上智大学でも騒乱が起き、大学当局は正門を閉め、警備員を増員させた。また、新宿駅での衝突では、機動隊が何千人もの反戦グループを強制的に排除した。なかでも西口広場は、占拠する学生たちが〝解放区《リベレイテッド・ゾーン》〟と宣言していたが、最後には解放区も消えてなくなった。

それは強烈な経験だった。それはアケミのおかげでさらに一層強烈なものとなった。私は、彼女を知れば知るほど彼女に魅了された。アケミはゲーテを読み、ビートルズを愛し、「愛こそすべて」などの当時のヒット曲の歌詞をすべて覚えていて、フランスの煙草を吸っていた。同じくらい（またはそれ以上に）重要なことに、彼女は細身のジーンズがよく似合った。

しかし、私にはライバルがいた。アケミの親友のキョウコだった。陰気で堅苦しい、クシャクシャの髪のキョウコは、べっこう縁の眼鏡を掛け、黒いベレー帽をかぶっていた。私がアケミに会うときには、なぜかいつもキョウコが一緒にいた。あとからわかったのだが、キョウコは反戦平和運動の団体のベ平連［「ベトナムに平和を！」市民連合」の略称］に所属していた。この団体は、アメリカ脱走兵がソ連を経由してスウェーデンに逃げられるよう偽のパスポートやその他の書類を提供して支援した。キョウコはアケミに恋をしていた。いつもアケミの腕にしがみついていたことからも、そのことは明白だった。そしてアケミも強く抱き返していた。ある日の夜、ありがたいことにアケミは駒込の私の部屋で一晩を過ごしてくれた。次の朝キョウコがアケミを迎えに来た。彼女に住所を教えたことはないのに。

私が玄関を開けた途端、「アケミはどこ？」とキョウコは詰問口調で尋ねた。「おはよう」とすら言わずに。

私とアケミの関係――関係と呼べるものだったと仮定して――は、その後数か月（散発的に）つづいた。私たちは〈ヴィレッジゲート〉やその他の新宿のナイトスポットで会った。が、しばしばキョウコが一緒に来て、アケミの手を堅く握っていた。それは少しばかりシュールな光景でもあった。

「彼女には私が必要なの」とアケミは囁《ささや》いた。「彼女はほかに友達がいないんだから」

私たちは、反戦団体や女性解放団体の集会に一緒に参加した。それらはいつも、壁にジョーン・バエズやボブ・ディランの写真が飾られた新宿の喫茶店で開催された。ひとびとは熱のこもった演説を行い、おにぎりやニッカウヰスキーなどを食べたり飲んだりしながら参加していた。私にはすべてを理解できるほどの日本語力がなかったが、おおまかな意味は明確に理解できた。ときどき誰かが持ってきた大麻がまわってきた。日本の厳格な麻薬取締法のもとでは、大麻を吸えば逮捕され、刑務所で数か月過ごすことになりかねないため、受け取るのには少々勇気が必要だった。

しかし、ある日、突然すべてが終わった。アケミが消え失せ、私は二度と彼女に会うことはなかった。彼女が住んでいた早稲田の寮に電話をかけると、彼女は引っ越したと告げられた。私は新宿の喫茶店を探しまわったが、彼女はどこにもいなかった。

次の春のある日、私のアパートの通りの向こう側の八百屋のおかみさんが私のアパートの部屋に向かって大声を張りあげた。彼女の店の前の赤い公衆電話に、私への電話がかかってきたと叫んでいた。アケミからだった。彼女は鹿児島にいた。早稲田を卒業すると、父親が家に帰ってくるよう命じたという。父親が彼女の結婚のお膳《ぜん》立てをし、六月の挙式に備えて料理教室や裁縫教室に通っている――そんなことを私に伝えるために、アケミは電話をかけてきたのだ。彼女の将来の夫は父親の貿易会社の社員で、家庭をつくりたがっていた。結婚式は鹿児島で行われる予定で、アケミは私に参加してほしいと言った。

「お願い、来て」と、彼女は言った。「キョウコも来るの。きっと楽しいわ」

「セカイヘイワノ、ウンドウハ、ドウスルノ?」と私は訊いた。

「誰かほかの人がやるわよ」と、彼女は答えた。「私が結婚するんだから、式にはあなたも来なくっちゃ、ねえ……」

私は、残念だけれど仕事や勉強があるから出席できないと言った。それから、彼女の幸せを願っていると伝え、結婚祝いを送りたいからと彼女の住所を訊いた。

その結婚祝いのプレゼントに、彼女はお返しを送ってきた。私を描いた絵だった。

当時の私は、そのような経緯《いきさつ》をまったく奇妙だと思った。が、そのようなことは日本ではごくありふれたことだとわかった。女性だけでなく、男性も同じで、昨日までマルクス主義者だったのに、明日には企業戦士に早変わりする。新宿駅の前で警察と格闘していた学生が卒業するとすぐに長かった髪の毛を切り、スーツにネクタイ姿で従順なサラリーマン集団に加わるのだ。

佐藤政権が長く続いたのは、おおむね平静で満たされた世の中だったおかげだった。日本はかつてない好景気で、経済成長率は最大一三・六%を記録し、ほぼ完全雇用を達成していた。これらは、アメリカ軍が駐留しているおかげで防衛費にGNPのたった一%を割くだけで済んだからだった。

一九六六年、日本はイギリスを追い抜き世界第四位の産業大国となった。日本の家庭の新たなステータスシンボルはトヨタの新車だった。しかし、マイホームを買うために我慢するひとも多かった。

その時期、暮らしは良くなる一方だった。

そんなときに、渡邉のような佐藤首相の敵が特に癪《しゃく》に障る事件が起きた。それは一九七四年に、佐藤がノーベル平和賞を受賞したことだった。彼は、核拡散防止条約の加入国となるために、〝核兵器をもたず、つくらず、もちこませず〟という非核三原則を、日本の国是として打ち出した功績により受賞が決定した。が、その理由のため、この受賞は仕組まれたものではないかと多くのひとびとから疑われた。じっさい数十年後（二〇〇九年）に公表された文書により、佐藤首相とニクソン大統領のあいだで密約の結ばれていたことが明らかになった。それは沖縄が日本に返還された際、当時の日米間で大問題となっていた繊維交渉でアメリカ側が譲歩することを条件に、アメリカは核兵器を沖縄に保管しつづけ、日本側はそれを認めるという内容だった。

当時、人気の高い漫画家の赤塚不二夫《あかつかふじお》は漫画『天才バカボン』のなかで、「佐藤がノーベル賞を取って以来、世の中すべてのことがまったく信じられなくなった」と書いた。佐藤のノーベル平和賞受賞は、ノーベル賞の歴史のなかで最悪の誤りだったと言う者までいたのだった。

第五章　日本の野球

　私が日本に強烈に惹《ひ》きつけられ、この国の一員であるとまで実感させてくれたのは、野球の存在だった。野球は、日本の国民的スポーツだった。野球をきっかけにして、私は日本人たちと会話ができるようになった。スポーツ新聞に目を通すことで、私は日本語が読めるようにもなった。毎朝布団から抜け出し、ジーンズとTシャツに着替え、目にかかる長髪を櫛《くし》で梳《と》かすと、漢字の辞書を小脇に抱え、サンダルを突っかけて駅のキヨスクへと急いだ。私はそこで主要な日刊のスポーツ紙――日刊スポーツ、スポーツニッポン、デイリースポーツ、サンケイスポーツ、報知新聞、東京中日スポーツ――のうちの一紙を引き抜くと、通りの向かいにある喫茶店〈さくら〉に立ち寄るのが日課となった。そして二時間ほどのあいだ、合成皮革の椅子に座ってモーニング・セットのコーヒーを啜《すす》り、ハイライトの煙草をくゆらせながら、黒光りするオークのテーブルのうえに広げた新聞に目を通した。第一面に色鮮やかな漢字が並ぶ見出しの文字を必死になって解読しようとする私の姿は、喫茶店の他の客たちの目を惹いた。

「王《おう》、長嶋《ながしま》アベックホームラン。巨人、阪神に三連勝」

　横を通る客たちは立ち止まって私を眺め、かつての軍隊仲間たちが、「あのクソみたいな言葉」と呼んでいたものを本当に読めるのかどうか尋ね、「読める」と答えると、まわりに聞こえるように驚きの叫び声をあげたものだった。

「オイ、ガイジンサン、カンジ、ヨメマスカ!?」

「エエ。チョットダケ」

「すごいぞ、このひと。ほら、見て見て。日本のスポーツ新聞を読んでるよ」

私のことが、〝ガイジンさん〟と敬称で呼ばれるのは、けっして悪いことではなかった。私が持っていた長沼《ながぬま》スクール［東京にある外国人向けの日本語学校］の日本語の教科書には、こう書かれていた。「日本では上下関係の伴わない間柄はまれである。常に自分の立場を心得ていると示すために、話すときには様々な代名詞、接頭辞、動詞、動詞の変化を使い分けなければならない」。「さん」をつけるのは、尊敬を表す日常的な表現なのだ。

日本語は、易しくもあり難しくもあった。敬語を正しく使って話すのは難しい。また、新聞を読むためには千八百五十もの「漢字」を覚えなければならない。さらに日本語で何かを表現するには四十六文字の「ひらがな」が絶対に必要になり、主に外来語に用いられる四十八文字の「カタカナ」も覚えなければならなかった。それに加えて「ローマ字」と呼ばれる二十六文字のアルファベットも使われ、それは私にとっては改めて学ぶ必要はなかったが、まったく異なる使われ方を理解する必要があった。日本語はとても柔軟な言語で、それら四通りの文字を使い分けて読んだり書いたりでき、読む方向まで四通りもある。上から下、右から左、左から右、そしてまれにではあるが、下から上へ書かれている場合まである。英語ではそういうわけにはいかないから、アメリカ人にとって日本語は驚きの連続だった。

外来語にカタカナが使われる場合も、日本独特の問題が生まれる。

〝ON、アベックホームラン〟。これは王と長嶋が同じ試合で二人ともホームランを打ったということを意味し、〝アベック〟はフランス語の〝ａｖｅｃ〟（「一緒に」という意味）から来ている。しかしカタカナで書かれたその外来語がフランス語だとわかるまでには、しばらく時間がかかった。

スポーツ新聞の朝刊は情報の宝庫だった。十六ページから二十ページの紙面のうち、最初の四、五ページは日本の野球のニュースが占領し、私がスポーツ新聞を読み始めたころは、いつも決まって読売ジャイアンツの試合が第一面を飾っていた。紙面を見ていくと、まず各ゲームのスコアを報じる欄があり、各回ごとのスコア、各バッターや各ピッチャーの結果と成績、勝利監督のインタヴュー、負けたチームの監督のインタヴュー、活躍した選手のインタヴュー、チームの順位表、打者のトップ三〇のリスト、投手のトップ二〇のリスト、そして多くの写真が掲載されていた。こうした記事から、私は選手の名前、打率や防御率などの成績、その選手の私生活などを知ることができた。

スポーツ新聞にはほかにも、高校野球や大学野球のニュース、相撲、プロレス、柔道、空手、釣り、麻雀《マージャン》上達法《レッスン》の連載、政治の記事や芸能に関するニュース、芸能人のスキャンダル、有名人の事件や逮捕、テレビ番組表や映画上映の情報、求人広告、そしてテレビの台頭によって劇場収入が激減した映画会社の日活が、新たな活路を見出《みいだ》したソフト・ポルノ路線（日活ロマンポルノ）の売れっ子ポルノ女優たちへのインタヴューなど、お色気記事も掲載されていた。そうしたインタヴュー記事の横には、必ず女優たちの全裸写真がついていた。が、日本の猥褻《わいせつ》物に関する法律に従い、陰毛にはぼかしが入れられていた。そのインタヴューでは、セックスのテクニックや最も記憶に残ったオーガズム、精液の味が好きかどうか……といったような内容が、Q&A形式で載っていた。さらには蛇に変装したペニスが、懐中電灯を照らしながら真っ暗な洞穴の形をした女陰を探検するというようなポルノ漫画《コミック》も掲載されていた。お色気ページの下段には、当時トルコ風呂《ぶろ》と呼ばれていたソープランドなど、様々な性的サービスを提供する施設の広告が、電話番号、店のトップの女の子の写真、値段などの情報とともに数多く並んで犇《ひし》めいていた。フェラチオがお好みだというならスポーツ新聞を開けば、どこに行って誰にお願いすればいいかがわかるようになっていた。

……というわけで、スポーツ新聞のスポット広告は、東京の各地域の雰囲気をつかむのにも適していた。

私はカリフォルニアで育った子供のころからの野球ファンで、好きなチームはサンフランシスコ・ジャイアンツだった。そして日本でも、野球を楽しんだ。日本にはセントラルとパシフィックの二リーグに分かれた十二のプロ野球チームがあり、七〇年代初頭で毎年約一千万人（二十一世紀になってからは毎年二千万人以上）の球場に集まるファンたちを熱狂させていた。球団としてはジャイアンツが最も古く、勝利数も最も多く、日本のベーブ・ルースとルー・ゲーリッグと称される王貞治《さだはる》と長嶋茂雄《しげお》という強打者のスター選手を擁し、絶大な人気を誇っていた。一九三四年に発足した東京読売巨人軍は、千二百万部の購読者を誇る世界最大の新聞である読売新聞社が所有する球団である。この新聞社はまた、日本で最も古くからあるテレビ民放局の日本テレビをグループ企業として傘下に擁し、毎晩のように巨人のホーム・ゲームを放映していた。夜の七時になると、日本中のどこの喫茶店や寿司《すし》屋、どこの居酒屋やバーに入っても、テレビで巨人戦を流していた。それは街ぐるみ、いや、国ぐるみの熱狂と言えるものだった。

　小柄な体格にもかかわらず、日本の野球チームはきわめてレベルが高いことに私は気付いた。じっさい彼らは、三十年間にわたってオフシーズンにアメリカから来日した大リーグとの親善試合を通して、着実に力を伸ばしていった。アメリカではメル・オット［一九二六〜四七年ニューヨーク・ジャイアンツで活躍し、通算五百十一本塁打を放った大打者］が活躍した時代を最後に目にすることのなくなった〝前の足をあげて打つ打法〟——消火栓に小便をひっかける犬のような奇妙なバッティング・フォーム。王の場合は一本足打法と呼ばれた——で、王はホームランをかっ飛ばし、チャンスに抜群の強さを発揮する相棒の長嶋は、アメリカ・メジャーの球団スカウトが獲得を考えるほどの活躍をした。

　評論家たちは球場の小ささや、全盛期を過ぎてから日本で活躍するダリル・スペンサー、ジョージ・アルトマン、ジム・マーシャルといったメジャーリーガーたちの存在を指摘し、日本の野球はアメリカ野球にはまだまだおよばないと断言していた。しかし一九六五年のオフシーズンのメジャーとの親善試合では、ナショナル・リーグで優勝したロサンゼルス・ドジャースを相手に七試合で四勝をあげるなど（そのときはサンディー・コーファックスやドン・ドライスデールといったドジャースのエース級の大投手は来日しなかったとはいえ）日本の野球が着実に力をつけていることは確かと言えた。

私は、日本の野球に夢中になった。というのは、最初のうちは、それだけがテレビを見て理解できる唯一のものだったせいでもあった。すとらいく sutoraiku、ぼーる boru、せーふ sefu、あうと auto、かーぶ kabu、ほーむらん homu ran、ぴっちゃー piccha、きゃっちゃー kyaccha、しょーとすとっぷ shotosutoppu……など、沢山の日本の野球用語が英語から来たものだと推察することができたのだ。

しかし、そのうち少しずつ、私は日本野球とアメリカ野球の文化の違いや、日本野球のなかに存在する日本固有の文化の影響などを見るようになった。たとえば、尋常でないほど多い犠牲バントの数が象徴しているように、日本野球では個人よりも集団が何よりも重んじられていた。また、投手は毎日のように試合に登板し、いつも同じように精度の高いピッチングができることを目指していた。その背景にはことあるごとに強調されるサムライの精神があり、何かにつけて「特訓」が繰り返された。

ジャイアンツは、日本の昔と今の風習を丸めて塊にしたようなチームだった。監督の川上哲治《かわかみてつはる》が「野球は禅である」と言ったのは有名で、彼は毎日座禅を欠かさなかった。一塁手のホームラン・バッター王貞治は、日本刀で天井から吊《つ》るした紙を真っ二つに切って素振りの練習を行った。チームのリーダーで、日本で一番有名なスポーツ選手である国民的大スターの三塁手長嶋茂雄は、毎晩バットを抱いて眠っていたという。

日本人の外国人に対する〝愛憎〟は、野球の世界でも顕著に現れていた。その典型的な例が、一九六五年パ・リーグのホームラン王争いだった。シーズン終盤になってアメリカ人選手のダリル・スペンサーが次々とホームランを放って猛烈な追いあげを見せ、三冠王を目指していた野村克也《のむらかつや》と激しいデッドヒートを繰り広げた。セ・パ二リーグに分かれて以降、この年までにホームラン王のタイトルを獲得したガイジン選手は皆無で、日本人打者に迫ったガイジン選手も存在しなかった。そこでスペンサーに（ガイジンに）反感を持つピッチャーたちは、相次いで彼を敬遠し始めた。そうすることで、彼にホームランを打たせず、このタイトルを取らせないようにしたのだ。この作戦に対して、スペンサーはバットを逆さまに構えて打席に立つことで、ピッチャーを軽蔑《けいべつ》する気持を露《あら》わに示した。パシフィック・リーグのエース小山正明《こやままさあき》は、八月に行われた試合で四打席連続スペンサーを歩かせ、新聞記者のインタヴューにこう答えた。「外人にはタイトルをやらない。それが当然だ」

外人選手の元気がよすぎるのも考えもので、好調な外国人選手のせいで日本人選手が見劣りするのも問題だった。自分の国ではそれほど活躍できないガイジン選手たちに、日本の誇る大スター選手を上まわる成績を見せつけられるのは、日本のファンにとって辛《つら》いことだった。

ほとんどの球団は、下り坂となった大リーグ出身のガイジン選手を一人か二人雇い、そのなかには能力を発揮してチームの主軸として大きな戦力となる選手もいたのだ。が、ジャイアンツだけはそうした選手を一人も雇わなかった。巨人の川上監督は、あくまで純血《ピュアブラッド》のチームで勝利し、日本式野球の優越性を示したかったのだろう。彼は、アメリカの優勝チームと〝真《リアル》のワールドシリーズ〟を戦い、完全なメイド・イン・ジャパンのチームでどれほど素晴らしい試合ができるかを見せたかったのだ。

しかし、また別の理由もあった。ジャイアンツは、礼儀正しさの鑑《かがみ》と言えるチームだった。チームの創始者である正力松太郎《しょうりきまつたろう》は、「巨人軍は紳士たれ、巨人軍は強くあれ、巨人軍はアメリカ野球に追いつき、追い越せ」という遺訓を残した。それに対してガイジン選手は、行儀の面でしばしば問題を起こし、巨人軍のイメージにはふさわしくなかった。ガイジン選手のなかには、二塁ベースや三塁ベースに激しくスライディングする選手がいた。これは前述のスペンサーがよくやる少々卑劣な行為で、彼は背が百九十三センチ、体重は百キロもあるので、非常に危険なプレイでもあった。

じっさい怪我を負った相手チームの内野手は一人や二人ではなかった。また彼らは嚙《か》みタバコを口からぺっぺっと、そこらじゅうに吐き出した。これは日本人にとっては最悪の行儀の悪い行為だった。しかも彼らは喧嘩《けんか》をするのが好きだった。アメリカ人のピッチャーは打者の内角の体ぎりぎりに投球し、デッドボールをぶつけられたアメリカ人のバッターはマウンドへ向かって突進し、ピッチャーに殴りかかった。そのうえ彼らは、練習を嫌った。少なくとも日本人のチームメイトたちがやるような武道家《マーシャルアーツ》にも勝るほどの猛練習を嫌った。「怠け者のガイジン」と日本人に言われると、「クレージー・ジャパニーズ」と言い返す（ときには「ファッキング・ジャップ」とも）。新聞にはこのような記事が山ほど書かれていた。

巨人の星

日本式の野球を語るうえで、漫画とテレビ・アニメの両方で絶大な人気を博した『巨人の星』ほどふさわしいものはない。漫画は一九六六年から七一年まで〈週刊少年マガジン〉で連載され、テレビ・アニメは六八年から七九年まで断続的に、プロ野球中継直前の毎週土曜の夜七時から放映された。これは終戦後に極貧の家庭で育った少年の苦難の物語で、アルコール依存症でありながらも厳格な父親の厳しい訓練に耐え、ときにはサディスティックと言えるほどの特訓にも耐える日々を送ることによって、「巨人」のスター選手となるのに必要な身体能力と精神力を身につけ、じっさいに「星《スター》」になるという話だ（東京ジャイアンツは、日本では「巨人」と呼ばれて親しまれ、タイトルの「星」は、父親が夜空に輝く特別な星を見せて、それを「巨人の星 Star of Giants」と呼ぶことから来ている）。

この家族の努力、忍耐、栄光の物語は、日本中のひとびとの心を鷲摑《わしづか》みにし、一九六〇年代と七〇年代を通して最も視聴率の高い番組のひとつとなった。日本の何百万というひとびとがこの作品

によって多くの日本人は、どんな苦難の壁も〝根性〟と〝努力〟をもってすれば乗り越えられるのだ、という気持ちを奮い立たせた。たしかに、その二つこそが敗戦の焼け野原から日本を復興させ、経済大国を築きあげた原動力だった。さらにもうひとつ〝我慢〟という言葉も、日本人にとっては同じ道徳体系のなかで格別に人気のある言葉だった。

強い精神力や意志があれば、どんなに身体的に劣っていてもそれを克服することができる。（巨人の監督・川上哲治がよく口にした）「怠け癖」のついた者（とくに運動選手）には、あらゆることに打ち克《か》つ粘り強さを植えつけるために、体罰をふくむ〝しごき〟が必要で、それはどれだけやってもやり過ぎることはないのだ――と信じられていた。

私は前述の食堂〈さくらんぼ〉で、他の客たちと一緒に何度も『巨人の星』を見て過ごした。そのあとには巨人戦のナイター中継がつづくことが多かった。

まずはビールと焼き魚を注文し、他の客たちと一緒に座って夜のひとときを楽しむ時間が幕を開けた。

店のひとたちは、日本の数千万人のひとびとと同じく全員が巨人ファンで、『巨人の星』とそれに続くナイターの試合に釘《くぎ》づけになった。

私はその後、金を貯めて自分のテレビを買ったが、『巨人の星』とその後の巨人の試合は、酒場や食堂や喫茶店などで周囲の反応を観察しながら観るほうがずっと楽しかった。

そこでは、「カークランド［六〇～七〇年代に阪神で活躍した元メジャーリーガーの強打者］はバットを振りまわしすぎだなぁ」「日本で活躍したいなら小さなスイングを心がけなきゃダメだね」といった声が聞こえてきた。

「バッキー［六〇年代阪神のエースとして活躍したアメリカのマイナーリーグ出身の投手］の球は遅くなったなあ」

「マーシャル［六〇年代中日の強打者として活躍した元メジャーリーガー］は最近調子が悪いなあ」……といった調子だった。

『巨人の星』について、私は複雑な気持ちを抱いていた。私自身、作品には心を動かされ、日本の大衆に与えた影響力の大きさについても感服したが、同時に反発も感じていた。どうしてそんなふうに思ったかについては、細かく内容を説明する必要がある。

『巨人の星』の主人公は星飛雄馬《ほしひゅうま》。物語の始まりでは、八歳の少年だった。父親の一徹《いってつ》は、岩のようにごつごつした顔のアルコール依存症の男で、その昔は読売ジャイアンツの三塁手として将来を嘱望された選手だった。が、戦争で負った傷によってその夢は破られ、建設現場の労働者として働くことになり、東京の〝下町〟のなかでも最も貧しい地域にあったボロ家を借りて、飛雄馬の母親と姉の明子《あきこ》をふくめた一家四人でかろうじて生活していた。障子はツギハギだらけで畳はぼろぼろ、塀や壁は今にも崩れて倒れそうな家だった。

母親が肺結核（戦後の日本によくあった病気）で亡くなると、家族はさらなる不幸に直面し、高校生になった飛雄馬の姉の明子は、母親の代わりにすべての家事をしなければならなくなる。

父親の一徹は息子の飛雄馬が十歳になったころから、自分が挫折《ざせつ》したプロ野球界の選手にすることを思い立つ。そしてその後の数年間、一徹は飛雄馬に〝大リーグボール養成ギプス〟（〝悪魔《デヴィルズ》のベスト〟と呼ばれたりもした）という拷問器具のようなチョッキを無理やり着せる。この器具は強力な鉄のスプリングと革で腕をがんじがらめに縛りつける拘束具《ハーネス》で、箸《はし》を持ちあげるような日常の動作から速球を投げることまでのあらゆる動作を困難にする。そんな負荷を上半身に与える恐ろしい道具で、飛雄馬は風呂に入るときも眠るときでさえも、それをはずすことを許されなかった。学校に行くときも、服の下にそれを装着させられた。

「ギプスをつけていることを、絶対に他人に悟られてはならない」と父親は言った。

夜、工事現場でのきつい日雇い仕事のあと、父親は飛雄馬に様々な特訓を施した。うさぎ跳び、腕立て伏せ、投球練習、そして何百本ものノックが、永遠につづくかと思われるほど長時間行われ、飛雄馬はノックの強烈なゴロを顎《あご》や鼻や腹に食らい、ときには流血し、意識を失うこともあった。

あるとき父親は箸でボールをつかみ、火をつけて息子目がけてノックを打った。息子が取り損ねると、「この球が取れないようでは、プロにはなれんぞ」と厳しく叱咤《しった》した。

飛雄馬は〝大リーグボール養成ギプス〟の力に耐えながら、居間の壁にあいた穴に何度も球を投げて通す練習も行った。そのうち彼は穴に球を通し、裏庭の木の幹にぶつけて跳ね返し、またその穴を通して家のなかに戻せるまでに熟達するようになった。しかも毎回必ず。そして最後には隅田《すみだ》川の対岸の土手にある小さな的に、小石を当てられるほどになったのだった。

姉の明子は、連日〝特訓〟に励む飛雄馬を哀れに思い、彼が眠っている間に〝大リーグボール養成ギプス〟をはずしてやろうとするが、目を覚ました父親に見つかり、明子は激しい平手打ちを浴びせられた。

飛雄馬は結局五年間、ギプスをはめたまま生活した。ついにそれを取ることが許されるときには、彼は学校で一番優秀な野球選手となっていた。が、この苦難の物語は、そのときまだ始まったばかりだった。

一家の住む家の壁には、星一家のモットーである〝根性〟という文字の書かれた掛け軸があった。高校では毎日、放課後六時間みっちりと野球部で練習し、帰宅すると飛雄馬は、さらに父親の一徹から特訓を受けた。週末にはバッティングと守備で血を流すような〝死の特訓〟を受け、近所の神社の階段を果てしなく昇り降りして疲労困憊《こんぱい》し、倒れることもあった。父親は投球フォームを正しく直すために、ときには竹刀で飛雄馬を滅多打ちにすることもあった。

毎晩寝床に就く前、飛雄馬は心を込めて自分のグラヴに油を塗って磨く。これは、あらゆるものに神が宿ると信じる神道の教えに根ざした敬意の表れた行為と言えた。野球のグラヴにさえ魂が宿り、崇《あが》めるべき対象となるのだ。

学校が夏休みのあいだ、彼は他の野球部員たちと一緒に川向こうにある寺の境内で猛練習を行う。その合間に坐禅《ざぜん》を組むこともあった。

星家の居間のもう一方の壁には、〝道〟という文字の書が新たに掲げられる。飛雄馬の家族にとって〝道〟とは何よりも自己犠牲を意味した。

父親は息子のために一週間に七日、一日十二時間から十五時間働き、自己犠牲に励む。飛雄馬の姉の明子は、ガソリンスタンドで働いているときに足を怪我して入院する。姉の事故が起きる前にも、家族は食べていくのが精一杯の暮らしぶりだった。病院からの請求書の金額を支払う余裕はもちろんない。飛雄馬は学校をやめて建設現場で働き家計の足しにしたいと父親に言い出す（一九六〇年の日本では、国民の四二％が中学で学業を終えていた）。しかし飛雄馬の言葉を聞いた父親は怒りを爆発させる。彼は息子の顔を平手打ちして、どんなことがあっても学校に通いつづけ、高校野球のメッカである甲子園《こうしえん》での伝統ある全国高等学校野球選手権大会に出場しなければならないと言う。もし戦争での怪我がなければ父親がなっていたであろう野球のスター選手に、飛雄馬がなることは母親の遺言でもあったのだ。それを聞いた飛雄馬は学校をやめず、野球をつづけることにする。父親は昼間だけでなく夜間の建設現場も掛け持ちして働くことになった。姉は足にギプスをはめ、松葉杖《づえ》をついて仕事に復帰する。そんな姉の明子が、飛雄馬の宿題を代わりにやっていたのを見つけた父親は、息子に平手打ちを浴びせ、ノートから姉のやったページを破り取り、飛雄馬を思い切り叱りつけた。

星飛雄馬がピッチングをするシーンは、ときどき父親がつるはしを振るう場面とともに分割スクリーンで映し出された。

終始互いに密着している濃厚な家族の感覚、その強力な献身、忠誠、義務、自己犠牲……、そんな感覚を持ちえない者にとって、それは美しく、また羨《うらや》ましく思えるものとも言えた。そしてこれまで述べたように、私もまたそれらの感覚を持ちえない人間の一人だった。星一家が生きている軸になっている道徳観とは、厳しい日々の生活のなかで、純粋さ、誇り高さ、正直さ、それも心の底からの正直さ、そして異常なまでの他人への思いやり……を貫き通し、それを他人にも強いるものだった。このような世界観では、たとえ貧困にあえぐ家族でも、お金の重要性など相対的に低いものでしかなかった。

金銭に関する鍵《キイ》となる教訓《レッスン》は、すでに物語の最初のほうに出ていた。ある日父親が、まだ幼稚園児の飛雄馬に煙草を買いに行かせる。買い物に行く途中、縁日の出店に飛雄馬は引き寄せられる。そして煙草のカートンが積まれた山を、野球のボールを投げて落としたらもらえるというゲームを見つける。まだ幼稚園児だというのに、飛雄馬は四十円を払ってボールを投げ、煙草をみんな落とし、沢山のカートンを腕に抱えて急いで帰宅する。父親はそれを見て怒り狂う。そして煙草を返して、四十円を返してもらいに行けと言う。

「そんなことをして手に入れた煙草などほしくない」と、父親は言う。「金を稼げるようにおまえに野球を教えているのではない。もっと大事な理由があるのだ」

別のシーンでは、父親が飛雄馬の高校の野球部のコーチに会いに行き、次のように言う。「息子に優しくしないでいただきたい。息子を褒めるのはやめてください。それは息子を甘やかすだけのことですから」

なんとも……胸糞悪い話《ハート・ブレイク》である。しかし、苦難のなかに美がある。『巨人の星』がひとびとの心を打つのは、その苦難があまりにも美しいからなのだと日本人たちは口を揃えた。そして不覚にも、この私まで、ぐっと胸に迫るものを感じるのだった。〈さくらんぼ〉でビールを飲みながら、子供向けのアニメに感動して頬に伝わる涙を店のマスターに見つからないことを願いながら、私は『巨人の星』を見つづけた。

高校に進んだ星飛雄馬は大スターになる。目に見えないほどの豪速球は、投球ごとにキャッチャーミットから煙をたたせた。バッターは誰もが怖気《おじけ》づいて、打とうとする前に後ずさりしてしまう。彼は日本で最高の人気を誇る夏の甲子園大会でチームを優勝に導く。

高校を卒業して飛雄馬はプロになる。が、常に努力を怠らないという彼の信条は変わらない。むしろ高校時代よりもプロになってからのほうが激しくなった。春季《スプリング》トレーニングのとき、彼に課せられたのは千本ノックだった。さらに初日に、彼は三百球を投げ込んだ。それはアメリカのコーチが許す二、三倍以上もの量だ。別の日に彼は千球を投げる。照り輝く太陽が降り注ぎ、飛雄馬は倒れそうになる。が、彼が休めるのは春の雷が鳴り響き、雨が降り出したときだけだ。

飛雄馬には、いつまで経っても恋人が一人もできなかった。

「野球が恋人です」と彼は言う。

飛雄馬は近所の隅田川で、二艘《そう》の打ち捨てられたボートと一本の釣竿《つりざお》を見つけて、ある練習法を思いつく。片方のボートに釣竿を立て、五円玉を釣り糸に結びつけて吊り下げておく。次にもうひとつのボートを九十フィート［九十フィートは塁間の距離］離して、そこに立つ。ボートは両方とも波で揺れているが、彼は五円玉目がけてボールを投げる。何度も練習するうちに、彼は毎回五円玉に当てられるようになる。

「自分には五円玉の穴《ハート》が見える」と彼は言う。

やがて彼は、〝大リーグボール〟と名づける魔球を編み出す。ボールがあまりにも速く上下左右あちこちに曲がり、最後にはバットの芯《しん》から外れた部分に当たるので、バッターはボールをジャスト・ミートすることができない。

大リーグボールを編み出すために、飛雄馬はバッターが動かすバットの動きを読む訓練が必要となり、ボクシングと剣道を学ぶ。そのうち彼はバッターの頭の動きを見て、次の瞬間にバットがどんなふうに動くのかを読めるようになる。

星のボールを偶然にもしっかりと打ち返すことのできた打者は、大怪我をするか、ひどい場合にはなんと死ぬことさえもあった。それは、バットを握った手にボールの強烈な刺激が伝わるからだった。彼のライバルである阪神タイガースの花形《はながた》は、天井からチェーンで吊るした鉄の球を打つ練習を繰り返し、大リーグボールに打ち勝とうとする。彼はついに大リーグボールを打ち、なんとかホームランにするが、それと同時にひどい内出血を起こし、手や腕の骨は粉々に砕け、盲目になってしまうのだった。

飛雄馬はこの魔球を駆使することで巨人の星《ジャイアンツスター》となり、何度も巨人を優勝に導き、〝ガイジン〟選手たちにも多大な屈辱を与えた。

『巨人の星』シリーズは、言うまでもなく現実世界を誇張しており、その後のプロ野球も日本社会の状況も大きく変化した。だが、この作品は、当時の日本人が何より努力と規律と命令に従うことを好み、序列や集団の和を重んじることを象徴していた。そのことは、たとえば制服の着用や、長時間に及ぶ勉強などを重視する日本の学校制度や、多くの生徒たちが夜と週末に通わされた塾などにも当てはまった。また、毎日十二時間労働を週に六日間（ときには七日間）も行うことがあたりまえの会社組織でも見受けられた。そして実際の日本の野球の世界も同じだった。特に顕著なのが川上哲治監督が率いた六〇年代、七〇年代の〝巨人軍〟のシステムだった。

太平洋戦争時代に、川上は立川《たちかわ》基地で大日本帝国陸軍の訓練教官をしていた。彼の訓練生には、後に一九六七年のジェームズ・ボンド・シリーズ『007は二度死ぬ』で公安調査庁長官であるタイガー田中《たなか》の役を演じた丹波哲郎《たんばてつろう》がいた。川上は誰に聞いてもとにかく厳しい指導教官で、彼の下についた者は誰もが彼を嫌っていたという。もしも彼が戦地で部下たちを率いたら、いちばん先に死ぬのは川上だろうと多くの兵士たちが苦々しく語った。それは敵の銃撃によってではなく、後方から飛んでくる部下の銃弾か、彼らが投げつける手榴弾《しゅりゅうだん》によってだと。もちろん川上はそのような目に遭うことはなく、一九四五年に日本が降伏するまで、彼は同じ場所に勤務しつづけた。

身長百七十四センチ、体重七十五キロの鍛え上げた体格の川上は、安定したスイングで定評のある左利きの好打者で、外野のフェンスまで音をうならせて飛ぶ低い〝弾丸ライナー〟の打球が彼のトレードマークだった。彼はまた、チームの寮で夜遅くまで素振りを欠かさない完全主義者で、禅にも興味を持ち、一日中暖房のない寺で座禅を組んで瞑想《めいそう》し、お経をあげ、経典を読み、香を焚《た》いて過ごし、内面を克服して集中力を鍛えるため、悲鳴の出るような激しい練習を自らに課した。

監督としての川上は、チームをまるで帝国陸軍の部隊のように統率した。川上は罰金などの厳格な規則をつくり、若いジャイアンツの選手たちを健全に育てるためならば、体罰も大目に見て許した。独身の若い選手たちが住むジャイアンツの寮で門限を守らなかった者には、寮長の〝鉄拳《アイアンフィスト》〟が飛んだ。態度が悪い選手は竹刀で背中や足を打《ぶ》たれた。煙草を吸った者は「二十歳になるまで私は煙草を吸いません」と毎日百回書かされた。このような話は枚挙にいとまがなかった。

そのような振る舞いを見て、選手たちのなかには川上ジャイアンツを牢獄《ろうごく》になぞらえる者もいた。一九七三年に東映フライヤーズから読売巨人軍に移籍した高橋善正《たかはしよしまさ》は、その経験から次のように語った。「巨人軍の雰囲気は独特のものです。宮崎キャンプのムードはフライヤーズと比べてずっと緊張したものでした。全員がものすごく集中しているため、冗談を飛ばす隙もなかった。何か規則を破ったら、すぐに罰金。東映フライヤーズ時代のキャンプでは、練習が終わればユニフォーム姿のまま座って、みんなで麻雀をしていました。徹夜で飲んだあと、そのまま試合に出ることもありました。そんなことはざらでした。川上監督の下でそんなことは想像すらできません。球場と同じように、私生活も管理されていました。みんな、そうしなければ強くならないと信じていましたよ」

『巨人の星』にはガイジン嫌悪的なところもあり、多くの場面で日本人の外国人に対する態度が描かれていた。このアニメには、王、長嶋、堀内《ほりうち》、川上など実在する日本人のスター選手が次つぎと登場したが、彼らは皆、身だしなみもよく、礼儀正しく、温厚で魅力的な人物に描かれていた。ところがガイジン選手となると話は違った。その最もひどい例が、前述のダリル・スペンサーの登場シーンだった。

スペンサーは数年間日本でプレイし、タイトルは残念ながら取れなかったが（それは、あまりにも不利な状況に置かれた結果とも言える）、恐れられる強打者として日本の野球界に君臨し、『巨人の星』シリーズでもあまり褒めてはいないが、少なくともその存在感の大きさだけは認められていた。

あるとき、星は日本シリーズの大事な場面で阪急ブレーブスのスペンサーと対決することになる。打席に入る彼は濃い茶色の毛むくじゃらの腕をして、上野《うえの》動物園のゴリラか、あるいは映画『猿の惑星』に出てくる猿のように描かれていた。打席に入ると彼は噛みタバコをくちゃくちゃと噛んで、地面にぺっぺっと吐き出し、マウンドに立っている飛雄馬に向かって叫ぶ。

「カッマーン・ベイビー！」彼は唸《うな》り声をあげながら、おどけて指をくるくると頭の横でまわし、臆病者《おくびょうもの》め！　とでも言いたげに腕を突き出し、悪意のこもった目で星をにらむ。

星は振りかぶって大リーグボールを投げる。するとスペンサーはホームラン級の打球を飛ばすが、惜しくもファールとなって打球はスタンドに入る。

ファンたちが叫ぶ。「星を交代させろ」と。

スペンサーは身じろぎもしない。彼はこっちへ来いというジェスチャーをしながら「ヘイ、カッマーン・ベイビー！」と再び叫ぶ。

星は恐怖に震える。が、暗闇をバックに釣竿にぶら下げられた五円玉が松明《たいまつ》に照らされて輝く映像が脳裏に浮かぶ。川での練習を思い出し、彼は勇気を取り戻す。

「ヘイ、ユー。カッマーン！　ハリーアップ・ベイビー！」

スペンサーは、動物のように口角に泡を噴いているようにも見える。

星は振りかぶってボールを投げる。スペンサーは三塁ベースラインぎりぎりにゴロを打つ。が、長嶋が走って球をつかみ捕り、一塁へ送球。アウト。

星が打ち取り、ジャイアンツは、またしても日本シリーズで勝利を収める。

「オー！　テリブル（クソッ！）。ガッダム（チクショウ）！」

スペンサーが英語で叫んでいるのが聞こえてきそうだ。

〈さくらんぼ〉のテレビの前の観客たちは大満足だった。

哲学

前にも書いたように、私は『巨人の星』に複雑な気持ちを抱いていた。私には物語が酷《ひど》く暴力的に見え、そのメッセージも残忍で、ほとんど正気ではないようにさえ思えた。しかしその一方で、私の心の一部では一徹のような父親を求めてもいた。〝大リーグボール養成ギプス〟をはめて、私を特別な人間に育てあげてくれるような、そんな父親を……。それに、家族と、忍耐の人生というメッセージも、強く心に響いた。

しかし、さらに大きな意味で、野球は日本文化に対する洞察力を私に与えてくれた。それは日本のひとびとがいかに考え、いかに行動するかを知る入口であり、覗《のぞ》き窓でもあった。そこに見えたのは、個人よりも集団に重きを置き、犠牲や苦しみを礼賛する哲学だった。それは前述したように、学校や会社、封建的な相撲の世界はもちろん、その他日本のあらゆるスポーツの世界にも当てはまるものだった。そして、あとで発見することになるのだが、ヤクザの裏社会も同じだった。

素晴らしいアスリートになるための必須《ひっす》条件は〝根性〟であり、それは厳しい練習によって培われる——というのが、日本人の基本的な考えだった。野球では、コーチたちが一人の選手に向かって次からつぎへと強いライナー性の打球をノックするという守備練習が存在した。これは選手の立場から見ると、約二時間半ものあいだ、あるいは疲れ果てて捕球できなくなるまでのあいだ、およそ千球もの打球を右に左に捕りつづけなければならないということだった。これは野球の特訓であると同時に、勇気、男らしさ、闘魂……といったものを持ち合わせているかどうかを試すものとも見なされた。

たとえば空手で、師範が〝整列〟という古典的な練習法を用いる場合がある。一人が選ばれ、後退できないように壁を背にして構えさせる。その他の者は彼の前に縦一列に並び、一人ずつ彼を思いっきり攻撃する。一人で立ち向かうほうは防御と反撃を行うが、相手が次つぎと変わり休むことができないので、苦しくなって体力を消耗し、動きは徐々に鈍くなってくる。入れ替わり立ち替わりの攻撃はますます激しくなり、最後には防御しきれなくなる。この練習法は効果的で、攻撃をしかける側は楽しいが、それを一人で受ける側の人間はたまったものではない。師範の一番の仕事は、攻撃側の人間たちが哀れに思って手加減しないように見張りつづけ、手を抜くのを注意することだ。複数の攻撃陣から全力の「前げり」を食らい、その反動で壁にぶち当たるのに耐え切るのは根性が鍛えられる練習であり、また道場に緊張感と熱気をもたらす効果もあった。

『巨人の星』で賞賛される激しく厳しい練習法は、あらゆる日本のスポーツで広く用いられているものだった。が、当然のことながら、ひとによってはそれは精神に異常をきたす練習法となることもある。『巨人の星』で肯定的に描かれていたジャイアンツの厳しい練習法は、一九七三年、二十歳の投手湯口敏彦《ゆぐちとしひこ》の死によって白い目で見られることになった。湯口は〝川上の哲学《システム》〟が貫かれている二軍で選手生活を送っていた。が、その少々野蛮とも言える肉体的しごきや精神的圧迫に耐えられなくなり、神経衰弱に陥り、入院した直後に急死した。死因は心臓麻痺《まひ》とされたが、〈週刊ポスト〉が取材した結果、自殺だったと報じた。川上と二軍のピッチングコーチの中尾《なかお》は複数のメディアから厳しく非難された。が、どちらも辞任せず、〝巨人軍流の教育法《ジャイアンツ・システム・オヴ・エデュケーション》〟は変わらずつづけられた。

後楽園スタジアム

もしも野球が日本という国の国教だったら、ジャイアンツはその中心の権威ある国教会であり、後楽園《こうらくえん》スタジアムは大聖堂――といえるだろう。東京には、ほかにも二つの野球場があった。一九三四年にベーブ・ルースなどのアメリカ・メジャーリーグのスター選手たちが来日して試合をした明治《めいじ》神宮外苑《じんぐうがいえん》にある明治神宮野球場。そして東京の北の端のほうの荒川《あらかわ》区にある東京スタジアム［現在の荒川総合スポーツセンター］。しかし東京都心のど真ん中にある遊園地の中心に一九三七年建てられた後楽園球場は、当時では唯一アメリカのメジャーリーグのスタジアムにも匹敵する球場だった。他の日本のプロ野球チーム用の球場とは違い、外野だけでなく内野にも芝生が敷きつめられていた。センターまでは三百六十フィート［約百十メートル］、両翼二百八十八フィート（約八十八メートル）、四万五千の椅子席が設置された二階建てスタンドの野球場で、デトロイトのブリッグス・スタジアムに似ているというひともいた。

この球場は、戦争中B29爆撃機により一部が破壊され、戦後はGHQが再び野球場としての使用を許可するまでは進駐軍の軍需品集積場として使われた。そして一九四六年に一リーグで復活した日本のプロ野球は、一九五〇年にはパシフィックとセントラルという二リーグ制となった。が、後楽園球場は、その前の一九四九年に来日したサンフランシスコ・シールズ［メジャーの下部組織であるマイナーAAAのパシフィックコースト・リーグに所属し、一九五七年まで存在した球団］の日本遠征ツアーで使用された。

私は、言わば日本の国教の〝よそ者の信者〟だった。リーバイスのジーンズにポロシャツを着て、野球帽をかぶり（その帽子には阪神タイガースのマークがついていた）、スタンドの最上部デッキの〝ジャンボ・スタンド〟に座るため、百五十円でチケットを買った。そこからは、レフトスタンドの背後に広がる東京の街の景色をパノラマのように眺めることができた。後楽園には様々な魅力があった。スタジアムのすぐ脇を走るジェットコースターや落下傘のアトラクションが見え、焼き鳥、焼きそば、寿司、魚肉ソーセージのホットドッグなどの売店のスタンドが並び、めまいを起こすような高さのジャンボ・スタンドには、岩壁を軽く跳び歩く山羊《やぎ》のように軽快に行き来するホットパンツ姿の若い女性がいた。彼女たちは背中に背負った大きなタンクからキリンの生ビールを提供する売り子で、ビールのおつまみにスルメも一緒に売っていた。コンコースの周りにはパンチパーマのヤクザがダフ屋となってうろつき、もっと高価な内野席券をほしがるひとに売りつけていた。

仮名文字と漢字が混じるシュールな色彩のネオンサインや、その先を光りながら通り過ぎる中央《ちゅうおう》線の電車……それらを遠景に見て座る真夏の夜のジャンボ・スタンドは最高だった。見下ろせば、外野の周囲のフェンスや外野席の背後には、巨大な昆虫か地球外生物にもみえる漢字が並ぶ広告が、数多く張り巡らされていた。サントリー純生、ナショナル・カラーテレビ、森永チョコレート、さくらカラー、ヨコハマ・タイヤ、フジカラー、日本海上火災、東芝カラーテレビ、大和証券……などなど。その多くがジャイアンツのスター選手である長嶋や王を広告に採用していた。

私はメジャーリーグの試合をサンフランシスコで見たことがあった。サンフランシスコ・ジャイアンツが、スタン・ミュージアル［生涯打率三割三分三厘、通算三千六百三十安打で「ザ・マン（男の中の男）」と呼ばれた大選手］のいたセントルイス・カーディナルスと闘ったゲームをシールズ・スタジアムで見たことがあったし、デューク・スナイダー（カリフォルニア出身、通算四百七本塁打の強打者）のいたドジャースとジャイアンツのゲームも見ている。

しかし日米両国の観客の雰囲気には、驚くべき違いがあった。サンフランシスコは言わば何でもありの世界で、みんな怒鳴ったりわめいたり、ときには呪いの言葉のような悪辣《あくらつ》なヤジを浴びせたり……と、ファンの一人ひとりにそれぞれ持ち味があった。それとは対照的に、東京のファンは、まるでクラシック・ピアノの音楽会《リサイタル》を鑑賞するように野球観戦をしていた。彼らは静かに座って試合を見守っていた。ファインプレイやクリーンヒットには声を出して一喜一憂したが、大抵はとても静かで、周囲の誰にも迷惑をかけないように気を遣っているように見えた。アメリカ人がやるように、立ちあがって「アンパイアをぶっ殺せ！（キル・ジ・アンプ！）」「この役立たず！（ユー・バム！）」などと叫ぶのは、無作法なことと考えられているようだった。唯一の例外は外野スタンドの統制のとれた応援団で、彼らは一斉に揃って声援を送る練習の行き届いたチアリーダーたちに率いられていた。もし叫びたいならそこに行くしかなかった。その場所以外では口を閉じ、誰にも迷惑をかけてはいけないような空気が流れていた。これは私が目にして来た、常に「和」を大切にする日本の生活全般を反映しているようにも見えた。

アメリカ人の野球ファン（もちろんアメリカ人全般のことではなく、野球ファンに限ってのことだ）との比較以外に、野球そのものにも、際立った違いがあった。それは日本の野球のプレイのほとんどが予測可能なことだった。とにかく犠牲バントの数がビックリするほど多い。一試合あたりアメリカの三倍は犠牲バントがあった。もし先頭打者が一塁に出たら、次のバッターは犠牲となってランナーを二塁の得点圏に進ませる。そこで一塁が空《あ》いたとなると、ピッチャーは次のバッターを敬遠して歩かせ、守備側のチームはダブルプレイを狙う。ここからやっとプレイボール——野球が始まるのだった。

さらにつけくわえれば、三球三振が多いアメリカと違い、日本ではカウントがスリー・ツー、つまりスリー・ボール、ツー・ストライク（当時の日本では「ツー・スリー」と呼ばれていた）になる場合が多い。最初の二球がストライクで、次の三球がボール、そしてファウルが何本かつづいたあとで、ようやく野球の出来事の、何かが起こるのだ。

それは、ちょっと歌舞伎に似ていた。どっちもアメリカ人にとっては、あくびが出そうになるくらい退屈なものだった。

内野手のダリル・スペンサーが、のちにインタヴューでこう答えている。「守りのときは座るための椅子がほしいくらいだった。それほど一イニングが終わるのに時間がかかった」

彼は、この日本野球の裏にある日本人の心理を次のように説明した。

「バッターはバットを思いっきり振って三振するのが怖くて犠牲バントをする。また、バントをすることによって、チームのことを考えているのだとアピールすることもできる。ピッチャーは、カウントが進んでいないときに簡単にヒットを打たれると罰金を取られるので、ツー・ストライクをとったあとも、コーナーぎりぎりのところを何度も狙う。そんな調子なので、試合時間は限りなく長くなってしまう……」

私が日本で最初に見たプロ野球の試合は、一九六二年七月十九日の後楽園球場、読売ジャイアンツと名古屋《なごや》が本拠地の中日ドラゴンズの対戦だった。連れて行ってくれたのは空軍警備隊員で日本通のローレン・〝ラリー〟・フェッツァーという名前の府中の軍隊仲間だった。彼は南カリフォルニア出身だった。我々はキリンビールを飲み、スルメを食べながら座って試合を見た。ダブルヘッダーの最初の試合で人気者の長嶋が二本のホームランを放ち、巨人が十対二で勝った。王貞治という名の若い一塁手も頑張っていた。台湾系ハーフの左打者で、そのとき打率は二割八分程度だったが、その試合で見事な場外ホームランを打った。

私たちはその年の九月に再び後楽園に行き、歴史的光景を目の当たりにした。そこで見たのは、見違えるような王の姿だった。資料によると、二か月前に見たときも王は既に一本足打法を始めていたようだった。が、それはちょいと前足をあげる程度に過ぎなかった。が、今や彼はフラミンゴのような奇妙な一本足のフォーム——私が知る限りプロ野球の世界で一度も見たことのない格好だった——でホームラン王争いのトップを走っていた。

まさに眼を見張る変貌《へんぼう》ぶりだった。

メル・オットなどがすでにやっていたように、バットを振る時に足をちょっと上げるのとは違っていた。そうではなく、王はまず膝《ひざ》の位置までスパイクを履いた右足をあげ、左足だけでバッターボックスに立ち、ナクル湖［フラミンゴの生息地として有名なケニアの湖］のフラミンゴのように微動だにせず、投球を待つのだった。腕を高く差し上げるので、バットのグリップ付近が野球帽に触ってしまうのではと思われるほどだった。そして最後のゼロ・コンマ数秒のところで、ボールがホームプレートに向かって飛んで入ってくるその瞬間、彼は足を地面につけ、ボールをジャスト・ミートするのだ。

「あの怪物野郎《サノバビッチ》を見てみろよ」と、王がライトスタンドにホームランを放つとラリーは言った。

「ふつうは二本の足を地べたにくっつけていても打てるもんじゃないのに、ヤツは一本足で打ちまくるんだぜ。すげえよ。すごすぎるぜ。ファッキン・インクレディブル！　信じられないヤツだ。アメリカへ帰って、友達に話しても、誰も信じないだろうよ」

陽灼《ひや》けして小柄でずんぐりした体つきのラリーは、高校時代に人気者のキャッチャーとして活躍した（そしてのちに、歌舞伎町の女たらしとして活躍した）。彼は、王について詳しく、私に彼のことをいろいろ教えてくれた。

高校時代の王は、投手として有名だった、とラリーは解説した。一九五七年の春の甲子園の最終ステージで日本中のひとびとがテレビで見守るなか、王は投げるほうの左手の指の血まめを潰《つぶ》し、ボールを血まみれにしながらも、四日間連続して四試合を完投し（うち三試合は完封）母校を優勝へと導いた。

一九五九年に読売ジャイアンツに入団すると、速球に勢いがなくなったと判断され、打撃の素質を買われて一塁手に配置替《コンバート》えさせられた。しかしながら、スイングするときに上半身が早く動いて前に突っ込むという深刻な問題があり、それを直すためにかなりの時間を要した。プロ入りして最初の打席から二十六打席連続ノーヒットを記録するなど、入団後三年間の成績は振るわなかった。

「王は目に見えて、酒に溺《おぼ》れるようになったそうだ」とラリーは言った。「毎晩、銀座《ぎんざ》のクラブに出入りし、ふらふらになって寮に戻ったりして、いつも酔って帰っては門限を破る問題児となった。竹刀でカツを入れても効果はなかった。最後にジャイアンツは、彼を叩《たた》きなおすため特別にコーチを雇った。荒川《あらかわ》という名のコーチで、合気道の先生でもあった」

「合気道の先生が片足で打つことを教えたのか？」と、私は訊《き》いた。

「そうだ。バットを振るときの踏み込みが早過ぎるという王のスイングの問題を直すために、〝センセイ〟は、王の重心が分散して前のめりにならないよう一本足打法を編み出したのだ。それがうまくいった。もちろん猛練習の結果だ。だけど初めて片足で立った試合で、ホームランを打ったんだぜ。センセイは王に日本刀での練習もさせたんだ」

あとになって、私は日本刀の練習風景を映像で見た（いまもネットのYouTubeなどで見ることができる）。王は短パン一丁で畳の上に素足で立つ。そして足の膝をバットを構えた肘《ひじ》の位置近くまで引きあげ、侍の持つような長刀を一振りして、天井から吊るした紙を切り裂く。これは腕と手首を鍛えるための練習と言われた。

「何が狙いかと言いますと」と、映像では王の説明が被《かぶ》る。「バッティングに武道の極意を取り入れようとしているのです」

この映像にはまた、猛練習を脇で見ていたジャイアンツの先輩遊撃手の広岡達朗《ひろおかたつろう》へのインタヴューも入っている。広岡は、王の努力に驚嘆したという。「彼がやっていたことは、ものすごく難しいことです。特に重い刀を使ってやるのは難しい。重い刀を振ると、空気が移動し紙が動いてしまうのです。紙を切るには、刀を正しいやり方で素早く振らなければなりません。へたをすると手首を痛めてしまう。手首の力が相当強くないと不可能なことです」

王にはほかにも才能があった。彼は右足の腿《もも》を腰の位置の高さまで引きあげて、まるまる十秒間もバッターボックスに立っていることができた。これはどんなに投球に時間をかけ、タイミングを外そうとするピッチャーが相手でも、耐えられる時間だった。

かくして王はその年、三十八本のホームランを打ち、セントラル・リーグのホームラン王となった。だが、それはまだほんの序の口に過ぎなかった。一九六四年、彼は五十五本のホームランを打って当時の日本新記録をつくり、三割二分（リーグ二位）の高打率を残した。彼は前例のない三年連続のホームラン王となり、そのタイトルは何と十三年も連続して彼が独占するものとなった。彼はまた、一九六八年から三年連続首位打者にも輝き、それぞれ三割二分六厘、三割四分五厘、三割二分五厘の好成績を残した。そして一九七三年と七四年には二年連続三冠王にも輝いた。アメリカの野球評論家たちは、大リーグの球場に較べて後楽園の外野フェンスが近いためホームランが簡単に出ると指摘した。が、王のロケット砲並みの打球だったら、どこの球場でもホームランになることは明らかだった。

王こそが英雄にふさわしいはずなのに、あらゆる層のファンから愛され、日本の野球界でいつも人気のトップを飾っていたのは、四歳年上の長嶋だった。背が高く（百七十八センチ、七十六キロ）真っ黒な濃い眉毛《まゆげ》と髭剃《ひげそ》りあとの青々とした精悍《せいかん》な顔つきの長嶋は、日本のプロ野球選手のなかで最もダイナミックなスイングをすることで知られ、一九五八年に巨人軍に入団してから何度も首位打者の栄誉に輝いていた。ロボットのような王とは対照的に、彼のスイングはきわめて情熱的で、ときには空振りをしてヘルメットを遠くまで飛ばして落とすほどだった。彼は、昭和天皇が観戦した唯一の試合で〝サヨナラホームラン〟を放ったことで、その人気を揺るぎのないものとした。守備も素晴らしく、三塁手としての彼は、その俊敏さ、守備範囲の広さ、肩の強さで知られていた。彼はよく、ショートの広岡のグラヴに収まるはずのゴロを素早い出足で横からかっさらった。

長嶋の陽気で潑剌《はつらつ》としたひとを惹《ひ》きつける性格は、試合終盤の大事な場面でタイムリーヒットを飛ばす特技と相俟《あいま》って、戦後の焼け跡から復活を遂げた新生日本や、その後の高度経済成長の象徴的存在と見做《みな》されていた。彼は恐らくこの国で最も多くの写真を撮られた人物だった。王貞治とともに一九六四年の東京オリンピックを見に行ったとき、そこでコンパニオンの女性を見染め、一九六五年に行われた結婚式は全国にテレビ放映された。彼は広く一般的に「ミスター・ジャイアンツ」あるいは「ミスター・プロ野球」と呼ばれ、そのうちに短く、ただ「ミスター」と呼ばれるようになった。新聞、雑誌、テレビで彼が登場しない日はなく、試合を報じる記事や番組に登場しないときでも、紳士服からドリンク剤まで様々な種類の製品の広告に登場してひとびとの目につかない日はなく、彼はいたるところに現れた。東京で行われるあらゆる重要な社会的行事は、彼なしでは成立しなかった。

だが彼のチームメイトによれば、長嶋はどの旅館に滞在しようと、夜中に起き出して畳の上で裸になり、バッティング練習の素振《すぶ》りを怠らなかったという。

私個人としても、長嶋が大好きだった。彼のプレイならばいつでもどこでも金を払って見に行きたいほどだった。身体にも表情にも、彼には数多くの彼ならではのクセがあった。バッターボックスに立っている他の選手を見るよりも、ウェイティング・サークルにいる長嶋を見ているほうがずっと面白かった。

ところが、ラリーは長嶋を良くは思っていなかった。

私たちが二人とも上智大学の学生だったころ、一緒に試合を見に行ったことがあったが、彼はひっきりなしに長嶋の悪口を言っていた。

守備について三塁線ぎりぎりの強い打球をグラヴで捕るとき、長嶋はボールから顔をそむけるように捕球するのだが、きちんと打球はグラヴに収まり、弾丸のような送球で打者を一塁でアウトにする。

するとラリーは吐き捨てるように言う。「あれを見ろ。顔があさっての方向に向いてるぜ。あんなのはメジャーじゃあ、とても通用しないぜ」

王が四球で歩き、長嶋に打席を譲る。すると彼は、二百八十フィート［約八十五メートル］先の外野スタンドに強烈な鋭いライナー性のホームランを放つ。長嶋は喝采《かっさい》を浴び、小躍りしながら三つの塁《ベース》をまわる。それを見て後楽園の観衆はさらに大喜びする。ところがラリーは、怒り心頭に発する。

「たいした派手な野郎《ホット・ドッグ》だぜ」と彼は文句を言い出す。「確かにいい当たりさ。でも、王がお膳《ぜん》立てしてくれて、いい球が来たからだけじゃないか。彼はスイングするとき、左脚が開いてる。俺に言わせりゃ、やつは過大評価され過ぎだね。長嶋が人気なのは、彼が純血の日本人だからさ。王は中国人とのハーフだからな」

「それは嫉妬《ジェラシー》だよ」と私がたしなめる。「長嶋は、君より金を稼ぎ、女にもモテるからね」

まったく奇妙なことに、長嶋のこととなると大勢のアメリカ人たちがラリーのような反応を見せた。大学生時代もそうだったし、そのあともずっとそうだった。ジャイアンツの有名選手のなかで、アメリカ人には王がずば抜けて人気があった。いったいどうしてだろうと、私は不思議に思った。多くの人種が混在しているアメリカ生まれのアメリカ人の我々としては、雑種、混血である王のほうが、純血種の日本人よりもしっくりくるということなのか？　アメリカ人も王も、どちらも外国人で、どちらも外国人登録証明書を持ち、何らかの差別を日々味わう同類だからということか？いや、そんなことはどうでもいい！　長嶋は魅せる《ショウボート》男なのだ。そして王はそうではなかった。たぶんそこに日本人は反応しているのだ。

でも、ラリーの言うことにも一理はあった。理屈のうえでは、王のほうにより多くのファンが集まってもおかしくはなかった。王は常に素晴らしい成績を残し、長嶋をはるかに上回っていた。彼がその生涯で打ったホームランは八百六十八本（ホームラン王のタイトルは十五度獲得）。MVP選出は九回。一方の長嶋は、通算四百四十四ホーマーで、MVPは五回、ホームラン王に輝いたのは二度だった。長嶋が王を抜いた唯一の記録は打率だ。長嶋の生涯打率は三割五厘で、王は三割一厘。また首位打者となったのは六度で、王の五度を上回った。

「ON時代」（日本ではこのように呼ばれる）に、王は一度も最も敬愛される選手の立場に立てなかった。記録のうえではあらゆる面で王が勝っていたのに、選手の人気投票ではいつも長嶋に大差をつけられての二位だった。

これにはいくつもの理由があった。長嶋が王より年上だったこと。日本社会では年齢による上下関係は重要なことだ。長嶋は、立教大学を卒業して一九五八年にプロ入り。そしてホームラン王と打点王を獲得して新人王に選ばれ（打率は二位）、翌年から三年連続して首位打者となった。その間、王はずっと自分のフォームを見つけるため、もがき苦しんでいた。加えて、その後の半世紀のあいだ、嫌というほど何度もテレビで繰り返し放映された一九五九年の天覧試合でのサヨナラホームランなど、長嶋には天賦の才としてスポットライトを浴びるドラマを創り出す能力が備わっていた。

　長嶋はカリスマ的魅力にもあふれ、空振り三振でも大衆を喜ばせた。単なる普通のゴロをさばくときも、彼のプレイは美しい名人芸に見え、守備でも観客を沸かせた。記事を書く側にとっても、彼は見出しになる男だった。いろんな興味深い記事を書きたがる記者にとっては、彼の存在自体がオモシロイ逸話の宝庫だった。

　立教大学の学生時代、学校職員から専攻を聞かれた彼は「野球です」と答えた。ホテルでチェックインするときやクレジットカードの申し込みをする際、職業を尋ねられると「長嶋茂雄」と答えた。言ってみれば彼の知的能力は、球場で発揮する彼の身体能力とはまったく別物だった。大学の入学試験は彼のために特別に用意され、卒業のときもまたそうだったとも言われている。ある試験で長嶋は、〝I live in Tokyo〟という英文を過去形にするよう求められ、〝I live in Edo〟と答えたという。彼には、（おそらく創作されたものもふくめて）このような伝説が数え切れないほどあった。

　長嶋にはまた（英語を本当に話せるわけではないのに）英語を混ぜて話すおかしな癖があった。例えば「失敗は成功のマザー」といった具合だ。また彼は、忘れっぽいことでも有名だった。自分の契約金の振り込み先の銀行名を忘れてしまったり、幼い息子を野球場へ連れてきて、息子をそこに置き忘れてそのまま家に帰ったり……。

　それとはまったく対照的に、王は、どちらかというと面白味がなかった。一本足打法と、彼の産み出す大量のホームランだけは、きわめて特徴的《ユニーク》だったが、彼は、けっして失敗はしないかわりに、興奮で人を沸かせたりもしなかった。彼は、まるで精密機械と化した人間だった。人前ではおとなしく、人見知りをする性格で、禁欲的で、ファンによっては機械的過ぎるように感じられるところがあった。長嶋は、自分が打てると思った投球には、どんなボール球でも食らいつくように打ってしまうところがあったが、規律正しく規則を重んじる王は、ストライクゾーン以外のボールにはけっして手を出そうとせず、最低でも一ゲームに一度は四球を選んだ。

ラリーが皮肉まじりに言うように、王は四番長嶋の前の三番打者として、長嶋が優秀な走者一掃打者《クリーン・アップ・ヒッター》となるように助けていた。試合が最終回の九回に入り、ランナーが塁にいても相手チームの投手は王を恐れ、四球で歩かせることが多かった。

そしてそのあとに長嶋が格好良く登場し、勝利の一打で試合を締めくくるのだった。ピッチャーは追いつめられて彼と勝負するしかなく、長嶋はヒットを打ち損じることもなかった。もちろん常にそうなるとは限らなかったが、いざというときにやってくれる男というイメージが長嶋には完全に定着していた。

長嶋の人気には、もうひとつ大きな理由があると囁《ささや》かれていた。純血主義《ピュア・ブラッド》という神話とプライドが植えつけられていたジャイアンツにあって、長嶋は紛《まが》う方なき純日本人だった。他のチームは違ったが、ジャイアンツはアメリカからの外人選手には頼っていなかった。王は台湾のパスポートと日本の外国人登録証明書を所持していたが、アメリカ人選手ではなく、日本ではあまり歓迎されていないマイノリティに属していた。そのことが、幾分か二人の人気の差に影響をおよぼしていた可能性はあった。

王は先に書いたホームランの記録のほかにも、十三度の打点王、通算二千百七十打点、九度のMVP獲得、通算長打率六割三分四厘、通算塁打数五千八百六十二……などなど、バッティング部門で十八もの最高成績を記録した。一方の長嶋は、四度の日本シリーズでのMVP、セントラル・リーグでの六度の首位打者、十本の開幕戦ホームラン、セントラル・リーグ最多安打十度などの素晴らしい成績を残しはしたが、ホームラン記録では王の半分程度と後塵《こうじん》を拝しつづけた。

しかし、そうではあっても、二人が現役選手を引退してから一世代（約三十年）が経った時点でも、長嶋の優位は揺らいでいないのだ。球界殿堂入りした大投手の稲尾《いなお》和久《かずひさ》は、二〇〇四年にNHKテレビで放映された日本プロ野球回顧番組で、長嶋こそが野球殿堂のトップに位置する選手だと断言した。

「長嶋の前に長嶋なく、長嶋の後に長嶋なし」と稲尾は語った。

このゴールデン・ボーイに惹きつけられる日本人の国民感情は、さすがの王でも凌《しの》げぬほど強靭《きょうじん》だったのだ。

日本の野球をアメリカ人と一緒に見るのと、日本人と一緒に見るのでは、まったく違った体験となった。アメリカ人だけで試合を見ていると、いつもノンストップの悪口大会になってしまうのだった。

「俺は野球《ベースボール》をよく知ってるけど、これは野球じゃない。いつでも必ず犠牲バント、カウントは3《スリー・》－2《ツー》だらけ、ちょっと何かあったらマウンドで会議。これは日本のカブキ芝居の一種だ」

「長嶋のスイングは典型的なバケツ・ステップ〔踏み出す足をバケツにはめ込むように前に出す最も悪い打ち方とされている打法〕だぜ。最悪だな」

「一本足打法？　消火栓に小便をひっかける犬みたいな打ち方じゃないか。王はメジャーではヒットすら打てない。メジャーのピッチャーの豪速球には手も足も出ないよ」

こういう言葉は特に軍人たちから飛び出した。この国にいたくているわけではなく、いさせられているような輩《やから》の口を突いて出る典型的な言葉だった。彼らの悪口は、傲慢《ごうまん》さの表れでもあった。

基地のテレビ室に座って日本の野球中継を見ていると、どこかの馬鹿が入ってきてこんなことを言う。

「なんでこんな糞《シット》みたいなもんを見てるんだ？　これは本物の野球《リアル・ベースボール》じゃない。草野球《ブッシュ・リーグ》だぜ。アメリカのメジャーリーグでやれる奴なんか一人もいやしない。スペンサーを見てみろ。メジャーではやっていけなかったんで、こっちに来てるのさ。こんなのは馬の糞《ホース・シット》だ」

「選手はみんな、小供《ミジエット》か！」

「あのピッチャーの投球は何だ？　風に吹かれてふらふら揺れてるじゃないか」

「ボールはまるで水に濡《ぬ》れた紙でつくられてるみたいだ。バッターは、そんなひょろひょろ球さえ打てないのかよ」

「こりゃピンポンだ」

「だから戦争に負けたんだ……」

　東京の大学構内の喫茶室のテレビの前に集まり、日本の野球の中継を見ているアメリカ人学生たちの会話は、もう少し違っていた。彼らは日米のプレイの違い――犠牲バントや3－2のカウントが多いこと、勝負に出ずに手堅い作戦を執ろうとすること、内野手が集まってしばしば会議を開くことなど――について、次のようにコメントした。

「確かにカブキに似ているよね」という声がする。「テンポがゆっくりしていること、次に起きることが見える展開。アメリカのベースボールとはまったくの別物だ。けど、それが日本の文化を反映しているだろうね。ルース・ベネディクト［終戦直後に日本研究の書『菊と刀』を著し、アメリカの日本理解を促した文化人類学者］だったらなんと言うだろう……」

　会話はこんな感じに進んだ。そのことが手に取るようにわかるのは、かくいう私がそんなことを言っていたからだ。

　日本人がそこで一緒に見ていたら、こんな褒め言葉が挟み込まれた。

「日本の野球は知性を感じさせる野球だな。力対力のただの力の勝負《パワー・ゲーム》じゃないんだ」

「日本人は基礎《ファンダメンタル》がしっかりしているね。だから、めったにミスを犯さない。アメリカ人もこうだといいんだけどね……」

　両者の意見は、アメリカ人の「本音と建て前」と言えるだろう。

シーズンが終わったあと、来日したアメリカ・チームと日本のチームとのあいだで行われる「日米野球」のときには、こうした意見がよく聞かれたものだ。それは、メディアの前での選手自身の口からも出る言葉だった。

当然日本側は、メジャーリーグの選手たちと互角に戦えるところを見せようと躍起になる。我々アメリカ人たちはもちろん、アメリカが勝つことを望む。大差をつけて全勝すること、どんなに我々のほうが実力で勝《まさ》っているか、それを見せつけてほしいと思う。勝つことを望むのは、我々だって日本人たちと同じだ。そして当然我々は、ほとんどのゲームに勝った。一方で我々は、日本の選手たちも成長してきたな、と言って褒める。それは単なるお世辞ではなく、真実でもあった。とはいえ私たちアメリカ人は、まだまだ自分たちのほうがずっと上だと思っていた。だから自分たちだけになると、日本のやり方をけちょんけちょんにけなすのである。

「わかりきったことだけど、日本の選手はもっと筋トレをして身体をつくらないとだめだな」

そして日本との試合に負けてしまったときには、馬鹿げた負け惜しみを山ほど口にするのだった。

「全員時差ボケのせいだな」

「こんな負け試合は、誰も屁《へ》とも思っちゃいないぜ」

「毎晩外で飲みつづけてるからな。二日酔いのプレイで、実力が出せなかっただけだよ」

アメリカ人は自惚《うぬぼ》れることもあれば、負け惜しみを言うこともある。この私だってそうだ。しかし、自分自身もそうだったとはっきりと理解するのには少々時間がかかった。

こうしたアメリカ人の戯言《ブルシット》は長いあいだ繰り返された。が、野茂英雄《のもひでお》がアメリカにやって来てメジャーリーグで大活躍し始めると、さすがにアメリカ人の誰もそんな馬鹿げた言葉を口にすることは、もはやできなくなってしまったのだった。

第六章　住吉会

東京で会社勤めのサラリーマンとして働き始めたのは一九六〇年代の後半。そのころは高度経済成長で好景気真っ只中《ただなか》の時代だった。そんなときに私は、酒の飲み方を覚えた。それは、本物の酒の飲み方と言うことができた。毎晩、飲んで飲んで飲みまくり、酩酊《めいてい》した。私の日本人の同僚も、みんなそうしていた、だから私も、いつしかそうするようになった。それは、ストレス指数が最高度に登り詰め、膨張してはち切れそうな東京の街で、ガス抜きをするための唯一の方法にほかならなかった。

考えてもみてほしい。千二百万人の人々が狭苦しいオフィスを目指して長蛇の列に並び、ぎゅうぎゅう詰めの通勤電車に乗り、クルマに乗っても呆《あき》れるほどの渋滞で立ち往生し、汚染された空気で息を詰まらせて、四六時中鳴り止まない建築現場の騒音に耐えているのだ。日本のビルの歴史上最も高い三十六階建ての霞《かすみ》が関《せき》ビルディングが完成したばかりで（その建築の物語は、東映映画『超高層のあけぼの』に記録されている）、私が働いていた新宿《しんじゅく》にも多数の高層ビルが聳《そび》え始めていた――そんな時代のことだった。

就業時間は、一日十時間。堅苦しい企業文化のなかで、礼儀作法の複雑なルールや規則に縛られていた。報告書を読みあげるだけの単調で眠気を催す長ったらしい会議や、のちに〝サービス残業〟と呼ばれるようになる給与に反映しない残業も当たり前に存在していた。

東京のサラリーマンは、それらすべてのストレスから解放される必要があった。そのため夜の東京は、昼間の灰色で冴《さ》えない街からネオンサインが光り輝く街へと様変わりするのだった。それらの電飾《ネオン》は、一平方キロメートルあたりの店舗数では世界一の数である三万軒もの飲食店へと、大勢のひとびとを誘っていた。それらの店ではいろんな料理とおびただしい量のアルコールが注文された。巨大ジョッキに入った生ビール、大きな徳利《とっくり》に入った日本酒、ボトルで出される焼酎《しょうちゅう》などのほとんどが、会社の経費で支払われた。それは、そのような社会的交流《ソシアリゼーション》（社交）が、ストレスを軽減するだけでなく、会社として何より大切な集団の和《ハーモニー》を深める絆《きずな》として役に立つと考えられたからだった。

そして毎晩十一時ころになると、アルコールに酔ったひとびとはよろめきながら近くの電車の駅や地下鉄の駅に向かい始める。彼らがプラットフォームに吐いた吐瀉《としゃ》物を、別の深夜の通勤客たちが跨《また》ぎながら我が家を目指す。そして翌朝には、二日酔いのまま起床し、また一から同じことを繰り返すのだった。

それが日本の会社員《サラリーマン》の典型的な一日だった。公共交通機関が行き届いていたことは、何よりの救いだった。また、公共の場で酔っ払うことに対して社会的に非難する声も小さく、それを恥じる意識も低かった。西欧のように飲酒をきっかけに社会の落伍《らくご》者になってしまうことや、飲酒運転で大失敗してしまうことなどは、当時はまだあまりなかった。

サラリーマンになった私は、そのような日常がすぐに自分のものとなった。私は軍隊や大学では深酒をしなかった。が、日本のサラリーマン社会で過ごす時間が長くなるにつれ、酒で分別を失うようになっていった。最初のうちはたいしたことはなかった。一晩に生ビールを一杯か二杯で、同僚たちに勘弁してもらい、先に我が家へ向かっていた。が、そのうち周りの環境に順応しはじめ、酒に強くなり、深夜まで倒れずに飲みつづけられるようにもなり、新宿中のバーが閉まるまで飲みつづけるほどに強くなった。私の一晩での最高記録は、アルコール度数四・五%のビールの六百四十四ミリリットルの瓶十本だった。私はすぐに駅のキヨスクで売られている二日酔いを治すためのドリンク剤の愛用者となった。タウリンやニコチン酸が入った大正製薬のエナジー・ドリンクであるリポビタンDを飲むと、目が覚め、テレビCMの通り〝ファイト！　イッパーツ！〟と励まされた。

私が仕事をした会社は、エンサイクロペディア・ブリタニカ（EB）ジャパンだった。上智大学を一九六九年に卒業すると、私はEBジャパンの編集部で、百科事典セットのおまけとして配られる日本市場向けの英語学習プログラムをつくる仕事を担当させられた。オフィスは、新宿駅南口から歩いてすぐの南新宿の十階建てビルの二階にあった。

その会社の主な目的は、日本人に英語の百科事典を売ることだった。二十四巻の百科事典セットを八百ドル（平均的な会社員の月給の約六倍〔当時のレートで約二十八万八千円〕）で、買うひとのほとんどは英語で書かれたその百科事典を読むことはできなかった。しかし、世界の叡智《えいち》が詰まったその驚異的に素晴らしい書籍を家に置いておくだけで、家庭の教育にいい影響を与え、子供たちのIQがあがり、東京大学や早稲田大学や慶應大学といった日本の名門大学に合格できるようになると説得し、有能なビジネスマンたちに会社で必死に働いて稼いだ金を支払わせるよう仕向けた。

インターネット時代が到来し、世界中の知識が無料で手に入る現代では、それは信じ難いことだろう。当時の私でも、最初のうちは信じることができなかった。しかし日本は、国際貿易で成り立っている国なので英語力が成功の重要な鍵《かぎ》となる、と日本人のあいだで信じられていた。そのため、EBジャパンは濡《ぬ》れ手に粟《あわ》で金を稼ぎまくった。日本中の数千人の営業マンはかなり強引で、目星をつけた家に、亭主が帰宅する夜中に訪問。そして、契約書にサインするまで頑として帰らなかった。そうしてEBは、日本でも有数の急成長企業となったのだった。

EBの営業マンが深夜にある家を訪れ、嫌がらせもどきの行為をしたため逮捕されてしまうという事件は、少々世の中を騒がせた。が、逮捕された男は、神戸《こうべ》で収監されているあいだに、そこの看守たちに百科事典を二セット販売し、〝月間優秀営業マン〟に選ばれた。

日本人の営業担当の重役のひとりが、私たちと同じビルの同じ階に自分の部屋を持っていた。営業部門のピラミッドの頂点に君臨していたその男は、自分がいかに裕福であるかを惜しげもなく見せびらかしていた。英国製のスーツを着て、金のカフスボタンをとめ、ロレックスの時計だけでなく、彼は自分の性生活《セックスライフ》まで吹聴《ふいちょう》していた。

「昨夜《ゆうべ》は十七歳の小娘とヤッたんだよ。処女《ヴァージン》だった」と、彼はある朝ニヤケた顔を止められないといった表情で、私に話しかけてきた。「赤坂《あかさか》のナイトクラブから連れ出した小娘だよ」と話した男は三十八歳だった。

ＥＢの編集部では約二十人のサラリーマンが働いていた。私の仕事は、他の二人のアメリカ人と一緒に、百科事典を買った客に付録としてつけるテープやテキストなどの英語教材をつくることだった。それは百科事典本体とは違って、実際に使用されることが望まれた。また、あらゆる年齢層の日本人が使えるようにすることも求められた。ほかにも編集部では、百科事典に何が書いてあるのかを顧客が理解するのに役立つような和英と英和の辞典も作成した。

ＥＢジャパンはアメリカと日本の合弁企業で、株式の五一％を日本の投資家が保有していた。したがって会社の同僚たちのほとんどは日本人で、直属の上司も日本人。仕事のやり方もすべて日本流だった。私がサインした雇用契約では、就業時間は朝の九時から夕方五時までとなっていた。が、誰も五時には帰らなかった。五時に帰ろうとすることは、真剣味が足りないと周りに示すことになった。そのため誰もが、上司が帰るまで会社に居残りつづけた。それが六時や七時のときもあれば、八時や九時になることもあった。上司が出張などで留守のときは、帰るきっかけがなくなり、やることがなくても誰も一番先に帰ろうとはしなかった。そのため、誰もが席に座りつづけ、誰が一番長く座っていられるか、いわゆる〝我慢較べ〟のゲームが始まった。

〝日本流〟のやり方とは、毎日まいにち会議があることだった。しかもそれは、編集部のすべての部署——企画部、製作部、印刷部の社員が、営業部の社員と一緒に出席しなければならない会議だった。私たちは何よりも大切な社内の和《ハーモニー》を育《はぐく》むため、まったく関係のない作業報告まで聞かされた。それははっきり言って時間の無駄以外の何物でもなかった。私には他にやるべきことがあった。しかし上司たちは——そして日本人社員たちも、全員がチームの一員だと感じることができるため、この会議は欠かすことのできない素晴らしいものだと考えていた。とはいえ、それらの会議で何かが達成されたことはなかった。本心からの意見を表明する者もいなかった。そんなことをすれば誰かほかのひとの意見とぶつかり、チームの〝Wa〟（和・輪）が乱されるかもしれないからだ。そのため、報告は、計画通りに進んでいるとか、進まなかったとか、いつも無難な内容ばかりに限られていた。

ストレス

編集部のオフィスは仕切りの壁がなく、開放された空間に机がずらりと並べられていた。机の上には原稿が散らばり、壁際にはファイルキャビネットや本棚が並んでいた。八人のグループは、ウエブスターの辞書の翻訳をしていた。ほかにも百科事典の一部を翻訳したり、様々な国の写真集などを製作する社員たちがいた。私たちの部署のトップは、チアキという名の四十代の日本人男性で、一番奥の席に座っていた。

彼は、一日で一番嬉《うれ》しいのは朝、家の玄関で仕事に出掛ける前に自分の靴を見下ろすときだとよく口にしていた。

「靴を履いて出掛けるのが嬉しくて待ちきれないくらいだよ」と彼は言った。

彼は一緒に飲みに行くと、ビールの大ジョッキを二杯飲んだだけで、いつもクリスマスツリーの飾りのように、顔を真っ赤に輝かせた。

編集部の社員のうち、日本人は十九人でアメリカ人は私の他に三人いた。ミシガン大学の出身で、顎鬚《あごひげ》を生やした元セミプロのアイスホッケー選手で心理言語学の学士だったドワイト・スペンサー。ニューヨーク州クロトン・オン・ハドソン出身でフランス語とフランス文学の修士号を持つ容姿端麗な金髪のマリー・アン・ミラー。もうひとりは、アリゾナ州立大学出身の編集長ドナルド・ブーンで、彼は入口のすぐ横に自分専用の大きな個室を持っていた。

私たちは全員、名刺を支給されていた。それは自分の肩書きを示すもので、日本ではなくてはならない大切なものだった。名刺の交換は一種の儀式で、名刺によってヒエラルキー(ドワイトは自分の入るべき場所という意味で〝鳩の巣箱〟と呼んでいた)のなかの自分の位置が示され、相手にどのように接すればよいかを伝えるシステムになっていた。相手のほうが上ならばこびへつらい、下ならば尊大になる。相手の位階が高いほど、トーテムポールの下方に位置する側のお辞儀は深くなり、言葉はさらに恭しくなった。

ただし、そこでの日本人とアメリカ人の関係には、どこか緊張感が存在し、怒りをふくむわだかまりが隠されていた。とはいえ、それは別に驚くべきことでもなかった。

東京では一般的に、ひとびとは二つのグループにわけることができた。外国人と関わろうとするひとたちと、そうでないひとたち。だから外国人だからという理由で好かれることもあれば、外国人だからという理由で嫌われることもあった。ある調査によると日本人全員のおよそ三分の二が外国人と関わりたくないと考えていたらしい。が、東京で外国人として生きてゆくのに、まったく問題はなかった。なぜなら、山手線《やまのて》内で約千二百万人のひとびとが働いている大都市東京では、外国人と友達になりたいと思っている人が四百万人もいるということなのだから。

EBに就職していた日本人は、英語を話すことができた。彼らは自分の英語の能力を使いたいと思っていた。だから彼らは、日本人の三分の一に入る側の人間のはずだった。たしかに彼らは、できるだけ多く外国人や外国の文化に触れたいと考えていた。しかしだからといって、彼らが社内のアメリカ人と一緒に仕事ができることを、有難く思っているとは限らなかった。

その理由のひとつは、そこのアメリカ人たちの収入が日本人社員の収入よりも多かったからだった。アメリカ人への賃金は、アメリカの経済状況に基づいてアメリカの賃金レベルに合わせて支払われ、日本人は日本の経済状況に基づいて支払われていた。それがこの会社の賃金体系だった。当時の私の月給は三十万円で、私の日本人の上司のおよそ二倍だった。これは、ある意味で非常に残念なことでもあり、解決できない潜在的不満の元凶ともなっていた。たとえば、次のように言われたこともある。

「君は金儲《もう》けをするために日本にいるんだろ？　それだけが目的だろ？　君にとっては日本のことなんてどうでもいいんだよな」

それに対して私は、いつも次のように答えて、回答をはぐらかした。

「ちょっと待ってください。それは違う。僕は日本を愛している。けれど、家の事情でしょっちゅうアメリカに帰る旅費が必要なんです。あなたにはそんな必要はないでしょう。だから私の給料には理由があるんです。太平洋を渡る飛行機代は高いんですよ」

そのうえ、次のような答えも効果的ではあった。「あなたがたには、給料以外にも終身雇用が保証されている。私にはそんなものはありませんよ」

ほかに社内での〝振る舞い方〟の違いも不和の理由となった。ほとんどの日本人社員は、いつも自分の席に静かに座っていた。同僚と喋《しゃべ》りたいときはヒソヒソと小声で話をした。仕事に関連する質問があるときでなければ、めったに誰かと話そうとはしなかった。一方アメリカ人はずっと社交的で、話すときは日本人よりも大声になりがちだった。私たちは冗談を言ったし、しょっちゅう笑っていた。そもそも私たちは、黙っていることができなかった。

だから私たちは、アメリカ人同士で話すのと同じように日本人にも話しかけた。親密な感じで背中を軽く叩《たた》き、開《あ》けっ広《ぴろ》げに〝きみの話を聞かせてよ〟といった具合だった。が、そのような私たちの振る舞いを、日本人は失礼で図々《ずうずう》しいと感じた。とりわけ日本人は、個人的な質問を嫌がった。また、個人的な問題に触れられることを嫌った。

私たちに傲慢《ごうまん》なところがあったことも確かだった。私たちには、世界一強大な国、世界一の軍隊を持ち、経済的、政治的、文化的にも世界一の国から来たという自負も見え隠れしていたのだろう。最も恐れられる軍隊を持ち、GNPは世界一で、政治システムも世界一。それに私たちは、世界一素晴らしい映画や音楽も生み出していた。スティーヴ・マックィーンはアメリカ人だし、ハンク・アーロンもアメリカ人で、月まで到達した国もアメリカだけだった。

第二次世界大戦で日本をやっつけたことは言うまでもなかった。

私たちは、日本の諺《ことわざ》で言われる〝出る杭《くい》〟で、存在しているだけで日本人の同僚たちを常に苛《いら》つかせ、「出る杭は打たれる」べきだと思われていた。

私たちは、日本的な社風について蔑《さげす》むような発言も口にした。オフィスにはあまりにも堅苦しい空気が充満していた。そして誰もがその空気を読んでばかりいた。常日頃の会話は少ないのに、延々と話し合いを続けなければ何事も決めることができなかった。

一方彼らは、私たちのことを〝ガイジン部隊〟と呼んでいた。印刷部門の専門家の日本人男性社員はその言葉を好んで使った。彼は下町育ちの筋肉質の若者だった。私たちの誰かが、朝五分遅れて出社すると、彼は「ガイジン部隊のお出ましだぞ。また遅刻だ」と言って笑った。その言葉には、私たちが本当はよそ者なのだ、ということが暗に示されていた。私たちは彼らの仲間ではなく、せいぜい補助的な部隊であり、実際に仕事をしているのは日本人社員なのだ――ということだった。それは、ホームランでチームを牽引《けんいん》したガイジン選手が、チームの集合写真から外されるような日本のプロ野球界によく似ていた。日本人社員にとって、私たちの唯一の価値は英語という言語であり、それを獲得するために多くの日本人は必死で努力していた。だから私たちのような武骨で行儀の悪い若造が、生まれつき努力もせずにそれを持ち合わせていることに、彼らは明らかに腹を立てていたのだ。

ドワイトはミシガン大学の博士課程を中退して日本に来ていた。彼は議論好きだった。彼は二つの対立する意見があればどちらかの立場に立ち、ソクラテスのような問答で相手を論破するのが大好きだった。しかもそれが、かなり堂に入っていた。議論しながら育ち、自分の考えを率直に表明するという点で、彼はいかにもアメリカ人らしかった。

日本人はおおむね、その正反対だった。彼らはなるべく議論をしないように自分の意見を黙っておいて、どんな犠牲を払ってでも対立は避けるように教育されていた。なぜなら、そうすることで何よりも大切な〝和《ハーモニー》〟が保てるからだ。それは稲作文化の影響だと言う日本人もいる。また、特定の支配階層が社会を動かしていた封建制度が何世紀もつづいた名残りだと言われることもある。天皇、将軍、大名、武士、浪人、農民、職人、商人、そしてその下に被差別民たちも存在した。そのような階級社会のなかで、彼らは議論の技術が低下し、また議論を嫌い、ただ口ごもるだけで何も主張しないことが多くなったという。

その結果、ドワイトは日本人社員を〝ニッパーズ〟と呼んで嫌っていた。「やつらがやることと言えば、一日じゅうただ座ってその場の空気を読むだけだ」と彼は吐き捨てた。そんなドワイト自身も、同僚たちからは好かれていなかった。

引っ込み思案で恥ずかしがり屋の私は、誰とも対立したくはなかった。私は会社の他のアメリカ人たちと較べると、まったく論争的ではなかった。が、おとなしく、目立たないように謙虚にしていても、ただアメリカ人だというだけで、無意識のうちに出てしまう身体に沁《し》み込んだアメリカ人特有の表情や息遣い、身振りや手振りなどによって、社内の日本人たちには明らかに〝脅威〟を与えていたようだった。

東中野

私は東中野《ひがしなかの》の駅前のカワムラビルという箱のような四階建てのアパートの二階の一室に引っ越した。東中野駅は、東京都内を横断して東京駅まで走る通勤電車の中央《ちゅうおう》線沿線の駅だった。寝室の窓からは遠くに新宿のビル街が見え、居間の窓は線路と駅前の交番に面していた。数分ごとに電車の振動で建物全体が揺れた。

この四階建ての建物は、まったく同じ形の三棟のアパートのひとつで、大家のカワムラ夫人の名前から名付けられていた。カワムラ夫人は非常に裕福な未亡人で、一階はすべて彼女自身が使っていた。カワムラさんは、外国人だけに部屋を貸していた。それは彼女が特にガイジンを好きだったからではなく、ガイジンは出たり入ったりが激しいので、敷金が定期的に入るためだった。日本人の居住者は一度入居すると永遠に居つづけ、当時の日本の法律では嫌がる居住者を強制的に追い出すことができなかった。

私は、その長方形の部屋に毎月三万円（当時の約九十ドルに相当した）の家賃を払った。クローゼット程度の大きさで、小さな台所と風呂《ふろ》、居間と寝室に区切られていた。水洗式のトイレは、身体を捩《よじ》らなければ扉を閉められないほど狭かった。電話、ガスヒーター、うさぎの耳のようなアンテナが飛び出した東芝の白黒テレビが備えつけられていた。そこにはゴキブリも同居していた。が、テレビとステレオを同時に使うとすぐに電気のヒューズが飛んでしまう前のアパートほどひどいものではなかった。しかし、ずっとマシというわけでもなく、冬の寒い朝となると布団から出るのにはかなりの勇気が必要だった。

本音を言えば、家に帰るのが憂鬱《ゆううつ》だった。エドワード・サイデンステッカー［『源氏物語』の英語訳などで有名なドイツ系アメリカ人の日本文学者］が、〝巨大な炎と騒音の街〟と呼んだ、仕事場のある新宿にずっといるほうがましだった。

新宿にはなんでも欲しいものが揃っていた。大きなデパート、夜遅くまで店を開けている商店街、路上の占い師、焼き鳥の屋台、立ち食い蕎麦《そば》のスタンド、パチンコ屋、オールナイト上映の映画館、前衛映画館（アートシアター新宿文化）、ジャズ喫茶店。歌舞伎町《かぶきちょう》の有名なコマ劇場では日本のトップ・スターや人気歌手たちが出演し、近くの風林《ふうりん》会館の一階の喫茶店はいつもヤクザたちがたむろする悪名高い場所になっていた。

会社から徒歩圏内の場所には一万軒ものバーがあった。楕円《だえん》形のラインが長く連なったカウンターに百人ほどの客が座れる巨大なコンパと呼ばれた酒場から、六人も入ればぎゅうぎゅう詰めの狭苦しい呑《の》み屋まで……、焼き鳥を焼く煙や煙草の煙が充満している赤ちょうちんの居酒屋から、西新宿に完成したばかり（一九七一年六月）の超近代的な京王《けいおう》プラザホテル四十五階のカクテルラウンジ〈スカイバー ポールスター〉まで……、ディスコやダンスホール、ナイトクラブや生演奏付きのキャバレー……などなど、想像し得るどんな料理店も、どんなレストランも、どんなバーも、どんなクラブも、新宿にはすべて存在した。しかし、マクドナルドやケンタッキーが東京に進出するのは、まだ少々先のことだった。

私のお気に入りの店は、新宿三丁目の人気のある高級居酒屋〈さるのこしかけ〉だった。階段を降りて地下にある店に入ると、九州から運んだという磨かれて光っている樫《かし》のおおきな机と、切り株のような椅子が置かれていて、網に入ったキノコが天井からぶら下がっていた。〝猿のこしかけ〟とは、キノコからつくる特殊な漢方薬の一種として珍重する人もいるお茶の名前だった。壁には日本酒やワインの瓶がずらりと並び、ビートルズの曲がいい音のするスピーカーから流れていた。

そこはいつも二十代や三十代の客で満員だった。会社員や秘書、それに芸能関係者などが混じり合っていた。芸能関係者は、ほとんどがアシスタント・ディレクターや映画監督の助手などで、カメラに映る人たちではなかった。が、たまには、のちに映画『ザ・ヤクザ』や『ブラック・レイン』などに出演する高倉健《たかくらけん》や、盲目の侠客《きょうかく》で抜刀術の使い手である〝座頭市《ざとういち》〟を演じる勝新太郎《かつしんたろう》などもやって来た。勅使河原宏《てしがわらひろし》も来ていた。彼は、安部公房《あべこうぼう》原作の前衛的な作品『砂の女』や『他人の顔』、ベトナム戦争に反対しアメリカ兵の脱走を支援したべ平連について描いた『サマー・ソルジャー』などをつくった映画監督だった。

そこは、友達をつくったりナンパしたりするのに最適の場所だった。最も友好的なのは、オーエル（ＯＬ＝Office Lady）たちだった。彼女たちは最新ファッション（マリークワントのミニスカートが最先端の流行だった）で完全武装し、冒険やロマンスを探し求めていた。私がそこで仲良くなった女の子たちには、ケミカル・バンク［大手銀行の持ち株会社であるJPモルガン・チェースの前身］の二十二歳の銀行員や、三菱銀行の窓口係、インドネシア大使館の受付係、全日空のスチュワーデス（現在はキャビン・アテンダントと呼ばれている女性）、カネボウの営業の女性などがいた。彼女たちはみんな、何か楽しいことはないかと、足を運んでいた。三菱銀行の窓口係は二十四歳の魅力的な女性で、数十人の若く可愛い女の子たちと一緒に働いているのは、そこの男性行員たちの花嫁候補として雇われているようなものだと語った。三菱銀行に務めたあとのセカンド・キャリアとして銀行員の妻になる前に、目いっぱい楽しんでおきたいとも言っていた。東宝の映画監督の助手を務めていた女の子は、夜中でも眠るときでも、いつでもサングラスをかけていた。それを、「映画業界の人間はそうするものだから……」と彼女は言っていた。彼女は、若いアメリカ人をスカウトするために来ていた。一九五〇年代を舞台とした、無垢《むく》な日本人女学生をレイプしたＧＩについての映画で、チョイ役を演じる人を探していたのだ。それにファッションモデルでミス・ワールド日本代表の女性も来ていた。彼女が性転換していたことは秘密だった。彼女は、私が出会ったなかで唯一のセックスができない〝女性〟だった。彼女はアメリカ人と結婚したがっていた。それは、彼女の置かれた状況に対してアメリカ人のほうが理解があるから、と彼女は言っていた。

新宿には、裏の顔もあった。そこの途方もなく肥大化した性産業の状態を見れば、誰もが、日本人が慎《つつ》ましい国民だという意見に首を傾げたくなるだろう。実際そこには、人間が堕落するためのありとあらゆる方法が用意されていた。それらのすべてを記述するには、別に一冊の本が必要だろう。歌舞伎町界隈《かいわい》のそのような店を表す日本語だけでも、数百はあった。手こきサロン、フェラ・サロン、マッサージ・サロン、覗《のぞ》きサロン、ストリップ小屋、プライベート・ヌード・ルーム、トルコ風呂、SMバー……。百人もの美女たちのなかから一人を選んで家に連れて帰ることができるキャバレーや、ゲイの男の子に接客させる小さな秘密クラブ、制服に三つ折りソックスをはいた高校生（と思える）女の子のいる店や、看護婦、婦人警官、バレーボール選手などの恰好《かっこう》をしたホステスを揃えたクラブまであった。新宿には想像し得るものがすべて揃っていた。なかでも新宿二丁目は東京のゲイの聖地として有名で、あらゆるLGBTの嗜好《しこう》に合う様々なバーやクラブが犇《ひし》めき合っていた。

私の知り合いのジャーナリストは、かつてこう言っていた。「東京は、若者が永遠に若いままでいたいと望み、年寄りは若いころに戻りたいと願う街だ」その若者とは、私のことだった。私は東京を貪《むさぼ》り食った。これ以上は食べられないと思えるほど腹一杯に食った。私は、終業時間が待ち遠しく、その時刻になるとすぐに毎日街に繰り出した。

私はその四年後に若者文化の最先端と言われていたロンドンを訪れたが、六〇年代にはスウィンギング・ロンドンと呼ばれ、世界に向けて若者文化を発信していた街も、東京の新宿に較べればずっと迫力に欠けているように思われた。何しろ新宿は、朝の三時四時までネオンが煌々《こうこう》と輝いているのだ。

東京に派遣されたアメリカ人のビジネスマンや外交官、そしてその妻たちが、いつも東京のアメリカン・クラブにたむろして英語で語り合っているのが、私には不思議でならなかった。シカゴ出身のEBの重役は二年間の日本滞在中、歌舞伎町には団体ツアーで二度訪れたきりだった。彼をいつも時間通りに会社に送り迎えするリムジンが、帰宅途中に立ち寄るのは、東京アメリカン・クラブだけだった。わざわざ地球の裏側まで来て、母国の人たちと寄り集まって母国にいるようなふりをするのは、なんと無駄なことかと思うほかなかった。

新宿で飲み明かしたあと、一人になって家に帰る前に私は、アパートの向かいのスナックに立ち寄った。そこで寝る前の一杯を飲み、お茶漬けを食べた。狭苦しい穴倉のような部屋に帰りたくなかった。多くの日本人サラリーマンが帰宅中に感じていた気持ちを、私は完全に理解することができた。

そのスナックは、東京で最も大きな反社会的集団である住吉《すみよし》連合会の東中野支部の管轄下にあり、そこの組員がいつもたむろしていた。他には、いつも見る不動産屋もいた。彼は肩パッドが入って袖《そで》が広がった背広を着て、ヒールが高いブーツを履き、いつも違う女の子を連れて脂ぎった顔をしていた。パンチパーマで拳《こぶし》に傷があるチンピラもいた。彼は、いつも口を尖《とが》らせて顎を突き出し、威張った顔をしていた。頭にバンダナを巻き地下足袋《じかたび》を履いた陽灼《ひや》けした顔の近所の建築現場の作業員なども常連客だった。彼らは皆ひっきりなしに煙草を吸い、サントリーの安酒のトリスウィスキーを飲み、店に流れる演歌を聴いていた。

私はそこで気前よくお金を遣った。だから彼らは、私がその場にいることを大目に見てくれたようだった。私は店に置いてあった電動スロットマシーンに、一晩で数千円を棄てたこともあった。

その店の名前は〈ボキド〉といい、店の前には四角い小さな紫色のネオンサインが置かれ、蕎麦《そば》屋や喫茶店、バー、パチンコ屋、新聞や煙草を売る売店……などなど、駅前に普通に並んでいる店と隣り合っていた。店内には合成皮革の椅子で囲まれたテーブル、丸椅子《スツール》が並んだカウンターと、一台のスロットマシーンがあり、有線放送で演歌が流れていた。

私はスポーツニュースに間に合うよう夜の十一時《イレヴン・ピー・エム》の前後に入店し、日本テレビの深夜放送を見た。

その番組では、有名なマッサージ師のドクター〝いかせます〟が若い女性をスタジオに招き、カメラの前に置かれたベッドに寝かせ、手で刺激をして絶頂に導いた。私は、嘘を書いてるわけではない。それは、日本のテレビの深夜番組で、最も奇妙で、最も人気があったものだった。言うなれば、アメリカのNBCでジョニー・カーソンが『ザ・トゥナイト・ショー』で、愛撫《あいぶ》の方法を披露するようなものだった［カーソンは六〇年代から九〇年代まで約三十年にわたって深夜番組の司会者を務めた俳優・コメディアン］。

〈ボキド〉では少額の野球賭博もやっていた。日本では、公営の競艇、競馬、競輪、オートレースを除き、賭博はすべて違法だった。しかし賭《か》けマージャンなど、誰もが気にすることなくやっていた。警察も、一定の節度ある範囲内でやっているのなら大目に見ていたし、家を失うまでエスカレートするような者もいなかった。〈ボキド〉でやっていた野球賭博は、一口千円で勝ちか負けに賭ける。そして希望するならサイドベット［得点差や投手の完投完封など、試合内容にも賭けること］も可能だった。通常、月曜と金曜が休みで週に五日、一晩に六試合が行われ、それらに賭けた。

表に書き込み、次の日の夜に賭け金を清算しに行く。勝つこともあれば、負けることもあった。勝てば、次の日の夜に勝ち分を回収しに行った。通常千円の賭け金に対し九百円が上乗せされて戻り、その賭博を取り仕切るヤクザの胴元が一〇％をテラ銭として懐に入れた。

私は、一九七〇年十月のサイドベットのことを特に鮮明に憶《おぼ》えている。それは、三振奪取数の多さで世間を沸かせていた（のちに私が知り合いになる）江夏豊《えなつゆたか》投手がからむものだった。

私はそれまで江夏に賭けて何度も勝っていた。しかし一番心に刻まれているのは、負けたときのことだ。一九七〇年十月、阪神タイガースが優勝争いをしていた大事な対巨人戦で、私は江夏が勝つほうに賭けた。江夏は中一日空けただけの登板で、その試合に出場した。が、七回の巨人の攻撃につかまり、最終的に巨人に優勝をさらわれた。それは、巨人にとって六年連続となる優勝だった。細かいことは憶えていないが、私は自分の賭け金を差し引いても三万円負けていた。私は、〈ボキド〉で支払いしなければならないのは知っていたが、銀行に行くのを忘れたので清算は翌日にしようと思い、家にまっすぐ帰った。

すると真夜中ごろ、私の部屋のドアをノックする音が聞こえた。玄関の薄明りのなかで私の前に立っていたのは、二十代後半の若い男だった。背が低く、筋肉質で、大きな消火栓のようにずんぐりした体形の男だった。頭は丸刈りで、眉《まゆ》と頬に傷がいくつかあった。私がドアを開けても、普通日本人がやるようなお辞儀はしなかった。彼はただそこに立って、にこりともせずに私を見て言った。

「ホワイティングさん、集金に来ました」そんなふうな言葉だと理解できた。

そして彼は自分の襟を引っ張って、住吉会のバッジを見せた。

一九八〇年代になると、ヤクザのバッジや名刺を見せるのは脅迫と見做《みな》されるようになった。実際に有名な俳優で元グループサウンズの歌手《ヴオーカリスト》だった萩原健一《はぎわらけんいち》（ショーケンの名でも知られる）は、電話で仲間のヤクザの名前を出し、恐喝で逮捕された。

しかし当時はそのような法律はなく、また住吉会のバッジがどんなことを意味するかということを、誰もが知っていた。住吉会は東京で最大の組《ギャング》で、東京という一地方の行政組織のようなものでもあった。彼らは興行を取り仕切り、すべての飲食店からみかじめ料を回収し、麻薬（北朝鮮や中国や台湾から密輸入した覚醒剤《かくせいざい》）を密売し、ナイトクラブや売春宿や賭博場を経営していた。借金の取り立ても仕事として請け負い、不動産管理を行い、警備も引き受け、暴走族や犯罪者を街から締め出したりすることもあった。

当時の東中野の住吉会は、新宿駅周辺と埼玉の一部を取り仕切る幸平《こうへい》一家に帰属していた。

私は、この男——たしかミヤギという名前だった——の顔を以前にも見たことがあった。彼は組の集金係だった。見た目は怖そうだったが、スーツにネクタイやスウェードのジャケット、綾織《あやおり》のズボンなど、いつもきちんとした格好をしていた。彼はいつも、東中野駅の北側のバーや喫茶店、レストラン、パチンコ屋などの人混みのなかにいた。私が〈ボキド〉のカウンターに座っていると、ミヤギがやって来てレジの横に立つことがあった。するとほどなく、バーテンダーや店主が出て来て彼の前に水割りを差し出し、封筒を置いた。私は、あとでそれがみかじめ料というものだと知った。彼は用心棒で、ショバ代（みかじめ料）を回収しているのだと教えられた。ときどき彼は、何も言わずにレジを叩き、欲しいだけの金を取っていくこともあった。

私の住所を彼が知っていたことには驚かなかった。住吉会にとって、そんなことはお手の物だった。それに東中野で〝ガイジン〟でいる私が、目立たない存在であるはずもなかった。近所にガイジンはほとんどいなかった。

私は、カネを持っていない、と彼に伝えた。翌日銀行が開くまで待ってもらわないといけない、と。

彼は私を見て、目を細めた。長い時間に思えた。

私は、彼が私の股間《こかん》を蹴《け》りあげるのではないかと思った。が、彼はただ静かに頷《うなず》き、次の夜に〈ボキド〉にカネを持ってくるようにと言った。そして、もしも持ってこなければ、私たちどちらにとってもいいことはないから……と付け加えた。

それがきっかけだった。そこから、奇妙な友情とでも言えるものがはじまったのだった。

翌朝、私は新宿の三菱銀行に行き、口座からお金を引きだした。面倒だったが、当時はまだキャッシュカードがなかった。三万円をいつものように作法に従って封筒に入れ、夜九時ごろに〈ボキド〉に持って行った。ミヤギは奥のブースに座り、ビールを飲みハイライトを吸いながら待っていた。私が彼に封筒を手渡すと、彼は三枚の一万円の新札を取り出して数え、ポケットにしまった。そして私に席に座るよう身振りをし、バーテンダーを呼んで私のためのグラスを持ってこさせた。

「俺のことはジローと呼んでくれ」

彼は私に自分のビールを注ぎながら言った。そして、私に質問を浴びせはじめた。それは日本人が外国人に聞くお馴染《なじ》みの質問だった。

私の卒論のテーマが自民党の派閥だったと言うと（たしかにそんなテーマを選ぶ西洋人は滅多にいないだろうが）、なぜか彼が関心を示した。

私がそんな話をすると、ほとんどの日本人は笑い出すのが普通だった。日本人は自民党に投票するかもしれないが、日本の政治は金がすべてであり、自民党が腐敗していることは周知の事実だった。沢山の票を買うことのできる巨額の資金を持っている派閥が、自民党を支配しているのだ。そんな派閥を研究したいという人の気が知れない、というのが多くの日本人の本音だった。

一般的な日本人は、政治の腐敗に怒ってばかりいたわけではなかった。自民党は米の価格を高く維持して農家を保護していた。海外のライバル企業を日本の市場から締めだし、世界史上最も高い成長をつづける日本の経済をうまく操縦していた。日本のGNPは、私が大学を卒業した年には一三％も上昇し、六〇年代初頭から賃金は倍増していた。それ以外のことを、誰が気にかけるというのか。もちろん、環境汚染は酷《ひど》かった。水俣病《みなまた》は恐ろしかった。交通渋滞は度を越していた。しかし国民は食べ物に不自由しておらず、ポケットには毎晩長時間かけて電車で帰宅する前に酔っ払えるカネも、新車の頭金を支払うカネも、十分に手にしていたのだ。暮らし向きはおおむね良好で、自民党がそれをもたらした。だから、自民党がどうあろうと関係ない、というのがほとんどの日本人の態度だった。だから私の自民党の派閥の研究を、日本人の誰もが笑い飛ばした。

ところがジローは、それに関心を示し、認めてくれた。彼は、自分や自分の仲間は誰もが熱烈な自民党の支持者だと言った。住吉会は自民党と〝関係〟があり、選挙のときには票集めを手伝ったという。住吉会系の建設会社は、自民党への支援と引き換えに政府の仕事を請け、建設現場の臨時の宿舎や弁当の手配、賭博場や売春宿からも収入を得た。

私がカン・オリ教授の助けを得て、当時佐藤《さとう》内閣で運輸大臣を務め、一九七〇年には防衛庁長官（現在の防衛大臣）となり、それから十年後には総理大臣となる中曽根康弘《なかそねやすひろ》に会ったことを話すと、ジローはすっかり私を見直したようだった。彼の目がそれを表していた。当時の中曽根は未来の総理大臣と見られていた。それだけでなく彼は、日本のジョン・F・ケネディと呼ばれていた。が、彼はより強い軍隊とより強い日本を望む超国家主義者《ウルトラナショナリスト》でもあった。中曽根は極右勢力——すなわちヤクザたちのヒーローだった。ヤクザは戦後、共産主義と戦う自民党を、超国家主義団体や日本政府、アメリカのCIAと一緒に支援した。日本のヤクザは、愛国者を自任していた。自民党のほうも、資本主義を推進する政党として、資本主義的であることが基本のヤクザは味方に違いなかった。

何杯か飲んでから、私はジローに住吉会で何をしているのか訊《き》いた。

「いろんなことさ。みかじめ料の集金、借金の回収」と彼は答えた。「そして何よりもまず、俺はこの界隈を、悪い連中から守っているよ」

彼は沖縄で生まれ育ったことを私に話した。沖縄は日本のほぼ最南端の小島で、日本にある米軍基地の七五%がそこにあった。彼の母親はバーのホステスで、父親のことは知らなかった。彼は高校生のときにヤクザに引き寄せられた。腕っぷしが強かったので、住吉会から勧誘され、彼は東京に引っ越した。

上着のポケットを探り、小さな銀のケースを取り出し、それを開けると名刺を一枚引っ張り出し、私に手渡した。それは日本のお馴染みの儀式だった。

住吉連合会　若頭
宮城　白

私はそれがどういう意味かわかった。
彼に私の名刺を渡した。

エンサイクロペディア・ブリタニカ　編集員
ロバート・ホワイティング

「あんたと俺は同類だ」と彼は言った。

何が同類なのか、私にはさっぱりわからなかった。彼は坊主頭の日本のヤクザ。当時の私は長髪で、カリフォルニア出身のヒッピーくずれのようなものだった。

「同類？　なぜ？」と私は訊いた。

「俺たちは二人ともよそ者じゃないか」と彼は言った。「俺は沖縄出身、あんたはアメリカ出身。日本人は沖縄人を嫌っている。沖縄人は自分たちより劣っていると思っているのさ。そしてガイジンも嫌ってる。だから、俺たちは同類だろ。仲良くやろうぜ」

私は心の底から納得した。

実際、ジローと私はある種の友情を育み始めていた。

「俺と一緒に来いよ」

と言った彼に従い、タクシーに乗って十分ほど走ると、中央線の高円寺《こうえんじ》の駅近くで降り、エレベーターであるビルの九階に上がると、そこは高級そうなナイトクラブの入口で、イヴニングドレスを着た若い美女たちが両側に並んで出迎えてくれた。私たちが店に入ると、支配人らしきタキシードを着た紳士も深々とお辞儀をした。

「俺たちの店だ」と彼は言った。「住吉会のものなんだ」

ジローが現れたので、支配人はひどく緊張した様子だった。今にも爆発しそうな爆弾を見るような緊張した目で彼を見た。

私たちは明るく光る巨大な水槽を横目に暗い店内を進み、奥のブースへと案内された。バンドがラテン音楽を演奏し、頭の上ではミラーボールが輝いていた。氷の入ったミニバケツや生牡蠣《がき》が並べられたプレート、おつまみの盛り合わせと一緒に、XOブランデーのボトルが運ばれてきた。ホステスは熱いおしぼりを差し出し、私たちに飲み物を注ぎ、煙草に火をつけてくれた。それから私に向かって、身辺調査するような会話が始まった。名前は？　出身地は？　いつ日本に来たの？　日本は好き？　日本の食べ物は大丈夫？　日本の女の子は？　それらはいつも日本人から訊かれる定番の質問で、その合間に私のたどたどしい日本語力に対して、〝スッゴーイ！〟という歓声が挟まれた。

「お元気ですか」

「ハイ、ゲンキデス。アナタハ？」

「わあ、日本語、話せるのね。スッゴーイ！」

「ボブさん、その子が気に入ったか？」ジローが口を挟んだ。

「アア彼女ハ、イイデスネ」彼女の名前はエミコで、とても素敵だった。しなやかな身体に濃い色のロングドレスを着て、足のラインも美しかった。歯は白く、肌は青磁のようで、真珠のネックレスをしていた。彼女は東宝映画のポスターの女優のようだった。

「彼女とヤリたいか？」ジローは片手でつくった人差し指と親指の輪に、もう片方の手の人差し指を出し入れしながら訊いた。万国共通の性行為を示すジェスチャーは、日本でも同じだった。

「奥の空いてるブースに彼女を連れ込みな」

「エッ？　チョットマッテ。ドウイウコト？」

「彼女は嫌がらないよ。彼女は何でも俺の言う通りにする。この店は俺たちのものだから」

ジローは彼女に日本語で何か怒鳴った。何と言ったのか、私にはわからなかった。が、彼女はその言葉を理解し、彼の言葉に従った様子で彼に会釈をしてから、私の手を摑《つか》んだ。

当時の私はアメリカの片田舎から出て来た純朴な青年にすぎなかった。目の前でとつぜん起きている異例の事態について、私は、必死になって考え、それを理解しようとした。私は、いったい何に巻き込まれようとしているのか……それを明らかにしようとした。が、何が何だかわからず、ようやく言葉を絞り出した。

「アトデ、ニシマショウ。マズハ、カノジョノコト、モットシリタイデス」私はぎこちなく答えた。

「カノジョノ、ナマエモ、マダキイテナイ」

〝アトデ〟は、私がトイレに行くため席を外したときに訪れた。彼女が、トイレまでついてきたのだ。分厚い木の扉を開けると、そこには赤い絨毯《じゅうたん》が敷かれ、金色の手洗いシンク、白いエナメルの便器がある贅沢《ぜいたく》なつくりの個室だった。

彼女は私が用を足す間、横に立っていた。彼女はやや化粧が濃かったが、美しかった。それはトイレの薄明りでもわかった。小便をし終わると、彼女はどこから取りだしたのか、熱いおしぼりを差しだした。そして私が手を拭《ふ》き終わると、彼女は私に身を投げ出してきた。そして私の唇に吸いついてきた。しかしちょうどそのとき、酔った客が、その夜の相手をしているホステスに支えられて、よたよたと入って来た。そこで、その場は、それっきりで終わった。

私はその若い女の子とのあいだで、まだもっと何かが起きるのだろうと、少しばかり期待に胸を膨らませていた。が、その後一時間ほど飲むと、ジローは急に立ちあがり、「もう行くぞ」と言った。彼は一万円札を数枚テーブルに置き、私を後ろに引き連れ、出口に向かって堂々と歩きだした。

「トルコ風呂に行く時間だ」

トルコ

半時間後、私たちはトルコ風呂が並んでいることで有名な川崎《かわさき》界隈の〈トルコ・クイーン〉の入口の前に着いた。私たちはロビーに入った。そこは、赤いカーテンで縁取られた天井までの鏡で囲まれた円形のホールだった。クリスタルのシャンデリアが吊《つ》り下げられ、片側には赤絨毯が敷かれた急傾斜の螺旋《らせん》階段があった。それを見て私は、映画『風と共に去りぬ』でヴィヴィアン・リーを抱き抱えて階段を降りてくるクラーク・ゲーブルを思い出した。タキシードを着た日本人が私たちを出迎えに現れた。ジローはその男に名刺を渡した。数分後、着物を着て髪を結い上げた、これまで見たことのないほどの美女が二人、中二階から螺旋階段で降りてきて、私たちの前で絨毯のうえに跪《ひざまず》き、自己紹介しながら床に頭をつけてお辞儀をした。

「マミです」と私の前に跪いたほうの女性が言った。

彼女は立ちあがると私の腕をとり、階段をのぼって豪華な絨毯が敷かれた二階の狭い廊下を一緒に歩いた。廊下の壁には、金縁の鏡や、岩山や木々や滝などの自然の風景や虎などの描かれた古い掛け軸や、書が飾られていた。そこを通り過ぎると、薄暗い部屋に通された。奥には大理石と思《おぼ》しきバスタブがあり、手前に寝台と、螺鈿《らでん》細工が施された漆黒の机があった。そのあいだに、タイル張りのスペースがあり、そこにはエアマットと小さなプラスチックの椅子が置かれていた。部屋の両側に配置されたスピーカーからは、演歌が流れていた。

その後の二時間、私は洗われ、こすられ、マッサージされた。そのほかにもいろいろなサービスを受けたが、それらについては読者のみなさんのご想像におまかせすることにしよう。

私たちが店を出るときも、到着したときと同じように、手を前について正座した女性たちが額を床に擦《こす》りつけるようにしてお辞儀をした。

次の日曜日の朝八時、ジローは私の部屋の前に現れた。ほろ酔い機嫌で、あの夜に高円寺のナイトクラブで私たちの相手をした二人のホステスも一緒だった。

「俺たち二人で彼女たちとヤルぞお」と彼は言った。

こんなとき、いったいどうすればよいのだろう。

三人は玄関に立っていた。ドレス姿の女の子たちは、長い夜の仕事のあとで疲れている様子だった。ジローは汗をかいていて、私の小さな部屋のなかを期待するような目つきでのぞき込んだ。彼の目は小さな真っ黒い球のようで感情が表れてなかった。

私は仕方なく彼らを部屋に入れた。その朝、私は初めてジローの背中の精巧な龍《りゅう》の刺青《いれずみ》を見た。

こうして、ジローと私のあいだで、ある種の不安定な友情がはじまった。その友情は、奇妙なものではあったが、真実のものにはちがいなかった。そう断言できると、いまでも思っている。不思議なことに、彼は私と一度も英語で話そうとしなかった。そんな日本人の友人は、初めてだった。


私は、外国人はおろか、ほとんどの日本人も知ることのできない世界へ入る手段《アクセス》を手に入れた。高倉健などが出てくる東映やくざ映画は、醜い現実の姿を綺麗《きれい》に美化していた。日本酒で刀を清め、桜の花びらが舞い散るなか、親分の仇《かたき》を取りに行く……、あるいは、街を救う……といった具合に……。それだけに私は、二度と抜け出せない世界に足を踏み入れようとしているのではないかと恐れる気持ちもあった（朝の八時にクラブのホステスを二人も連れてアパートの部屋に訪ねてくるひとなど、ヤクザの世界のほかにはいないだろう）。

戦後の渋谷《しぶや》のヤクザの人生を描いた傑作『疵《きず》―花形敬《はながたけい》とその時代』（筑摩書房）の著者である本《ほん》田《だ》靖春《やすはる》はこう言っている。「『良いヤクザ』なんてものはいない。そんなのはまやかしだ」

「ヤクザのヒーローが正義の側に立つ東映やくざ映画を観たことがある」と彼はつづける。「そんな人物が現実に存在したかどうかはわからない。しかし少なくとも私は、『良い』やくざなどと言えるような人物を知らない」

日本語にも、「炎に飛び込む蛾（Moth to the Flame）」や「犬と寝るとノミと起きることになる（Lie Down With Dogs）」を意味する言葉がある。私は語学学校で習った諺《ことわざ》を思い出した。

「朱に交われば赤くなる」

これは「瀝青《れきせい》［ピッチ。コールタールや石油を蒸留したあとに残る黒い滓］に触れた者には汚点が残る（He who touches pitch shall be defiled.）」という諺とは、ややずれはあるものの、ほぼ同じ意味だ。

しかし、しばらくのあいだは警戒心よりも好奇心が勝《まさ》った。その後、ジローは定期的に現れた。いきなり訪ねてくることもあった。彼は、二階の私の部屋まで階段をあがってくるのをやめ、そのかわりに道端に立って、私の部屋に向かって大声で叫んだ。

「ボブさん、ボブさん‼ 出てこい!」

そして私が出て行くと、彼は、ナイトクラブ、パチンコ屋、賭博場など、住吉会が仕切る店へ私を連れまわした。賭博場は鉄筋コンクリートのビルの地下の一室で、畳の上にマットが敷かれ、そこで花札やサイコロのゲームが行われていた。

私は彼に対する礼儀も考えて、いくらかの金額を賭けたりもした。しかし、結果は常に負けてばかりだった。

東京のヤクザ

外国人ジャーナリストがヤクザについて書こうと思えば、どうしても山口組《やまぐち》に注目せざるを得なかった。山口組は、構成員が全国に約四万人。神戸《こうべ》に拠点を置く巨大な組織だった。住吉会の構成員は当時約一万六千人。全国二位の規模だったが、山口組が必死になって首都に食い込もうとするなかで、ビジネス、政治、芸能の中心である東京は住吉会が取り仕切っていた。そして住吉会のほうが、山口組よりもずっと金銭的に大きな利益をあげていた。東京には麻薬《ドラッグ》やセックス産業を営むのに相応《ふさわ》しい富裕層のひとびとが大勢いた。賭博場に誘い込める博打《ばくち》好きの人口も多かったうえ、弱みにつけ込んで脅迫できるような企業の幹部も山ほどいた。ヤクザの収益は、神戸や大阪だけでなく、日本中のどこよりも東京がずば抜けて高かった。

〈週刊大衆〉〈週刊実話〉〈アサヒ芸能〉といった日本の週刊誌は、ヤクザの組長やその子分のインタヴューを連載し、各組の最新の活動内容についてのニュース記事を掲載していた。おかしなことだと思うひとも多いだろうが、それらを読むと、日本の裏社会の出来事は平気で表社会のマスコミに出ているのだ。私も、そのことに首を傾げていた。日本のヤクザの歴史を知るようになるまでは……。

ここで、日本のヤクザに関する基本的な情報を書いておこう。ヤクザの起源は、数世紀前のサムライに遡《さかのぼ》る。彼らのなかで何らかの理由で失業し、無法者となって賭博に身を投じた連中がいた。彼らは「博徒」と呼ばれ、東海道《とうかいどう》沿いの宿場町で秘密裏に花札やサイコロの賭場を運営した。一方、全国の神社のお祭りなどで売店を出す「的屋《てきや》」とか「香具師《やし》」と呼ばれる行商人や、港町の港湾肉体労働者も〝組〟と呼ばれるギャングの集団を形成した。軍国主義の時代になると、ヤクザたちは大日本帝国陸軍に協力し、太平洋戦争を陰で支えた。日本の街が灰燼《かいじん》に帰した終戦時には、彼らは闇市に参入して勢力を拡大し、恐喝や麻薬や売春（進駐軍主導の戦後の政府により制定された売春防止法は一九五八年に施行された）など、世界のギャングたちが手をつけるのと同じ分野へと手を広げていった。

ヤクザの高度成長期は戦後の二十年間で、住吉会も他の組と同じく一九五〇年代に左翼のデモを鎮圧しようとする進駐軍や日本政府に協力した。当局はヤクザから武力（暴力）を提供された見返りとして、彼らが自由に活動することを認め、ヤクザの支配下にある建設会社に多くの公共事業を発注した。そうしてヤクザ全体の人数は、東京オリンピックまでに全国で約十八万人に膨れあがり、政府は、海外からやってくる客が日本を誤解してはいけないと考え、彼らを一斉に取り締まることにしたのだった。

しかしオリンピックが終わると、すぐに彼らは東京の路上に舞いもどってきた。そのなかには、もちろん住吉会もふくまれていた。

ジローは、私に東中野の住吉会のシマを一通り紹介したあと、彼のボスに紹介した。ジローが言うには、彼は自民党と中曽根康弘の大ファンで、いずれ総理大臣になるように運命づけられた人物だと誰もが言っているような〝偉人〟に、私が会ったことがあると聞いて、深く感心したそうだ。

ジローは、私を住吉会東中野支部の事務所に連れて行った。それは東中野駅の交番から一区画離れた十階建てのオフィスビルにあった。ボスの部屋には磨きあげられたオークの巨大な机が置かれ、革のソファが向かい合って二つと、そのあいだに巨大なガラスのコーヒーテーブルがあった。部屋の向こう側のスペースには、いくつか椅子が置かれて組員たちが座っていた。部屋の片隅には大きな金庫が置かれていた。ジローが言うには、そのなかには一万円の札束が大量に詰まっているとのことだった。住吉会の組員が勢ぞろいした写真が壁に飾られ、その中央にはジローのボスが、紋付き袴《はかま》姿で扇子を持って写っていた。ボスはずんぐりした、中くらいの背丈の男だった。パンチパーマの髪を後ろに梳《と》かしつけ、甘い香りのトニックをつけていた。私は彼を東中野の路上で見たことがあった。東京の狭い道には余りにも大きすぎるリンカーンに乗り、そのクルマの窓には可愛らしいレースのカーテンが下げられていた。

住吉会のボスの部屋で、私は一瞬、自問した。自分は、いったい何をしているのだろう……。私がたどりついた答えは、まったく普通のことをしている……だった。ジローと私は友達になった。彼はただ親切で、私に自分の世界のひとびとを紹介してくれているだけのことだった。ただ、友達として。この歓待の裏には隠れた動機があるかもしれない……とは、愚かな私には思いも寄らなかった。

そのとき〝親分〟は、酒に酔っていたようだった。クスリの力も借りていたことは間違いなかった。彼は低い声で私に挨拶《あいさつ》をし、ソファに座るよう促し、部下にコーヒーを出すよう身振りで示した。親分とジローは、親分の出世物語やこれまでにやってきた印象的な喧嘩《けんか》の話、東中野のビジネスなどの話をして、私を楽しませてくれた。どれも興味深かった。が、罪に問われるような詳細な部分は省かれていた。

彼は、太平洋戦争での戦闘や、人間魚雷の訓練を受けたこと、一九六〇年に安全保障条約の延長問題での闘争で警察と一緒に左翼のデモと戦ったこと……などについても話してくれた。彼は、共産主義の敵である保守的な政府を生涯支持していると言った。そして彼や彼の部下が選挙時に応援している佐藤や中曽根など、自民党のタカ派の熱狂的なファンだと語った。彼はまた、アメリカの忠実な友人であるともつけくわえた。

私は、組がその夜に予定していた小さなパーティーに招待され、私たちはそこに向かった。その場所は、居酒屋の地下の隠し部屋だった。

〝パーティー〟では、長いテーブルに、刺身、寿司《すし》、ローストビーフ、スモークサーモン、ビール、ウィスキー、ワイン、日本酒、焼酎……などのビュッフェ料理や酒が並べられていた。その会は、組の何かの記念日を祝うもので、説明されたが私には理解できなかった。私はテーブルの隅に座り、銀色がかった白の着物に着替えた〝親分〟の言葉を聞いた。彼は、次つぎと流れ出る言葉で長々とスピーチをし、乾杯の音頭を取り、ひっきりなしに酒のコップを空けはじめた。

半時間ほどが過ぎてすっかり上機嫌になった親分は、テーブルの片隅の私のところにやって来て着物の上半身を肌《はだ》開け、私に腕相撲を挑んできた。彼がそんなことをするのに、別に驚きはしなかった。新宿のバーでは、ガイジンの客は日本の若者たちからしばしば腕相撲を挑まれた。それは単なる力試しのためだった。腕相撲でガイジンを負かせば、バーにいるみんなから尊敬のまなざしを得ることができる。私に挑戦する者のほとんどは筋トレで鍛えていた。だから私に挑戦してきた。そのことを、屈辱的な敗戦を数回味わったのちに学習した私は、新宿のデパートに行ってバーベルを買い、毎日それを使って筋肉を鍛え直していた。それからほどなく、私の連敗は止まった。

しかし東中野の親分との腕相撲は、それらとはまったくの別の種類のものだった。面子《めんつ》というデリケートな問題もからんでいた。親分の顔を潰《つぶ》すのは、得策ではないと思われた。親分は素面《しらふ》ではなかった。が、彼を辱めることになって、彼の組の子分たち全員を敵にまわすことになるのは御免だった。私は、彼を負かさないことに決めた。

とはいえ、親分に屈したくないと思う自分も心のなかにいた。負けたくなかった。幸いにも親分は酒で顔が赤くなり、私を負かすほどの力は出なかった。結局、適度な接戦ののちに親分は引き分けを宣言した。彼は、私の手を力強く握って握手をした。そして立ちあがり、着物を肌開け、腕から背中にかけて精巧に彫られた刺青を私に見せた。そこには、赤や緑、青、黒で、火炎を噴き出す龍が描かれていた。素晴らしいものだった。それを完成させるには、きっと彫師による数週間にわたる激痛を伴う施術が必要なはずだった。

親分は、アメリカを賞賛している、と言った。彼は力《パワー》に対して敬意を払う人間だった。そしてアメリカには力があった。アメリカは月に人類を送り込んだ。すばらしい偉業だ。アメリカは世界一の経済大国で、世界一の軍隊もある。アメリカがなぜ、北ベトナムを徹底的に爆撃して石器時代にまで後退させなかったのか。それが彼には理解できなかった(実際、ニクソン政権はそうしようと考え、できなかったのだが)。

彼は左翼を不名誉に思っていた。大学を占拠《ハイジャック》する学生たちを全員ひっとらえ、特殊教育キャンプに放り込めばいい。真冬に北海道の暖房ナシの網走《あばしり》刑務所に放り込むほうがいい。ビールや日本酒が進むにつれ、親分は歌をうたい始めた。

古い軍歌などをうたったあと、私にも歌をうたうよう促した。私は立ちあがり、「ゴッド・ブレス・アメリカ」をうたって席に戻った。すると親分はふざけて私の頭を摑み、ヘッドロックをかけた。そのまま彼は、私の頭を両膝《りょうひざ》のあいだに押し込み、押さえつづけた。そのとき目に映った高価な白い絹の足袋《たび》に包まれた足先と、強烈な臭いを今でも覚えている。彼は私を解放すると、笑いながら私の背中をぽんと叩き、みんなに向かって私の力を褒めた。「強いね、ガイジンさん」

そして親分は、ビジネスに話題を移した。拳銃《けんじゅう》に興味があるんだ。個人的な趣味なのだが、なにか蒐集《しゅうしゅう》の手助けをしてくれないものかね？ 誰か基地の人物を知っているだろう？ A44マグナムがあればいい。ダーティハリーが持ってるようなやつ。手に入ればありがたいんだが……。もちろん私は、そんな道に足を踏み入れるのは得策ではないと思った。私は生まれてから一度も拳銃を買ったことがなかった。持ったことは二度あったが、それは電子諜報《ちょうほう》センターでの訓練中のことだった。一度だけ発砲したことがあったが、それは、ラックランド空軍基地での基礎訓練中にM1ライフルの射撃を学ばなければならなかったからだった。なにより日本には厳しい銃刀法があり、違反者には厳重な罰が科せられていた。拳銃を所持しているだけで、数か月あるいは数年、刑務所に入れられる。もちろん、それを親分に言うつもりはなかった。私は確かに愚かだったが、それほど愚かでもなかった。親分の要望に対して、よく考えてみる、と言って私は立ち去った。親分が諦《あきら》めてくれることを望みながら。

カリフォルニアのユーレカ出身の田舎者の小僧の私を相手に、ジローが友情を育もうとしたのには、同じアウトサイダーであることへの同情と親分の銃への関心のほかにも、隠された動機があった。そのことが、やがて判明した。住吉会は新宿西口に新しいナイトクラブを開店する予定だった。マニラやバンコクからホステスが連れてこられることになっていた。問題なのは、組には英語を話せる者がおらず、女の子は誰も日本語を喋れないことだった。そこでジローは私を雇い、彼女たちを管理させるという素晴らしいアイデアを思いついた。ジローは私にその仕事を提示した。週に六晩、夜七時から十二時まで。それだけで、月に三十万円（当時のレートでおよそ千ドル）だった。

私はその仕事をやりたいのかどうか、自分でも判断できなかった。私にはすでに仕事があり、十分に稼いでいた。それは彼の提示した月に三十万以上だった。それは一日十五時間働き、へとへとになりながらのことだったが、そもそも私はナイトクラブの運営について何も知らなかった。とはいえ、そのアイデアは魅力的でもあった。少なくとも、ある事件が起こり、私が別の確信を得るまでは、夜の商売の魅力に引き寄せられそうになっていた。

彼の所属していた〝組〟について知れば知るほど、私はその活動が多岐にわたっていることを理解し始めた。しかしその中味は、素人の眼には理解し難いものだった。ジローがやっていたように、近所のスナックやバー、レストランに入ってゆき、支配人から現金入りの封筒を取りあげる男たちは、明らかに〝ショバ代〟稼ぎの悪党だった。近所のパブのトイレに二人連れで入ってくる男たちが、覚醒剤をふくむ麻薬取引のためだということも理解しはじめていた。電話ボックスを埋めつくす肌を露出した若い娘の写真と電話番号が書かれたチラシは、チンピラたちが貼ったものだった。そしてヒールの高いブーツをはいた男が担当する東中野駅近くの不動産屋も、彼らの仲間だった。

のちのバブル時代には、不動産を利用した金融が取って代わったが、当時の裏社会と自民党を繋《つな》ぐ最大の接点は不動産そのものだった。日本は、世界で最も公共事業の多い国だった。一九七〇年から一九九〇年にかけて、日本の実質GDPはおよそ二倍になったが、建設投資は五・五倍に増えた。一九九〇年代のピーク時には、それはGDPの約二〇%にまで達した。これは驚異的な数値であり、世界最高だった。カリフォルニア州より少し小さい程度の大きさの日本が、人口が約四倍とはいえ、建設大臣のいないアメリカの三十二倍ものコンクリートで埋め尽くされていたのだ。

これは、自民党が権力を維持するための非常に重要な手段でもあった。政府は税金を、ダム、高速道路、橋、コンサートホールなどの地域の建設プロジェクトに使い、建設会社はお礼の証《しる》しにその金の一部を、選挙時に使えるように自民党の政治家にキックバックした。ヤクザは建設会社とつながっているため、日本の犯罪組織は、様々なサービスや手管を使って建設収益総額の約一五％を受け取っていた。ヤクザが自民党をこれほど好み、選挙時に手伝うのは当然だった。

私のアパートの近所には建設現場がいくつもあり、ヤクザはそれらに関わっていた。ヤクザは、その分野で様々なサービスを提供していた。労働者の斡旋《あっせん》所、安い労働力、土砂の撤去、廃棄物の処理、現場の労働者のための弁当、宿舎、賭博場や娼館《しょうかん》……などなど。小遣い稼ぎのために建設作業員としても働く下っ端の組員も大勢いた。特定のプロジェクトから締め出されたライバルの組のヤクザが、環境保護者のふりをして現場から出る騒音に対する補償を求めるといった光景は、多くの建設現場でしばしば見られた。

東中野の組の私の友人たちは、ヤクザはマフィアとは違うとよく口にしていた。マフィアは金のためだけに動くが、ヤクザは困ったひとびとを助ける伝統がある、と彼らは言った。自分たちは地域コミュニティのために役立っている、と彼らは考えていた。ひとびとのために借金の集金をし、諍《いさか》いを解決し、地域社会が危機に陥れば救援に駆けつけ、警察と協力して連続殺人犯を追跡したりもする。マフィアはそんなことをしない。彼らはただ、コミュニティから金を搾り取るだけだ……と。

しかし私が知り得る範囲では、アパートの近くのパチンコ屋の経営者など、近所のひとびとは誰もがヤクザを怖がっていた。そうでなければ、そのパチンコ屋のように、強面《こわもて》の若者が勝手に店に入って無料で遊ぶのを、見逃しておくわけがなかった。

表面的には、ヤクザは他のひとびととそれほど違いはなかった。彼らの服装は普通のひとびととは少し違い、白いスーツが人気だった。オープンカラーのシャツや金のネックレス、白い靴、黒い靴下、派手なプリントのシャツ。彼らはいつも、次からつぎへと煙草に火をつけ、ひっきりなしに吸っていた。声が大きく、漫画を読むのを好み、ほとんどいつもセックスの話をしていた。

彼らの多くは、けっしてロマンチックな存在には見えなかった。彼らはみな、顔色が悪く不健康そうだった。映画に登場してくるヤクザたちとは大違いだった。

彼らが次に何をしでかすか、それは誰にも予測不能だった。上機嫌だと思うと、次の瞬間には急に怒り出し、テーブルを叩きグラスを割る。それは彼らが常に摂取しているアルコールと麻薬のせいに違いなかった。組の者はみな、大量の酒を飲み、覚醒剤などの麻薬を摂取しているらしく、そのせいでどんなヤクザの中枢神経系も徐々に損なわれていた。

その結果、脳内の化学物質のバランスが永続的に不安定となり、常に落ち着きがなく、侮辱されたと感じるや否や、彼らはすぐ喧嘩腰になった。

精神的に安定したヤクザ、というのは形容矛盾と言えた。

陽焼けした〝建設作業員〟のひとりが、私と正式に友達になることを決意し、〝友情の儀式〟を行おうとしたときの光景を私は忘れられない。酒（または麻薬）でおかしくなった彼は、スナックのカウンターから割り箸《ばし》を取り、二つに割ってその端を噛《か》み切り、大げさな身振りで胸を刺した。血がしみ出る傷を見せつけ、彼は私に箸の片割れを手渡し、同じことをするよう命じた。

「また別のときに……」と私は答えた。できるだけ上手《うま》く言い訳をし、無礼にならない範囲で、できるだけ早くテーブルを移りながら、友情の証に自分の胸を刺す馬鹿野郎がどこの世界にいるのかと思った。もしかしたら彼は、映画『バラキ』でチャールズ・ブロンソン演じるマフィアが入会式で指を切るシーンを見たのかもしれなかった。

ジローもほかのヤクザたちと変わりないことが、徐々にわかってきた。彼もまた、ほかのヤクザたちと同様、酒と麻薬に浸され、化学的バランスの狂った状態で日々を過ごしていた。ジローは朝食代わりにビールを飲み、一日中焼酎を飲み、毎日百本もの煙草を吸う。夜には未明まで歩きまわれるように、眠気覚ましに覚醒剤を打ち、朝になると眠れるように睡眠薬をウィスキーのダブルショットで流し込む。そんな彼は年がら年中不機嫌で、気が立っていた。

彼のライフスタイルと反社会的な性格は、致命的なものとなるほかなかった。

もちろんときには短気さも、ジローの仕事の役に立った。ヤクザの仕事は主に、金のためにひとびとを怖がらせることだから。

彼を知れば知るほど、私は彼の暗い一面を知るようになってきた。ジローは、袖の中にいつも剃《かみ》刀《そり》の刃を忍ばせていた。それは喧嘩の際に、指の間に挟んで武器にするためだった。先端を磨いて尖らせた象牙《ぞうげ》の箸も、いざという時に喧嘩で使うため、いつもコートの内ポケットに隠し持っていた。

酒を数杯飲むとジローは、煙草が切れていたり、サービスが悪かったりといった些《さ》細《さい》なことで急に激怒し、コントロール不能になった。彼はテーブルをひっくり返し、ビール瓶やグラスを吹っ飛ばしてから、ようやく落ち着きを取りもどした。

そうするうちに、忘れることのできないある夜の出来事が起きた。ジローは酔っ払い、真夜中に路上でタクシーをつかまえようとしていた。その時代、東京でタクシーをつかまえるのは至難のことだった。とくに真夜中は、東京のタクシー利用者にとって魔の時間帯だった。終電がなくなるとタクシー運転手たちは通常の倍の料金を要求し、長距離以外の乗客を断りはじめるのだ。

運転手たちは道路の角で待つ多くのひとびとを無視し、指を三本や四本掲げる者を見つけるまで走り過ぎた。それは、通常料金の三倍または四倍を支払うという意味だった。

ジローは時速十キロ以下でのろのろと走って来るタクシーに向かって手を振った。が、運転手は顔を向けることもなく走り過ぎようとした。これでジローは怒りの発作に襲われた。

彼はそのタクシーの燃料タンクがある後部を、空手のキックで蹴飛ばした。車のわきが大きく凹《へこ》み、運転手は急ブレーキをかけ、車から飛び出した。そして車の凹みを見て、ジローを指差し、罵《ば》倒《とう》し始めた。「コノヤロー！　何するんだ！　バッキャロー！　コンチクショウ」

この運転手の言葉と行動が大きな誤りだったことは、すぐに証明された。ジローは拳を握り、運転手の顔を三回連続で殴り、アスファルトに叩きつけた。そしてジローは運転手を何度も足で蹴りあげた。ジローは横たわった運転手のうえに馬乗りになり、顔の左右を殴った。運転手の鼻から血が噴き出し、彼は苦しみで呻《うめ》いた。歩道を歩いていた連中はその光景に驚き、誰もが立ち止まって眺めた。

気分が悪くなった私は、ジローの背中を摑み、どうすることもできない運転手から引きはがした。運転手は意識を失いかけて地面に寝ころんだままだった。

「ジーザス・クライスト！（なんてこった！）」と私は言った。「やめろ。死んでしまうぞ。お前のせいで俺たちは逮捕されてしまう。ここから逃げ出そう」

私たちはほかのタクシーに手を挙げた。幸いにも今度はすぐに停まり、私たちをなかに入れてくれた。この運転手は、何が起こっていたのか見ていたのだ。

「あいつのせいだ」とジローは拳をさすりながら言った。「あいつが停まって俺たちを乗せてくれりゃあ、こんなことにはならなかったんだ」

周りに喧嘩をする相手がいないときは、ジローは自分自身に当たった。それは、その夜のあとのことだった。私たちは〈ボキド〉に寄った。そのときジローは、自分に友達も家族もいないことを愚痴り始めた。明らかにアルコールと覚醒剤が神経系統に入ったせいで、彼はジャックナイフを上着から取り出し、自分の頬を切りつけたのだ。

「俺は人間の屑《くず》だ」と彼は呻《うめ》いた。

ジローがこれほど神経を張り詰めた生活を送っていることに、私は心から同情した。しかしタクシー運転手の事件のあとだったこともあり、彼のことを心底怖いと思ったことも事実だった。その夜、私は彼の申し出を断る決心をした。横田《よこた》空軍基地にはいまのところ手に入る銃はないが、引きつづき調べると彼の親分に伝えるように言った。と同時に、彼が気を悪くしないような配慮も加えた。私は、彼らの下で働く外国人のホステスたちに、言われた通りのメッセージを英語で書くことになった。「飲み過ぎ禁止」「客と寝てはならない」または「客と寝るように」。ときには私自身が、彼らのために直接ホステスたちと話すこともあった。こうして私は一種の非公式アドヴァイザーとなったのだった。

彼らがホステスの誰かとトラブルになれば、私が出ていって彼女たちと話をした。当時は東南アジアの女の子たちが歌手やダンサーになれるとの誘い文句で日本に連れてこられ、パスポートを没収されて場末の娼館で働かされるといった、ヤクザがらみの人身売買のニュースが多く聞かれた。しかし、そこの女の子たちはそういう事件とは無縁に見えた。彼女たちは誰もが、金を稼ぎたいから日本に来て、自分たちがやっていることもきちんと認識していた。彼女たちの抱えていた問題の多くは、乱暴な客たちや乱暴な恋人、健康問題などだった。望まない妊娠をした者も二人いた。

ジローは、あるとき数か月間、いつもの界隈から姿を消した。前にも訪れたことがある彼のアパートに行ってみると、事情がわかった。そこは布団と小さな卓袱台《ちゃぶ》、電熱器とそのうえに乗せられたヤカンのほかは、ほとんど家具のない小さな六畳間だった。隅には空の酒瓶が一本転がっていて、大量のエロ漫画が散らばっていた。大家が言うには、警察がやって来て彼を連行していったそうだ。何の容疑かはわからなかった。しかし彼は、それほど長くは留守にしなかった。日本の刑法は大きな事件でない限り、特に初犯であれば非常に寛容だった。それは仏教思想の影響かもしれない。山川草木悉皆成仏《さんせんそうもくしつかいじょうぶつ》――仏教では、どんなモノにも仏が宿る、小さな虫けらにさえも宿るというから、裁判官は自分で更生できると判断し、初犯の場合、全犯罪者の四分の一から三分の一は、謝罪の手紙を書くだけで放免される。その結果、日本の受刑率は先進国中で最も低い部類に入った。

ジローが東中野に戻って来たとき、彼の小指の先がなくなっていた。逮捕されたことを贖《あがな》うために自分で切り落とし、親分に差し出さなければならなかったのだ。

彼は府中《ふちゅう》刑務所に収監されていたと私に言った。が、何の罪でそうなったのかは言いたがらなかった。府中刑務所は東京の西にある日本最古の刑務所で、当時は約三千人の収監者を収容していた。もちろんそれは面白い体験などではなかった。私語は禁止。電話も禁止。独房は禁煙で、運動も禁じられた。眠るときは顔を見えるようにしていなければならず、一日に何度も裸になって検査をされた。違反者は罰として、何時間も同じ姿勢で座りつづけなければならなかった。反抗的な囚人は、何日も手と足を縛られ、犬のように食事をし、パンツに開けられた穴から排便させられた。それは他人事《ひとごと》としてなら、笑える話と言えるかもしれなかった。

ある夜、ジローが私の部屋の前に突然姿を現した。それが、彼を見る最後となった。彼は息を切らして、神経質になっているようだった。彼は何らかのトラブルに巻き込まれたらしく、どうしても金が必要だと言った。理由については口を濁した。

「お願いだ」と彼は言った。「カネを貸してくれ」

私は部屋に三万円を置いていた。それは、玄関から数メートルの台所のガタついたテーブルの上に、丸見えの状態で置いてあった。だから私は、それをジローに渡した。

彼は私の手から金を受け取ると、もごもごと礼の言葉を口にして急いで立ち去った。

彼が出て行ったとき、私は人生で初めて金を強請《ゆす》られたのかもしれないと思った。

そのとき私は、ヤクザと縁を切ろうと決心した。

私は、軽い気持ちで付き合っていた野球賭博もやめた。それは賢明な選択だった。やがてプロ野球で、仕組まれていた試合のあったことが明るみに出たのだ。一九六九年十月、西鉄ライオンズのフロントが事件を暴露した。同球団のスター投手だった永易将之《ながやすまさゆき》が、わざと試合に負けることで暴力団から賄賂《わいろ》を受け取っていたことを公表したのだ。ライオンズは永易の解雇を発表し、翌月にはコミッショナー委員会が、永易に永久出場停止の処分を下した。日本のプロ野球で選手が永久追放されるのは初めてのことだった。

翌年の春、永易は人気の高い週刊誌〈週刊ポスト〉で、彼の元チームメイトには他にも八百長に関わっていた者がいたと暴露した。そのうちの二人、いずれも投手の与田順欣《よだよりのぶ》と益田昭雄《ますだあきお》は関与を認めた。それからすぐに、他のチームの選手の八百長への関与についての報道も注目されはじめた。

結局十名の選手が永久追放され、五名が半シーズンの出場停止と報酬カットの処分を受けた。

ガイジン・コンプレックスと分岐点

日本滞在が十年になる直前、私は一つの分岐点に差しかかった。日本語を学び、EBで高給を稼げるいい仕事に就き、共同で製作した子供向けの語学プログラムは、会社の危機を救ったりもした。

このまま仕事をつづけ、出世することも可能だった。が、去るべきときが訪れていることも感じていた。正直言って、堅苦しいオフィスの雰囲気や延々と終わることのない会議など、日本の企業文化にはうんざりしていた（もっとも、シカゴのEB本社からやって来た幹部が示すアメリカの企業文化も、私の性分に合わなかった。彼らは教育の価値や人類への貢献について偉そうに説教する。が、本音は金儲けが何よりも大事なのだった）。そのうえ東京でガイジンとして生活すること、ガイジンという言葉に伴って起こるあれやこれやの出来事に、すっかり疲れ果てていた。

東京でガイジンとして経験することには、いい面と悪い面があった。

英語は国際的な言語であるため、東京のひとびとは英語を学び、外国人と会話したがっていた。そのいい面の一つは、バーなどで彼らが喜んで酒を奢《おご》ってくれることだった。ガイジンでなければ近寄れないような高級レストランやナイトクラブにも、英語の練習をしたいからという理由で招かれたりもした。ある種の日本人にとってガイジンの友達がいることは、英語が話せ、時流に乗っているカッコいい人物であることを意味するステータスでもあった。そのため、東京には英会話学校がたくさんあった。駅のホームに立っているだけで、ひとびとが近寄ってきて話しかけられた。あるときは熱海《あたみ》へ行くつもりの新幹線のなかである男から話しかけられ、自分の静岡の家に泊まりに来るよう言われ、列車から引っぱりおろされるようなこともあった。彼の妻が私に夕食をだし、翌朝は彼が私を周囲の観光に連れまわし、松林や富士山《ふじさん》を背景に私の写真を撮ったり……と、〝おもてなし〟の連続だった。

逆に短所は、同じ質問に何度も答えることを強制されることだった。何度も、何度も、何度も。どこから来ましたか？　日本にはどのくらいいるんですか？　お箸を使えますか？　日本人をどう思いますか？　日本語を話せますか？　そして、会話の糸口として、似たような馬鹿げた発言を聞かされつづけた。たとえば、日本は四季がありますからね、独特《ユニーク》でしょ……などなど。日本語に堪能《たんのう》なことが相手にわかると、〝おー〟とか〝あー〟などと声を張りあげて思いっきり感心され、まるでアシカの曲芸や動物園のパンダを見るように驚かれ、珍しがられるのが常だった。さらに悪い面は、日本人の多くが、日本語を話す外国人とうまく接することができないことだった。レストランなどに入って日本語で注文し始めると、困惑した給仕係が謝って「すみません、英語がわかりません」と言われることも日常茶飯事だった。日本人が「私はガイジンと接するのが得意ではない」と言うのを聞いたこともあった。

「私は日本人女性が外国人男性と結婚することを支持する。それで日本中の娼婦や雌犬が一掃されるからね。それにガイジンも……」と実際に口にした日本のビジネスマンがいたことも、私は知っている。

多くの日本人は、英語学習の手助け以外のことを、ガイジンには何も期待していなかった。日本人は外国人が日本語を話したり、箸の使い方を知っていたり、日本社会の一員になることなど期待していなかったのだ。ガイジンは、社会に存在する小さな隙間《ニッチ》だけでの存在が許されているのだった。そして、その役割を常に全うすべきであり、そうすることにはいい面もあった。ドナルド・リチーが言うとおり、ガイジンは「統一と自由の国」にいた。つまり、ある程度の範囲内でならば、自国では罪になって制裁を受けるようなことでも、気にせず何でも好きなことを自由に行うことができた。彼の出版した日記によれば、夜の上野《うえの》公園で見知らぬ人にフェラチオをさせることなども自由だと言う。そんな大胆な一人にはなれないにもかかわらず、日本に居つづけたいと思うガイジンに対しては、少々〝変なガイジン〟だと考える日本人もいた。外国人には日本文化を絶対に理解できない。外国人は絶対に日本に馴染むことはできない。なのにいったいなぜ、日本に長期滞在したい外国人がいるのか？　きっと彼らは何の才能もない怠け者で、自国に帰っても何もやっていけないのではないか？　だから、英語を教えることで日本人を食い物にしながら楽な生活ができる日本にいるのに違いない……。

　実際、その考え方には真実もふくまれていた。多くの外国人が、そのように考えていたことも事実だった。日本は詐欺師が獲物を見つけやすい場所だった。外国人が麻薬の密売人か、小児性愛者《ペドフィリア》か、宇宙物理学者か、そのいずれかであっても、日本人には見分けがつかなかった。それは言語と文化の障壁があるためだった。ある外国人のＩＱが百八十四か八十四か、日本人には見分けられない。その結果、アメリカや他の国々からあらゆるタイプの変人たちが東京に大集合していた。

　ＥＢで同僚だったミシガン大学出身のドワイト・スペンサーは、日本を脱出して〝本物の世界《リアル・ワールド》〟に戻り〝本物の人生《リアル・ライフ》〟をはじめることが待ちきれなかった。

「日本は年をとってから来るべき場所だ」と彼はいつも言っていた。「本物の世界《リアル・ワールド》である母国のどこかで本物の人生《リアル・ライフ》を生きたあとに。ここは、アイデアやエネルギーにあふれるアメリカの若者が無駄に月日を過ごす場所じゃない」

　ドワイトは、日本語をけっして学ぼうとしなかった。日本を理解するのに、日本語を学ぶ必要などない、というのが彼の持論だった。実際に日本語を学び、漢字が読めるようになることは、日本を理解する邪魔にしかならない、とも彼は言い張った。それは、気取り屋や、俗物《スノッブ》や、頑固者、そして言語を学ぶ気のない怠け者たちがよく振りかざす屁理屈《へりくつ》でもあった。それは、もっともらしく聞こえるだけで、本当はじつに馬鹿げた言い訳だった。

ドワイトはアメリカに帰ったあと、酒の飲み過ぎで亡くなった。

それらすべてを考慮したうえで、十年目の区切りに私は東京を引き払い、ニューヨークに引っ越した。自分に何ができるかを試そうと決心をしたのだ。私は三十歳になっていた。マンハッタンに腰を落ち着ける前に世界中を旅し、数年生き延びるだけの十分な蓄えもあった。

私は十年間アメリカでの生活から離れ、アメリカの激動の歴史を遠くから傍観していた。一九六九年七月二十一日の歴史上初の月面着陸を、私は銀座《ぎんざ》のソニービルのショーウィンドウで見た。そのアメリカ人の出来事を、畏敬《いけい》の念で見つめる日本人が周囲に大勢いた。当時の他の出来事――ベトナム戦争、マーティン・ルーサー・キングやロバート・ケネディの暗殺、チャパキディック事件［ロバートの弟エドワード・ケネディが不倫相手の女性を乗せて飲酒運転で事故を起こし、大統領選挙立候補への道を閉ざされた事件］、女性解放運動、カウンターカルチャーの台頭、若者たちの座り込みの抗議、デモ行進、ピープルパワー、フラワーパワー、サイケデリック・ミュージック、〝ターンオン、チューンイン、ドロップアウト〟［幻覚剤による異次元体験を研究した心理学者ティモシー・リアリーの言葉］、ウッドストック［一九六九年八月十五～十七日、ニューヨーク州サリバン郡ベセルで開かれた、ロックを中心とした大規模な野外コンサート。約四十万人を集め、カウンターカルチャーの象徴となった］、グレイトフル・デッド［一九六五年に結成された五～七名でメンバーが変化したアメリカのロックバンド］、チャールズ・マンソン［ハリウッド女優の殺人事件などにも関与した狂信的カルト集団の指導者］、ジャニス・ジョプリンとジミ・ヘンドリックスの死［どちらも大人気を誇った女性ロック歌手とロック・ギタリストだったが、二十七歳の若さで死亡］……などを、五千マイルも離れた土地から見守った。

私はレッド・ツェッペリン［六〇年代後半から七〇年代に大人気となったイギリスのハードロック・バンド］のファースト・アルバムも聴き逃していた。第三回スーパーボウルでニューヨーク・ジェッツがボルチモア・コルツに勝ち、その試合で大活躍したジョー・ネイマス［端整なマスクで絶大な人気を博したクォーター・バック＝司令塔のプロ・フットボール選手］がMVPに輝いたのも、地球環境を考える第一回アースデイも、一九六九年に起きたサンタバーバラでの石油流出事故も、ハーバード大学で三百人もの学生が管理棟を占拠した事件も……。

当時の一般的な国際ニュースは、フィルムでアメリカから日本に運ばれ、テレビで放送されるまで二十四時間かかった。衛星による画像通信は滅多に使われなかった。ケーブルテレビも、インターネットも、電子メールも、ファックスも、まだ存在せず、速度の速い情報通信手段としては、APやUPIなどの通信社や〈タイム〉や〈ニューズウィーク〉といった雑誌社が使っていたテレタイプ・システム［有線または無線の回線を利用して文字を送る電動機械式のタイプライター］しかなかった。それは今から思うと高価なくせにポンコツとしか言えないようなシロモノだった。しかもアメリカの雑誌は、主要なホテルや銀座のイエナや新宿の紀伊國屋《きのくにや》といった洋書を扱う書店に行かなければ手に入らなかった。国際電話は高価で、繋がるまでに長時間かかることが多かった。携帯電話も存在せず、ひとびとはまだ電報を使うことが多かった。

私は、国際的な出来事を日本のフィルターを通して眺めていた。ベトナム戦争について、私は当初は賛成し、その後反対するようになった。そのどちらも、完全にアメリカから離れた場所からの意見だったが、日本人にとってベトナム戦争は、戦争や帝国主義の邪悪さについてアメリカ人に説教する格好の材料であり、政治家の暗殺やアメリカ国内での銃への病的なまでの依存、アメリカ文化の野蛮さなどを嘆いてみせる絶好のチャンスでもあった。そういったことを指摘するとき、日本の批評家たちはハラキリや自らの侵略戦争など、自国の暴力的で野蛮な過去の歴史を都合よく忘れ去っていた。

アメリカ国内ではあまり知られていなかったことだが、一九六〇年代後半は東京と日本全体が経済や社会の激動期を迎え、日本文化が大きく変貌《へんぼう》を見せていた時期だった。そのためテレビ局にとっては、夜のニュースで流す情報は国内のニュース素材だけで十分な量があった。

一九六〇年代には警視庁が革新的な左翼学生を鎮圧した際に女子学生が死亡し、リーダーたちが次つぎと逮捕された。政治と野球の両方で「黒い霧」と呼ばれるスキャンダルが発生し、一九七〇年には三島由紀夫《みしまゆきお》が儀式的とも言える割腹自殺を遂げ、左翼活動家たちの鎮圧は一九七二年二月に軽井沢《かるいざわ》の浅間《あさま》山荘を舞台にした連合赤軍と機動隊のドラマチックな銃撃戦で最高潮に達した。

その鎮圧作戦の最終日の月曜日には、公共放送のＮＨＫが午前九時四十分から午後八時二十分までカラー放送で生中継し、平均視聴率は五〇％、民放と合わせた瞬間最高視聴率は八九・七％を記録。その戦闘の様子は、一九六四年東京オリンピックで女子バレーチームが金メダルを獲得した決勝戦の最後の瞬間と同じくらい多くのひとびとが〝観戦〟した。それは事件と同じ月に札幌《さっぽろ》で開催された冬季オリンピックの視聴率をはるかに上まわるものだった。

私もその視聴者のひとりとして、狭いアパートの一室で一日中テレビに釘《くぎ》づけになって座っていた。向かいのレストランからチキンカツを注文し、いま私が見ている画面に現れている日本の若者たちと、現代日本の若者たちは非常に温和《おとな》しいという一般的な批評が、どのように結びつくのかを理解しようと思いながら、私は魅せられたように画面を見つづけた。それは『巨人の星』を除き、私がそれまでに見た日本のテレビ番組のなかで桁《けた》外れに面白いものだった。

当時、その事件と同類の事件が他にも起こった。日本赤軍によるいくつかのハイジャック事件、ＰＬＯ［当時の名称はパレスチナ解放人民戦線。現在はパレスチナ解放機構］から勧誘された三人の日本赤軍の兵士が、テルアビブのロッド空港到着ロビーで、ヴァイオリン・ケースに隠し持っていたライフル銃を取り出して乱射。二十六名を殺害し八十名以上が負傷した事件。それらの事件とともに、浅間山荘事件は日本での左翼活動の人気を一気に落とすきっかけとなったのだった。

本題に戻ろう。地球の裏側にいた十年間は、じつに長い時間だった。その間に私自身も徐々に変化し、その変わり果てた私の姿を、私自身が気に入らなかった。

私は、奇妙な社交術とでも言うべきものを身につけてしまった。日本人とどのように話せばいいのか、という技術に熟達したのだ。「音楽は好きですか？」という質問とともに、プロ野球のジャイアンツの話題は、常に格好の会話の糸口として利用できた。が、同時に私は、アメリカ人との会話がうまくできなくなってきていることに気づきはじめた。東京人との日常会話では、常に日本語を会話の端々に挟むようになった。「すごい」「しょうがない」「まいった」……といった言葉を思わず口にすることで、私は自分で気づかないうちに、日本に慣れていない外国人を戸惑わせることになった。さらに電話で話しながらお辞儀をしたり、何を言うべきかを考えながら、その場の空気を気にしてみたり、夕食時に相手のグラスにビールを注ぐことなど、日本の独特な仕草がいつのまにか身についてしまった。

　それらの私の言葉や態度は、シカゴから東京にやって来たEBの幹部たちのように、来日したばかりのアメリカ人を驚かせ、戸惑わせてしまうことに気づいた。ときどき私は、上役たちが忙しいときなどに、彼らの相手をするよう命じられた。彼らは私の話にまったく興味を示さなかった。自民党や巨人や日本の株価指数などの話を振っても、ぽかんとした表情を返されるだけだった。

　私は、EBの役員で東京を訪問中のヒューバート・ハンフリー〔ジョンソン大統領時の副大統領〕に、読売ジャイアンツの試合を見たいかと訊いたこともあった。彼は、私の言葉を完全に無視して、首相に会ったりするので忙しいと冷たく答えた。

　アメリカ人たちが日本に長く住む同胞をどう思うのか、ということを私は知っていた。きっと彼らは、〝Gone native〟と言うだろう。〝現地化《ゴーン・ネイティヴ》〟してしまったな……と、彼らは頭を振りながら言うのだ。まるで終身刑で監獄に入ってしまった囚人を見るように。本物の世界《リアル・ワールド》に戻ったらやっていけない、惨めな囚人……。何という無駄な人生……。

別の面でも私は限界に達していた。徐々に自堕落な生活を送るようになり、毎晩真夜中にヨレヨレのスーツを着て酔っ払い、千鳥足で家に帰ってきた。しかも毎晩違う若い女性と腕をからませて。私は、新宿中のすべてのバーと東中野のすべてのひとびとを知っていた。一日に六十本の煙草を吸い、かつては自分の健康や体力を誇っていたのに、いまや体形は崩れ、髪はヒッピーのように長かった。朝、手が震えてコーヒーカップが持てないこともあった。朝食がわりにリポビタンD——それはレッドブルの先駆けと言える日本で人気のエナジードリンクだった——を、新宿への出勤のために階段を駆けあがる際、駅のキヨスクで買って飲んだ。昼間は何の理由もなく、急に怒りの発作に襲われたりもした。歌舞伎町のバーで憂鬱《ゆううつ》な気分に襲われたというだけの理由で、両手でビールのグラスを割ったこともあった。

半分酔っ払った状態で真夜中に目を覚ますと、外の通りで私の名前を叫ぶ声が聞こえた。ジローか彼のヤクザ仲間が私を外に呼びだし、夜中の二時から一緒に飲もうというのだ。私は、ときにはその誘いに応じて寝床から這《は》いだし、一緒に飲みに出かけたりもした。真夜中に外から呼ぶ声が、女性のときもあった。それは、住吉会が私に紹介したさまざまな女性たちだった。ある夜、ふたりの若い女性が道路に立っていたこともあった。蒸し暑い夏の夜に挑発的な服装で。化粧の濃い彼女たちは近所の病院の看護婦で、住吉会が所有する通りの先の小さなバーで小遣い稼ぎのアルバイトをしていた。二人は私の名前を呼びつづけた。

「ボーブ、ボーブ、ボーブさん、ボーブー」

私は寝床から這いでて、窓を開けて静かにするよう手でふたりに合図した。

彼女たちは私の顔を見るなり大喜びして飛び跳ね、階段を駆けあがってきて間違えて隣の部屋のドアを開けてしまった。そこではドイツ人とスイス人の株式トレーダーたちが、夜中のポーカーゲームに熱中していた。その結果、つまらないことが起きた。トレーダーたちは気にしなかったが、同席していた彼らの恋人たちが怒りだし、不愉快な怒鳴り合いが延々とつづいた。

その看護婦たちは、私に届け物を持って来たのだった。私が通りの先のバーに忘れたものだった。本かライターか、何だったかは忘れたが、完全な素面ではなかった日本人の若い女の子たちは、まったくお節介なことに、午前二時に私の部屋の窓の下に立って大声で私の名前を叫ぶことにしたのだった。

もちろん私は恥ずかしかった。隣室の連中たちから散々非難の言葉を投げつけられ、すぐに立ち去った看護婦たちも同じ様子だった。それは大家も同じで、翌朝階段の登り口で私を呼び止め、遠まわしの皮肉を投げかけられた。「ホワイティングさん、夜はよくご活躍でいらっしゃいますのね」それは、どこかよそに住んだほうがいいと思うから、いつ引っ越せるのか？　という意味だった。

私は大家に、ＥＢで割引価格で購入した百科事典のセットを渡して謝った。しかしプレゼントには〝お返し〟が付き物の〝互恵関係〟が基本である日本社会では、私からの贈り物は彼女からの返礼として巨大な籠《かご》に入った果物を贈られる結果となった。しかもそれは、私が百科事典を渡してから十二時間も経たないうちに届けられた。おまけにそれは、腐らせる前に私ひとりでは食べきれないほどの量だった。そこで私は夜の闇に紛れてこっそりと果物を持ち出し、住吉会の友人たちに届けたのだった。そのとき私は、看護婦たちにも何か贈るべきか……とも思った。しかし、どうせ読めない百科事典をあと二セット買っても仕方ない……。

そんなことをぼんやり考えながら、とにかく、いまは何か変化を起こさなければならないときだと気づいた。

ボーリュー神父の言葉を思い出した。「この国に居つづけたら、自分を見失ってしまうでしょう。時間を無駄にしてはいけません。母国に帰り、自分の人生を築きなさい」

ジェームズ・ミッチェナーの言葉も思い出した。「男は四十歳になるまでに、自分の人生で何を為《な》すべきかを認識し、具体化しなければならない」

そして私は旅立った。それには、まだ仕事の処理などがあって、あと一年半もかかったのだが、とにかく私は日本を離れたのだった。

第七章　ニューヨークから東京へ

アメリカでは多くのことが様変わりしていた。私がアメリカを去ったのは一九六二年。当時はみんなボタンダウンのシャツを着て、コニー・フランシスやエルヴィス・プレスリーの音楽を聴いていた。十年後、ニューヨークに引っ越したときは、男性のファッションは長髪と髭《ひげ》、ベルボトムのジーンズ。音楽はポール・サイモン（『僕のコダクローム』）、カーリー・サイモン（『うつろな愛』）、マーヴィン・ゲイ（『レッツ・ゲット・イット・オン』）が、どこでも流れていた。誰もが、ラム・ダス〔一九三一年生まれ。元ハーバード大学心理学教授。六〇年代にインドへ赴きスピリチュアルな体験を積み、愛を説いた著述家〕の『ビー・ヒア・ナウ——心の扉をひらく本』（平河出版社）を読み、自分の思うままにやれ、と説教していた。一九七三年のテレビの人気番組はウォーターゲート事件の公聴会だった。

私はエンサイクロペディア・ブリタニカとグロリエから連続して売りだされた子供向けの語学教材を二つ共同制作したこと以外、特に何もやり遂げたことはなく、日本語を辛うじて話せるほかにはさしたる技能も持ち合わせていない、ただの三十男だった。銀行口座には、数年生き延びることができる程度の蓄えがあった。というわけで、私はセントラルパークに近い、アメリカ自然史博物館から角を曲がってすぐの西八十二丁目に部屋を借りた。エレベーターのないビルの四階のワンルームのアパートで、冷暖房完備、模造煉瓦《れんが》の暖炉と四口のコンロと冷蔵庫がついていた。家賃はひと月二百四十ドル。

私にとってマンハッタンは、東京と正反対の街だった。そこは『ティファニーで朝食を』の映画に描かれている街ではなく、『真夜中のカーボーイ』に描かれた街だった。

マンハッタンは汚かった。ゴミが至る所に散乱し、犬の糞《ふん》が路上に転がっていた。タクシーはまるで走るゴミバケツだった。地下鉄は薄暗く、汚く、駅の構内放送は聞き取りにくく、表示板は汚れていて読めなかった。

どこにも乞食《こじき》がいて、彼らの多くは慈悲を乞うのではなく、金を要求していた。ミッドタウンの通りの歩行者を捕まえ、恐ろしい目で睨《にら》みつけ、施しを強要していた。

犯罪も多かった。ちょうど映画『タクシードライバー』に描かれた時代で、タイムズスクエアはどん底の掃き溜《だ》めだった。警察の統計によれば、ニューヨークでは一年に二千件の殺人事件があった。年間九万件以上の強盗事件が発生し、そのうち二千件は四十二丁目の七番街から八番街の間で起きた。そこでは街娼《がいしょう》と麻薬密売人がおおっぴらに商売をし、配達作業員はたった五分間でも自転車を置いた場所から離れるのを恐れた。彼らは自転車を降りて配達するたびに、自転車に南京錠《なんきん》を巻きつけ、タイヤを外して持ち歩かなければならなかった。

ニューヨークを訪れたひとは、ミッドタウンから出ないよう忠告された。どんなことがあっても地下鉄に乗るのは危険だった。どの場所であれ、午後六時を過ぎたら外を歩いてはならなかった。アッパーウエストサイドの住民は、初めてニューヨークにやって来た者に対して、夜にブロードウェイの特定のエリアを歩くときは、歩道の車道側を歩くよう忠告した。建物に近い側を歩くと、強盗に暗い戸口へ引きずり込まれるおそれがあるからだった。

ある日の午後に、八十一丁目とセントラルパークの西側が交差する角にあったスペイン系の酒屋の店先で雨宿りをしていると、とつぜん私の前に立っていた若いヒスパニック系の男が折り畳み式ナイフをポケットから取り出して開き、彼の前にいた別の若いヒスパニック系の男の背中を刺し、そして引き抜いて逃げ去った。それは明らかに女がらみの喧嘩《けんか》だった。酒屋の店主もそう言っていた。数日後には、通りを北に上がった先のスーパー〈ゼイバーズ〉の肉屋が、昼日中ショットガンを持った二人の男に襲われた。私がニューヨークに来た最初の年には、巨大なハンマーを使って友人のアパートの壁を壊し、財布を盗み出そうとした泥棒までいた。

一九七四年にチャールズ・ブロンソンの映画『狼よさらば』を観にタイムズスクエアのロウズ・シアターに行ったことは忘れられない。この映画は、妻を殺し娘をレイプした三人の強盗に復讐《ふくしゅう》しようとするニューヨークの自警団の話だった。ブロンソンが彼の.39スミス・アンド・ウェッソンで敵に発砲するたびに、観客は椅子から立ちあがって両手を振りあげ、大歓声をあげた。

菊とバット

ニューヨークには、東京で知り合った友人が何人かいた。彼らは私と同じアッパーウエストサイド界隈《かいわい》に住んでいた。ドワイト・スペンサーは、EBの同僚で共同制作者。東中野でも近所に住んでいた。ミシガン大学出身の天才で、日本を理解する一番の方法は日本語を学ばないことだと考えていた男だった。彼は、妻のマリーと一緒に住んでいた。同じくEBの同僚だったマリー・アン・ミラーも近所に住んでいた。彼女は百五丁目リバーサイド・ドライブのハドソン川を望むアパートの十階で、日本語に堪能《たんのう》な彼女の夫のデールとは別居していた。デールはコロンバス・アヴェニューからすぐの七十七丁目のアパートの一階の、暗い廊下の奥の部屋に住んでいた。

私たちは、有能な若者たちが大勢集まる酒場の〈ティーチャーズ〉や、ブロードウェイを北に上がったところにある眩《まぶ》しいくらい明るい店の〈マーヴィン・ガーデンズ〉によく集まった。〈ティーチャーズ〉は、ブロードウェイに面したスーパー〈ゼイバーズ〉の近くにある薄暗い店で、八十二丁目とブロードウェイの交差点にある〈マーヴィン・ガーデンズ〉は、女性の性器のように見える大きな藁《わら》のオブジェがバーのカウンターの上に飾られているので有名だった（おそらく日本では、そんなものを目に見えるど真ん中に飾っておくのは違法だっただろう）。

「これは何?」とある日一緒に飲んでいたデヴィッド・シャピーロという名の男が聞いた。「いったいこれは、何なんだ？」

女性のバーテンダーが答えた。「みんなは女性器《カント》だと言ってるわ」

「嘘だろ？」

「あなたのほうが詳しいんじゃない？　私はそんなところを鏡でのぞき込んだりしないから……」

私はニューヨークのひとびとに、東京のことを教えようとした。識字率の高さ（アメリカは七五％なのに、日本は九九％だった）、ひとびとの正直さ（現金一億円が入った鞄《かばん》が東京の道端で見つかり、見つけて拾ったひとが持ち主に返したこともあった）、チリひとつないタクシーや地下鉄などの清潔さ（日本人は風邪をひくとマスクをして他人に黴菌《ばいきん》をうつさないようにする）、日本人の勤勉さ（たとえば日本の大工は、ネジをきちんと片づけるために余分に働くことを厭《いと》わない）。私は日本の政治システムについても話した。自民党の派閥、労働組合、サラリーマン、ヤクザ、東京の酒場……。しかしニューヨーカーたちは、誰もそれほど関心を寄せなかった。ほとんどのひとたちは、礼儀上ある程度聞いてくれはしたが、そのあと欠伸《あくび》をして話題を変えたがった。

しかし日本の野球について話すときは、彼らも興味を示した。王貞治《おうさだはる》が真剣で〝バッティング練習〟をしていること、真冬の凍りつくような寒さのなかで始まる春のトレーニングや、ペナントレースを終えたあとの秋までキャンプで練習すること、千本ノック、試合前と試合後に長々とつづくミーティング、竹刀を使っての体罰、バットで尻《しり》を殴打する尻《ケツ》バット、ストライキをやらない宣言する組合、そしてガイジン選手に対する排外主義……などなど。ニューヨークに暮らすアメリカ人たちが、それらを信じるか信じないかはわからなかった。が、とにかく興味は示してくれた。

野球は、アメリカ人と日本人が共有するスポーツだ。そして、そこに日本人の国民性が垣間《かいま》見える、と私は説明した。和を重視することや真面目で真剣な努力が存在する一方、ガイジン選手を常に疑いの目で見る傾向があることなど、じっさい日本の野球に注目すればするほど、生活、社会、ビジネスなど、日本の他の領域への理解も進むように思えた。日本人の野球に対する少々風変わりなアプローチ――我々アメリカ人には、そうとしか思えない日本野球のやり方――を詳しく観察すればするほど、日本文化全体を見渡す窓が手に入るのだ。

ＥＢの元同僚でヒゲを生やしたドワイト・スペンサーは、私に本を書くべきだと提案してくれたひとりだった。日本の野球と、それがいかに日本社会全般を反映しているかについて、彼は私の話を何度も聞いて、興味を示してくれた。彼自身はデトロイト出身の元アイスホッケー選手で、野球など退屈でまったく理解できない競技で、時間の無駄だとしか考えていなかったにもかかわらず、彼は私に日本の野球についての本を書けと言ってくれた。

しかし本を書くといっても、ただ机に向かって書けばいいというものではない。当然のことだが、私はそう考えた。実際には本を書くというアイデアに、私は少々怖気《おじけ》づいていたのだ。それまでに何かまとまったものを書いたことも、まったくなかった。自分に本が書けるとも、とても思えなかった。それで私は、ぐずぐずと先延ばしにしつづけた。するととうとうスペンサーが、私に向かって本格的な説得をはじめた。

「ホワイティング。なるほど、君は本を書く能力が自分にはないというんだな。残念だ。それじゃあ、何か他の仕事を探さなきゃいけないな。タクシーの運転手なんてのはどうだ？」

私は、アッパーウエストサイドの他の仲間たちからも似たようなことを言われた。

「おまえは本を書く能力がない」と面と向かって何度も言われ、私は心の底からうんざりした。

「オーライ。サノバビッチ（わかったよ、この野郎）」とある夜、私は〈マーヴィン・ガーデンズ〉でスペンサーに言った。「俺が一年以内に本を仕あげられるかどうか、五百ドル賭《か》けよう」

「わかった」とスペンサーは言った。「その賭けに、乗った」

私はまずデパート〈サックス〉の向かいの五番街四十六丁目にある書店〈バーンズ・アンド・ノーブルズ〉に行き、ノンフィクションの書き方の本を買った。そして、それを繰り返し熟読した。

その本には、こう書かれていた。ルールその一。著者は本のテーマを一行で表現できなければならない。すべてはそこから数学的に（アルゴリズムで）順々に書くべきことが次つぎと導き出されてくるだろう。

オーケー。私の本のテーマは、「野球を通してわかる日本の国民性」である。そこからアルゴリズムの展開が始まる。

次は構成だ。こちらは〈マーヴィン・ガーデンズ〉でウエストサイドの仲間たちと一時間ほど作戦会議を開くと、驚くほど簡単に出来あがった。新たに近所に住むニューヨークの出版社の編集助手が二人、仲間に加わってくれた。監督《マネージャー》、選手《プレイヤー》、スーパースター、一匹狼、反逆者……などなど、日本野球を構成するひとびとの役割や振る舞いが、アメリカといかに異なっているかということに大部分を費やす。そしてそれらが日本の社会、職場や学校などに、どのような影響を与えているかを述べる。そして後のほうの章で、外国人、特にアメリカ人が、この特殊な枠組みにどう対処したら馴染《なじ》めるのか（仮に馴染めるとして）ということを記述する。

その後ろのほうの章には、少々詳しい説明が必要となるだろう。日本の高校や大学は、数百年におよぶ鎖国のあと、十九世紀中頃にアメリカ人の教師から野球を習った。その後、日本人は野球を自分自身のもの、武芸に基づく苛烈《かれつ》な集中力を伴うものに変質させた。日本の野球は、延々とつづく長時間の練習、特訓、精神の鍛練……それらに、集団の〝和〟の精神を組み合わせたものへと変質したのだ。そして、このようなモデルに基づく日本野球は、ときには国際試合でアメリカのアマチュアチームやプロチームを負かすこともできた。一九三五年に始まった日本のプロ野球は、工業化で先を行く欧米に追いつこうとする日本の決意の象徴となった。さらに第二次世界大戦で敗北したのち、ジャイアンツの王貞治選手がホームランを量産したことによって、日本の野球はアメリカやその他の野球の盛んな国で有名になり、日本野球での成功は世界の舞台で国家のプライドを取り戻す方策のひとつとなった。

このような象徴的な出来事がある一方で、日本のプロ野球リーグで最後のひと稼ぎを求める落ち目の元メジャーリーガーの存在があり、それが日米の対立の原因となった。ほとんどのアメリカ人は、日本流の訓練を馬鹿にした。たとえば日本のチームは、アメリカのチームよりも数週間も早くスプリング・キャンプを開始し、夜明けから夕暮れまでは球場で、それ以降も屋内に場所を変えて夜の練習まで行う。シーズン中も、試合前やオフの日や移動日さえ激しい練習を行う。ところがアメリカ人は、余裕を持った適度な準備を好み、練習や訓練をゆっくり始め、徐々にコンディションをピークに持っていけるよう、試合に向けてエネルギーを温存させる。

「俺はメジャーリーガーだから、俺自身のやり方がある」という発言を、〝ガイジン選手〟からよく聞いた。「海兵隊員の新兵訓練《ブート・キャンプ》みたいな身体がヘトヘトになるような特訓はまったく必要ない。そもそも野球は、タイミングと敏捷性《びんしょう》が問われるスポーツなんだから」

「日本人の野球のやりかたは狂っている」という発言もよく聞いた。

アメリカ人選手は、ただ日本で手っ取り早く金儲《もう》けをしようとしているだけのことだった。が、それはさておき、彼らを招く側にとっては、アメリカ人選手がいかに大きな身体で大きなホームランを打ったとしても、彼らの態度は基本的に怠け者で自分勝手であることの何よりの証拠にしか映らなかった。

そして日本的で純真な忍耐は、野球のやり方として最善のものであり、最後は絶対に勝利するという考え方は、日本人の道理にかなっているものだった。それは『巨人の星』の根源的なテーマでもあった。毎年勧誘されるガイジン選手のおよそ半数は成績不振のため次のシーズンにはクビになる。そのように多くのメジャーリーグの元スター選手たちが日本で成功できないという事実は、日本人の信念を確固たるものにした。

この問題に関しては、〝良いガイジン〟と〝悪いガイジン〟が存在することについても触れなければならない。良いガイジンは日本流のやり方に挑戦し、文句を言わず、球場で活躍する。そして同じチームの日本人スター選手以上の活躍をすることがないよう望まれ、その希望に添った活躍にとどめた。一方悪いガイジンとは、試合前の練習をサボるなど、アメリカ流のやり方を主張し、さらに日本人に与えられるべきタイトルを奪い取ってしまう醜い悪党とも言うべきアメリカ人のことだった。

あるコミッショナーの次のように語った言葉が印象に残っている。「外国人がエースになったりホームラン王になったりするのは、ちょっとおかしな状況といえますね。外国人はスターティング・メンバーの中心にでんと構えるのではなく、日本のチームを支える脇役に徹するべきでしょう」

彼は、外国人選手が中心になっているチームは観客の減少に悩まされている、とも指摘した。

この言葉には、ある種の象徴的な意味合いが含まれていた。それは、日本にやってきたガイジン野球選手の体験を少々誇張して表したものに違いなかった。野球選手以外でも、初めて来日したほぼすべてのガイジンは、乗り越えられない文化の違いに直面し、まず戸惑いを感じる。それと同時にガイジンと接した日本人も奇妙な違和感を覚える。コミッショナーの言葉は、この両者の戸惑いと違和感を、少しばかり誇張して表現したものと言うことができた。このように日本社会を観察し、日本社会に参加する方法を考えるうえで、野球ほど強力なレンズはなかった。だからこそ私の書く本は面白く、また価値があるものになると信じることができたのだった。

ガイジンと日本人が接触すると、最初は、まず物珍しさが支配する。が、その感覚が過ぎ去ったあとは、「なんて素晴らしいところだ」などと思っていたガイジンの気持ちは、「ここから早く脱出させてくれ」に変化し、同時に日本人側も、「外国人を雇ってよかった」という気持ちが、「なんという馬鹿な過ちを犯してしまったのだ」と変わるのだった。

私は次の数週間、ニューヨーク公共図書館に籠《こも》り、十九世紀末以降の日本の新聞を夢中で調べあげた。私の友人のひとりで山一證券の株式仲買人をしていたダイク・ナカムラは、週に何度かずつ〈日刊スポーツ〉と〈中日スポーツ〉を送ってくれた。

そして私は書き始めた。第一稿を仕上げるのに六か月かかった。その間、ビールとピザだけで過ごし、ようやく七万五千語の原稿が、ひとに見せられるものとしてできあがった。

私は勇気を振り絞って、作中で書いた登場人物のなかのひとりを探し出した。『巨人の星』にも登場人物のモデルとして登場するダリル・スペンサーである。彼は当時カンザス州ウィチタに住んでいて、国民野球会議《ナショナル・ベースボール・コングレス》というアマチュアやセミプロ球団のリーグに所属するクアーズ［アメリカのビール・メーカー］の野球チーム〝ウィチタ・ドリームライナーズ〟のコーチをしていた。スペンサーはメジャーリーグの内野手として、主にサンフランシスコ・ジャイアンツで十年間プレイし、ある程度の成功を収めたが、三十五歳のときにシンシナティ・レッズを解雇されたあと、日本の阪急ブレーブス［現在のオリックス・バファローズ］と契約し、そこで二度にわたって合計七年間プレイした。一度目は一九六四年から六八年まで。その後一九七一年と七二年の二年間、選手兼コーチとして日本に戻った。彼は、当時の外国人選手として最多となる通算百五十二本のホームランを放ち、阪急のパ・リーグでの四度の優勝に貢献するなど、日本の野球で大活躍した。

スペンサーはとても友好的だった。私が本を書いていて、彼がそのなかで重要な役まわりを演じていることを伝えたときは、とりわけ嬉《うれ》しそうだった。そこで私は彼に原稿のコピーを送り、数週間後私の書いた原稿について話し合うためにカンザスへ飛び、彼のもとを訪れた。スペンサーはウィチタ空港まで私を迎えに来てくれた。四十代で大柄の彼は陽に焼けていた。身長百九十センチの身体は、体重だけ日本に居た頃より二十キロほど増えていた。彼はクアーズの工場のカフェテリアに私を連れて行き、隅のテーブルに座った。彼はビールを巨大なピッチャーで頼み、本のコピーを取り出した。そこには鉛筆で印がしてあった。彼は字を読むためのメガネをかけると、笑いながら話しだした。

「じつは君に知っておいてほしいんだけど、一冊の本を最初から最後まで読み通したのは、これが生まれて初めてのことだよ」

「たぶん私も同じようなものですよ」と私は言いながら、北カリフォルニアでの子供時代に追いかけていた選手と向い合せに座っていることに、少しばかり畏敬《いけい》の念を感じた。「メジャーリーガーに直接お会いするのはあなたが初めてです」

彼がかなり面白い人物だということは、すぐにわかった。テープレコーダーのスイッチを押して彼に話をさせておけば、それだけで面白い記事ができあがるほどだった。

スペンサーは原稿を読み直したうえで、私の基本テーマを裏づけてくれたり、誤りを指摘してくれたりしながら、日本での経験を詳細に語ってくれた。彼の話は強烈で痛快だったが、強烈すぎて困惑してしまうようなところもあった。たとえば一九六五年八月に、外国人であるという理由から彼がホームラン王になるのを阻止しようとする圧力が働いた。私はそのエピソードを原稿に書いていた。

彼の日本での二年目のシーズン、ホームラン数で三十二本対二十五本と南海ホークス［現在の福岡ソフトバンクホークス］のスター捕手野村克也《のむらかつや》をリードし、スペンサーは過去に外国人選手が取ったことのないタイトルにあと一歩というところまで近づいていた。ところが彼のチームの打撃コーチが、とつぜん首位打者を目標とするように言い出した。なぜなら相手チームのピッチャーが外国人にホームラン王を取らせようとはしないからだという。

「ああ。本当におかしな話なんだけど」と彼は言った。「そのころから敬遠されるようになった。あるときのダブルヘッダーでは、八回連続で敬遠された。バットを上下逆さまに持って打席に入ったりもしたけど、それでも敬遠だ。信じられるか？」

私はスペンサーに、持ってきた新聞の切り抜きを見せた。その記事では日本の一流《トップ》ピッチャーの小山正明《こやままさあき》が、その敬遠について解説していた。

「どうして外国人にタイトルを奪われなきゃいかんのだ」と小山は語っていた。「われわれ投手が誰かにタイトルを与えなければならないとしたなら、それは日本人に決まっている」

「その記事を読んだことは覚えているよ」とスペンサーは言った。「それを読むまでは、小山を素晴らしいピッチャーだと思っていた。けど、それは本当にマイナーリーグの言い草だ。それからあとは、すっかりやる気をなくしてしまった。リーグのなかの三チームが、俺と勝負するのを拒否した。いや正確に言っておこう。俺に敬遠攻めをしたのは二チームだ。監督は仕返しをしようと言ってくれた。しかし、私はそれには乗らなかった」

スペンサーはそのシーズンに十一試合を残してバイク事故で脚を折った。結局スペンサーのホームランは三十八本で、九月のシーズン終了時点でトップになった野村克也より四本少なく、ホームラン競争では二位に終わった。

そのころには日本のことがよくわかってきた、と彼は言った。

「日本を理解するためのカギは……」と言いながら、スペンサーは言わなくてもわかっているだろうと言いたげな笑みを浮かべた。「後ろ向きに考えることだ。単純に、アメリカとは正反対の考え方をすればいいだけのことだ」

「たとえば……誰とも議論をしてはいけない。日本人は何かにつけ対立するのが嫌いだからね。アメリカ人のピッチャーが思い切りストライクを投げ込もうとするようなケースでは、日本人投手はボール球を投げるコースを探す。そして、ダブルプレイを阻止するための激しいスライディングなどはやらないこと。相手の野手に怪我をさせるかもしれないからね。そんな日本人の考え方と真逆のことをしたからね。俺は常にトラブルに巻き込まれた。彼らは俺のことを〝怪物〟と呼んでいたよ」

〝怪物〟とは、体格の違いも考え合わせると、うまい表現だった。百九十センチ、九十キロのスペンサーが、ランナーとしてパ・リーグの二塁手に向けて高速のスライディングでぶつかってゆく姿は、アメリカンフットボールで最高峰のNFLのグリーンベイ・パッカーズ［ウィスコンシン州グリーンベイのプロ・フットボールチームで過去十三回のNFL優勝は、史上最多］のフルバックが、少年チーム相手に攻め込んでいるようにも見えた。

「それに」と彼はつづけた。「チームメイトをからかってはいけない。彼らに向かってふざけたいたずらをしてはいけない。冗談が通じないからね。そしてチームの会議には早めに行くこと。試合前の練習ではベストを尽くすこと。ベンチでは騒ぐな。チームの和を乱すな。日本人にタイトルを取らせて、日本人に栄誉を譲れ……」

「あなたは、日本の野球の試合をどのように評価しますか？」

「金を払っても観たいバッターはいるよ。王と長嶋《ながしま》だけだけどね。でも、金を払っても見たい投手は、江夏《えなつ》とか……他にもたくさんいたよ。でも、俺はほとんどの投手の球を打ってきた。ただ、コーファックスとドライスデールの投げる球だけは、どうしても一度も打つことができなかった［二人とも一九六〇年代に大活躍したドジャースのエース投手］。それでも俺は、日本でスター選手になることができた。そこが日本の野球とアメリカ野球との違いだよ」

私はニューヨークに舞い戻り、第二稿に取りかかった。毎日の日課を規則正しく繰り返した。朝起きて、歩道のところどころに落ちている犬の糞《ふん》を避《よ》けながらブロードウェイ沿いのピザ屋の〈レイズ〉に行って朝食をとる。そして、八十三丁目にある映画館〈ロウズ〉や八十九丁目とブロードウェイの交差点にある〈ザ・ニューヨーカー〉、九十四丁目と九十五丁目のあいだのブロードウェイ沿いの小さな映画館〈タリア〉などで、朝の上映を見る。ときには七十二丁目とブロードウェイの交差点の〈ザ・エンバシー〉や、西六十八丁目とブロードウェイの交差点の〈ザ・リージェンシー〉に行くこともあった。それから部屋に戻り、午後三時から午後九時まで作業にかかった。そのあとは原稿を手にして、八十二丁目とコロンバス・アヴェニューの角の大衆的なアイリッシュパブ〈マクレーズ〉に向かうこともあった。近所の住民や、酔っ払い、社会福祉給付金の受給者など、雑多なひとびとが大勢立ち寄るその店で、私はその日に書いた原稿を読み直した。

あるとき、奥のテーブルに座ってビールを飲み、マルボロを吸いながら薄明りの下である章の原稿に取りかかっていると、ひときわずんぐりした体つきで、明らかにアルコールのためにおかしな表情をしている年齢不詳の女性が目についた。彼女はトイレの前の公衆電話に十セント硬貨を入れ、おもむろに足を広げてダイアルをまわしながら床にオシッコを垂れ流した。

そんな街で執筆生活を繰り返すなかで、私は、友人から誘われた夕食や国内旅行、その他の付合いをすべて断った。友人は私がまだ生きているかどうかを確認するため、定期的に私のもとを訪れた。冷蔵庫にはサラミとマスタード、そしてパンの塊を除き、何も入っていなかった。同じジーンズと薄汚れたスポーツコートを着つづけ、世捨て人のような暮らしをしていると、友人たちは私を非難した。が、私はただ集中していただけだった。唯一の気晴らしは、ウォーターゲート事件に関する議会の公聴会の様子を、部屋にあったモトローラ社製の白黒テレビで観ることだった。

週末には、日本を発《た》つ数か月前に出会った恋人の眞智子が飛行機で訪ねて来た。のちに私の妻となる彼女は、クリーヴランドで福祉学の修士号を取るために勉強中だった（その後、彼女は国連難民高等弁務官事務所でキャリアを積むことになる）。私が彼女を好きな理由は山ほどあったが、そのなかのひとつは彼女が無類の読書好きだったことだ。私がこれまでに出逢《であ》った女性は、鏡を見て化粧を直してばかりいた。そんな女性と正反対の眞智子は、タイプを打つこともできたので、最終稿の作成を手伝ってくれた。

一九七四年の秋、とうとう原稿が完成した。出版社に勤める友人の助けも借りて、私は、十万語《ワード》の原稿のセールスを開始した。

まずブロードウェイ沿いの文房具屋で一枚一枚コピーを取り、それを抱えてニューヨークの有名な出版社のランダムハウスに向かった。そこで編集者ラリー・ロリマーに初めて自己紹介した（原稿をコンピュータで書いて電子メールで送るという手段が誕生する数十年前のことだ）。

ロリマーは一か月後に電話を寄越《よこ》し、気に入ったので販売部門の承認を求めると言ってくれた。

そして私は、手付金の一万ドルを受け取ることになるだろうとも言ってくれた。

「おめでとう、ボブ！」と彼は言った。「自分を誇りに思いたまえ。初めての挑戦で成功したんだから」

そして六週間後、彼が電話をかけてきた。「申し訳ない。販売部門に却下されてしまった。昨今の不況で、今はコスト削減が最優先と言うんだ。だからリスクのある新しいプロジェクトには乗り出せない。悪いけど、来年もう一度送ってきてよ」

こうして二か月以上を無駄にしてしまった。私は時間を節約するために、みんながやるなということに手をつけた。原稿を六部コピーし、それらを複数の出版社に送ったのだ。サイモン＆シュスター、ダブルデイ、トーマス・クロウェル、ハーコート、ブレース・ジョヴァノヴィッチ、マグロウヒル、ホートン・ミフリン。しかし、どこの出版社にも断られた。答えはいつも同じだった。

「申し訳ありません。この本は今シーズンの当社の出版スケジュールに合いません」

もっとわかりやすい英語に翻訳すれば、「お前の本は駄作で、売れるような市場なんてないな」ということだった。

そうして、私はコピーをあと六部つくり、六社に送った。結果は同じ。返事はすべてノーだった。私は、自分の本とその価値を信じていた。正しいことをしているという自信もあった。しかし、これほど多くの出版社——合計十三社連続で断られたのには、さすがに精神的ショックが大きかった。

ところが最後に、私は思いがけない幸運を引き当てた。ようやくツキがまわってきた。私は〈スポーツ《S》・イラストレイテッド《I》〉に原稿を持って行ったのだ。そこには、小さいが出版部門があり、そこで働く若い女性が私の原稿を読んでくれた。彼女は、当社は実際には書籍の出版は行っていないが、SI誌に私の原稿の抜粋を掲載したいと言ってくれたのだ。

それから彼女が口にしたことは、まさに青天の霹靂《へきれき》だった。

「あなたは本を出版するのに苦労しているようだけど……だったら、こうしてみるのはどうかな……。あなたが出版社を見つけるまで、私たちはこの原稿を保留にする。そしてこの原稿を見せる出版社の編集者には、SI社が最初の連載権を獲得したと言えばいい。そうすれば彼らは、きっと強い関心を示すはずです」

彼女は、ドッド・アンド・ミード社の社員の名前まで教えてくれて、連絡をするよう勧められた。それが金曜日のことだった。そして次の月曜日、私はドッド・アンド・ミード社から二千ドルの手付金を提示されたのだった。すべてはSIのおかげだった。

「SIを味方につけるとはうまいことやりましたね」と、そこの編集者ピーター・ウィードは言った。

うまいことでもなんでもなかった。ただただ、その若い女性の親切のおかげだったのだ。わざわざ私を助けなければならない義理などなかったうえに、私はライターとしての実績もなかった。それでも彼女は親切にしてくれたのだ。私はこの恩を忘れたことはない。ちなみに、その女性の名前はパトリシア・ライアンで、その後彼女は〈ピープル〉誌の初の女性編集長となった〔一九七四年〈タイム〉誌の「ピープル」というコーナーが独立する形で創刊された、全米で三百五十万部以上の発行部数を誇る雑誌〕。とにかく、人生は何が起こるかわからない、ということなのだろう。

私は春のキャンプが始まる二月、二か月間かけて追加の調査をするために、手付金を使って東京へ舞いもどった。東京で知り合い、ニューヨークでも仲良くしていた編集仲間のドワイト・スペンサーも、別の仕事で東京に用事があったため同行した。グロリエ社時代のコネを使って、私はセ・リーグの優勝チーム中日ドラゴンズの監督、ウォーリー・ヨナミネ（与那嶺要《よなみねかなめ》）を紹介してもらった。ヨナミネは私を、名古屋《なごや》でのキャンプに招待してくれた。ヨナミネはハワイ出身の日系二世。もともとはアメリカンフットボールのサンフランシスコ・フォーティナイナーズでランニングバックを務めていた。が、怪我のために引退を余儀なくされ、プロ野球に転向。一九五一年に読売巨人軍に入団し、戦後初の外国人選手となった。すべての日系二世は、第二次世界大戦時に裏切り者だったと考える日本のファンからは、「ヤンキー・ゴー・ホーム」とヤジられ、ジャイアンツのチームメイトたちは純粋な日本人だけが試合に出るべきだと考えていた。ヨナミネはそのような偏見に打ち勝ち、首位打者を三度獲得。オールスター戦にも何度も選ばれた。引退後の彼はコーチとなったあと、中日の監督となって、一九七四年にチームを優勝に導き、リーグ戦と日本シリーズでの読売ジャイアンツの連覇を九年連続で止めたのだった。

眼鏡をかけ、がっちりとした体格で信心深いカトリック教徒のヨナミネは、朝のミサに出たあと、チームが泊まるホテルを訪れた私に挨拶《あいさつ》をしてくれた。彼は親切の塊のような人物だった。キャンプの練習場まで私をクルマに乗せて送ってくれ、クラブハウスの選手やコーチたちに私を紹介してくれた。彼らは敬意を表して、深くお辞儀をしてくれた。いや私に対する敬意ではなく、監督がそのように仕向けてくれたに違いなかった。そんななかで、彼らのエース投手が遅れてやって来た。星野仙一《ほしのせんいち》という名の若き熱血漢で、ニューヨークからやって来た作家に協力してほしいという選手たちへの監督の願いを知らず、日本人男性のあいだで使う非常にくだけた挨拶を、「オオーッス」と一言低く怒鳴るように口にしてからこう言った。「お前は、何しにきたんだよぅ？」それは、いかにも彼らしい挨拶だった。

キャンプは瞠目《どうもく》すべきものだった。早朝から暗くなるまで、ヨナミネのもとで日本人コーチが選手たちに一連の特訓をさせている様子を、私はスタンドから観察した。ひっきりなしに罵声《ばせい》が飛び交った。

「馬鹿野郎！　いい加減にしろ。こんなこともできないのか！」

ドラゴンズのキャンプに来て数日後、ヨナミネはヤンキースの元三塁手で日本で選手としてのキヤリアを築いていたクリート・ボイヤーに電話をかけてくれた。ボイヤーは大洋ホエールズ［現在の横浜DeNAベイスターズ］の静岡市の草薙《くさなぎ》球場でのキャンプに参加していた。そこは名古屋から東京に戻る新幹線で約一時間のところだった。ヨナミネのおかげで、ボイヤーも私に彼自身の世界を垣間《かいま》見せてくれた（それは一九七五年二月のことだった）。

私は、三十二歳のまだ本を出したことのない作家だったが、ヨナミネが紹介してくれたおかげで、ボイヤーは静岡グランドホテルのロビーで私を待っていてくれた。百八十二センチ、八十三キロの大洋ホエールズのユニフォームを着たボイヤーは、誰よりも高くそびえ立っていた。

彼は私を、彼の監督、コーチ、選手仲間たちに紹介し、キャンプを案内してくれた。極寒のなかで行われる千本ノックの特訓など、少々サドマゾ的な練習も見せてくれた。

その夜、ボイヤーは私たちを海辺の魚介料理のレストランに招待してくれた。驚いたことに、その夜の終わりにボイヤーは、私たちに向かって、彼の東京広尾《ひろお》の高級マンションの部屋を好きに使っていいと申し出てくれた。トレーニング中やシーズン前のオープン戦のツアー中は、どうせ留守にして空いているのだから、と。

私は信じられなかった。私はまだ、クリート・ボイヤーと一緒に夕食を食べているという事実を受け止めるのに精いっぱいだった。なにしろ彼の選手仲間や飲み友達は、ミッキー・マントルであり、ビリー・マーチンであり、そしてホワイティ・フォードというアメリカの三大スーパースターなのだ！［三選手ともニューヨーク・ヤンキースで大活躍したスター選手］

そんな彼が、家まで貸してくれる？　いったい誰がそんなことをする？　と私は自問した。赤の他人に家のカギを渡す人がいるか？

「本気ですか？」と私は言った。

「ハハハ。だってそこは空っぽなんだぜ」と彼は言った。「誰かがあそこに住まなきゃならないのさ。それに、ウォーリーが君たちはいい奴らだって言ってた。ウォーリーが君たちのことを大丈夫だって言うなら、きっと大丈夫だ」

皮肉屋ならこの会話を、私がボイヤーの登場する本を書いているため、彼が私に取り入ろうとしたのだと解釈したに違いない。しかし私は、彼をSIのパトリシア・ライアンのように単に思いやりのある人物なのだと考えることにした。そして彼の素晴らしい申し出とそこでの便利な生活を考え、その招待を喜んで受けることにした。

スペンサーと私は、ブリタニカ時代に知り合いになったアーティストのカワムラコウイチが彼の妻のマチコと彼らの幼い娘と住む家に居候させてもらっていた。田園調布《でんえんちょうふ》の木造の小さな家で、私たちは居間の板の間に寝ていた。そこから都心まで電車で一時間はかかり、インタヴューなどの仕事にはきわめて不便だった。そのため、東京のド真ん中への引っ越しはきわめて有難かった。コウイチとマチコも厄介払いができてほっとしたに違いない。

私たちは、ボイヤーのマンションで一か月間暮らした。そこには真新しい野球道具がいっぱい詰まった箱の山や、冷凍のステーキやビールでいっぱいの冷蔵庫があった。

ボイヤーが手をまわしてくれていたおかげで、彼の知り合いが次からつぎへと訪ねてきた。彼らは私のインタヴューを受け、日本の野球について話してくれた。ホエールズの元監督の別当薫《べっとうかおる》、強打者の江《え》藤愼一《とうしんいち》、ボイヤーの秘蔵っ子で若く端整なショートの山下大輔《やましただいすけ》……などなど。

別当はある夜、夕食中にいきなり玄関のベルを鳴らした。私が玄関のドアを開けると、背が高く眼鏡を掛けた紳士が私に笑いかけた。

「別当です」と彼は言った。「大洋ホエールズの元監督です。クリートから、ここに来てあなたと話すように頼まれました」

そして彼は家に入ってきて食卓に座り、日本で監督をすることの責任について礼儀正しい日本語で説明してくれた。

彼が日本でも有数の著名人であることを、私はあとになって知った。別当はかつてのスター選手で、一シーズンに四十三本ものホームランを打った。ミス神戸《こうべ》と結婚し、二十シーズンも監督を務めた彼のあだ名は、〝球界の紳士《ジェントルマン》〟だった。

その彼が食卓の向かいに座り、日本のプロ野球について講義してくれたのだ。それはひとえに、クリート・ボイヤーが頼んでくれたおかげだった。

「監督の仕事は単なる野球に関することだけにとどまりません」と彼は言った。「選手の父親のような存在にならなければなりません。ホエールズの選手の結婚の世話までしたこともあります。選手の両親と話すためにわざわざ金沢《かなざわ》へ出向いたこともありました。年がら年中、休みのない仕事なのです」

彼へのインタヴューは、現実とは思えないほど素晴らしいひとときだった。

東京へ帰ってきたクリートは、ある晩パーティーを開いて東京中のガイジン選手を招待した。そのなかには、メジャーリーグで名を成した多くの選手がふくまれていた。ロジャー・レポーズ、ジム・ラフィーバー、チャーリー・マニエル、ジョン・シピン。ほかにも、先述の元中日ドラゴンズの外野手で強打者の江藤愼一や大洋ホエールズのショートの山下大輔も来ていた。

このときの会話は、とても勉強になった。日本の野球についての不平不満がひとくさり吐きだされたが、それらを要約すると、「日本人はいい人たちだが、野球は狂っている」ということに尽きた。その不平不満大会は長々とつづいたが、魅力的な若い女の子たちが次つぎにやってくると、話題はそっちのほうに移った。

映画スターばりにハンサムな顔つきをしたボイヤーは、人生にスパイスを必要としていた。

その夜のある時点で彼は女の子と手を繋《つな》いで立ちあがり、私に言った。

「失礼。ちょっと彼女とお口の作業をしなきゃならないんで」

そして彼と彼女は寝室に消え、半時間ほど出てこなかった。

翌日、彼は私を銀座《ぎんざ》のバー巡りに連れて行き、大洋ホエールズのグルーピーたちに引き合わせてくれた。彼のお気に入りの店のひとつが〈ビブロス〉で、そこは元メジャーリーグ選手のチャーリー・マニエル、クライド・ライト、ロジャー・レポーズが、東ドイツのアイスホッケーチームの選手たちと喧嘩《けんか》した場所としても有名だった。

クリートは女の子たちに、私がメジャーリーグから新たに日本にやって来た野球選手だと言った。その途端に彼女たちは目を輝かせた。そのあと私が彼女たちに、私は野球選手ではないと言うと、彼女たちの興味はあっという間に失《う》せた。

前にも書いたが、なぜクリート・ボイヤーが私にこれほど親切だったのか、本当のところはわからない。メジャーリーグの野球選手は、普通ジャーナリストが好きではない。並はずれて親切なウォーリーとその妻のジェーンが、クリートに頼んだせいかもしれない。ただ単にクリート・ボイヤーはそういう人だったのかもしれない。それとも、ただ私が彼の同胞だったからかもしれない。しかし、いずれにせよ、それは私にはありがたいことだった。

彼は日本の野球を、敬意と困惑の入り混じった目で見ていた。

敬意は選手の勤勉さのほかに、江夏豊《ゆたか》、堀内恒夫《ほりうちつねお》、平松政次《ひらまつまさじ》といった投手の驚くべき技術、そしてメジャーリーグでプレイするチャンスさえあればスター選手になっていただろうと彼が考えるその他の多くの選手たちに捧《ささ》げられていた。

特に彼は、王貞治の打者としての技量に感服していた。

「アメリカのひとびとは、王がどれほど素晴らしい選手か知らないだけだ」とボイヤーは言った。「王は特別の存在だと思う。彼がメジャーリーグでプレイしたら、殿堂入りは確実だろう。彼はハンク・アーロンやテッド・ウィリアムスと同じだ。王は自分のやり方であれほどまでの選手になったのだ」

彼の困惑は、キャンプ中の選手たちへの野蛮な虐待行為に向けられていた。キャンプではコーチが気に入らない選手を蹴《け》ったり叩《たた》いたりする。それに投手の肩の酷使は、しばしば日本人投手のあまりにも早い引退の原因となっていた。

ボイヤーは、読売ジャイアンツのアイドルでキャリアが終わりに近づいていた長嶋茂雄《しげお》に対して、審判が明らかに依怙贔屓《えこひいき》していることにも戸惑っていた。彼は笑いながら言った。「〝ナギー〟(彼は、長嶋のことを、そう呼んだ)は、俺がこれまで見た野球選手のなかで、最もストライクゾーンが狭い選手だよ」

しかしボイヤーは、日本と日本のプロ野球組織に対して敬意を払っていた。私が知るかぎり、ガイジン選手のなかで年俸について議論せずに契約書にサインするのはボイヤーだけだった。契約書に書く金額を決めるのを、彼はチームのオーナーにまかせていた。

ボイヤーの通訳をしていたホエールズの球団社員の牛込惟浩《うしごめただひろ》は、ボイヤーをこう評した。「彼には品格《クラス》があった。彼は日本人の気持ちを理解していたね」

しかし日本で一人暮らしをしているボイヤーは、私から見ると軽度の鬱《うつ》状態にあるようにも見えた。彼は北アメリカのプロ選手のなかで最も有名なプレイヤーのひとりで、ニューヨーク・ヤンキース時代(一九五九〜六六年)にはアメリカン・リーグ五連覇(六〇〜六四年)にも貢献し、アトランタ・ブレーブスに移籍してからは(六七〜七一年)、ハンク・アーロンの次打者としてクリーンアップ・トリオの一角を務め、六九年にはブレーブスの三塁手としてナショナル・リーグのゴールドグラブ賞を受賞した。

しかし彼は、遠く離れた日本でプレイすることになった(七二〜七五年)。その七四年、三十七歳になったボイヤーは百十八試合に出場し、打率は二割八分二厘、ホームランが十九本、六十五打点と日本でのシーズンでまずまずの成功を収め、二年連続でダイヤモンドグラブ賞を受賞した。が、祖国アメリカで彼に関心を寄せる人物は、一人もいなかった。

「日本で野球をするということは……」と彼はミズーリ州の人間が話すアクセントで、物憂げに語った。「火星で野球をするようなものだよ」

ある夜、ビールを何杯も飲みながら私のほうを向いて彼は言った。「俺はいったい何をやっているのか、俺のやっていることにどんな意味があるのか……、わからなくなってしまうことがあるよ。ときどき屋根の上にあがって、そこから飛び降りて、全部何もかも、終わらせてしまおうかと考えることもあるんだ……」

日本でガイジン選手と一緒に過ごすことは、とても勉強になった。彼らは誰もが、日本のことがある程度は好きだった。彼らが貰《もら》える莫大《ばくだい》な報酬や球団が家賃を払ってくれる贅沢《ぜいたく》なマンションでの生活は、特に気に入っていた。そして、いつも彼らの傍で待ち構えている、若くて魅力的で積極的な日本人女性に対して、ひとことでも不満を口にする者はひとりもいなかった。アメリカと同様、日本にも野球選手のグルーピーがいた。彼女たちは後楽園《こうらくえん》球場や神宮《じんぐう》球場のロッカールームの外で待ち構えていて、なかにはびっくりするほどの美女もいた。

しかし多くの日本在住の外国人と同様、ガイジン選手たちは誰もが、自分が〝ガイジン〟であるという現実を受け止めようとして苦労していた。彼らが集まると、必ず日本流のやりかたについての不平不満が延々と吐き出された。長い時間の練習、絶えず行われる長い会議、あれこれ小うるさいコーチ、一試合ヒットが打てなかっただけでスタメン落ちにする監督、バッティングのスランプに陥るとすぐに非難を始める日本の新聞や雑誌、第二次世界大戦での敗戦の恨みをまだ引きずっている者から時折送られてくる殺害予告の脅迫……などなど。

「どうして日本人はクソみたいな会議《ミーティング》をこれほど繰り返しやるんだ？」と誰かが言う。「試合の前、試合のあと、練習の前、練習のあと……。メジャーリーグでは会議なんかやったことがないよな。自分の仕事さえしっかりやればいいじゃないか。なのに、ここでは人から常に何をやるべきか指示される。誰も放っておいてくれないんだ」

太平洋クラブライオンズとヤクルトスワローズでプレイしていたロジャー・レポーズは、アメリカに帰国する際にこう言い放った。「いかさまが行われていて、大抵のアメリカ人には勝ち目がない。それが日本のやり方。日本人だけが通れる特別の道があるんだ」

レポーズは、のちにヤクルトスワローズに移籍して試合をした明治神宮球場を、内野に芝のない「草野球用の空地」だと断言した。

リキ・アパートメント

東京に戻ってからの生活は快適だった。ニューヨークで暮らしたあとだったせいで、東京が清潔で安全な洗練された街であることを、より明確に実感することができた。ここではタクシー運転手は白い手袋を着け、タクシーのドアは客のために自動で開閉する。エレベーターを降りる人は、閉めるボタンをわざわざ押してから出る。それらはすべて礼儀なのだと感じた。そのころビールや煙草の自動販売機が大量に出まわりはじめたのだが、その機械からは、購入するたびに「どうもありがとうございました」という録音メッセージが自動的に流れるものまであった。

そのうえ、東京には強烈なパワーも溢《あふ》れていた。ちょうど日本が、世界第二位の経済大国になろうかというところだった。日本製の自動車、テレビ、カメラなどが世界中で売られ、日本はアメリカを目標に邁進《まいしん》していた。そのエネルギーは直接肌に感じられた。

じっさいニューヨークに帰ることになると、気が重くなった。が、仕方なく帰らなければならなかった。三月に、ノートを何冊も詰め込んだナップザックを肩にかけて帰国し、原稿を書き直し始めた。それには五か月間かかった。四月の半ばには貯金を使い果たし、生活するために、派遣会社の〈ケリー・ガール・タイピスト・サービス〉でタイピストとしてアルバイトを始めた。一九七五年七月になってようやく原稿が完成し、ドッド・アンド・ミード社に届けた。銀行の口座には百五十ドルしかなく、八月一日には二百四十ドルの家賃を支払わなければならなかった。そしてタクシー運転手の職に就くことを真剣に考え始めたころ、電話が鳴った。東京での私の仕事をよく知っているタイム・ライフ社の人物からで、ブリタニカとグロリエでの元同僚だったスペンサーと私が、二人ででっちあげたある提案に返事をくれたのだった。それは東京でスペンサーと一緒に、日本の子供たちのための英語学習プロジェクトをつくることだった。もちろん、すべての経費と高額な報酬を支払うという。私はそれまで奇跡を信じたことがなかった。〈スポーツ・イラストレイテッド〉のパトリシア・ライアンは、私の人間に対する信頼を新たにしてくれた人物だったが、今回のことはまた別の種類の出来事だった。

私は仕事の詳細を決める一か月のあいだ、ジェームズ・ボンドの映画『007は二度死ぬ』の舞台となった高級ホテルのニューオータニに泊まった。マンハッタンを去る前にソーホーのディスカウント店で安物のスーツを買ったが、JFK空港から東京へのフライト中にそのスーツのお尻の部分が裂けてしまった。東京のビルでの重役との会議のあいだ、自分で不器用に縫い合わせたズボンの裂け目が見つからないように、同じ姿勢で座りつづけなければならなかった。そして二か月後に契約が締結されてようやく支払いを受け、部屋を探しに出かけた。

私は結局、リキ・アパートに住むことになった。それは赤坂《あかさか》のリキ・マンションの一部の八階建ての建物で、東京に戦後初めて建てられた西洋式の集合住宅だった。私は、東京タワーや郊外まで見渡せる七階のワンルームを借りた。

リキ・アパートとリキ・マンションは、力道山《りきどうざん》によって建てられたもので、元力士でプロレスラーに転向した力道山のプロレスの試合は、国内のテレビ視聴率の記録を次つぎと塗り替えるほどの人気があった。その試合は、力道山よりも大きく肌の色の違うアメリカ人レスラーを、勧善懲悪のストーリーに沿って力道山が成敗するというもので、敗戦国の士気を高めるのにも一役買っていた。

力道山は一九六三年に、赤坂のナイトクラブ〈ニュー・ラテンクォーター〉で日本人の暴力団員にナイフで刺されて亡くなっていた。彼の未亡人で元警察官の娘であり、魅力的な丸顔のJALの元スチュワーデスが私の大家となった。彼女は、おそらく東京で最も興味深い集合住宅を取り仕切っていた。

将来首相になる中曽根康弘《なかそねやすひろ》は、赤坂の昔のTBSのビルに隣接したところに大きな事務所を構えると同時に、リキ・アパートにも分室として小さな事務所を置いていた。〈ニコラス・ピザ〉の主人のニック（ニコラ・ザペッティも、小さな貿易会社二社と芸能事務所をそこに置き、活動の拠点としていた。〈コパカバーナ〉〈エル・モロッコ〉〈ニュー・ラテンクォーター〉といった有名なナイトクラブのホステスたちもそこに住んでいた。オーストラリアやニュージーランド、カナダやアメリカなどから来た、背が高く足の長い金髪の外国人モデルたちも住んでいた。流れ者や詐欺師、ペテン師や密輸業者、売春婦など、さまざまな人種の住まいもあった。『ブルー・ライト・ヨコハマ』で有名な歌手兼女優のいしだあゆみは、私と同じ七階の二軒隣に住んでいた（ときおりエレベーターのなかで、自販機コーナーに降りて行こうとする彼女を、朝見かけることもあった。なぜか、たいてい顔色が悪く、憔悴《しょうすい》しきっている様子だった）。

ダークスーツにサングラスの暴力団員が、よくロビーや駐車場をうろついていたりもした。彼らは銀座などの地域を取り仕切っていたコリアン系の暴力団東声会《とうせいかい》の組員だった。東声会は戦前の朝鮮半島北部出身の力道山を後援していたが、当時はコリアン系のひとびとに対する差別があったため、力道山は自身の出自を隠して純粋な日本人のふりをしていた。

この悪党集団のなかには特に目立つ者がいた。ヤマモトという名前で、声が大きく、口汚く、肩幅の広い男は、いつも酔っ払っていて、近所のバーでよく騒ぎを起こしていた。彼は私の大家の守護天使（ガーディアン・エンジェル）のような存在で、リキ・エンタープライズを経営していた。彼は、自分はヤクザではないと言い張っていた。私はその言葉を信じるほかなかった。が、ヤマモトは寒い夜でも着物の上半身を脱いでいたので、刺青《いれずみ》と刀疵《かたなきず》がいつも見えていた。彼は毎日ロビーの事務所にいたが、喧嘩っ早さの見本のような人物で、彼が笑うのは、誰かを嘲笑《あざわら》っているときだけだった。彼のような人物がアパートを管理しているとなると、自然と家賃を滞納しないよう気をつけるようになった。

そこの駐車場は、一九六三年十二月の有名な刺傷事件の現場となっていた。それは、東声会の子分と、〈ニュー・ラテンクォーター〉で力道山を刺した住吉会のヤクザのあいだで起こった事件だった。

私の部屋の真上の八階のペントハウスには、ジャイアント馬場《ばば》が住んでいた。身長二百十センチ、体重百二十五キロの巨体の馬場は、力道山の死後そこに引っ越してきた。夜に時々練習をしているのか、巨体が倒れるような音が聞こえて、漆喰《しっくい》の小さな欠片《かけら》が天井から落っこちてきた。

当時、プロレスは日本で大人気のスポーツで、金曜の夜は全国に試合を生中継する『ゴールデン・アワー』［のちに『ダイヤモンド・アワー』と改名］が高視聴率を収め、馬場は日本版ハルク・ホーガンと言えるほどの国民的ヒーローになっていた。彼は、成長ホルモンの過剰分泌で巨人症の名で知られる症状のせいか、日本で最も背の高い人物のひとりでもあった。特徴的な長い頭で、異常なほど肩幅が狭く、細長い腕は振りまわすと驚くほど破壊力があった。馬場の平手打ちを食らうのは、時速百キロで走るクレーン車にぶつかるようなものだとも言われていた。彼はニューヨーク州バッファロー出身のリチャード・ベイヤー（別名ザ・デストロイヤー）とコンビを組み、彼をプロレスの試合で力道山に勝った唯一の男として、そして日本側の一員として闘う初の外国人プロレスラーとして売り出した。

馬場とは、時々隣のトンカツ屋の〈ひょうたん亭〉で、ばったり出遭うこともあった。彼の半分ほどの身長の彼の妻が一緒のときもあった。彼女は昔からの後援者の娘だった。その店にはスペース・インベーダーのゲーム機が置いてあり、それで一緒に遊んだこともあった。馬場と私は互いに尊敬の念を抱き、丁寧な言葉で冗談を交わし合いながらゲームに興じた。

たとえば私は、上の階から聞こえてくる夜の練習についてこんなふうに言った。

「時々夜に練習されている音が聞こえますが、真面目に練習と取り組んでいらっしゃるんですね」

「ご迷惑をおかけして、どうもすみません」と、馬場は地響きがするような低い声で答えた。「私の我儘《わがまま》を、許してください」

「迷惑なんてとんでもありません。偉大な英雄的なレスラーが私の部屋の真上で練習しているなんて誇らしいことです。光栄ですよ。天井から落ちてくる漆喰の欠片の一つ一つが愛《いと》おしいです。次の試合も頑張ってください」

「応援、ありがとうございます」

馬場はナイスガイだった。インテリでもあった。彼はいつも本を手にしていた。安っぽい小説ではなく、時事問題に関するノンフィクションのベストセラーなどだった。

日本テレビが二〇〇六年に行った、歴史上の人物で〝一番好きな人ベスト一〇〇〟（日本人に限定されない）という調査で、馬場は九十二位にランクインした。九十三位のエイブラハム・リンカーンや九十五位のフレデリック・ショパン、九十八位のアイザック・ニュートンよりも上位だった。一位は封建時代の大名織田信長《おだのぶなが》で、二位は幕末の革命家坂本龍馬《さかもとりょうま》、三位はトーマス・エジソンだった。ほかにも十二位のダイアナ元妃や、十三位のアルバート・アインシュタイン、三十一位のオードリー・ヘップバーン、三十九位のジョン・F・ケネディ、六十四位のキュリー夫人、六十八位のクレオパトラがランクインしていた。

私が引っ越して来てから数か月後の一九七五年十月のある夜、〈ひょうたん亭〉のカウンター席に座っていると、酔っ払って酒の臭いをぷんぷん漂わせたヤマモトが入って来て、私の隣の席にドスンと腰を下ろした。彼は日本酒を徳利《とっくり》で注文し、まるで旧友のように私の身体に腕を巻きつけてきた。

「ホワイティングさんよぉ、俺の大好きなガイジンよお」と彼は大声で言った。「私のマンションに住んでくれて嬉しいよぉ」

彼は私の背中を叩き始めた。ちょっと強すぎた。そして私を抱き寄せ、臭い息を私の顔に吐きかけた。

私は居心地悪く感じ始めた。当時は、西洋人が東京の街中で飲んでいると、このようなことが時折起こった。西欧人はまだまだ珍しい存在だったから、西洋人である以上そういったことは避けられないことでもあった。

ヤマモトは私の耳のすぐそばで大声をあげ、唾《つば》まで飛ばしはじめた。

そのとき、店の反対側のテーブルに座っていたジャイアント馬場が歩いて来て、ヤマモトの腕を摑《つか》んで言った。

「帰りましょう」

そして馬場は、ヤマモトをほとんど持ちあげるようにして、店から引きずり出した。馬場は去り際に、私を振り向いて軽く頭を下げた。

私は助けてくれたお礼の意味を込めて、馬場よりも深くお辞儀を返した。


周囲に訪れてくるプロレスの熱狂的なファンたちにも囲まれて、リキ・アパートでしばらく暮らしているうちに、私は日本のプロレスの魅力を理解し始めた。プロレスは野球のように象徴性に富み、深遠《しんえん》な意味が隠されていた。

日本人のプロレスの楽しみ方は、アメリカ人のそれとは根本的に異なっていた。アメリカでは、大抵の地域で誰でも簡単にプロレスラーになれた。条件などはなく、レスリングの学校に通う必要もなければテストに合格する必要もない。ただ、申し込めばいいだけだった。コミッショナーのところに行けば、ライセンスが与えられる。そしてプロモーターのところに行き、試合をブッキングしてもらう。それだけだ。

一方日本では、相撲界のような徒弟制度が設けられていた。馬場や彼のライバルのアントニオ猪《いの》木《き》のようなスター・レスラーは、自分の子分を集めて団体をつくっていた。十五歳や十六歳の若者が団体に入り、厳しく鍛えられてからようやく試合に出ることが許された。私は一度だけ、九段下《くだんした》にあった馬場のジムを訪問したことがあった。そこはまるで軍隊の軍人養成キャンプのようだった。新入りは下働きもさせられ、毎日リングを整えたり、筋トレの機材を設置したり、他のレスラーの世話をしたりすることが要求され、その合間にさまざまな種類の技を学んだ。それは技術に加えて、忠誠心や闘魂を養うように設計されたシステムだった。若いレスラーは定められた一定の期間アメリカに派遣され、当地でトレーニングを受けることになっていた。が、その際にはレスリングの学校を運営していたドイツ人のカール・ゴッチやヴァーン・ゲイジのような往年の巨匠のもとに送り込まれた。

「今まで出逢《であ》ったレスラーのなかで、日本人のレスラーが一番熱心だ」と、ゴッチはのちにインタヴューした際に語ってくれた。「日本人はプロレスというスポーツを武術《マーシャルアーツ》のように考えていた。彼らがデビューする準備が整うころには、彼らはプロレスの技術《テクニック》をすっかりマスターしていた」

野球や他の西欧から輸入されたスポーツでも見られたことだが、武術の伝統の影響を受けた日本のプロレスも、洗練された技術の追求が何より重要視された。アメリカのプロレスでは、そんなことより筋肉を鍛えることや演出を派手にすることのほうがもちろん大事だった。身長二百二十三センチ、体重二百四十キロのアンドレ・ザ・ジャイアントがリングにあがるとき、最も注目されるのは彼の身体の巨大さであり、レスリングの技術ではなかった。観客は、百本のビールを一晩で飲み干すような男の姿をナマで見てみたいのだった。

馬場はもちろん、アンドレ・ザ・ジャイアントと似ていなくもなかった。実際、彼の狭い肩幅と細い腕はアスリートらしくなかったし、彼は決め技の数も少なく限られていた。しかし一時プロ野球選手だった馬場は、下半身の力がとてつもなく強く、業界の誰よりもうまく呼吸を調節することができた。馬場は肺活量の検査で、永遠にチューブを吹きつづけることができたという。ほとんどのレスラーは六十分の試合が終わる頃には疲れ切っているのに、馬場は違った。彼は三試合連続で戦っても、少しも息を切らさないでいられた。

彼の本名は馬場正平《しょうへい》で、プロレス界に入る前は読売ジャイアンツのピッチャーだった。高校野球のスターで、十六歳でプロ契約した馬場の投手としてのキャリアは、風呂場《ふろば》で転び、ガラスの扉を割って腕を切ったときに終わってしまった。十七針も縫う大怪我だった。彼は一九六〇年にプロ野球界を去り、力道山のもとでプロレスの新人レスラーとなった。

力道山のもとでプロレスラーになるために課せられた特訓は、ある種残酷でサドマゾ的なところもあるものだった。それは、読売ジャイアンツや他の日本のスポーツ組織の練習に似ているところもあった。またそれは、厳しい上下関係、下の者に対する徹底的なまでの支配、自己犠牲、死ぬまで働くという倫理観などに支えられた日本のビジネス社会とも酷似していた。馬場が力道山の団体に入ったとき、同時にもう一人の若者アントニオ猪木が入門してきた。がっしりした体格で、ペリカンのようなあごが特徴的な猪木は、少年時代にブラジルに移住していた。馬場も猪木も、ほかの大勢の訓練生と一緒にその地獄に耐えた。

例えば、力道山は猪木を住み込みの召使として扱った。それは猪木の精神修養の一環で、二十四時間毎日力道山の命令に従った。風呂場で背中を流したり、下着を着るのを手伝ったり、靴に唾をつけて磨いたり、雑用をなんでもやった。そのようなことは封建社会の武術の世界では当たり前のことだった。が、作家の大下英治《おおしたえいじ》が書いたように、力道山は猪木を苦しめることに特殊な快楽を見出《いだ》してもいたようだ。力道山はいつも猪木を殴り、猪木が布団で寝ているときに意味なく蹴ったりもした。酒を無理やり飲ませ、吐いたらもっと飲ませ、その間ずっと笑いつづけていたという。猪木はのちに、力道山の背中を肉切り包丁で刺して彼を海に放り投げ、ブラジルに逃げて帰りたかったと言ったそうだ。が、国に帰る船賃を払う金がなかったので、そのアイデアを実現することはできなかった。

馬場は別の種類の罰を受けた。一九六一年七月、力道山は馬場をアメリカのツアーに送りだした。

そこで馬場は、予想外に大きな人気を集めた。馬場は、白地に赤い模様の着物と高下駄《たかげた》姿でマンハッタンの通りを練り歩き、マディソン・スクエア・ガーデンには大勢の観客が押し寄せた。〈ニューヨーク・プレス〉紙は、馬場を〝フランケンシュタイン・モンスター〟と呼んだ。彼は大成功を収め、プロレス界の最高の地位であるNWA世界王座への挑戦の話が舞い込んだ。当時の王者はバディ・ロジャースだった。

馬場に人気を奪われるのを嫌がった力道山は、彼のアメリカでのロジャースとの試合について、日本では報道しないよう記者たちに前もって根まわしした。記者たちは、おそらく身の危険を感じてのことだろう、その命令に従順に従った。ザ・デストロイヤーは次に起こったことを目撃していた。彼はのちにインタヴューでこう語っている。「馬場が日本に帰ってくると、彼はジャイアント馬場として知られるようになった。そして馬場と力道山が一緒にリングにあがるときには、馬場への歓声のほうが大きくなった。力道山はそれが我慢できず、練習で馬場に仕返しをした。馬場を何人ものレスラーたちと闘わせ、横たわった馬場の上にレスラーたちを何人も積み重ねた。私が馬場に初めて会ったとき、彼は堂々たる誇りに満ちた若者だった。しかしトレーニングで力道山にしごかれているときは、鞭《むち》で打たれっぱなしの情けない負け犬のようだった。彼は練習中は何も言わずにリングのコーナーに立ち竦《すく》んでいた。そんな馬場を、力道山は何度も殴り倒した。さらに、そこにいたレスラー全員を馬場に嗾《けしか》け、彼らは馬場を滅茶苦茶《めちゃくちゃ》に蹴りつけた。普通の練習では、レスラーが順番に他のレスラーと一対一で対戦する。でも、馬場の場合は違った。スパーリングで力道山は古い相撲の稽古《けいこ》の方法を採用したんだ。馬場の相手が次からつぎへと連続して現れる。馬場は疲れて、いつもふらふらになった。試合ではすべての歓声が馬場に集まった。そのため力道山は、馬場の対戦相手のアメリカ人たちにも馬場をコテンパンにやっつけるよう命じて、彼らは言われた通りに馬場をやっつけた。それはあまりにも酷《むご》くてまともに見ていられなかったよ」

力道山が死んで、馬場と猪木が彼の支配下から解放されたとき、二人ともこっそり喜んだという。

馬場と猪木はどちらも自分自身の団体を立ちあげ、ふたりとも国民的なアイドルとなった（猪木は一九七六年六月に東京で、異種格闘技戦と称してモハメッド・アリと戦ったりもした。レスリング対ボクシングのその試合は最悪の評判となった。どちらの陣営も自分の立場を譲らず、上手《うま》い筋書きが創れなかったためか、本気の勝負となってしまい、双方満足に手を出せないまま、途方もなく退屈な闘いとなってしまったのだった）。

私の最初の本である『菊とバット』は一九七七年六月に出版された。その時私は三十四歳で、ひげを生やし、肩まで髪を伸ばしていた。〈ニューヨーク・タイムズ〉紙には酷評された。批評家のドナルド・ホールは苛立《いらだ》たしげな文章でこう書いた。「ホワイティングは誰のための作家でもない。もし日本の野球についての本が必要だとしても、求められているのはこのような本ではない」私は手首を切って自殺したい気持ちになった。が、そのすぐあとに、〈タイム〉誌が夏の推薦図書の記事で、私の本の表紙を目立つように扱ってくれたうえ、良い批評を掲載してくれた。私はその号を十数冊買い、私の部屋のリビングルームのちっぽけなコーヒーテーブルの上にずらりと並べて飾った。それは天国から地獄ではなく、地獄から天国への一週間だった。そのあと全国で十紙を超す新聞に、好意的な批評が掲載された。ハードカバーの売上げは約一万部だった［ハードカバーのこの売上げはペーパーバックの大量販売につながるものとして、アメリカではベストセラーと見做される］。間もなくペーパーバックが、アメリカではエイボン・ブックスから、日本での英語版はパーマネント・プレスから出版された。

私は、日本語版の出版を考えるようになった。以前、英語で書いた日本版の本の草稿を駒込《こまごめ》時代以来の知り合いの医者のキムラタダス氏に見せていた。彼はそれを、日本の一流出版社の講談社で編集者をしている友人に見せてくれた。その編集者はカルビーという名のフランス人男性で、長く日本に住む講談社の社員だった。彼は草稿を読み、「ノー・グッド（良くない）」と言った。出版する価値はなく、私が生活していくためには何か別のことに挑戦するべきだと言った。

キムラ氏はそのフランス人の言葉をそのまま私に伝え、さらに少々横柄な言い方で、日本には日本の野球について書かれた本を買おうとする人などいない、と言った。とりわけ外国人によって書かれたものはなおさらだ、とも……。

「そういう事情をわかったほうがいいよ」と彼はつけくわえた。

私は、EBのフランク・ギブニーに会いに行った。すると彼は、サイマル出版会を紹介してくれた。その後いろいろなことがあったのちに、結局日本語版は一九七七年の秋、サイマルから出版された。それはベストセラーに入り、朝日新聞の新刊ベスト二〇の全国十四位にランクインされた。私はその記事のコピーをキムラ氏に送った。が、返事はなかった。

日本に帰って読売新聞社の政治部長に就任していた渡邉《わたなべ》恒雄《つねお》にも会いに行った。彼の宿敵だった佐藤《さとう》栄作《えいさく》は、すでに総理の座を去っていた。後任の田中《たなか》角栄《かくえい》は数多くのスキャンダルの犠牲となっていた。なかでも有名なのはロッキード事件で、この事件は一九七六年二月のフランク・チャーチ上院議員が委員長を務める公聴会で初めて暴露された。田中はロッキード社のエージェントから、航空機の売上げを促進することで五億円を受けとっていたと言われた。そうして田中が去ったあと、首相は温厚な三木《みき》武夫《たけお》に変わり、さらに福田《ふくだ》赳夫《たけお》に交代していた。

私は数年前に東海岸を旅した際に、ワシントンDCで渡邉を訪問していた。渡邉は、私が紹介していたワシントンDC在住の友人たちと一緒に、近郊のヴァージニア州の自宅での夕食に招待してくれた。アメリカでの彼は、驚くほど目立たないようにしていた。首都のメディアを牛耳っていたキャサリン・グラハムやベン・ブラッドリーなどとも距離を置き、黙々とワシントンDC発の記事を書いては日本に送っていた。

渡邉は東京に帰ると、日本有数のメディアの重鎮としての地位を取り戻した。渡邉に私の本の話をすると、彼は部下の二人の記者に命じて、私へのインタヴュー記事を読売新聞に載せるよう指示してくれた。読売新聞は世界で最も販売部数の多い新聞であるため（当時は千三百万人の購読者がいた)、私が読売新聞に取りあげられたことは、『菊とバット』がベストセラーになった要因の一つと言うことができた。そのことで私はずっと渡邉に感謝し、彼も私がワシントンDCの友人たちを紹介したこと、そして渡邉の家族も彼らと親しくなったことへの恩返しができて喜んでいるようだった。その頃が私たちの関係の頂点だった。その後、その関係が急激に悪化するとは、当時の私には想像もできないことだった。

『菊とバット』が出版されたおかげで、私は日本のメディアで仕事をする機会を得るようになった。それは瞠目すべき経験だった。

たとえばヒュー・ヘフナーが発行するアメリカの雑誌の姉妹版である〈月刊プレイボーイ〉(PLAYBOY日本版)での仕事も舞い込んだ。この雑誌はアメリカ版とは大きく異なり、当時は日本の法律によりヌード写真の陰毛部分《パブリック・ヘア》にぼかしがかかっていた(海外からの旅行者が未修整のプレイボーイ誌やペントハウス誌を日本に持ち込むと、空港で没収された)。〈月刊プレイボーイ〉は『菊とバット』の日本語版の最初の連載権を買い、抜粋を掲載しようとした。

「どの章がおすすめですか?」と〈月刊プレイボーイ〉の編集者に訊《き》かれたので、私は、ビジネスや教育など日本人の生活の様々な領域に影響を与えている、日本での野球のやりかたを包括的に分析した第三章の〝サムライ流の野球〟を推した。その章は本書の中心部分であり、私の考えでは抜粋するに最もふさわしい章に違いなかった。

しかし〈月刊プレイボーイ〉の編集者は、すでに鈴木《すずき》武樹《たけじゅ》教授が日本語に訳していたこの章を読んでいて、文句を言ってきた。

「ドラマチックさが足りないですね」

いつでも、こんなふうに言われるのだった。日本の雑誌は、〝ドラマチック〟に騒動を起こすガイジンを面白がりたいのだろう。

「日本の読者は、こんなことに興味はないでしょう」と彼は言った。

「じつは英語を読めるうちのスタッフの何人かは、〝醜いアメリカ人〟という章が気に入ったと言ってます」

ピンとこない読者のために言うと、〝醜いアメリカ人〟の章は様々なアメリカ人選手が日本で引き起こしたトラブルについて書いていて、そこにはもちろんジョー・ペピトーンの〝事件〟のこともふくまれていた〔メジャーで通算二百本以上のホームランを打ったスラッガーだったが、ヤクルトに入団して様々な問題を引き起こし、わずか十四試合に出場しただけで帰国。〈ニューヨーク・タイムズ〉紙に日本野球の〝悪口〟を発表した〕。その章は〝ガイジン選手の不満〟という章と対になっていて、そこでは日本で野球をプレイする外国人選手が経験する、差別をふくむ様々な苦労について記していた。しかし〈月刊プレイボーイ〉誌のスタッフはそちらの章にも興味を示さなかった。

そのため、〝醜いアメリカ人〟が掲載されることになった。金髪で青い目の太り過ぎた野球選手と、彼の頭の周りを飛ぶ蝿のイラストが添えられた。それは〈月刊プレイボーイ〉の全スタッフが選ぶその号で最も人気があった記事に選ばれた。

それで私は、何が求められているのかを明確に理解することができた。

それは貴重な教訓だった。

ほかにも東京でジャーナリストをしている間に、〈週刊文春〉とドジャースの元スター選手のジム・ラフィーバーから教訓を学んだ。ラフィーバーは大金と引き換えに日本にやって来たが、期待に反して活躍できず、監督や日本のメディアから常に非難を浴び、精神的に参っていた。私はラフィーバーに長時間インタヴューし、『菊とバット』のなかで彼について多くのページを割いて書いた。その記述の内容は、同情的だった。

ラフィーバーは、〈週刊文春〉に掲載された出版直前の『菊とバット』を紹介する日本語の記事について知るや否や、私に対してカンカンになって怒りだした。その記事は〝ガイジン選手の不満〟の章を特に取りあげ、ラフィーバーを批判していると見えるように書かれていた。

一九七七年の夏のある夜、私が赤坂の自室にいると、六本木《ろっぽんぎ》の〈プレイボーイ・クラブ〉にいた友人から電話がかかってきた。

「すぐにここに来たほうがいい」と彼は心配そうに言った。

「どうして？　何があったの？」

「ジム・ラフィーバーがここのカウンター席に座って、君のことを狂ったように罵《ののし》っている。どうやら君のことを殺したいらしい。ここに来て、彼と話したほうがいい」

私はタクシーに飛び乗り、〈プレイボーイ・クラブ〉が入っている六本木のロアビルまで五分ほど走らせた。

ラフィーバーは酔っ払ってカウンターに座っていた。

私は何があったのか訊こうとそばに近づき、彼の怒りのなかに身を投じた。

「御本人がお出《い》でなすったか」とラフィーバーはカウンターを叩きながら言った。「この嘘つき野郎！　寄生虫野郎！　役立たずのクソ野郎！　俺がオマエを信じたことが間違いだった。ファック・ユー・ホワイティング。何度でも言うぞ。ファック・ユー！」

彼は顔面を紅潮させ、耳から煙を出しそうな勢いだった。

「最低野郎！　おまえは腐った寄生虫だ」とラフィーバーはつづけた。「お前は野球ができないくせに、できるやつらを食い物にしてメシを喰《く》ってる。この寄生虫野郎」

彼がひどく怒っていたのは確かだった。彼に本当に殴られるのではないかとも思った。

私は隣に座り、彼が怒鳴り疲れるまで怒鳴らせた。そして何があったのか話を聞いた。〈週刊文春〉が『菊とバット』の見本刷から、第十章の〝ガイジン選手の不満〟を勝手にまとめていた。「日本でカベにぶつかったガイジン選手」というのが週刊誌の記事の見出しだった。記事の中身は私の本とそこに登場する野球選手たちについての日本人の発言の引用だった。その結論は、日本を好きなガイジン選手は一人もおらず、彼らはただ金儲けだけが目的で、そのためこんなに沢山のトラブルを起こしている、というものだった。それはある意味事実であったかもしれないが、『菊とバット』の内容とは違っていた。この本でラフィーバーについて書いた内容とも違っていた。ラフィーバーは実際には日本流のやりかたで物事を進めるよう、他の外国人選手たちに強く提案していたのだ。その雑誌は私の著書の内容をゆがめ、センセーショナルに書き換えていた。

その夜、私が帰る頃には、ラフィーバーは幾分落ち着いた様子だったが、すっかり疑惑が晴れたわけでもないようだった。そのため私は、ラフィーバーに『菊とバット』の見本刷を一冊送った。彼はそれを読み、私に電話をかけてきて謝ってくれた。

「……やあ、俺だ……君の本を読んだよ。素晴らしい本だ。俺が言ったことは、すべて忘れてくれ」

わかった。謝ってくれてありがとう、ジム。

しかし、その経験から、私は重要なことをいくつか学んだ。ひとつは、日本の週刊誌は公正さにほとんど関心がなく、雑誌を売ることしか考えていない、ということだった。この業界で長く仕事をしている者には常識なのだろうが、私はそのとき初めて知った。

ふたつめは、プロのスポーツマンと記者のあいだには、踏み越えることのできない一線があるということだった。スポーツマンたちは、自分の住んでいる世界には明確な序列があり、一流のスポーツマンはそのトップに属していると考えている。記者《レポーター》たちはその世界の周辺にたむろしていて、基本的に必要なときにだけ仕方なく相手をしてやる〝屑《くず》野郎〟で、「英雄伝」さえ書いていればいい、とスポーツマンたちは考えているのだ。

みっつめは最も大事なことで、これらの経験によってジャーナリストであるとはどういうことかという、その真実に到達することができた。それは、取材対象とどれだけ親しくなっても真実を書く義務があり、その結果ときには苦しまなければならないこともある、ということだった。ラフィーバーとの一件は、大きな誤解から生じたものだったが、その結果がどんな影響をおよぼすものかということを、私ははっきりと手に入れることができたのだった。

ザ・デストロイヤー

『菊とバット』が出版されると、雑多な仕事の依頼や様々な雑誌の執筆依頼の電話が鳴り始めた。そして私は、〈スポーツ・イラストレイテッド〉誌の姉妹雑誌として発行されて間もない〈ナンバー〉誌に、スポーツ記事の連載を書くことになった。題材のひとりとして取りあげたのが、ザ・デストロイヤーことリチャード・ベイヤーだった。彼は、一九六〇年代に日本で何度か試合に出たあと七二年に馬場の団体に入り、日本に移り住んでいた。

馬場が日本の歴史上一番好きな人ベスト一〇〇のひとりならば、ベイヤーは驚いたことに、同時代の日本で最も有名なスポーツ選手のひとりとなった。たとえば一九七七年の調査で、ザ・デストロイヤーの東京での知名度は九六%ときわめて高く、その数値は全国的な知名度をも示していた。彼の知名度の数値を超えたのはロッキード事件で有名になったロッキード社のみで、当時の日本人のあいだで最も人気があると見られていた欧米の映画スターのスティーヴ・マックィーンやアラン・ドロンの数値よりもずっと高かった。日本のプロレス界は、力道山のヤクザとのつながりから裏社会と根深い関係があるというイメージが拭《ぬぐ》えなかった。が、ベイヤーは、その黒いイメージをたったひとりで払拭《ふっしょく》し、日本のプロレスを〝家族で楽しめる娯楽としてのスポーツ〟に転換させたのだった。

馬場は、自分の立ちあげた団体に自分以外のスターが存在せず、興行の目玉になるレスラーを持っていなかった。そんな窮地に陥っていたときに、馬場はベイヤーを日本へ招いたのだった。馬場は、日本人の多くが〝危険な賭け〟と考えていた非常手段に打って出た。それがベイヤーとの契約で、馬場はベイヤーが力道山を負かした最後のレスラーであることを利用し、〝日本側〟のレスラーに引き入れたのだった。

たしかに馬場の戦術は、大きな賭け《ギャンブル》だった。アメリカ人であるベイヤーが、日本人のひとりとして外国人の悪役レスラーたちと闘うのである。そんなカタチは、それまで日本のプロレス・ファンが見たことのないものだった。ガイジンは絶対に悪役で、ヒーローは必ず日本人。その線引きは明らかだった。そのような定番の筋書きの大幅な変更に対して、日本人の観客がどんな反応を見せるのか、誰も予想することはできなかった。

馬場の新しい考え方《コンセプト》は、日本人が受け入れるには難し過ぎると思われた。そこで彼は、ベイヤーの〝忠誠心〟をはっきりさせるため、リングにあがる際には日の丸の小旗を持たせ、ファンに向かって振らせるようにした。さらにベイヤーは日本のファンの繊細な感受性に合うように、自身のレスリングのスタイルを修正しなければならなかった。これまでザ・デストロイヤーとして日本で試合に出たときは、対戦相手の日本人レスラーが正々堂々と闘うのに対して、髪の毛を摑んで引っ張ったり、ロープに詰まった相手を蹴りまくったり、肘《ひじ》打ちをしたり……と野蛮人さながらのラフプレイに徹していた。もちろんそれは、ファンがそれを見たかったからでもあったが、それがいまや、彼はもう悪党ではなく、日本人の側として闘うようになるのだ。彼は、いわば自分自身を浄化し、日本人のファンが自分たちのヒーローにつきものと考えている正義を身につけて闘わねばならなくなったのだ。

しかし様々な心配を覆すように、身長五フィート十インチ（約百七十八センチ）、体重二百ポンド（約九十一キロ）のアメリカ人の技巧派《テクニシャン》のベイヤーと、身長二百十センチ、体重百二十五キロの日本人の怪物《ビヒモス》馬場のタッグの登場は、どの会場も満員となる大盛況となり、会場の大きさによって七千人から八千人、さらに一万人以上もの観客を集めた。観衆は、白いマスクを被《かぶ》った肌の白いアメリカ人が、自分たちの味方のコーナーに立っていることに慣れはじめた。ベイヤーがたまに、昔の習慣で反則の肘打ちをしてしまうときには、一部のファンが面白がって歓声をあげるようにもなった。

何が起こっているのかを誰も理解できないうちに、ザ・デストロイヤーは日本のスポーツ界では非常に珍しい本物の〝誠実なガイジン・スター〟となったのだった。

彼は自分のレスリングについて常に真面目で真剣だった。ファンもそのことを理解し、彼を愛した。彼はリング上で滅多に負けることがなかった。

もちろん必要な場合には、ベイヤーは弱い敵との試合を引き延ばしたりもした。早く勝つとファンをがっかりさせることを、彼は熟知していた。また、相手に深刻なダメージを負わせることもしなかった。プロレスはビジネスであり、選手たちは誰もが養う家族を抱えているということも、彼は心得ていた。しかも彼は絶対に、アブドーラ・ザ・ブッチャーのような安易で扇情的《センセーショナル》な手段はとらなかった。ブッチャーは、ファンを喜ばせるためには禿《は》げ頭をわざと切って血まみれになってみせたりしたが、ベイヤーは自分の才能と技術だけで客席を満杯にできるという事実に誇りを持っていた。

しかし、ザ・デストロイヤーが日本の国民的アイドルと言えるまでになったのは、彼が持ち合わせていたレスリング以外の才能のおかげだった。一九七三年七月、彼は音楽番組『ザ・ベストテン』の五分間の寸劇にマスクを着けて出演し、人気女性歌手を急襲する忍者の恰好《かっこう》をした八人のスタントマンたちを片っ端からやっつけてみせた。ザ・デストロイヤーはステージに飛び降り、忍者をひとりずつ捕えては、飛行機投げで振りまわして投げ飛ばしたり、煉瓦《れんが》（もちろんハリボテ）の壁を突き破らせたりした。

ザ・デストロイヤーのパフォーマンスに対して、多くの熱狂的な手紙がテレビ局に寄せられ、番組のプロデューサーはベイヤーを再び招いた。一九七三年の秋には、コメディ・バラエティーの新番組『金曜10時！うわさのチャンネル!!』にゲスト出演し、彼は水玉のパンツに半被《はっぴ》姿で、ザ・デストロイヤーのマスクとナチスのヘルメットを被り、いつもの小さな日の丸の旗を振りながら登場した。彼はプロレスのパフォーマンスを行ったり、和田《わだ》アキ子《こ》と寸劇を演じたりしたうえ、和田アキ子が口にした日本語の早口言葉を真似ようとした。そして彼がいくら頑張ってもうまくできないのを見て、視聴者は大笑いした。そうして彼はレギュラー出演者ともなったのだった。

その番組は日本のテレビ雑誌が選ぶ〝今年最も印象に残った番組〟に輝いた。そしてベイヤーが『うわさのチャンネル!!』のレギュラーとして出演する『日本語の授業』は、番組の目玉コーナーとなった。和田アキ子が「あー、もー、デストロイヤーさんはバカね」と言うと、ベイヤーは自分が何を言っているのかわからないままに、何度もうまくできるまでその言葉を繰り返すことを要求された。ベイヤー自身が自分のことを、「デストロイヤーさんはバカね」と言うと、和田アキ子は「そう。デストロイヤーさんはバカ」と繰り返した。そして日本中の人々が、涙を流して大笑いした。『うわさのチャンネル!!』は日本のテレビ番組で視聴率一位となった。

ベイヤー自身がこう言っている。「みんな笑い過ぎてオシッコまで漏らしたもんだよ」

道化《クラウン》としてのアメリカ人のイメージや、ベイヤーが素直にその役割を嬉々《きき》として引き受けたことは、アメリカと日本の関係性や、アメリカ人と日本人が互いをどのように感じているかということが、そのころ微妙に変化してきていたことを如実に物語っていた。日本の大衆が日本にいる外国人を、ちゃんと役に立つ人間として、また、悪人ではない愛すべき人間として、そして、ある程度は普通の人間として、受け入れはじめたのだ。そして、その道筋を、ベイヤーは一人で切り開いたのだった。

ベイヤーの日本での一年目の生活が終わるころには、彼は『デストロイヤーの楽しいクリスマス』というクリスマス・アルバムまで出した。体力作り《エクササイズ》の本も書き、四万部が売れた。シェービングクリームやトイレ洗浄剤のTVコマーシャルにも出演。有名人が参加する数多くのゴルフ・トーナメントや、慈善イベントのゲストとしても登場した。「どこにでも彼はいた」と〈週刊文春〉の編集者の今村淳は書いた。「ザ・デストロイヤーを知っているか？　と聞けば、年齢や男女を問わず、日本人なら誰もが知っていると答えるほどだった」

ベイヤーはマスクを被ったまま自分のクルマを運転することができた。渋滞した六本木の繁華街で、他のドライバーはクルマを停めて親し気に手を振り、マスク姿のベイヤーを先に行かせた。リンカーン・コンヴァーティブルの後部座席に座っていた暴力団の組長でさえ、間近でベイヤーを見られるように運転手にクルマを停めさせたという。

ベイヤーはある意味、力道山以上の人気者となった。毎日のように酔っ払っては喧嘩を売っていた力道山と違い、ベイヤーはいつも朗らかで、サインの求めにも気さくに応じ、老人ホームを訪問したり児童養護施設でサンタクロースを演じたり、慈善活動も積極的に行った。また彼は、日本でプレイするほとんどのアメリカ人野球選手とも大きく違っていた。盛りを過ぎた元メジャーリーガーである彼らは、毎年秋に金を受け取るとさっさと祖国に帰ったが、ベイヤーは、レスラーとしてアメリカである程度の地位を築いていたにもかかわらず、一年中日本に住むことを選んだ。多くの日本人は、そのことを日本と日本人に対する敬意の表れだと考えた。

「日本人は私を受け入れてくれたと思う」とベイヤーは語った。「それは、私が日本人の仲間になろうと努力したからだ。そんなことをしたアメリカ人は、おそらく私が初めてだっただろう」

そして日本のファンのなかには、ベイヤーのような有能な人物を日本に引き留めることができたという事実に、快い自信のようなものを感じ取ったひとびとも少なからずいたに違いなかった。

私は一九七九年にニューヨーク州バッファローにあるベイヤーの自宅で、当時四十九歳になっていた彼にインタヴューし、マスクを外した彼の素顔を見た数少ない日本居住者のひとりとなった(彼は同じ年齢のころのジャン・ギャバンに似ていないこともなかった)。

カメラマンと私は週末を彼と一緒に過ごし、高校生の選手にレスリングの指導をするのを見学した。インタヴューのあいだに、プロレスの試合はどのくらいが作り物《フェイク》なのかという話になった。

彼はその質問に苛立った。

「たとえプロレスが演技《ショー》だとしても……」と彼は言った。「私は誰からもそんなふうには教わらなかった。私の試合を演技だと言う人は今まで誰もいなかった……マイク・ウォレス〔アメリカCBSの放送した人気ドキュメンタリー番組『シクスティ・ミニッツ』の名物キャスターだった人物〕とトム・スナイダー〔NBCの『ザ・トゥモロウ・ショー』などで活躍した人気司会者〕の二人は、これまでに私についてインタヴューしたが、ふたりとも私の試合が本物かどうかなんて訊こうとはしなかった」

「私はこれまでに八回も鼻を骨折した。鎖骨は二回、足は一回。膝《ひざ》の軟骨が裂けたこともあった。他にもいろいろな怪我や捻挫《ねんざ》をして、リングサイドで傷を縫ったことも一度や二度ではない。ノックアウトされたふりをしたことなんて一度もないし、わざと負けたことも一度もなかった……」

プロレスという職業を批判しようとする疑い深い記者たちには4の字固めをかけてみせた、とベイヤーは言った。足をロックし、痛みに叫びだすまで強く締めつけた。そして記者を解放すると、ベイヤーは訊いた。「さあ、今はどう思う？　これを、まだ演技《ショー》だと思うか？　きみは多分、誰かに持ちあげられて床に叩きつけられ、関節技で締めあげられないと、何もわからないのだろう。でも、もうわかったはずだ。投げられ方やパンチのかわし方をいくら知っていても、危険で痛いことに変わりはないんだよ」

私は不運にも、そのような疑い深い記者のひとりとなった。

彼は、私に4の字固めをかけようかと言いだしたので、私は愚かにも合意してしまった。彼は寝室に行き、カメラマンのためにレスリング・パンツとマスクを着けて出てきた。彼は私に居間のカーペットの上にジャケットとリーバイスのジーンズ姿のまま寝転がるように身振りで示した。そして彼は、自分の両脚を私の両脚に巻きつけた。

私には自信を持つ根拠などまるでなかった。が、少々意気がって見せた。

「用意はいいか？」と彼は言った。

「もちろん」と私は自信満々に答えた。「あなたの実力を見せてください」

身長百八十センチ、体重七十二キロの私は、彼にとってこれまでで最弱の相手だったに違いない。

彼が脚を締めつけると、形容できないほど激しい痛みに襲われた。その痛みは腰と膝を突き破り、足の親指のつけ根にまで到達した。ベイヤーは数秒間だけ締めつけるのを緩め、そして再び、今度はもっと強く技をかけた。

私は、あまりの痛みに絶叫した。彼が私の足の骨を折ろうとしている、と本気で思った。もしかしたら、心臓発作で死んでしまうかもしれない、とも思った。

そして、〈ナンバー〉誌のカラーの見開き二ページには、私が完全に降参してしまった証拠写真が掲載されたのだった。

第八章　東京のメディア

クレージー・ライト

『菊とバット』の翻訳本は、多くの日本人に新たな〝気づき〟を与えたようだった。日本で評価の高い月刊誌〈文藝春秋《ぶんげいしゅんじゅう》〉の編集者は、私の作品を取りあげたコラムでこう書いた。「いままで我々は、外人選手を血の通った人間とはけっして見なしていなかった。彼らは高い給料をもらって野球をやるだけの存在でしかなかった。『菊とバット』はそういう意味で、まったく新たな視点を与えてくれるものだ」

日本の大衆がそのように考えていたことは、私には別段新しい発見でもなかった。が、たしかにそうに違いなかった。プロ野球の各チームは、言葉の壁を乗り越えるために日本人の通訳を置き、チームや記者たちを助けていた。しかし、当時のほとんどの通訳は日本以外で暮らした経験もなく、ふたつの国のあいだに立ちはだかっている巨大な文化的差異を理解する能力も、説明する技術も持ち合わせていなかった。

そうした穴を埋めるためか、『菊とバット』の成功をきっかけにして、多くの日本のメディアから突然仕事が殺到した。外国人選手とはいったいどういうひとたちなのか……、本当はどういう気持ちを抱きながら日本でのプレイや生活をしているのか……。そういったことを話してほしい、というのが私への主な依頼だった。何がなんだかわからないうちに、私は日本のスポーツ紙や週刊誌や月刊誌に記事を書き、テレビに出演するというキャリアを歩みだした。

こうしたなかで、私は多くのひとびとと接しながら、逆にいろいろと新しいことを学んでいった。最も思い出深かった人物は元カリフォルニア・エンゼルスの二十勝投手で、一九七六年に読売巨人軍に入団した左腕のクライド・ライトだった。ライトは、中国人の血を引く王貞治《おうさだはる》や、何人かの隠れ韓国籍の選手はいたものの、伝統的に純血主義《ピュア・ブラデイッド》を自認してきたジャイアンツが迎えた二人目の白人選手だった。身長百八十五センチ体重九十キロ、毛むくじゃらで逞《たくま》しい彼は、チームにも貢献したが、無類の癇癪《かんしやく》持ちでもあった。三年弱の日本滞在中に彼は何度も繰り返し癇癪を爆発させ、罰金の記録を打ち立てた。自分が着ているユニフォームを自らズタズタに引き裂いたこともあった。ロッカールームを破壊したこともあった。監督のオフィスの窓からコーラの瓶を投げ捨てたことも、ウォータークーラーを粉々に叩《たた》き壊したことも、カメラマンのカメラを叩き割り、自分のことを悪く書いた記者の帽子に小便をかけたりしたこともあった。その結果〈東京スポーツ〉紙の記者は、彼に〝クレージー・ライト〟というニックネームを贈った。

私は一九七八年の夏の夜、ホテル・ニュージャパンのロビーのバーでライトと会った。時間どおりにやってきた、クライド・ライトは大きく逞しい体でドスンと音を立ててソファに腰をおろし、鼻にかかったテネシー訛《なま》りで私に話しかけてきた。

「アアム、クラーウド」と彼は言った。「ちょいとビールでもひっかけるか」

アロハシャツの袖《そで》からは、筋骨隆々とした腕がはみだしていた。明らかに野球ファンと思える注文を取りにきたバーテンダーが、ライトの体格にびっくりした様子で立ち尽くした。

「ライトさん、すごい」と彼は言った。「本物の大リーガーだ」

そばのテーブルにいた若者も近づいてきてサインを求め、書いてもらったあと、腕に生えている黒々とした毛を触ってもよいかと尋ねた。ライトは快く応じた。そして小声で、俺はこの国でただ一人の体毛の持ち主なのかよ……とつぶやいた。その姿は、まるで自由に動物に触れることのできる体験型動物園《ペッティング・ズー》にいるベンガル・タイガーのようだった。

「アイム・タイアード・オヴ・ジャパン（日本にはウンザリだ）」と、彼は「アアム・タールダ・ジャパーン」といった発音で話した。

「それに、後楽園《こうらくえん》で投げるのにもウンザリだ。あそこはまるで、少年野球《リトルリーグ》の球場《フィールド》みたいだ」

私は、彼の通訳をしている球団職員を気の毒に思った。

「何もかもがイヤになったんだ」と彼はつづけた。「みんな野球のやりかたも知らないのさ……」

彼は、〝Crazy Wright（クレージー・ライト）〟と書かれたTシャツのスケッチを見せてくれた。そして、このTシャツを何千枚もこしらえて、ジャイアンツ・ファンに売るのだと言った。

「みんな俺をクレージーだと思ってる」と彼は相変わらず間延びした口調でしゃべりつづけた。「そりゃ、こんなところにいたら気が狂いもするさ。それで、こいつで少しでも金儲《もう》けができればいいかと思ってね」

ライトは話すのが好きだった。あるいは私としゃべるのが好きだったのかもしれない。というのは、それまで彼をインタヴューした記者のなかで、私が唯一アメリカ英語を話せたからだ。ほかはみんな日本人だった。大半は英語がほとんど話せず、読売ジャイアンツのことを悪く書くことさえしなければ自由に取材することが許される、厳しくコントロールされた巨人軍記者クラブに所属している連中だった。そんななかでライトは、私を気に入ったようだった。私となら気兼ねなく話すことができ、正確に思いを伝えられると思ったからだった。私はフリーランスで、記者クラブのルールに縛られることもなかった。なんの検閲も受けず、私の記事は日本の雑誌に掲載された。彼は日本での三シーズン目となっていたその年で、日本を去ろうと考えていた。

結局われわれは、その日四時間もそこに座り、次つぎとキリンビールを飲み干し、彼が話をするあいだ、私はいつも持ち歩いている分厚いノートに必死になってメモをとりつづけた。

彼はジャイアンツで過ごした日々を赤裸々に、そして詳細に話してくれた。例えばジャイアンツの選手たちは、試合中に縁起を担いで彼の胸毛を引っ張って抜いたり、シャワー室で〝愛情表現〟

と称して二個のタマをつまんだりした。また、負けがつづいたときには、あるフロントの幹部に呼び出され、明らかにセックスが彼のピッチングに悪影響をおよぼしていると断言されたこともあった。だから金髪で青い目をした魅力的な彼の妻を、ロサンゼルスに帰したほうがいいと言われたこともあったという。勝っているときは勝っているときで、あるコーチに呼び出され、先発のメンバーたちから恨みを買うので、活躍しすぎるのもほどほどにしたほうがいいと言われたりもした。

夜も更けたころ、私はすっかり酔っ払ってしまったが、ライトはまだまだ元気だった。実際クライド・ライトほど酒に強い人間には出逢《であ》ったことがなかった。バーテンダーもそうだったようで、びっくりした様子でこちらのテーブルを眺めていた。私のジーンズのポケットには、勘定を払うのにぎりぎりの金しかなかった。あまり飲みすぎたためメモを取った字はほとんど判読できない殴り書きになっていたものの、記者として望む最高のインタヴューができたのは確かだった。

インタヴューを記事にして発表するのは、ライトが日本を発《た》ってからというのが条件だった。それは、たいして先ではなかったので何も問題はなかった。彼は一九七八年のシーズン途中で、またしても腹に据えかねることに癇癪を起こし、突然チームを去ったのだ。

私のインタヴューは大衆向けの週刊誌〈週刊文春〉に載った。特にシャワー室で性器をつままれた件や、怒り心頭に発したライトが黒江透修《くろえゆきのぶ》コーチの胸にブドウを投げつけた話など、ちょっとしたセンセーションを巻き起こした。試合後に相手チームのチャーリー・マニエルと口論になり、目に一発パンチを食らった一件も記事にした。

そんな私のインタヴュー記事は、ジャイアンツの幹部を慌てさせた。ジャイアンツのフロントには印刷媒体からチームについて書かれたすべての記事を洗い出し、否定的な記事を書く記者を何とかして罰することを仕事としている仕切りたがり屋の連中がいたのだ。ジャイアンツの厳格なシステムのもとでは、選手たちは通常フロント幹部の許可なしに、記者と一対一のインタヴューを受けることは許されていなかった。また、チームがそれ相応の取材費を受けとらずに、選手が取材を受けることも許されていなかった。さらに事前のチェックを受けるため、原稿は必ず掲載前にフロント幹部に提出しなければならなかった。そのようなアメリカではまったく考えられないようなことが、まかり通っていたのだ。

「ホワイティングさん」ジャイアンツのフロント広報部の職員が、後楽園スタジアムのグラウンドで私を捕まえ、シャワー室での卑しむべき詳細などを暴露した〈週刊文春〉の記事のコピーを振りかざしながら言った。「あなたは許可なしにこの記事を出しましたね。こういうことは絶対に許されません」

「ライトさんは、もうジャイアンツの選手じゃありませんよ」と私は言い返した。「彼には好きなことを、好きなときに、好きな相手に話す権利があるんじゃないですか。あなたは言論の自由を否定するのですか？」

「確かに彼はもう巨人軍の選手ではないから、何でも言うことができます。向こうへ行ってしまいましたからね。でも、あなたはここにいるんですよ。あなたのようなライターを食っていけなくするのは簡単なことです。だから次の取材では事前に原稿を見せて、許可をもらってください。さもないと出入り禁止です」

酒の強さとおしゃべり好きということで、ライトに匹敵する男がもう一人だけいた。それはチャーリー・マニエルだった。ヤクルトスワローズの外野手で、同じように巨漢で逞しく、赤毛だった。赤毛は金髪と同様、全員が黒髪である日本では稀《まれ》な存在で、日本人にはそれがとくに魅力的なものに見えたようだ。このときもホテル・ニュージャパンのロビーにあるバーでインタヴューをしたが、バーテンダーはマニエルの腕に生えた赤毛を珍しそうな表情で触り、私の財布からはまたしても万札が数枚失われることになった。夜の十一時になったころ、私の足元はおぼつかなくなっていたが、チャーリーはまだ飲みつづけたがった。そこで、近くの六本木《ろっぽんぎ》にあるカントリー&ウェスタンのバー〈チャップス〉に行った。午前二時ごろになると、私の意識は朦朧《もうろう》としてきて、タクシーのなかで眠りこけて帰宅することになった。が、チャーリーはそのまま飲みつづけたらしい。そんなことはマニエルにとってはよくあることだった。ある日、彼は同じ調子で朝の五時まで飲み、二日酔いのまま土曜日のデーゲームに現れ、二本のホームランを放った。が、ベンチに座っているときは、眠りこけていたという。

クライドとチャーリーは気の合う仲間だった。ふたりとも東京が本拠地のチームにいたので、試合後によく落ち合って飲み歩いていた。ある晩、神宮《じんぐう》球場のスワローズ対ジャイアンツの試合で、ライトはマニエルを四打席無安打に抑えた。二人はその後、原宿《はらじゅく》にあるマンション〈コープオリンピア〉のライトの自宅でしたたか飲んだ挙げ句、ライトがマニエルに向かって、おまえは左腕《さわん》のピッチャーの球が打てない、と言って馬鹿にしはじめた。ライトはしつこくそのことをあげつらいながら次からつぎへとビールを飲みつづけ、ほろ酔いになったとき、ついに怒りを爆発させたマニエルは、大きく振りまわした右の拳《こぶし》のパンチをライトの目に思い切りヒットさせた。翌日、ライトは目のまわりにくっきりと黒いあざをつくって球場に現れた。そして、そこに居合わせて彼の顔を見た日本人記者たちは、ひそかにいい気味だとほくそ笑んだのだった。

そのことも、私は〈週刊文春〉に書いた。ジャイアンツとヤクルトの幹部たちは、かなり不愉快に思ったようだったが、私は〈スポーツ・イラストレイテッド〉誌にも一冊の本になるくらい長い特集記事を書いた。掲載されたのは一九七九年九月二十四日号で、「You Gotta Have Wa」という中味にぴったりのタイトルだったが、これは残念ながら私が考えたのではなく、編集長のマーク・マルヴォイが考え出したタイトルだった（この記事は同じタイトルで、一九八九年に私の二冊目の本として出版された「『You Gotta Have Wa』は、一九五五年に大ヒットしたブロードウェイ・ミュージカルで五八年に映画化もされた『Damn Yankees（くたばれ！ヤンキース）』のなかで歌われて大人気となった主題歌『You Gotta Have Heart（ハートを強く持て！）』をもじって、『和を強く持て！』というパロディにしたもの。のちに日本版の単行本が出版されたときのタイトルは『和をもって日本となす』とした」）。

マニエルやライトのような選手だけでなく、なかにはロイ・ホワイトのように、来日したメジャーリーグの選手で良い成績をおさめ、長く日本に滞在して何も問題を起こさずに過ごした〝まじめ〟な選手もいた。彼は読売ジャイアンツに三年在籍し、笑みを浮かべながらジャイアンツの望み通りの働きをした。

彼の働きのなかには、スクイズや犠牲バントも含まれていた。レロンとレオンのリー兄弟も行儀の良さの手本のような存在として、日本で尊敬を集めていた。レオンはよくこう言っていた。誰かの家に招待されたなら、その家のカーテンや家具や食べ物のことをとやかく言うべきではない。客人としての役割をきちんと演じ、どんなに嫌なことにもおとなしく我慢すること。そして運動能力が優れているというだけで、すべてを受け入れられてもらえるというような、そもそも不可能な期待を抱いてもしようがないということに気づくこと。確かにそれが、重要なポイントだった。それこそが、祖国を捨てて日本にやってきた外国人選手に共通する根本的な課題だったのだ。

しばらくすると、「助《すけ》っ人《と》ガイジン」の物語はマンネリ化し始めた。読めば面白いが、少々型にはまってきた。たとえば……、日本にやってきたアメリカ人の野球選手は最初、英雄扱いされる。が、数か月もすると、だめガイジンとして扱われる。大概は〝給料泥棒〟とけなされるようになり、〝大型人間扇風機〟とか、発音が同じで〝害を与える〟という意味の漢字を用いた〝害人〟などといった侮蔑《ぶべつ》的な言葉が、スポーツ新聞の紙面に躍るようになる、といった具合に……。

レジー・スミス

そのころに私が行ったことで最も記憶に残っているのは、レジー・スミスに対するインタヴューだった。彼は飛び抜けた才能を持ったメジャーリーグの外野手で、ボストン・レッドソックス、セントルイス・カージナルス、ロサンゼルス・ドジャースなどを渡りあるき、オールスター・ゲームに七度選ばれ、そのキャリアの最後を飾るため一九八三年に莫大《ばくだい》な契約金で来日を果たした。スミスは膝《ひざ》と肩を痛めていた。が、百万ドルを払った巨人軍のために、あと一年現役で活躍するには充分な状態だった。

彼は、他のメジャーリーガーの誰とも異なる唯一無二の存在と言えた。聡明《そうめい》な頭脳の持ち主の彼は、野球以外のさまざまなことに関心を寄せ、何事にもはっきり物を言う人物で、いくつもの楽器を演奏し、時間のあるときには美術館に通い、パイロットの免許まで持っていた。彼は政治にも関わった。ボストンで「強制バス通学」の騒動が高まっていたとき〔黒人差別の撤廃のために、通学バスを白人も黒人も一緒に強制的に使用させる運動〕、スミスはちょうどレッドソックスでプレイしていたが、ボストンのひとびとは差別主義者だと言って嚙《か》みつき、市長のケヴィン・ホワイトから叱責《しっせき》されたこともあった。彼はプライドの高い、頑固で率直な人間で、癇癪持ちだった。ボストンにいたときにはあるスポーツ記者に怒りをぶつけ、その記者を持ちあげて逆さまにして選手控え室のゴミ箱に放り込んだこともあった。サンフランシスコではファンのヤジに怒って、観客席に飛び込んだりもした。

来日したときの彼は、アフロヘアーと口髭《くちひげ》で登場し、初日から新聞記事で叩かれた。「紳士たれ」がモットーの読売ジャイアンツの栄光の歴史のなかでは、むさ苦しい髭をたくわえ、スポーツ刈り以外の髪型をした選手などけっして許されなかったのだ。が、レジーは引きさがらなかった。もしジャイアンツが気に入らなければ、百万ドルの契約を破棄してもよいという覚悟だった。その結果、ジャイアンツのほうが折れた。巨人ファンと巨人の御用記者たちにはフラストレーションが溜《た》まり、またしてもガイジン選手が伝統あるチームの純粋な聖域を汚したと嘆いた。

スミスに初めてインタヴューをしたのは、凍《い》てつく二月、九州の宮崎での読売ジャイアンツのスプリング・キャンプ中のことだった。スミスもまた人目を引く身長百八十五センチ、体重八十八キロの逞しい巨漢の持ち主だった。彼には、一流のプロ・スポーツマンだけが感じさせるオーラがあった。が、正直言って口髭とアフロヘアーだけは、あまり恰好《かっこう》のいいものとは思えなかった。

スミスと私、そして、〈スポーツ・イラストレイテッド〉誌の日本での姉妹誌である〈ナンバー〉のカメラマンの三人は、宮崎球場の部屋で座って話をした。スミスは礼儀正しく愛想もよかったが、恐ろしいほどあけすけな男だった。反抗的な態度のことや、記者たちとの関係がいささか波立っていることについて訊《き》くと、彼は一瞬だったが私を睨《にら》みつけた。それは私を戸惑わせるのに十分な迫力があったが、そのあと彼は次のように答えた。

「記者たちと問題を起こしてしまったのは、彼らが自分たちのことを野球選手よりも格上だと思っているせいだ。自分たちのほうが高学歴で、文字の綴《つづ》りなんかを俺たちよりよく知っているというだけで、俺たちを低く見る。俺はそんな扱いをされるのは御免だよ」

「ボブ、君は記者《ライター》で大学を出ているのだろう。けど、この俺だってプロのスポーツ選手なんだ。俺には君の仕事ができる。が、君には俺の仕事はできない。ロサンゼルスではドジャースのためにテレビやラジオにも出演したし、新聞に記事を書いたこともある。でも君はメジャーリーグのピッチャーの速球を打ったことはないだろう?」

彼の聡明な頭脳は本物だった。その時点で、彼はすっかり私の心を摑《つか》んでいた。

次に私は、ジャイアンツが彼に対して選手兼任でコーチをやってもらいたいと考えているという報道について尋ねた。すると彼は、またしても予想外の答えを返してきた。

「〝コーチ〟という言葉が嫌いなんだ」と彼は言った。「コーチと聞くと、監督のトランプの相手をする太鼓腹の元選手みたいなのを想像するんだ。俺は先生《ティーチャー》だよ」

その後スミスは、自分のバッティング哲学をレクチャーしてくれた。

彼は部屋の隅の黒板の前に立ち、バッターボックスに立つバッターを描き、真ん中に垂直の線を引いた。

「バッターボックスに立って、頭のてっぺんから体を通って地面まで真っすぐ伸びる一本の軸《ポール》を想像してみてくれ。両足のちょうど真ん中を貫く軸《ポール》だ」と彼は言った。

「しっかり構え、スイングをするときは、その想像上の真っ直ぐな軸《ポール》を中心にして身体を回転させなければならない。もしもその中心の軸《ポール》から外れれば、まともなスイングはできない。わかるかい？」

「わかります」と、私は感心して答えた。

スミスは最初から日本の野球のすべてと問題を起こした。フライを百球捕る練習を命じたコーチに噛みつき、オープン戦の始まった週末には、三本の特大ホームランを打ったあと、彼によればストライクゾーンを広げた審判と口論し、満塁だというのに彼を敬遠したピッチャー――そうした人間を彼は「ガッツレス（意気地なし野郎）」と呼んだ――を罵《ののし》った。

「日本の野球は日本の社会とまったく同じだ」と彼は言った。「みんな対決を避ける」

それは真実かもしれない。が、日本野球や日本社会に溶け込むうえで、日本体験の初期段階では最も口にしてはいけない言葉だった。彼のインタヴュー記事が出たときには、彼のこうした言葉遣いや態度のために、誰も彼に近づかなくなった。

ペナントレースが開幕して間もなくの四月、ベースにスライディングするときに足を痛めた彼は、最初の二か月のほとんどをベンチで過ごし、故障者リストを行ったり来たりしながら、代打の役を果たすだけに終わった。

日本の報道陣は、容赦なく彼を攻撃しはじめた。特に日本版〈ニューヨーク・ポスト〉［一八〇一年に創刊された、派手な見出しと扇情的な内容で男性に人気のあるニューヨークのタブロイド紙］とも言うべき夕刊紙〈日刊ゲンダイ〉のコラム欄は手厳しく、それについては『和をもって日本となす』にも書いた。

「スミスはこんなうまい商売はないと思っているに違いない。いつもベンチに座り、たまに代打に出るだけで……コーチたちは笑顔で彼に愛想を振りまき、スミスは『おれはメジャーリーガーだ』といった表情を見せ、尊大で自分さえよければそれでいいというような態度をとりつづけている」

「これは日本人の持ってる外人コンプレックスにほかならない。だから、スミスのようなくたばりぞこないのポンコツでも大事にされるのだ。そんなことでは、日本は世界中から馬鹿にされるだろう」

「アメリカ人たちは日本人を馬鹿にしている。野球はその一例に過ぎない」とこの大衆向けの夕刊紙は憤った。過熱する日米貿易摩擦を引き合いに出し、「そのせいで日本そのものが世界の国々から軽んじられている」と熱く書き立てた。

「いまからでも遅くはない。スミスを即刻クビにしてアメリカへ帰すべきだ。そうすれば、諸外国の日本を見る目も、日本に対する態度も少しは変わるというものだ。これはジャイアンツとレジー・スミスだけの問題でもなければ、プロ野球だけの問題でもない。日本の問題なのだ」

スミスに対して何度もインタヴューを繰りかえしたのは、ちょうどこのころだった。スミスは記者たちに向かって問題を起こすようなコメントを口にすることが多かった。そのためジャイアンツは、彼へのインタヴューの許可を誰に対しても与えないことにしていた。もちろん私に対しても許可はおりていなかった。が、スミスは球団の上層部のことなんか気にするなと言い放った。

彼によると、来日する前、ジャイアンツが選手たちを異常なほどに管理すると聞いていたので、彼が望めばどんな記者とも話すことができるという条項を契約書に盛り込んでおいたというのだ。

「誰も俺の口はふさげないよ」とレジーは言った。「もしも俺がお前のことを嫌いになったら、俺ははっきりそう言う。それだけは承知しておいてくれ。たとえお前が年に百万ドル俺に払おうとな」

こういうこともまた、日本のような国では礼儀上口にしてはならない言葉だった。が、それこそがレジーのレジーたる所以《ゆえん》だった。あけすけな男。レジーはただ話したいと思ったから、私と話したのだった。

私は彼のインタヴューを六本木のレストランやバー、東京の広尾《ひろお》にあるマンション、遠征先のホテルの部屋などで行った。彼が私に話をしてくれたのは、おそらく私が日本の事情に詳しく、いま彼が住んでいる国を理解する助けとなる本を書いた同胞のアメリカ人だったからであり、彼が日本の記者を信用していなかったからだった。読売の息がかかった記者だったら、上層部を慌てさせせないように彼の発言をオブラートに包んで本意を曲げる疑いがあった。また読売のライバル会社の記者だったら、ただ彼が読売に属しているというだけの理由から、悪く書き立てるのではないかという懸念があった。

私は大阪でのある晩のことをよく憶《おぼ》えている。彼はホテルの部屋に立って窓から街の夜景を眺め、手首をぶらぶら動かしながら今度はあらぬ方向を見た。

「つらいよ。ここで生きるのは」と彼は言った。「日本人に混じって地下鉄で球場に行ったことがあった。そしたらシャツのなかに手が入って、胸毛をさわられるのを感じた。誰かが棒で俺のケツを突《つつ》いた。まるでデパートのショーウィンドウに展示してある肉の塊みたいな扱いさ。下劣な行為だ。日本人みんながそうではないと思うけど、それでも参ったぜ」

「〝ニガー〟って言葉も、日本にいるほうがよく耳にする。とくに阪神タイガースの甲子園《こうしえん》球場の外野席の群衆からは、いままでの大リーグ人生で耳にしたよりも多くの〝ニガー〟って言葉を聞く。でも、それが、〝にぃ・がー〟とか〝にぃ・ぐぅ・ろぉー〟みたいにおかしな発音で聞こえるんで、なんだか笑えるんだけどね」

このことについては私も証言できる。というのも、阪神タイガースの甲子園球場の外野席には、私も何度か座ったことがあったからだ。まさにその巨人阪神の三連戦のとき、外野席のライト側にある阪神タイガースの「応援席」にいたのである。スミスがライトの守備についているとき、彼を侮辱する声が、「ばかやろう」「あほんだらぁ」「くそやろう」そして「国へ帰れー」というようなありとあらゆる侮辱の言葉に混じって聞こえた。日本人たちが差別的な侮《あなど》りの言葉である「ニガー」の意味を完全に理解して叫んでいたかどうかは疑わしいと思う。恐らく誰かが、この〝巨人のガイジン選手〟を野次るのに最適な言葉だと教えたのだろう。当時の甲子園の外野にいる阪神ファンの多くは肉体労働者《ブルー・カラー・ワーカー》で、外野スタンドは日頃のストレス発散の場所だった。こうした手に負えない連中はアメリカにもいるかと考えたら、たぶんシカゴ・カブスにいた外野のファンが思い当たる。後年になって、カブスの外野手の福留《ふくどめ》の名前が卑猥《ひわい》な侮辱の言葉に言い換えられていたが、彼らはもちろんその意味を承知して口にしていた［Fukudomeをもじって、Fuck to meというヤジが飛んだという］。阪神ファンはときには酒で勢いづき、審判の判定や雨による遅延や中止などにかこつけては球場で騒ぎを起こしていた。その結果、球場は暴徒から選手たちを守るため、外野フェンスの上部に有刺鉄線を取りつけたりもした。

念のために言っておくと、当時は応援団の席には誰でも座れるというわけではなかった。そこに座るには、その資格があることを証明しなければならない。どれだけ大きな声が出せるか、叫び声をあげるテストがあって、それに受かると〝応援団〟のリーダーが、叫ぶ能力によってレギュラー用の席を割り当ててくれ、すべての試合を観戦することを請け負うと、シーズンの通しチケットを割り当ててもらい、買わせてもらうことができたのだ。そのような観戦チケットは、のちに神戸《こうべ》を拠点とする反社会的組織である山口《やまぐち》組によって取り仕切られていることが判明した。山口組はほかにも、弁当やタイガース・デザインの缶ビール、様々な珍味などをスタンドで売る利権も握っていた。私の場合は大阪で活動していた新聞記者に招待してもらったのだが、それはまさに驚くべき体験だった。試合は六時半に開始するが、応援団はその一時間前に集合しなければならない。そこで、割り当てられたライト側の外野応援団を監督するチアリーダーの小隊に率いられ、組織化された応援がはじまる。「かっ飛ばせ、タイガース」が一番よくかかる掛け声だ。掛け声はタイガースが打撃を行う裏のイニングの攻撃のあいだノンストップでずっとつづけられる。バッターごとの応援もみんなで一緒に行う。そうして試合が終わったあとも、一時間近く応援はつづいた。選手が試合で出す以上のエネルギーを、彼らは毎試合放出している。私は「かっ飛ばせ」と何度も怒鳴ったせいで声はしわがれ、その晩にようやく眠れたと思ったら夢にまでその声が出てきた［二十一世紀に入るころになって、甲子園球場は暴力団との関係を断ち切り、応援団も暴力団とは無関係の団体が組織しているという」。

その後もレジー・スミスの記事を、〈ナンバー〉〈週刊文春〉〈デイリースポーツ〉などで書いた。が、当然、ジャイアンツのフロントの顰蹙《ひんしゅく》をさらに買うことになった。そして私がスミスを独占していると読売が公然と非難しはじめると、スミスは腰をあげ、自らペンを取り日本の野球、特に読売ジャイアンツの何が問題なのかを大衆週刊誌〈週刊ポスト〉に連載しはじめた。外国人であれ日本人であれ、レジー・スミスほど、〝プライド高き純粋なる栄光の巨人軍〟の鼻をへし折った選手はいなかった。

著名なジャーナリストであり作家のデイヴィッド・ハルバースタムと出逢ったのはレジー・スミスのおかげだった。一九八三年五月末のことだ。彼は〈ニューヨーク・タイムズ〉紙にベトナム戦争の記事を書き、ピューリッツァー賞を獲得していた。彼は『ベスト&ブライテスト』（二玄社）、『メディアの権力』（朝日新聞社）ほか多数の伝説的ベストセラーを書き、アメリカで最も名の知れた記者《レポーター》で、かつてジョン・F・ケネディは彼を解雇させようと画策したこともあった。

ハルバースタムは日本の自動車業界を描いた『覇者の驕《おご》り―自動車・男たちの産業史』（新潮社）の取材のため日本に数か月滞在していた。彼はまた〈プレイボーイ〉誌から日本滞在中にレジー・スミスについて書くよう依頼されていた。そのため彼はシーズンが始まる前にジャイアンツのフロント・オフィスに連絡し、スミスとのインタヴューを打診していた。しかし、何度問い合わせをしても返事をもらうことができなかった。

ジャイアンツの引き延ばしにうんざりしていたハルバースタムは、『菊とバット』をたまたま読んで私に助けを求めてきた。

私は彼の助けにはたいしてなれなかったのだが、この不釣り合いな関係について考えてみてほしい。アメリカで最も有名なジャーナリストが、アメリカで最も無名のジャーナリストに助けを求めてきたのだ。

じっさい彼には、本当に助けが必要だった。ジャイアンツは明らかに彼の申し入れをはぐらかしてごまかそうとしていた。私はいろいろ調べた結果、ジャイアンツの上層部《エグゼクティヴス》は、どんなことでもずけずけと口にするスミスが、反権力の闘士として数々の作品を残してきたピューリッツァー賞ジャーナリストに対して何をしゃべるのか、それはわかったものじゃないと恐れをなしていることが確信できた。球団の幹部たちは、何百万人というアメリカ人読者を前に恥をさらす危険性があると感じ、なんとかそれだけは避けなければならないと考えた。

「読売ジャイアンツとくらべたら、ホワイトハウスと交渉するほうがよっぽど楽だ」とハルバースタムは電話越しに言った。「もうこれ以上待てない。締め切りが刻々と迫っている。君がレジー・スミスに紹介してくれないか？」

レジーに話すと面会を承諾してくれ、間もなくやってくるゴールデンウィークにインタヴューすることが決まった。それからハルバースタムと私は、有楽町《ゆうらくちょう》の電気ビル二十階にある外国人記者クラブで昼食をともにした。

ハルバースタムは、ちょっとやそっとの強面《こわもて》の人物ではなかった。百九十三センチ、八十五キロの巨漢の彼は、ポロシャツから逞しい腕の筋肉をはみ出させ、鼈甲《べっこう》の眼鏡越しに私を見下ろした。深みのある轟《とどろ》き渡るような低い声は、ウォルター・クロンカイト［CBSイヴニング・ニュースで長年アンカーマンを務め、「アメリカの良心」と呼ばれたジャーナリスト］のように威厳に満ちた声で響いた。

私たちは眼下に広がる皇居を眺めながら席に着いた。私は、世界的に有名なピューリッツァー賞受賞ジャーナリストになるのはどんな気分か、という質問で会話をはじめようとしたが、彼は私の切り出した質問を払いのけるようにして話しはじめた。

「悪いもんじゃないよ」と彼は言った。「それより君の話をしようじゃないか。今、何について書いている？　最初に言っておきたいんだが、私の会った沢山のアメリカ人や日本人が、『菊とバット』を薦めるので読んでみたよ。あれは日本について書かれた最高の三冊のうちの一冊だ。ほかの二冊というのはフランク・ギブニイの『日本の五人の紳士』(毎日新聞社)と、ドナルド・リチーの『日本人への旅』(TBSブリタニカ)だ。君の本でいいと思ったのは、ほかの多くの日本についての本と違って生身の人間が描かれていることだ。次の本を書かなきゃだめだぞ」

これが超大物ジャーナリストのやり方だ、と私は自分に言い聞かせた。相手を褒めそやし、自分の目的を達成する。

ハルバースタムは、ジャイアンツのホームグラウンドの後楽園でプロ野球を見たがったので、私は愚かにも彼を連れて行くと請け合った。これはまったくの失敗だった。なぜなら巨人戦のチケットはいつも売り切れで、入手するのは困難だったからだ。おまけに球団幹部は予想通り招待券と報道陣用のパスを私が要求しても拒否してきた。しかし褒めそやされた私は後《あと》には引けなかった。

そこで最後の手段として、私は助けを求めて日本野球機構(プロ野球)のコミッショナー下田《しもだ》武《たけ》三《そう》に会いに行った。彼は元駐米大使で、元最高裁判所判事の背が高く上品な人物で、かなり無作法な私の頼みを親切に聞き入れてくれた。

私は下田氏のためにジョニーウォーカーの赤ラベルを持参した。あとで友人から、そのような場合は黒ラベルより格下の酒は侮辱されたととられると知った。が、彼は赤ラベルのウィスキーを受け取ってくれ、『菊とバット』を楽しく読んだと語ってくれたうえ、机の引き出しからチケットを取り出し、私に渡してくれた。それは、ゴールデンウィークのうちの一日である憲法記念日の午後に行われる試合のプライベート用のボックス席だった。彼はさらに、二人分の特別入場パスまで用意してくれ、まさに至れり尽くせりだった。

かくして私はゴールデンウィークにデイヴィッドを野球の試合に連れて行き、ふたりで下田氏のボックス席から観戦した。

我々はそこに腰掛け、ビールを飲みながら試合を見た。いろいろと説明をするあいだ、肩幅の広いハルバースタムは、身体《からだ》を後楽園のちいさな席にねじ込んで聞いていた。ハルバースタムは筋金入りの野球ファンで、ヤンキースとレッドソックスの長い歴史を知る人物でもあった。彼はのちに『サマー・オヴ'49（邦題：男たちの大リーグ）』（宝島社）という著作を上梓《じょうし》することになる〔一九四九年のシーズンをジョー・ディマジオやテッド・ウィリアムスといった大スターの活躍とともに子供の視点で振り返った一冊〕。それは『菊とバット』を読んで、スポーツを通して社会を描きだしたくなって書いたものだという。日本の野球を見た彼の目には、日本人が基本をしっかりマスターしていることが印象的だったようだ。打者の技術レベルも高く、なかなか三振することもなく、守備のエラーもほとんどないことには感心したが、繰り返される犠牲バントや二塁への迫力のないスライディングなど、あまりにも積極性に欠けていることには驚いた様子だった。

「まるで背広を着て野球をしてるみたいだな」と彼は言った。七回になると、「フィールドの選手たちより、外野右翼席《ライト・フィールド》にいる応援団席《チアリング・セクション》のほうがよっぽど熱くなってるじゃないか」とも言った。

レジー・スミスは〇対四の状況なのに、二度の打席で思いっきりバットを振りまわし、空振り三振に終わった。

試合後、私たちは選手控え室を訪れ、デイヴィッドをレジーに紹介した。

その横で立ったまま私たちを見ていた（あるいは私を睨みつけていた）のは、ジャイアンツの広報部長だった。パスをくれなかった人物であり、もちろん彼は私たちの来訪を知らされていなかった。

「これは君の差し金なのかね？　ホワイティング」と彼は明らかに苛立《いらだ》った口調で言った。

「いいえ、私じゃないですよ」と私は答えた。「コミッショナーの計らいです。どうぞ彼に聞いてみてください」

その夜、レジーとデイヴィッドと私は、広尾にあるイタリアン・レストランで夕食を食べ、それがすむとデイヴィッドのインタヴューのために、私は席を外した。

レストランの背後から、「やつらがやってるのは野球じゃない。あれはピンポンだ」と吠えるレジーの声が聞こえてきた。

翌日、デイヴィッドが連絡してきた。

「じつによく話をしてくれた」と彼はレジーのことをそう言った。「これまで私がインタヴューしたスポーツ選手のなかでも、彼はずば抜けて頭がいいね。ビル・ブラッドリー［プリンストン大学やプロで活躍したバスケットボール選手。のちに上院議員となり一九九九年には民主党の大統領候補にもなる］やビル・ウォルトン［バスケットボールの選手としてUCLAで二度優勝し、三度MVPを獲得。プロになったあとの一九九三年には、最も偉大な五十人のNBA選手の一人にも選ばれた］にもインタヴューしたことがある。けど、レジーは見事にツボをわきまえた答えをかえしてくれた。自分から積極的に話もしてくれたしね」

デイヴィッドはもう一度後楽園で試合が観たいと言いだしたので、またしても私は、緊張しながらコミッショナーの事務所を訪れなければならなかった。今度はジョニ赤の二倍以上の値段のジョニ黒を持参した。

ハルバースタムの書いた〈プレイボーイ〉誌の記事は、レジーの二年目のシーズンの半ば頃に掲載された。

タイトルは、『The Education of Reggie Smith（レジー・スミスの教育）』。予想した通りジャイアンツに対してあまり好意的な記事とはならなかった。ハルバースタムはジャイアンツの野球哲学を次のように説明した。「お世辞にも積極性に富んだ戦略戦術とはいえず、むしろ失敗や責任を回避しようとするものだった」

記事で目にとまった部分といえば、スミスが日本をアメリカの旧南部連合国にたとえて語っているところだった。「いまだに南北戦争のような古臭い戦い方をしているよ」

相変わらずスミスは、彼の雇い主たちと衝突をつづけていた。審判が、彼の言うところの〝特大のストライクゾーン〟を適用することに抗議して、あるゲームではバッティング・グローブを着用せずに打席に立ち、バットをふらふらと揺するように持ち、ベルトの位置まで下げて構えて三振になった。広島カープのピッチャーが彼の頭めがけて投球したことに腹を立て、広島ベンチの選手全員を相手に殴りかかったこともあった。日本の野球が〝後ろ向き〟であることに抗議して、彼はユニフォームの前と後ろを逆に着て試合前の練習に出て、コーチから叱責されたこともあった。

しかし膝の故障も回復し、少しずつ落ち着きを取り戻すと、彼は猛烈な勢いで活躍しはじめ、ほとんど彼ひとりでジャイアンツにペナントレースを勝ち取らせる結果となった。最後の二か月、彼は四十試合で二十本のホームランを放ち、優勝を決定づける試合では三本のホームランを放ち、ジャイアンツにセントラル・リーグのペナントをもたらした。シーズンが終わるころには、新聞は敬意を持って彼を〝野球の教授《ベースボール・プロフエッサー》〟と呼ぶようにもなった。ジャイアンツのオーナーの正力亨《しょうりきとおる》は、スミスのことを「年百万ドルだったら安い買い物」と言ってはばからなかった。

結局彼は、日本の野球で傷つくことなく過ごすことができた。一方私は、ジャイアンツの報道陣に対する支配に横槍《よこやり》を入れ、球団規約《プロトコル》を何度も犯したことで、東京読売巨人軍のブラックリストのさらに上位にランクインすることとなったのだった。


次のシーズンには元モントリオール・エクスポスのスター選手、ウォーレン・クロマティがジャイアンツに入り、レジー・スミスは怪我の悪化と身体的衰えによりその存在が霞《かす》むようになった。しかし彼は、十六歳の息子のレジー・ジュニアを威嚇した阪神の応援団のメンバーにパンチを食らわせたことで、二年ぶりに新聞の見出しを大きく飾った。ジャイアンツはBクラスに落ちることだけにはならないよう必死に踏ん張っているありさまだった。警視庁の調べによれば、東京在住のある男は、「巨人のあまりに情けないプレイに苛立ちを募らせ」近所の家屋十五軒に次つぎと放火したという。

自由な精神の持ち主と言えるクロマティは、すきっ歯で、風船ガムを膨らませながら打席に立ち、ホームランを打つと決まってベースをまわりながら腕を差しあげて「ガッツポーズ」を決めた。彼も初めのうちは調整期を必要とした。最初のシーズンの半ばまで、彼の打率は期待値以下で、タブロイド紙は彼をクビにしろと書きたてた。が、彼は王監督のアドヴァイスによって持ち直した。「スイングが大きすぎる」と王は言った。「バットをかまえる時、腕に本を挟んでいるつもりでバットを振ってみたらいい。そうすればコンパクトに振りおろすことができるよ」

クロマティが言われた通りにすると、数週間でリーグの首位打者と肩を並べるまでになった。その後彼は七年間日本で好成績をあげつづけ、首位打者にもなった。セントラル・リーグのペナントレースでの最も大事な試合で、代打ホームランを打ったときが彼の絶頂だった。それは頭に死球を受けて入院し、退院した直後の出来事だった。

クロマティは日本で生まれた息子コディーに、王貞治監督への敬意を表してミドルネームを加え、〝コディー・オー・クロマティ〟と名づけた。クロマティは王を世界で一番《ベスト》のバッティング・コーチと呼んだ。

のちに私はクロマティと共著で『さらばサムライ野球』を書くことになった。月に何度も広尾にある瀟洒《しょうしゃ》なマンションに通い、キッチン・テーブルでインタヴューを延々と行い、彼の興味深い人生を細部まで知ることができた。特に妻のキャロルと別れてからの彼の人生が面白かった。たとえば、ホントかウソかは判断しかねるが……。

「ボブ、M・イシハラっていう女優を知ってるかい?」

「知ってるよ。お人形みたいにかわいい子だよね」

「あそこにソファがあるだろ(と言いながら、居間のほうを指差した)。彼女は、きのうの晩、あそこで寝そべってたよ……俺と一緒に」

『さらばサムライ野球』は日本でベストセラーになった。

そして私は、日本人も外国人もふくめて、日本で最も成功したジャーナリストの一人となった。が、それと同時に、最も憎まれるジャーナリストにもなった。そのことについては、またあとで書くことにしよう。

日本のメディア――まったくの別世界

一九八〇年代の初期、日本は世界で最もメディアが発達している国のひとつである、と自慢する声が聞かれるようになった。まずは〈読売新聞〉(夕刊を含め、〈ニューヨーク・タイムズ〉のおよそ十二倍に当たる発行部数の千二百万部)、〈朝日新聞〉(千百万部)、そして〈毎日新聞〉という三大新聞社があった。発行部数の大きさでの上位十社には、ほかにも〈日本経済新聞〉〈産経新聞〉、そしていくつものスポーツ新聞――〈スポーツニッポン〉〈日刊スポーツ〉〈報知新聞〉〈サンケイスポーツ〉〈東京中日スポーツ〉〈デイリースポーツ〉〈東京スポーツ〉……などがあった。そのほかに〈日刊ゲンダイ〉や〈夕刊フジ〉など、合計百万部を超えるタブロイド判の夕刊紙もあった。

新聞を読むひとびとの姿は、どこでも見られた。混雑した朝の通勤電車のなかでも、喫茶店でも、休憩中のオフィスのデスクでも、昼時のそば屋の前に並びながらでも、バスの行列でも、新聞を広げるひとびとの姿が見られた。そして一日が終わるころ、駅のホームや繁華街の道端には、新聞がそこかしこに捨てられていた。

それに加えて多くの週刊誌があった。高級なものと考えられていたのが〈週刊文春〉や〈週刊新潮〉、そして最も低級なものとしては〈週刊大衆〉〈週刊実話〉〈アサヒ芸能〉など。それに日本版〈アトランティック・マンスリー〉[一八五七年、ボストンの知識人たちによって創刊され、現在もつづく政治、経済、文芸などを扱う総合月刊誌]ともいえる〈文藝春秋〉は、当時百万人以上の読者を誇っていた。

さらに、単行本、文庫を含め、年間七万点以上の新刊を出す出版産業もあった。東京の町は書店であふれていて、大勢の客たちがその場で立って本を読む姿――日本人が「立ち読み」と呼ぶ行為――が、各店舗で見られた。それは世界の他の場所ではおよそ見られない光景だった。

そしてもちろん、全国ネットや、ローカル局を含めたテレビ局の存在を忘れてはならない。

七〇年代と八〇年代を通して、私はこうした日本のメディアのなかで夢中になって仕事をした。いくつもの出版社のために執筆し、隔月刊の雑誌〈ナンバー〉に連載ページを持ち、〈デイリースポーツ〉〈週刊サンケイ〉〈週刊朝日〉に毎週コラムを書き、〈ビジネス・ヴュー〉という雑誌に毎月コラムを書いた。

テレビ番組にも定期的によく出演するようになった。TBSの『サンデーモーニング』の「野球教室」というコーナーや、フジテレビの『プロ野球ニュース』、NHKの大リーグ放送などなど。なかでも阪神タイガースのエースとして活躍したあと、南海ホークス、広島カープなどに移籍してリリーフ・エースとしても返り咲いた名投手の江夏豊《えなつゆたか》や、ホスト役の作家村上龍《むらかみりゅう》と一緒に出演した週一のインタヴュー番組『Ryu's Bar 気ままにいい夜』が特に記憶に残っている。

江夏は私の最も好きな選手だった。体格は私と同じくらいで、彼のほうが少し体重があったが、彼は時速百マイル［約百六十一キロ］の速球を投げることができ、一シーズンで四百一奪三振という素晴らしい記録をふくめ、何度も何度も三振の記録を打ち立てた。阪神タイガースで投げていたときは、とくに読売ジャイアンツの好敵手として立ち塞《ふさ》がり、ジャイアンツや他のチームの選手たちが率先して守っていたプロ野球選手のクリーンなイメージを公然と馬鹿にしているようにも見えた。彼は、山口組のヤクザ連中と連れ立って大阪の夜の街で遊ぶほうが似合っているようにも見えた。

阪神のフロント首脳陣は、一時期彼の態度を改めさせようと試みたこともあった。たとえば一九七〇年のオフシーズンに、チームの幹部は彼に謙虚さを学ばせるため、大阪の阪神デパートでアルバイトをさせたこともあった。次の冬には精神修養のため、監督が山のなかにある禅寺に彼を連れて行き、夜明けとともに起き、一日七時間座禅を組み、便所掃除その他の修行に勤《いそ》しませた。しかし、どれも好結果をもたらしたようには思えなかった。一九七一年五月、チーム専属の医者が彼を検査し、心臓に問題があると診断した。このまま無頼《マッチョ》の生活をつづければ、確実に早死にする、と断言した医者は、コルチゾンなどの薬を処方し、江夏の大好きな四つのこと——飲酒、喫煙、女性、麻雀《マージャン》のうちの少なくともひとつをやめなければならないと諭した。江夏は必死に考え、やがて答えた。「試合後の一服をやめることは考えられない。女性と麻雀にもどっぷり浸《つ》かっているのでとてもやめられそうにない。なのでやめられるとしたら酒だ」。彼は二か月の禁酒のあと、夏のオールスター戦に出場し、九人の打者から次つぎと三振を奪った。そしてみずからホームランまで打った。そしてあと二年、腕を酷使して使い物にならなくなるまで、彼は先発投手として活躍した——一九七三年のシーズン最終日の試合では、ダブルヘッダーの二試合とも登板し最後まで投げ切った——そして彼は、リリーフの一員に追いやられることになったのだった。

七〇年代半ばから肩を痛めていたせいもあり、彼は一試合に百球近くも鋭い投球をすることが不可能になっていた。が、江夏は最初、先発投手からリリーフになることを拒んだ。

彼はこのことを、「出版社なら編集部から営業にまわされるようなものだ」と説明してくれた。が、一九七六年、江夏は一試合に五十球なげるのがやっとという状態に陥り、南海ホークスにトレードされた。そのころリリーフ・エースの存在が注目を集め始めていたこともあり、ホークスのアメリカ人コーチであるドン・ブラシンゲーム（ブレイザー）は、リリーフ投手に替わればもう一度スターとして返り咲けると説得した。江夏はそれを承諾し、一九七九年には移籍した広島カープを日本シリーズ優勝に導くなど、ＭＶＰにも二度選ばれ、日本のプロ野球史に残る最高のリリーフ投手となったのだった。引退時の成績は二百六勝、百九十三セーブ。彼は闇社会との関係を噂されて降ろされるまで、テレビのコメンテーターとしても活躍した。

テレビ・スタジオで初めて会ったとき、江夏はアメリカに渡ってミルウォーキー・ブリュワーズで投手人生最後の挑戦を試み、ドン・キホーテ的な敗北を喫したあと、日本ハムファイターズのコーチをしていた。ブリュワーズは本当は彼を雇いたかった。が、体を調整するために、ＡＡＡクラスの傘下のマイナーリーグに二、三か月ほど彼を送ろうとした。しかし誇り高い江夏にとって、それは「出版社の営業」に飛ばされるよりも辛《つら》いことだった。

私たちはスタジオの外の廊下に腰掛け、冗談を言い合った。私よりも十五キロ以上体重の重い彼は、肥満したリスのように頬《ほ》っぺたを膨らませて、太鼓腹をベルトからはみ出させながら、煙草に火をつけ、私にも勧めた。私は、それを断った。そのときにはもう煙草をやめていたのだ。私は喘《ぜん》息《そく》の発作に苦しみ、ヴェントリン［喘息の薬］の吸入器を取り出し、江夏にそれを見せてから、薬を一吸いした。

「ぜんそくなんです」と私は日本語で言った。

すると彼は、だめだめというように頭を振った。

「そんなやり方じゃ、喘息は治らない」と彼は言った。「俺みたいに煙草を吸え。〝根性〟で治せ。精神力で肺を鍛えろ」

江夏は山口組の友人に助けられ、麻薬中毒から脱して数年経ったころだった。彼はそれで逮捕され、牢屋《ろうや》にも入れられたのだった。

私は他にも大勢のプロ野球選手たちと出逢い、インタヴューをした。そのなかには偉大《グレイト》な長嶋茂雄《ながしましげお》もいた。

ジャーナリストという新しい仕事をはじめてから、彼とは何度も会った。そして彼が燃えあがるようなカリスマ性を持っていることを確信した。彼が部屋に入ってくると、誰もが手を止めて彼を見つめた。彼のことをよく知らないという者でも——そういうひとは少数だったが——、やはり同じように彼を見つめるのだった。彼は明らかに特別の存在に見えた。背が高く、髪が真っ黒で、いかにもスポーツ選手らしい彼には、どう表現すればいいのかわからないが、これまでの私の人生で一度も出逢ったことのない強烈なオーラが感じられた。以前、彼の息子が出場する田園調布《でんえんちょうふ》の小学校の運動会で、彼が歩いてくるところを見たことがあった（私は、その運動会に出る娘のいる芸術家の日本人の友人と一緒にそこにいた）。そのとき——彼が入ってきたとき、何か宇宙的な啓示が顕現したかのように、すべてのひとの目が彼に集まった。黒々とした角刈りにサングラスをかけ、革のジャケットとジーンズというその姿を見て、最初は映画スターかと思ったが、まわりのひとびとが彼のニックネームの「チョーさん」と囁《ささや》くのを耳にして、それが長嶋だとわかった。

一九八二年、私はテレビクルーとともに、東京郊外の高級住宅地田園調布にある長嶋の自宅を訪れる機会があった。それは、まるで美術館に足を踏み入れたかのような体験だった。壁は黄金がちりばめられたかのように金色にきらきらと輝き、居間には日本の国民的英雄である長嶋が、これまでに出逢った幅広いジャンルの世界の有名人たちと記念撮影した写真が飾られていた。映画俳優のケーリー・グラント、ショーン・コネリー、カナダ首相だったピエール・トリュドー、アメリカ大統領だったジミー・カーター、そしてローマ教皇パウロ六世……。

私は写真に写っている長嶋の姿に敬意を示し、絶賛した。すると彼は、私の顔を改めてじいっと見つめ直した。それは、私が誰だったか、どんな重要人物だったのかを思い出そうとするような様子だった。が、次の瞬間、私がさほどの重要人物でもないと思い出したのか、写真に視線を移して、なんのてらいもなく少々おかしな甲高い声で言った。「彼らは、みんな、ベストフレンドですねぇ」

長嶋は、金の腕時計と金のブレスレットを手首に巻き、いかにもねだんの高そうなスーツを着ていた。私のほうは安いGAPのジーンズと、日本のデパートでは私に合うサイズがなかなか見つからないので、ニューヨークの三十四丁目のメイシーズ［アメリカの大衆的な百貨店］で買ったバーゲン品のカジュアル・ジャケットを着ていた。

私は、自分が場違いなところにいるような気持ちになった。

彼の家には、以前にもモントリオール・エクスポスの名キャッチャーだったゲイリー・カーターと、トロントから来た撮影クルーを連れて行ったことがあった。カーターの日本滞在を撮るテレビのドキュメンタリーの仕事だった。

その時の長嶋のもてなしは、見事なまでに完璧《かんぺき》だった。靴を脱ぐ玄関に、当時のカナダの首相だったピエール・トリュドーと長嶋が並んで写っているツーショット写真が目立つように展示されていた。居間に入ると我々の席の傍に、彼がローマ教皇と写っている写真が置かれていた。それは、モントリオールがカトリック教徒の街だと知ったうえでの計らいだった。

地下のトロフィー専用の部屋では、そこにいる全員のためにボールにサインをしてくれた。しかもローマ字で。サインをしながら彼は(実際はしゃべれないのに)英語がしゃべれるのをみんなにわからせようと甲高い声で言った。「デモンストレーション、デモンストレーション」

長嶋は、まるでクリント・イーストウッドのような人物だった。何も言う必要がない。言葉は必要ないのだ。そこにいるだけで特別なオーラがあった。やるべきことはただひとつ。「黙って突っ立っていないで、何か言え」の逆を実行することだけだ。「何も言わないで、立ってるだけでいい」

しかし不幸なことに、彼は口を閉じていることができなかった。彼は頭に浮かぶことを何でも次からつぎへと口にして、黙ってはいられなかった。要するに、彼の話し相手は自分だけだったのだ。彼はよい聞き手ではなかった。ゲイリー・カーターの発言にはまったく興味を持っていないようだった。が、幸いなことにアメリカで教育を受け、英語が得意な彼の妻の亜希子《あきこ》が一緒にいたので何も問題になるようなことは起こらずに済んだのだった。

一方、長嶋のチームメイトであるホームラン打者の王は、長嶋とはまったく別の生き物だった。王とは普通の会話ができた。彼は会っている人物のことを知るために質問を口にしたうえ、会うひとに興味を示そうとした。仕事の役得で、王とは何度か長時間話をすることができ、会うたびに私は、彼のことがまるで自分の友達のように思えた。私は、彼ほど腰の低いスーパースターに会ったことがなかった。彼の地位と名声の高さを考えれば、こちらが少々怖気《おじけ》づいてもおかしくはないのに、彼はまったくそんなことを感じさせなかった。彼は、大人から子供まで、ときには他チームの野球選手からもサインを求められたが、それを一度も拒んだことがなく、会うひとすべてに対して礼儀正しく、敬意を忘れなかった。彼は、地位の低いフリーのジャーナリストにさえも、まったく同じ態度を示した。

王と最初に会ったのは、ちょうど『菊とバット』を出版したときだった。私は〈ニューズウィーク〉のスタッフと一緒に、ハンク・アーロンの記録を破る王を直接取材するため、彼の家を訪れるよう依頼された。

「王さん、お目にかかれて光栄です」私は彼に紹介されると、私にとっての一張羅のカジュアル・ジャケットとジーンズといういつもの自分の出《い》で立ちを少々恥ずかしく感じて、口ごもりながら挨《あい》拶《さつ》した。

「いえいえ、ホワイティングさん、光栄なのは私のほうです」と彼は答えた。

それから彼は私を居間に案内して、一番気に入っているという野球のグラヴの形をした大きな革の椅子に座らせてくれた。

王はこのうえなく堅実な人物だった。彼は銀座《ぎんざ》に数千万ドルは下らないビルを所有する、この街でも有数の金持ちだった。が、彼自身はシンプルな二階建ての家に住み、護衛もメイドも雇っていなかった。彼の妻が不在だったので、インタヴューを始める前に彼は自ら台所に行き、みんなのためにお茶を用意してくれた。

インタヴューが終わると、われわれは彼を球場まで車に乗せて行ったが、それは、家の外で待つ沢山のひとびとのために写真のポーズをとり、サインをし終わるのを待ってからの出発となった。王はそうしたひとたちともちょっとした会話を親しげに交わしていたが、その姿は心から相手に親近感を抱いているように見えた。

後楽園球場の選手控え室に着くと、王はそこでも山と積まれた色紙にサインをした。バケツいっぱいのボールや籠《かご》いっぱいのTシャツ、その他のあらゆるものに彼は根気強く自分の名前を書き、〝努力〟という文字を書き込んだ。それが彼のシーズン中の日課だった。

王が一九七七年九月三日の夜、アーロンの記録を破ったときは、日本中がそれを祝った。駐日アメリカ大使もお祝いに参加し、記念品を贈呈して祝福した。

だが王自身は、自分の記録がアーロンのものと較べられることを慎《つつ》ましく拒んだ。「私は日本でたまたまホームランをたくさん打ったひとりの人間に過ぎません」と彼は記者に言った。「今日打ったホームランは、たくさん打ったうちの一本でしかありません」

祝いの式典で、後楽園球場のナイター用の照明がすべて消され、マイクを前にマウンドに立つ王の姿にスポットライトが当てられた。彼はまず両親を傍らに呼びよせ、これまで自分を支えてくれたことに感謝し、彼の業績は両親のお蔭《かげ》だと語った。

一九八〇年、四十歳の彼は、ホームラン三十本、打点八十四という高水準の成績だったにもかかわらず、打率が二割三分六厘まで落ち込んだことで引退を決意した。それは、いかにも彼らしい決断だった。ほかの選手だったら、この成績で次のシーズンも行けると感じたかもしれない。が、王は違った。彼は自分の成績を恥じた。

ジャイアンツは三年続けて優勝争いの圏外に落ちたまま、シーズンを終えた。そして、六年間監督を務めた長嶋茂雄は辞任を迫られた。

王と長嶋は特に親しい間柄というわけではなかったが、王は責任を感じ、長嶋監督と同時に選手を引退することを表明した。

その秋、ふたりのスーパースターの引退劇のうち、日本のメディアに多く取りあげられたのはどっちのほうだったか？　それは、当然長嶋に決まってるじゃないか、と思ったひとは完全な日本人と言えるだろう。アメリカ人なら不思議に思い首をひねるほかないが、それが大正解なのだった。

ビッグ・トラブル

マルコム・グラッドウェル［医学、テクノロジー、社会現象などをテーマとするアメリカのジャーナリスト、作家］は、何かに精通するためには、少なくとも一万時間はそのことに時間を費やさなければいけない、と語っている。私はそれを成し遂げた。

計算によれば一九八〇年代、私は二万時間以上も一つのことに費やした。たくさんの締め切りに追いまくられ、一九八一年はまるまる一年、一日の休みもなく仕事をした。朝起きて朝食を取ると、午前九時ごろから原稿を書きはじめ、午後遅くまでつづけ、そのあとに編集者と会ったりインタヴューを行ったり。とにかく多忙きわまる一年だった。こんな生活は、少々頭がおかしな人物でなければ、けっして勧めることはできない。が、仕事をしながら、日本のジャーナリズムについて多くのことを学んだ。とりわけ、それがいかにアメリカと異なっているか、ということを学んだのだった。

たとえば日本のジャーナリストは、アメリカのジャーナリストよりずっとハードに仕事をする。私が親しく関わったふたつの組織、東京のスポーツ・グラフィック誌〈ナンバー〉と、ニューヨークの〈スポーツ・イラストレイテッド〉を比べると、そのことがよくわかる。一度〈スポーツ・イラストレイテッド〉の特集記事をその姉妹誌である東京の雑誌〈ナンバー〉に書くため、一か月ほどニューヨークで過ごしたことがある。

〈スポーツ・イラストレイテッド〉は、西五十一丁目と六番街が交わる場所に立つタイム・ライフ・ビルディングの四十八階に広大なオフィスを構えていた。編集部員は八十から九十人で、それぞれがパーティションのついた個人専用の机を持っていた。彼らが働くのは週に四日。月曜、水曜、木曜と日曜だ。日曜を除いて、全員九時から五時まで働いていた。日曜日は締切日だったので、編集部のスタッフは雑誌を完成させるまでは帰れず、時には深夜を越えて働くこともあった。

〈ナンバー〉の編集部は紀尾井町《きおいちょう》にある文藝春秋ビルディングのなかにあり、編集者はせいぜい十二人くらいで、彼らは一週間に七日働きつづけ、少なく見積もっても毎日午前九時から午後十一時までかもっと遅くまで働いていた。編集部は大部屋形式で、パーティションはなかった。編集部員たちはよくそこで夜を明かし、部屋の隅にあるソファや布団で寝ていた。編集者はそのことを〝編集地獄〟と呼んでいた。

どちらの会社にいるひとたちもプロだったが、ひとつだけ大きな違いがあった。〈スポーツ・イラストレイテッド〉では編集部に入ると、何年も（実際には何十年も）そこに留《とど》まって仕事をすることになる。『英雄ベーブ・ルースの内幕』（ベースボール・マガジン社）の著者ロバート・クリーマーは、編集者として三十年以上働いた。〈ナンバー〉は、〈週刊文春〉〈文藝春秋〉〈クレア〉など、文藝春秋にたくさんある人気雑誌のひとつに過ぎず、編集部員は二、三年ごとに他の部署に異動した。それは、日本の大企業や官公庁のシステムと同じだった。

〈ナンバー〉の依頼で私が〈スポーツ・イラストレイテッド〉に送り込まれたのは、一九八〇年のことだった。それは〈スポーツ・イラストレイテッド〉に、単行本になる長さの特集記事『You Gotta Have Wa』（〈スポーツ・イラストレイテッド〉の編集者マーク・マルヴォイがひねりだした名タイトルだった）を書いたあとのことだ。そのときアメリカの地に足をおろすのはなんと四年ぶりのことだった。それまでの四年間、私は日本語を話し、日本食を食べ、日本のテレビを見て、日本の音楽を聴き、日本のスポーツの世界にどっぷり浸かり、日本語でインタヴューを行ってきた。日本を離れたのはワーキング・ビザの更新のために隣国のソウルまで足を延ばしたときだけだった。

久しぶりにアメリカに戻ったときは、あまりに嬉《うれ》しかったので、私は文字通り跪《ひざまず》いてケネディ空港の地面にキスをしたほどだった。それまで自分がこんなにホームシックに陥《おちい》っていたとは気づかなかった。私は〈ニューヨーク・ポスト〉と〈ニューヨーク・デイリー・ニューズ〉を手に、そのまま〈レイ・ピッツァ〉に直行し、新たに〈スポーツ・イラストレイテッド〉の編集長に就いたギル・ロギンと会うための下調べをするため、四十二丁目にあるニューヨーク公共図書館に行った——不幸にしてインターネットがまだ存在しない時代だった。

しかし一か月して予定通り記事を仕上げると、私の気持ちは東京に帰る日が来るのを楽しみにするようになっていた。それはほかでもない。一日が終わると必ず足を運んでいた行きつけの赤提灯《あかちょうちん》で巨人戦をテレビで見たり、日本のポップスを聴きながら大ジョッキでアサヒの生ビールを飲んだりしていた私の赤坂《あかさか》での暮らしが、マンハッタンには存在しなかったからだった。

私が一番好きだったのは、日本のキャロル・キングと呼ばれていた松任谷由実《まつとうやゆみ》だった。そのころ彼女は立てつづけにヒットを飛ばし、ポップチャートを賑《にぎ》わせていた。作詞作曲を自分でこなし、多彩な楽器の伴奏にのって、彼女は特徴のある嘆くような物悲しい節まわしで歌をうたった。彼女の大ヒット曲『あの日にかえりたい』を聴くと、涙がこみあげてくる。私はしわくちゃのスーツを着て、セブンスターをひっきりなしに吸う、早稲田大学出身の若者だった〈夕刊フジ〉の記者、阿《あ》部耕三《べこうぞう》とよくつるんでいた。私たちは店の奥のテーブルに座り生ビールで酔っ払って、野球を見たり、ユーミンなどのポップスを聴いたりしながら野球談義に花を咲かせた。私の四年間はこうして過ぎた。

東京にはアメリカ人の友達もいた。ロサンゼルス出身の写真家のグレッグ・デイヴィスは、一番仲のよい友達だった。彼はニューヨークまで同行し、〈スポーツ・イラストレイテッド〉の記事のための写真を撮ってくれた。大きくてがっしりしたグレッグは、いつもジーンズ姿でニコニコしていたが、かつてはベトナムに従軍していた。彼は除隊するとサイゴンで反戦活動をしてアメリカに送り返されたが、帰国すると周囲のひとびとから敵意に満ちた扱いをよく受けた。たとえば赤の他人からも、あっちでは何人くらい赤ん坊を殺したのか、といった質問を投げかけられた。そんなことがあった二週間後、彼は突然ロサンゼルス空港に向かい、一番先に外国に発《た》つ飛行機に乗ると、それがたまたま日本行きだった。彼は自分でカメラを買い、独学で写真を学んだ。写真の出来は素晴らしく、〈タイム〉誌の契約カメラマンとなり、様々な仕事でアジアを股《また》にかけ、仕事に没頭した。彼は輝かしい名声を築いたが、二〇〇三年に早すぎる死を迎えた。五十四歳で、死因は肝臓ガンだった。彼の妻マサコは、ベトナム戦争時代に浴びた枯葉剤が影響したに違いないと確信していた。

眞智子と私は一九八二年に結婚した。それによって私は東京にしっかりと腰を落ち着けることになった。私は彼女の家族とすでに会っていた。彼女の父親は日本国有鉄道のエンジニアで、新幹線の設計にも加わった人物だった。ドイツ哲学について――そう、あのヘーゲルについて――語るのが好きで、しかも彼は自分の育った大正時代の日本語の単語を使って話した。私には彼が何を言っているかさっぱりわからなかったが、彼がとても親切な人物であることは理解できた。そして彼は、本当のところはどうだかわからないが、手放しで私を受け入れてくれたようだった。彼女のふたりの兄弟とふたりの姉妹もそうだった。姉妹のうちのひとりはアメリカ人の南部バプティストの牧師と結婚し、ペンシルヴェニアで暮らしていた。彼女の母親は、数年前に病気で亡くなっていた。家族の結びつきは強く、彼らはみんな現代的で、教養があり、視野の広いひとたちだった。長男のアキラも国鉄のエンジニアで、新幹線の開発に携わっていた。家族全員で、東京と大阪を結ぶ新幹線の初運転に乗ったという。長女は東大で博士の学位を取った化学エンジニアと結婚し、子供たち三人もまた博士となった。

私たちは新婚生活を赤坂の新しいマンションで始めた。すでに取り壊されたリキ・マンションから徒歩ですぐのところだった。結婚から一年後、妻は国連の難民高等弁務官事務所に就職が決まり、オリエンテーションと研修のためスイスのジュネーヴに行くことになった。彼女にとってそれは大きな転機だった。しかし私も東京に自分の仕事があった。毎日さまざまな雑誌社やテレビ局から仕事の依頼の電話が、ひっきりなしに鳴っていた。そこで私たちは二つの国で結婚生活をつづけるという選択をした。彼女は飼っていた猫の〝キティー〟を連れてジュネーヴに移った。我々は東京の棲家《すみか》はそのままにして、パンナムの世界一周の切符を買い、年に二回、時には三回、私が行ったり来たりする生活をつづけた。そんななかで私は、また本を書き始めた。春と秋には日本で調べ物やインタヴューをし、夏と冬はジュネーヴで原稿の下書きや雑誌の仕事をした。ヨーロッパにいながら日本の野球のことを書くと、まったく新しい視点が得られた。日本のことも野球のことも、どっちも知らないフランス語圏のスイスのひとびとに、野球を通して日本を説明することなど可能だろうか？　だが驚くなかれ、私は何とかそれをやってのけたのである。そしてこのことは、ある意味で新しい突破口を開いてくれた。

八〇年代を通じて、私は東京で引っ張りだこのジャーナリストという名声を築くことができた――私の知る限り、私は日本の出版社に継続的に原稿を書く唯一のアメリカ人だった。そのような成功への道をたどるとは夢にも思っていなかった。ましてや〈ヴァニティー・フェア〉や〈スポーツ・イラストレイテッド〉といった雑誌の専任コラムニストになるなどとは、さらさら思ってもみなかった。「私は小さな王国を持っていた」と、のちにドナルド・リチーが語っていたが、私もそんな感じだった気がする。私の日本語の作文力はよくて中学生レベルで、日本語で原稿を提出すると直しが必要だった。そのため私はいつも、記事を英語で編集者に提出して翻訳してもらい、日本語は充分読むことができたので、ゲラで間違いをチェックした。

すると直さなければならない間違いが、しばしば見つかった。私がある原稿で「私の同胞たち（My fellow countrymen）」という表現を使うと「私の田舎っぺたち（My fellow country bumpkins）」と訳されたりした。「チャーリー・マニエルは怒った（got mad）」と書くと「チャーリー・マニエルは気が狂った（went insane）」と訳されたりもした。

「Fuck you」に該当するちょうどよい日本語はなく、そのため日本語でもそのままカタカナで書き、その結果それがいつの間にか日本語として使われるようにもなった。そのためスポーツ紙の怒ったアメリカ人選手の記事に「マニエル、激怒し審判にファックユーと叫ぶ」との見出しがつけられたりもした。

インタヴューをするとき、私が常に守ったルールは、それによってどんな問題が起きようと、相手の言葉を正確に記録し、原稿にもそのとおりに書くということだった。

そこで私は、アメリカ人スラッガーのランディ・バースが、一九八六年のインタヴューで語った言葉もそのとおり記した。それは、多くのひとびとから尊敬されていた阪神タイガースの吉田義男《よしだよしお》監督について語った言葉で、私は彼の言葉の意味ができる限り正確な日本語に翻訳されるよう心血を注いだ。

私は、オクラホマからやってきた髭面《ひげづら》で丸々と太った強打者ランディ・バースを、彼自身のバッティングについてではなく、別の用件について訊《き》くために呼び止めた。それは日本の野球の監督とアメリカの監督を比較した短い記事のためで、機会さえあれば日本の監督でもメジャーリーグで成功するだろうという内容だった。バースはホテルニューオータニに滞在していて、読売ジャイアンツとのナイターを終え、翌朝起きてきたところを私はつかまえた。彼は話す気満々だったが、〝彼の〟監督のこと以外はしゃべる気がまったくなかった。バースは、吉田監督がどれだけ間抜けなヒドイ監督であるかということを話したかったのだ。

「あんなにひどい采配《さいはい》（terrible managing）は見たことがない」

「こんなに馬鹿な監督（stupidest manager）にはこれまで会ったことがない」

「頭がおかしいんじゃないか（He's got his head up his ass）」

バースの不平にも一理あった。一九八六年のシーズンが始まったばかりのことで、吉田監督はなんの説明もせず、前年の阪神の奇蹟《きせき》的な優勝を助けたベテランの先発選手たちをベンチにさげ、若手選手ばかりを起用した。さらにいえば他の多くの日本の監督たちと同様、先頭打者が塁に出たときにはどんなときでも必ず送りバントをさせる傾向があった。つまり一九八五年に三冠王とセントラル・リーグのMVPに輝いたバースが打席に立ったときには、一塁ベースが空いていて、この大スターの強打者は四球で歩かせられたのだ。しかもこのとき四番と五番打者の掛布《かけふ》と岡田《おかだ》は二人ともスランプに陥っていたので、両者がアウトになる可能性は大で、タイガースが得点の機会を逃すことになった。

「何もわかっちゃいない（his ass from a hole in the ground）」とバースはバカバカしさを強調するた

めに繰り返した。「君だったらこのことを書けるよな（And you can print that.）」

選手がマスコミを通じて監督を批判するのは、日本では尋常なことではない。そういうことも過去にはあったが、その結果、批判した選手のキャリアも終わることになった。バースもそのことは承知していた、と私は思う。彼はすでに日本に三年間滞在し、それなりに筋の通った憤りを感じていた。そこで私はインタヴューを仕上げると、三日後バースが横浜《よこはま》球場で試合前の練習の準備をしているときに電話をかけ、彼の発言部分の確認をしてから編集者に原稿をまわした。

「頭がおかしい（head up his ass）」の部分は、それに対応する日本語がなかったため「最高にバカで愚かしい采配（stupidest damn managing）」という表現にしておいた。

記事は一週間後に〈週刊プレイボーイ〉に掲載され、雑誌が発売されるや否や日本のスポーツ報道界全体が怒り狂った。それは許されざる行為だった。三冠王であろうとなかろうと、そのような反逆行為はけっして認められるものではなかった。どのチームも試合のない日の翌日だったため、たいしたニュースもなく、ほかに記事に書くことがなかった。試合もなければ、大きな契約の話題もなかったため、誰も彼もがこのバースのインタヴューに飛びついた。そしてこの私にも、いくつかのメディアが噛《か》みついてきた。タイガースに好意的な新聞は、私を悪人に仕立てあげた。〈スポーツニッポン〉は、私がバースを誘い出して彼を酔っ払わせ、密《ひそ》かに会話を録音したと書いた。別のスポーツ紙は、すべては私のでっちあげだと書いた。阪神タイガースの外野手である川藤幸三《かわとうこうぞう》は、私がバースにしたことに腹を立て、私をどこかで見つけたら八つ裂きにするという発言をその新聞は載せた。

バースは不思議なことに、このことについて沈黙しつづけた。

「すべて俺が悪いんだ」とバースは記者たちに話した。が、メディアにコメントしたのはたったそれだけで、もしかしたら彼が悪いのではないのではないか、という印象をメディアの誰もに与えた。

だが、タイガースはバースに三十万円の罰金を命じ、そのこともスポーツ関係のメディアで大きく取りあげられた。

私はバースに電話で謝った。記事を書いたことにではなく、大きなトラブルに巻き込んでしまったことについて。こんなに敵意のある反応をされるとは考えていなかった、と私は言った。自分もだ、と彼も言っていた。

前にも微妙な事柄について書いたことがあったが、問題になることはなかった。しかし、このときばかりは違っていた。日本全体がこのインタヴューに対して怒っているように思えた。何しろ外国人の大スター選手が、自分のチームの監督をボロクソに批判したのだ。一九八五年に三冠王とセントラル・リーグのMVPに輝いたランディ・バースが、よりにもよって同じ年に阪神タイガースを日本チャンピオンに導いた吉田義男監督をクソミソに批判したのだ。

私は、罰金を折半したい、とバースに申し出た。それから私は、彼があのインタヴュー記事を一緒に書いたことを確認するためにこう聞いた。

「君はあのとおりに言ったし、記事にしていいとも言っただろ。だからそのことをタイガースの同僚と、タイガースの担当記者たちに言ってくれたら嬉しいんだが……」

「ああ。俺はそう言ったし、君の言うとおりにするよ。何も心配しなくていい。俺たちの仲はいままでどおりだ……。あの記事の翌日、選手控え室に行ったら選手たちはみんな俺に挨拶してくれたよ。俺が言ったことも、やったことも、みんな喜んでくれていたよ」

しかし、あとになって彼が他の連中には逆のことを言っていたことがわかった。実際アメリカのテレビ番組でインタヴュアーを務めていたマーティ・キーナートは、日本のテレビ番組の生放送でバースがオフレコで言ったことを私が勝手に引用した、と話していた。

日本の野球を担当しているアメリカ人の記者たちも、何が起こったかを私に訊《き》かず、誰もが私に非難の矢を向けた。誰かひとりくらいは私に連絡して言い分を記事にしてくれるのではないかと思ったが、それは違った。UPIのレスリー・ナカシマという私が会ったこともない人物は、バースの言葉を誤って引用したのはホワイティングであって、非難されるのは彼だとはっきり書いた。外国の（そして日本の一部の）記者やコメンテーターたちは、自分たちが担当するガイジン野球選手に対してとても過保護な態度をとる。

「おい、ちょっと」と、あるアメリカ人の記者が、私の耳に既にタコができているようなことを言ってきた。「ガイジン選手たちは、この国がどういう仕組みで動いているか知らないんだ。俺たちは、彼らを守ってやらなくっちゃならない。彼らがよく愚痴ったり、嘆いたり、文句を言うのは知ってるだろ。あれはただのガス抜きで、それ以上の何ものでもない。だから日本人のことを尊重して、あの類《たぐい》のことは書かないようにしないといけない。そうすればガイジンたちも面倒なことにならないのだから」

そう、もし日本に来たばかりで、箸《はし》が何かも知らないような外国人が言うことだったらそれもいい。だがバースは新参者なんかではない。実際に彼は日本の野球について、特に彼のチームに関してはその仕組みを充分に知っていた。何しろ彼はチームのリーダーと見なされていたくらいなのだ。彼は同胞の選手たちの扱われ方が気に入らなかった。そのことを声を大にして言いたかったのだ。そこで、彼は思っている通りのことを口にした。私ではなく、彼のほうが、「記事を印刷にまわしていい」と言ったのだった。

彼の発言を記事にしないことは、私にとって報道の正しいプロセスを歪曲《わいきょく》することでもあった。ジャーナリストの仕事は事実を伝えることで、不適切な部分を削除することでもなければ、口当たりをよくすることでもない。ましてや歪《ゆが》ませることなどありえない。少なくともこれが私の核となる信条であり、米軍諜報《ちょうほう》センターの時代からそれをずっと守ってきた。事実を歪めず取り出しさえすれば、自《おの》ずと真実が姿を現すのだ。

いずれにせよ、それからしばらくのあいだ私は、タイガースの上層部と、私にトラブルメーカーというレッテルを貼ったアメリカ人レポーターたちの両方にとって、不倶戴天《ふぐたいてん》の敵となった。そして私は、甲子園球場から無期限追放処分を言い渡されたのだった。

「くたばれ《ガッデム》、ホワイティング」星条旗新聞《スターズ・アンド・ストライプス》の記者が、ともに常連だった六本木のバーで、酔って口を開いた。「おまえのせいでアメリカ人選手のインタヴューができなくなったぞ。外国人記者はみんな球団から締め出しを食らってしまったじゃないか」

私は憂鬱《ゆううつ》になった。神宮球場や横浜球場、後楽園などに行くと、いつも挨拶してくれていた球団職員も、私が近づくとそっぽを向いた。

こんな目に遭ううちに、ジャーナリズムに、いやむしろジャーナリストに対する私の信頼までが揺らいできた。私はずっと事実を書き真実を語ることこそ最も大切なことだと思ってきた。のちにデイヴィッド・ハルバースタムにこの騒動《トラブル》のことを話すと、彼が言ったのはまさにそのことだった。「彼らこそ恥じるべきだ」というのが、彼が真っ先に口にした言葉だ。「彼らは自分を記者と呼ぶ資格がない。奴らがやっているのは、馴《な》れ合いジャーナリズムだ」

私を生け贄《スケープ・ゴート》にして、他のアメリカ人記者たちに盾になってもらうことで、バースは窮地を脱出することができた。CMなどのスポンサーたちからのカネも、再び彼に入り出した。

もっとも、日本の一部のメディアは私の味方についてくれるようにもなった。テレビやラジオの出演依頼が際立って増え、日本で一番の雑誌が私にインタヴューと、まとまった量の記事を依頼してきた。そんな依頼のなかには、のちに親しい友人となる有名なジャーナリストの玉木《たまき》正之《まさゆき》がいた。「ボブさんの言い分も、多くのひとに聞いてほしいんじゃないですか。夕食でも食べながら話してくださいよ」と、彼は電話で言ってきた。

〈夕刊フジ〉の記者の阿部耕三も同様だった。

バースとはその後一度も会っていない。彼は翌年の春、日本を去った。息子が脳腫瘍《のうしゅよう》と診断され、サンフランシスコの医者に診せるために帰ったのだ。このことは私が書いた「監督の最も愚かな采配」の一件よりも遥《はる》かに阪神タイガースを慌てさせた。というのも、日本の選手はけっして家庭の事情でシーズン途中にチームを抜け出したりはしないからだ。結婚であろうと、子供の誕生であろうと、葬式であろうと、何であろうと彼らはチームを離れない。それは、日本とアメリカの大きな違いと言える。日本では家族のことは二の次にされる。仕事、そして所属している集団が一番優先されるのだ。統計では北米とヨーロッパのひとびとにとって、家族と個人の権利が仕事やそれ以外のものよりも優先される。が、日本ではそれが逆になる。個人的なものは一番下に位置し、集団の調和、協調が一番上に位置するのだ。

一九八八年六月、バースは阪神タイガースを解雇された。タイガースはバースが日本を去ることを許可していた。が、そんな許可を与えた覚えはないと言いだし、バースの不在中にクビを宣告した。しかしバースは、タイガースが彼の休職を許可した決定的な証拠をテープに録音していた。面目を失った阪神タイガースの球団代表の古谷真吾《ふるやしんご》は自殺した。私はこのことを『和をもって日本となす』に詳しく書いた。

それから数十年がたち、私がバースと会わなくなってから彼とよく会っていたというアメリカ人のマーティ・キーナートが私に接触してきた。彼は、私がずっと真実を語っていたという結論に達したと言ってくれた。私は、そう思うようになった理由を尋ねた。彼は詳しい理由は語らなかったが、バースがテレビ番組で答えたことよりも、私の書いたことのほうが正しかったという彼の新たな確信を、何度も繰り返した。

いずれにせよ、私はあのインタヴューのあと、甲子園球場に足を踏み入れていない。一九八六年以来一度も。

記者クラブ——ブラックリストに載せられる

これはおそらく西欧諸国一般にも言えることだが、日本とアメリカ両国のあいだのメディアの違いは、接触方法と内容のチェック体制にある。アメリカで、もし誰かの取材をしたいとすると、その人物に電話をして話をしてもらえるかどうかを訊く。もし社会的に認められているメディアに所属しているなら、満員でない限り記者会見には大抵出ることが可能だ。開かれた自由なシステムなのだ。ところが日本では、開かれた自由な情報のやり取りは〝記者クラブ〟というシステムによって阻まれる。総理大臣官邸から三菱重工や読売ジャイアンツまで、日本の組織は、その規模の大小に関係なく〝記者クラブ〟を持っている。記者たちがある組織の活動について取材したいと思い、その組織の代表に会ったり、担当者によってつくられた報道向けの資料や公式発表の書類などを入手したりする場合にも、記者は所定の記者クラブに入会しなければならない。そしてその記者クラブに入会できるのは、新聞もしくはテレビやラジオの記者のみに限られている。雑誌やフリーランスの記者は入れない。外国人の特派員もだめなのだ。それぞれの記者クラブには記者たちの選挙によって選ばれた幹事《キャプテン》がいて、その幹事がある人物を記者クラブに入会させるかどうかや、質疑応答の内容をコントロールする（波風を立てない質問かどうかを確かめるのだ）。

欧米と日本の両方の報道事情に詳しい元ＡＰ通信記者のアンドリュー・ホーバットが次のように説明してくれた。

「欧米ではまだ誰も知らない情報を得るため、スクープを追いかけるように教えられる。それが名を成すための手段と言える。が、日本では波風を立てないことを教えられる。スクープを書くことは、記者クラブにいるほかのひとびとを不快にさせ、集団の和を乱すことになるので、なるたけ避けようとする」

日本の記者クラブに所属する記者たちは、スクープ記事を週刊誌や月刊誌に売ったり、ペンネームを使って匿名で雑誌に書いたり、記者クラブの外にいる記者仲間に記事を渡したりして、この〝集団の和〟の縛りを回避することもできる。が、もしそのような事実が明るみに出ると、記者クラブから除籍という報復を受けることになる。日本ではしきたりを破るような行いは、けっして許されないのだ。

一九八五年に、私はこのことを痛いほど味わわされた。私は一流の月刊誌〈文藝春秋〉から、アメリカ人の目から見た日本の記者クラブについて書いてほしいと依頼された。私はそれを書き、いかに記者クラブが日本のFCCJ（The Foreign Correspondents' Club of Japan＝日本外国特派員協会）のメンバーの仕事の妨げとなっているかを実例を出して説明した。

一例をあげるなら、かつてアメリカで亡命生活を送っていた韓国の反体制活動家金大中《キム・デジュン》に関する一件があった。金大中は政治的重要人物だった。カリスマ性があり恐れ知らずで、朴正煕《パク・チョンヒ》の残虐な政治体制を転覆させようという強い信念を持った人物でもあった。

彼は一九七一年の韓国大統領選挙で、僅差《きんさ》でパクの次点となった。が、その直後、自動車事故に巻き込まれ、キムはその事故を自分を殺害する目的で仕組まれたものだと信じた。彼は日本へ逃げ、民主主義のために国外活動を始め、軍事独裁政権となっていたパク体制を、汚職と投票操作によるものだと告発した。

一九七三年八月八日、東京のホテル・グランドパレスで行われる会議に出席する際、キムは日本国内にいるコリアン系のギャングの協力を得たKCIAのスパイによって誘拐された。彼は薬で意識を失っているあいだに大阪まで運ばれ、その後ソウルへ行くためボートに乗せられ、日本海に連れだされた。彼は縛られ、猿轡《さるぐつわ》を嚙まされ、足には重りをつけられていたので、海に投げ捨てられると思った。が、頭上に日本の海上保安庁のヘリコプターが現れ、キムを捕らえた者たちに発砲した。キムはその後ソウルに連行され、そこで待つ駐韓米大使フィリップ・ハビブの仲裁を受け入れることとなった。

彼の命は救われたが、政治活動は禁じられ、政府を批判した罪で二年間投獄され、その後一九八〇年に扇動と陰謀の罪で再逮捕され、死刑を宣告された。アムネスティ・インターナショナルや、教皇のヨハネ＝パウロ二世、それにアメリカ政府が取りなし、一九八二年に彼はアメリカに亡命することができた。そして一九八五年までハーバード大学で教壇に立ったあと、突然祖国に戻ると宣言し、ソウルに向かう途中の経由地である成田《なりた》空港で記者会見を行うことになった。それは、その年一番とも言える大事件で、〈ニューヨーク・タイムズ〉の特派員クライド・ハバーマンは記者会見に参加するため成田空港に駆けつけた。が、彼は成田空港記者クラブに入っていなかったという理由で、会見場に入ることが許されなかった。ハバーマンは激怒し、激しく抗議した。小競り合いにもなったが、最後まで彼は入ることを許されなかった。

私はハバーマンの経験したことを〈文藝春秋〉に書き、キムの記者会見から彼を締め出すような閉鎖的で島国的な考え方は、世界中で日本の名声に傷をつけるに違いない、という彼の言葉を引用した。この記事を載せた雑誌は金曜の朝に発売された。その日の午前十時、外務省のオダノという人物から電話がかかってきた。今すぐ記事について説明してほしいとのことだった。心配よりも好奇心が先立ち、行ってみることにした。困ったことにはならないだろうと自分に言い聞かせながら。それに、赤坂のマンション——赤坂六丁目、住吉《すみよし》連合会の東京事務所のすぐ隣——から、警視庁や皇居のお堀の近くにある、霞《かすみ》が関《せき》の外務省まではタクシーですぐの距離だった。

到着すると、私は「インタヴュー」のために会議室まで連れて行かれた。現れたオダノ氏は、紺色のスーツと地味なネクタイ姿のこれといった特徴のない官僚の一人だとわかった。

儀礼的にまずは名刺を交換して尋問が始まった。

「あなたはどういう方ですか？　ホワイティングさん」と、名刺を見ながら彼は尋ねた。名刺にはただ〝作家《オーサー》　ジャーナリスト〟と書いていた。

「あなたはどうして日本を誹謗《ひぼう》するような記事を書くのですか？」

「私は東京に住むフリーランスのジャーナリストで、私がこの記事を書いたのは、それを書かなければならないと思ったからです。日本は島国根性をやめて、心を開かないといけません。そうしないと世界から袋叩きにされてしまいます」

ちょっと大袈裟《おおげさ》だとも思ったが、ひとかけらの真実以上のものがそこにはふくまれていると思った。

「その点は理解できます」とオダノ氏は答えた。「でも、あなたはいったい何者で、どうしてこんな記事を書くのですか？」

「記事に何か間違ったことが書いてありますか？　私の分析は誤っていますか？」

「いいえ、そうではありません。でも、あなたはいったい何者で、どうしてこんな記事を書くのですか？（Who are you and why did you write this story?）」

こんな調子で二、三時間も問答がつづいた。他の外務省の職員が入ってきて、基本的に同じような質問が繰り返され、私は日本で経験したことを詳しく述べさせられた。

私は自分の書いたいくつかの本の説明をし、コラムや雑誌の記事のことを話したが、毎度同じ質問へと戻った。

「あなたはいったい何者で、どうしてこんな記事を書くのですか？」

最終的に私は解放され、自宅に戻った。ドアを開け中に入ると同時に電話が鳴った。それはジュネーヴの国連難民高等弁務官事務所で働く妻の眞智子からだった。その声は緊迫した調子だった。

「ボブ、あなたいったい何をやったの？」

「何をやったって、どういうこと？」と私は言った。

「たった今、ジュネーヴの日本領事館のひとから電話があったの。そのひと『ロバート・ホワイティングとはいかなる人物で、彼はなぜ日本を批判する記事を書くのか』って訊いてきたのよ」

私は、スゴイ！　と思った。マイッタ。おそれいりました。私はオダノ氏にも、彼の仲間にも、私が日本女性と結婚して、その女性が最近、国連難民高等弁務官事務所に雇われ、スイスのジュネーヴに送られた話など一言も口にしなかった。彼らがどうやってそのことを知ったのかは、いまだに謎のままだ。

外務省からはその後、このことに関しては何も連絡はなかった。が、〈文藝春秋〉の編集者によれば、政府は〈文藝春秋〉に文句を言ってきたそうだ。彼らの予想では、外務省は私がCIAかその他の諜報部《ちょうほう》に雇われ、日本の国家の安定を揺さぶろうとしていると思ったのかもしれないとのことだった。

話はこれで終わりというわけではなかった。まだまだつづいた。その夏、私はジュネーヴに行き、九月に成田に戻ってきた。が、入国管理で並ぶと、私だけ事務所に連れていかれ、椅子に座らされて係官に尋問された。

「あなたはいったい何者で、どうして日本と外国をそんなに行ったりきたりするのか？」

結局、私は入国スタンプを押してもらい解放されたが、これは完全に私への教育的指導——すなわち警告というほかなかった。

〈ロサンゼルス・タイムズ〉のベテラン・ジャーナリストであるサム・ジェイムソンは、ある日外国特派員協会でお昼を食べながら私に解説してくれた。

「君は日本への愛《ラヴ》を示さないといけない。そうすれば、彼らはほっといてくれる。批判ばかりしていると、災い《トラブル》に巻き込まれるぞ」

この時代——七〇年代終わりから八〇年代初頭にかけて——私は自分のことを理解した。私にはトラブルを引き起こす才能があるということ。そして、自分を知らず知らずのうちに窮地に追い込む超自然的な能力まで持ち合わせているということを。もちろん自分からそんなことを望んだわけではない。が、恐らくフロイト的な無意識のレベルか何かで、そんなふうになっているのだろう。よくはわからない。が、トラブルは、事実をチョイと曲げて口当たりを良くすることでみんなを喜ばせるような行為を拒否することによって生まれてくる副産物のようにも思えた。クライド・ライト、レジー・スミス、ランディ・バース、デイヴィッド・ハルバースタムとの経験によって強化された確信――真実こそ何よりも重要なのだという確信を持つことによって、おのずと生まれてくる副産物――それがトラブルであると。まったく厄介なことには違いないが、この確信は、その後も試されつづけた。

たとえば、ウォーレン・クロマティとのインタヴューでも問題が起こってしまった。そのインタヴューのなかで、彼はジャイアンツの幹部のことを（彼の言葉をそのまま書けば）〝差別主義者《レイシスト》〟だと語った。彼らは台湾人の血が入っている巨人軍監督の王貞治に対して、純粋な日本人である前任者の長嶋茂雄よりも軽んじた態度をとったというのだった。

「俺は黒人野郎《ブラック・サノバビッチ》だから」とクロマティは言った。「レイシスト野郎は一マイル先からだって見分けられる」

このインタヴューは、日本の月刊誌〈ペントハウス〉の一九八六年十二月号に掲載され、その二か月後、セントラル・リーグのチーム広報担当者のミーティングで、読売ジャイアンツを代表する若林《わかばやし》という広報担当の元読売新聞記者が、一九八七年から二年間、後楽園球場にも巨人軍の新しい球場である東京ドーム（八八年オープン）にも、記者として出入りすることを禁止する、と私に通告してきた。

「メディアを指導するために、私はいるんだ」と彼は断言した。「我々はガイジン選手たちがガイジン記者に〝本音〟を語ることを許さない。ホワイティングは〝悪いガイジン〟だ」

クロマティは、ジャイアンツと交わした契約に、発言の自由の条項をあらかじめ入れていた。そのためジャイアンツは、彼に対しては何も言うことができなかった。しかも彼は、一九八七年には打率三割六分三厘、本塁打三十七本、得点九十九という好成績でシーズンを終えたのだから、ジャイアンツといえども彼に何か注意をすることは不可能だったに違いなかった。

私と一緒にブラックリストに載ったのは、当時、日本有数のスポーツ・ジャーナリストだった前出の玉木正之だった。彼も巨人軍を批判する記事を書いたことが災いした。

玉木は型破りの人物だった。彼ほど頭のよい日本人にはなかなか出逢わない。彼は東京大学を中退した。東京大学はハーバードに匹敵する日本の大学だが、実際のところ日本ではハーバードの百倍以上の権威がある大学と言える。通称〝東大〟と呼ばれるこの国立大学は、入学試験があまりにも難しいので、日本で最も優秀な生徒しか入学できない。ついでにいえば東大に入るための高校生の受験勉強は、じつに過酷でもある。が、他の日本の大学と同様、一度入学すればあとは楽で、勉強は型通りのもので、出席もうるさくなく、自動的に卒業することができる。アメリカの大学とはちょうど逆だ。

玉木が登場したころ、日本人のフリーランスの記者は珍しかった。彼は筋骨隆々とした元ラグビー選手のような髭面の巨漢で、人懐っこい笑顔を持つ、何者をも恐れないような人物だった。彼はインタヴューでずけずけと質問するところがあり、相手が答えにくい質問も平気でぶつける傾向があった。かつて彼は、甲子園の夏の大会に出場する丸刈りの高校生選手たちが、まるで日本の監獄にいる囚人たちとそっくりだと発言して、日本高等学校野球連盟から怒りを買ったこともあった。彼はまた、ある雑誌の記事で読売ジャイアンツを痛烈に批判したことで球団幹部を怒らせ、次の年の春のキャンプのときには黄色い帽子を被《かぶ》らされるだけでなく、グラウンドに立ち入り禁止の処分をされたりもした。黄色い帽子は、それによってジャイアンツの選手たちに、彼が危険人物であり敵対的な記者なので、質問されてもいっさい答えてはならないことをわからせるためだった。

その頃から若林は、ジャイアンツの選手にインタヴューしたいメディアは、事前に訊きたい質問をリストにして提出し許可をとり、完成した原稿についてもジャイアンツ広報担当の許可を得なければならないという方針を打ちだした。

この方針は何年もつづいた。一例を挙げれば、一九九一年、NBCのニュースの取材陣が元メジャーリーガーのフィル・ブラッドリーに読売ジャイアンツでの活動についてインタヴューをする際も、要求に応《こた》えて次のような五つの質問をリストに挙げ提出した。

一　日本についてどう思うか？
二　日本で野球をすることについてどう思うか？
三　読売ジャイアンツで野球をすることについてどう思うか？
四　ジャイアンツの監督のもとで野球をすることについてどう思うか？
五　日本での生活を家族はどう思っているのか？

巨人軍の幹部は、ブラッドリーが否定的な答えをするのではないかと考え、二、三、四の質問を除外した。しかしＮＢＣの取材陣はいろいろ努力を重ねて巨人軍幹部の差し向けたインタヴューの監視役の目を盗み、数分だけブラッドリーがひとりになったときに、素早く彼の本心を聞くことができた。

そこで彼は、日本式の野球や読売ジャイアンツ式の野球について、こう吐き捨てたのだった。

「信じられないほど退屈で、まったくウンザリだよ」

第九章　バブル時代の東京

一九八〇年代後半、東京は街を挙げての狂乱状態に突入した。一九八五年のプラザ合意で世界の先進国が結束し、世界市場を大混乱に陥れたクルマやテレビの輸出量の増大を制限するために円の価値を意図的に上げることに合意した。その結果、日本のエネルギーは国内に向かい、国内での経済成長を促すことになった。プラザ合意は、東京を世界で最も豊かで最も物価の高い街に変貌《へんぼう》させる一連の出来事の引き金となった。

アメリカのドルは十八か月で二百四十円から百二十一円へと下落。それに対応して日本銀行は一九八七年に金利をかっての五・五％（八三年十月）から二・五％へと大幅に引き下げた。さらに火に油を注ぐように日本政府は、中曽根《なかそね》首相の辞任後、法人税率を四二％から三〇％に引き下げ、所得税の最高税率を七〇％から四〇％にまで切り下げた（〇七年）。

これらの動きにより、不動産取引の爆発的な増加と株価の暴騰を招き、株価は三倍になり、日経平均株価指数は一万三千円から三万九千円近くまで上昇した。同じ期間に不動産価格は六倍に急騰。当時、皇居と同じ広さの不動産価値が、カリフォルニア州全体の価値を凌《しの》ぐとまで言われるようになった。このバブル経済のピーク時には、日本は世界の現金のほぼ半分を独占していた。多くの個人が株や不動産市場への投機で一夜にして億万長者になった。

日本の企業はあらゆるモノを買い漁《あさ》って浮かれていた。一九八九年から一九九〇年のあいだにソニーはコロンビア・ピクチャーズを、松下はユニヴァーサル・スタジオを買収し、三菱地所はロックフェラーセンターを買いあげた。ある日本の投資家は、アメリカの高級ゴルフ場として象徴的なペブルビーチ・ゴルフリンクスを八億ドルから十億ドルもの価格で購入。個人投資家や企業は高額で美術品を買いあさり、なかにはそれまで誰も聞いたこともない絵画や彫刻まで買いあさる者まで出現した。ある日本の保険会社がゴッホの傑作『ひまわり』を三千九百九十万ドル（当時のレートで約五十三億円）で購入したのもこの時期だった。

　この時代に東京の外観は劇的に一変した。輝く新しい高層の〝インテリジェント〟ビルが次つぎと生まれ、最先端の大型映像装置であるジャンボトロンが出現し、メルセデス・ベンツやBMWといった高級外車が通りにあふれた。ヤッピー［yuppie=young urban professionals の略。若くて都市生活を謳歌する二十代から三十代の医師、弁護士、金融企業に勤めるエリート・サラリーマンなどのこと］のための高級飲食店が、渋谷《しぶや》や目黒《めぐろ》や六本木《ろっぽんぎ》に次つぎと雨後の筍のように生まれた。

　過去の日本の特徴だった厳格さは世の中から消え去り、代わって驚くほどの無節操さが蔓延《まんえん》した。ルイ・ヴィトンやグッチのハンドバッグが東京の女性たちの必需品となり、男性は英国製やジョルジオ・アルマーニのスーツを身に着けはじめた。

　彼らは最も高価なフランスのワインや金箔《きんぱく》を振りかけた鮨《すし》を出す店や、奥の部屋で麻薬《ドラッグ》を提供する高級ナイトクラブに入り浸った。バブル時代に一番人気があった麻薬は、シャブと呼ばれる覚醒剤《メタアンフェタミン》で、大麻《マリファナ》がそれにつづいた。覚醒《かくせい》剤はもちろんセックス・ドラッグで、バイアグラはまだ発明されていなかったため、麻薬常習者の多くはシャブを興奮剤として、あるいはインポテンツを克服するために使った。その時期にはラテン・アメリカのギャングたちが持ち込んだコカインもあった。一九九〇年代初期にもっとも人気の高いスポットのひとつが〈ジュリアナ東京〉で、そこのダンス用の演台では、いわゆるボディコン・ミニスカのドレスを身に着け、肌を露《あら》わにしたOLが大きな羽根のふさふさの扇子を振りまわし、定番の決まり切った振付を恍惚《こうこつ》として繰り返し踊っていた。

　誰も彼もがクレイジーだった。際限なくぶくぶくと膨らみ、すぐに消える、まさに泡《バブル》のような時代だった。野蛮《ワイルド》で、拝金的《マンモネスク》で……東京の住民たちは、自分たちのやり方《システム》の優位性を自慢するようになり、急に尊大になったように見えた。多くの外国人は、日本人は物静かで落ち着いたひとびとである、という概念が誤っていたことに気づいた。

海外旅行者も急増した。東京から鮨を食べるために札幌《さっぽろ》新千歳空港まで飛行機で飛び、小樽《おたる》で鮨を食ってその日のうちに帰ってくるような人物もあらわれた。洗濯するのが面倒だからと服を一度だけ着て捨てることを自慢する者まで存在した。会社員の四人に一人はゴルフクラブのセットを持ち、ゴルフの一回のラウンドや銀座《ぎんざ》のクラブでの一晩に十万円を使うのも普通のこととなった。

トヨタは新卒の採用者全員に入社契約のボーナスとして新車を一台プレゼントした。入社契約にサインしてクルマを受けとったあと、別の企業に就職する学生もあらわれた。

そのような現象は、一九八七年の〈ホテル西洋銀座〉のオープンで頂点に達した。この七十七部屋の小規模な高級ホテルは、平均客室単価が六十二万円。それは、〈帝国ホテル〉や〈ホテルオークラ〉といった当時の東京の最高級ホテルの最上級の客室の平均価格二十五万円を、はるかに凌いでいた。そこはエリザベス・テイラーの東京での常宿となった。

バブル期について、当時あまり一般には知られていなかったことがあった。それはパチンコ屋の売上げであり、コリアン系の貯蓄貸付会社の利益であり、そしてコリアン系のヤクザが取り仕切った不動産取引から資金を得た朝鮮総聯《そうれん》が、北朝鮮に巨額の送金を行っていたという事実だった。北朝鮮のミサイル開発や核開発は、このときのバブル・マネーによって強力に推し進められた。

しかし、誰もがバブルの恩恵に与《あずか》っていたわけではなかった。公務員はバブル期に昇給されず、民間企業ほどにはバブルを謳歌《おうか》することもなかった。バブル期の十年間の終わりには、アメリカの基準からは相当に狭い東京の住宅価格が高騰し過ぎて、ほとんどの日本人は百年間の親子二世代ローンを組まないと買えなくなった。平均的な東京人は、四十歳を過ぎても小さな庭付きの狭い家すら買うこともできず、会社や工場から通勤電車で平均七十六分もかかる場所で住まいを探すしかなかった。

そしてドルで収入を得ていた多くのアメリカ人も、東京での生活ができなくなり、引っ越さざるを得なくなったのだった。

東京は、様々な面で改善されたこともあった。信号機や横断歩道は新しいものになり、歩道を守る柵《さく》が数多く設けられ、街の交通に新しい秩序がもたらされた。灰皿やゴミ箱、公衆トイレといった細かな公共施設が徐々に整備されるにつれ、東京は世界で最も清潔な街に生まれ変わった。この新たな豊かさの時代は、ひとびとの公共マナーをより洗練させることにもつながった。商品を出すと同時に「どうもありがとうございます」という録音メッセージを流す缶ビールの自販機は、七〇年代にすでに登場していたが、電車の切符の自動販売機や自動改札機の整備も進み、駅の大混雑もかなり解消された。

東京のエネルギーの大きさには、相変わらず驚かされつづけた。昼間は銀行も商社も、そして蕎《そ》麦《ば》屋までもが、休むことのない働き蜂に変身して延々と仕事に専念し、まるで仕事を止めると病気になるかのように動きつづけた。それはまるで仕事で狂乱状態に陥っているかと思えるほどで、道路はタクシーや配送トラックやバイクなどであふれ、常に渋滞だらけの状態となった。しかし夜になると、東京は催眠的なネオンサイン（あるひとが数えたところ八万個もあったそうだ）が輝く、まったく別の街に変身した。

こんな街は、世界のどこにも存在しなかった。ニューヨークのタイムズ・スクエアでさえ、東京の主要な夜の繁華街と較べれば、色褪《あ》せて見えた。新宿《しんじゅく》、渋谷・原宿《はらじゅく》、赤坂《あかさか》・六本木、銀座、上野《うえの》、池袋《いけぶくろ》などには、一晩に五十万人ものひとびとが蝟集《いしゅう》した。

実際、資産が泡《バブル》のように膨れあがるのを、私も自分の目で確認することができた。当時、私は東京の中心部の赤坂六丁目にある赤坂ヴィレッジ・ビルの六階のアパートに引っ越していた。小さな寝室が二つあり、TBS本社から乃木坂《のぎざか》や六本木通りへ抜ける道を眼下に見下ろすことができた。

かつてその道はトヨタや日産などの国産車であふれ、近隣にあった唯一の外車は隣に住む住吉《すみよし》会の親分が所有していたリンカーン・コンチネンタルだけだった。が、いまやベンツ、BMW、アウディなどが次からつぎへと現れるようになった。

私がサッポロの生ビールをたらふく飲んだり、焼き鳥を食べたりして何度も楽しい夜を過ごした数軒先の家族経営の居酒屋は、戦後すぐの時代から赤坂に住み着いていたのだが、突然店を閉め、そこは更地になり、間もなく近代的な高層オフィスビルの基礎工事が始まった。その店のオヤジは、眼鏡をかけた愛想の良い五十代の紳士で、いつも私のためにお茶漬けをつくってくれていた。彼はいつも調理用の白衣を着て、天麩羅《てんぷら》などの料理をせっせとつくっていた。私は、そんな姿しか見たことがなかった。が、店と土地を売った彼は、家族とともに恵比寿《えびす》にできた新築の高級コンドミニアムに引っ越した。そして新品の外国製高級スポーツカーを買い、古巣に現れ、それを自慢気にかつての仲間たちに見せびらかした。そのとき彼は銀の鋲《びょう》が打ち込まれた革のジャケットを着て、ブランド物のパラシュートパンツをはき、パイロットが使うようなサングラスをかけ、左耳にはイヤリングをしていた。まるで『特捜刑事マイアミ・バイス』のドン・ジョンソンのようだった。

私のテレビの出演料、コラムの執筆料、電話インタヴューの報酬なども上がりはじめた。横浜《よこはま》市がドーム型の野球場をつくるべきか否かについて、私の意見を聞きたいと若い横浜市長から五つ星レストランでの昼食に招待された。

席に座ってすぐに、「私はドーム球場が嫌いです」と口を開いた。「閉鎖的なドーム内は大抵空気が汚れ過ぎて、まるでジャンボ・ジェットのなかで野球をやっているみたいです。それに横浜のような美しい港町は、住民の誰もが楽しめるような野外球場をつくるべきです」

「どうもありがとう、ホワイティングさん」と市長は言った。「じゃあ、飲みましょう」

私のアドヴァイスに対して、ビジネスのことは忘れましょうと市長は言い、飲んだり食ったりしはじめた。彼は高価なワインを何本も注文し、高級ステーキとロブスターの食事とともにすすめられた。

三時間後、帰る時間になると、市長が連れてきた秘書のひとりが私に分厚い封筒を手渡した。

「今日のお礼です」と彼は言った。

あとで封筒をあけると、なかに十万円が入っていた。約千ドルだ。それに加えて昼食代に、数千ドルかかっていたはずだ。数分の会話をするための費用としては、なんと高額なことか。しかしバブル時代は、それくらいクレイジーだったのだ。

一九八六年の終わりころのある日、〝住宅バブル〟が私の玄関先にも出現した。それは、コンノという名前の気取った服装のニヤケた不動産業者だった。彼は四十代の華奢《きゃしゃ》な男で、細い口髭《くちひげ》をたくわえ、アルマーニのスーツを着てそのうえから毛皮のストールを巻き、先の尖《とが》った光る革のブーツを履いていた。さらにダイヤモンドが埋め込まれた杖《つえ》を片手に持ち、もう片方の手にはブリーフケースを持っていた。

彼は、私が月々二十万円の家賃で借りていたアパートを、彼の会社が買ったと告げに来たのだった。コンノ氏の外観から判断して、彼の会社は隣の住吉会系の組の系列だった。彼は、新しく決まった借り主のために六か月以内に出て行ってくれないか、と言った。

赤坂に六年間住んで、引っ越すように言われたのは、これで二度目だった。

そこから歩いてすぐのリキ・アパートは一九八〇年に電気系統が故障し、力道山《りきどうざん》の未亡人である大家が、不動産価格の高騰を機に建物を取り壊し新しいものを建てると決め、私は強制的に引っ越しさせられた。日本航空の元スチュワーデスの彼女は魅力的で愛想の良いふくよかな女性で、私を一階の事務所に呼びだし、一年間分の家賃を無料にし、敷金や礼金をふくむ引っ越し費用をすべて負担すると申しでた。大家が店子《たなこ》を出て行かせたい場合、それが東京では普通だと言われた。そのため私はその申し出を受け入れた。あとになって他の店子はもっと高い金額を受け取るまで居座ったと聞いた。当時の日本の法律は、店子に対して大きな権利を与えていた。出て行きたくなければ、出て行く必要はない。建物が崩壊するまで永遠に居座ることもできた。

「私はここでの生活が気に入ってるんです」と、私はコンノ氏に向かって言った。「だから絶対に出て行きたくありません」

「わしらは家賃を二倍にするつもりなんだ」と彼は言った。「そして二年後には、さらにその倍にする」

「それは……」と私は言った。「どうやら私の権利を侵害しているようですね」

日本の借家法では、大家が家賃をどれだけあげることができるかどうかということについて、制限を設けていた。そのことも私はすでに学んでいた。

「よく聞けよ。あんたはここから立ち退かなきゃならんのだよ」と彼は言った。「俺は悪い人間じゃない。ホワイティングさん。俺は俺の仕事をやってるだけなんだ」

そうこうしているうちに、別の人物が私を訪ねてきた。モリタという名のコンノ氏の会社の幹部で、英語を話すことを除いてコンノ氏とまったく同じタイプの人間だった。彼は私を連れて、通りの先にある日本共産党員のオヤジがやっている焼き鳥屋に行き、私に一万ドルを提示した。

「一万ドルだよ。ホワイティングさん」と彼は大声で言った。「大金じゃないか」

私は弁護士に会いに行った。日本外国特派員協会《FCCJ》の人たちから紹介されたキクカワキヨシという名の四十代の弁護士は、アメリカのイリノイ大学の出身者だった。

私がコンノ氏とモリタ氏の訪問について説明すると、彼は笑いだした。

「私にまかせてください」と彼は言った。「彼らがあなたを見くびっているのは明らかです。ガイジンだという理由であなたをバカにしています。二度と彼らと話さないように」

数日後、モリタ氏が再び訪ねて来て、私が弁護士に相談したことに失望した、と言い出した。

「俺たちは、この件を友好的に解決して、友達になれると思っていたのに、弁護士を巻き込むなんて本当にがっかりしたぜ。これが、最後のチャンスだ。今すぐ、退去すると署名すれば、提示額を二万ドルに上げてやる」

私はキクカワ先生に相談したうえで断った。かいつまんで言うと、数週間以内に私の弁護士は、賃貸契約の満期後に六百万円と引き換えに出て行くとの取り決めを結んでくれた。彼は弁護士料としてその二〇%を受け取った。

私はそこがとても気に入っていたので、同じ地域の別の部屋を探すことを考えた。そこは東京の都心で、ガイジンの私でも近所の人たちから（先に書いた共産党員の焼き鳥屋を除いては）ある程度受け入れられていると感じていた。そこの焼き鳥屋の店長は痩《や》せた中年の女で、私が入ると露骨に嫌な顔をしてみせた。彼女らの名誉のために付けくわえておくと、私に食事を出すのを拒否することはなかった。が、そのようなことは東京ではよくあった。ヤクザが経営するナイトクラブやマッサージ・パーラーなどにも外国人お断りの店があった。が、私は赤坂の住人たちとは誰とも仲良くなれたように感じていた。私は、言いたいことはほぼ何でも言える程度には流暢《りゅうちょう》な日本語をしゃべっていたうえ、テレビ出演や日本の雑誌に掲載された写真によって私が誰かと気づいたひとたちからは、私の記事や本を読んだ感想をよく教えられた。

そこで私は、近所の不動産屋を訪ねはじめた。近隣地域も合わせて五、六軒あったのだが、そのすべての不動産屋から同じことを言われた。「ごめんなさいね。外国人はダメなんだ」六年前にリキ・アパートから引っ越したときはそうではなかった。そのときは力道山の未亡人の百田《ももた》夫人が赤坂ヴィレッジ・ビルを紹介してくれた。いまや彼女はどこかに引っ越してしまい、私は突然招かれざる客《パーソン・ノングラータ》となった。大きな不動産屋でも、返事は同じだった。ガイジンはダメ。日本の大家はガイジンとは契約したがらない、ガイジンは何かとうるさ過ぎる、トラブルを起こしてばかりで、生活習慣が違い過ぎる……などなど。保証人が存在するかどうかなど関係なかった。

赤坂ヴィレッジの件を解決するのに弁護士を雇ったせいではないか、とも思ったが、私の弁護士は彼の意見として、これはもっと大きな問題の一部だと指摘した。定期的に表面化する隠れた外国人排斥主義が、いま再び頭をもたげている……。それは日本が経済大国になり、貿易摩擦が激化したせいもあるだろう……と。

「ほとんどの日本人は、本当は外国人が好きではない」彼は肩をすくめてそう言った。「人口の一定割合の日本人は、外国人が好きだ。しかし日本人が金持ちになり世界中を買い占めているような現在、多くの日本人は自分たちのほうが偉いと思うようになった。だから外国人と関わる必要性も感じなくなった……」

実際バブル期には、レストランやナイトクラブの入口で〝Japanese Only（日本人以外お断り）〟という貼り紙を目にする機会が増えていた。外国人が夜中に外出して終電に乗り遅れたりすると、家に帰るタクシーを捕まえられないおそれもあった。そして当時、私の古い友人である日本プロ野球のコミッショナーの下田《しもだ》武三《たけそう》さんは「外国人は日本野球の仲間には入れない」と公言して憚《はばか》らなかった。

このようなことは、アメリカと日本が貿易を巡って対立を深めていることと関係があるように思えた。

もちろん、日本車の輸入のせいでアメリカの利益が損なわれ、多くのアメリカ人自動車製造労働者が解雇されたデトロイトでは、アメリカ人による日本人差別が激しくなり、それに較べれば「日本の人種差別主義」は、そんな呼び方もできないほど小さなものだった。デトロイトの自動車製造労働者たちはハンマーで日本車を叩《たた》き潰《つぶ》し、一九八二年にはクライスラーの工場の現場監督とその養子が、デトロイトに住んでいたビンセント・チンという名前の中国系アメリカ人を野球のバットで撲殺した。その二人の男は、チンを日本人と勘違いしたのだった。

その男は、アメリカの自動車製造の仕事が日本に奪われたことについて、「おまえみたいなチビの糞野郎《マザー・ファッカー》のせいで俺たちは仕事を失った」と言い放った。

その前年にはデトロイトの自動車製造労働者の団体が、巨大なハンマーでトヨタ車を粉々に打ち砕いた。

映画化もされた小説『ライジング・サン』〔マイケル・クライトン原作、フィリップ・カウフマン監督、ショーン・コネリー主演。日米経済摩擦をテーマに、系列企業の談合、ゴルフ接待、ヤクザとの関係など、日本企業の暗部を描いたサスペンス映画〕に描かれた日本人は、実際の日本人を戯画化したものであり、第二次世界大戦中にアメリカ政府が製作したプロパガンダと同じくらい酷《ひど》い描きようだった。

日本の中曽根康弘《やすひろ》首相が一九八六年に自民党の青年部に向けて行った講演で、事態はさらに悪化した。彼は、黒人やラテン系、その他のマイノリティがアメリカ全体の教育レベルを引き下げていると示唆したのだ。

日本のテレビで放送されたこのスピーチで、中曽根は次のように語った。「日本はこれだけ高学歴社会になって、相当インテリジェントなソサエティーになってきておる。アメリカなんかよりははるかにそうだ。平均点から見たら、アメリカには黒人とかプエルトリコとかメキシカンとか、そういうのが相当おって、平均的にみたら非常にまだ低い」

予想通りアメリカでは怒りが爆発し、中曽根はみずから招いた窮地を脱しようと試みて、アメリカの〝大きな成果〟を持ちあげた。が、「日本は単一民族だから手が届きやすい（何事もやりやすい）ということだ」と言って問題をさらに激化させた。

しかし彼の言うことにも一理はあった。イギリスの心理学者リチャード・リンが一九八二年五月に発表した論文によると、日本人のＩＱの平均値は一〇一と前の世代と比較して七ポイントも上昇し、アメリカの平均値一〇〇をはるかに上回っていた。他の調査では、成人したアメリカ人の七%から九%に相当する千七百万人から二千二百万人が文字を読めなかった。一方、日本で文字が読めない人は一%以下だった。ミシガン大学の研究によると、中学一年生から高校二年生の数学の能力は、アメリカと比較して日本のほうがおよそ一〇%も高かった。

少数民族の役割について、〈タイム〉誌は中曽根の意見を支持していると受け取れる統計結果を指摘した。同誌は記事で次のように書いた。

「歴史的に、黒人の平均的なIQレベルはアメリカ人全体と比較して少なくとも一〇ポイント低い。一九八二年のアメリカ教育省の調査によれば、黒人とヒスパニック系の非識字率は白人の平均のおよそ二倍から四倍だった。一九八五年のSAT（大学進学適性試験）の結果、白人の平均点は（千六百点満点中）九四〇点で、メキシコ系アメリカ人は八〇八点、プエルトリコ系は七七七点、黒人は七二二点だった」

日本の中学高校の授業内容や目標期待値はアメリカよりはるかに厳しく、日本の学校は年間二百四十日授業があるのに対し、アメリカの学校は百八十日しかない。日本の学校のほうが必修科目や宿題も多い。そのため日本のほうが数学の点数が高い。もっとも、アメリカ人は日本人に較べて、はるかに多くのノーベル賞を受賞しているのだが。

しかしそのような記事も、黒人やヒスパニックや他の民族を激怒させた中曽根を助けることはできず、その週の終わりには、彼は〝心からの謝罪〟の意を表明したのだった。


近所に引っ越し先を見つけることができず、また部屋の広さが西洋レベルの西洋風マンションを月々一万ドルの家賃で提供している外国人向け不動産屋などには、まるで依頼できる余裕もなかったため、東京駅から横須賀《よこすか》線で南に一時間かかる海辺の街の鎌倉《かまくら》で住処《すみか》を求めることにした。

私の親友で〈タイム〉誌のカメラマンのグレッグ・デイヴィスが都内に戻るため、私は彼の家を引き継いだ。寝室がひとつの小さな家で三百坪ほどの竹林や樫《かし》の木や草むらに囲まれていた。そこは駅からバスで十分ほどの鎌倉宮（大塔宮《だいとうのみや》）と、美しい仏像がある覚園寺《かくおんじ》の中間あたりの閑静な地域だった。

鎌倉にはお寺と神社がたくさんある。それらは十三世紀に遡《さかのぼ》り、侍が支配していた時代の日本の首都として、当時の日本人から世界の中心だと思われていた輝く過去の栄光を現在に伝えていた。一一八五年頃から一三三三年までの鎌倉時代は、天皇の権威の終焉《しゅうえん》と幕府という形での日本の政府の幕開けだった。それは、封建主義制度の支配階級として武士が支配する時代の幕開けでもあった。

この新しく擡頭《たいとう》した武士階級の合言葉は、質素、倹約、男らしさ、身体的かつ精神的な活力であり、現代の読売ジャイアンツが主張する原理原則《プリンシプル》（それを〝呪文《マントラ》〟と呼ぶ人もいた）に似ているとも言えた。武士は、香を焚《た》きしめた絵巻のような宮廷の貴族たちや、知的エリートでもあった僧兵たちに取って代わって世の中を支配するようになった。私の新しい隣人となった社交的なマーク・シューマッハはそのように教えてくれた。ミネソタ州出身でジョージタウン大学を出たずんぐりした身体の彼は、仏像の専門家で、引っ越してきた私に解説を施してくれた。「鎌倉時代から、どの階級出身のどんな男でも精神力を駆使すれば権力の座に登ることができる、という考え方が生まれたんだ」

封建制度は徳川《とくがわ》時代に頂点に達し、一八五三年にペリーが黒船でやってくるまで七世紀ものあいだつづいた。多くの日本の古都と同様、鎌倉も長い年月の間に何度も焼け落ちては復興した。災害の多い日本でのご多分に漏れず、津波によって貴重な文化遺産が海に流されたこともあった。が、古い寺などの多くが残り、古都の趣を今日に伝えていた。

鎌倉は、侍文化の発祥の地だったが、鎌倉で最も名高い名所（そして世界中で知られている場所）は、鎌倉が政治の中枢だった時代に建てられた大仏だった。

ありがたいことに鎌倉は、第二次世界大戦時には連合軍による爆撃を受けなかった。それは、高名な建築家のラングドン・ウォーナーのアドヴァイスによるところが大きい。江ノ電《えのでん》鎌倉駅の西口広場にはラングドンの記念碑が建てられている。

私が鎌倉に来たころは、十七万人の住民の高齢化が深刻になっていた。日本の歪《いびつ》な税制のために相続税を払えないひとびとが打ち捨てた空き家がたくさんあった。

この街は、日中は観光客や遠足などでひとびとがごったがえし、駅の切符の自動販売機に長蛇の列ができるほどだった。が、夜は街全体がゴーストタウンのようになった。わずかな例外を除き、すべての店が午後七時半には閉店してしまうのだ。そこは東京のナイトライフの誘惑を避け、禁酒したい者が暮らすには最適な場所だった。

引っ越したばかりのころ、東京とカリフォルニアに不動産を所有している富裕な実業家である家主から手紙をもらった。

「ホワイティング様　あなたを店子として迎えることができて光栄です。あなたがこの鎌倉の家に永らくお住まいになられますように」

二年後、地価が上がり、私が借りていた家の建っていた土地の値段が三百万ドルまで高騰したとき、私は再び大家から手紙を受け取った。

拝啓　ホワイティングさん

私の息子が結婚したため、彼に結婚祝いを贈りたいと思っています。そのためには、鎌倉の不動産を売る必要があります。どうぞ別の住まいをお探しください。一か月の賃料に相当する敷金をお返しする所存です。

敬具

その手紙をもらったときは、次に出版予定の二冊の本『和をもって日本となす』と『東京アンダーワールド』の資料が詰まった段ボール箱を何十個も運び込んだばかりで、七年間に三度も荷造りして引っ越すのは嫌だったので、再びキクカワ弁護士に会いに行った。

「大家さんはいいひとみたいです」と私は説明した。「赤坂の大家よりは。だから前と同じ六百万円を支払ってくれたら私は仕方なく出て行くと伝えてください」

数週間後キクカワ弁護士から電話がかかってきた。

「私が一千万円を要求すると、彼は何と言ったと思います?」

「何と言ったんです」

「『私は彼に一文も払うつもりはない。日本をバッシングするガイジンには、私の家からいますぐ出て行ってもらいたい』と言いましたよ」

その言葉を聞いて私は居座ることにした。

「賃借人の権利を行使し、今後二十年間住みつづけるつもりだと大家さんに伝えてください」

そして私はそのとおりにした。その後大家からは何も言ってこなかった。二十年間、家賃を上げることさえ一度もなかった。

和をもって日本となす

『和をもって日本となす』は一九八九年五月に出版された。この本では主に文化の衝突とその結果、日米両国が仲良くできないことについて描いた。

この本は、日本の野球について雑誌〈スミソニアン〉に書いた記事が発端だった。出版社のマクミランの編集者リック・ウォルフから、その記事を基に長いものにできないかと訊かれたとき、私はすでに、単行本の各章に転換できるような長い記事をたくさん書いていた。文化の衝突についての〈スポーツ・イラストレイテッド〉誌に掲載された〝You Gotta Have Wa〟という題の記事は、一冊の本にできるほどの分量もあった(それまで〈スポ・イラ〉誌で、これほど長い記事が掲載されたことはなかった)。ほかにも日本の雑誌〈中央公論〉や日本航空の機内誌〈ウインズ〉などに書いた記事や、多数の英語雑誌のために書いた記事などもあった。

私はこの本のほとんどを、妻が国連難民高等弁務官事務所《UNHCR》から派遣されたソマリアのモガディシュで執筆した。モガディシュは一九九一年に内戦が勃発《ぼっぱつ》して街が破壊されるが、当時はまだこぢんまりした快適なところだった。ソマリアはかつてイタリアの領土だったため、街中には巨大なイタリア風の大聖堂や海辺の城砦《じょうさい》などが、モスクや市場やイスラム風建築のあいだに聳《そび》えていた。素朴だが魅力的な店やレストランもたくさんあった。世界で最も貧しい地域のひとつだったが、それでも私が訪れたことのあるニューデリーやムンバイのスラム街と較べれば、ずっと清潔だった。実際とてもロマンチックな街で、特に暑さの弱まった夕暮れ時の夜の祈りの開始が告げられるころは、夕陽が街全体を覆って輝き、素晴らしい風景となった。

　妻と私は海を見渡すイタリア植民地風の家に住んでいた。外交文書用の郵便袋で〈日刊スポーツ〉を毎日送ってもらっていた私は、この街のNGOの日本人のあいだで大変な人気者にもなった（なにしろ日本のスポーツ新聞を持っているのだから！）。私は毎日朝九時から午後三時まで東芝のT1100PLUSラップトップ・コンピュータで執筆し、その後クルマでアメリカンクラブまで泳ぎに行った。サメがいるので海では泳げなかったのだ。妻と私が滞在中、国連のスウェーデン代表団の四歳の娘が、浅瀬で立っていただけなのにサメに食われて死亡した。街のなかを運転していると、クルマに向かって投石してくる子供たちや、バイクに乗ったモガディシュの警官に邪魔された。警官は何の理由もなく呼び止め、違反だなんだと言い張って罰金を要求した。あるときなど、時速三十マイルの区域を時速二十マイルで走っていたのにスピード違反で捕まったこともあった。

『和をもって日本となす』の最終稿を仕上げると、私はバルコニーに出て、インド洋から吹く風に向けて大声で読みあげた。遠くの沖にはダウ船［古代からアラビア海やインド洋の東アフリカ沿岸で使われていた、大きな三角形の帆を張った船］が行き交っていた。それは校正するのに最適な場所だった。UNHCRの警備員は、声を出して原稿を読んでいる私の姿を可笑《おか》しそうに見ていた。読みあげる作業には、まるまる二日かかった。

『和をもって日本となす』は両国間の貿易戦争が最高潮に達し、日米関係が第二次世界大戦後最も冷え切った頃に出版された。それは、第二次大戦で軍事的に打ち負かされた日本が、戦後になって世界を経済的に征服しようとしていると受け止められていた時代だった。

この本が出版されたのは、日本の産業政策によってどのようにして経済と貿易の複合企業体《コングロマリット》が生み出されたのかを解説するチャルマーズ・ジョンソンの『通産省と日本の奇跡』(TBSブリタニカ)や、〈アトランティック〉誌に二回に分けて掲載され、冷戦期におけるアメリカと日本の関係に注目したジェームズ・ファローズの『日本封じ込め(Containing Japan)』という記事など、アメリカで日本に対する不安に乗じた雑誌記事や本が次つぎ発表されたさなかのことだった。たとえば――、日本の政治、ビジネス、社会構造などを批判的に描いたカレル・ヴァン・ウォルフレンの『日本/権力構造の謎』(早川書房)、アメリカは日本にその地位を譲ろうとしていると論じるクライド・プレストウィッツの『日米逆転――成功と衰退の軌跡』(ダイヤモンド社)、日本人の悪党ビジネスマンが利益や市場シェアのためにアメリカで殺人などの犯罪を犯す(性交中に武士の刀で女性を薄切りにスライスするのを好む、という気味の悪い人物まで登場する)強硬主義の急先鋒《きゅうせんぽう》的小説であるマイケル・クライトンの『ライジング・サン』(早川書房)(映画化された内容は、日本の専門家として描かれるショーン・コネリーの話す日本語がひどいものだったが、興行的には大成功をおさめた)……などなど。

これらは、日本のことを次のように考える一団だった。日本とは、カネのことしか考えず、働き過ぎで、半封建的で、人種差別的で、性差別的といったさまざまな問題を抱えながら、全体の目標のためには個人の権利を犠牲にする「日本株式会社」のことである。彼らは、日本修正主義者、またはより面白く、一九六〇年代の中国で、文化大革命を主導した政府要人に対する呼称をもじって〝四人組〟のギャングと呼ばれたり、もっと簡単に日本叩き屋《ジャパンバッシャー》としても知られた。

その対極に、〈ニューヨーカー〉誌の特派員パトリック・スミスが〝無批判的日本代弁者〟と呼んだ学者や、日本の文化を率先して誉《ほ》め讃《たた》え、日本の欠点は隠そうとする作家たちが率いる〝菊クラブ〟とも称されるグループがあった。エドウィン・ライシャワーがこのグループのリーダー的存在だった。〝菊クラブ〟のメンバーの多くは日本政府から便宜を受けており、このグループはしばしば私利私欲もからんでいるようだった。

この両極のグループのあいだには、大きな亀裂《きれつ》があった。

『和をもって日本となす』の根本的なテーマは、個人主義と集団主義という二つの価値システムは絶対に相容《あいい》れないということだった。アメリカ人は一般的かつ相対的に個人主義に馴染《なじ》んでいる。一方、日本人はその正反対。「感情をさらけ出せ」「他人のことには干渉するな」といった基本姿勢は現代アメリカ人社会のモットーといえるが、日本人は「出る杭《くい》は打たれる」という使い古された諺《ことわざ》を信条としている。これらはもちろん一般論であり、陳腐な決まり文句とも言える。しかし野球チームに関しては、日本とアメリカのあいだで、この種の問題が毎年決まったように繰り返し生じていたことも事実だった。

よくあるシナリオは、次のようなものだ。アメリカから衰えつつあるスター選手が、キャリアの最後に大金を稼ぐため、日本にやってくる。彼は、練習させようとする日本人コーチに反抗し、次のような言葉を吐く。

「俺はメジャーリーガーだ」

「俺は自分が何をすればいいか、わかっている。だから、ほっといてくれ」

「俺は大人なんだから、自分のことくらい自分で決められる」

そして、それらの発言がトラブルを招くのだった。記者が新聞記事に取りあげ、メディアのあいだでガイジン選手を排除しようという声が出ることもあった。クライド・ライトの件では、日本のスポーツ紙は外国人を表す「外人《アウトサイダー》」という漢字の代わりに、「害人（害をおよぼす人物）」という言葉を新たに発明し、見出しに用いた。

穏やかで行儀の良いガイジンでも、やはりアメリカ人であり、日本人から日本人らしく行動することを期待されているにもかかわらず、ついついアメリカ流のやりかたをしてしまう。そこで、行儀の良いガイジンでも日本に馴染むのに苦労をすることが多かった。

たとえば一九八四年、近鉄バファローズ［現在のオリックス・バファローズ］のドン・マネーは、住居の不備や練習環境の劣悪さを理由に帰国した。彼のチームメイトだったリチャード・デュランも厳しい練習を理由に祖国へ帰ってしまった。バンプ・ウィルスは高額の契約金で来日し、多くのホームランを期待されたが、阪急ブレーブス［このチームも現在はオリックスに引き継がれた］の二軍に落ち、我の強い監督の上田《うえだ》利治《としはる》とうまくいかず、自分からクビを申しでた。ジム・トレーシーは、打順を下げられたことや、試合に起用されたりされなかったりが続いたことで帰国した。

多数の名選手がシーズン途中でチームを去ったので、一九八四年には怒り心頭に発したプロ野球チームのオーナーたちは、以後五年間日本のプロ野球界から外国人選手を完全に排斥する決議をした［このオーナーたちの決議は、実行を伴わなかった］。

この衝突は、アメリカと日本の関係のすべてを顕著に表していた。

このような決定的な〝相違〟のせいで、外国人に対して日本人が諸手《もろて》を挙げて歓迎することはありえなくなった。彼らの存在はチームの和《ハーモニー》を乱した。しかし、そこには別の理由もあった。それはまったく別の問題だった。

一九八六年、新しくコミッショナーに就任した七十八歳の竹内壽平《たけうちじゆへい》は次のように言った。「将来的には純血の野球《ピュア・ブラディッド・ベースボール》が行われることが理想だ。いつかわれわれは、アメリカ対日本の本当《リアル》のワールドシリーズを開催しなければならない。そこには外国人選手は入れられない」

日本にいるアメリカ人は、自動車や携帯電話といった多くのアメリカからの輸入品に関税などの制限を課す日本の対外貿易政策と同じような日本の態度に直面した。ホームランを打ってリーグ戦で貢献しても、シーズン中に開催されるオールスターゲームでは、両チームにそれぞれ二名までという外国人枠のせいで出場が認められないという不公平も起きた。そのようなことは一度や二度ではなかった。一九八〇年にはパ・リーグのホームラン王〔四十八本〕となった近鉄バファローズのチャーリー・マニエルがファン投票で一位となったが、ほかの外国人選手が二人〔マルカーノ＝阪急、リー＝ロッテ〕選出されたので、出場できなかった。一九八五年にリチャード・デービスはパ・リーグの首位打者争いでトップを走っていたが、同じような理由で出場できなかった。

ランディ・バースは一九八五年に三冠王を達成し、阪神タイガースを日本シリーズ優勝に導き、関西で偉大なヒーローとなっていたが、昇給の要求や彼のアメリカ式のトレーニング方法のせいで不興を買った。一九八八年五月、アメリカの病院で治療を受けていた重病の息子の看病のためにチームを抜けてアメリカへ帰ると、おそらく日本のプロ野球で最も価値の高い選手に違いなかったバースですら解雇された。

　彼の監督の村山実《むらやまみのる》はこう言った。「ガイジンは日本のチームの真のリーダーには絶対になれない。なぜならガイジンはカネにしか興味がないから」

『和をもって日本となす』が一九八九年に出版されると、〈ニューヨーク・タイムズ〉紙から〈ロサンゼルス・タイムズ〉紙まで、一様に高く評価してくれた。「ホワイティングは日本を理解する素晴らしい方法を思いついた。いますぐ近くの本屋に走って行って『和をもって日本となす』を買うべきだ」と、〈ニューヨーク・タイムズ〉は書いてくれた。〈タイム〉誌はまるまる一ページ使ってこの本を紹介してくれた。マクミラン社から出版された本書は、ブック・オブ・ザ・マンス・クラブ・セレクションにも選ばれ、ケイシー賞〔アメリカで野球本の出版社「スピットボール」が一九八三年に創設した、年間最優秀野球本に与える賞〕では最終選考まで残り、ピューリッツァー賞にもノミネートされた。

　アメリカ版は単行本とペーパーバックで二十五刷を数え、販売部数は合わせて十五万部を超えた。私は、日本に関する数多くのドキュメンタリー番組やPBSの『マクニール／レーラー・ニュース・アワー』『ナイトライン』、ESPNの『スポーツ・センター』、HBOの『リアルスポーツ』

『オールシングス・コンシダード』、CNNの『ラリー・キング・ライヴ』などの番組に招かれ、出演した。

私は、さまざまな場所でスピーチをし、アメリカと日本のいくつかの大学から講演にも招かれた。ペンシルヴェニア大学ウォートン校、テンプル大学、オクシデンタル大学、ミシガン州立大学、国際文化会館、在日米国商工会議所、日本外国特派員協会、ニューヨーク、ロサンゼルス、サンフランシスコ、ホノルルのジャパン・ソサエティー……などなど。

この本は、アメリカの多くの大学で、日本語学科の学生の必読書ともなった（さらに国務省のジャパンデスクでも）。ハーバード・ビジネス・スクールの教授は日本のビジネス慣行に関する講義でこの本を使った。

そんななかで、最も多く引用された個所のひとつが、九年連続優勝を果たした巨人の元監督川上《かわかみ》哲治《てつはる》が、彼のベストセラーとなった本に記した彼の信念だった。「ほとんどの選手は怠け者だ。彼らに厳しい練習をさせるのは監督の責任だ。礼儀正しい選手はチームを強くする。彼らに礼儀を教えるのは監督の責任だ。リーダーが『優しい人』と思われると失敗する。一匹狼はチームの癌だ」「トップの営業マンが反抗してきたら、クビにしろ。個人主義を許したら、組織を駄目にしてしまう」これらは、彼がしばしば行っていたリーダーシップについての講演で、企業幹部に向けて語っていた言葉でもあった。

よく引用されたもう一つの発言は、日本プロ野球のコミッショナーで元駐米大使による、アメリカ人野球選手に対する極めて興味深い、非外交的な言葉だった。「日本とアメリカの試合のレベルの差が縮まりつつあるなか、日本のプロ野球を日本人だけでプレイするのは極めて自然なことだ。そこへ自国で活躍できなくなった元メジャーリーガーが出場したりする限り、日本のプロ野球はけっして一流とは見做されないだろう」

早稲田大学の元監督で〝野球の神様〟と呼ばれた飛田穂洲《とびたすいしゅう》の次の発言にも注目が集まった。「監督は選手を愛さなければならない。が、練習中はたとえ心の中で泣いていても、できるだけ冷酷に接しなければならない。それが野球で勝つための秘訣《ひけつ》だ。選手が練習で血を吐くほど必死で頑張らなければ、試合で勝つことなど望めない。うまくなるためには苦しむことが必要だ」

この本は一年後に角川書店から日本語版が出版された。単行本と文庫本を合わせて二十万部が売れた。一九九一年九月には雑誌〈本の話〉で、それまでに日本で出版されたベスト・ノンフィクションのリストに入った。そして中国語版と韓国語版を含めて、世界中で四十万部以上売れた。

私は日本のメディア、特に〈朝日新聞〉の系列会社から数多くの仕事の依頼を受けた。私は〈週刊朝日〉にコラムの連載を開始し、テレビ朝日の看板番組のドキュメンタリーや、当時の日本で最も人気のあったニュース番組の〈ニュースステーション〉にも出演した。

そんな過程のなかで、私は〝日米摩擦〟(アメリカと日本のあいだの対立《コンフリクト》が、当時そう呼ばれていた)の真っ只中《ただなか》に放り込まれていることに気づいた。

この日本語版が世に出たのは、先述の〝日本修正主義者〟たちの著作の日本語訳が出版されたのと同じころのことだった。それはまた、今や日本は世界第二位の経済大国で、世界で有数の実行力を誇るのだから、日本独自のやりかたを見つけられると論じる日本人の著作が、数多く世間を席捲《せっけん》していたころのことで、「西欧に追いつけ」という明治時代以来の指導者の掛け声は、もはや目標ではなくなっていた。

一九六〇年代初頭によく聞かれた世界における日本の立場を表す言葉――「アメリカがくしゃみをすれば、日本は風邪をひく」というジョークも、もはや聞かれなくなった。その代わりに聞こえてくるようになったのは、「日本がくしゃみをすれば、アメリカは癌になる」というものだった。その言葉を聞くと、当時の日本人は決まって大笑いした。

さらに、外国人が日本の市場は閉鎖的だと文句を言うと、日本のリーダーたちは、実際には日本の市場のほとんどは開放されているが、外国人はそこに食い込む努力を十分にしていないだけだと、より強硬に反論しはじめていた。

実際、中国製の下着からスウェーデン製の家具、アメリカ製の写真フィルムや化粧品、フランス製の香水、世界中の一流デザイナーの洋服まで、日本で入手できる外国製の商品の種類は爆発的に増えていた。しかし日用品については、必要なものはほぼすべて日本製で揃った。そのうえ、ほかのどこの国のものよりも品質が良く安価だと、財界の指導者や官僚たちは胸を張り、一般大衆もそう信じていた。

石原慎太郎

当時、特に人気のあった本は、極右政治家で国会議員であり作家でもある石原慎太郎《いしはらしんたろう》の一九八九年のベストセラー『「NO」と言える日本』(光文社)だった。〝アメリカからのいじめ〟に立ち向かい、世界に日本独自の道をひらこうと日本を鼓舞するこの本は、約百万部も売れた。何よりも石原は、アメリカの日本への輸出が伸びないのは、より優れた教育システムを有し、生まれつき素質が優れている日本人と較べて、アメリカの労働者のレベルが低いからだと主張した。彼はまた、長期的な経済計画を重視する日本とくらべ、目先の利益を追求するアメリカの事業慣行は有害であり、アメリカが日本に原爆を落とすことにしたのは、アメリカの人種差別主義の何よりの証拠だとも主張した。

私は石原慎太郎と、ソニーの会長であった盛田昭夫《もりたあきお》についてのコラムを書いた。二人は月刊誌〈文藝春秋《ぶんげいしゅんじゅう》〉で対談を連載し、それが上述の『「NO」と言える日本』のもととなった。

激しい論争を巻き起こしたこの本が日本でベストセラーに入ると、アメリカ国防総省はそれを翻訳し、そのコピーがワシントン中に広まり、ついにはアメリカ議会の記録にも残った。

この英語の海賊版には誤訳があると石原は指摘し、また、印税が支払われていないと文句を言った。そして彼は、サイモン&シュスター社から新しく改訂増補版を出版するよう手配した。それは一九九一年に世に出たが、盛田は自分の会社のアメリカにおける顧客基盤を損なわないように、このプロジェクトからは抜けた。

盛田はニューヨークに住んでいたこともある世界的に有名な財界人の成功者で、アメリカでの自分の事業の利益を心配して退いた結果、英語版は石原単独による出版となった。ふたりのうち盛田のほうが思慮深く、喧嘩《けんか》腰でもなかったので、彼が抜けたことは新たな問題となった。盛田は、アメリカ人は合併買収(M&A)や短期利益を過度に重視しており、アメリカ企業のCEOは報酬を貰《もら》い過ぎていて従業員をすぐに解雇するが、日本の企業は濃密なコミュニティを築いている、と語っていた。またアメリカの自動車メーカーは、日本市場向けに右ハンドルの自動車を製造することを拒否したことを引き合いに出し、アメリカの企業は日本の市場のために製品を開発するための十分な努力を怠っていると指摘した。しかし一方で、日本人の島国根性や海外の現地のひとびととの社交を日本人の多くが拒否していることも、盛田は指摘していた。

〈週刊朝日〉の私のコラムで、盛田は日米関係の天使であり、扇動的な発言をする石原は悪魔だと書いた。その号が発売された翌日、石原の事務所から電話がかかってきて、昼食に招待された。私はそれに応じた(日本で最も有名なタカ派と会う機会をどうして逃せるだろうか!)。そして翌週、一流ホテルのザ・キャピトルホテル東急(旧東京ヒルトン)の地下にある高級レストランで側近を引き連れた石原と一緒に食事をした。

石原は洗練されていた。それは認めよう。彼は背が高く、神経質なまばたきの癖を除いては都会的で、明らかに高級なオーダー・メイドのスーツを着て、メニューのなかで最も高いワインを注文した。彼は、会話の端緒《ジャブ》としてバルザックやドストエフスキーを引用した。実際、彼は日本で最も有名な作家の一人で、まだ一橋大学の学生だったときに一九五〇年代の戦後の日本の反抗的な若者たちを描いた小説『太陽の季節』で、日本で最も権威のある文学賞の芥川《あくたがわ》賞を受賞した。この小説は慎太郎の弟の石原裕次郎《ゆうじろう》出演で映画化され、大ヒットした。裕次郎は日本で最も有名な映画スターとなり、日本版ジェームズ・ディーンと呼ばれた。

慎太郎はその後政界に進出。最初は自民党公認候補として参議院議員に選出され、その後衆議院議員となった。一九七三年には悪名高い右翼的な政策集団〈青嵐《せいらん》会〉を結成した。そのメンバーは忠誠を誓う証文に自らの血で捺印《なついん》しなければならなかった。

石原は一部では日本のル・ペン［フランスの政治家。反EU・反移民を唱える極右政党の国民戦線の創始者で初代党首。現国民連合党首マリーヌ・ル・ペンの父］と呼ばれ、論争を呼ぶ発言を好んで口にした。彼がアメリカの雑誌〈プレイボーイ〉のインタヴューで、大日本帝国陸軍兵士が三十万人の中国人市民を虐殺した一九三七年の南京《ナンキン》大虐殺は実際には起こっておらず、中国のプロパガンダだと発言し、多くの歴史家を怒らせたことは有名だった。彼はすべての米軍を日本から追い出し、核兵器をふくむ日本の自衛力を強化することも主張した。このような立場は、太平洋の両側の多くのひとびとにとって受け入れ難いものだった。

石原と私の会話はすべて日本語だった。一度、彼の側近が私に英語で話しかけると、石原は素早く側近を叱った。

彼は、「日本語で話せ」とピシャリと注意した。

昼食が終わり、私たちが三本目のワインを飲み始めると、石原は本題に入った。彼はデトロイトから帰ってきたばかりで（一九九〇年六月のことだった）、そこで日本に敵対的なブルーカラーの労働者の一団と話し、その窮地を切り抜けたあとだった。石原はアメリカの労働者を前にして、アメリカの自動車企業の幹部は労働者の雇用の安定を犠牲にして四半期利益を冷酷に追求していると非難し、喝采《かっさい》さえ浴びた。それを聞いて私は感服したことを認めないわけにはいかない。

「ホワイティングさん」と、彼は語り始めた。「俺はアメリカの敵ではない。俺は悪魔じゃない。俺は、日本のシステムが輸入を不正に制限していることを、最初に認めたうちのひとりだ。われわれの政府は高品質のモトローラ社製の電話を東京の市場から締め出し、日本人に低品質の日本製の電話を使うことを強制した。俺は真実を話しているだけだ……。ＣＥＯがすべてのカネを独り占めして、利益率をあげるためなら従業員を冷酷に解雇する。そんななかで低賃金で働かされているアメリカの労働者を、俺は気の毒に思いますよ。自分の会社のつくった自動車の市場占有率のために、おべっかを使う天使よりも、真実を言う悪魔がいたほうが、アメリカのためにもいいんじゃないか？」

私たちは高級ワインを数本空けたが、石原はアルコールの影響をまったく見せなかった。私は彼のことがとても好きになったことを告白しなければならない。それが彼の目的だったのだろう。敵を懐柔することが。しかし私は、彼を好きになったのだった。

彼は、私が今、何に取り掛かっているのか尋ね、何か手伝えることはないかとも訊《き》いてきた。私は東京の裏社会や、ニック・ザペッティや、戦後の闇市で蠢《うごめ》いた連中についての本を書いていると言った。

「ああ、あいつね」と言いながら、石原は指で頬を切りつける仕草《ジエスチヤー》をした。ヤクザを示す国際的な仕草だ。「彼はマフィアだと聞いていたな」

私は、ザペッティが力道山の親友だったことに触れた。プロレス界のヒーローで、その後東京の実業家として富を築いた力道山も、その本の主要なテーマだった。

「俺は力道山をよく知っていたよ」と彼は言った。「彼は俺のヨットに何度も乗りに来た。彼のことは何でも知っている。俺に何でも訊いてくれ」

それで私は訊いた。

「力道山がコリアン系ヤクザの東声会《とうせいかい》の秘密の組員だったというのは本当ですか。彼は町井《まちい》久之《ひさゆき》会長の最高顧問だったというのは？」

彼の目が急に細くなった。そのようなことを私が訊くとは、彼には思いも寄らなかったようだった。

彼は側近のほうを向き、囁《ささや》いた。「町井？」

側近はもごもごと何か答えた。〝ヤクザ〟という言葉だけは聞き取れた。

石原は私のほうに向き直り言った。「彼のことは聞いたことがない」

もちろん、それは真実ではない。

町井が、ロッキード事件の重要人物であり悪名高い右翼のフィクサー児玉誉士夫《こだまよしお》の〝警備主任〟として自民党に関与していたことを考えると、石原が町井のことを知らないはずはなかった。

石原は急に腕時計を見て、国会に戻らなければならないが、力道山に関する質問についてはまた連絡すると言った。

翌日、彼の側近から電話があった。

「まことに申し訳ありません」と彼は言った。「石原はお手伝いできません。彼は何も知らないんです」

おもしろい、と私は思った。真実が露呈された。

彼は何も知らないと言うことで、すべてを暴露してしまったのだ。

東京ドーム

トラブルに巻き込まれるというのは、私の持って生まれた才能だった。それは、その後も読売幹部とのあいだで発揮された。その事件は、私がコラムを書いていた〈週刊朝日〉の編集者から、ある調査記事を書かないかと誘われたことがきっかけだった。一九八八年に新しくオープンした読売ジャイアンツのホーム球場である東京ドームが、入場者数を水増しして公表しているというのだ。

株式会社後楽園《こうらくえん》スタヂアム〔現在の株式会社東京ドーム〕が所有するその新しい球場は、収容観客数を五万六千人と謳《うた》っていて、ホームゲームの開催日は連日スコアボードに、今日も五万六千人の観客で満席だと知らせる電光掲示が表示され、全国生中継のテレビ画面でも約二千六百万人の視聴者がそれを見ていた。ジャイアンツは、満員の連続日数と年間三百万人を優に超える入場者数などが世界記録であると主張した。が、それは事実ではなかった。

東京ドームはそれだけの人数を収容するには狭すぎた。それは、それだけ大勢の観客が入った球場を実際に見たことがある者にとっては一目瞭然《りょうぜん》の事実だった。そこで私は、真実を求めて調査を開始した。まず東京ドームを所有する株式会社後楽園スタヂアムに電話し、自己紹介してから東京ドームの収容人数を聞いた。電話を受けた男は五万六千人だと答えた。

「それは客席が五万六千席あるということですか」

「あんた誰だ。なんでそんなことを訊く？」と彼は私のことを知りたがった。

「私は〈朝日新聞〉に東京ドームについてコラムを書いていまして……ちょっと確認しようと思って……」と私は答えた

「これは極秘事項だ。あんたと話すことはできない」と言って、彼は電話を切った。

次に私は東京消防庁に電話をかけた。そこには設計図があるはずで、正確な数字も把握しているはずだ。

「あんた誰だ。なんでそんなことを訊く？」と電話の向こうの男も私に質問してきた。

私が知りたいことを説明すると、彼は「五万六千人は宣伝のための数値かもしれない」と言った。

どうしてこのような公開された施設について宣伝用の数値と本当の数値があるのかと訊くと、彼は、それは私には教えられないと言った。

「そういう情報を、承認を得ずに公表することは認められていないから……」と彼は言った。

質問を書面で提出すれば、消防庁から回答が来るだろうけど、さまざまな部署の承認を得るのに二、三か月はかかるだろう、と彼は言った。

最後に私は日本野球機構《NPB》のコミッショナー事務局に出向いた。そこは日比谷《ひびや》公園の向かいの帝国ホテルに隣接する新しく建て替えられた帝国ホテルタワーのなかにあった。

「東京ドームの収容人数は何人ですか？」と受付カウンターにいた若い男性に聞いた。彼の後ろにはデスクが並び、数人の男が座っていた。その奥には、おそらくコミッショナー本人と彼の側近がいると思《おぼ》しき部屋があった。

「五万六千」と受付の男性は無愛想に答えた。

「いや、ＰＲ用の数値じゃなくて本当の収容人数は？」

「それは企業秘密だ」と彼は言った。

やった、と私は思った。一歩前進だ。

「あんた、ロバート・ホワイティングだろう？」と彼は言った。「あのトラブルメーカーの……」

私が頭の中でもっともらしい返事を考えていると、背後のデスクに座っていた年上の白髪の男性が立ちあがり、ファイルキャビネットのほうに行き、そこから片手一杯の書類を取り出して持ってきた。

「ほら」と彼は言った。「自分で数えてみな」

それは東京ドームの設計図だった。

彼らは私をデスクに座らせ、コミッショナー代理だと名乗る白髪でネクタイを締めた四十代の男が、私に電卓を手渡してくれた。そのとき竹内コミッショナーは事務局を留守にしていた。

すべての座席を数えるのに三十分ほどかかった。が、座席は幾何学的なブロックに配置されており、個々のブロックはわずかな差異を除きほぼ同じ大きさだったから、数えるのにさほど苦労はしなかった。

「四万二千七百六十一席」

私はもう一度数えなおした。

結果は同じだった。

四万二千七百六十一席。

東京ドームの立ち見スペースが極めて狭いことはすでに知っていた。それは全部合わせても、およそ三千人程度だ（実際、その前夜に私は日本人記者と一緒に巨人対カープの試合に行き、ふたりで立ち見客の人数を数えたところ、三千四百七十二人だった）。

四二、七六一＋三、四七二＝四六、二三三

「四万六千二百三十三！」と私は叫んだ。

「そのとおり」とコミッショナー代理は言った。

「それじゃあ、巨人は観客数について嘘を言っていたのですね」

「そのとおり」

「でも、どうか誰にも言わないように」と彼はつけくわえた。

私は開いた口が塞《ふさ》がらなかった。

「いいでしょう。あなたは記者だから本当のことを書かなきゃならない。でも、この情報の出所は明かさないでほしい。読売の人間に知れたら、私たちはみんなクビだ。NPBを支配しているのは彼らであって、そもそも私たちを雇っているのも彼らなんだ」

私はしぶしぶ承諾した。記事を書く際に、情報源については曖昧《あいまい》にしたが、その正確性は保証できた。

その後、私はある男のクルマに乗せてもらって東京ドームを訪れた際、クルマを駐車させるために一番下の階に行った。そして、そこから上の階へ行こうとすると、階段につづく扉に日本語で「収容人数四六、三一四人　東京消防庁」と書いてあった。

その後知ったのだが、ジャイアンツがそのような嘘をついたのには〝理由〟があった。それは、後楽園球場を解体してミネソタ州のメトロドームに倣った新しいドーム球場を建設するとき、その建設のためにかかる多額の費用を正当化したかったからだった。後楽園の観客収容人数は四万八千名（公表数値）だったが、新しい球場はそれよりも収容人数が多くなければならなかった。そのため、当初は五万六千名に設定されたのだった。

しかし建設中に、エンジニアたちから設計上の問題点があるため、内野と外野に折り畳み椅子を置かなければ五万六千名は実現不可能だと報告された。面目を潰《つぶ》したくないジャイアンツは関係者の誰にも口外しないことを誓わせ、五万六千名という最初の数値、つまり偽の数値を公表しつづけることにしたのだった。

私の記事は、読売にまったく影響を与えることもなく、東京ドームの事務局や〈読売新聞〉、〈報知新聞〉、そしてスコアボード上では引きつづき五万六千名と書かれつづけた。まったく唖然《あぜん》とするほどの頑固さだった（実際、二〇〇五年に税法が改定された際に、ようやく東京ドームは正確な観客数を公表するようになった）。

何年かあとになって、同じように観客数を胡麻化《ごまか》しつづけてきた前科のある西武ライオンズの元事務局員が、夕食の席で私に激しく突っかかってきた。

「巨人が観客数を少しばかり上乗せしていたとして、それがいったい何だというんだ。チームのイメージが良くなるし、ファンも気分が良くなるだけのことじゃないか」

正確な数字の公表など、二の次三の次なのだ。

しかし、〈週刊朝日〉のそのコラムのせいで、私は東京ドームから再び出入り禁止をくらった。ジャイアンツが再び私を球場から出入り禁止にするというニュースを、知り合いの日本人記者が電話で教えてくれた。今回は無期限の出入り禁止だった。

「君が来なくて良かった」と電話越しに不気味な口調で言った。

さらにその後、渡邉恒雄《わたなべつねお》とのほとんど切れかけていた交友関係が、完全に壊れてしまったことを、サム・ジェイムソンから聞かされた。渡邉は当時すでに読売帝国のトップに君臨していて、中曽根康弘を日本の総理大臣に担ぎ出すなど、政界の黒幕として十分な権力を発揮し、自分自身を読売ジャイアンツの〝オーナー〟の地位に就けた。渡邉は、私が彼の組織が公表しつづけていた大嘘を暴いただけでなく、それを朝日新聞社が発行する〈週刊朝日〉に掲載したことに怒っていた。渡邉は宿敵である朝日の左翼的な編集方針を憎んでいた。渡邉は〈朝日新聞〉を〝赤新聞〟と呼んでいた。渡邉や中曽根首相、中曽根の秘書などとともに勉強会のメンバーだったサムに向かって、渡邉は言った。

「俺は、朝日にあれを書いたボブ・ホワイティングの糞野郎《サノバビッチ》を絶対に許さない」

テレビ朝日

『和をもって日本となす』の出版後、私は人気番組〈ニュースステーション〉から、スタッフやキャスターとして、短編ドキュメンタリーや情報レポート番組の製作をやってみないかと誘われた。ニュースステーションは、ラジオのパーソナリティーやテレビの歌番組の司会者として活躍していた多才な久米宏《くめひろし》がキャスターを務めていた。久米にはそれまでニュース番組の経験がなかった。が、少々不遜《ふそん》で生意気な態度を示すと同時に、明るく快活に一日の出来事を紹介する久米のやりかたは、夜十時からのニュース番組としては画期的で、一時は一晩で二千万人以上の視聴者を惹《ひ》きつけた。

そのころのテレビ朝日は、収益を増やし、赤坂のアークヒルズに洒落《しゃれ》たスタジオを建てたばかりだった。スタジオはレストランなどの店舗が並ぶアークヒルズの広場に面していて、通行人が立ち止まってスタジオ内の様子を見ることもできた。そこは当時、東京で最もお洒落な場所となった。

ニュースステーションは、何度か私をスタッフと一緒にアメリカへ派遣してくれた。私たちはファーストクラスかビジネスクラスに乗り、五つ星ホテルに泊まった。貿易について取材するためにワシントンを訪れ、株式市場を分析するためウォール街に赴き、アメリカのベースボールについて取材するためにロサンゼルスの高校へ足を運び、真珠湾《しんじゆわん》記念日を取材するためにホノルルへ飛んだ。

ワシントンへの旅では、ジョージ・H・W・ブッシュ政権のいわゆる〝貿易の戦士〟と呼ばれた者たちとのインタヴューが組まれた。そのひとりが国税庁の顧問弁護士兼アドヴァイザーのチャールズ・トリプレットだった。インタヴューを録画しているあいだ、彼の机のうえには日本から輸入される自動車に課す関税に関する一九七四年通商法三百一条のコピーが置かれていた。彼は日本政府の〝保護主義的政策〟を芳しく思っていなかった。

「物事は変化しなければなりません。ミスター・ホワイティング」と彼は言った。

あるときの番組で私は、私の友人で〈産経新聞〉のワシントン支局に勤める新聞記者のコメントを入れようと考えた。東京本社の記者たちは日本に対する否定的な話を掲載したがらない、と彼は私に明かしていた。売れる記事、すなわち読者が読みたい記事は、〝反日の外国人〟についてのもので、〝反外国の日本人〟に関する記事ではないと彼は言った。

私はこの話を放送に使いたいと思った。が、テレビ朝日のプロデューサーに反対された。彼は、こう言った。夜十時の枠のテレビ番組を自宅で観る視聴者たちは、心安らかに楽しめる番組を望んでいる。彼らは怒り心頭に発したままベッドに入ることは望んでいない。反米親日ならいい。その逆は？　絶対にダメだ。だから久米さんがその番組の冒頭で、情報源を〝ワシントンの友人の記者〟として、その逸話を披露したときの私の驚きをお判りいただけるだろう。

アメリカにある日本の自動車製造工場に関する話題も取りあげた。番組スタッフとケンタッキー州ジョージタウンに行き、トヨタの工場で働くアメリカ人労働者にインタヴューを行った。二日間の撮影で私は何人かの労働者と話をした。毎日百キロをクルマで通勤する者もいた。彼らはみな仕事にありつけて満足していた。しかし日本流のやり方に従わなければならないことには不満を漏らした。私が話した従業員の多くはトヨタ自動車（Toyota Motor Manufacturing）の頭文字である〝TMM〟と書かれた帽子をかぶり、同じ文字の入ったTシャツを着ていた。しかしアメリカ人従業員にとって、その文字はまったく別のことを意味していた。

「Too Many Meetings（会議多すぎ）」

ところが彼ら従業員からの批判的な発言は、放送ではすべてカットされた。放送されたのはトヨタがどれほど素晴らしく、アメリカ人はどれほどトヨタのクルマが好きか、というものばかりだった。

事実に基づく報道というものに慣れていないひとびとにとっては、仕方のないことだったのかもしれない。日本という国家のプライドは右肩上がりに高まっていた。日本の国民たちは自分たちに満足して眠りにつきたかったのだ。

文化人類学者の祖父江《そふえ》孝男《たかお》は、〈朝日ジャーナル〉誌（いまは廃刊になってしまったが、当時の〝朝日帝国〟のもうひとつの週刊誌）の編集長筑紫《ちくし》哲也《てつや》との討論で、次のように語った。日本人の自信と誇りの高まりは、かつて自分たちより優れた文化を有すると考えていた国々に対する〝強い劣等感〟の裏返しとして、自然な反応として生じたのではないか。「日本が豊かになったことで、それらの国々との接触が一層活発になり、日本人はそれらの国々をより深く知ることができるようになったのです」と彼は語った。

筑紫は彼が編集長をしている雑誌で日本について批判的な記事を載せると、読者から批判されることが多いとも言った。彼はそれを〝愛国的反応〟と呼び、左翼的な読者にも根強いと語った。

それは、かつての〝愛国的反応〟とは少々趣の異なるものだった。一九六〇年代の初頭は、日本とその伝統への誇りが権威の失墜した軍国主義とまだ分かち難く結びついていたため、惨めな劣等感と国家的に自己を卑下するような態度をとるひとびとが多かった。

〝国家主義《ナショナリズム》〟という言葉にも、まだ苦い後味が残っていた。左翼系の教師の労働組合である日教組は、天皇を崇《あが》める国歌の演奏に抵抗しつづけていた。しかし日本人であることを誇りに思わない者は、日本人のなかに滅多にいなかった。

超国家主義者《ウルトラナショナリスト》の中曽根康弘が首相の地位を守りつづけるなかで、一九八〇年代の末頃になると、日本が一九三〇年代や四〇年代前半のような権威主義的な政府や軍国主義に戻ってしまうと危惧《きぐ》する日本人はほとんどいなくなっていた。そんな悲観的な考えをするのは、自民党に対抗する二つの左翼的な政党であるマルクス主義的な社会党と共産党だけとなった。

私はテレビ朝日に三年間出演した。日本のテレビに出て喋《しゃべ》るには、確固たるキャラクターと、日本語の流暢《りゅうちょう》さが求められた。カメラに映る私は不機嫌そうに見えた。カリスマ的な魅力のある久米の超高速の早口を理解するのにも苦労した。

うまくやっている外国人もいた。髪を金色に染め、青いコンタクトレンズを入れたシカゴ出身のアメリカ人のデーブ・スペクターはそのひとりだった。アメリカ人弁護士のケント・ギルバートや、モルモン教の宣教師だったケント・デリカット、チャック・ウィルソン、ギニア人のオスマン・サンコンなどなど、大勢の外国人が日本の電波を賑《にぎ》わした。曲芸をするアシカと同じように、彼らの仕事はただただ〝ガイジンでいること（Being a gaijin）〟であり、テレビに出たり、バラエティー番組で馬鹿馬鹿しいことをしたりした。デーブ・スペクターはそのなかでもずば抜けた才能を発揮していた。彼の日本語の能力は抜きんでていた。子供のころからアメリカで日本語を学び、シカゴで開催された日本語スピーチ・コンテストで優勝し、上智大学でも学んだ。日本のポップ・カルチャーに関する彼の知識には、誰も敵《かな》わなかった。

デーブ・スペクターは自分の仕事について「サーカスの馬鹿げた道化のようなもの」とインタヴューで語った。「でも、僕はまったく気にしない。テレビに出る外国人は、モデルでもなんでも、しばしばパンダにたとえられる。日本ではパンダという言葉が、よく使われる。可愛くて、近づいて遊んだり、マシュマロを投げてやったり。でも、それ以上に深くは関わらない。それで一年で五百万ドル稼げるんだから、僕はパンダでいることに満足しているよ」

日本にいた多くのアメリカ人は、デーブが嫌いだった。その感情にはおそらく嫉妬《しっと》もふくまれていただろう。彼は「アメリカに帰ればただの人」とよく揶揄《やゆ》された。また、大人になってからずっと日本に住みつづけ、ほとんどアメリカで生活していないにもかかわらず、典型的《ステレオタイプ》なアメリカ人を演じていることや、日本人がそうであってほしいと願うとおりにアメリカ人を規定し、演じていることも批判された。

しかしデーブは、コメントを期待されるその週の出来事について完璧《かんぺき》に下調べを行い、深く鋭くそれらを語った。

実際、彼は傑出したコメンテーターとなり、テレビのニュース番組のどの日本人にも引けを取らない存在となった。メディアのなかで、彼がやっていることをできる日本人も、ほとんどいなかった。

私は彼らとは別のカテゴリーに属していた。私の本はまず北米で英語で出版されていた。そして日本の出版社が権利を買い、それらの本はよく売れた。それはアメリカ人が読んでいる日本人について書かれた本の内容を、日本人が知りたがったからだった。さらに私がアピールできたのは、私が日本についての自分なりの見解を持っていたことだった。私は、日本文化を覗《のぞ》く窓としての野球とスポーツ全般を用い、その窓を通して日本について書いた唯《ただ》一人の存在だとの評価を得た。

ガイジン側にも彼らなりの見解があった。私はオーストラリア人の花形ラグビー選手イアン・ウィリアムズと一緒にランチをとったこともあった。彼は神戸《こうべ》製鋼のラグビーチームに所属したこともあったが、腕の立つ弁護士として日本をよく訪れていた。彼は、『和をもって日本となす』を読んで、なぜ日本のラグビーが世界のどこの国とも異なっているのかということが、よく理解できたと言ってくれた。

「あの本を読んで目から鱗《うろこ》が落ちたよ」と彼は言った。「日本人はラグビーを武芸《マーシャルアーツ》にしているんだとわかった。彼らがどうして、倒れるまで練習をつづけるような狂ったことをするのか、君の本を読んで初めて理解することができた」

私は作家《ライター》であり、日本語のテレビの生放送で二千五百万人の視聴者に対するのはけっして望ましい事態ではなかった。もっと最悪なのは、日本語でスピーチをすることだった。準備とリハーサルに数日かかり、それらすべてひっくるめて神経がすり減った。しかし、もっと問題なのは、私が〝規制〟を好まなかったことだ。特に週刊誌や月刊誌、タブロイド紙といった印刷媒体と違い、話すときには好きなことを自由に口にすることが許されなかった。少なくとも私は、自分の言いたいことを言えなかった。NHK、NTV、TBS、そしてテレビ朝日でさえも、何人ものプロデューサーから、巨人軍が観客数を過大に公表していることはカメラの前で口にしないようにと言われた。それは、余りにも物議を醸しすぎるという理由だった。テレビの視聴者は、そのような騒動を好まない。彼らはテレビを観ながらゆったりとリラックスしたいのだ、と。彼らは外国人が、日本についてネガティブなことをテレビで発言するのは聞きたくないのだ……。

そんな例は、ほかにもあった。

いちど代々木《よよぎ》のNHKスタジオでラジオの生放送のインタヴューに出演したことがあったが、NHKは日本全国のすべての家庭が受信する準国営のテレビとラジオの巨大放送局で、とにかく番組で物議を醸すことだけは天災のごとく嫌っていた。それは土曜の午後六時から放送予定の一時間のインタヴュー番組だった。私が午後五時半に到着すると、プロデューサーから三十ページほどの漢字と平仮名の日本語で書かれた脚本を手渡された。そこには質問のすべてと、私の著作から引用されている検閲済みの私の回答のすべてが書かれていた。日本の悪い部分にスポットを当てた日本の〝排他主義〟や差別的な慣行などは完全に排除され、口当たりの良いものだけが選ばれていた。

番組の途中で私は脚本のどこを進行しているのかわからなくなり、即興で率直に答え始めた。そして意図的に排除されていたテーマにも言及した。インタヴューが終わると、コントロールルームにいたプロデューサーは私に対する怒りのあまり、私と話すのを拒否した。彼はスタジオの隅に引っ込み、スタジオを去る私をものすごい目で睨《にら》みつけた。

彼の立場も理解できた。日本人は準備を万端に整えるのが好きだ。あらゆる不測の事態を排除し、誰かが不用意に言うべきではないことを言ったり、放送の調和が乱されることは絶対に許さなかった。（『ラリー・キング・ライブ』や『オール・シングス・コンシダード』などの多くの番組で私がそうされたように）何を訊かれるのか大まかにしかわからない状態で、ラジオやテレビのインタヴューの場にいきなり現れるアメリカのメディアとは正反対だった。アメリカではインタヴューを受ける側には自分の好きなことを言うチャンスがある。インタヴューする側も自分たちの好きなことを訊くチャンスがある。

日米の差はさて置き、このＮＨＫのプロデューサーはもう少し早く私に脚本を見せてくれてもよかったと思う。せめて前日の夜にでも。

落合博満と〈ペントハウス〉

もう一つの忘れられない経験は、三冠王に三度も輝いた日本人スター選手落合博満《おちあいひろみつ》との日本版〈ペントハウス〉でのインタヴューだった。日本のメディアは、落合を〝日本語を話すガイジン〟と称した。彼の意見は、トレーニングに関しても（年を取ったら、少なければ少ないほどいい）、先輩と後輩の関係についても（後輩は先輩の世話をしなくてもいい）、報酬のことでも（多ければ多いほどいい。選手は自分にふさわしい金額を要求するべし）、バッティングフォームなどに対する考え方でも、すべてアメリカ人のものと近かった。

私は、相当の反逆者だと言われている彼に会うのを楽しみにしていた。が、蓋《ふた》を開けてみると、彼は〝日本人の皮を被《かぶ》ったガイジン〟などとはまるで異なっていることが判明した。

まず近鉄バファローズのバッターと若い日本人ピッチャーが乱闘となった一件で意見が食い違っ

た。投手の投げた球がデービスの上半身に当たったときのことだ。デービスはマウンドに向かって走り出し、投手の顔面を殴った。この乱闘について意見を訊かれると、私はほかのアメリカ人と同様、投手の自業自得だと答えた。投手は打者めがけてボールを投げるべきではない。上半身はなおさらだ。それは喧嘩を売っているようなものだ……と。

すると驚いたことに、落合は、デービスこそ許されないと語った。「かわいそうに」と彼は言った。「フィールドのうえでの暴力は、けっして許されるべきではない。そのうえデービスは、あのかわいそうな若いピッチャーよりも身体がずっと大きく、怪我を負わせかねなかった。デービスは軽くいなせばよかったのだ。それこそがアメリカ人の抱える問題だ。彼らは喧嘩っ早過ぎる」

彼の言うことにも一理あったかもしれない。しかし、多くのアメリカ人たちが言うように、誰であろうと野球のボールを自分に向けて時速九十マイルで投げてこられたら、怒って反撃するに決まっている。しかし落合には、死球に対する彼なりの対処法があった。落合は、次の打席で鋭いライナーの打球を投手めがけて打ち返すのだ。彼は、それをやってのけるだけの技術を持っていた。

落合には日本にいるアメリカ人に対して別の不満もあった。彼は、自分と同じくらいのレベルのバッターであるランディ・バースよりもずっと年俸が少ないと言って、アメリカ人選手が不当に高い報酬を貰っていることを指摘した。

バースは落合と同じく二年連続して三冠王に輝いた。が、確かにバースの報酬のほうがずっと高かった。

そのため落合の妻も、こう口にしていた。「博満は髪を金髪に染め、青いコンタクトを入れるべきよ。そうすれば彼に相応《ふさわ》しい報酬がもらえるはず。こんなの不公平よ」

確かに、不公平なことは事実だった。

しかしバースのほうも不公平な目に遭っていた。一九八五年、バースはシーズン五十五ホーマーの王貞治の記録を抜くペースで打ちまくっていた。が、彼は一本差でタイに並ぶことは叶《かな》わなかった。タイガースのそのシーズン最後の試合で、王監督の率いるジャイアンツの投手陣が敬遠四球を連続し、バースが記録を抜くことを妨害したのだ。

私がそのことを指摘すると、「記録を破りたいなら、破ればいい」と落合は素っ気なく言った。「敬遠されたと泣き喚《わめ》くのではなく……」

その後、バースがサンフランシスコで脳腫瘍《のうしゆよう》の手術を受ける十二歳の息子に付き添うため一九八八年のシーズン初めに日本を去ったことが話題になった。それから怪我の治療のため一か月休んでアメリカに帰ったボブ・ホーナーや、息子の卒業式に出席するためシーズン中に一週間チームを外れ、ヴァージニア州に帰ったチャーリー・マニエル、そして家族の誕生や葬式のために休暇をとりたがるすべてのガイジン選手についても、話がおよんだ。

「日本人でそんなことをする奴はいない」と落合は言った。「そういうことをなんとかするのは女房の仕事だ。選手はチームの一員として出場する義務を負っている」

そんな調子で、落合とのインタヴューは、いつも日本人対アメリカ人の問題になり、アメリカ人の旗色を常に悪くするものだった。

嫌がらせの手紙

私の本はいつも売れ行きが良かったものの、日本社会のある種のひとびとは私の本や私自身を嫌った。そして時々、嫌がらせの手紙を受け取ることもあった。たとえば『和をもって日本となす』の出版後、北海道に住むひとからの次のような手紙が送られてきた。

ホワイティング様

私はあなたの大ファンです。あなたの一番のファンです。日本人のやりかたを批判する日本社会についてのあなたの本をすべて読みました。あなたの本がこれからもどんどん売れつづけることを願っています。そして大金を稼いで大金持ちになり、必要な金を手に入れたら、アメリカに帰ることができます。私たちの国から出て行け。クソ野郎。

ホワイティング様
日本の最大の過ちは、あなたのようなひとたちを入国させることです。あなたは私たちの国に来て、私たちのビールを飲み、私たちの女性と寝て、私たちの金を奪っています。あなたのようなひとたちが日本に入国することが許されなくなる日が待ち遠しいです。

『ミスター・ベースボール』

一九九二年、中日ドラゴンズで野球をしながら日本に適応しようと奮闘する傲慢《ごうまん》なアメリカ人野球選手の映画が公開された。『ミスター・ベースボール』というタイトルで、主演はトム・セレック。銀座の映画館で初めて観たとき、客席には十人ほどしか入っていなかった。彼らは私と同じく、つまらなそうに見えた。

何かを褒めなければならないとすれば、トム・セレックの演技は完璧だったと思う。彼は違うやりかたの野球に適応しようとしてフラストレーションを溜《た》めているガイジンの特徴を、かなりうまく摑《つか》んでいた。すべて名古屋《なごや》とその近郊で撮影された映像もリアルだった。しかしストーリーはウンザリして呻《うめ》き声をあげたくなるほど陳腐だった。セレックが恋した日本人の美女は、彼の所属する中日ドラゴンズの監督の娘であることを隠していて、高倉健《たかくらけん》演じる監督自身も実は流暢な英語を話せることを隠している——といった具合だ。おそらくこの陳腐なストーリーのせいで、この映画はアメリカと日本のどちらでもコケた。結局、製作費四千万ドルのほんの一部しか回収できなかった。

私はこの映画には、製作開始のごく初期の段階から因縁があった。しかし結果的に、この映画にかかわらないでいてよかったことが証明された。

一九八七年の夏、私はアウトロー・プロダクションの口の達者なまだ若い経営者のロバート・ニューマイヤーから連絡を受けた。彼は、二年後に映画『セックスと嘘とビデオテープ』［スティーヴン・ソダーバーグが二十六歳で監督・脚本を務め、低予算で製作。カンヌ映画祭最年少パルムドールを受賞した名作］で名声を得るような人物だった。彼は東京の高級ホテルのホテルオークラに滞在し、新しい映画について話したいと言うので会いに行った。彼はモンテ・メリックという脚本家が書いた、日本で野球をするアメリカ人選手についての脚本を持っていて、私にその映画の製作コンサルタントにならないかと打診した。プロダクションは私に、クレジットに名前をのせることと二万五千ドルの一括払いを提示した。しかし私の返事はノーだった。私はちょうど『和をもって日本となす』の執筆を開始した頃で、私がこれまで蓄積してきた情報は、間もなく二万五千ドル以上の価値をもたらすと確信していた。そこで彼の申し出を、即座に断った。その代わり日本でプレイしているレオンとレロンのリー兄弟や、『和をもって日本となす』の完成後に自伝を共同執筆する予定だったウォーレン・クロマティに接触してみたらどうかと提案した。

『和をもって日本となす』が一九八九年五月に出版されると、アウトロー・プロダクションの例の脚本を手に入れて三人の脚本家に書き直しをさせていたユニヴァーサル・スタジオが、すぐに映画化権を五万ドルで買いたいと申し出てきた。そしてユニヴァーサル側は、その映画のタイトルを『You Gotta Have Wa（和をもって日本となす）』にしたいという。それに応《こた》えて同書を出版したマクミラン社は二十五万ドルを要求し、交渉はうまくいくように思われた。

その間に、私も自分で映画のトリートメント［粗筋と脚本の中間に該当する、おおまかな要約のこと］をすでに書きあげていた。それは日本のガイジン野球選手に関するもので、ユニヴァーサル・スタジオとマクミランの包括契約にそのトリートメントをふくめれば、価格は少しはあがるかもしれないとマクミランに伝えた。

キャシー・フォックスという名のマクミランの権利部門の代表は、私のトリートメントに興味はなく、すでに脚本を完成させ、いつでも撮影できる態勢が整っているユニヴァーサルも同じ考えだと言った。

そうか、わかった。しかしその後、何の前触れもなく日本の松下電器（現在のパナソニック）がユニヴァーサルMCA「Music Corporation of America＝一九二四年に創設されたタレント事務所。その後、テレビ事業、映画事業等に拡大。一九六二年ユニヴァーサル映画を傘下に収め、一九九〇年に松下電器に買収される。のちにシーグラムが買収。現在はNBCユニヴァーサル」を買収し、スタジオの幹部は急に両国の文化的相違の問題に過敏になり、『ミスター・ベースボール』の日本人の登場人物の描き方にいくつか変更が加えられた。ユニヴァーサル・スタジオは、すでにデトロイトのブリッグス・スタジアムで冒頭部分（タイガースのスター選手ジャック・モリス「タイガースやツインズで活躍したメジャー二百五十四勝の名投手」がトム・セレックから何度も三振を奪うシーン）の撮影を終えていた監督のピーター・イエーツをクビにし、野球のルールを何も知らないフレッド・スケピシをその後釜《あとがま》に据えた。スタジオは新しい脚本家たちを招き入れ、そのうち一人を日本に送り出し、脚本を書き直させた。そのうちマクミランとの契約は破棄となったのだった。

ユニヴァーサルの撮影班が来日すると、脚本家のひとりがインタヴューで私について質問され、次のように答えた。

「こんな物語を書くのは簡単なことだ。誰にでもできる。われわれにホワイティングは必要ない」

私は蚊帳《かや》の外に置かれ、落胆した。しかしそれから間もないある日、電話が鳴った。日本で指折りの週刊漫画雑誌である講談社の〈モーニング〉の編集者からだった。

「日本で異文化ギャップに直面するガイジン野球選手についての物語をモーニングで書きませんか」

私は編集者たちと会い、私が書いた、誰も欲しがらなかった映画のトリートメントのコピーを彼らに渡した。それは百五十ページの長さだった。

結論を先に書くと、彼らはそれを気に入った。彼らはその物語に主役（私が知る大勢のアメリカ人野球選手の寄せ集めだったが、主に巨人のスター選手レジー・スミスから着想を得た）の名前から『REGGIE（レジー）』というタイトルをつけ、〈モーニング〉誌に連載を開始した。それは毎週二十ページ、百三十五週も続いた。十週ごとに単行本化され、その十週間後にコミック版として出版され、その後文庫本、愛蔵版と出版が続いた。日本での漫画の売れ行きは桁《けた》外れだ。その結果その過程で私は大変な金額を稼いだ。私は年末に帝国ホテルで開催された〈モーニング〉誌のパーティーに招待された。それは驚くべきものだった。そこにいた漫画家のほとんどははっきり言ってハリウッドの業界人的な要素など欠片《かけら》もなかった。彼らは虚弱そうなオタクっぽい風貌で、その多くが眼鏡をかけていた。しかし、彼らは高価なリムジンに乗って現れ、ファッションモデルらしき女性と腕を組んでいた。ひ弱な小男にとって、これほど勇気づけられる光景はないだろう。

結果的に講談社で素晴らしい経験ができたため、『ミスター・ベースボール』に関われなかったことを恨む気持ちはなくなった。

しかしそれだけでは終わらなかった。監督のフレッド・スケピシと脚本家は毎日撮影現場に私の二冊の本、『菊とバット』と『和をもって日本となす』を持ってきて、それらをしばしば参照し、エピソードを抽出し、映画で使ったというのだ。そして、その情報を通訳の役を演じた日本人俳優が漏らしたと報じられた。そのニュースはニューヨークのマクミラン社にも届いた。キャシー・フォックスはユニヴァーサルに電話し、マクミランはユニヴァーサルを訴えることを検討していると伝えた。結局ユニヴァーサルは、『和をもって日本となす』と『菊とバット』の使用料として相当な額を支払った。

私の人生はこれでよかったのだ。興行成績がアメリカで五百万ドル、日本で百二十五万ドルに終わった『ミスター・ベースボール』にかかわらなくてよかった。特に日本で大コケしたのだから。付けくわえておくと、〈モーニング〉誌との仕事はすべて順調だったわけではない。漫画家が、登場人物を描くのに、彼の偏見を込めることが多々あったのだ。たとえばアメリカ人野球選手レジーが、成田《なりた》空港から街中までリムジンで移動中、フロントオフィスから派遣された魅力的な若い女性に付き添われるが、その際にレジーは後部座席で彼女に抱きつき、彼女の耳に舌を入れた。私は編集者に、私がこれまでに出逢《であ》ったアメリカ人野球選手は、普通このような行為はしないうえ、このような行為は文化の相違とまったく別の話だと説明しなければならなかった。

バブル崩壊

日本の奇跡は長くはつづかなかった。日経平均株価は一九八九年十二月二十九日に史上最高値の三万八千九百十六円を記録する。そして、日本銀行が金利を引き上げ（一九九〇年には六％のピークに達する）、大蔵大臣［現在の財務大臣］が不動産向け融資の総貸出に制限を設け（総量規制）、大型土地取引を規制した。すると、株価は急落し始めた。

それは、第二次世界大戦末期以来この国を襲った最悪の不況の幕開けとなった。日経平均株価は三万八千七百十三円（一九九〇年一月四日）から二万三千八百四十九円（一九九〇年十二月二十八日）へと急激に下落し、わずか一年で三五％を超える価値が失われた。（住宅街、商業地域、工業地域を問わず）東京の地価も軒並み急落した。一九九一年末までに、都市部のほとんどの地域の地価はマイナスに転じた。一九九二年十二月末までに日経平均株価は一万六千九百二十五円まで落ち、およそ六〇％の価値が失われた。それから十年後、日経平均株価は八千五百七十九円まで値を下げることになった。

一方、円は値上がりしつづけた。一九九五年四月には一ドル八十三円まで高騰（その後も上がりつづけ、二〇一一年八月には一ドル七十六円を記録した）。

日本の株式市場も、東京の不動産価格も、そして日本人自身も、完全に回復することはなかった。そのかわりに、景気停滞が何年間もつづいた。これは、のちに日本の〝失われた十年〟と呼ばれることになった。老舗《しにせ》企業が破綻《はたん》し、従業員が失業するというニュースがひっきりなしにつづいた。

私は日本について信頼できる多くの外国人アナリストの意見を聞いた。そのうちのアンドリュー・ホルバートとジェフ・キングストンは次のような見解を示した。日本人は台風や地震、火事などの災害を長年にわたって経験しつづけてきた。そのため、成功は居心地が悪く苦悩のほうが落ち着く傾向がある。逆境に立ち向かうことは、常にこの国の強みだ。一九九〇年に入るとバブルは完全に崩壊し、この国は再びその強みを生かせる機会を得た、と。

マンションを買うために百万ドルのローンを組んだひとびとは、いまや職を失い、銀行に返済できなくなった。いま住んでいるマンションを売ったところで、さらに安い物件に引っ越すことすらできなかった。販売価格がピークから八〇%も下落していたからだ。知り合いのなかには、家族のためのマンションを買うのに、銀行から百年のローンを組んだひともいた。それは子供や孫がそのマンションに住みながら返済しつづけるというものだった。しかし彼の勤めていた出版社は急激な業績の悪化により、従業員のリストラを開始し、彼は職を失った。彼のマンションの価値は下落しつづけ、バブル時代の価値の何分の一かになった。しかし彼と彼の子供や孫たちは、借金に縛られつづけた。返済をつづけるため、彼は二つの仕事を掛け持ちする羽目に陥った。

バブル時代に大人気だった別荘やプレジャーボート、スキー場近くの真新しいコンドミニアムなどは、投資家や消費者が高値で購入したが、いまやそれらは底値で売りにだされていた。コンドミニアムは一部屋あたり五万円という破格の値段で販売されていた。税金や維持費が高すぎるため、誰も欲しがらなくなったのだった。

先に書いた〈ホテル西洋銀座〉は宿泊費を下げた。が、結局は閉店してしまった。最後の営業週の最高級の部屋の価格は一晩あたり二十五万円まで下がった。帝国ホテルは百万円、ペニンシュラの最高級スイートルームでも八十五万円だったのに……。

暴力団と政治家、財界人が関与する阿漕《あこぎ》な取引も明るみに出た。ヤクザと運送会社大手の佐川急便が関与した汚職スキャンダルと脱税で、自民党の黒幕だった金丸信《かねまるしん》が逮捕、起訴される事件も起きた。警察は金丸の自宅を家宅捜索し、五千万ドル以上に相当する無記名債券と金塊を発見した。この後、(一時的にせよ)自民党は権力の座から降ろされ、議会(衆議院)で過半数を取れない状態は二〇〇五年九月までつづいた。

日本の銀行が巨額の不良債権を抱えていることも表面化した。その多くは土地を購入する暴力団に無利子で貸し付けたために生じたものだった。暴力団は、立ち退きを拒否する所有者を立ち退くように説得し、買い取った不動産を銀行に転売し、銀行はそれを開発用にまとめた。市場が暴落すると、それらの不良債権を回収するため殺人事件まで起きた。

日本で最も歴史がある証券会社のひとつで、また最も主要な証券会社のひとつでもあった山一證券は、簿外債務とヤクザに口止め料を支払っていることが明るみに出たため、廃業を余儀なくされた。さらに、野村證券をはじめ複数の証券会社が得意客の損失を補塡《ほてん》しているという報道もあった。

巨大銀行は、不良債権を処理するために合併せざるを得なくなり、企業は実質的に投資をストップし、消費者は支出を控えるようになった。

外国の証券会社や、そもそもプラザ合意によりこのような事態を招いたアメリカ政府を標的にして、非難の声がぶつけられた。「外国人どもは、日本から出て行け」などなど……。

私自身は、順調だった。『和をもって日本となす』の次に、読売ジャイアンツの大スターとなっていたウォーレン・クロマティの自伝『さらばサムライ野球』を出版した。私は、彼の自宅や彼の部屋で、四十時間以上にわたって彼にインタヴューした。そして原稿をまとめるのには、いろいろ苦労した。私は十二年間にわたって一日二箱吸っていた煙草(日本ではハイライト、アメリカではマルボロ)を、一九八二年にやめていた。そのためか、執筆に集中するのが難しくなっていた。原稿を十万語にまとめたが、講談社インターナショナルの編集者エルマー・ルークからは、ファックスで「面白くない」と告げられた。そこで私は喫煙を再開。フェロモンが正常に働き始め、三か月かけて第二稿が完成した。

この本はアメリカではそれほどヒットしなかったものの、単行本が二万五千部、ペーパーバックが四万部売れた。しかし日本語版は単行本が十九万部売れ、全国の販売部数二位に入り、さらに文庫版が十万部売れた。私は日本で二冊連続ベストセラーを出したのだった。

講談社の女性社長はジャイアンツ・ファンだったため、不快感をあらわしたという。なぜなら、この本はジャイアンツを批判しているため、夜の宴席で読売の幹部に会うたびに、気まずい思いをしなければならなかったからだ。

しかし、これらの二冊の本の印税と、〈モーニング〉誌の連載からの収入を合わせると、かなりの収入が得られた。私は十日間の休暇を取り、ファーストクラスでの世界一周の航空券を買った。途中サンフランシスコに立ち寄り、ウィルクス・バシュフォードで一万ドルもするブリオーニのスーツを買った。

次にニューヨークで降り、デイヴィッド・ハルバースタムと彼の妻を訪問した。ハルバースタムは『菊とバット』に影響を受けて『男たちの大リーグ』（宝島社）を書いたと私に語り、著名な文芸エージェントであるICMのアマンダ・アーバンを紹介してくれた。彼女は次の本で私のエージェントを引き受けてくれることになった。

そして旅の最後に私は、モガディシュでの任務を終えてカラチに移っていた妻に会いに行った。

『和をもって日本となす』の成功により、私はメディアや団体などから数多くの依頼を受けた。ラリー・キングが一週間日本に滞在した際には、彼の番組『ラリー・キング・ショー』にも出演した。伊豆《いず》で開催されたIBMのセミナーで、政府の高官たちを前にスピーチしたこともあった。京都で開催されたペンシルヴェニア大学ウォートン校のセミナーや、国際文化会館でも講演した。スタンフォード大学、ニューヨークのジャパン・ソサエティー、ロサンゼルスのオクシデンタル大学でも演壇に立った（国外にいたため受けられなかった依頼が二つあった。その一つは、フルブライト奨学金のイベントで天皇陛下が臨席するなかで講演するというものと、ジョージ・H・W・ブッシュ大統領の訪日を歓迎するアメリカ大使館の公式晩餐《ばんさん》会に出席するというものだった）。

これらの仕事は、けっして楽ではなかった。私は大変なあがり症で、それは絶対に克服できないものだと信じていた。私は恥ずかしがり屋だったのだ。初対面の人と話すのが苦手だった。口ごもりながら立ち尽くし、なんとか口から出るのは馬鹿げたことばかりで、相手は私に二度と会いたいとは思わないのだった。テレビの生放送に出演したり、群衆の前で話したりするのはさらに苦痛だった。膝《ひざ》が震え、声は裏返り、心臓はバクバク鳴りだした。心を鎮めるために前もって鎮静剤を飲んだり、ロング缶のビールを一気飲みしたりした。このようなことはもちろん脳の働きを鈍らせたので、酔っていても言うべきことを完全に言うことができるように記憶しておかなければならなかった。

その後、このような場合プロザックやブスピロンといった薬が有効だとわかり、またスピーチやテレビ出演を何度も重ねるうちに、あがることはそれほど問題ではなくなってきた。スピーチや長いインタヴューをうまくこなす一番の方法は、準備を万全にすることだということも学んだ。テーマについて知り尽くしていれば、どんな質問を投げかけられても答えることができる。もう一つ別の裏ワザも学んだ。答えられない質問をされたら、話題を変え、対処できる質問の答えを言えばいいのだ。

そんなこんなの日々のなか、気がつくと、私は日米摩擦と呼ばれるものの真っ只中に放り込まれていた。

どのような聴衆に向けて何を話すのかによって、スピーチの内容も変更する必要が出てきた。アメリカ人は、アメリカ人としての日本での経験を詳しく聞きたがる一方、日本人の名前が多く出てくることは頭のなかが煩雑になるので嫌がった。反対に日本人に話すときは、特に日本語で話すときには、やり方を変えなければならなかった。外来語が多すぎると聴衆は戸惑い、嫌がった。

テーマが差別や貿易摩擦など、デリケートな内容であれば、情報の伝え方にも細心の注意を払う必要があった。アメリカ人は日本人に較べて、率直に批判する。聴衆の気に入らないことを言えば、客席から不満の声があがる。アメリカ人は声をあげ、聞き届けられることを好む。基本的に、議論し、対決するのが好きなのだ。しかし、日本人は対決を嫌うので、彼らが望まないこと——外国人に対する日本人の差別意識など——を言うと、沈黙という手段で、抗議の圧力をかけてくる。

ある夜などは、講演を終えたあとに、日本人の聴衆のひとりからこう言われたこともあった。

「いろいろ耳の痛いお話を、本当にどうもありがとうございました」

第十章　東京アンダーワールド

東京の戦後史は、バブル後の失われた十年間に新たな局面を迎えた。そのころ私は、次作の『東京アンダーワールド』の調査と執筆にとりかかっていた。『和をもって日本となす』と『さらばサムライ野球』の出版後、私のエージェントであるアマンダ・アーバンに、こういわれた。「そろそろ次の本に手をつける時期だ。テーマは何でもいいけれど野球のことだけはやめなさい。野球については、もうあなたは書き尽くした。だから、何かほかのことについて書くように……」

私は、東京に存在する国際的なコミュニティに焦点をあて、戦後の東京の社会史について書くというアイデアを練った。進駐軍時代以来、アメリカ人だけでなく、多くの西洋人が東京で働き暮らしていた。彼らの社会的階層はピンからキリまでさまざまで、取材対象にしたい興味深い人物は山ほど存在した。ピンについてはアメリカ人弁護士のトーマス・ブレークモアが筆頭だった。彼は日本国憲法の起草を手助けし、東京でロックフェラー家の代理人となり、天皇から叙勲された著名な人物だった。フランク・スコリノス［GHQの法務部に所属していた弁護士で、フリーメイソンの一員として暗躍。力道山の大相撲からプロレスへの転向にも関係したと言われる］も有力候補だった。

一方キリのほうは、さらに興味深い人物が勢揃いしていた。そこには目から鱗《うろこ》が何枚も落ちるような驚くべきエピソードがあふれていた。調査をはじめるまでは、日本とアメリカのあいだにこれほど多くの〝汚い仕事〟が存在していたとは夢にも思っていなかった。それらの汚い仕事のかずかずが、さまざまな局面で歴史の流れを変えたのだった。

そこには先に述べたテッド・ルーウィン、アル・シャタックのような怪しげな人物が跳梁跋扈《ちょうりょうばっこ》していた。そんななかでウォーリー・ゲイダは、戦時中パイロットとしてフライング・タイガース［日中戦争で中国国民党軍を支援したアメリカ合衆国義勇軍 American Volunteer Group の愛称。彼らの操縦した戦闘機の愛称でもあった］を操縦していた。彼は占領時代に来日し、一九四九年〈ゴールデン・ゲート〉という名のナイトクラブをオープンした。その店は、極東版〈リックス・カフェ〉［ハンフリー・ボガート主演の映画『カサブランカ』の舞台となったバー・レストラン］ともいうべき店で、彼は戦後の日本でナイトクラブをつくった初めてのアメリカ人となった。ゲイダは、裸のフィリピン人ダンサーに茹《ゆ》で卵を使った猥褻《わいせつ》なショーをやらせ、それが評判となって一九五六年、公序良俗違反で逮捕され、クラブは閉鎖された。彼は起訴を免れるために香港《ホンコン》へ逃亡。数年後日本に戻り、刑務所に三か月収監されたあと、ナイトクラブ〈ラテンクォーター〉のホステスと結婚。その後の生涯を日本国外で過ごした。

先の章で紹介したテッド・ルーウィンは、ロサンゼルス、上海《シャンハイ》、マニラなどのマフィアのカジノで賭博《とばく》師として過ごし、「バターン死の行進」を生きのび、第二次世界大戦のほとんどをフィリピンのカバナチュアンや九州大牟田《おおむた》の捕虜収容所で過ごした。彼は一九五〇年に六本木《ろっぽんぎ》のナイトクラブ〈オスカー〉の隠し部屋で法外な賭《か》け金のポーカー賭博を開催。GHQの高官たちから多額の金を巻きあげ、東京に戦後初のカジノ〈マンダリン〉を開いた。一九五二年警察によってそこが閉鎖されるまでに、ルーウィンは巨額の富を築いた。ルーウィンの共同経営者で、アメリカ陸軍の軍人として戦後の東京へやってきたアル・シャタックは、悪名高い諜報《ちょうほう》機関であるGHQ参謀第二部キャノン機関のメンバーで、東京横浜界隈《よこはまかいわい》で共産主義のスパイや北朝鮮の麻薬密売人を捕まえていた。さらにダン・ソーヤーという男もいた。ホノルルの警官で世界レベルの武道家だった彼は、横須賀《よこすか》でナイトクラブを経営していたアメリカ人の友人を助けるため日本にやって来た。その友人はコリアン系アメリカ人の暴力団員ジェイソン・リーに強請《ゆす》られていたのだが、その問題を解決してやったソーヤーは日本が気に入ってそのまま居つづけ、アメリカから歌手やダンサーを招いて東京のさまざまなクラブやキャバレーに出演させ、ナイトクラブの経営にも関与しはじめることになった。

遅れて日本へやってきた人物のなかでは、クレイグ・スペンスもピンキリのキリの部類に入る人物だった。彼は一九七七年『菊とバット』についてのケーブルテレビの番組で私にインタヴューをした人間だった。が、相当の変人で、元はABCニュースの特派員だったが、自分で手をつけた闇取引が発覚してクビになり、東京に住み着くようになった。

　彼はやり手の詐欺師で、日本の政治家のスキャンダルにも関与したのち、アメリカに戻って日本の利益のために働くロビイストとなり、自民党の政治家椎名《しいな》素夫《もとお》を恐喝したと報道されたりもした。それはワシントンDCに百万ドルの家を買う資金を得るためだったという。スペンスは、自分はバーニー・フランク［一九四〇年生まれの民主党の下院議員。ゲイであることをカミングアウトした］と親しいと吹聴《ふいちょう》していた。レーガン政権時代、スペンスはワシントンでゲイのコールボーイからサービスを受けたり、護衛に賄賂《わいろ》を渡して夜中にホワイトハウスにこっそり友人たちを招いて見学させたり、その他数々の不名誉なスキャンダルを巻き起こし、一九八九年には銃の不法所持とコカインの所持で刑務所に入れられた。

　ピンキリのピカイチのピンだった弁護士のブレークモアは、晩年アルツハイマーに罹《かか》っていた。私は彼が引退後住んでいたシアトルでインタヴューしたが、彼の遠い過去の事柄に関する記憶は驚くほど鮮明だった。ところが五分前に自分が話したことは、ほとんど覚えていなかった。ピンキリのキリだった賭博師《ギャンブラー》のルーウィンは心臓発作で一九七一年にニューヨークで亡くなっていた。日本を離れたゲイダは、サンディエゴで住居にしていた安宿から毎日通っていた酒屋に向かおうと道を横断した際、トラックに轢《ひ》かれて亡くなった。キャノン機関のメンバーだったシャタックは日本政府の協力を得て一九六〇年に日本を去り、ブラジルのどこかで生活していると噂された。詐欺師のスペンスは一九八九年に自殺。エイズで死を宣告されていた彼は、ボストンの高級ホテルのリッツ・カールトンでタキシードを着た姿で椅子に座り、モーツァルトを聴きながら、高価なスコッチ・ウイスキーの五分の一と、ひと瓶の睡眠薬を一緒に飲み干した。彼はとても賢く魅力的な人物ではあった。が、彼の心のどこかには、悪魔が棲《す》みついていた。彼は東京に魅力を感じて集まってくる詐欺師の象徴的存在と言えた。

ニック・ザペッティは存命だった。ニューヨークのイーストハーレムの危険地帯で生まれ育った彼は、〝三つ指ブラウン〟と呼ばれたメジャーリーガーのモーデカイ・ブラウン〔一九〇〇〜一〇年代にシカゴ・カブスなどで活躍し、通算二百三十九勝を挙げた大投手。子供のころにトウモロコシ粉砕器に手を挟まれ何本かの指先をなくしながら、三本の指で独特の変化球を投げ、メジャー通算第三位となる防御率二・〇六の成績を残した〕の親戚《しんせき》だった。ザペッティは海兵隊員として一九四五年八月末に来日。その後民間人として東京にとどまり、闇取引で暗躍した。彼は逮捕されて本国に送還されたりもしたが、偽のパスポートを使って再入国。今度は帝国ホテルでのダイヤ強盗に関与して刑務所に収監された。彼はどうにかして二度目の本国送還を免れ、イタリア料理のチェーン店を創業し、その陰でサイドビジネスとして闇取引と殺人の請け負いまで行い、二度にわたって巨額の財を築いたが、二度ともそれを失った。四度結婚し、二度の自殺に関与した。ひとつは彼自身の自殺。もうひとつは彼より二十五歳年下の三番目の妻の自殺だった。そして彼は、日本での離婚裁判で、普通の男性が生涯で稼ぐよりも多くの財産を失った。

　彼はギャングになりたかったがなれず、大言壮語ばかり口にする男だったとも批判された。が、誰よりも興味深い人物のように思えた。

　私自身、六本木交差点近くにあった彼のレストランに足繁く通っていたこともあった。そこからタクシーですぐのところに住んでいたのだ。それに、彼の店のピザが気に入っていたうえ、そこはいつも午前四時まで開いていたので、六本木界隈でバーのはしごをしたあと腹を満たすのにはうってつけの店だった。そこは東京に住む外国人のあいだで大きな人気を集めていた。

　私が〈ニコラス・ピザ〉に通っていたころは、ニック・ザペッティとは一度も挨拶《あいさつ》すら交わしたことがなかった。じつを言うと彼は少しおっかない存在で、ヤクザやマフィアとの関係についてもさまざまな噂がつきまとっていた。アメリカ麻薬取締局の東京支部のエージェントで私の友人のラリー・ワラス――彼は、のちにグアムで囮《おとり》捜査に失敗して射殺された――によると、東京支局は麻薬取引の疑いでザペッティを監視リストに挙げていた。さらに日本の裏社会と銃を売買している疑いで、ＦＢＩが捜査したこともあったそうだ。私のもうひとりの警察関係の友人であるトム・スカリーは、ザペッティの家を訪れ、彼が裏社会の友人に売るためのショットガンがいっぱい詰まったケースを見たこともあったそうだ。

年老いたザペッティは、トニー・ガレントに似ていた。若い頃の写真を見ると、筋肉質の体格もふくめて俳優のハーヴェイ・カイテル「『恋に落ちて』『天使にラブ・ソングを…』『パルプ・フィクション』『季節の中で』などに出演した映画俳優」にも似ていた。身長百七十センチの彼は海兵隊に入って五十四キロから九十キロに太り、ヘビー級のボクサーにもなり、〝傲慢野郎《アロガント・バスタード》〟と呼ばれていた。

ザペッティは一九八九年のある日、いきなり私に近づいてきた。彼は片手に『You Gotta Have Wa（和をもって日本となす）』を持ち、もう片方の手には生ビールのジョッキを持って、ミディアムサイズのペペローニ・ピザを食べている私のテーブルにやって来たのだ。

「あんたがこれを書いたのか？」と彼は言った。

「ええ、私が書きました」と私は答えた。

「なかなかうまく書けているじゃないか。これを読み終わって、あんたは俺の話を聞いてみたいんじゃないかと思ったよ」

「どんな話のことですか？」と私は訊《き》いた。

「東京での半世紀。ギャング、犯罪、十二回の逮捕、本国送還。二度の大金持ち。二度の破産。裁判は十回。結婚は四回。離婚は三回。俺がやらかしたことの半分ですら、自分でも信じられないくらいだ……」

ノンフィクションを書いてる人間で、こんなチャンスに飛びつかない者はいないだろう。

「どうぞ座ってください。お話をうかがいましょう」と私は言った。「ギャングと犯罪……。それはどういう意味ですか？」

彼は席に座り、話しはじめた。私は反射的にテープレコーダーをとりだし、同時にメモもとった。それはインタヴューを成功させるための秘訣《ひけつ》だった。レコーダーはメモをなくしたり解読できなかったりしたときのための予備の記録だった。と同時に、メモをとることで会話を支配することができた。メモをとるために会話を中断するふりをして、頭のなかで考えをまとめることができるのだ。そのときの会話は、その後四十時間におよぶインタヴューの最初となった。そのインタヴューで、戦後の闇市、力道山《りきどうざん》、銀座《ぎんざ》のヤクザのボスである町井久之《まちいひさゆき》……といった東京の地下社会《アンダーワールド》のさまざまな驚くべき物語が次からつぎへと飛びだしてきた。彼のような人物には後にも先にも出逢《であ》うことはなかった。

他のテーブルとは仕切りで隔たった席で向い合せに座ったザペッティは、間近で見るとそれほど屈強そうな男には見えなかった。肌は青白く、疲れ切った目は落ち窪《くぼ》んでいた。しかし一旦《いったん》話しはじめると、過去に積み重ねられた長い年月が一瞬にして消え去ったかのように、生気を取りもどした。その声はジョー・ペシ［一九九〇年『グッドフェローズ』でアカデミー助演男優賞に輝いたイタリア系アメリカ人の俳優］に似ていた。

「まずは、あなたが初めてやってきたときの東京の様子を教えてください」

そうして終戦後の東京で最も興味深い男とのロング・インタヴューがはじまった。

パレス・ハイツ

「俺はパレス・ハイツに滞在していた」と彼は言った。「パレス・ハイツのことは、聞いたことがあるか？」

「いいえ」と私は首を振った。「ホテルですか？」

「まあ、似たようなもんだ」と彼は言った。「アメリカ軍の兵舎だよ。いま東京の最高裁判所が建っているあたりにあった。皇居《インペリアル・パレス》の目の前だったから、パレス・ハイツと呼ばれていたんだ。

一九四六年二月、俺が東京に来たころ、パレス・ハイツはとってもいい所だったな。というのは、俺たちはプレハブの大きなかまぼこ形の宿舎と、そのなかにある簡易ベッドを好きなように使えたからだ。ベッドには女たちが寝ていた。俺たちは、かまぼこ宿舎に入って好きな子を選んだ。女たちは絶対にノーとは言わなかった。そして女とベッドへ行き、ファックしたんだ」

　私は、終戦直後のいわゆるパンパン娘たちの写真や映像を見たことはある。が、それはもっとあとになってからの話だった。女付きのパレス・ハイツのことを聞いたのは、そのときが初めてだった。

「それは、みんなの目の前で……ということですか？」と私は訊いた。

「ああ」

「本当に？　恥ずかしくなかった……？」

「毛布をすっぽり被《かぶ》ったけど……。そうだな、誰も恥ずかしいなんて考えたこともなかった。そこでは、そんな感じだったな。朝になると、まだそこにいた女たちは、運良く朝食にありつけた。俺たちアメリカ兵だけが食べることのできた卵を、女たちも食べた。その卵が女たちにとっては、とびっきりの報酬だったんだろうな。卵とコーヒーの朝食。卵とトーストやらなんやら。俺たちはチョコレート・バーとか、兵舎の売店で売っていたものも食べた。もちろんそんなものは、いつも女たちにくれてやった。俺は女たちがいてくれることに、いつも感謝していたからな。その女たちがいなかったら、クソみたいな進駐は大失敗していたはずだよ」

「そういうことは規則に違反していたのでは……？　そもそも兵舎に女を入れることは大丈夫だったんですか？」

「もちろん、規則に反していた」と彼は言った。「しかし、誰も気にしちゃいなかった。マッカーサーは兵士たちに好きにやらせるように言っていた。兵士たちは長く辛《つら》い戦争を耐えてきたんだから自由にやらせてやれ、とな」

「その女たちはどこからやって来たんですか？」と私は訊いた。「そもそも、どうやって米軍の兵舎に住み着いたんですか」

「そんなことは誰も知ったこっちゃない」と彼は答えた。「そういう女たちはそこいらじゅうにいた。彼女たちは娼婦《しょうふ》じゃない。普通のひとたちだ。けど彼女たちが何者なのか、それは誰にもわからなかった。みんな、ただ飢えていた。収入もなく、寝る場所もなく、食料もなかった。どこであれ、誰であれ、もともと住んでいた家に帰ることはできなかった。女たちのなかには、東京で生まれ育った者もいた。けど東京は、すべての家屋が破壊されていた。彼女たちのほとんどは、ただの浮浪者だ。生き延びようとしていただけだ。兵舎に来ることは、たしかにGHQの方針には反していただろう。けど、マッカーサーはそのことに関して何も言わなかった。兵士たちの好きにやらせておけ、とマッカーサーは言っていた。長い戦争に耐えてきたのだから、とね。そういうわけで、当初は規律なんか、ほとんどなかった」

「そういうエピソードは、これまで読んだどんな歴史書にも書かれてないですね」と私は言った。そして、それは少々気分がウンザリする話ですね、とも言った。それに品のない話だとも。

「そう。たしかにウンザリする話だ」と彼は答えた。「それに汚い話さ。兵士たちは、母親への手紙にその場所での出来事を絶対に書いたりはしない。しかし、それは事実だ。現実だ。真実だ。真実はあんたの想像をはるかに超えているのさ。当時、女たちが美人か不器量かなんて、誰も区別しなかった。いや、できなかった。彼女たちはみんなボロをまとって、化粧もしていない。あの娘たちは何も持っていなかった。美しいことには何の価値もなかった。ただ正常な人間の身体があるだけだ。俺たちが彼女たちを見ているのと同じように、彼女たちも俺たちを見ていたに違いない。アメリカ人はみんな同じように見える。みんな同じ服を着て、だれもかれも違いはない。しかし女たちのなかでも、賢いやつは石鹸《せっけん》をねだったな。もちろん彼女たちにとって、石鹸は高価なもので、一種の資産だ。それを使う場所さえあればの話だがな。それからチョコレートバーを手に入れると、とても喜んだな。ごく一部の娘だったけど、ウィスキーを飲んだヤツもいた。煙草をねだったヤツもいた。彼女たちはたいてい若い娘だった。しかし何歳なのかはさっぱりわからん。十六なのか、二十三なのか、三十六なのか、区別がつかん。そんなことは考えもしなかった。人間だとさえ思っていなかった。ほかの女たちとは違う。彼女たちは他の何か別物だった。だから俺は早々と結婚したんだ」

「結婚した？　いつ？」

「一九四七年の夏だ。相手は日本人の歯科医だ。彼女はカトリック教徒で、英語を話せた」

「当時、認められていたんですか」と私は訊いた。当時は東洋排斥法などと呼ばれる法律によって、アメリカ人が戦争花嫁を本国に連れ帰るのは阻止されていた。

「もちろん問題はなかったさ。たくさんの兵士たちが結婚した。ちょいと面白い話を聞きたいか？俺はその最初の妻と一緒に横浜を歩いていた。一九四八年のことだ。彼女は歯医者で、大日本帝国海軍の元高官でもあった。それに俺は、よく鍛えあげた屈強な男だった。そこに六人か七人の日本人がやってきて、彼女を〝パン助〟と呼んだ。そんな言葉は近頃じゃ聞かなくなったな。あんたみたいな若造にはわからんだろう。俺はそいつらに飛び掛かった。コテンパンにするのに、それほど手こずらなかった。憲兵がやってきて俺と妻を連行した。俺はここに居つづけられないと言われたよ。危険すぎる、と。俺は危険なんてクソ喰《く》らえだと言ってやった」

「それは街中《まちなか》でのことですか」

「横須賀の街のど真ん中さ。大通りの真っ只中《ただなか》だ」

「アメリカ人の反応はどうでしたか？　目のつりあがったジャップなんかと結婚するなとか、そんなことを言われませんでしたか」

「俺が結婚したころ、米軍の……ヒエラルキーとかなんとかが上のほうの……まあ高官の連中は、俺の女房のことをまったく信用しようとしなかった。奴らは突然やってきて尋問するんだ。彼女にも尋問した。アメリカに行けるからコイツと結婚するのか、と奴らは訊いた。彼女の答えはノーだ。じゃあどうしてコイツと結婚するのかと、さらに問い糾《ただ》した。俺と結婚したいから結婚するのだと彼女は言った。彼女は愛を口にすることはなかったけど、こう言ったんだ。『私は日本人の医師です。私の義務は医学により日本人に奉仕することです。私はアメリカに行くつもりはありません』じっさい彼女は、一度もアメリカに行かなかった。かなりの大金を稼いだのに、アメリカ旅行は絶対にしなかった。世界中のあらゆる国をまわったのに、アメリカにだけは行こうとしなかった。アメリカに行けるから俺と結婚したと思われるのがイヤだったようだ。俺との結婚がアメリカ行きのチケットだったと思われるのがイヤだから。彼女は、その意志を貫いたんだ。そんなふうにして、日本人が反米主義《アンチアメリカン》に育つのさ」

ザペッティの英語の喋《しゃべ》り方は独特だった。ジョー・ペシでもザペッティのような英語は操れないと思われた。

彼独自の言葉には、滑稽《こっけい》な誤用が無数にあった。たとえば、〝精査する《スクリューティナイズ》〟は〝スクリューティニーズ〟、〝揺さぶる《シェイクアップ》〟は〝シュークナップ〟、〝控えめな《ディミュア》〟は〝デムーア〟、〝好都合《ビフーヴス》〟は〝ビフーフス〟、〝娼婦《ホア》〟は〝フーア〟といった具合だった。さらに彼は、妙な独特の言いまわしも口にした。「人生ってのは、いつでもどこでもおかしなもんだ」「銃は宝石のように凄《すご》い暴力だぜ」「もしもあんたの女房が気の強いアメリカ女だったら、結婚なんかしなかっただろ?」「ファックはファックだ。セックスじゃない」……。

後日、客がまばらになった彼のレストランでインタヴューしたとき、終わりに近づいたころになって、彼はレストランをはじめる前の闇市時代のことを話しはじめた。BXから入手したビールを闇市で日本人ギャングに売り、その結果彼は一般の労働者の二倍の収入を得たが、逮捕されて本国に送還されてしまった。が、彼は地元のニューヨークのイーストハーレムで、マフィアの親戚のツテを頼ってつくった偽造パスポートで再入国。その後、ドルの偽小切手の売買をしていたが、ニュース沙汰《ざた》になったダイヤモンド強盗に関与したせいで東京拘置所に入れられた。そして出所後、彼はレストランを始めて大金持ちになったのだった。

彼の話はやや大げさではあったが、なかなか魅惑的だった。

「力道山を知っているか？」彼は、ある日のインタヴューの冒頭で訊いてきた。

「もちろん知ってますよ。日本のプロレス界のレジェンドでしょう。私はリキ・アパートに住んでいたこともあったし、力道山の未亡人は私の大家でした」

「リキは俺の親友だった。このレストランにいつも来ていた。でも彼は、間違いなく狂っていたな。力道山のエピソードをいくつか教えてやろう」

そして、彼はそのひとつを語りはじめた。


「一九五〇年代、俺がレストランを開いたころから力道山はよく来ていたんだ。ユニークな店だったから気に入られたようだ。うちは東京でピザを出す唯一の店だったからな。ひと切れのピザを紙に包んで、ブリーフケースに入れて家族のために持って帰ったりする客もいた。リキがうちに来はじめると、彼の相棒のコリアン系暴力団東声会《とうせいかい》の創始者で、〝銀座の虎〟と呼ばれていた親分の町井久之もやってくるようになった。ほかには映画スターも来た。政治家もやって来た。エリザベス・テイラーもフランク・シナトラも来たな。皇太子と皇太子妃、明仁《あきひと》と美智子《みちこ》もデートでやって来た。ふたりはレストラン全体を貸し切りにした。しかしリキは、そんな有名人とはちょっと違っていたな。彼は沢山のビジネスを持ち込んできた。リキは日本の国民的英雄で、相撲界やプロレス界、それに芸能界にたくさんの友達がいた。おかげで長いあいだ俺のイタリアン・レストラン〈ニコラス・ピザ〉は、大人気スポットになったよ」

彼は咳《せ》き込んで話を中断し、シャツのポケットから小さな金属の入れ物を取りだし、なかから薬を一錠つまみだし、舌の下に押しこんだ。

「グリセリンの錠剤だ」と彼は言った。「心臓発作を二度起こし、クソみたいな手術もやった。漢方も試した。俺の心臓は四分の一しか残っていない。この病気のことも長い話になる。いや、まずは力道山の話に戻ろう」

「リキと俺はしょっちゅう一緒に出掛けた。いや、じつを言えば、俺たち三人でだ。もう一人の男は町井だ。ミスター犯罪株式会社《クライム・インコーポレイテッド》の町井だよ。いつもその三人で出掛けた。リキと町井は常に台風を巻き起こした。やつらはクラブに入ると、そこを滅茶苦茶《めちゃくちゃ》にするんだ。まずリキと町井が喧嘩《けんか》をはじめる。その目的はクラブを破壊することで、ただ面白半分にやることもあれば、ビジネス上の理由で打《ぶ》っ壊すこともあった。ナイトクラブやレストランのビジネスで、ふたりは多額の利益を得ていた。だから他の店で暴れるのは、ライバルを潰《つぶ》す方策でもあった。やつらは俺の店のためにもやってくれたよ」

「六本木の俺のレストランから、少し通りを先に行ったところで〈クラブ88〉を経営していたレオ・プレスコットというイギリス人の男がいた。奴は自分の店のコックにピザをつくらせ、〝ニコラス・ピザ〟と名づけて売ったことがあった。その名前が有名だったから使われたのさ。そのピザはまったく最低で、ひどく不味《まず》かった。ある日、客のひとりが私のところに来て言ったんだ。『よう、お前んとこのピザ、不味いよな』もちろん、俺はそんなことを言われて黙っちゃいられねえ。『いつ食ったんだ』と訊くと、彼は答えた。『昨日、クラブ88で』確かめてみると、レオの仕業だとわかった。それで俺は町井を電話で呼びだし、リキも呼びだして、一緒に〈クラブ88〉に行った。そこでふたりは怒鳴り合いはじめ、喧嘩をおっぱじめたのさ」

「百八十五センチから百九十センチの背の高さがある町井の体重は、優に百キロを超えていた。リキは彼ほど高くなかった。けど、体重は同じくらいあった。そのふたりが喧嘩をはじめ、互いを殴り合い、客に近寄って身体をかすめたり、ぶつかったりした。互いに椅子を投げ合ったりもした。ふたりが一通り暴れ終えると、バーの背後のウィスキーの瓶はすべて割れていて、ピアノも壊れて、店は滅茶苦茶さ」

「俺は、でかくぶっとい葉巻を取りだして吸っていた。ブランデーと生姜《しょうが》のカクテルだかなんだか、そんなものを飲みながら。俺は騒動からちょいと離れたところで、葉巻をくゆらせながら喧嘩を鑑賞していた。するとレオがこっちのほうへやって来て、あんたがふたりを連れてきて俺の店を滅茶苦茶にさせたんだなって言うから、俺は言ってやった。先にあんたが俺のピザを真似して、ニコラス・ピザの名前で売ったんだろうが」

「彼はどうしました？」と私は訊いた。

「俺にさんざん悪態をついたさ。でも彼は理解してたね。警察沙汰《ポリス・パーカッション》にはならなかったよ」と彼は言った。警察はこの問題を無視した、ということだ。「レオは店を直した。けど、そうこうするうちに、同じことをもう一度やらなきゃならなくなった。それで、とうとうレオ・プレスコットは自分のレストランを閉めざるを得なくなったのさ。彼のクラブもだ。そうしてヤツは虎《とら》ノ門《もん》に移転したよ」

　この話をしたとき、ザペッティの瞳《ひとみ》は輝いていた。自分がやった他人に対する破壊行為に大満足の様子だった。それが彼にとっての生き甲斐《がい》で、力道山と町井も同じ性格の持ち主だったようだ。

「力道山はイカれた糞野郎《クレイジー！・マザー！・ファッカー》だった」と彼はつづけた。「あるときリキと俺は、ある映画女優が経営する新橋《しんばし》のクラブへ行った。彼女の名前は確か青山《あおやま》とかいったな。喫茶店とクラブのあいだのような店をやっていたんだ。リキと俺がそこへ行くと、リキは空手の技を披露し始めた。そして彼女に、店にあるお皿を全部出すように言った。店員たちは言われた通りに、驚くほどたくさんの皿を出してきた。リキが何かを言うと、誰もが言いなりになった。リキは馬鹿でかくて意地の悪い奴だったから、彼を無視するのは危険なことだったね。何をされるかわかったもんじゃない。だから店員たちはすべての皿を積み重ねた。そしてリキが一番上の皿を空手チョップで叩《たた》くと、その下に重ねられたすべての皿が割れた。リキはそういうやつだった。苦労して積み重ねたところに彼がやってきて、〝バーン〟とやって、すべてをこなごなにする。その可哀想な女は店を開けたばかりで、それらの皿はもちろん彼女にとっては貴重なものだった。客に出す皿が一枚もなくなっちまった。彼女の店のすべての皿を割るのに、一秒しかかからなかったんだ。リキは、もちろん大笑いするだけだ。彼にとって、それはただのジョークだったんだ。リキは皿の値段を聞いた。そして彼は、その大金を支払った。しかし彼にとっては、店中のすべての皿を割るスリルのほうが大事だった。それがリキの考え方だった。そういうことをするのが大好きだったんだ」

「力道山には、もうひとつ別の悪い癖があった。リキに会った誰かが、握手をしようと手を差しだすと、リキはその下のほうに手を伸ばして、相手の金玉を摑《つか》むんだ。みんなが見ている前で、それをやる。クラブでもどこでもやっていた。わかるかい？　握手がわりに、そうするのさ。手をこう差しだすと、やつは金玉を握る。『やめてくれ』って叫ぶと、リキは大笑い。相手は悲鳴をあげる。すると彼は英語で言う。『よう、このコックサッカー、サノバビッチ』そうすることが力道山のトレードマークだったんだ」

ザペッティは大した傑物だった。ただテープレコーダーのスイッチを押して、好きなように話させるだけでよかった。彼は天性のストーリー・テラー。不世出の語り部だった。私はすっかり魅了されてしまった。ひどい暴力の話にもかかわらず。いや、もしかしたらそれらの暴力のせいかもしれない。彼の話は、戦後の時代を生きたひとりの男の一代記として価値があった。それに戦後日本の二大重要人物——プロレス界の唯一無二の代表的人物である力道山と、東京の暴力団の大親分で〝銀座の虎〟と呼ばれていた町井久之——その二人の傑物との交友関係は、多くの示唆にも富んでいた。町井は自民党を創設した極右のフィクサー児玉誉士夫《こだまよしお》と組むことで、政治にも大きな影響を与えるようになった。

犯罪者としての生活が何よりも気に入っていることをザペッティは認めた。彼の生まれ育ったニューヨークのイーストハーレムでは、マフィアの男たちが近所で最も尊敬され、警察は軽蔑《けいべつ》されていた。彼は、そう語った。そのせいで彼は日本でも暴力団に引き寄せられ、ときには彼の自由が危険にさらされる事態にも陥った。あるいは、彼の生命までも危険にさらされた。彼は、自分がひとかどの人物になれるかもしれないと思い、日本にとどまったという。そうして莫大《ばくだい》な富を蓄え、美女たちを意のままにできる〝王様《キング》〟や〝マフィアのボス〟になり、身長に対するコンプレックスも克服した。高校時代、彼の体重は五十五キロほどしかなく、太りはじめたのは海兵隊に入隊してからのことだった。彼はいつも顎《あご》をあげ、ふんぞり返って歩いていた。それは小男によくある虚勢だった。

力《パワー》を賛美し、優位に立つこと。そんな彼の考え方は、完全にアメリカ流のものだった。彼は終戦直後の日本人男性について、〝ムチで打たれる犬〟という表現を使った。アメリカ人が上に立って日本人男性の不動産や金や女を奪うのは、至極当然のことだと彼は信じていた。その後日本が復興するにつれ、日本人のあいだには、アメリカに対する疑念、恨み、欺瞞《ぎまん》、表には出ない憎悪の感情などが生まれるようになった。そのことについて、彼は何度も不満を口にしていた。彼は、広島と長崎、そして東京大空襲の被害者などに対して、同情を寄せる言葉を口にすることはなかった。すくなくとも私は、一度も聞いたことがなかった。

ザペッティの話の多くは、自分の〝分け前を受け取った〟あとの自慢話だった。実際、私が彼に会ったころ——それは日本のバブル時代のことだった——、日本はロックフェラー・センター、コロンビア・ピクチャーズ、ペブル・ビーチなどを買収し、アメリカ人のあいだに男女を問わず日本語を学び日本企業で働く新たな潮流が生まれていた。そのことに対して彼は、「アメリカ人が日本人のケツを舐《な》めている」と憤慨していた。そのころの彼は日本のタクシー会社〈日本交通〉との契約がうまくいかず、彼のレストランの本店を失ったばかりだった。その前に、二番目の妻への慰謝料を払うため、ほかの二店舗もすでに失っていた。

彼の最期は、ほとんど破産状態だった。身体と同じく心もボロボロになり、日本人への憎悪に蝕《むしば》まれていた。彼は、すでに日本に帰化していて、法律に従って日本名の載った日本人としてのパスポートを持ち、時には通訳が必要なほど英語が下手くそな白髪の年老いた外国人となっていたにもかかわらず、日本への憎悪の感情はいっそう強まっていたようだ。彼が死ぬ前に、最後に私に語ったことは、次のような内容だった。——外国で住むために母国を去る者は皆〝糞っ垂れ《アスホール》〟野郎だ。俺に降りかかった悲劇も、自業自得だ……。

日本に住み、すべてを所有し、六本木界隈を自分の手の中に収めているかのように振舞っていた自惚《うぬぼ》れた傲慢《ごうまん》なアメリカ人。それなのに、日本に帰化して日本名を持ったあとは、自分を迎えてくれた国に対する憎しみをあふれさせ、破産寸前の身も心もボロボロの白髪頭の老人へと転落してしまった。なぜ？　どのようにして、そんなことになったのか？——それが、『東京アンダーワールド』の主題となった。

彼は多くの物事を象徴していた。敗戦国から大国への日本の経済的、政治的、そして社会的な成長、日本における女性の権利の拡張、犯罪組織の台頭、アメリカのやり方《アジェンダ》との切っても切れない絆《きずな》、上はCIAから下は闇市まで、すべてのレベルでの日米関係の腐敗した悪い面のすべての物語を、ザペッティは象徴していた。

彼は自分の人生について、微に入り細を穿《うが》ち、みずから進んで話そうとした。私は、そこまで裸になった人物に出逢ったことがなかった。彼は何でもしゃべった。すべてを話した。たとえば何十年間も酒浸りの放蕩《ほうとう》生活を送り、四度の結婚と数回の心臓発作のせいで、六十四歳のときに性的不能になったことまで告白した。そして、私がそれまで聞いたこともないようなとんでもない話まで聞かせてくれた。たとえば——

「俺が自殺したときの話はもうしたっけ？」と、ある日のインタヴューで彼は言った。

「えっ？　自殺したんですか？」私は興味をそそられると同時に、笑いながら言った。「自殺して、生き返ったと？」

「違う違う。ほとんど自殺しかけたんだ。試みたけど、失敗したのさ。聞きたいか？」

「自殺未遂《アテンプテイッド・スーサイド》ということですね？」

「そうそう、それだ。その言葉を全然思い出せなかった。日本に長く居過ぎたせいだな」

その自殺未遂は、あるひとりの女が原因だったと、彼はときおりゼーゼーと苦しそうに息を荒げたり、咳き込んだりしながら話しだした。彼はその女を熱烈に愛していた。が、彼の暴力的な性格のせいで振られてしまった。それは一九五六年のことだった。当時ニックは朝鮮戦争から一時帰還した兵士たちの溜《た》まり場として娯楽場のようになっていた〈ホテル・ニューヨーク〉を経営していた。彼女は十九歳で、彼がそれまでに見た最も美しい神の創造物だったという。

彼女の名前はヨシコだった。ある友人がふたりを紹介し、彼と彼女はすぐに意気投合した。最初の妻と別れた直後だったので、彼はヨシコとの情事に全身全霊で飛び込んだ。

それは私がそれまでに聞いたあらゆる話のなかでも最も奇妙なものだった。

「俺は彼女といつも一緒だった。クラブやミリタリークラブ、レストランなどに連れて行った。アメリカ政府の宿舎であるワシントン・ハイツの友人のところにも連れて行った。海にも山にも。ゴルフやブリッジも教えてやった。彼女はすぐにマスターした。俺たちはどこへでも行った。そうして人生を謳歌《おうか》したね。女性と一緒にいると、なんだって楽しいものさ。それで俺は彼女に一緒に暮らしてくれないかと頼んだ。逢ってては別れるような、いまのような生活はやってられない、と俺は言った。そして俺たちは彼女の二階の部屋の窓から衝動的に飛び降りて、まったく新しい生活を始めたんだ。彼女は俺と一緒に高輪《たかなわ》に引っ越した。そこは、ある家の離れだった。ふすまで仕切られた広い畳の部屋が二つ。庭があり、歩いてすぐのところに母屋があった。そこは皇室に所縁《ゆかり》がある人物の家だった。俺はそこがとても気に入っていた」

しばらくは順調だった。もっとも、それは彼女の父親の家の前で、ニックがふたりのチンピラと喧嘩するまでのことだった。そのチンピラたちは、前庭の犬小屋に立小便をしていた。それでニックが怒って手を出し、喧嘩になったのだが、警察が来て近所のひとたちが見ている前で全員を逮捕した。全員が署に連行される途中、チンピラのひとりがヨシコに触ったので、ニックは彼を殴り、再び乱闘になった。ニックは逮捕された。ヨシコは恥ずかしそうに顔を伏せた。

「あれは嫌な事件だった」と彼は言った。「本当に嫌な事件だった。ヨシコとの関係があれで本当に終わってしまった。なぜなら彼女とその近所のひとたちにとって、最高に恥ずかしい出来事だったからだ。ガイジンの恋人がいるというだけでも十分に厄介な問題と言えるのに、近所のひとたちは彼女を娼婦だと思った。そのうえ彼女のガイジンの恋人が、通りで立小便をしたからと言って男たちを殴りはじめたのだ。当時の日本では、立小便はとやかくいわれなかった。だから彼女が怒ったのも当然だった。それがきっかけで、ヨシコはもう俺とは暮らしたくなくなったのさ」

「俺が拘置所から出てくると、彼女は荷造りを済ませて俺を待っていた。彼女はもうこれ以上俺と一緒にいたくないと言った。彼女が言うには、俺はケダモノ以外のナニモノでもなかった。野蛮人だと。俺には二度と会いたくないと。もちろん、俺は彼女を説得しようとした。俺は彼女に夢中だったんだ。でも、彼女の決心は堅かった。俺は青ざめた顔で必死になって説得した。けど、だめだった。彼女は出て行こうとした」

「それで俺は叫んだんだ。別れるなら、死んでやる。俺は死ぬからな！」

「本当にそう言ったんですか？」と私は訊き直した。

「ああ。彼女は何て言ったと思う？」

「さあ……。何て言ったんですか？」

「どうぞ、ご自由に……。あのクソアマは俺に挑戦的に言ってのけたんだ」

「それで俺は睡眠薬を出してきて、ひと瓶全部口のなかに放り込んだ。それでも彼女は黙って座って、俺をじっと見ているだけだった。しかも、俺は死ななかった。まったく。最悪だぜ。俺は畳のうえに横になったけど、いくら時間が経っても何も起こらなかった。彼女は座って、俺をまるでコブラを睨《にら》みつけるマングースのような目でただじいーっと見つめたよ。クソみたいに大量の薬を飲んだのに、ヨシコは平然としていた。彼女は言ったよ。あなた、いつ死ぬの？　どんな感じ？　俺は答えてやったね。うーん、よくわからん。つまり、死にそうじゃないってことだ。俺は床に倒れることとも、意識を失うこともなかった。ただ、俺の脳味噌《のうみそ》がおかしくなっていたことだけは確かだった。それで押し入れをあけ、カナディアン・ウィスキーのシーグラムVOを取り出して、それをボトルごと一気飲みした。ウィスキーを一気飲みする奴なんて聞いたことないだろ？　五分の一ガロン［約七百七十ミリリットル］だ。俺はやったぞ。俺は念のためにそれを飲んだんだ。そいつを一気飲みしてやったんだ……」

「……それでもヨシコはニヤニヤしながらただ座っているだけだった。それから立ちあがって、すうっと部屋を出て行った。俺はいつのまにか眠っていて、気がつくと翌朝だ。俺はまだ眠気がとれずにぼんやりしてた。酔いも醒《さ》めていなかった。俺はフォードに乗り込んで、七気筒のエンジンをふかした。八気筒のクルマだったけどピストンが一本壊れてたんだ。それを運転してUターンしたところで通りの向こう側に駐車してあったクルマに衝突した。けど、気にせずバックして、道を走り出したら、目の前に自転車に乗った男が現れた。そいつが退《ど》くように、俺はクラクションを何度も鳴らした。それでも無視されたので、俺はクルマをぶつけてやった。やつは俺のクルマの屋根を飛び越え、自転車は反対方向にぶっ飛んで行った」

「……そのあと俺は、電信柱に激突した。警察が来るころには、血を流して気を失い、ハンドルに突っ伏していた。日本人の男が英語で俺に話しかけてくるのが聞こえた。『どうしたんですか？大丈夫ですか？』俺はクルマから降りた。額《ひたい》から血が流れだして、クルマは大破。その男が俺にもう一度、大丈夫かと訊いたところで頭のなかがぼんやりしてきた……」

「……次に気がつくと、俺は病院にいた。警察から来た男が俺に尋問しようとした。俺はそいつに腕時計を渡してやって、とっとと失《う》せやがれ！　と怒鳴った」

ニックが話している途中、遠くで電話が鳴った。いつまでも鳴り止まなかった。もう午後の遅い時間になっていた。レストランには、ほとんど客はいなかった。

「クソ。誰か電話に出ろ!」と彼は怒鳴った。電話は鳴りつづけた。

ニックは、よっこらしょとブースから立ちあがり、脚を引きずりながら事務室に向かった。その途中で、電話が鳴り止んだ。彼は脚を引きずってブースに戻り、ふたたびドサッと腰をおろした。

「チクショウ。ナカヤマのクソ野郎はきっと裏で寝てやがる。あいつは俺のもとで三十五年も働いているけど、その間ずっと寝てばっかりだ。日本人が勤勉だというニュースも、奴は寝ていて気がつかなかったに違いねえ……。それはそうと、どこまで話したっけ?」

「あなたが自転車に乗った男を撥《は》ね、電信柱に激突したところです」

「そうだそうだ。だが、俺はツイていた。自転車に乗っていたヤツ——俺がクルマでぶっ飛ばした男は、コリアンだった。だから警察は、俺がぶっ飛ばした奴については何も言わなかった。コリアンなら、ほっとけってわけだ。それで俺は、愛宕《あたご》警察署に連れていかれた。そこのモガミって男は英語が上手《うま》くて、俺の面倒を見てくれた。もっとも、彼には俺の言葉は〝支離滅裂《インコーヒレント》〟に聞こえたらしい。インコーヒレント。この言葉で合ってるか?」

「誰もあなたと言葉が通じなかった、ということですね?」

「そう、ミスター・モガミはそう言った」

「いずれにせよ、俺はそこにいて、警察は俺の家の部屋に行き、ウィスキーの空き瓶を見つけた。空の睡眠薬の瓶も二本発見した。それで俺は法的無能力者だったと宣告されたのさ。俺は自分を見失っていた。ハイハイ。そのとおりだよ。それで警察は、俺を隅田《すみだ》川沿いのアメリカ陸軍第三六一病院に収容した。そこでも警察は尋問をつづけた。ミスター・モガミだけは俺の味方だった。それからアメリカ大使館のクソったれどもが、紙きれを持ってやってきて、俺にサインするように言った。完璧《かんぺき》な英語をしゃべるモガミは、英語の読み書きも堪能《たんのう》だった。俺に英語の綴《つづ》りを教えてくれるほどだった。まあとにかく、彼はそれを読んで、俺にサインするなと言ってくれた。俺は、あんたがサインするなと言うなら、サインしないと言った。それでサインしなかった。その紙はなんだったと思う？　俺の権利放棄の証書だったのさ。もし俺がそれにサインしていたら、アメリカ大使館に俺の処遇を好きにさせる権利を与えるってことになっていた。つまり俺は、すぐさま日本から叩きだされるところだったってことだ。とにかく俺はサインしなかった。そこで夜が更ける前に、俺は病院から解放された。病院は俺の胃の中身を全部洗浄したから、俺が何を飲んだのか知ってた。彼らは何をすべきかわかっていた。それでその夜、俺は目黒《めぐろ》に行った。そしてもちろん、あの女の家で喧嘩再開となった。彼女の父親はパチンコ屋を経営していて、彼女の兄弟は全員その店で働いていた。俺は怒っていた。そいつらにも全員……ほら、あれだよ……（ニックは、しばらく言葉を探してから）睡眠薬だ、自殺だ、そうだ。睡眠薬を飲んで自殺しようっていうのをただ黙ってじっと見ているような奴が、いったいどこの世界にいるってんだ」

「パチンコ屋の店員とは、乱闘になったんですか？」

「ああ、全員とな。俺はやつらを叩きのめしてやった。七人……、八人だったか、九人くらいかな。もちろん俺は、もう一度逮捕された。今度は大崎《おおさき》署に連れていかれた。だけど警察は俺を釈放した。やつらは、俺のことを物事の善悪の区別もつけられない法的無能力者とみなしたからだ……」

それは面白すぎる物語だった。私はたくさんの人にインタヴューしてきた。奇妙な話もさんざん聞いてきた。しかし奇妙さでこれに勝る話はなかった。ニック・ザペッティは頭がおかしくなているのか？　認知症の初期段階に入っているのかもしれない、とも思った。彼の言葉の何を信じるべきかもわからなかった。が、その後私は、警視庁のモガミ氏と話をすることができた。彼はまだ存命で、その事件を捜査し、ヨシコなど関与した人物たちとも話をしていた。そしてニックの話したことはすべて事実であると教えてくれたのだった。

ニックは、私に説明してくれたように心臓病にかかっていた。だから死ぬ前に、心の中にわだかまっていた不愉快な思いをすべて吐きだして、一掃したいと思っていた。

ザペッティは一九九一年、私との最後のインタヴューの直後に死んだ。そのころには、私は彼を友人だと思うようになっていた。それに彼のことを知る機会を持てたことに、感謝していた。しかし、さらに細々とした調査が必要だった。彼のすべての話の裏づけを取るため、彼の友人や敵対した人物、同僚や従業員、彼がクビにした元従業員などにインタヴューした。それにはかなりの時間を費やした。さらに戦後の暴力団や、政治スキャンダルの歴史についても学ぶ必要があり、プロレスについてもさらなる調査が必要だった。

世田谷《せたがや》にある、戦後日本のほとんどすべての定期刊行物の雑誌類を収容した図書館である大宅壮《おおやそう》一《いち》文庫に足を運んだ。ライターの友人である玉木正之《たまきまさゆき》氏の助けを借りて、東声会と住吉《すみよし》会という二大暴力団と東京の覇権をめぐる彼らの抗争や、一九五四年に力道山がアメリカ人レスラーを劇的に打ち負かし（それは念入りに演出されていたことではあったが）、落ち込んでいた日本人の心を高揚させたことからはじまるプロレスの興隆などに関する膨大な量の記事をコピーした。国際文化会館や日本外国特派員協会、フォーリン・プレスセンターの図書館や、国会図書館でも調査した。四十二丁目のニューヨーク公共図書館やアメリカ議会図書館、合衆国上院図書館、アメリカ国立公文書記録管理局などにも出向き、FBIやCIAにある関連文書も調べた。

結局、六年の時間をかけて書きあげるまでに、およそ二百人のひとびとにインタヴューし、ほぼ同数のノンフィクションの本を読んだ。なかでも特に印象的だったのは、安藤《あんどう》組の殺し屋の人生について書かれた『疵《きず》―花形敬《はながたけい》とその時代』（本田靖春著、筑摩書房）、力道山の伝記『永遠の力道山―プロレス三国志』（大下英治著、徳間書店／『力道山の真実』と改題され祥伝社から再出版）、戦後東京で繰り広げられた暴力団と政治の瞠目《どうもく》すべき歴史を綴った『もう一つの昭和史』（牛島秀彦著、毎日新聞出版）、安藤昇《のぼる》の自伝『やくざと抗争』（徳間書店）……などだった。

私は、〈ニコラス・ピザ〉の馴染《なじ》み客である東声会の組員にインタヴューすることで、暴力団との新たなコネをつくった。稲川《いながわ》会の組員のひとりや暴力団担当の刑事にもインタヴューできたことから、組のシノギを株式と不動産投資に転向し、日本初の経済ヤクザとなったことで有名な稲川会会長石井進《いしいすすむ》（石井隆匡《たかまさ》）の転落についても聞くことができた。石井は、一時アメリカにも進出し、テキサスのソフトウェア会社やプロゴルファーのゲーリー・プレーヤーが設計したニューヨーク州北部のゴルフコースを所有していた。マンハッタンの本部では、プレスコット・ブッシュ・ジュニア（ジョージ・H・W・ブッシュの兄）を相談役として雇い、当時大統領だったブッシュに紹介してもらおうと画策したが、それは叶《かな》わなかった。石井はインサイダー取引、特に東急の株式で富を築いた。しかし彼は、致命的な過ちを犯した。東急の株式バブルが弾《はじ》けようというとき、石井は馴染みの占い師に相談した。すると持ち株を保持するように言われ、売り逃した石井と稲川会は破産した。石井は発作を起こし、彼の組の幹部のひとりは自殺した。

多くのいろいろな作業をすべて終え、『東京アンダーワールド』という一冊の本は完成したのだった。

ニューヨークと東京

一九九〇年代、私は毎年地球を二、三周していた。大抵いつもスターアライアンスのビジネスクラスの世界一周チケットを使い、東京から国連難民高等弁務官事務所に勤める妻が派遣されているところを訪れた。九〇年代はインドネシアのタンジュンピナンや、スイスのジュネーヴへ飛んだ。様々な航空会社が、世界一周チケットを安く売っていた。広告はしていなかったが、空席を埋めるためにそのようなチケットを販売していた。当時、世界一周のビジネスクラスの航空券（途中十四回まで飛行機を降りることが可能で、最大二万九千マイルまで乗れるチケット）のほうが、東京からパリやニューヨークへ飛ぶビジネスクラスの往復チケットよりも安かった。私は友人や出版エージェントや出版社を訪ねるため、ニューヨークに長く滞在した。実際、一九九一年には六十一丁目とパークアヴェニューの交差点あたりの〈リージェンシー・ホテル〉に数週間泊まり、四十二丁目のニューヨーク公共図書館や五十二丁目の〈テレビ・ラジオ博物館〉で、日本の進駐軍時代についていろいろ調べた。

しばらく私は、ニューヨークに引っ越すことを検討していた。ニューヨーク滞在中にしばしば会っていたデイヴィッド・ハルバースタムと彼の妻からそうするよう強く勧められた。彼らは西六十七丁目とセントラルパーク・ウエストの角のアパートを紹介してくれた。そこはABCテレビ本社の向かいで、ハルバースタム夫妻の部屋から数部屋先だった。

「寝室二部屋で二十五万ドル」とデイヴィッドは言った。「金はたっぷり儲《もう》けただろう。そろそろ使うときだ。君の居場所に戻ってこい。〈ヴァニティ・フェア〉［文化、ファッション、時事問題などを扱うアメリカの大衆雑誌］のグレイドン・カーターに紹介するよ。〈エンターテイメント・ウィークリー〉［書籍、映画、音楽、ブロードウェイの舞台、テレビ番組等、大衆文化を扱うタイム・ワーナー社発行の雑誌］の編集長にも、紹介してあげよう」

「この先若くなることはないのよ」と彼の妻ジーンも言った。「あなたは五十代でしょう。ニューヨークで新しいスタートを切るのに、もうあまり時間はないわ」

「ここではありとあらゆる料理がテイクアウトできる」とデイヴィッドは言った。「欲しいものはなんでも手に入る」

「食事の宅配サービスまであるのよ。もし必要ならね」とジーンは笑った。

デイヴィッドは自分のことを、彼の世代のジャーナリストのなかでマンハッタンに住みつづける最後のひとりだとよく言っていた。彼は〈ニューヨーク・タイムズ〉で市民運動についての記事を書くことからキャリアをスタートし、その後ベトナムに行き、ブルッキングス研究所［一九一六年に設立されたリベラル系で民主党との関係が深い政治経済シンクタンク］で教え、一連のベストセラー作品を発表しつづけた。『ベスト&ブライテスト』（朝日新聞社）、『メディアの権力』（朝日新聞社）、『覇者の驕《おご》り』（新潮社）、『栄光と狂気——オリンピックに憑《つ》かれた男たち』（TBSブリタニカ）など……。その間も彼はナンタケットの別荘に行くことはあっても、ニューヨークの住居を維持しつづけた。しかしほかの作家たちは、みんなニューヨークを去ってしまったという。彼の旧友でライバルのアンソニー・ルーカスを除いては。アンソニーは西九十丁目で、パンテオン社の私の担当編集者でもある妻リンダ・ヒーリーと暮らしていた。二人は正真正銘のライバルだった。デイヴィッドは大学時代にアンソニーを押しのけて学生新聞〈ハーバード・クリムゾン〉の編集長に就任した。一方アンソニーはピューリッツァー賞を二度受賞した。一度目は一九六八年に『リンダ・フィッツパトリックの二つの世界』（ある女性のＯＬと娼婦の二重生活を取材したドキュメンタリー）を書いて地方調査特集報道部門で受賞。二度目は、一九八六年に『コモン・グラウンド』を著し、ノンフィクション部門で受賞した。一方デイヴィッドは、一九六四年に〈ニューヨーク・タイムズ〉紙でのベトナム戦争の国際報道で一度受賞した。

私はリンダ・ヒーリーのおかげでアンソニーのことも良く知っていて、何度もアンソニー夫妻と夕食をともにした。

「作家というのは危険な人種だ」と彼はよく口にした。「彼らが何かを書くのは、自分の心のなかにある傷を癒《いや》すためなんだ」

アンソニーは一九九七年に自殺した。

彼もデイヴィッドも、二人とも偉大な作家だ。アンソニーは背が高く、顔の皺《しわ》が多く、どこまでも礼儀正しいけれど陰鬱《いんうつ》なところもあり、粘り強く徹底的に調査を行うことで有名だった。デイヴィッドは、大柄で肩幅が広く、スポーツマン然として社交的で、エネルギッシュに生産をつづける工場のような男だ。彼は『栄光と狂気』と『覇者の驕り』を同時並行で執筆した。右手で一方を書き、左手でもう一方を書く、と彼は冗談めかして言った。どちらの本もベストセラーになった。デイヴィッドのような人物は他に存在しなかった。

「私が成功したのは、教育と知性のおかげだとよく言われるが、実際は、常にほかの誰よりも多くのインタヴューをするからだ。私の成功に理由があるとすれば、それは勤勉と根気だね」と彼は私に語ったことがある。

デイヴィッドは彼独自の円形法《サークル・メソッド》についても教えてくれた。新しい題材については、まず周辺の人物へのインタヴューから始め、徐々に中心の人物へと進めていくというのだ。

「四年かかったよ」と彼は言った。「何も知らないところから始めるんだ。私が『覇者の驕り』に取り掛かったとき、自動車産業については何も知らない状態のまま調査とインタヴューを始めた。ひとりにつき二度以上、それぞれ二時間はかけなければならない。それで三年が過ぎるころには、インタヴューの相手よりも自分のほうが詳しいと気づく段階に到達する。そうしたら、いよいよ執筆をはじめるころだ。私はそうやって『覇者の驕り』を書いたんだ」

彼は私に対して、ニューヨークに引っ越すよう強く勧めた。

「ここはいまでも偉大な街だ。欠点も山ほどあるけれど、居つづけるだけの価値はある。六十七丁目セントラルパーク・ウエストは素晴らしい立地だよ。私たちのうちに来れば、タダで夕食にもありつけるぞ」

私はこのアイデアに惹《ひ》かれた。いつか最後はアメリカに帰ろうと、いつも考えていた。腰を落ち着けるのならニューヨークだろうとも思っていた。私の心の奥底にはいつもニューヨークがあった。引っ越そう。私はほとんどその気になっていた。しかし結局はそうしなかった。

生粋の江戸っ子である妻の眞智子が猛反対したことも、その理由のひとつだった。ニューヨークでの彼女はリージェンシー・ホテルで私と一緒に過ごした。が、ニューヨークのような街でアパートを買っても、一年の半分はそこを空けてよそにいるということが気に喰わなかった。

彼女はニューヨークに複雑な思いを抱いていた。通りにはホームレスや乞食《こじき》が溢《あふ》れかえっていて、お金を与えないと身を乗り出して罵《ののし》ってくる。腕を摑んで引き留められたこともあった。

ある雪の降る十二月の夜、リージェンシー・ホテルを出たところ、六十一丁目とパークアヴェニューの交差点で、私もジャケットとジーンズ姿の太った若いプエルトリコ人の男に呼び止められたことがあった。私に劣らず屈強そうに見えたので、一ドルを渡してやると、さらに彼は怒って手を振りあげた。

「おい、こら！」と彼は言った。「あんた、金持ちだろ。クリスマスなんだ。ケチケチすんなよ」

私は彼に二十ドル札を渡した。

東京では、こんな路上生活者はいない。日本人は誇り高い。ホームレスはいるが、ひっそりと公園などの奥の誰にも見られない人気《ひとけ》のない場所で寝起きしている。建設現場から借りたブルーシートでつくった即席のテントで生活し、そこをチリひとつなく綺麗《きれい》に掃除したりもしている。もちろんニューヨークは違う。東京と違い、ありとあらゆる人種のひとびとが犇《ひし》めき合い、彼らの一部はただ単に無視されるだけの存在に過ぎない。ジーン・ハルバースタムは、マンハッタンのミッドタウンの職場に通勤するときはいつも、ポケットにコインや一ドル札をたっぷり詰め込み、途中で近寄ってくる物乞い全員に分け与えていた。彼女は自ら率先してそうしていた。ニューヨークの最下層のひとびとに支援の手を差し伸べるのは市民の義務だ、と彼女は考えていたのだ。

ニューヨークの街は、東京からアフリカ・ソマリアのモガディシュへ行く途中に時間を過ごしたことがあるインドのムンバイ――当時はボンベイと呼ばれていた――の街を思いださせた。タージマハール・ホテルの前でボロをまとい、似たような服装の子供たちを連れた乞食が近づいてくる。目薬による偽の涙が汚れた頬を伝い落ちる。聞くところでは、夜になると彼らは路上で稼いだ金で購入した郊外の高級マンションに帰るのだそうだ。

パキスタンのカラチでは、ギャングたちが子供の腕を切り落とし、街中で乞食をさせていた。ダウンタウンのホリデイ・インのレストランを歩いて出ると、片腕のない十歳の少年が泣きながら助けを求めてくるのだ。それは心が痛む光景だった。誰でも当然、助けたいと思う。そしてポケットをまさぐるのだ。しかし、ひとつの疑問が心から湧いてくる。慈善と路上強盗の境界線はどのあたりにあるのだろう？

じっさいニューヨークの犯罪の多さは重大事だった。一九九〇年九月に滞在したとき、ユタ州からの旅行者が地下鉄七番街線の五十三丁目駅で、強盗団から家族を守ろうとして刺殺された。私はその線をいつも利用していた。強盗に襲われる危険があるので、夜にセントラルパークを散歩することはできなかった。強盗や泥棒に家宅侵入されるおそれがあるため、大抵の人はアパートのドアにいくつもの鍵《かぎ》をかけ、低層階に住んでいる住人は窓に格子を取りつけている。

エドワード・コッチ市長とデイヴィッド・ディンキンズ市長の市政下では〔一九七八年〜八九年、九〇年〜九三年〕、ニューヨークで一年に二千件以上の殺人と十万件以上の強盗、十二万件以上の盗難、九万件以上の傷害が発生した。一九九四年にルドルフ・ジュリアーニが市長になってようやく犯罪件数は減少しはじめた。その後八年間で犯罪は激減し、これらの統計数値も半減した。さらに二十一世紀にはいると、それらの犯罪は三分の一にまで減少した。

一年に盗難事件が十二万件も起きているというのに、年の半分もアパートを空けておくのは賢明ではなかった。その点では妻の意見が正しかった。

東京では殺人は年に百件程度で、どの公園でも夜中に独りで安全に歩くことができる。二〇〇八年には日本全体で銃による殺人事件は十一件。アメリカでは一万二千件だった。日本の銃犯罪の少なさは、極めて厳格な銃規制法のおかげといえる。

また、ニューヨークに移れない別の理由もあった。東京では電話がひっきりなしに鳴り、雑誌の執筆やテレビ番組の出演の依頼が来た。〈スポーツ・イラストレイテッド〉などのニューヨークの雑誌にたまに執筆していて、そのうえデイヴィッドのおかげで仕事は増えたが、東京での仕事を切りたくはなかった。私はそれらを気に入っていたのだ。

ニューヨークの街は好きだった。が、バブルが崩壊したとは言うものの、東京には格別な魅力があった。考えれば考えるほど、私がどれほど東京に夢中になっているのかがはっきりしてきた。東京は、古い江戸にもつながっているのだ。

前にも書いたように、私は赤提灯《あかちょうちん》の居酒屋に座り、ビールを飲んだり餃子《ギョーザ》を食べたりしながら、店に流れるポップミュージックを聞くのが大好きだった。そのなかにはとびきり素晴らしい曲もあった。たとえば、はしだのりひことシューベルツの『風』は本当に歌詞もメロディも素晴らしいと思った。ユーミンのヒットソング『あの日にかえりたい』を聴いたときのことは、いまでも鮮明に憶《おぼ》えている。焼き鳥の炭からたちこめる煙が店内に充満し、頭上のテレビでは阪神対巨人戦が映るなか、ユーミンの歌に感動して私は涙を流した。三十五歳の男がビールを飲みながら泣きじゃくったのだ。この素晴らしい街に帰って来られて本当に幸せだと思ったことを憶えている。そういったことは、甲子園《こうしえん》の高校野球の決勝戦を国中のみんなといっしょに固唾《かたず》をのんで見守ったり、大相撲の十五日目の千穐楽《せんしゅうらく》をスポーツライターの友人の阿部耕三《あべこうぞう》や玉木正之と一緒にヤジを飛ばしながら観たりするのと並び、東京に住む喜びのひとつだった。気が向いたときにふらりと近所の神社を訪れるのも、心安まる素晴らしい体験だった。そういったことは、ニューヨーカーの友人たちにうまく説明できなかった（当時、インターネットはなく、ひとびとはEメールではなくファックスや手紙でコミュニケーションをとっていた。スカイプやユーチューブなどというものも存在しなかった。おまけに衛星テレビも今ほどには普及していなかった）。東京でのさまざまな出来事は、私の身体の輪郭となっていた。それは驚くべき発見だった。東京こそが我が家なのだ。

東京——新たな街並みの眺望

コメンテーターや評論家《アナリスト》が、倒産の多さや失業率の高さについて嘆くなか、東京は、歴史家たちがのちに〝失われた十年〟と呼ぶことになる時代へと突入した。一部の外資系企業はオフィスを家賃の安い千葉の幕張《まくはり》に移転しはじめていた。

しかし同時に、東京はすべての企業が赤字で苦しんでいるわけではないことを証明しようとするかのように、最先端の高層ビルの建築ラッシュに沸いていた。一九九四年には五十一階建ての聖路加タワーと五十二階建ての新宿《しんじゅく》パークタワーがオープンした。著名なオリンピック施設の建築家丹《たん》下健三《げけんぞう》が設計した新宿パークタワーには、数々の映画賞を受賞したソフィア・コッポラ監督の『ロスト・イン・トランスレーション』の舞台となった高級ホテル〈パークハイアット東京〉があった。続いて一九九五年には四十四階建ての新宿アイランドタワー、一九九六年には低層階に新国立劇場を備え、高層階にはマイクロソフト、アップル、NTTなどの企業の事務所が入っている五十四階建ての東京オペラシティが登場した。そして同じ年には東京の中心部の有楽町《ゆうらくちょう》に、ウルグアイの著名な建築家ラファエル・ヴィニオリが設計した多目的コンベンションセンター〈東京国際フォーラム〉が誕生した。

新宿で最も目立ったのは、いや、東京全土の中心となるほどきわだっていたのは、バットマンの本部のようにも見える東京都庁舎だった。一九九一年にオープンした「都庁」と呼ばれるこの建物は三棟から構成されており、最も目を惹く四十八階建ての第一本庁舎は三十三階で二つに分かれている（これも先述の丹下が設計した）。様々なものの象徴にも見えるこの建物は、コンピュータチップのようにも見える一方、二つに分かれた塔はゴシック教会のようにも見える（有楽町にあった旧都庁舎も丹下の設計だったが、取り壊され、そこに〈東京国際フォーラム〉が建設されたのだった）。一九九一年の東宝映画『ゴジラvsキングギドラ』で、誰もが注目した都庁はゴジラに破壊されるという栄誉にも浴した。

この時期、東京都政は東京のどんな場所をも凌《しの》ぐ、東京湾沿岸部の新たな区域の建設を管理監督することで大忙しとなった。この沿岸部一帯は、のちに東京の新たな副都心となった。建設現場の東京湾上の人口島〝お台場《だいば》〟は、海へのアクセスが倉庫や港に妨げられない東京で唯一の場所であり、ロンドンのカナリー・ワーフ［ロンドン東部にある大規模ウォーターフロント再開発地域］のように、商業、住宅、そして歓楽のいずれにおいてもトップクラスの地域へと発展した。未来的な建築物のフジテレビの社屋、東京レジャーランド、レゴランド・ディスカバリーセンター、さまざまなショッピングモール、船の科学館、日本科学未来館など、そこには数多くの目を見張る建物が集まった。東京都心からは新たにレインボーブリッジでつながり、そこからは東京の街並みと富士山《ふじさん》の絶景を望むこともでき、夜には色とりどりのLEDの光で彩られた。頭上には湾岸地域の交通手段として無人の全自動鉄道〈ゆりかめ〉が運行し、その素晴らしい海の眺望は、それ自体が観光の目玉となった。

バブルが崩壊したのは一九八九～九一年ごろだったが、実際の日本人消費者の行動や消費の傾向に影響が出るまでには時間的なズレがあった。知り合いのマッキンゼー・アンド・カンパニー社のコンサルタント、佐々木淳は次のように指摘した。「不動産バブル期に恩恵を受けた人物を詳細に分析すると、そういったひとたちは意外にもごく少数だったことがわかる」彼が言うには、残りのひとびとは、景気が良くなりつづけるという期待と信念にとりつかれ、財布の紐《ひも》を緩めただけで、儲けは手にできなかったのだ。

そのため、バブルと言われるものが〝弾け〟たという認識は持ちながらも、日本固有の経済的強みが存在し、景気回復は時間の問題だと思うひとが多かった。また、そのように主張する書籍が数多く出まわった。『日米逆転――成功と衰退の軌跡』（C・V・プレストウィッツJr.著／ダイヤモンド社）、『通産省と日本の奇跡』（チャルマーズ・ジョンソン著／TBSブリタニカ）、『日本／権力構造の謎』（カレル・ヴァン・ウォルフレン著／早川書房）、『沈まない太陽』（ジェームズ・ファローズ著／講談社）などなど。その結果、バブルのような時代はもう二度と戻ってこないのだと日本人の多くが本当に理解できるようになるまでには、何年もの時間がかかってしまったのだった。

バブル崩壊の現実は徐々に押し寄せ、さまざまな形で表面化した。大学の新卒生は職を見つけるのがどんどん難しくなった。多くの若者が学位を隠し、高卒優遇プログラムのもとで地方の公務員の職に応募した。のちに彼らが実際には大卒だと判明すると、メディアがこぞって報道した。じっさいに横浜市などは、学位を隠して高卒枠で応募してきた多くの学生を採用していた。

サラリーマンのボーナスは、基本給の二十か月分から二か月分へと大幅に削減された。賃金の低下により、住宅ローンや前年度の給与に基づく住民税を支払えなくなり、自殺する者も少なくなかった。大勢のサラリーマンが〝リストラ〟され、リストラという言葉が流行語となった。みずからの苦境を家族に隠し、毎朝スーツとネクタイ姿でブリーフケースを持って家を出て、公園や図書館に隠れるひとびとも現れた。

銀行が貸し渋り、事業主や家を手に入れようとしたサラリーマンは、負債が収入を大きくうわまわっていることにとつぜん気づかされ、高利貸しのビジネスが急成長した。銀行などにローンを返済するために、高利貸しから金を借りざるを得なくなったひとたちもいた。高利貸しの厳しい取り立てはどんどんエスカレートし、それらを苦にした自殺者も増えつづけた。

日本の中古車販売店はBMWやポルシェを売り払おうとするひとびとで混雑するほどだった。そして、オーストラリア、ニュージーランド、パキスタン、インド、アフリカや東南アジアの旧英国植民地など、クルマが左側通行で右ハンドルの国々へ中古の外車を輸出するビジネスが盛んになった。質屋の棚は、現金を必要とするひとびとが売り払ったロレックスや宝石や装飾品などであふれかえった。

バブル時代にステータスシンボルだったシベリアン・ハスキーは人気がなくなり、飼い主たちが飼っていたペットの犬を捨てたため、その多くがガス室で殺される羽目に陥った。売れ残った子犬の在庫が増えて困り果て、子犬を直接処分するペットショップもあとを絶たなかった。実際あれほど多く散歩する姿を見たシベリアン・ハスキーは、そのころ急に街から姿を消した。

多くの日本人は、徐々にバブル時代を恥ずかしく思うようになった。それは日本が〝慎み〟という伝統的な価値観を捨て、西欧の強欲さを取り入れた時代だったとみなすようになった（しかし一方で、お札を燃やしても惜しくないほどたっぷりお金があふれていた時代を懐かしみ、日本人が伝統的な価値観を失ってしまったのはバブルの時代よりずっと以前のことで、それは一九三〇年に日本が軍国主義国家となったときのことだったと主張する者たちもいた）。

一九九九年、東京アンダーワールド

私はいつもなら、本を仕上げるのに十回は改稿をした。改稿を重ねるごとに、徐々に時間と労力は軽減されるものだが、『東京アンダーワールド』の場合は、仕上げるまでにさらに時間を要した。ようやく原稿が完成して出版社に渡したのは一九九七年の春だった。が、それは一九九九年二月まで出版されなかった。

　その原因のひとつは、リンダの夫で『コモン・グラウンド』の著者であり、全米図書賞の受賞者でもある悩める天才のアンソニー（トニー）・ルーカスの死去だった。私はトニーのことを、よく知っていた。彼とは、彼の妻も一緒にマンハッタンの〈カフェ・ド・パリ〉〈パリオ〉〈セリーナ〉など、熱い石の上でステーキを焼く店で何度も夕食をともにした。

　彼は長らく鬱病を患っていた。そして一九九七年六月、彼の最後の著作となった『ビッグ・トラブル』の最終稿に取りかかっている最中に、彼はアッパーウエストサイドの自宅アパートでバスローブの腰ひもで首を吊《つ》った。彼の母も祖母も睡眠薬の過剰摂取で自殺。彼の叔父《おじ》は自分の喉《のど》を掻《か》き切った。

　鬱病がどんなものかは、私も知っている。私自身も定期的に暗く陰鬱な時期が訪れることを経験し、そのあいだは引きこもり、すべてのことを忘れるまで酒を飲んだ。ニューヨークでセラピストと面会し、私の〝症状〟に合う薬を処方してもらったこともある。そのことはトニーとリンダにも話したことがあった。トニーは抗鬱剤のプロザックやゾロフトが効果的だと称賛していた。彼が自殺したと聞いたとき、私のショックは大きかった。それまでに知り合いが自殺したことはなかった。すべてを終わらせなければならないと考えるほどの苦しみは、私の想像を超えていた。

もちろんリンダは憔悴《しょうすい》し、長らく仕事ができる状況ではなくなった。そして追い打ちをかけるように一九九八年にドイツの巨大メディア企業複合体《コングロマリット》のベルテルスマンが、ランダムハウスを買収し、そのゴタゴタのなかでリンダは職を失った。それ以降彼女からの連絡は途絶え、彼女は私の電話にも出なくなった。『東京アンダーワールド』はランダムハウスの社内で孤児となり、一九九九年二月に出版されたときも広告宣伝等の予算は一切つかなかった。

しかしこの本は、〈ニューヨーク・タイムズ〉〈サンフランシスコ・クロニクル〉〈シアトルタイムズ〉〈タイム〉などで次つぎと高い評価を得ることができた。

ニューヨーク、ワシントンDC、ロサンゼルス、サンフランシスコ、シアトルなど、アメリカ各地のジャパン・ソサエティーの集会に呼ばれ、講演もさせられた。その一方、ロサンゼルスではふたりのFBIエージェントがホテルの部屋までやってきて、私を殺すという脅迫状が匿名で届いたと告げられた。彼らは講演会場まで私につき添い、講演中はドアの前に立って警護してくれた。終わると空港まで私を連れて行き、私が保安検査を通過するのを見届けた。彼らは私に何も教えてくれなかったが、東声会のウエストコースト支部の仕業だろうと推測した。東声会はカリフォルニアやハワイでも非合法活動を行っているという疑惑があり、私はそれについて『東京アンダーワールド』に詳しく書いていた。

その本の映画化権はドリームワークスが獲得した。ハードカバーが三刷まで増刷されたときにヴィンテージ・デパーチャーズが版権を獲得し、ペーパーバック版を出版して五万部が売れた。

日本では一年後に翻訳版が出版され、東京のいくつものベストセラー・リストに入った。単行本で二十万部、その後販売された文庫本では十万部売れた。日本の出版慣行は独得で、収益のほとんどは単行本から回収し、文庫本は二の次だった。これはアメリカとは正反対で、アメリカでは本にもし生命があるとすれば、それはペーパーバックに宿っていると考えられた。『東京アンダーワールド』は好評を博し、代表的な日刊紙――〈日本経済新聞〉〈朝日新聞〉〈読売新聞〉〈毎日新聞〉の各紙に書評が掲載され、テレビのバラエティー番組にも取りあげられた。くわえて裏社会の人物からは、否定的なコメントも寄せられた。

たとえばアマゾンジャパンのカスタマー・レヴューには、自称ヤクザという男の投稿が掲載された。「この本の登場人物はヤクザかもしれないし、汚いこともしたし、俺もヤクザかもしれないが、俺たちは大義のために戦った。それにくらべて、女と金のために日本にいて日本の悪口を書いている著者は、本当に〝腐ったヤツ〟だ」

〈ニュー・ラテンクォーター〉の男子用トイレで、口論からのもみ合いの末に力道山を刺した（その怪我がもとで力道山は早世した）住吉会組員の村田《むらた》勝志《かつし》は、『東京アンダーワールド』の内容に激怒し、角川書店の編集部に押し掛けて賠償を要求した。村田は六十代になっていたが、まだ現役のヤクザで、恐ろしい男だった。彼のあだ名は〝カミソリ村田〟だった。それは、街中で喧嘩するときの鋭いパンチの切れ味から名づけられたものだった。

村田は約四十年前の彼の写真と彼の妻の写真を、私が本に掲載したことを怒っていた。それは逮捕後のふたりを撮影し、警察が提供したマグショット［警察が逮捕者を写した顔写真］だった。警察の話によると、村田夫妻の逮捕は、自分たちの経営するナイトクラブのひとつに勤めていたホステスのアパートに押し入り、テレビやステレオといった電化製品を奪おうとしたためだった。それは、その若い女性が滞納した借金の返済に充てるためだったという。叫び声と怒鳴り声がおさまらないため、近所のひとが通報し、警察がすぐに現場に駆けつけ、この凶悪な夫妻を逮捕した。そのときのマグショットが、翌日の〈夕刊フジ〉の裏面に掲載された。私はその紙面でこの写真を見つけ、警視庁の許可を得て『東京アンダーワールド』の日本語版の巻頭の写真掲載ページに載せた。それに怒った村田が角川書店にやって来たのだった。

茶色の縞《しま》のダブルのスーツを着た村田は、受付で、この本の編集者である郡司聡《ぐんじさとし》と話したいと言った。

郡司は素晴らしい編集者で、日本語と同じくらい英語にも堪能で、パキスタンで暮らした経験もあったため、ウルドゥー語を話すこともできた。彼は『和をもって日本となす』につづき、『東京アンダーワールド』でも最高の仕事をしてくれた。しかしその日、郡司は留守だったので編集部員の菅原哲也《すがはらてつや》が取り次いだ。

村田は、金色に縁どられた異常に分厚い名刺を菅原に差しだした。そこには次のように毛筆体で書かれていた。

村田組　組長

村田勝志

村田は菅原に向かって、彼と彼の妻の写真（警察のマグショット）が無許可で掲載されたことを抗議した。さらに彼の娘がプロレスラーとして活躍しはじめていたので、このような報道は娘の評判を落としかねないと主張した。

村田は決着をつけるため、〃一本〃欲しいと言った。〃一本〃とはヤクザ用語で百万円を意味した。

角川の方針では、そのような支払いは行わないことになっていた。角川の編集部には、原田という名の編集者もいて、彼は以前〈週刊文春〉の編集部で働いていたときに村田を知っていた。村田は自分が腹部を刺した傷のせいで力道山が早世した喧嘩について、自分の話をさまざまな出版社に売ることで小遣い稼ぎをしていたのだ。話すたびに内容の細かい部分を少しずつ変え、彼は自分の話の価値をあげていた。〈週刊文春〉は村田の顧客のひとつだったのだ。

そのときの担当の原田が出てきて、村田に向かって新たな説明を口にした。法律が変わり、村田がやっているような金の要求は、いまでは法律違反になったと彼は言った。いろいろと言い争った末、とうとう言い争いに疲れた村田は、帰り支度をしながら菅原に向かって不吉な言葉を投げかけた。

「地下鉄に乗るときは気をつけるんだな」

のちに菅原は言った。「人生でこれほど怖い思いをしたことはなかったですよ。それからあとの長いあいだ、私は地下鉄に乗るときには十分に用心することにしました。電車を待つときは、ホームの端からなるべく離れて立つようにもしました。電車がホームに入ってくるところを誰かに線路に突き落とされないか、いつも本当に心配でした」

そのころ私は、東京で最も恐れられる犯罪界のドンで「銀座の虎」の異名を持ち、高級ナイトクラブ〈TSK・CCC〉（東亜相互企業セレブリティー・チョイス・クラブ）の会長《トップ》である町井久之から手紙を受け取っていた。

角川経由で届いたその手紙には、英語と日本語の二枚があり、どちらも町井の秘書が書いて送りつけてきたものだった。

ロバート・ホワイティング様

拝啓　季節の変わり目となりましたが、この手紙がお手元に届くころ、貴殿がまだお元気でいらっしゃることをお祈り申しあげます。

……しかしながら会長は、貴殿が『東京アンダーワールド』で会長について書かれた内容に関して、非常に腹立たしい思いを抱いておられます。そのことについて考えると、いまでも非常に激昂《げっこう》してしまわれます……

……会長は、一度あなたとお会いして、これらの問題について直接お話をしたうえで、自分の立場を改めて説明したいと申しております。そこで貴殿に、私どもの事務所がある六本木の

ています。

〈ザ・ルミニエール〉まで来ていただき、互いの意見を率直に交換させていただきたいと考え

……お返事をお待ちしています。

敬具

私は、この手紙を昔からの友人で〈夕刊フジ〉の編集者である阿部耕三に見せた。一読した彼の顔は蒼白《そうはく》になり、この文面は血を凍らせるほど恐ろしい、と言った。

「この手紙が届くころ、貴殿がまだお元気で……というのは、あなたはいずれ元気ではいられなくなるかもしれませんよ、という意味ですよ」と彼は言った。「まったく何という手紙だ。恐ろしい……」

郡司も同じことを口にした。彼もこの手紙を読んだあとは、駅のホームの端を歩くのをやめたという。

「あの手紙を読んだあとは、本当に怖かった」と彼は言った。

もちろん私も怖かった。自宅への帰り道を変えはじめたが、私の家につながる道はひとつしかなく、先に書いたように私の家は木々に囲まれていて、外からは見えにくかった。私はスイス製のアーミー・ナイフを買い、お守り代わりにそれを持ち歩いた。

私は自分が書いたことの信憑性《しんぴょう》についてはまったく心配していなかった。下調べをしっかりやっていたし、町井と彼の手下についての警察の調書も手に入れていた（私はそれを三万円で秘密裡《り》に手に入れた）。私は、自分が何をやったのか、十分理解していた。素手でふたりの男を殺すなど、さまざまな犯罪歴のある身長百八十八センチ、体重九十キロの巨漢の元ボクサーで、共産主義シンパを抑え込むためにCIAに協力していた男。そんな町井が逮捕されるたびに、CIAは日本の当局に掛け合い、彼を釈放するよう手をまわしていた。私が心配だったのは、町井の子分たちに襲われることだった。

当時、私は駅のホームに立つと、いつも子分たちのことが頭をよぎった。東京の地下鉄の駅はチリひとつなく綺麗に掃除されている、と私はいつもニューヨークの友人たちに吹聴していた。が、そんなことに感心している場合ではなかった。東京の地下鉄がいかに清潔で効率的か、などということはどうでもよかった。私はホームの端に近寄らないようにして、誰かが近くに潜んでいないか、私を線路に突き飛ばすチャンスを狙っているのではないか、と常にあたりを見まわした。それはなんとも皮肉な事態だった。〝危険〟なニューヨークではなく〝安全〟な日本にいながら、私の命が脅かされているのだ。

「こうなったいま、東京にどんな魅力があるというんだ?」と私は自問した。

さんざん考え、角川の編集者たちと相談した結果、私は角川の弁護士を通じて町井に返事を書くことにした。『東京アンダーワールド』の執筆中、私は町井の事務所に何度もインタヴューを求めたが毎回断られていた。だから自分に話すチャンスを与えなかったという町井の言い分は通らない、と手紙に書いた。その一方で、弁護士とカメラマンを連れて行ってもいいなら、会長とお会いしたいとも書いた。彼らを連れて行くことが何らかの護身になると思ったのだ。

町井は事務所を通じて、それで構わないと言ってきた。そして彼らは会う日時を指定してきたのだが、ふたたび電話がかかってきて、それは延期された。町井の妻が重い病気で入院し、そのあとすぐに亡くなったのだった。

さらにそのあと間もなく、町井自身も病に倒れて入院した。そして、亡くなってしまった。

いったい本当の問題は何だったのか……。そのことを、私はあとになって知った。それは、私の調査などとは関係なく、まったく別のことだった。

町井の弁護士によると、彼が本当に苦しんでいたのは、私が彼の犯罪ばかりを書いたことだった。それらはすべて真実だった。が、同時に彼が社会に貢献したことについて、私が十分に書いていないと彼は考えた。町井と彼の子分は一九四〇年代から五〇年代にかけて、ＣＩＡ及び日本政府と

〝悪魔の取引《デヴィルズ・バーゲン》〟とも言うべき協力体制を結んだ。それは両者と協力して共産主義と闘うことだった。その意味で町井は愛国者だった。町井は『東京アンダーワールド』が映画化されるかもしれないと知り、それが本当なら彼自身を悪党ではなく愛国者として描いてほしいと考えていたのだ。

じっさい町井の弁護士は、私にダグラス・マッカーサーからの手紙を見せてくれた。そこには共産主義を撃退するための町井の貢献に対する感謝の念が綴られていた。

弁護士によると、町井はハワイに行くたびに組織犯罪の履歴のせいで入国管理局の係員に呼び止められた。が、そのマッカーサーからの手紙をとりだして、こう言ったという。「よく聞け。俺は愛国者だ。あんたらの国のために共産主義と闘ったんだ。ほかの日本のヤクザを痛めつけるのはいいが、俺だけはだめだ」

弁護士によると、それは効き目があったそうだ。

町井の怒りも、ある意味で理解できた。一九四九年に毛沢東《もうたくとう》が中国の全土を掌握したことは、その前年の朝鮮民主主義人民共和国の建国とともに、戦後の歴史の大きな転換点だった。そのような悲劇が日本に広がるのを食い止める責任が、町井や極右フィクサーである児玉誉士夫にのしかかってきた。二人はGHQ参謀第二部の諜報機関の高官によって引き合わされた。彼らは日本の共産主義を壊滅するために手を組み、デモを鎮圧するためにヤクザと右翼の混合部隊を結成し、共産主義者のリーダーたちを次つぎと失踪《しっそう》させた。そうして彼らは日本を救ったのだ。そういう言い方をすることもできた。そして町井自身も、自分は共産主義との闘いで残した功績により間違いなく勲章を授与される権利があると考えていた。

さらに……さらなる皮肉を書かないわけにはいかない。というのは、進駐軍は日本全体を共産主義に奪われてしまうか、ヤクザを使って必要な汚れ仕事をやってもらうか、という実存的選択を迫られていた。その選択のうち、ロバート・ホワイティングは、ならず者たちのやってのけたことだけを赤裸々に書き記したのだった。

たしかにどちらもやる価値のあることだったとは思う。〝赤の脅威〟から救われた日本は、世界第二位の経済大国になった。私は、当初は面白い話を求めていただけだったのだが、最後にはこの国の戦後の源を語る文学に新たなページを書きくわえることができた。この本のための調査を通じて私は、この題材に関する理解を飛躍的に深めることができた。それは物書きとして爽快《そうかい》な体験だった。

私はまた、町井があのような手紙を送ってくれたことを光栄にも感じた。そのことも正直に告白しておかなければなるまい。それは、私が町井について書くことを、町井自身が気にしていたということだ。私は、事実関係を明らかにした。それが町井にとっては大ごとだったのだ。それはつまり、町井が私を中立的な裁定者だと認めてくれたことにほかならなかった。彼は、奇《く》しくも私を高く評価してくれたのだった。

ハリウッド

「いま、椅子に座っているの?」

一九九九年の夏、私のエージェントであるビンキー・アーバンがEメールに書いて寄越《よこ》した言葉は、いまでも忘れられない。

「ドリームワークスがあなたの本の映画化権を欲しがっている。ニコラス・ピレッジが脚本を書く。マーティン・スコセッシが関わってくるかもしれないわよ」

私は信じられなかった。私は死んでしまって、天国にいるのかな……とも思った。

しかしそれは、その後十八年間、これを書いているまさに現在このときまでも、まだつづいている一連のプロセスの始まりにすぎなかった。もちろんそのときは、そんなことは知る由《よし》もなかったのだが。

ことの顚末《てんまつ》を手短に書き記すと次の通りだ。
スティーヴン・スピルバーグの映画スタジオ〈ドリームワークス〉が、幹部のウォルター・パークスのもとで一九九九年に『東京アンダーワールド』の映画化権を買い、脚本執筆にニコラス・ピレッジを雇った。ピレッジはスコセッシ監督の『グッドフェローズ』や『カジノ』などを手掛けてきた最高の脚本家だ。ピレッジは共同脚本家としてジェイソン・ケイヒルを迎えた。ケイヒルは『ザ・ソプラノズ　哀愁のマフィア』のファースト・シーズンのうち、数話の脚本を書いて賞をとったばかりだった。ケイヒルはイェール大学を卒業し、同じくイェール大を出た妻とともにロサンゼルスにやって来て脚本執筆を学び、『ER緊急救命室』や『NYPDブルー（憂鬱なニューヨーク市警）』などのテレビドラマで順調にのしあがってきた男だった。

このプロジェクトは〈ウィリアム・モリス・エージェンシー〉の元エージェントであるハリー・アフランドが指揮していた。ハリーはマーティン・スコセッシとロバート・デ・ニーロをハリウッドに呼び込み、その後、妻とともに映画の製作に乗り出し、『最後の誘惑』『ヒマラヤ杉に降る雪』『母の眠り』『クレイジー／ビューティフル』などの数多くの良作を手掛けてきた。

ケイヒルが書いた初稿を、私は素晴らしいと思った。それはR指定の冒険映画で、セックスと暴力が山盛りの三時間の大作だった。スピルバーグのリクエストで、ニコラ・ザペッティが進駐軍時代に横須賀線で出会った、日本人歯科医である彼の最初の妻との盛大な結婚式も織り込まれていた。しかしスピルバーグは、この脚本を気に入らなかったようだ。彼は、一日あたりの上映回数を増やすために、もっと短く、家族で楽しめるようセックスと暴力も控えめにして、笑いの多いものを望んでいた。ピレッジは当初『スティーブ・マーティンのSgt.ビルコ／史上最狂のギャンブル大作戦』のようなスクリューボール・コメディ［ハリウッド映画の一ジャンルである恋愛コメディ。風変わりで個性的な男女が、喧嘩をしながらも最後には結ばれるというストーリーが基本となっている］にしようと考えていて、スピルバーグはそのアイデアに乗り気だったという（私は、そのことをあとになって知らされた）。

その後七年間にわたって、十三本以上もの脚本が書かれた。その間、私はこのプロジェクトにかかわるほとんどのひとびとと会う機会を得た。それは、とても良い勉強になった。ピレッジとは何度も会った。大柄で背が高く、社交的で親切な男で、〈ニューヨーク・シティ〉誌の犯罪記者として普通のひとの真似できないような生活を送り、その時期に裏社会の傑物ヘンリー・ヒルとも知り合った。ヒルとの交友をもとに、ピレッジはベストセラーとなる『ワイズガイ：マフィア・ファミリーでの人生』を執筆し、それに基づいてスコセッシとともに映画『グッドフェローズ』を撮ったのだ。私たちはある日の午後、グランドセントラル駅近くの寿司《すし》屋で一緒に飲んだ。マンハッタンでは、ひとびとが彼に近寄って来ては「友を裏切るなよ、ニック」「お楽しみいただけたかな？」……などと、『グッドフェローズ』に出てくる有名なセリフを口にするのだった。

ロサンゼルスのサンタモニカでは、ハリー・アフランドと彼の妻メリージェーンが、ニコラス・ピレッジと脚本家で映画監督でもある彼の妻のノーラ・エフロンとの夕食をセッティングしてくれた。私の姉は彼女の映画（『心みだれて』『恋人たちの予感』から『めぐり逢えたら』『ユー・ガット・メール』まで）の大ファンだと彼女に伝えた。数日後、姉にノーラのサイン本が送られてきた。ジェイソン・ケイヒルとは友人になり、ロサンゼルスに滞在するときは彼の自宅に泊まらせてもらい、彼がオフィスを構えるパラマウント映画の内部を、ガイド付きツアーとして案内してくれた。彼は私が送った日本に関する本をすべて読み、ザペッティなどとの四十時間におよぶインタヴューのテープを聴き通した。

書き直し作業が進むにつれ、脚本はどんどん短くなり、セックスと暴力は少なくなった。ジェイソン・ケイヒルによると、一時はベン・スティラー［『太陽の帝国』『ナイトミュージアム』『ミート・ザ・ペアレンツ』などの映画に出演した俳優。脚本家、監督、プロデューサーとしても活躍］がドリームワークスとの出演契約のもとでザペッティ役を打診されたこともあった。

またある脚本では力道山が〈ニュー・ラテンクォーター〉の男子用トイレでヤクザに取り囲まれ、博打《ばくち》の金のやり取りをするシーンで、個室のひとつからけたたましい雄《お》叫《たけ》びが聞こえる設定になっていた。力道山がタキシードの上着を脱ぐと、トイレの個室の扉が開き、巨大な水牛《バファロー》が現れ、力道山が頭に空手チョップをお見舞いし、水牛はノックダウンされ床に倒れて気を失うのだった。

想像力を広げすぎ、とはこのことだ。私は、ジェイソンに説明した。「このシーンは素晴らしい。けど、問題がふたつある。まず、日本にはバファローはいない。そして二つ目は、もしそれがいたとしても、日本のトイレの個室は狭すぎて、赤ん坊のバファローでも入れない」

ジェイソンはこう答えた。「スタジオの連中に言ってみるけど、やつらの返事は想像できるだろ？『ドキュメンタリーを撮っているわけじゃない』と言われるのがオチだよ」

結局バファローのエピソードは杞憂《きゆう》に終わった。が、脚本の第十四版になると、さらに書籍からまったくかけ離れたものになっていた。その脚本では、渋谷《しぶや》のギャングのボスでのちに映画スターとなり、日本版ジョージ・ラフト［一九〇一～八〇年。『暗黒街の顔役』『皆殺しのバラード』など多くのギャング映画に出演した俳優］とも言うべき安藤昇が服装倒錯者《クロス・ドレッサー》として描かれ、ストッキングとハイヒール姿で登場するようになっていた。それがハリウッドのやりかただった。さらに四度の書き直しを経て、アレクサンダー・ペイン［『ジュラシック・パークIII』『アバウト・シュミット』などの映画監督。アカデミー賞三部門で七度ノミネートされ、『サイドウェイ』『ファミリー・ツリー』で二度アカデミー脚色賞を受賞］などに監督を断られると、ドリームワークスは映画化の見込みがないとして手を引いた。唯一良かったことは、映画化権料としてひと月あたり二万五千ドルを十八か月間、さらにコンサルタント料として二万五千ドルが支払われたことだった。

その後、映画化権はワーナーブラザースに移った。ハリーは脚本家兼小説家のフランク・ボールドウィンを雇い、トリートメントを書かせた。今回は現実的なものを書かせた。トイレの個室のバファローや、女装したギャングのボスの話はなくなった。そしてマーティン・スコセッシに監督をするよう説得しはじめた。

素晴らしい、と私は思った。ふたたび天国に昇る心地になった。

ハリーは私のために、五十七丁目のスコセッシのビルのオフィスで、彼との面会をセッティングしてくれた。それは素晴らしい冒険だった。応接室へつづく廊下の壁は、フィルム・ノワール

［一九四〇～五〇年代にハリウッドで製作された虚無的で退廃的な犯罪映画］のポスターや、『郵便配達は二度ベルを鳴らす』（一九四二年のルキーノ・ヴィスコンティ版）、『ゴッドファーザー』などのポスターで埋め尽くされていた。待合室は試写室を兼ねていて、二百もの座席を備えた映画館だった。

　小柄な監督はブルックリンの現場で（実際の舞台はボストンだが）『ディパーテッド』を撮影中だった。私は三時間にわたり『東京アンダーワールド』について彼と話をした。彼はあたたかく親切で、素晴らしい人物だった。私は彼に、鈴木清順《すずきせいじゅん》監督で渡哲也《わたりてつや》の初主演作であるシュールなヤクザ映画『東京流れ者』のDVDを前もって送っていた。スコセッシがその映画を既に観ていたことは、あとでわかった。じっさい彼は私よりもずっと日本映画に詳しかった。スコセッシは私との会話のなかで、『野良犬』や『酔《よ》いどれ天使』など黒澤明《くろさわあきら》と三船敏郎《みふねとしろう》がタッグを組み、私にとっての裏社会モノの原点となった映画について、彼流の超特急の早口の言葉で詳細に分析してみせた。

「私はこの映画をぜひ撮りたい」と彼は言った。「この男、ザペッティのことが、私にはよくわかるよ。理解できるんだ。彼は何者かになりたかった。けど、何者にもなれなかった男だ。そういう人物に、私は共感する。ぜひこの企画を実現させよう」

　準備はすべて整った。ワーオ！　と思わず叫びたくなった。素晴らしい！　次に私はフランク・ボールドウィンと会った。彼は私に会うために、私の家があったモントレーまで飛行機でやってきた。彼は脚本を書くのに忙しかった。スコセッシは『東京アンダーワールド』を、ダン・リンなどのスコセッシのスタッフや、アカデミー作品賞を受賞した『ディパーテッド』で起用したスタッフで撮るつもりだった。

　そこへ新たにパラマウント社が登場した。パラマウントはドリームワークスが持っていた『東京アンダーワールド』の没になった十四通りの脚本を引き継いで所有していた。パラマウントとドリームワークスは短期間ではあるがジョイント・ベンチャーを立ちあげ、それが破綻《はたん》した慰謝料としてパラマウントは（私が当時学びはじめていた）ハリウッドの隠語で〝孵化しなかった脚本《スターライル・スクリプト》〟を受け取っていた。

パラマウントはワーナーブラザースに対して、百万ドル（ドリームワークスが委託するために支払った金額）で『東京アンダーワールド』の脚本を買わなければ、この映画を撮ることは許さないと宣告した。そしてワーナーブラザースは支払いに合意する、と私は聞かされた。しかしパラマウントは、スコセッシがワーナーブラザースの映画を監督しようとしていることを知るや否や〝提示価格《アスク》〟——これも私が学んだハリウッドの隠語だ——を倍に引きあげた。これには別の理由もあったらしい。『ディパーテッド』でアカデミー賞作品賞を獲得したスコセッシは、パラマウントで五作品撮るという契約にサインをしていた。だからパラマウントの上役は、自分のところの持ち駒がライバル会社と仕事をするのが気に食わなかったのだ。

ついにはワーナーブラザースとパラマウントの役員同士の論争へと発展し、結局ワーナーブラザースは手を引いた。

次に現れたのはＨＢＯ［Home Box Office の略。一九七二年に設立されたタイム・ワーナー社参加の衛星ケーブルテレビ局。『ザ・ソプラノズ　哀愁のマフィア』などのテレビドラマや映画の製作も行っている］だった。二〇一二年に『東京アンダーワールド』の映画化権を取得したＨＢＯはマーティン・スコセッシをエグゼクティヴ・プロデューサーに据え、パイロット版の監督をさせようとした。スコセッシはパイロット版の脚本に、『タクシードライバー』『レイジング・ブル』、そして『ザ・ヤクザ』で受賞歴のある偉大な脚本家で『ミシマ：ア・ライフ・イン・フォー・チャプターズ』を監督したポール・シュレイダーを選んだ。

その後、私はふたたびビバリーヒルズに赴《おもむ》き、イタリア料理店でメリージェーンとハリーのアフランド夫妻、それにシュレイダーと夕食をともにした。ここまで読んできた読者の方はもうご存じだろうが、私は酒好きだ。しかし、その夜のポール・シュレイダーほど大量の酒を飲んだ者をそれまで見たことがなかった。バーで七時に数杯のビールから始まり、屋外のテーブルについて赤ワインにシフトし、シュレイダーだけで二本を空けた。その後、午後十時をまわるころ、彼はウーゾに切り替えた。十一時ごろのお開きになるころには、彼は自分のクルマに乗り、宿泊していたシャトー・マーモントまで自分で運転して帰った。一方私は、彼に後《おく》れを取るまいと必死に飲みつづけたせいで、立ちあがることすらままならなかった。

翌朝九時に、私たちはシュレイダーのスイートルームで朝食をとりながらミーティングを行った。私は酷《ひど》い二日酔いで、頭をあげると脈打つ痛みに襲われていた。しかしシュレイダーは既に準備万端、元気潑剌《はつらつ》の様子で部屋のドアを開けてくれた。

「どうして平気なんだ？」と私はズキズキする頭を抱えながら訊いた。

彼は私をキッチンへ連れて行き、さまざまな形や大きさの白い薬の載ったトレイを見せてくれた。

「僕はこのホテルが好きだ」と彼は言った。「このホテルでは、客はなんでも手に入れることができる」

その後数か月のあいだ、私ははるか遠くに離れているシュレイダーを相手に主にEメールで連絡を取り合った。彼は人間掃除機《ヒューマン・ヴァキュームクリーナー》だった。私が読むように勧めた日本に関する本をすべて読み、彼に送ったそれ以外のもの——日本語版は出版していたものの英語版では未出版だった『東京アンダーワールド』の続編の英文原稿、インタヴューの書き起こしなどの大量の資料——もすべて読んで理解していた。そしてついに脚本執筆の準備が整った。一時間二十分に相当する『東京アンダーワールド』のパイロット版の脚本を、彼は四日で書きあげた。驚くべき早業だった。これほど早く執筆できる人間が存在するとは夢にも思わなかった。

もっとも、感心しなかったのは『東京アンダーワールド』——そして私——に対する彼の態度だった。それは彼とハリーとともに出席したHBOのドラマ部門の部長六人との会議で露《あら》わになった。部長は全員女性で、全員民族的ルーツが異なり、全員がアイヴィー・リーグの大学の卒業生だった。

「『東京アンダーワールド』の問題は」とシュレイダーは口を開いた。「二つある。一つはニック・ザペッティというキャラクターだ。彼はリーダーの器ではない。それにトニー・ソプラノ［人気テレビ・ドラマ

『ザ・ソプラノズ』の主人公で、マフィアの親分］やドン・ドレイパー［人気テレビドラマ『マッドメン』の主人公。広告業界の敏腕クリエイティヴ・ディレクター］とは格が違う。ザペッティは粗野な性差別主義者で、ただの唾棄《だき》すべき人物だ」

そんな戯言《たわごと》を聴くために誰もが会議室にわざわざ集まったのではない。そもそもＨＢＯが『東京アンダーワールド』の映像化権を買ったのは、ニック・ザペッティというキャラクターを気に入ったからだった。そのことは、Ｅメールのやり取りで明らかにされていた。

さらに言葉にはしなかったが、全員の顔にははっきりとこう書かれていた。「ジェイク・ラモッタ［『レイジング・ブル』の主人公］やトラヴィス・ビックル［『タクシードライバー』の主人公］といった極端な人格を持った人物たちを世に送り出したくせに、ニック・ザペッティを粗野な性差別主義者だと、どの口で非難できるのか」

しかしポールの話はまだつづいた。

「ふたつ目の問題は」と彼はお得意の朗々とした調子で続けた。「物語に白人女性が登場しないことだ」

さまざまな人種で構成される出席者の女性たちは、「信じられる？」とばかりに目配《めくば》せし合った。

「この話をそのまま映画に撮れば」とシュレイダーは言った。「全米の成人視聴者の半数を逃してしまうことになる」

シュレイダーは自分の考えの路線に沿って脚本を書き進め、ＧＨＱ側の登場人物にチャールズ・ケーディス――ルーズベルト大統領のニューディール政策の信奉者で、日本を〝アジアのスイス〟に転換させようとしたアメリカの計画の立案者――と結婚する美人コンテストの元優勝者の白人女性を付けくわえた。シュレイダーはほかにも大勢の登場人物を書きくわえた。たとえば日本語で出版した別の本『東京アウトサイダーズ』からふたりを登場させ、ニック・ザペッティの役柄はその他大勢にまで薄められた。

彼は、新たにポール・シュレイダー版『東京アンダーワールド』をつくりあげた。進駐軍時代については、私が『東京アンダーワールド』で一章しか割いていないため、それではシュレイダーが構想するファーストシーズンの十二時間がとうてい埋まらないとHBOに告げた。彼はHBOに、東京の組織犯罪についてさらに助言を得るべき人物として『トウキョウ・バイス――アメリカ人記者の警察回り体験記』の著者でヤクザの専門家ジェイク・エーデルスタインの名前を出した。シュレイダーは、必死になって私をこの企画から追い出そうとしていた。

そう言えば、三《み》島《しま》由《ゆ》紀《き》夫《お》に関する著書で知られる作家ヘンリー・スコット・ストークスも、シュレイダーとのあいだで苦い経験を味わっていた。彼は自分の経験を〝シュレイダー化される〟という言葉で表現した。シュレイダーは映画『ミシマ：ア・ライフ・イン・フォー・チャプターズ』の脚本と監督を務めたのだが、ストークスの名前をクレジットに出さず、また報酬も払わないという屈辱を与えた。

私はストークスに大いに共感した。

喜ばしいことにHBOはシュレイダーにこう返答した。「私たちがこの本の映像化権を取得したのは『東京アンダーワールド』の物語が気に入ったからです」

シュレイダーはなおも抵抗したが、HBOは既にうんざりしていた。HBOは十八か月後に映像化権を手放した。

映画化の騒動はまだまだつづいた。次はライオンズゲート社との短い付き合いで、彼らはすぐに手を引いた。その後には渡辺《わたなべ》謙《けん》を町井役に据えるという東京のワーナーブラザース・ジャパンとのやり取りが待っていた。が、そこでも結局うまくいかなかった。そしてアマゾン・スタジオからマシュー・マコノヒー［雑誌〈ピープル〉で「最もセクシーな男性」にも選ばれた映画俳優］に似た若き熱血漢スティーヴン・プリンツが現れた。十八か月後、ロバート・レッドフォードの『ラスト・キャッスル』などで脚本を担当したデヴィッド・スカルパに脚本を書かせた。それもまたリアルな出来だったが、三年間にわたって製作が考えられたのちにアマゾンのドラマ部門のトップであるウェンダル・モーガンが、計画を没にした。彼は、歴史物のドラマが嫌いだったのだ。それならば、そもそも彼がこの作品を選んだのはなぜかという根本的な疑問が残ったのだが。

その後すぐに、アマゾンは『アウトサイダー』の配給権を買った。この映画は終戦後の日本にいたアメリカ人の物語で、主人公は大阪刑務所に収監され、出所後ヤクザの外国人組員となる。スティーヴン・プリンツの親しい友人アンドリュー・ボールドウィンが脚本を書いた［ジャレッド・レト主演。浅野忠信などが出演し、二〇一八年ネット配信などで公開された］。

似たようなテーマで……ハリウッドの映画界とは……なんと狭い世界だろう。そして私は映画《スタジオ》の世界から追い出されたのだった。

第十一章　ＭＬＢジャパン時代

　二十一世紀の幕を開けた東京は、動きを止めることができない、まさに強烈なペースで動き、変化しつづける大都会《メトロポリス》だった。電車や地下鉄には大勢の乗客がぎゅうぎゅう詰めにされ、それでもなお時計のように正確に運行していた。綺麗《きれい》に磨かれた自動車やトラックで、道路は常に渋滞していた。歩道は、このうえなく秩序と礼儀が保たれた歩行者の群れで埋め尽くされていた。渋谷《しぶや》駅前の〝スクランブル交差点〟は、間違いなく私が目にしたなかで（実際、私は世界中の交差点を見てきたが）歩行者がいちばん混雑する交差点と言えた。十本にもおよぶ車線が集まり、五つある横断歩道のあらゆる方向から流れ込む二千人を超えるひとびとが、信号が変わるたびに、難なく対角線状に雑踏を縫って進んでいく様子は、まるで振りつけられた集団バレエを見るようだった。あるいは〈ロサンゼルス・タイムズ〉にジョン・Ｍ・グリオンナが書いたように、それは〝戦地に赴く兵士の大部隊〟のようにも見えるのだが、誰もが〝ラスベガスのディーラーにシャッフルされたカード〟のように見事に渡りきるのだ。

　世界一の撮影スポットである〝スクランブル交差点〟を撮ろうと、そこを見下ろすことのできるコーヒーショップに、旅行者たちがひしめいている。が、少し以前には、倒産や失業、暗澹《あんたん》たる閉塞《へいそく》感、自殺などを生みだした日本の「失われた十年」があったことなど、彼らにはとても信じられないだろう。レストラン、クラブ、バーなどは、あの狂ったバブル時代ほどのレベルではないにしても、ふたたび活気を取りもどし、夜はまいにち満員の客を集め、長い行列までできている（もちろん誰もがきちんと列に並ぶ、とても行儀のいい行列だ）。

ジャンボ・スクリーンがあらゆるところに存在し、携帯電話やノートパソコンから高機能トイレまで、常にあらゆる商品の宣伝をしつづけている。建設工事は終わりなくつづき、新しい建築物が好きなひとにとっては、東京はまさにうってつけの街だ。建物はとにかく上へ上へと伸びていく。じっさい統計的にも、東京にある三十八の超高層ビルのうち三十二の建物が二〇〇〇年以降の数年間のうちに建てられた。

一六〇三年の江戸幕府開設以来、四世紀にわたる東京の劇的な変化の連続は、世界の歴史を見てもほかに例がない。絶え間なく流動する街として知られる東京。その街の成り立ちは、少々特異な立地条件や、独特の歴史と文化に負うところが大きい。むかし江戸と呼ばれたこの都市は、徳川家《とくがわいえ》康《やす》によって新しい首都に定められるまで、静かな漁村に過ぎなかった。それが突如、経済と政治、交易と統治の中心として卓越した存在の大都市に変身したのだ。一七〇〇年代初頭には人口も飛躍的に増加し、百万人を超えるようになった。これには大々的な埋立事業が大いに関与していた。埋め立てられた地域は、皇居付近から海にかけて広がるビジネスの核となる地域として——日比谷《ひびや》からはるか築地《つきじ》に至る区域として、いまも東京の中心を形成している。

江戸は、すべてが木材でつくられた街だったため、度重なる大火災のあと何度も復興され、その巨大な都市計画によって生み出された大都市・江戸の姿を守りつづけてきた。西洋風の見事な石づくりの建築物が次つぎと建てられるようになったのは、一八六八年に徳川幕府が倒れ、明治天皇のもとで新政府が結成されてからのことだった。新政府は徹底的な西洋化政策を推し進めることで、世界の列強と肩を並べようとした。新しい東京は、すぐに現代的な都市の姿になったが、一九二三年の関東大震災で、ふたたび街は平坦《フラット》な姿になってしまった。その後一九四五年に焼夷《しょうい》弾による爆撃がつづき、東京が本当に新しく復興しはじめたのは一九五〇年代末、一九六四年のオリンピックの開催地に選ばれたときからのことだった。そのころの東京には水洗トイレがほとんどなく、下水道システムは立ち遅れ、そこかしこに悪臭が漂い、世界に通用する一流ホテルがたった一軒しかなく、英語の話せる人間も実質的にはほとんどいなかった。東京にいた西洋のジャーナリストたちは、戦争の傷痕《きずあと》を残すこの街が、やがて経済力を身につけ、デトロイトやウィーンのようなオリンピック招致を争った大都市に優《まさ》る存在になるとは誰も思わなかった。

一九六三年まで、東京都の建築法は主に地震の危険を避けるため、高さ三十一メートル以上の建造物の建築を認めなかった。その後、テクノロジーの発達のおかげで、オリンピック用に〈ホテルニューオータニ〉が建てられ、〈霞《かすみ》が関《せき》ビルディング〉、新宿《しんじゆく》副都心の高層ビル群がそれにつづいた。超高層ビルは新しい都市環境のあり方として大いに注目されたが、やがて鉄とコンクリートの建造物群が温室効果を引き起こし、その地域に雲を引き寄せてゲリラ豪雨をもたらすなど、「ヒート・アイランド」と呼ばれる現象をも生むようになった。

バブル経済がはじけたあと、十年以上のあいだに不動産価格は八〇%も下落し、建設事業は後退した。が、その後、二十一世紀の初めには東京はふたたび盛り返しはじめた。

二〇〇一年には、複合施設の〈愛宕《あたご》グリーンヒルズ〉がオープンした。蓮《はす》の花の形をした豪華マンションとオフィスをふくむ四十二階建てのタワーを中心に据え、四百年前から火の守り神を祀《まつ》る愛宕神社と曹洞《そうとう》宗の萬年山青松寺《ばんねんざんせいしようじ》がある東京二十三区内で最も標高の高い愛宕山の上にそびえ立つ複合施設である。それにつづき二〇〇二年には、新橋《しんばし》駅——最も古い鉄道の駅。日本で最初にできた列車の発着駅として、国際的な港町の横浜《よこはま》と東京を繋《つな》ぐためにできた——と隣接する地域全体の再生計画《ルネッサンス》が動きはじめた。再活性化されたそのあたりは汐留《しおどめ》と呼ばれる地域で、銀座《ぎんざ》と東京湾が一望できるのが自慢の十三の真新しい高層オフィスビルによって構成された。つづいてその一年後にできたのが〈グランドハイアット東京〉と五十四階建ての〈森《もり》タワー〉を中心にした〈六本木《ろっぽんぎ》ヒルズ〉で、それはほかにも多くの魅力的な施設をふくみ、数十億ドルが投資された未来的巨大複合施設《メガ・コンプレックス》だった。〈六本木ヒルズ〉は、かつての古ぼけた界隈《かいわい》、狭く折れ曲がった道に木造の建物が並び、十階建ての公団アパート、バーや安っぽい料理店が密集する、どちらかというとみすぼらしい地域を、誰もがうらやむ不動産物件に一変させ、多国籍企業でも簡単には入れない、無数の有名人たちが住む富と名声の典型ともいえる地域に変えた。二〇〇六年に注目の的となったのは、東京の「シャンゼリゼ」という異名のついた美しい並木道を持つ通りに沿ってつくられた〈表参道《おもてさんどう》ヒルズ〉で、二〇〇七年には旧防衛庁跡に事務所や店舗、レストランなどが入る高層ビルの複合施設、〈東京ミッドタウン〉も完成した。上層部の六階分を〈ザ・リッツ・カールトン東京〉が占める五十四階建ての〈ミッドタウン・タワー〉は高さ二百四十八・一メートルで、東京で最も高いビルディングとなった（東京で最も高い建造物は三百三十三メートルの東京タワーだったが、二〇一二年に六百三十四メートルの東京スカイツリーに抜かれた）。

二十一世紀初頭の東京では、この都市で常に変わらないことは、変化しつづけていることだといわれた。たしかに絶え間ない変化こそ、東京の姿だった。だが、この変化には特にこれといった都市計画の跡が見られず、二十三区の大半はカオスのような混沌《こんとん》とした様相を呈していた。終わりのない再開発は、ガラスと鉄でできた小綺麗ではあるが特徴のない建物《タワー》を沢山つくりだした。外見的にはどれも見分けのつかないショッピングモール、だだっ広い無機質なショッピングプラザは、新橋・汐留、新宿、六本木だけでなく、横浜、大宮《おおみや》、船橋《ふなばし》、辻堂《つじどう》、そして東京周辺の街にも次つぎと複製された。

こうした建設の多くの背後には、森ファミリーの力が働いていた。彼らはこの時点までにアークヒルズ、前出の愛宕、表参道、六本木の各ヒルズなど、東京都内に六十以上ものビルを建てた。森ビル株式会社は一九五九年に経済学者の森泰吉郎《たいきちろう》という人物によって設立された〔一九五五年には、前身となる森不動産が設立されている〕。彼は小さな会社を一大不動産帝国に育てあげ、すべての建築物には「森」の名がつけられ、ビルには〈森ビル一〉〈森ビル二〉……というようにできた順番に番号がつけられた。森は一九九一年と九二年、〈フォーブス〉誌で世界一の富豪に選ばれた。資産は百三十億ドルあまり。裕福にもかかわらず彼の生活は質素で、仕事をするときは着物姿で、酒や煙草もやらず、まわりからは親しみを込めて〝東京の大家さん〟と呼ばれていた。一九九三年に彼が亡くなると、息子の稔《みのる》と章《あきら》が会社を継ぎ、数年後にふたりとも〈フォーブス〉誌で世界一の富豪に選ばれた。

このファミリーの目指すビジョンは、そのユニークなデザイン設計で何かと物議をかもしたスイスの建築家ル・コルビュジエに強く影響を受けていた。ル・コルビュジエは商業《ビジネス》と生産業《インダストリー》を中心に据えた摩天楼《スカイスクレイパー》を中央に、まわりに官庁街や集合住宅群を配置する都市設計を好んでいた。

息子の稔はそれらを「垂直に延びるガーデンシティ」と呼んだ。「東京で唯一進める道は垂直方向だけである」と。

東京のような過密都市では、伝統的な庭つきの家よりも、高層の建物につくられたコンクリートの箱のほうが望ましい、と森ファミリーは信じていた。批評家たちによれば、彼らのデザインは〝人間の収納箱〟であり、プライバシーや快適性を考慮しないものだった。森の思い描く世界には、緑豊かな広い通りという発想はほとんどなく、ただ建築的に見分けのつかないスーパー街区が存在するだけだった。

この本の筆者を、そうした批評家のひとりに数えてもらって構わない。それは、冷たいコンクリートの箱というコンセプトに批判的だからというだけではない。東京という都市にエネルギーと魅力を与えているのは、カオスのような混沌とした裏通り、ガード下に並ぶ居酒屋、闇市あがりの地域、怪しげなナイトクラブ、山手《やまのて》線の内側と外側に広がる個性あふれる〝界隈〟だと考えているからだ。かつて未熟者の私がはしゃぎまわっていた新宿、新橋、六本木界隈を、今あらためて歩いてみると、六〇年代、七〇年代の面影はどこにも存在しない。たとえば六本木にあった〈ニコラス・ピザ〉は、巨大な開発プロジェクトの力で二度も引っ越しを迫られ、以前の魅力はそのたびに消えていった。〈クラブ88〉のビルの長い張り出し屋根のついた入口も、永遠に消え去ってしまった。〈ハッピーバレー・ダンスホール〉とその界隈も。戦後の瓦礫《がれき》を掃き清め、大都会の自然のままの混沌状態をル・コルビュジェ式のトップダウン方式で始末する試みは、地に足の着いた感覚——そもそもこの街がひとびとを惹《ひ》きつけてきた東京らしさを破壊することにほかならなかった。それは、誰もが互いの人間性を知っている駒込《こまごめ》のような小さな村が百も集まるような大都市から、隣に住むひとが誰かさえ知らないような一つの巨大な集合住宅に東京を変貌《へんぼう》させるという、五〇年代からはじまったプロセスの終着点と言えた。低所得層は貧しさを増し、住まいはますます小さく不快な場所になった。それは〝創造的《クリエイティヴ》〟な破壊だった。

私は、まだ鎌倉《かまくら》に住んでいた。その住居は、古く薄汚れてはいるが、卓越した建築様式の木造家屋と言えた。そこで春と秋を過ごし、それ以外の季節は、難民高等弁務官事務所が妻をどこに送り込もうと、彼女と一緒に外国で過ごす。そうすることによって私は、虫に悩まされる堪え難いほど暑い夏と、芯《しん》まで冷える冬を断熱材もない家で過ごさずにすんでいた。二〇〇二年十月二十四日、私はこの家で自分の還暦――干支《えと》を五回まわった年（私の干支は午《うま》だった）、すなわち六十歳――を二階堂《にかいどう》にあるうちの近所に住む友人で、カナダ人英語教師のデイヴ・ハウエルと彼のガールフレンドで翻訳家の安藤かがり、そして鎌倉仏教の専門家のマーク・シューマッハとともに祝った。鎌倉の〈ドミノ・ピザ〉にピザをデリバリーしてもらい、ストックホルムから妻が送ってくれたバースデー・チョコレートをひと箱全部平らげた（還暦は十干十二支がひとまわりして新たにもう一度始まることを祝う機会でもあり、第二の人生が始まるという人生にとっては特別な意味を持つ年である。その当時私は、第二の人生はハリウッドスターになるという馬鹿げた考えに駆られていたが、ご存知の通りそれは叶《かな》わなかった）。

私は週に二、三回ほど仕事の打ち合わせや、ビジネスの会食のため東京に通った。横須賀《よこすか》線で新橋駅までは五十四分の道のりだった。私がよく訪れたのは、六本木ヒルズの一角のグランドハイアット六階にある〈オークドア〉というレストランだった。ワーナーブラザース・ジャパンの責任者《チーフ》であるビル・アイアートンに会うためだった。そこでは思いもしないような映画スターや有名スポーツ選手に出くわしたりもした。一度、私はジョニー・デップを見かけた。彼は、ドラッグで少々ハイになっているようにもみえた。ダルビッシュ有《ゆう》も見かけた。私は〈オークドア〉を気に入っていた。グランドハイアットの姉妹ホテルで、映画『ロスト・イン・トランスレーション』の舞台となった新宿のパークハイアット東京にある〈ニューヨークグリル〉よりも、ずっと気に入っていた。そこは少々もてはやされすぎに思えた。

　それにしても六本木ヒルズは、全体的に複雑すぎる構造だった。エスカレーターの場所は迷路のようにわかりにくく、店や食べ物屋を結ぶ廊下や複数階を行き来する通路が複雑に入り組んでいて、いつ行っても自分がどこにいるか、何階にいるのかさえわからなくなるくらいだった。そこは、入りやすいが、なかなか外には出られない昔のカスバ［アルジェリアの首都アルジェの一角にある旧市街。細い街路が入り乱れ、世界遺産にもなっている］を思い出させた。が、ヒルズは六本木という街の美意識を高めるものではまったくなかった。妻は「この上に爆弾が落とされたらいいのに」とまで言っていた。

　ヒルズはまた、問題を山ほどかかえていた。そのうちのひとつに、多くのひとびとに怪我を負わせ、二〇〇四年三月には六歳の男の子を死に至らしめた回転ドアがあった。男の子の頭が回転ドアと外壁の間に挟まれたのだ。森ビルの重役や回転ドアメーカーの重役が、業務上過失致死により三年の執行猶予付きの判決を受けた。

　六本木ヒルズは開業当初、日本の〝失われた十年〟の終わりを象徴するものだった。ゴールドマン・サックスやリーマン・ブラザーズが支社をそこに構えた。株式を売り買いする若いトレーダーたちは、日本人もアメリカ人も、またヨーロッパ人も、みんなそこで働き、そこに暮らしていた。東京在住の金持ちたちの多くがここのマンションに引っ越して来た。最も有名な入居者はインターネットの起業家として物議を醸した億万長者の堀江《ほりえ》貴文《たかふみ》だった。彼はジーンズとTシャツ姿で仕事をすることで日本のビジネスの因習を打ち破り、日本に敵対的企業買収を取り入れて成功しようとした。

だが、間もなくITバブルがはじけ、時代の行き過ぎに対して批判的な右翼寄りの純粋主義者たちの攻撃の矢面に立たされた。外国人トレーダーたちは殺人まがいの脅迫まで受け、「日本からとっとと消え失《う》せろ」と脅された。他の住民たちも、インサイダー取引やビジネス上の不正行為や脱税の罪によって窮地に追いつめられた。前出の堀江は、結局インサイダー取引および証券や会計の不正行為により逮捕され、収監された。懲役二年六か月だった。リーマン・ブラザーズは、商社の丸紅の契約社員による巨大規模の不正の図式に巻き込まれ、二〇〇八年三月には丸紅に対して三億五千万ドルの損害賠償を請求する訴えを起こした。その半年後、ニューヨーク本社は倒産に追い込まれ、それにつづき世界的な恐慌がはじまり――日本では〝リーマン・ショック〟と呼ばれ、アメリカでは二〇〇七年から二〇〇八年の金融危機と呼ばれる――その後も長い不況がつづいた。

ほかにも六本木ヒルズではいろんなことが起こった。マンションの一室で闇カジノが開かれていたため、警察が手入れに踏み込んだ。また別の一室では、著名な俳優兼歌手の押尾学《おしおまなぶ》が、女友達を死に至らしめることになった麻薬の乱用事件を起こし、世間で大いに騒がれた。それは二〇〇九年の夏のことだった。銀座の高級クラブのホステスが、押尾が使用していた六本木ヒルズのマンションの一室で全裸のまま死亡しているのを発見された。発表ではエクスタシーの過剰摂取による死亡とされた。三十一歳の押尾は逮捕され、麻薬所持と女にエクスタシーを与え、気分が悪くなった彼女の救助を怠り放置したことにより有罪となった。懲役四年の実刑判決だった。

さまざまなトラブルを見るにつけ、日本のメディアは六本木ヒルズが忠臣蔵《ちゅうしんぐら》の赤穂《あこう》浪士の四十七士のうちの十人の墓の上に建っているという好ましからざる事実に注目しないではいられなくなった。六本木ヒルズへの道路を建設するためには、主人の恨みを晴らして切腹した浪士たちの墓の一部を移動させなければならなかったのだ。しかしながら噂によれば、移動したのは墓石のみで、骨は地中に埋められたままということだった（古い時代の墓は土葬が多く、それを掘り起こして移動するのが大変なため、掘り出さずにいることが多かったという）。このような死者に対する礼を欠いた行為のせいで、〝死者の呪い〟がヒルズの問題の源泉ではないかと考える者もいた。

六本木ヒルズのもうひとつの問題点は――良心があれば問題だと思うだろうし、少なくとも私にはそう思われたのだが――大規模な複合施設を建設する時の（小規模であろうと同じだが）そのやり方にあった。東京の建築物の変貌は、単にデザイン上の変化に留《とど》まらなかった。東京の不動産開発は、新たに開発を開始する前に必ずそこに住む住民を立ち退かせなければならず、住民が立ち退きを望まない場合もしばしばあった。私は、立ち退きに応じようとしない住民の説得を手伝っていた一人の男を知っていた。彼は、六本木地域の山口《やまぐち》組に所属している人物だった。あだ名はスモーキー。オクラホマ州出身の大学生で、オリンピックに出られるほどの柔道の腕前の持ち主で、細身で背が高く、静かな怒りを心の奥に秘めているような青年だった。日本語が達者だったことに加え、彼のこうした性格は地元のギャングとしてさまざまな仕事をするのにうってつけだった。彼は国際的《インターナショナル》なナイトクラブの用心棒として、外国人ホステスを六本木のマンションから仕事場まで送迎したり、オーストラリア、ニュージーランド、ロシア、ブラジル、フィリピン、タイなどのギャング組織に麻薬の販売権を売ったりしていた。

六本木ヒルズの開発における彼の役割がどのようなものだったのか、ということを彼は淡々とした調子で説明をしてくれた。

「俺以外はみんな日本人だった。けど俺たち組員は、その地域の立ち退きを拒否するレストランやスナックに何度も乗り込んだ。立ち退き料を引き上げようというのが彼らの狙いだったけど、俺たちは店に入ると飲み物を一杯注文して、店が終わるまで騒げるだけ騒いだ。そして夜遅くにまた戻ってきて、ドアの前に猫の死体を置いて行ったりもした。ウンコを詰めた袋とかもね。そいつが土地を売ると言うまで、そういうことをつづけたものだ」

私は、そんな話を聞いても別に驚かなかった。それは住吉《すみよし》会などの東京の別の犯罪組織によるさまざまな話を、かつて東中野《ひがしなかの》のジローから聞かされていたからだった。

スモーキーはこの仕事を嫌っていた。金になるのはよかったが、夜もあまり眠ることができないため、大量のスピード［主に海外で製造された覚醒剤のこと］をやらなければならず、そのあと浴びるように酒を飲み、さらに眠るための睡眠薬も服まなければならなかった。その合間には、のべつ煙草を吸っていた。日本のヤクザがいつもイライラしているのはこのためだ。

二〇〇三年、私はスモーキーについての本をほとんど書きあげていた。契約書を交わそうという段になって突然、彼は私の妻の親戚《しんせき》たちの住所と電話番号を教えるように言ってきた。

「保険のためだよ。ミスター・ホワイティング」と彼は言った。「まずいことにならないようにね」

その翌日、私は彼に連絡して、本の出版はとりやめになったと伝えた。じっさい幸いなことに、アメリカから『イチロー革命―日本人メジャー・リーガーとベースボール新時代』の執筆のオファーをもらっていたので、その仕事を受けることになると彼に話した。その後、彼とは会っていない。オクラホマに帰ったと風の便りに聞いた。

しかし闇社会について、日本人および国際ビジネスマンを相手にグランドハイアットの中国料理店《チャイナ・ルーム》で話さなければならなかったときに、彼の仕事のことを話題にさせてもらった。その講演は香港《ホンコン》に本拠地を置くCSLA［中国の銀行］の主催だった。私は、一九六四年のオリンピックやそれ以前の過去から繙《ひもと》いて、六本木ヒルズとアークヒルズ建設時のヤクザの役割について説明した。アメリカの建設業界にも犯罪組織が関わっている場合はあるが、コンクリート産業と建設業の組合による管理がほぼ行き渡っていると、私は説明した。さらにアル・カポネ風のイタリアのマフィアが牛耳る闇社会は消えてなくなり、アメリカのギャングたちはずいぶん前からヘルズ・エンジェルスやメキシカン・マフィア、そしてエルサルバドル系のマラ・サルバトルチャに取って代わられているという話も口にした。日本の建設業界は土地収用のシステムが整っていないため、建設会社は闇社会につけ込まれやすい。

聴講者のうち、六本木ヒルズの開発と資産の譲渡に関わり、そのときまですべては公正だったと信じていたうえ、それを明言していた銀行や不動産関係の重役たちにとって、私の講演は、とりわけ目から鱗《うろこ》が落ちる話だったようだ。もっとも彼らは、間違いなくヒルズが建つ前に起きた事件を知っているはずだった。それは、建設予定地の界隈の角に建つ店にヤクザのトラックがたまたま突っ込んだという事件だった。いや、彼らは、その事件の新聞記事を見逃してしまったか、見ていないふりをしているひとたちだった。

私は、野球とヤクザの関わりが過去長くつづいてきたことについても、じっさいに現場を見てきたので話すことができた。が、それを話し出すと長くなるのでやめることにした。それは私の東京生活でのもうひとつのテーマでもあった。先に書いたように私は、古くは八百長試合の〝黒い霧〟事件（一九六九年から七〇年にかけてのスキャンダル）から、〝野球とヤクザ〟について何度も周期的に取りあげてきた。野球は清廉潔白で、規則を守るフェアプレイの精神を信条にしている。が、丸刈り頭の高校生ならいざ知らず、大人の世界はそれだけでは済まないものだった。

多くのヒットを放ってきたピート・ローズを永久追放した賭博《とばく》のスキャンダル事件以降、アメリカでの（もちろんメジャーリーグでの、という意味だが）大きな問題は、ステロイド、痛み止め、メタアンフェタミン、そしてコカイン……などなど、パフォーマンスのうえで好結果をもたらすとされる薬物の数々だった。若い選手が突然大金持ちになり、自制心を失い、スポーツカーやボート事故などで急死したりすることも、メジャーリーグの問題のひとつと言えた。が、日本の場合のいちばんの問題点は犯罪組織とのつながりだった。

ヤクザのチンピラたちは、東京ドームの外側ですぐに見つけることができた。試合のチケットをダフ屋から買うことは違法行為だと、日本語で書かれた標識を探せばよかった。そう書かれたまさにその場所に立って、顔のあちこちに傷のあるパンチパーマのヤクザが、チケットを持った手を掲げて売っているのが一般的な光景だった。ギャングの親分たちは、野球のスター選手たちと同じ銀座の高級クラブに出入りし、その半数は山口組に属していた。ジャイアンツで一九九七年から二〇〇五年まで活躍したスター選手の清原和博《きよはらかずひろ》の山口組トップとの交際は広く知られていた。

二〇〇六年にヤクザの組員の男が、ジャイアンツの監督だった原辰徳《はらたつのり》から百万ドルをゆすり取っていたことは、二〇一二年になって明るみに出た。それは原の愛人のひとりの日記を、あるヤクザが入手したのがきっかけだった。ホテルの従業員だったその愛人は、既婚者で子供もいる原との熱い情事について、生々しく書き記していた。この爆弾ニュースにつづいてジャイアンツの試合のチケットが犯罪組織に秘《ひそ》かにコントロールされていたことも発覚した。そしてふたたびヤクザがらみの賭博スキャンダルが発覚し、その結果、ジャイアンツの選手たちの何人かが、不明瞭《ふめいりょう》な形のまま出場停止処分にされたのだった。

ある新聞記者の友人は、ちょっと笑えない冗談を口にした。「ジャイアンツは、いっそのことユニフォームに組の家紋でも縫いつければいいんじゃないの」

MLBジャパン

光り輝くタワーが次つぎと加速度的に建設されると、外観の変化と同じように、平坦《へいたん》だった東京の街に新たなウネリが生まれてきた。このウネリは、ペリーの黒船襲来にも匹敵したが、街はこの新参者を高らかなファンファーレで歓迎した。

アメリカや世界のスポーツ界は、ずっと以前から国境なき需要と供給の世界的なビジネスとなっていた。が、かつて何世紀ものあいだ国を閉ざし、経済成長と都市開発の世界的な波に乗り遅れていた時代と同じように、日本の野球をはじめとするスポーツは、アメリカや世界中のスポーツ界から事実上遠ざけられていた。しかし東京の外観が変化したのと同じように、日本の野球もそれまで閉じ込められていた封建的な繭から一気に解き放たれたのだ。

東京では都市計画もスポーツも、長いあいだ戦前の政治とビジネスの保守勢力に牛耳られていた。が、日本ではまったく発言権のない新種族の若者が、このルールを書き換えようと思い立ち、サインひとつで日本の野球を根底から変えはじめた。その先駆者が野茂英雄《のもひでお》だった。一九九五年、彼は別の人生を求めてサムライのユニフォームを脱ぎ捨て、ロサンゼルス・ドジャースとの契約書にサインしてアメリカ・メジャーの野球場《ダイヤモンド》に飛び込んだのだった。

そして二〇〇三年、ＭＬＢが初めて日本に事務所を構えた。それは、一九八三年に帝国ホテルの別館を立て替えて建設されたインペリアルタワーの三十一階にあった。タワーの最上階《トップ》にある事務所の開設は、かつて存在しなかった日米間のスポーツ外交を活用し、日本のスターたちを縛りつけていたシステムの足かせから解放し、アメリカで富と名声を手にするために飛び立たせるという潮流を生み出すための最高《トップ》の存在となった。

レッドソックスの社長ラリー・ルキーノが二〇〇七年に松坂大輔《まつざかだいすけ》の到着を「ふたつの国の偉大なる融合だ」と喜びに満ちて語ったように（もっとも彼はアメリカと日本ではなく、レッドソックスという「国」と日本という意味で語ったのだったが）日本の選手たちは、アメリカと日本のそれぞれの国の新聞の一面を飾るという、両国の真の蜜月《ハネムーン・ピリオド》期を到来させたのだった。

日本の古いリーダーたちは、戦後まだアメリカに対して疑《うたぐ》り深かった日本人の観客たちとアメリカを強く結びつけ、日本野球をつくり替えるひとつの方策として、サンフランシスコ・シールズや、他のメジャーのチームたちを何度も来日させた。それに対して、アメリカ・メジャーリーグに逃げ出した日本野球の名選手たち——野茂を皮切りにイチロー、松井秀喜《まついひでき》とつづいた三人の若き急進派のプレイヤーたちは、スポーツ外交をさらに一歩前へと前進させたのだった。野茂はＭＬＢにデビューした一九九五年のシーズンに、ＥＳＰＹ［アメリカのスポーツ専門局ＥＳＰＮが主催する賞］のベスト・ブレイクスルー・アスリート賞を受賞。イチローは二〇〇一年にアメリカン・リーグのＭＶＰに選ばれ、二〇〇四年には、二百六十二安打を打ちシーズン最多安打のメジャー新記録を打ちたてた。そして松井は、七年間にもわたってチームで最も信頼されるバッターとして二〇〇九年のワールドシリーズMVPにも選ばれた。彼らの成功は、日本でメジャーリーグ・ベースボールが大人気を獲得する火つけ役となったのだった。

おそらくこの時代を象徴する最も目覚ましい現象は、光り輝く新しいビル群でもなければ無機質な姿の巨大なショッピングプラザでもなく、そんな場所や鉄道の駅などに据えられたジャンボ・スクリーンに映し出された彼らがメジャーリーグで活躍する生中継だったに違いなかった。毎朝ラッシュアワーの数時間、メジャーリーグの試合が大都市の景観を席巻《せっけん》した。そのころ街に漂っていた興奮――たとえば一九九五年、野茂がオールスター戦の先発投手として出てきた瞬間の興奮は、一九六四年東京オリンピックのときの街の興奮とそっくりだった。そのときに年配の人たちからよく聞こえてきたのは、かつて新幹線やホテルニューオータニの外観、それに、水洗便所、銀座のネオンなどを見て、驚きと喜びをこめて発せられた言葉と同じだった。「へええ。長生きはするもんだなあ……」「ほんと。長生きしててよかったなあ……」

高度成長と国際化の時代に長嶋《ながしま》と王《おう》が日本のヒーローとなったのと同じように、この新しい世代の日本の精鋭たちは、日本を〝世界の一員〟と感じさせてくれたと、スポーツ・ジャーナリストの増島《ますじま》みどりは語った。スポーツに関して日本人はコンプレックスを持っていたと彼女は書いている。なぜならマラソンや柔道などの数少ない優勝を除き、多くの競技で日本は世界に勝てなかったからだ（日本がフィギュアスケートで世界を席巻する時代はまだ到来していなかった）。世界に通用する工業製品はつくることができたが、世界に通用する人間はなかなか創れなかったのだ。

「われわれはそれまで、けっして世界のコミュニティの一員とは言えなかった。江戸時代も、明治時代も、現代でも、最近までそうではなかったのだ」と彼女は書いている。

そのため、海外から認められたいと日本人は切望していた。そんななかで、野茂とその仲間たちの突然の思いもかけない成功は、世界から認められたいという日本人の強い思いを払拭《ふっしょく》し、日本人が〝肉体的にも精神的にも世界と戦える〟のは、まだまだ先のこと……という考えを振り払ってくれたように思われた。彼らは、日本にまとわりついていた汚名を消し去ってくれたのだ。

世界の一員になりたいという願いは、日本の複雑な思いとして弁証法的に生きつづけていた。その複雑な思いが最も顕著に表れたのは、外国人との接触を極端なまでに制限した一六三九年の鎖国令だった。が、十七世紀以来、日本は世界の一員になりたいという思いと、世界から隔絶していたいという思いの、相矛盾する正反対のふたつの願望のあいだをずっと揺れ動いてきた。だが一九九〇年代の〝失われた十年〟には、それとは別の動きもあった。不動産バブルがはじけると、政治経済界のエリートたちの堕落や腐敗、なによりもその愚かさが露呈され、日本人の自尊心は粉々に打ち砕かれた。そのとき、世界に通用する本物のベースボール・スターが出現したことは、日本人の自信を取り戻し、再び精神を鼓舞するための格好の存在となった。

日本から海を越えて行ったメジャーリーグのスターたちの活躍は、九〇年代の中期から文字通り日本のスポーツメディアを席巻し、日本のプロ野球の影を薄くした。二〇〇一年からは、NHKの放映だけで毎年三百試合を超えるMLBの中継があり、MLBは多数の日本のスポンサー契約やライセンス契約を獲得した。じっさいMLBに対する関心は、一九九三年にリーグ戦がはじまったプロサッカーのJリーグとともに高まりつづけ、日本のプロ野球は事実上テレビの地上波の放送網から姿を消すまでに追い込まれた。読売巨人軍の試合の放送は年に数えるほどまでに減少し、視聴者の少ないケーブルテレビにまわされるようになった。NPB（日本野球機構）の幹部たちは、選手たちをアメリカに奪われたことに怒りを露《あら》わにしたが、その後、自分たちがスター選手を手放す代わりにMLBから高額の〝ポスティング〟料を受け取る制度が整ったことから、その態度を一変させた。

渡邉恒雄《わたなべつねお》と読売の経営陣は、日本の野球ファンたちの実状を理解し、二〇〇〇年にはシカゴ・カブスとニューヨーク・メッツ、二〇〇四年にはニューヨーク・ヤンキースとタンパベイ・レイズ、二〇〇八年にはボストン・レッドソックスとオークランド・アスレチックス、二〇一二年にはシアトル・マリナーズとアスレチックスというように、東京ドームでのメジャーリーグの歴史的な開幕戦を主催して成功すると同時に、チームの滞在中、読売巨人軍との親善試合をオープン戦としてできるかぎり行った。これにより〝読売帝国〟はかなりの収入を得て、東京読売巨人軍の視聴率低下の埋め合わせができたのだった。

かくして新しいパラダイムが形成された。それは私にとっては、ポスト・バブル時代の日本社会を新たに観察し、そこに入り込んで取材するための力強いきっかけとなったのだった。

野茂効果

一九九五年にアメリカへ渡った野茂に先立ち、日本の野球史上メジャーリーグに参加した日本人選手が、たったひとりだけ存在した。彼の名は村上雅則《むらかみまさのり》。優秀なリリーフ投手として活躍したが、彼がアメリカで契約したサンフランシスコ・ジャイアンツと、日本での契約を保持していた南海ホークスのあいだで争い《バトル》が勃発《ぼっぱつ》した。それはかなり熾烈《しれつ》な闘いとなったため、その後プロ野球選手の海外への移籍が全面的に禁じられてしまった。MLBとNPBは互いにそれぞれの選手には手を出さないという協定を結び、それが三十年間もつづいたのだ。

日本のスター選手たちがMLBに〝逃亡〟するようになったのは、最初に野茂英雄と彼のエージェントである団野村《だんのむら》による新たな発見があったからだった。それは、チームを任意引退したら海外でプレイすることができるという誰もが見落としていた条項の発見だった。それによって既存の契約条件を破らずに、アメリカへ渡ることが可能となったのだ。そこで当時ピッチャーとして全盛期だった野茂は、自分から引退のサインをした。これにはだれもが驚いた。まだまだ年齢的にも若い全盛期のピッチャーが、引退を宣言したのだ。その一方で、団野村が撮影した野茂の投球映像をプレゼンテーションとして示し、入団テストを経て野茂英雄は晴れてロサンゼルス・ドジャースと入団契約を交わしたのだった。

野茂は、大阪近鉄バファローズの監督だった鈴木《すずき》啓示《けいし》が命じていた投球数の多い投げ込みや、きつい運動メニューの練習にうんざりしていた。鈴木は、野茂の腕の痛みは休養によってではなく、さらに投球を重ねることによって元に戻ると信じていた。野茂は私のインタヴューに答えてこう言った。「ただ鈴木監督から逃げたかったんです。僕が向こうに行った理由はそれだけです。メジャーリーグでプレイしたかったからじゃない。監督が嫌いだったんです」

野茂は当然、日本のプロ野球界の権力者とそれに迎合するメディアから、母国を捨てたと激しいバッシングを受けた。恩知らず、裏切り者、人間の屑《くず》というのが、当時の彼に浴びせられた言葉だった。彼は祖国を離れてからも、現代の村八分ともいえる目にあった。一時は彼の父親さえ彼と口をきかなくなった。

私の知っているある新聞記者は、野茂の「逃亡劇」を一九九五年に日本で起きた三大悲劇のひとつだったと指摘した。ひとつは一月十七日に神戸《こうべ》周辺を襲って街を破壊し、約六千四百の命を奪い、三十万人が家を失った大地震。もうひとつは三月二十日、東京の地下鉄網を狙ったサリン事件。終末論を説く謎に包まれたカルト集団オウム真理教のメンバーが、サリンの液体の入ったビニール袋をラッシュアワーの通勤客で満員の五本の車両のなかに置き、傘の先でつついて穴をあけた。それによって地下鉄のホームや階段で、鼻や口から血をしたたらせる人をふくめて激しい苦痛に身悶《みもだ》えする無数のひとびとと十三人の犠牲者が出た。野茂の「逃亡」は、日本のプロ野球ファンにとっては、それらと並ぶほどの悲劇だったというのだ。

しかし野茂がアメリカで活躍しはじめ、その年のオールスター戦の先発投手に選ばれると、彼を〝裏切り者〟呼ばわりしていたひどい批判は消え失せ、長らくアメリカをライバル視していた日本人たちもこぞって意見を翻し、とつぜん彼の偉業を我が事のように誇りはじめた。

「おい、見ろよ。信じられるか？　アメリカの選手のなかで、野茂がいちばん輝いてるぜ」朝、ジャンボ・スクリーンの野茂の投球を見ながらひとびとが口々に言うのが聞こえた。「彼こそ本物のヒーローだよ！」

当時の総理大臣だった村山富市《むらやまとみいち》は、野茂を〝国の宝〟と呼んだ。〈朝日新聞〉はメジャーリーグでの野茂の成功によって、日本の貿易政策を常に批判するアメリカにうんざりしていた日本人の心に〝浄化作用《カタルシス》〟をもたらした、と表現した。

野茂の収入は跳ねあがった。彼はメジャーの年俸以外にも、十三年におよぶアメリカ滞在を通じ何百万ドルという広告収入を得た。彼の影響力は、彼の成績に表れた数値をはるかに超越したものがあった。その影響はイチローや松井など、彼につづく大勢の仲間たちだけに限らなかった。野茂は現代日本のローザ・パークスだった。ローザは、バスの後部の黒人専用座席に行けと命じた白人運転手に向かって「ノー」と答えた黒人女性で、その行動はアメリカ全土で公民権運動が広がる発端となった。彼女と同じように、野茂の出現によって彼の同胞たちが自由へと解き放たれ、頭の固い保守派たちの腑《はらわた》が引きずりだされたのだ。

日本人の関心の変化には目覚ましいものがあった。多くの日本人にとって朝早く起きて大リーグの試合を見るのが、普通のことになった。鎌倉で私の家の隣に住み、いつも和服姿でいる八十歳くらいの女性は、それまで野球に興味があるそぶりはまったく見せたこともなかったが、いつの間にかドジャースとヤンキースとマリナーズの先発メンバーの名前を憶《おぼ》えるまでになっていた。大塔宮《だいとうのみや》の停留所でバスを待っているあいだ、この婦人と私はいつも決まって野球の話をしたものだった。「ホワイティングさん」と彼女は日本語で言う。「松井の打順は五番がいいと思わない？　ポサダを六番に動かすほうがずっといいでしょう？」

「ホワイティングさん……松井はヤンキースタジアムで、引っ張って打てるようにすればもっとホームランが出ると思わない？　右中間は広くても、ライトのファウルラインに沿ったところのフェンスまでは、とっても短いのよね」

なかなか鋭い観察力だった。私は、ヤンキース監督のジョー・トーリにぜひとも手紙を書くように薦めた。

二〇〇〇年代の初頭、日本の野球のオーナーたちが国際感覚を持つようになったと感じたのは、合計四名ものアメリカ人監督を雇うという前代未聞の一歩を踏み出したときだった。ボビー・バレンタインはそのひとりだった。二〇〇五年、彼の率いる千葉ロッテマリーンズが日本シリーズ優勝を果たしたことで、彼の発明した、よりソフトで、より合理的な監督のスタイルの有効性が証明されたようにも思えた。もうひとりのアメリカ人監督トレイ・ヒルマンも、二〇〇六年に北海道日本ハムファイターズを日本シリーズ優勝に導いた。

それら日本野球の国際化だけでなく、〝野茂効果〟は、ビジネス、科学、芸術など、他の分野にも広がっているという議論まであった。じつは私は、そのことについて『日本再考（Reimagining Japan）』と題した本を、二〇一一年にマッキンゼー&カンパニーから出していた。西洋型の個人主義の特質、気軽に行う転職や訴訟から、髪を金色に染めることまで、〝野茂以前〟の時代にタブーとされていたことが、日本文化に徐々に受け入れられるようになってきた。その潮流によって、日本の〝事なかれ主義《ステイ・アット・ホーム》〟の野球選手たちさえ目を覚ました。二〇〇四年、プロ野球のオーナーたちが野球チームの数を減らして一リーグにしようとしたとき、野茂の対決姿勢に影響されていた結果とも思える動きが生じ、日本で最初の選手たちによるストライキが決行されたのだった。

企業社会にも新しい動きが生じた。その最も有名な例は一九九〇年代、日亜化学工業に勤務していた際に青色LEDを発明した中村修二《なかむらしゅうじ》の一件だろう。彼の発明で会社は大金を稼いだ。が、中村が得たのはお礼の言葉と二万円のボーナスだけだった。日本と外国の主な新聞はこの微々たる報酬について、集団に重きをおく日本のビジネスモデルの格好の例として取りあげた。

しかしながらその数年後、新たな〝新野茂時代《New Nomo Era》〟が到来すると、中村は日亜を辞めてカリフォルニア大学サンタバーバラ校の教授となり、前の会社に対してボーナスが少額過ぎたことに関する訴訟を起こした。その結果、彼は八億四千万円を手に入れた。これは日本の企業が発明に対して支払った最高額の示談金だった。野茂の精神に通じる考え方――日本の体制に対抗して自己を主張する態度――は確実にそこにも存在していた。それに類似する訴訟は、その後何件もつづいた。

とはいえ、〝野茂効果〟の存在を証拠づける最大の事実は、やはり野球界での意識変革だった。野茂が日本を去った一九九五年当時、日本人選手がMLBに行くことは重罪行為にほかならなかった。

じっさい二〇一三年に楽天ゴールデンイーグルスが優勝したとき、ファンたちは楽天の成りあがり億万長者のオーナーである三木谷浩史《みきたにひろし》に対して、MLBでどれくらい活躍できるか試してみようと、二十五勝無敗のエース田中将大《たなかまさひろ》のアメリカ行きを支持した。その欲求こそ当時の日本のプライドを示すものだった。二〇一三年にできたポスティングの新システムにより、ニューヨーク・ヤンキースに権利を売ることで、三木谷は結果的にそれを承諾した。一説によれば、三木谷が承諾したのには、それ以外の理由があったという。もしも田中のMLB入りを認めなければ、ファンたちが怒り、観客が減り、親会社の株の値が下がる――巨大なオンライン・ショッピング・サイトを経営しているオーナーが、そういったことを懸念したから田中投手はヤンキース入りが可能になったという。しかし、どんな理由にせよ、結果的には日本社会に素晴らしい変化をもたらすことになったのだった。

野球における日米関係は、逆方向――つまりアメリカから日本への流れ――のうえでも急変した。それは私の思うには、いい意味での変化だった。かつてはレジー・スミスのような盛りを過ぎた有名メジャー選手が、最後のひと稼ぎのために日本に来ることが多かった。が、それがなくなった。MLBの年俸が、成層圏のレベルにまで……と言えるほどに跳ねあがったので、日本での最後のひと稼ぎなど必要でなくなったのだ。MLBは、次つぎと建設された新しいレトロな雰囲気のスタジアムが人気を得て大入りとなり、メディアとマーチャンダイジングの権利や、地域のケーブルテレビからの収入など、潤沢な収入を誇るようになった。一方NPBは、日本の大企業の業績が振るわないことで球団を売却し、経営は縮小していた。だから今度は日本のスター選手がアメリカに渡って巨額の契約を結び、アメリカでメディアの注目を浴びる番となったのだった。国際フリーエージェント権の獲得には、九年間の日本チームでの在籍が求められたが、その期間の前に日本人選手がアメリカに行くチャンスを持てるよう、一九九八年につくられたポスティング・システムによって、日本の選手たちも球団も潤うようになった。エース投手の松坂大輔と契約交渉をする権利として、西武ライオンズ球団はボストン・レッドソックスから五千万ドルを軽くうわまわる額を手にしていた。しかしながら、二〇一三年にシステムが変わり、田中を手放す楽天の取り分は、二千万ドルにまで減ってしまった。

日本の野球の試合も、私が来日した当初の後楽園《こうらくえん》球場で観戦していたころとくらべれば、多くの変化が生じていた。新たなドーム型スタジアムがいくつも誕生した。年間スケジュールは百四十三試合に増え、さらにセ・パ交流戦やシーズン後のプレーオフが加わった。プロ野球のマイナーリーグ的存在の独立リーグも設立され、選手は代理人《エージェント》との契約も認められるようになった（ただしエージェントになれるのは弁護士登録をした弁護士に限られ、またエージェント一人につき一人の選手の代理人にしかなれないという根拠が疑わしい制限がつけられた）。

もちろん日米間の野球スタイルの違いは残っていた。日本のスタイルはチームの〝和〟――つまり集団を重んじ、個人に対する労働倫理を異常と思えるほど要求するスタイルだった（ちょうど日本企業が〝サービス残業〟として夜遅くまで無給でひとをこき使い〝過労死〟を引き起こすのが社会問題となっていたのと同じようなものだった）。

二〇〇四年に起きた選手たちによる日本野球史上たった一度のストライキは、二日間もつづいたが、そのあとで選手たちによる野球教室と無料サイン会という埋め合わせ行為が行われた。そのことからもわかるように、それはファンへの心からのお詫《わ》びが伴うものだった。同じストライキでも、シーズンの半分近くとプレイオフやワールドシリーズにまでおよんだ、一九九四～一九九五年のMLBのストライキとは大違いだった。

MLBインターナショナルが創設したワールド《W》・ベースボール《B》・クラシック《C》は、東京にある五万六千人収容の（いや、正確な座席数は四万二千七百六十一人の）東京ドームで開催された。それはアメリカでは事実上無視された大会だったが、日本では記録をつくった。報道によれば、日本人の半数近くがこのときの決勝戦、日本対キューバの一戦をテレビで見たという（日本が一〇対六で勝利し、第一回大会の世界チャンピオンとなった）。

ここに記しておきたいのは、MLBの試合に対する日本人の興味のほとんどすべては、日本人選手の活躍に限定されていた、ということだ。日本人以外の選手に対する興味はほとんどない。ニュースは日本人のスター選手のことしか報じない。「マリナーズは負けましたが、イチローは二本のヒットを打ちました」といった具合だ。

それも仕方ないことだったと言えるかもしれない。なにしろ日本人選手たちはまるでメジャーでは通用しないと、メジャーの選手たちに長いあいだ言われつづけてきたあと、じつに長い道のりを経て、ようやく日本人のトップ・プレイヤーならアメリカでも十分通用することがわかり、大いに自己満足に浸ることができるようになったのだ。

この点について、ものごとがどんなに変わったかを知る好例として、MLBのベンチウォーマーだったウラディミール・バレンティンが挙げられる。彼は東京ヤクルトスワローズで二〇一三年に六十本のホームランを打ったが、日本では誰ひとり注目しなかった。外人スラッガーが、シーズン五十五ホーマーという王貞治《おうさだはる》の記録を超えようという試みは、相手チームの敬遠攻めや審判によるストライクゾーンの拡大といった手段で、過去に何度も妨害されてきた。アレックス・カブレラとタフィー・ローズのふたりの選手は、タイ記録にまで迫ったが、薄汚いガイジン選手に日本の記録を破らせてたまるかとばかり、相手投手によって邪魔された。しかしイチローがアメリカに渡り八十年以上も破られることのなかった記録を更新したあと、そんな考え方は変化した［二〇〇四年にイチローはシーズン二百六十二安打を放ち、八十四年間破られることのなかったジョージ・シスラーのシーズン二百五十七安打を凌駕するメジャー記録を打ち立てた］。イチローがメジャー記録をつくったとき、アメリカ人は誰も「ジャップに俺たちの記録を破らせてたまるか」とは言わなかった。そして日本でも、新しいパラダイムが試合を支配することになった。日本野球の記録はもはや問題ではなく、日本人スターがＭＬＢでどんな活躍をするかというほうが注目されるようになったのだ。

さらにいえば、ＭＬＢの年俸が信じられないほど強烈に上昇したため、メジャーのスラッガーたちはわざわざ日本に行って最後のひと稼ぎをする必要がなくなり、メジャーのスタメンになれないベンチウォーマーの選手や、ＡＡＡの選手たちだけが日本に興味を持つようになった。かつて日本の野球で良くも悪くも大いに暴れまくったガイジン選手の質にも大きな変化が表れるようになり、野球の試合における日本人と外国人のあいだの力関係も決定的に変質したのだった。

野茂、イチロー、松井、そして私

野茂の成功には、まったく驚かなかった。メジャーリーグに詳しい私の友人のアメリカ人は、彼のプレイを見てすぐにランディー・ジョンソン［通算三百三勝、四千八百七十五奪三振＝歴代二位、サイ・ヤング賞五度の大投手。背番号五一はアリゾナ・ダイヤモンドバックスの永久欠番］と並ぶほどの投手だと高く評価した。私はそのことを〈週刊朝日〉に書いていた。それは一九九〇年、彼が近鉄バファローズに入団し、ダイナミックなワインドアップの竜巻《トルネード》投法でドラマチックな三振を奪いつづけ、日本のプロ野球界に旋風を巻き起こしていたときのことだった。じっさいシーズンの終わりに（そのころ『You Gotta Have Wa』のペーパーバックが出版されたのだが）私は、東京の外国人記者クラブをふくめ、さまざまな場所でその話をした。記者クラブにはサム・ジェイムソンのようなベテラン記者が百五十人ほど集まっていたが、誰もが私の意見には懐疑的だった。「正直に言えよ」と彼は言った。「野茂がバリー・ボンズやマーク・マグワイアやホセ・カンセコに匹敵するなんて思っていないんだろ？　本当のところは……」

四年後に野茂がアメリカに渡り、ドジャースのユニフォームを着て、アメリカ全土に〝ノモマニア〟と呼ばれるファンが生まれるほどの大旋風を巻き起こしたときには、胸のすく思いがした。

私は一九九五年に〈タイム〉誌に野茂のことを書いた。そこで私は頼まれるがままに彼の歴史的で画期的なMLB移籍の詳細について書き、いかにして彼が〝任意引退〟という手を使い——つまり引退した選手は日本国外で自分の望むチームに入ってプレイできるという、誰もが見落としていた条項を使って——まんまと移籍の自由がない（と思われていた）日本の規則を通り抜けたか、ということを説明した。また一九九八年には、東京を本拠地とするエージェントの団野村と組んで、彼がいかにして旧態依然とした日本野球界の伝統と慣習に逆らい、野茂や他の選手たちを日本に縛りつけていた鎖から解き放ったか、という内容の本も著した。

団野村とは数時間に及ぶインタヴューを何度かおこない、彼は、野茂や他の選手たちを縛っていた鎖をいかにして解いたかという努力の経緯《いきさつ》を話してくれた。私の妻は一九九六年から二〇〇〇年まで東京勤務となり、私は、鎌倉の家を週末に逃げ出すために残しておき、アメリカ大使館に近い、ホテルオークラと道を隔てた向かいのマンション〈ホーマット・ロイヤル〉を借りていた。団野村とのインタヴューは、そのマンションで行った。彼は知的で、雄弁で、博識で、そして礼儀正しい人間だった。背も高く、見るからに運動選手のようだったが、ひとを少々警戒させる鋭い刃のような雰囲気も持ち合わせていた。それはたぶん一九五〇年代の両親の結婚により生まれた混血児に対する、世間の冷たさによるものにちがいなかった。彼の幼少期はあまり恵まれたものではなかった。ナイトクラブのホステスをしていた日本人の母親は、団と彼の弟がまだ小学生のときに、家を出て行った。彼女はときどきやって来ては、兄弟を夕食に連れだした。が、そんなとき彼らは、「孤児院で拾われた」といわされた。彼女はおそらくアメリカ人と関係を持ったことが恥ずかしかったのだろう。

「戦後間もないころのことだったから」と彼は言った。「いろいろ大変だったんだろう。彼女はアメリカ人と出会って結婚し、二人の子供をさずかった。けど、その後、子供がほしくないことがわかった。いまにして思えば、当時は混血つまりハーフの子供を持つことが認められる時期ではなかったんだな。だから母親はいつも、彼女がアメリカ人と結婚していたことを他人に話すなといっていた。それを聞いて俺たちは、『いったい何を言ってるんだろう？』と首をかしげていたよ」

団の父親は、東京でアメリカ政府のために民間人として働いていた白人のアメリカ人だった。が、暮らしに困って自殺してしまった。団は高校生のときに喧嘩《けんか》をして学校を追い出され、プロ野球選手にはなったものの、成功することはなく、アメリカで不動産業の世界に入り地位を築いた（週末にラスベガスで儲《もう》けた四万ドルを元手に、その仕事を始めたという）。その後、サリナス・スパーズというマイナーリーグの野球チームを買い取り、日本の選手をアメリカで練習させる窓口になったりしていたが、やがて日本の選手がＭＬＢに移籍するチャンスがおとずれたと見込んで、選手のエージェントとなった。

団野村が初めて野茂を〈ホーマット・ロイヤル〉に連れてきた日のことをよく覚えている。それ以前にも、私は野茂が試合前に練習しているところを球場で見ていた。多くの日本のトッププレイヤー——佐々木主浩《ささきかづひろ》、松井秀喜、伊良部秀輝《いらぶひでき》など——と同じように、彼は、球場にいる他の選手たちに較べてずば抜けて大きかった。しかし彼がリビングルームに入って来るまで、どれだけ大きいかを正確には知らなかった。身長百八十センチ、体重八十キロの私は、自分のことをまあまあ大きいほうだと思っている。が、カーキ色のパンツにポロシャツ姿の野茂は、私よりもはるかに大きかった。彼の肩は私の知っているアメリカのプロフットボール選手よりも広く、彼の手は巨大なハム——硬くてザラザラとしたハムの塊《かたまり》だ——のような大きさだった。ちょっと大げさかもしれないが、この表現で彼の身体的迫力をわかってもらえるだろう。

野茂は無口で取っつきにくいことで知られていた。ドジャースのチームメイトのエリック・キャロスは、彼と「ハロー」以上の会話をしたことがないと言っていた。記者たちは、彼とのインタヴューは時間の無駄だと不平をこぼしていた。

しかし、椅子に座り、彼と日本語で話し始めると、彼の礼儀正しさや、飾り気のなさに感心した。その日の彼には、よそよそしく打ち解けない雰囲気など微塵《みじん》もなく、親しげによく話す感じのよい若者に思えた（そしてまた彼が表向きよりもずっと英語を理解していることもわかった）。

彼の言葉で何より注目すべきだったのは、日本の旗を振るためにアメリカに行ったわけではない、ということだった。彼はただ監督のきびしいしごきから逃れたかったのだ。それなのに彼は、日本人として最初にMLBでプレイするスタープレイヤーだったため、日本のシンボルでいることのプレッシャーを感じた、と彼は語った。アメリカでの生活や、マスコミの扱いは、全般的にはよかったが、ときどき黄色い猿だとか、もっとひどい言葉で彼を罵《ののし》る手紙を受け取った（さらに日本の野球界から去ったことを非難する手紙も、まだ送られてきたという）。そうしてアメリカに行って暮らし、MLBでのプレイを経験することで、日本にいる〝ガイジン〟の気持ちが以前よりも理解できるようになった、と彼は言った。

「ガイジンの悩みがよくわかるようになってきました」というのが彼の言葉だった。

私は妙に慰められた気がした。辛《つら》い思いをするのは日本にいるガイジンだけではないのだ。カリフォルニア・エンゼルスで投げるため日本から渡った長谷川滋利《はせがわしげとし》も、同じようなことを後年のインタヴューで語っていた。「妻はアメリカに住む日本人として、ときどき差別に対して不平をこぼした」と彼は言った。「店員に無視されたとか、そんなことでしたけど……」

野茂はまた、NPBのシステムについても手厳しい言葉を口にした。

「日本の選手たちは、自分の本当の気持ちをファンに伝えることができない。重要なことはすべて、チームの上層部が決める。なんでも古いやり方にしがみついている連中が決めているんです」

彼は秋のキャンプについても批判的だった。「練習のための練習に過ぎない。休むほうがよっぽど効果的ですよ」

彼は一時間以上話したが、まだまだ言い足りないようだった。

それからかなり時を経て、二〇〇三年に私は、『イチロー革命―日本人メジャー・リーガーとベースボール新時代』の調査のためにロサンゼルスに行った。そこで、日本で何年もピッチング・コーチをして誰よりも日本の野球を知っているドジャースのジム・コルボーンにインタヴューした。野茂も、いくつかのチームを渡り歩いたあと、そのときはドジャースに戻っていた。私はフィールドにいる野茂に駆け寄った。彼はダッグアウトに戻るところで、バッティング・ケージの横にジム・コルボーンと一緒に立っている私と目を合わせた。

「オー、グレイト」と私は心のなかでつぶやき、彼に向かって手を振った。

しかし野茂は警戒している様子で、凍りついたように立ち止まったあと、くるりと向きを変えて、反対の方向へ立ち去ってしまった。おそらくエージェントなどの彼を守ってくれる人物がいないところで、ジャーナリストと面と向き合うのが嫌だったのかもしれない。

このときは紹介者がいなかった。団野村という〝仲人《なこうど》〟がいなかった。そのため、そのときの私は彼にとっては挨拶《あいさつ》する必要のない汚らわしいジャーナリストのひとりだったのだろう。

それとも単に、私のことが急に嫌いになったのかも……。

野茂の次のインタヴューは、鈴木《すずき》イチローが相手だった。それは〈タイム〉誌に頼まれたもので、二〇〇二年の十一月に行った。場所はイチローのエージェントのリクエストで、ニューオータニ・タワーの最上階にある豪華なスイートルームだった。ダークスーツとネクタイ姿で指定の時間に(非公開の秘密の場所から)現れたイチローは、側近たちに取り囲まれていた。このマリナーズのスタープレイヤーは、東京の街では必ずひとだかりができてしまうため、すべてを秘密裏に行わなければならなかった。それほど彼は有名だった。彼の出る試合は毎日テレビで放映され、街のすべてのジャンボスクリーンに映し出されていた。文字通り誰もがみんな、彼のことを知っていた。彼の認知度は、一九七六年のロッキード事件とテレビの人気者となったザ・デストロイヤーの記録をも上まわっていたにちがいない。そして過去にそんな出来事があったことも忘れさせた。

イチローとのインタヴューのとき、私は、きっとエルヴィス・プレスリーとのインタヴューもこんな感じだったのだろう、と心のなかでつぶやいた。

まずイチローの登場を待つあいだ、私は彼が現れないかもしれないと思った。彼はマスコミに冷たいという評判だった。以前シアトルで彼を直接見たときの第一印象もそうだった。試合が終わるたびに彼は、ロッカールームの前に置かれた椅子に座り、記者から質問を浴びると通訳を介して渋々と、そして簡潔に、しかし少々まわりくどく答えた。

「いまの質問は、曖昧《あいまい》すぎて答えられない」というのが彼のお決まりの答えだった。

それにマリナーズが遠征するときは、彼は球団の仲間と一緒の飛行機に乗らず、自分のプライヴェート・ジェットでひとりで移動することもあった。球団の職員たちに対しても非協力的で、マリナーズのサポーターのために幹部がサインを頼んでも、断ることがよくあったという。ＭＬＢのポストシーズンに、アメリカのオールスターチームの一員として来日し、ＭＶＰを獲得したあとの東京ドームでのイベントでも、彼は賞を受け取るために姿を現すことを拒み、ＭＬＢの職員たちを激怒させたことがあった。

しかし〈タイム〉誌のインタヴューのときに現れた彼は、ウイットに富み、率直できわめて饒舌《じょうぜつ》だった。饒舌なあまり、父親が彼に虐待といえるほどの練習をさせていたことに対する非難まで口にした。

以下のインタヴューの引用を読んでみてほしい。すべて日本語で行われたが「ヒー・イズ・ア・

ライアー（彼は嘘つきだ）」という言葉だけ、彼は英語で語った。

ホワイティング　お父様はあなたが小学生のころから、野球選手にしようと思ってあなたを鍛えはじめたのですね。毎日放課後に、名古屋の公園で何時間も。夜は空港近くのバッティング・センターで父親の厳しい監督のもと二百五十本もバットを振ったそうですね。野球をしたくないと思ったことはありませんでしたか？

イチロー　辛いときもあったね。ほとんどイジメ。ぎりぎりだった。とても苦しかったですよ。

ホワイティング　あなたのお父様が書かれた『息子イチロー』（二見書房）という本を読みました。最初の部分で、あなたの生い立ちは『巨人の星』とはまったく違うと書かれていました。父親が息子を小さなころから過酷な練習でしごき、東京ジャイアンツのスター選手に育てあげるというマンガとは全然違う。なのに、そのことが理解されず、非常に辛い思いをしたと書いてありました。けど、あなたの話を聞くと『巨人の星』にかなり似ていますよね。お父様によれば、あなたにしていたことはスパルタ式の特訓ではなく、楽しいものだったと。父と子は一緒に楽しい時間を過ごしていたのだと……。

イチロー　ヒー・イズ・ア・ライアー（一同が笑う）。彼は軽いお遊びだったと言うけど、そんな楽しいものじゃなかった。それよりは『巨人の星』にずっと似ていましたね。

……翌朝になって、イチローの日本のエージェントから連絡があった。彼の言葉の〝ほとんどイジメ〟と〝ヒー・イズ・ア・ライアー〟という部分は、アジア人の文化としては父親を攻撃するうえで強すぎる表現なので、記事から外してほしいと言ってきた。多少押し問答があったのちに、〈タイム〉誌は〝ヒー・イズ・ア・ライアー〟だけは削除することで決着した。これはイチローが英語で言った言葉で、イチローにとって英語は母国語ではないため、よく意味がわからず口にした可能性もある、というのが編集者側の言い分だった。そうは言っても、彼の意図は明々白々だった……と、私は腹のなかで思っていた。

松井秀喜とは、彼がヤンキース時代の二〇〇三年の春のキャンプのときに、タンパのレジェンド球場でインタヴューを行った。彼ほど友好的で人当たりのよい野球選手に、私は会ったことがなかった。彼は絶対にサインを拒まない。インタヴューも断らない。彼は常にイエスという。高校の学校新聞の記者に対してさえも同じで、どんな質問にも答えてくれた。

ある三月の暖かい一日、私はヤンキースのベンチで彼と一対一のインタヴューをした。日米の文化の違いや日本人の礼儀正しい態度、アメリカ人のトレーニングやコンディションの整え方など、日本からやって来たメジャーリーガー相手のお定まりの質問をしたあと、少々衝動的に次のような質問が私の口を突いて出た。

「〈日刊ゲンダイ〉が書いてたけど、一万本のAVやポルノ映画のコレクションを所有しているというのは本当ですか？」

「いや、それほど持ってはいませんよ」と彼は嫌そうな表情をまったく見せずに言った。「たくさん持ってますけど、数百本くらいかな。みんなそれくらい持ってるんじゃないですか？日本人の記者たちとしょっちゅう交換していますよ」

彼はライト方向を指差すと、〈サンケイスポーツ〉の記者の田代学《たしろまなぶ》がちょうどこちらに歩いてくるところだった。

「そうですよね。田代さん」と彼は叫んだ。「僕のAV、好きでしょ！」

田代はくるりと向きを変え、別の方向へ歩きだした。

その後、キャンプも終わろうとしていたころ、松井は他のヤンキースの選手がこれまでにやったことのないことをやってのけた。ニューヨークを本拠地にしている番記者全員をディナーに招待し、帰りにはみんなに贈り物まで手渡したのだ。その多くは、彼が東京から持ってきたアダルト・ビデオの秘蔵コレクションだった。

イチロー革命

私の『You Gotta Have Wa』［邦題：和をもって日本となす］をマクミラン社で担当した編集者で、当時ワーナー・ブックスに移籍していたリック・ウォルフは、野茂、イチロー、松井のメジャーでの成功に感化され、続編を書けといってきた。今回は日本のプロ野球のガイジン選手ではなく、メジャーリーグの日本人選手について書くことを勧められた。そして、その結果『The Meaning of Ichiro』［邦題：イチロー革命］が出版されたのだった。

それはまるまる一年間をかけて執筆し、二〇〇四年の春に出版され、私は販売促進のために合計五十一か所、二十二都市をまわった。ニューヨークに始まり、はるばるホノルルまで行き、ボストンで締めくくる旅だった。このツアーはワーナー・ブックスがアレンジしたものだったが、ジャパン・ソサエティーに協賛してもらい、デイヴィッド・ハルバースタムの助けも借りた。

『イチロー革命』の日本語訳の準備ができると、イチローの父親が弁護士を通して手紙を送ってきた。日本の出版元の早川書房が出版を取りやめにしない場合は訴訟を起こす、という内容だった。彼はイチローの名前と彼の幼少期のエピソードを、無断で使用したと主張した。

私は、次のように返事した。私がそれまでに日本語で読んだイチローに関する本――イチローの名前をタイトルに冠し、彼の人生について記した三十七冊の本――の著者たちと出版社をすべて訴えたあとなら、貴方《あなた》の望みに応じる用意があります。

イチローの父親は少々厄介な人物だった。彼は漫画の星飛雄馬《ほしひゅうま》の父親の〝三次元版《リアル・ライフ・ヴァージョン》〟であり、日本版のジミー・ピアーズオールの父親［一九五〇年代から六〇年代に、レッドソックスやインディアンスで活躍したメジャーリーガーの息子を育てたことで有名になった父親］だった。イチローの父は常軌を逸していた。そしてまた少々欲深い人物でもあった。二〇〇一年にESPN［アメリカのスポーツ専門のケーブル衛星チャンネル］が来日して彼にインタヴューを申し込んだとき、彼は十万円を要求した。また彼は、イチロー博物館ともいうべき展示場を名古屋市郊外につくり、入場料として九百円を取った（子供は三百円）。松井秀喜の父親も息子への贈り物として石川県の小松《こまつ》空港の近くに博物館を開いたが、入場料は三百円［現在は四百円］だった。

二〇〇四年十月に日本語版が出版されたとき、私は東京でサイン会や講演をいくつも行った。そこに来ていたひとびとは、私がその前年、〈文藝春秋《ぶんげいしゅんじゅう》〉に書いていた記事のことについて必ず質問した。その記事で私は、イチローは十一本塁打、二十五盗塁、打率は二割八分五厘くらいの成績になるだろうと予想していた。私は〈文藝春秋〉の編集者に予想を頼まれたので、MLBのスカウトたちに相談すると、彼らはイチローが二国間の野球の違い――速い球、より攻撃的なゲーム運びなど――に慣れるまでには時間がかかるだろうといった。私も、最初のシーズンより次のシーズンはずっとよくなるだろうと思っていた。私は記事の最後に、読者が一年後にチェックして、私が間違っていたかどうか調べてみるように……と、ただし書きを添えた。

しかしこの文章は、私がイチローが失敗するだろうときっぱりと予言したと誤解されてしまった。私の予想が間違っていると思う人は、一年後にチェックすれば私が正しかったことがわかるだろう、と書いたかのように誤解されたのだ。こうして私は、イチローが失敗すると予言した男として日本で永遠に覚えられることとなった。私の〈文藝春秋〉での予想は何度も引用され、私のことを紹介したウィキペディアにまで書き込まれてしまった。日本で講演をしたときも、何度もこのことを訊《き》かれた。

ロバート・ホワイティング＝イチローが無惨に失敗すると予言した男……。

打率二割八分五厘という私の予想した数字は、もしもイチローが（事実そうであるように）世界に通用する素晴らしい肩を持つ外野手なら、何も問題のない数字だろう。だが日本人の目から見ると、負けを宣告しているように映った。日本では誰もが、イチローがアメリカン・リーグの首位打者のタイトルを獲得することを望み、まさにそうなったのだった。そして千葉ロッテマリーンズの元監督のボビー・バレンタインは、イチローが打率三割五分をマークすると予言して、その予言を見事に的中させた。これはスポーツ史に残る見事な予言のひとつといっていいだろう（私の予想した数字も、けっして悪い成績ではなかったが、その数字をはるかにうわまわったイチローは、たいした選手というほかない……などと書くと、改めて言い訳がましすぎるといわれるだろうか……）

つまるところ、日本人野球選手のＭＬＢでの活躍という新しい潮流は、私の関心を、組織犯罪や東京アンダーワールド的な世界から、ふたたび古い馴染《なじ》みである野球の世界へと引き戻してくれた。『菊とバット』に始まり『和をもって日本となす』を経由した円環は、ふたたび元へ戻って閉じたのだ。前に書いたように、それは日米関係の新次元のはじまりであり、日本の新しい世代の若者たち――強く自己主張をする若者たちの台頭でもあった。

先述のようにＭＬＢでの日本選手たちの成功がきっかけとなって、アメリカ野球とアメリカ人監督への関心が高まり、二十一世紀の初めには少なくとも四人のアメリカ人が日本の野球チームを率いるため来日した。彼らのやり方を見て、自分のやり方について改めて考えさせられた。日本の雇用主たちとうまくやっていこうとする彼らの姿を見ていると、これまでとまったく同じことが繰り返されていると思えたからだ。これまでに私が培ってきた日米が折り合いをつけてやっていく能力、あるいはそれは無能力というべきかもしれないが、それがふたたび繰り返されたのだ。

個人的に、私もその騒動のなかに巻き込まれることになった。

なかでも最悪だったのは、テキサス・レンジャーズの監督などを歴任したバレンタイン監督との一件だった。彼は頭の回転は早いが、少々気まぐれな男だった。バレンタインは一九九五年に、当時毎年パシフィック・リーグのＢクラスに甘んじていた千葉ロッテマリーンズの監督として招かれ、予想外の躍進で二位の成績をおさめた。が、幹部たちにとっては、彼のやり方があまりにもアメリカ的だったので、バレンタインはそのシーズンの終盤に早くも解雇された。彼のやり方は、選手たちに対してあまりに甘かったのだ。ヤクルトスワローズや西武ライオンズで監督を務め、ロッテマリーンズのゼネラルマネジャーだった広岡達朗《ひろおかたつろう》は、ボビー・バレンタインがペナントレースの正念場の九月半ばに選手たちに丸一日の休みを与えたことに激怒し、彼に知らせず選手たちを千葉マリンスタジアムに集めて練習をさせた。たまたまジョギングをするために球場を訪れたバレンタインは、それを見て驚き、自分の兵士たちが厳しい目でにらむゼネラルマネジャーの前で練習をさせられている姿を見て当惑した。そんなことが重なり、シーズンの終盤にクビを宣告されるとバレンタインはホッと胸を撫《な》でおろした。が、その結果、せっかくの好成績にもかかわらずその年のパ・リーグの最優秀監督賞を逃すことになったといえるかもしれなかった。

私はある雑誌の仕事でその年に彼をインタヴューすることになり、雑誌の編集者から幕張《まくはり》のホテルに呼び出された。幕張は、オフィスビルやマンション、コンサートホール、展示場などが集まっていた新しい街だったが、海を埋め立ててつくられた味気ない新興の未来的都市で、マリーンズは工業都市の川崎《かわさき》からこの地へ移転してきていた。幕張は東京駅から電車で五十分。作家のスティーヴン・プールは、この街を〝テクノ崇拝者のための神殿〟であり〝ビデオゲームから抜け出たような街〟と呼んでいた。私にとっては、いままでに訪れた街のなかで最も空虚で生気のない、気持ちを陰鬱《いんうつ》にさせる都市のひとつだった。近隣に東京ディズニーランドと野球場があることで辛うじて救われているような場所だった。その野球場とて、潮風に晒《さら》された場所にあり、暗くて湿っぽいコンクリートのでっかい植木鉢のようなシロモノなのだが。

バレンタインはインタヴュー相手としては最高で、いろいろ話してくれた。が、雑誌社が支払った百万円（！）もの謝礼を前にすれば、それも当然だった。そのうえ彼には喋《しゃべ》りたいことが山ほどあり、このインタヴューはそれを伝える手段だった。われわれはまるまる三時間語り合ったが、インタヴューが終わると彼は私ににじり寄り、自分の日本での体験を本にまとめる気はないかといってきた。自分はオフシーズンの時期は難民高等弁務官事務所に勤める妻と、彼女が赴任しているジュネーヴにいると言った。

「だったら……」と彼は言った。「ツェルマット［スイスのマッターホルン山麓にある標高千六百メートルの観光都市］へ行って、そこで本をいっしょに書こうじゃないか」

私はちょうど『和をもって日本となす』と『日米野球摩擦』（朝日新聞社）を書きあげたところで『東京アンダーワールド』の執筆中だった。時間をつくれるかどうかわからなかったうえに、『日米野球摩擦』を書いた人間が、その渦中にいた野球人の自伝を書くのは気が進まなかった。仕事は全部自分がやらなければならないのに、他人が著者になるというのも、あまり面白いものではないと思った。

「ちょっと様子を見ましょう」と私は答えた。「あなたのエージェントに私のエージェントとコンタクトを取ってもらって、アメリカであなたの本が売れるかどうか調べてもらってからにしませんか？　売れそうなら、やってみてもいいですね」

当時の私は、バレンタインのことをよくわかっていなかった。エゴが非常に強い男だということも知らなかった。私の返事は、おそらく彼との社交上では、最も不適切な言葉だったにちがいなかった。そのときは、彼の話を本にするという企画に（言葉だけでも）喜んで飛びつかなければならなかったのだ。

「あなたのエージェントに私のエージェントと……」とか、「アメリカであなたの本が売れるかどうか……」などとは断じて口にするべきではなかった。

「オー、ボビー、日本に関するあなたの本を書かせてもらえるなんて本当に光栄です。どうやってお返しをすればいいのかわかりません」……きっと、そんなふうに言えばよかったのだろう。

しかし当時はそんなことに気づかず、私は返事が来るのを待っていた。彼のエージェントから私のエージェントに、改めて話が来ると思っていたのだ。が、何も起こらなかった。何週間かが過ぎて次の一月、ニューヨークに住む私のエージェントであるアマンダ(ビンキー)・アーバンからEメールが届いた。そこには、ボビー・バレンタインとはいかなる人物で、なぜ彼のエージェントが次のような不可解なメッセージを寄越《よこ》したのか、と書いてあった。

「ボビー・バレンタインとロバート・ホワイティングの本に関するご提案は却下しました」

「このひとはいったい何を言ってるの?」と彼女は言った。「そんな提案はした覚えがないし、それに、そもそも名前さえも知らないわ。ボビー・バレンタインっていったい誰なの?」

次にボビー・バレンタインと話をしたのは二〇〇五年九月のことだった。彼はその前年に千葉ロッテマリーンズから二度目の監督の招聘《しょうへい》を受け、日本にやってきていた。それは二〇〇〇年にニューヨーク・メッツをワールドシリーズに導いたあとのことだった。マリーンズは、バレンタインのアメリカ式のやり方にやや修正を加え、プレイオフに勝ち進もうとしていた。そのやり方とは、短いが合理的な練習法と適切な休息だった。彼の野球の指導法は、日本での一般的なやり方——めったに褒めることもなく、しごきはあたりまえで、体罰もしょっちゅうあるという軍隊式のもの——ではなく、楽しんでやるべきものだ、と彼は説明した。夏の暑い時期には練習を短くすることを選手たちに許した。彼は〝そんな恥ずべきこと〟を許した日本で最初の監督だった。ビデオやコンピュータをふんだんに使い、犠牲バントよりもセイフティ・バントを好み、打順はほとんど毎試合変えた。さらに彼は、日本語をみずから進んで学ぶということにも挑戦した。それは、これまでの外国人選手は誰もやったことがなかったことだった。

彼は、それまでのチームのあり方も改革しようと試みた。ほとんどの日本の野球チーム、いや、じっさいにはすべてのチームが、いまだに親会社の広告媒体として運営されていた。千葉ロッテマリーンズのオーナーは、在日韓国人のビジネスマンである重光昭夫《しげみつあきお》で、彼の家族は〝ロッテ製菓帝国〟を所有し、千葉ロッテマリーンズは基本的に〝ロッテ帝国〟のチョコレートやガムの宣伝のために存在していた。すなわち野球チームは税金控除の対象であり、チーム自体は経営的に赤字だった。バレンタインはそんな構造を変えようとして、ファンを喜ばせる様々なプロモーション・テクニックを取り入れた。たとえば高価なボックス・シート、ピクニック・エリア、高画質のスコアボード、コンコースに設けたボビーVスポーツバーなどを駆使し、彼は球団みずからが利益を生み出すように変えようとしたのだ。それはMLBではすでに実証済みのやり方でもあった。

十代のとき社交ダンスのチャチャチャのステップを教え、ホームでの試合の後に中年女性を相手にダンスレッスンを行い、チャチャチャのチャンピオンだったバレンタインは、物腰の柔らかい男でもあり、試合前には、スタジアムの外で年間十万人以上の観客を相手にサインもした。バレンタインのこうしたファン獲得作戦によって、マリーンズの観客は五年間のうちに四倍にも増え、バレンタインの〝金を産み出すシステム〟に触発されて、他球団たちもそれを真似るようにもなった。

ロッテの運営は、個人崇拝的な盛りあがりも生み出した。千葉マリンスタジアムの近くの通りは、バレンタイン通りと名づけられた。その近くには彼の人気にあやかり、彼の人形が飾られた小さな神社までつくられた。球場の入口には大きなスクリーンでバレンタインが野球について語ったときのテレビ番組が放映され、場内のコンコースの廊下にはこのアメリカ人監督を主人公にした幅三メートル以上にもおよぶ壁画が飾られていた。売店にはボビーVの風船ガム、日本酒、ビール、クッキーも売られていた。球場での仕事のほかに、バレンタインは大学で講義もし、ブログを毎日更新して「Bobby's Way（ボビーのやり方）」というニュースレターを発行し、ミュージックビデオにまで出演した。

バレンタインは心の底から日本にいることを愛し、自分をゲームの主人公に仕立てあげた。そこでは彼は、いつも中央に陣取ることができ、わがままなアメリカン・スタイルのスーパースターたちと競い合う必要もなかった。彼は三百九十万ドルの年俸を手にし、ほかに百万ドルのCM出演料も懐に入れた。

バレンタインとの二度目の面会のとき、私はバレンタインがアメリカから連れてきたスタッフのラリー・ロッカのおかげで、球団フロントの幹部たちとも何時間も話をすることができた。何ページものメモと何時間にもおよぶ録音テープの収穫を得て、それが終わると試合前のボビーと、ダッグアウトで十分間だけ一緒にいさせてもらうこともできた。

それは凍りついた時間だった。

「こっちで最初に君と会ったのは……」と彼ははるか遠くを見ながら言った。

「あれからはアメリカで本を書いていました」と私は言った。

彼は肩をすくめ、私が短い時間内に尋ねることができた質問に対して、見下すような笑顔を浮かべながらひとつひとつ答えた。

私は家に帰り原稿を完成させた。それは、マリーンズのビジネスの新展開ぶりを書いたものになった。データ類に誤りがないか確かめてもらうために、私は彼のアシスタントのラリー・ロッカに完成した原稿を送った。彼は二、三日して、バレンタインが目を通して了承したという返事をくれた。

私の頭に鉄槌《てっつい》が落ちてきたのはそのあとだった。

数日後、私の知人のトニー・テオラというアメリカ人ライターが、インタヴューをしたいのでバレンタインを紹介してくれないかと言ってきた。そこで、ラリー・ロッカを通じて紹介し、テオラは千葉まで足を運んでインタヴューをすませた。その少しあと、六本木ヒルズで数人のビジネスマンと一緒にいる彼にばったり会った。一杯誘ってくれたので近寄っていくと、彼はみんなが聞こえるような大声でこう言った。

「紹介してくれてありがとう。だけど、バレンタインが君のことをなんて言ってたと思う？　彼は君の書く記事はクソで、君は自分がおかしいということに、ちっとも気づいていないと言ってたぞ」

これが大嵐の最初の一撃だった。それから私が野球場に行くと、それまでは東京の野球関係のひとたちはみんな私のところにきて、私の記事がどんなに好きかといった言葉で話しかけてきたのに、そのときから私はペストのように嫌われ、避けられるようになった。彼らはみな、知らんぷりして私の横をすり抜けて行くようになったのだ。

私はその場に立ち尽くし、混乱し、戸惑った。

このような態度は、日本人記者や編集者にインタヴューをするときにも見られるようになった。

「おまえの野球観は時代遅れだ」と、まるで背中にバレンタインがいて、耳元でささやかれているようだった。

「日本人はもう以前のように選手をしごいたりしないよ。そんなのは過去の神話だ」

「日米の差はどんどん縮まっているんだ。徐々にアメリカみたいになってきてるよ」

じっさいには日本の野球に対する私の見解や分析は、何も間違ってはいなかった。本を書くときの私のやり方は、とてもシンプルだ。百人の外国人選手に日本の野球についての印象をインタヴューする。百人の日本人選手にMLBで過ごすときの印象をインタヴューする。それから図書館で沢山の調べ物をする。『和をもって日本となす』で私はおよそ二百人にインタヴューし、ほぼ同数の日本語の書籍や雑誌記事を読んだ。『イチロー革命』のときも同じことをして、二〇〇九年に出した『和をもって日本となす』の改訂版のときも同じだった。このやり方をすれば、日米ふたつのあいだにあるものごとのあり方や進み方の違いが、おのずと浮き彫りになるのだ。

当時の日本野球でのトレーニングは、たしかに最初に『菊とバット』を書いた時代よりは軽くなっていた。が、それでもアメリカでのトレーニングと較べれば、あきらかにきびしいもので、はるかにモーレツなものだった。あくまでも努力に重きを置く日本のやり方は、集団の和に重きを置くやり方と同様、健在だった。従って私の〝学説〟はまだまだ正しかった。

しかし、嵐は静まらなかった。あとになって私に対する中傷キャンペーンが存在したことを、バレンタインの取り巻きのひとりが教えてくれた。

「ホワイティングは、自分がおかしいということに、ちっとも気づいていない」

「ホワイティングは大袈裟《おおげさ》だ」

「ホワイティング以外のやつに話を聞いたほうがいい。あいつは無視すればいい」

「ホワイティングは時代遅れの阿呆《あほう》だよ」

「ホワイティングは女房を殴る」

最後の一言は論外だが、それ以外は実際に言われていた言葉だった。


二〇〇五年に、バレンタインのチームはパシフィック・リーグのプレイオフを勝ちあがり、日本シリーズで優勝を果たした。バレンタインはその年の最優秀監督に選ばれ、読売の創設者にちなんだ正力松太郎《しょうりきまつたろう》賞など、たくさんの賞を受けた。彼は国民的スターとなり、アンケート調査で、激務と規律正しいことを最善とする日本の伝統的スタイルとは真逆の、何事にも無理をしないアメリカ式のスタイルをつらぬく理想的なリーダーとして、日本の銀行の全国展開の広告の中心的キャラクターにもなった。

シーズンが終わったとき、彼は自分のチームは二〇〇五年のワールドシリーズ・チャンピオンのシカゴ・ホワイトソックスをも打ち負かすことができると豪語した（この発言を聞いてホワイトソックスのオジー・ギーエン監督は猛烈に激怒した。「あのチームじゃ、MLBでシーズン二十勝もできれば御の字だよ」とギーエンは言った）。

バレンタインに関する盛りあがりは最高潮に達した。が、しぼむのも早かった。怒りっぽくてエゴの強いバレンタインは両極端な性格の持ち主で、彼のまわりを取り囲むひとびとも二種類に分かれた。彼が大好きな人物と、大嫌いな人物に。その二極化はロッテの組織の内部のひとびとにあっては、さらにひどいものとなった。ロッテはたしかに韓国系の企業だったが、体質は日本的だった。上層部のひとびとのあいだには、バレンタインの報酬に対する嫉妬《しっと》と不満が生じた。彼の年俸は日本とアメリカに関係なく、他の監督たちに較べてケタ違いに多かった。さらに彼がマスメディアから脚光を浴びつづけていることも、嫉妬の理由のひとつとなった。新しく球団代表《ゼネラルマネジャー》となった瀬戸山《せとやま》隆三《ゆうぞう》とバレンタインのあいだでは、バレンタインだけがチームの主導権を握り、脚光を浴びていることが両者の争いにまで発展した。

瀬戸山はスーパーマーケット・チェーン店のダイエーの食肉部門からそのキャリアをスタートさせた。ダイエーが南海ホークスを買い取ったとき、福岡に移転する責任者だったのが瀬戸山で、彼の球団フロント幹部としての専門知識は他のパシフィック・リーグの運営幹部たちから絶大な尊敬を集めていた。

しかしながら瀬戸山は、野球に関しては第二のフランク・レイン［クリーヴランド・インディアンスなどでゼネラルマネジャーなどを歴任したMLBの球団幹部］というわけにはいかなかった。彼は二リーグ十二球団から一リーグ八球団に縮小せよというNPBの意向に従い、ホークスとマリーンズの計画的な合併を担当させられたが、二〇〇四年、オリックス・ブルーウェーブと近鉄バファローズの合併をきっかけに決行された選手たちのストライキに阻まれ、十二球団のバランスを回復するために仙台《せんだい》に楽天ゴールデンイーグルスが創設されることとなった。その結果、瀬戸山のNPBでの任務は消えてなくなった。重光オーナーは、彼をまずは球団代表に、その後、千葉ロッテマリーンズの球団社長に就任させ、球団の仕事に専念させた。一方バレンタインは、みずからチームの決定権を独占し、フィールドマネジャー（監督）とゼネラルマネジャーを兼ねているつもりだったので、こうした人事が気に喰《く》わなかった。

バレンタインと瀬戸山の関係は、二〇〇六年にニューヨークの撮影クルーがシーズンを通してバレンタインを撮るため日本にやって来たとき、決定的なものとなった。クルーは球団のさまざまなひとたちをインタヴューした。が、ラリー・ロッカによれば、バレンタインの指示で球団社長だけをあからさまにインタヴューからはずしたのだった。これはどうみてもひどい侮辱的行為だった。瀬戸山はこのときのショックから立ち直れなかった。この映画はトライベッカ・フィルム・フェスティバルで特別上映されるなど、アメリカ各地で上映されたが、ロッテ側が低い評価を下し、日本では上映されなかった。

その結果瀬戸山は逆襲に転じ、バレンタインにとってはかなりの衝撃となる数々の中傷キャンペーンにも手をつけた。そのなかには、バレンタインが球場で働く女性職員に性的暴行をくわえたと告発したり、ロッテにつれてきた外人選手からキックバックを受けとっていた、といったものもあった。

ロッテ側は調査を行い、瀬戸山の申し立てはすべてつくり話であることがわかり、地元のファンたちの怒りも招いた。が、契約更新を求める十一万二千もの署名を集めた嘆願書が届いたにもかかわらず、バレンタインの契約は更新されずに終わったのだった。

余波

二〇〇九年、私はバレンタインと三度目のインタヴューを行った。それは銀座のレストラン〈ゼン〉で、彼の妻と私の妻を伴って行ったものだった。彼の帰国の日はすでに公表されており、私は〈ジャパンタイムズ〉で一万語《ワード》というかなりの長さの記事を書くため、日本を発《た》つ前に彼自身の言い分を聞いておきたかったのだ。あとで第三者から聞いた話では、バレンタインは私のことを〝糞野郎《フル・オヴ・シット》〟だと思っていたそうだが、インタヴューは受けてくれた。

その一年後、ロッテの新監督が新しいスター選手の助けで日本シリーズの優勝を果たしたあと、私は再度バレンタインに接触した。西村《にしむら》監督による日本シリーズの優勝は、バレンタインのときよりもずっと厳しいトレーニング法の結果だとしたニュースを聞いて、バレンタインは怒り心頭に発していた。たとえば〈日刊スポーツ〉によれば、バレンタインはけっして〝投げ込み〟をやらせず、一ゲーム百球に投球数を厳格に制限し、秋のキャンプも軽いものにしていたという。

しかしバレンタインは、Eメールで、私に次のような文を書いて寄越した。「西村のもとでプレイした選手から聞いたが、彼のトレーニング法は私のものとほとんど違いがないということだった。私は投球数の上限など設けなかった。投げ込みもやらせた。秋のキャンプも、かなりハードだった。私は球団が新たなことをする必要なく、費用を節約できるように、すべてをチームに残したのだ」

だがロッテ球団を少し調べさえすれば、真実はその中間にあることがわかる程度のものだった。ピッチングコーチの井上《いのうえ》は次のように言った。「バレンタイン監督は投球数のことは口にしていなかった。先発の成瀬《なるせ》には百四十球以上投げさせていた。投手陣に投げ込みもさせていたよ。だから二週間のキャンプで、投手たちは体調が限界にきていると感じていたそうだ。でも、西村監督のほうが、さらにきつかった。キャンプの最初から投げ込みをさせていたし、バレンタイン監督は投げ込みを一回だけにとどめていたけど、西村監督はその倍だった」

匿名を希望したため名前はあかせないが、バレンタイン監督のキャンプは休暇みたいなものだったが、西村監督のはきつかったという人物もいた。

ボビーVに関してはいつもこんな感じだった。つまり、真実を探るのは難しかった。


ボビー・バレンタインが日本を去ったときのことについて、さらに詳しい話を耳にしたのは、その二年もあとのことだった。それは〈ニューヨーク・タイムズ〉のケン・ベルソンが、二〇一一年の千葉ロッテマリーンズ対楽天ゴールデンイーグルスの開幕戦に招待してくれたときのことで、この試合は、東北の大震災と大津波の影響で二週間も延期された。開幕試合は風の吹きすさぶマリーンズの球場で行われ、ベルソンはチームのオーナーとのインタヴューをアレンジしてくれた。

それは、普通は記者とのインタヴューなど一切しない、事実上世界で唯一ボビー・バレンタインを二度もクビにした男、ロッテのCEOの重光昭夫と会えるチャンスとなった。彼に会うため、私はそれまでに何度も何度もインタヴューを申し込んだのだが、その度に日本で最も裕福な男のまわりに集まるゴマすりたちの厚い壁に跳ね返された。が、その日は、ついに幸運が訪れたのだった。

当初、ベルソンと私が重光にインタヴューを申し込んだときには、予想通りそれは却下されていた。しかしその後、球場に着くと急に許可がおりた。理由は？　楽天の社長の三木谷浩史も球場に来ており、仙台に本拠地を持つ自分のチームの選手たちのことや、彼らがどのように地震と津波の影響に立ち向かっているかということをインタヴューで答えるというのだ。選手たちにも、インタヴューを受けることを全員に許していた。重光の側近も、ここで寛容なところをみせなければ、三木谷にくらべてあきらかに印象が悪くなると考えたのだろう。

かくしてベルソンと私はオーナーのボックス・シートに入ることを許された。が、バレンタインの話だけは、絶対に重光に持ちださないという約束をさせられた。ベルソンはこのことをおかしいと感じた。なぜならバレンタインをクビにした話は二〇〇九年を飾る日本の一大ニュースであり、アメリカでも注目の的だったからだ。私はどう思ったか？　何十年もジャイアンツをはじめとする大組織とやり合ってきた私は、アメリカと日本では取材に関して根本的な違いがあることを理解するようになっていた。アメリカでは、〝広報〟の仕事は企業と報道機関との間の円滑なコミュニケーションをはかるためのものだが、日本での広報の務めは、コミュニケーションを抑制するためのもの、ボスや組織を詮索《せんさく》好きな質問や起こりうる不愉快な事態から守るためのものなのだ（こうした事態が、記者クラブのような独特の団体が生まれた理由のひとつといえる。広報も記者クラブも、記者の取材を統制するために存在しているのだ）。

しかし幸いにしてこのときは、〝バレンタインの話はNG〟という命令は、なし崩しに消滅した。というのも、世界でも有数の富を誇るビジネス帝国の飛ぶ鳥を落とす勢いの重役……というよりはむしろ、大学教授か公認会計士を思わせるような、物腰柔らかで穏やかな紳士の重光が、自分のほうから元監督のことを話し始めてくれたのだ。

ラリー・ロッカは重光のことを〝ジュニア〟と呼んでいた。それは、昭夫の財産と地位が、日韓をまたぐロッテ帝国の創立者である父親から引き継がれたものだったからだ。

最近のロッテ球団はチームの〝和〟を重視するようになったと聞いてますが、それは何故ですか？　という質問に対して重光は、こう語った。「バレンタインのせいですよ。彼が監督をしていた五年間のあと、私たちは秩序を回復しなくてはならなかったのです。バレンタインの当初の成功と組織への貢献に相反して、チームの規律や秩序は損なわれました。バレンタインの春のキャンプはあまりに短時間すぎました。毎日の練習時間は四時間で、選手は残りの時間を自由に使えました。これは若い才能を伸ばせるやり方ではありません。バレンタインはリラックスしすぎでした。そして、それこそが大問題でした」

バレンタインの契約の最後の年になると、このアメリカ人監督は少々調子に乗りすぎたところが見受けられた。とくに西岡剛《にしおかつよし》のようなスター選手は、メディアの注目を浴びつづけるバレンタインのことを快くは思っていなかった。他の選手たちも、法外な報酬をもらっていることやお気に入りのアメリカ人選手ベニー・アグバヤニへの依怙《えこ》贔屓《ひいき》に対して、大いに不満を感じていた。ロッテのコーチたちも、彼が規律の大切さを理解せず、万事にルーズなことを批判した。それにくわえて、球団社長の瀬戸山との内輪の争いがあった。瀬戸山はバレンタインの〝ワンマン〟的な物事の進め方が気に喰わず、共に戦うスタッフとしてソフトバンク時代の友人である石川《いしかわ》を連れてきた。米田《よねだ》という名前の派手な服を身にまとった少々不気味な占い師も、球団幹部としてこの戦いに加わった。バレンタインへの嫌疑は根も葉もなかったことが判明し、バレンタインの契約が更新されることを望む十万人以上のファンたちからも球団へ嘆願書が届いた――にもかかわらず、重光はなかなか決断をくだせなかった、とみずから語った。

この均衡状態を破るため、重光は少々誤った人間に判断をあおいでしまった。それは、元大統領のジョージ・W・ブッシュだった。一九九二年にテキサス・レンジャーズの共同オーナーだったブッシュは、当時バレンタインをクビにした張本人だった。ブッシュが韓国を訪問した際、ロッテの会長でもある重光昭夫はブッシュに会った。そしてゴルフのラウンドを共にしたときに、重光はバレンタインをどうしたものかとブッシュに相談したのだった。

「契約を切るつもりか？」とブッシュは訊いた。

「いや」と重光は答えた。「ボビーとの五年契約は今年で終わる」

「だったら、何が問題なんだ？　契約が切れた段階で、彼を故郷に帰らせればいいだけじゃないか。彼に対して何の義理もないんだろう？」

この時点でバレンタインの運命は決まった。その年を終えるころ、彼は監督をつづけてくれとは言われなかった。

バレンタインは自分のブログには、自分からやめたと書いた。望めばつづけられるような書き方だった。が、重光の話では、そうではなかった。

「私が彼をクビにしました」とこともなげに重光は言った。

バレンタインは何をしてもとどまれる可能性はなかったのか？　これっぽっちもなかったのか？と重光に尋ねた。

重光はこう答えた。「彼が残りたがっていたのは、よくわかっていました。年俸を下げてもそれを呑《の》むだろうとも思いました。でも、もう潮時でした」

バレンタインの後釜《あとがま》に座った西村は、バレンタインが嫌っていた激しい練習を再開し、規律を重んじることを選手に命じた。彼は、前の監督とは真逆の人物で、まるでバレンタインに平手打ちを浴びせるかのように、二〇一〇年のスローガンとして「チームの和」を選んだ。そして西村もまた、チームを日本シリーズ優勝にまで持っていったのだった。

重光は、チームのトップには西村のような人物が適している、と断言した。なぜなら彼は昔ながらの男だからだ。厳しい練習の効果を信じるこの保守的な男は、翌シーズンは一転して悲劇的な最下位をロッテにもたらした。それにもかかわらず、その翌年の二〇一二年にも監督の座に居座ったため、あらゆるマスコミから酷評された（瀬戸山と石川は、球団資金の乱用などの数々の失態によってその二年後に球団を去った）。

インタヴューを終えるにあたって、いまだにバレンタインと付き合いがあるかどうか、私は重光に訊いた。クリスマスカードのやり取りはあるとのことだった。

「ところで」と彼は改めて私のほうを向いて言った。「ホワイティングさん、あなたの本は全部読んでいます。お目にかかれて光栄です」

その後しばらくして、このときの会話を新聞のコラムに書いたことで、私はロッテの幹部たちから強く非難されたのだった。

長嶋茂雄と松井秀喜

二〇〇四年三月、私の昔からのアイドルである〝ミスター・ベースボール〟、あるいはスポーツ新聞が短く〝ミスター〟と呼ぶ長嶋茂雄が、ふたたびニュースの世界に戻ってきた。じっさいには、彼は姿を消していたわけではないので、戻ってきたという表現は不適切だろう。天皇陛下の園遊会へ出席したり、リトルリーグの野球教室で教えたり、トム・クルーズの映画のプレミア上映会に登場したりと、彼は何をしてもどこへ行っても、そのすべてが写真に記録された。

長嶋は一九九三年、読売の新しい支配者である（と同時に、私のかつての生徒だった）渡邉恒雄に指名され、二期目のジャイアンツの監督に就任した。渡邉恒雄は以前、自身が一度も野球をしたことがなく、野球に対する興味もまったくないと言っていたのにもかかわらず、球団の最高責任者としてチームを運営しようとすることに何の躊躇《ちゅうちょ》もなかった。長嶋は、一九九四年、一九九六年、二〇〇〇年と、ジャイアンツを三度のセントラル・リーグ優勝に導き、そのうち二度の日本シリーズ優勝を勝ち取った。二〇〇〇年の日本シリーズでは、長嶋と王はそれぞれ読売巨人軍と福岡ダイエーホークスの監督として対戦し、メディアはそれを〝ONシリーズ〟と呼んだ。長嶋のチームが六試合のうち四勝して優勝。MVPには松井秀喜が選ばれた。そして長嶋は二〇〇一年のシーズンを最後に球界から引退し、引退した元大統領のようにCMに出演したり、テレビ番組に登場したり、重要な社会的行事に顔を出したりと、野球から離れた形で公に姿を現していた。

二〇〇二年、彼がオリンピックの野球の日本代表を率いることが伝えられた。すべての選手が日本のプロ野球界から選ばれていたこのチームは、中国、台湾、韓国を下し、二〇〇三年十一月にアジア地区大会で優勝した。が、二〇〇四年三月に長嶋は脳卒中に襲われ、倒れた。その際、発見が遅れたために深刻なダメージを被った。彼の右半身は完全に麻痺《まひ》した。しゃべることもできず、動くこともままならなくなった。六十八歳の時のことだった。アテネ・オリンピックに遠征するのは不可能となり、多くのひとびとは彼の人生は終わったと感じた。

多くの日本人は血液型でそのひとの性格が左右されると信じていて、それによれば長嶋は典型的なB型タイプのヒーローだった。〝リーダー〟的性格のB型には、ほかに本田《ほんだ》宗一郎《そういちろう》や松下幸之助《まつしたこうのすけ》といった戦後の日本経済を復興したひとびともいた。日本のこの血液型分類法によると、彼らは直観的で研究熱心、ものごとを客観的に見ることができる典型的な〝我が道を行く《ゴーイング・マイウェイ》〟タイプの性格と見られている。

長嶋のことで、試合以外で一番よく覚えているのは、特権意識がとても強かったことだ。彼の監督時代のことだったが、巨人軍の春のキャンプで、朝のランニングの最中、彼は何ひとつ言わず、後ろも見ずにジャンパーを地面に脱ぎ捨てた。後ろにいる誰かが、きっと拾うに決まっているとでもいうように。以前、私が後楽園の一塁側ダッグアウトの前で、別の記者としゃべっていたときのことだった。当時監督だった長嶋が、ベンチを目指して外野のほうから私たちのいる方向へ歩いてきた。われわれはちょうど彼のいわゆる〝目線〟の位置にいた。普通の人物だったら私たちをよけて遠まわりをするところだが、彼はそのまま一直線に私たちのところまで足早に歩いてきたので、結局は彼が通れるように、私たちが一歩下がって退《ど》くようにしむけられたのだった。

　しかし、脳卒中に屈しない長嶋の姿には、彼に対する私の印象も一変させられた。彼は脳卒中に対してあきらかに反撃に出て、きびしいリハビリのメニューをこなし、その結果、右足が少し動くようにもなり、ついには少々不自由ながらも歩けるようにまでなった。右腕は完全には使えなかったので、スーツのポケットに手を押し込むようにしまっていたが、ふたたび言葉を喋れるようにもなった。口はまわりにくかったが、ＮＨＫのインタヴューにも答えられるようになり、キャンプや試合にも頻繁に顔を見せ、テレビに映しだされるその姿は、全国の脳卒中患者の励みにもなった。

　数年後の二〇一三年、彼は右翼的な総理大臣、安倍晋三《あべしんぞう》から国民栄誉賞を贈られた。読売巨人軍から終身名誉監督の栄誉を授けられていた当時七十七歳の長嶋は、すでに本書でも触れたように、日本のプロ野球の発展に貢献したことを讃《たた》えられていた。同時にこの賞を受賞したのは、当時三十八歳の松井秀喜で、一九九〇年代に読売ジャイアンツのスラッガーとして活躍し、その後ニューヨーク・ヤンキースに入団してメジャーリーグでの多年にわたる活躍を通して、日本野球の評価を高めた業績が讃えられた。

　松井は日本とアメリカの大リーグで二十年間のキャリアを積み、二〇〇二年のシーズン五十本塁打の記録をふくめ、ジャイアンツ時代に通算三百三十二本のホームランを打ち、ＭＬＢでさらに百七十五本のホームランを放って、二〇〇九年のニューヨーク・ヤンキースのワールドシリーズ優勝に貢献したことでワールドシリーズＭＶＰにも選出された。これは日本人選手の誰ひとりとして果たせなかった功績であり、日本人がアメリカで強打者《パワー・ヒッター》の仲間入りするのは容易でないという先入観を打ち砕くものであった。

　松井はヤンキー・スタジアムでの初めての試合で満塁ホームランを放ち、続く十シーズンで打率二割八分二厘、百七十五本塁打、七百六十打点という記録を打ち立てた。そして彼はWAR一八・六［Wins Above Replacement の略。代替できる選手と較べた、その選手の総合評価。様々な計算法で算出する。もしもその選手がいなかった場合失われる勝利数のこと。もしも松井がいなかったら確実に十八・六勝は失っていた］という記録も残した。彼は走者が塁に出たときに、最も信頼できる打者だった。大試合にも強く、MLBでのポストシーズンに五十六試合出場し、打率三割一分二厘、十本塁打、三十九打点をマークした。二〇〇九年のワールドシリーズでは、打率六割一分五厘、三本塁打の成績を残し、ヤンキースにとって二度目のフィラデルフィア・フィリーズとの対戦でワールドチャンピオンとなったことにも貢献し、MVPに選ばれた。マンハッタンで行われたヤンキースの優勝パレードでは、ニューヨーカーの群衆がこの日本人に「MVP！　MVP！」と喝采《かっさい》する光景が見られ、当時アジア開発銀行の幹部で、太平洋をはさむ日米両国の野球をこよなく愛するロバート・M・オアは、そのときのことをこう語った。

「松井は仲間をひとつにする。そんな存在だ。彼が成し遂げた偉大な功績は特殊なものと言えよう。それは、けっして軽視することができない。それは力のある〝リーダー〟が望んでもなかなか得ることのできない、ひとびとを束ねる力であり、松井はそんな力を持っているのだ」

松井は別の意味でも忘れ難い人物だ。長嶋とは違い、彼はけっしてインタヴューやサインを断らない。けっしてカッとなったりせず、常に親切にまわりに声をかける。彼は自分の前に立つ人間とぶつかるよりは、よけてまわり道をするようなタイプの人物だった。彼は、同僚の野球選手よりも、スポーツ記者と一緒にいることのほうを好んでいた。記者のほうが面白いと思っていたのだ（ジャイアンツのチームメイトの清原和博は、松井の愛想がいいのはポルノビデオを交換するために記者たちのご機嫌を取ろうとしているからだと言っていた。これは松井に対する論評としては珍しく辛口なものだった）。

国民栄誉賞は総理官邸によって、一九七七年に創設された表彰制度だった。いわゆる日本の各界の有識者の推奨によって選ばれ、国民に広く親しまれていたり、国民に強い影響をおよぼしたりした人物、もしくは団体に授与されるもので、ホームランの世界記録保持者である王貞治をふくめ、歌手、俳優、作曲家、漫画家、スポーツ選手などが、それまでに二十人以上選ばれていた。

長嶋と松井が同時に受賞したのは偶然ではなかった。二人とも大スターだからというだけではなく、彼ら二人でつくった歴史もあったうえ、個人的に近しかったということもあった。長嶋は監督時代に松井をドラフトで獲得し、彼を個人的に指導した間柄だった。ジャイアンツに入団すると、松井は日課として東京郊外の田園調布《でんえんちょうふ》にある長嶋の家に毎朝通い、素振《シャドー・スイング》りの特訓を受けた。

「スイングするとき、すべての神経の細かい先端までバットの音に集中させろ」と長嶋はよく言った。長嶋はスイングが発する音を聴いて、そのスイングがいいか悪いかを聴き分けることができた。長嶋とのスイングの特訓のときが、人生最高の瞬間だったと松井は思い返す。ヤンキースに入ってからも、彼は長嶋に長距離電話をかけて、受話器を床に置き、スイングの音を師に聴いてもらった。師である長嶋は〝彼のスイングに耳をすまし、何か悪いところがないか〟を聴き当てていたという。そんなことをしたことがある野球選手など、ほかに聞いたことがなかった。

二〇一二年のシーズンの終わりに松井が引退を公表すると、彼ら両方に賞を与える恰好のチャンスが到来した。あるいは、少なくとも国民を納得させる機会ができた。

しかし、疑い深いひとびとは、安倍総理大臣がなぜ、相撲の元横綱大鵬《たいほう》に賞を与えたばかりの時期に、この選択をしたのか疑問に思った。

日本でよくあるように、これにも裏話がある。

あとでわかったのだが、最初に賞を打診されたのは松井だった。渡邉恒雄は、妻に先立たれ、車椅子に乗る当時八十代の老人になっていた。が、それでもまだ球団を指揮しようとして、安倍総理に働きかけた。読売巨人軍の監督の座に松井を誘い込むため、東京ドームで彼の引退式を特別に開く際に、この賞を与えようと画策したというのだ。

ニューヨークに人生をかけることを切望していた松井は、そのとき、この申し出を嫌った。松井は自分の師である長嶋がもらっていないのに、賞を受けるわけにはいかないとして断った。そのため松井とともに長嶋にも賞を与えることで、松井が拒めないようにしたのだった。かくして彼は、渡邉に借りをつくった。その借りはおそらく、読売の未来にとっては役立つものといえるにちがいなかった。

いずれにせよ、ふたりの同時受賞は巨人ファンにもうひとつの喜ばしい瞬間をプレゼントした。東京ドームの試合前のセレモニーとして、長嶋は自由の利く手でバットを持ち、バッターボックスに立ち、マウンドから松井秀喜が投げた球をフルスイングしてみせたのだ。彼の空振りに文句を言う者、異を唱える者は、もちろんひとりもいなかった。

第十二章　豊洲と二〇二〇年東京オリンピック

十三世紀に日本の首都といえる中心都市だった古都鎌倉《かまくら》。いまもそこには観光客や、そこで暮らそうと思うひとびとが世界中からやってくる。彼らは誰もが、古びた寺や神聖な雰囲気がただよう神社、美しく精巧につくられた庭園、中世の将軍や武士を称《たた》える記念碑などを見物して楽しんでいる。カリフォルニア州知事ジェリー・ブラウンは、禅宗と瞑想《めいそう》を学ぶために鎌倉にやってきた。私は、鎌倉駅近くの通りを散策している彼にばったり出逢《であ》ったこともあった。

多くのひとびとを集める魅力あふれる鎌倉だが、日本人である私の妻はその鎌倉にうんざりしていた。彼女は国連難民高等弁務官事務所を二〇〇七年に退職してから二年間鎌倉に住んだが、それだけでもう我慢できなくなり、早くこの古都から出て行きたがった。

梅雨の季節になると、彼女は黴《かび》による喉《のど》の不調を訴えた。夏場には有毒のムカデが布団に侵入したり、無害とはいえ気持ちの悪いゲジゲジが天井を這《は》いずりまわり、あらゆる場所を飛びまわる蛾や、次からつぎへと現れる虫の襲来に悩まされた。そして冬になると、骨身に染みるような寒さが、断熱効果のまったく施されていない古い木造住宅を襲った。それらの〝鎌倉効果〟に、妻は耐えられなくなった。

じっさいムカデに噛《か》まれるのは辛《つら》かった。腫《は》れは数週間おさまらず、傷はいつまでも痛んだ。その苦しみを、隣人のマークは「クルマに轢《ひ》かれるほうがよっぽどマシと思えるほど」と表現した。

妻は不平を口にした。「家の外でもふつうに暮らせる場所に引っ越すべきよ」

彼女は都会派、東京の女性だった。生まれ育ちは埼玉の大宮《おおみや》だったが、ファッショナブルな東京のど真ん中にある青山学院大学を卒業していた。国連難民高等弁務官事務所に勤務していたころは、ソマリアの難民キャンプやインドネシアのタンジュンピナンなど、世界有数の過酷な地域に住んだ経験もあった。が、国連をリタイアした彼女は、近代的な生活に戻りたがっていた。大都会の快適さが恋しかったのだ。

そういうわけで二〇〇九年の春、私たちは東京東部の豊洲《とよす》エリアに新築された高層マンションに引っ越した。豊洲は東京湾の北端に位置する巨大な埋立地で、その工事は一九二三年の関東大震災のときに生じた瓦礫《がれき》で埋め立てることから始まり、いまは新しい大都市東京を象徴する近未来都市へと変貌《へんぼう》していた。

私は人生がひとまわりして元へ戻ってきたように感じた。

私が東京を訪れ、その地で生活をはじめたのは一九六二年だった。当時の大都会東京は、二年後のオリンピックで世界中にその存在を示すため、そこかしこに足場がくまれ、二十四時間無休でドリルの音など建設の槌音《つちおと》が鳴り響き、排気ガスや悪臭であふれていた。その地にはじめて足を踏み入れて以来半世紀あまり経ったいま、二〇二〇年のオリンピックに向けて準備中のまさに東京の最先端をいく中枢の地、すなわち豊洲に私は戻って来たのだ。

大震災にはじまった埋立地は、造船会社大手の石川島播磨《いしかわじまはりま》重工業などの工場が並び立つ工業地帯となったが、その後次つぎと工場が操業を止め、荒廃した跡地は真新しい新築のオフィス兼住宅の高層ビルに建て直された。その地は一九八〇年代に開業した巨大なウォーターフロントのショッピングモール〈ららぽーと〉でも知られるようになった。海岸沿いには石川島播磨が造船したすべての船を記念するプレートが地面にはめられた巨大な公園が設けられ、そこからは一九九三年に完成した美しいレインボーブリッジを見晴らすことができた。頭上には一九九五年に開業した新交通システムゆりかもめが、豊洲から新橋《しんばし》まで東京湾沿岸エリアを結んで走り、さまざまな水上レストラン、水上バスやフェリーなどが多くのひとびとを乗せて東京湾を行き来している。一九八〇年代に始まった排出ガス規制により、陸上交通と同様に東京の水上交通も清浄化され、かつては廃油やゴミにまみれていた豊洲のドックや運河も、魚釣りを楽しめるようになった。

私たち夫婦はそのような新築タワー・マンションの六階に引っ越してきた。海岸に近く、道路をわたるとリトルリーグの野球場があり、ホームセンター〈ビバホーム〉の角を曲がると、夜にはさまざまな色にライトアップされたレインボーブリッジが遠くに見える。タワー・マンション四十三階のペントハウス・ラウンジからは、二〇一二年に完成した電波塔としては世界一高い〈東京スカイツリー〉も見える。

東京湾周辺の開発工事は、古くは徳川《とくがわ》幕府による埋立事業にはじまり、百年間以上もつづいている。日比谷《ひびや》や銀座《ぎんざ》のあたりが、その拡張計画によって造成された最も古い土地のひとつであることを知っているひとは、いまではほとんどいなくなった。ましてやその地が、かつては東京湾の浜辺であり、さらに昔は海の底だったと知っているひともほとんどいないだろう。

海岸沿いの新しい街は先に述べた人工島のお台場《だいば》を中心に、どこも活気づいている。もともとお台場は世界都市博覧会の会場予定地として造成された。が、財政問題に対する都民の怒りが高まるなか、博覧会は中止となった。お台場の広い土地は空地のまま用途が決まらず、開発が進まないままの状態が長くつづいた。お台場に進出してきたいくつかの企業は、従業員をお台場から離れた新オフィスに移したりもした。ショッピング・センターも半分以上が空き家状態の期間が長くつづき、島の人口が一定規模に増えるまでは悪戦苦闘を強いられた。浅草《あさくさ》や銀座など多くの有名な地域が旅行客の関心を得るなか、お台場からの東京の高層ビル街やレインボーブリッジの新鮮な眺望もなかなか知られることなく、フジテレビのイベントなどにひとが集まる以外は観光客も集まらなかった。

新宿《しんじゅく》、渋谷《しぶや》、丸《まる》の内《うち》といった都心もふくめて、東京の巨大な摩天楼はさまざまな地域で大規模再開発が同時に進んだ。虎《とら》ノ門《もん》や新橋では、マッカーサー道路プロジェクトと呼ばれる国際的なビジネス拠点が開発された。ひとびとはリーマン・ショックに端を発する不況に不平を漏らしていたが、東京でこれほど多くの開発工事が進むなか、どこを見渡しても不況を実感することなどできなかった。

そのうちに私は、鎌倉を懐かしいとは微塵《みじん》も思わなくなった。横須賀《よこすか》線で満員電車に一時間揺られて東京に出てくるのはもうまっぴらごめんだった。横須賀線も東海道《とうかいどう》線も東京への電車は飛び込み自殺がときどきあるせいで、たびたび運行が止まった。何らかの事情で鬱《うつ》状態に陥ったひとが、プラットフォームから線路に身を投げるのだ。私は、そこまでの鬱状態に陥ることはなかったが、東京駅から夜遅く帰る電車ではしばしば眠り込んでしまい、終点横須賀市の久里浜《くりはま》駅まで乗り過ごした。そこから家までタクシーで帰り着くには、時間もおカネもけっこうかかった。

それだけに、東京都心へ引っ越したのは素晴らしいことだった。高級ブティックや金持ちの中国人観光客がひしめく銀座まで、地下鉄でたった三駅。私が初めてiMacとMacBookを買ったのも銀座のアップル本店だった。かの日本外国特派員協会《FCCJ》がある有楽町《ゆうらくちょう》までもたったの四駅。FCCJは、有楽町電気ビルの二十階にあり、フロアの内側がコンクリートではなく木製パネル張りになっていた。

そこは、敵国日本の敗北後の様子を取材するため、ダグラス・マッカーサーとともに来日した戦場特派員によって一九四五年に設立された。東京だけで十万人以上もの市民を犠牲にした戦争末期の焼夷弾《しょうい》による空襲は、帝国ホテルなどのごくわずかな西欧風の堅固な建物を除いて東京全土を焼き払い、ほとんど何も残さなかった。特派員たちはすぐにGHQの助けを借り、いまにも倒壊しそうな元レストランの建物に取材の拠点を確保した。早くもできた日本人のガールフレンドと一緒に移り住む者までいて、いろんな逸話や武勇譚《たん》も生まれた。ほかに競合する場所も存在しなかったため、そこはすぐにバラック小屋から国際コミュニティの中枢へと変貌した。地元の料理人が雇われ、食堂もオープンした。が、料理人たちはピザやチーズなど聞いたこともない人物ばかり。敗戦前の鎖国状態の十年間は魚でさえも食べる余裕のある日本人はきわめて少数で、ステーキの味を知っているものなど誰もいなかった。外国人記者たちは祖国にレシピを求める手紙を出し、大使にたのんで大使館から派遣された料理人に料理を指導させた。そしてＦＣＣＪは、間もなく東京でいちばん人気のあるダイニング・スポットとなったのだった。

ＦＣＣＪには第二次世界大戦の取材をしたり、世界の偉大な指導者たちに同行したりしていた記者たちが大勢集った。そこを溜《た》まり場にした最初の伝説的な一団は、戦場の最前線で取材していた記者たちだった。そして、まずは朝鮮戦争、次にベトナム戦争と、ＦＣＣＪのメンバーたちは第一線からその日のヘッドライン・ニュースを全世界へと発信した。中国で文化大革命が勃発《ぼっぱつ》し、共産主義の拡大が世界の関心を集める主要なニュースとなると、アジア地域の歴史に造詣《ぞうけい》が深く、現地の言語の素養もある記者たちも集まってきた。

ＦＣＣＪのクラブ幹部のなかにはＮＢＣ戦場特派員のジョン・リッチ、長征で毛沢東《もうたくとう》に同行したＡＰ通信のチャイナ・ウォッチャーであるジョン・ローダーリック、ピューリッツァー賞を受賞した写真家のマックス・デスフォー、高名な作家のジェームズ・ミッチェナーなどがいた。『サヨナラ』『南太平洋』『八月十五夜の茶屋』などの小説が映画化され、アジア太平洋地域に対する世界の印象に深く影響を与えたミッチェナーは、ハリウッド的な感覚《テイスト》をＦＣＣＪに持ち込んだ。彼は一九五六年のある日、ＦＣＣＪでの夕食中に明治政府で総理大臣を務めた華族の孫で、ＦＣＣＪ初の日本人メンバーで女性理事ともなった松方《まつかた》ハルを、当時学者だったエドウィン・ライシャワーに紹介した人物でもあった。三か月後ふたりは結婚し、五年後ライシャワーはアメリカ大統領ジョン・Ｆ・ケネディから駐日大使に抜擢《ばってき》されたのだった。

そこには、〈サンデー・タイムズ〉の元同僚と夜な夜な一緒に現れては大量の酒を飲みながら『００７は二度死ぬ』のリサーチをするイアン・フレミング［ロイター通信のイギリス人ジャーナリストとしてソビエト連邦のモスクワに赴任。第二次大戦中は英軍の諜報員。その経験を生かして作家として「００７シリーズ」で成功した］の姿もあった。

ほかにもさまざまな理由から日本で有名になった記者たちもいた。進駐軍時代に〈ニューヨーク・タイムズ〉紙の特派員だったＦＣＣＪの元会長バートン・クレーンは、当時の西欧の流行歌を日本語の歌詞でうたい、〝日本のビング・クロスビー〟として知られるようになった。ユナイテッド・プレスの特派員だったアーネスト・ホーブライトは、口述筆記で秘書に書かせた小説『東京ロマンス』がベストセラーとなった。『風と共に去りぬ』などを訳した大久保康雄《おおくぼやすお》が翻訳したこの本は、日本に初めて〝アメリカ流のキス〟を紹介して日本の読者を驚かせた。ホーブライトはこの小説で、局長としての給料の十倍もの収入を得た。この官能的な小説を読んだ政府関係者は、ホーブライトのジャーナリストとしての資質に疑問を投げかけたが、その後〈ライフ〉誌はこの小説の英語版を五ページにわたって掲載。〈ライフ〉誌はこの小説を、〝近来稀《まれ》に見る駄作〟と評したのだった。

ＦＣＣＪは、多くの映画スターや世界のセレブたちも引き寄せた。ジャーナリストたちは短気な連中が多かったが、スターやセレブたちは大勢のジャーナリストの前で話すのを栄誉に思い、その栄誉を求めていた。そして記者会見のあとジャーナリストたちは、彼らや彼女らをバーでたっぷりともてなしたのだった。ＦＣＣＪは、ジャーナリストたちだけの場所ではなく、ビジネスマンもいた。スパイのリーダーたちもいた。そこは世界中のニュースが集まり、契約が結ばれたり、情報が交換される場所でもあった。

ＦＣＣＪの壁一面には、ＦＣＣＪにやってきたり講演をした有名人の写真が飾られていた。モハメド・アリ、ジーナ・ロロブリジーダ、ロナルド・レーガン、ウィリー・ネルソン、天皇と皇后、ウォルター・モンデール、若く雄弁なドナルド・トランプ、ロジャー・ムーア、レイチェル・マクアダムス、ＭＬＢコミッショナーのロブ・マンフレッド。ＦＣＣＪで記者会見を行った日本人のなかには、石原慎太郎《いしはらしんたろう》、浅田真央《あさだまお》、渡辺謙《わたなべけん》、小池百合子《こいけゆりこ》、小泉純一郎《こいずみじゅんいちろう》、宮崎駿《みやざきはやお》、松井秀喜《まついひでき》、羽生結弦《はにゅうゆづる》……などもいた。

最も記憶に残る講演者のひとりは、荒削りな叩《たた》きあげの、日本版リンドン・ジョンソンともいうべき田中角栄《たなかかくえい》だった。田中は一九七四年、総理大臣の在任中に登場した。その年、田中はいかがわしい土地取引に伴う政治資金の動きが〈文藝春秋《ぶんげいしゅんじゅう》〉で詳細に報じられ、集まった記者たちから厳しい質問を突きつけられ、会見途中にとうとう会見室から逃げだしてしまった。国会での糾弾がその後もつづき、田中が芸者を身請けして愛人にしたことや、六〇年代半ばに東京での多数のいかがわしい土地取引で彼女の名前を使ったことも明らかになった。

ＦＣＣＪ四十周年記念式典には皇太子と美智子《みちこ》皇太子妃が現れた。そのときは、ＦＣＣＪの最も輝かしい瞬間だったといえるだろう。ＪＡＬの広報部重役で昔からのメンバーのゲオフ・チューダーは、宮内庁の許可を得たうえでこの式典へのラッフル・チケット［抽選で販売する入場券］を売りさばくためにチンドン屋を雇った。その結果皇太子は、それまでまったく知らなかった素晴らしい日本文化を教えてくれた、とチューダーに対して感謝の気持ちを表したのだった。

ＦＣＣＪのバーでは、エリザベス女王の娘のマーガレット王女が、東京の英国大使館に勤務していた従姉妹《いとこ》と一緒に酒を飲んでいたこともあった。

一九八二年に私が初めてＦＣＣＪに入会したときは、自分が受け入れられたことに栄誉とある種の達成感を感じた。当時ほとんど無名の若者だった私が、ＦＣＣＪの設立当初からの会員であるジョン・ロデリック（年老いた現在、彼は鎌倉の改築した農家に住んでいる）や、ＡＰ通信の記者で朝鮮戦争の取材で知られるジョン・ランドルフ、〈シカゴ・トリビューン〉の記者で一九六四年のオリンピックの取材で一時代を築いたサム・ジェイムソンのような偉大な人物と、ここで酒を酌み交わすことができるようになったのだ。

バブル時代になると新しい人種といえる記者たちも押し寄せてきた。〈エコノミスト〉のビル・エモット、〈ＢＢＣ〉のウィリアム・ホーズレー、〈ニューヨーク・タイムズ〉の記者で『三島由紀夫 生と死』（清流出版）の著者ヘンリー・スコット・ストークス。東京での長いキャリアのあいだにＡＰ通信や〈インディペンデント〉などの特派員を務め、日本語の書籍『それでも私は日本人になりたい』がヒットした、ハンガリー出身の歯切れがよく頑固なアンドリュー・ホルバート。なかでも有名な人物として、外交官から〈ジ・オーストラリアン〉の東京支局長に転身し、沢山の有名な本を出版し、日本の有名大学で初の外国人学部長となったグレゴリー・クラーク。数値に現れない日本人の心理的力学――心の動きについて、日本で育った流暢《りゅうちょう》な日本語の使い手にしかできないようなやりかたで書ける〈ビジネスウィーク〉のロバート・ネフ……などなど。宣教師の両親のもとに生まれ日本で育ったネフは、日本に批判的でジャパン・バッシングを繰り返す連中に対して〝修正主義者《リヴィジョニスト》〟という言葉を創作した。

批判や苦情もいろいろ伴ったが、日本人の〝心理《マインド》〟への関心は爆発的に増大した。そして多くの著作が出版され、読まれた。私は、野球を比喩《メタファー》や譬《たと》え、例証や題材に用いて、日本人のことをアメリカ人に向けて解説した。ところが、ふたを開けてみるとアメリカ人に負けず劣らず日本人たちも、私の書籍や他のアメリカ人向けの〝日本本〟を手にとったのだった。日本人は自分たちについて世界が何といっているかを知りたがったのだ。

しかしそのころから、FCCJは徐々に大きな問題を抱えるようになった。中国の経済的影響力が増大するにつれ、世界における日本の存在感が徐々に弱まっていったのだ。そのうえ印刷媒体によるジャーナリズムの衰退やデジタル媒体の急成長、さらに二〇〇八年のリーマン・ショックによる金融危機が重なった。それらの状況は多くの記者たちにとって「死の宣告（kiss of death）」となった。多くの組織が東京支局を縮小したり閉鎖するなどの決断をくだし、そのなかには、〈タイム〉〈ニューズウィーク〉〈USニューズ&ワールド・レポート〉〈ウォール・ストリート・ジャーナル〉〈シカゴ・トリビューン〉〈ロサンゼルス・タイムズ〉や、CBS、ABC、NBCといった巨大ネットワーク局もふくまれていた。

FCCJはアソシエート会員が支払う会費に依存するようになっていた。このビジネスモデルは、FCCJの財務基盤を強化するため一九五〇年代に採用されたものだった。アソシエート会員――

それは、ほとんどが日本人ビジネスマンだったが——は、友人をもてなすための酒場としてFCCJを使い、かぎられた人数ではあるが理事会に参加することも認められた。FCCJは、ときには丸の内のサラリーマン（愛人を連れている人物も珍しくなかった）でいっぱいになり、居酒屋状態になることもあった。しかし、それでもいくつかの面で素晴らしいエキゾチックな雰囲気も残っていた。ビルの二十階からの眺望は、片側からは皇居やペニンシュラ・ホテルを、もう片側からは銀座の夜景を見渡すことができ、それは世界有数の眺めだった。

世紀の変わり目には、FCCJにまだ留《とど》まっていた金融ジャーナリストの一団がいた。そのひとりで雄弁で怒りっぽく、日本に対するアメリカの悪影響について批評を繰り返すオランダ人のカレル・ヴァン・ウォルフレンは、革新的な一冊『日本／権力構造の謎』（早川書房）を著わした人物で、いつもFCCJで大量の白ワインを飲んでいた。もうひとり受賞歴のあるイタリア人報道写真家兼映像作家でイタリアのニュース・チャンネルであるスカイTG24の記者でもあるピオ・デミリアは、白いひげをたくわえ、べっこう縁の眼鏡をかけ、常に禁煙用の偽の煙草を口にくわえていた。新宿のヤクザの世界への潜入記録など、一連のドキュメンタリー映画をつくった彼は、社会主義者でFCCJのスタッフに労働組合を結成させようとしたこともあった。さらに才気あふれる社交家のブラッドレー・マーティンは、大柄で逞《たくま》しい体格を誇り、『北朝鮮「偉大な愛」の幻』（青灯社）でアジア太平洋賞特別賞を受賞していた。彼は「秋に呑《の》むのにピッタリだ」というバーボン・ウィスキーのIWハーパーを好み、飲み過ぎるとキスをしてきたり、喧嘩《けんか》をふっかけてきたりすることもあった。

さらに〈シンガポール・ビジネス・タイムズ〉のイギリス人特派員でアジアの魅力に三十年も浸っているアジアの専門家アンソニー・ローリーもいた。彼はバーの入口近くの自分専用のカウンターにいつも座っていた。アラブ系報道機関〈アル・シャルク〉の特派員で〈パン・オリエント・ニュース〉の代表を務めるシリア出身のカルドン・アズハリはかなり失敗に寛容な人物で、いつも遅刻ばかり繰り返していた（ほかのメンバーからは〝アラブ時間〟と呼ばれていた）。〈ブルームバーグ〉の支局長だったリヴァプール出身の舌鋒《ぜっぽう》鋭いピーター・ランガンや、横浜《よこはま》生まれで日本の政治と社会についてほかの特派員が十人集まってもかなわない知識を誇る、陽気で切れ者のジャーナリスト兼作家兼映像作家のメアリー・コルベットもいた。

しかし現役の〝ジャーナリスト兼作家〟である私は、FCCJからそれほど具体的な恩恵を享受していなかった（私はデイヴィッド・ハルバースタムやトニー・ルーカスにならって自分の名刺に〝journalist and author〟と記していた）。それは、日本語を話せるプロのアシスタントを自前で用意できるニュース組織も同じだった。私は、日本人とのインタヴューを自分ひとりでセッティングできたし、日本語でインタヴューすることもできた。また日本語の文献や資料もひとりでリサーチすることができたので、FCCJが提供する図書室や記者会見、いろいろな手配や紹介といったサービスをそれほど必要としなかったのだ。

私の専門分野ともいえる日本のスポーツや裏社会については、FCCJで私より詳しい者はいなかった。そのため他の記者に情報や具体的なフィードバックを提供するのは、いつも私のほうだった。

じっさい私は『和をもって日本となす』『さらばサムライ野球』『東京アンダーワールド』『イチロー革命』などの著作に関してや、各種のイベントのために、FCCJで何度か講演を行った。その際、私はテーマとなった日本の野球やヤクザの話をするとともに、日本社会の最も基本的な構造や事柄についても説明し、聴衆は誰もが興味深く耳を傾けてくれた。

日本在住の特派員という存在は、世界に向けて日本について説明することが求められているはずだが、そのうち日本語を話せる記者はごく一部で、読み書きができるひとはさらに少なかった。長期間日本に滞在しているジャーナリストでも、日本語を十分あやつれたのは先述のネフに加え、アンドリュー・ホルバート、サム・ジェイムソン、グレゴリー・クラークくらいだった。ほかのほとんどの記者は、通訳や秘書を通じて仕事をしなければならなかった。これは東京に四年間ほど配属されたあと、どこか別の地域に異動させられる記者の事情を考えれば、十分理解できることだった。〈ニューヨーク・タイムズ〉や〈ワシントン・ポスト〉は数年ごとに支局長を交代させていた。しかし東京に十年も二十年もいるのに、日本語をまったく話せないままの記者もいた。そのような連中はガイドや通訳がいないと、FCCJの外へ出かけることもできないようだった。〈ニューヨーク・タイムズ〉の記者で『三島由紀夫 生と死』の著者ヘンリー・スコット・ストークスも日本語はできなかった。

ジェームズ・ミッチェナーはよくこう言っていた。「現地の食事を拒絶し、習慣を無視し、宗教を恐れ、ひとびとを避けるのなら、家から外へ出ないほうがいい」

他のいろんな組織と同様、FCCJにも問題や不満はいろいろあった。なかでもいちばん大きな不満は、日本の記者クラブという情報源へのアクセスが欠如していることだ。すでに説明したとおり、日本の記者クラブの厳格なシステムによって、外国人記者は記者会見に出席するのを阻まれている。そのため記事を書くのには、日本人記者の二倍は苦労しなければならなかった。これはレジー・スミスが不平を漏らしたように、アメリカ人強打者のストライクゾーンが広げられていたことを思いださせた。

しかし、どうしてもネタがほしいなら獲得することは不可能ではない。記者証がなくても、記者会見に出席できなくても、有能な記者なら記事を書ける、と一九八〇年代に〈ワシントン・ポスト〉の東京特派員だったジョン・サーはよく口にしていた。デイヴィッド・ハルバースタムもこう言っていた。「真に状況を理解することができはじめるのは、ネタをつかもうと三度も四度もトライしてからあとのことだ」

もちろんFCCJには、それなりの価値があった。一九九五年三月に東京の地下鉄でサリン事件を起こした宗教カルトのオウム真理教の初めての大々的な記者会見は、一九九五年四月にFCCJ

で行われ、日本の多くのテレビ局が生中継し広く報道された。当時のオウムの広報担当だった上祐《じょうゆう》史浩《ふみひろ》は、オウム特有の水色のローブを着て現れ、流暢な英語を話した。

ＦＣＪのいいところは、その立地にあった。そこは東京のど真ん中で、駐車するにも便利なところで、インタヴューを行うにも最適だった。眺望は素晴らしく、バーの食事メニューには世界中から集まったジャーナリストたちがクラブの調理人に手渡したレシピが勢揃いしていて、死んでも食べたいと思うほど豪華なチーズの盛り合わせや、ルーベン・サンドイッチ、東京一美味《おい》しいチーズバーガー……などなど、いろんな条件を考えると、東京にはＦＣＪと競える場所はほかになかった。

そこは同業者仲間が楽しく集まる陽気な場所でもあった。そこへやってくるのは、毎日ジムに通うようなものだった。そこではいつでも、記事の再検討《フィードバック》やトップ記事のアイデア、表現についての示唆を得ることができた。特派員たちの仕事は、一にも二にも良い記事を書くことだ。鋭い見出しを思いついたり、記事を独創的な言葉で締めくくったり、二時間で千五百語の記事を仕上げたり。Ｅメールが登場する前の時代、締切日に四千語の新しい記事を電話越しに記憶だけで口述筆記させていた猛者《もさ》もいた。彼は数時間前にその記事をＦＡＸで送ったはずだったのだが、なぜか先方に届かなかったので、手元に原稿のないまま電話で新たな原稿を語りだしたのだった。まったく尊敬に値する行為だったが、それと同時に横で聞いていて気持ちが萎《な》えた。私は三千語の記事を完成させるのに一週間かかるタイプなのだ。

私は毎日同じルーティンに従って、午前中に仕事をする。朝六時に起き、妻と一緒に湾岸沿いを走ったり歩いたりする。朝食をとり、集中力がなくなり始めるまで四、五時間まとめて仕事に励む。実質千五百語が目標で、その後数回の書き直しが必要だ。大抵のライターは多かれ少なかれこのようなものだろう。サマセット・モームは毎日正午まで仕事をした。ゴーゴリは毎朝召使に命じて自分を机に縛りつけさせた。アーネスト・ヘミングウェイは昼食前に一千語書き、その後酔っ払うという毎日を繰りかえした。彼らはコンピュータやワードを使って作業を軽減させることはできなかった。かくいう私も一九八四年にアップル・コンピュータⅡＣを購入し、アンダーウッド社製タイプライターとおさらばするまでは、文字を打って、ボールペンで書き直して、改めてタイプライターを打って……という作業をしていた。コンピュータにより、私の一日分の作業量を倍増させることができた。そして午後遅くになると、よくＦＣＣＪへ足を向けたのだった。

　ＦＣＣＪについて、だれもがよくいうことのひとつが、そこへ行くと退屈しないということだ。一日の仕事のあとソファにゆったりと腰掛けると、世界の重要な問題についての面白くためになる議論が耳に入ってくる。それらの議論はしばしば、夜が更けてアルコールが入るにつれヒートアップした。喧嘩や乱闘は日常茶飯事だった。

　ＦＣＣＪの元会長で〈デイリー・テレグラフ〉の記者であり深刻なアルコール依存症でもあったアラン・クリソンは、ビール瓶をカウンターに打ちつけて割り、それでＣＢＳの記者ジョン・ハリスを殴ったことがあった。頸《けい》動脈が切れて大量の血が流れ、救急車がすぐに到着しなかったら、ＦＣＣＪの敷地内で殺人事件が発生したところだった。

　身長百九十五センチ、体重百十三キロのある男がイギリス人の常連客を殴り倒したこともあった。そのイギリス人は、彼のウエストのサイズをからかったのだった。

　ＦＣＣＪの元会長で議論好きのロジャー・シェフラーは、自動車専門誌〈ワーズオート〉の敏腕特派員で、ＦＣＣＪの歴史のことなら何でも熟知しているＦＣＣＪの良心といえる存在だった。が、情熱的で饒舌《じょうぜつ》な彼は何らかの意見の相違でＦＣＣＪを訴えたことがあり、また別のときには理事会での意見の相違に憤慨するあまり、歴代会長の写真が飾られているロビーの壁から自身の写真を外し、フレームのガラスを粉々に叩き割り、テーブルじゅうにガラスの欠片《かけら》を飛び散らせたこともあった。

　ＦＣＣＪは、まるでＷＷＥ［World Wrestling Entertainment 人気プロレス団体］のようになる夜もあれば、プレイボーイ・マンションのような夜になるときもあった。ＦＣＣＪのある従業員が十九階の部屋に入ると、ピオと彼の恋人が半裸になってビリヤード台の上で激しく抱き合っていたことがあった。当惑した従業員は頭をさげ、ふたりの行為を中断させたことを謝ってすぐに立ち去ったという。ピオは俯伏《うつぶ》せの姿勢のまま頭を少しあげてうなずきかえし、それから中断していた作業にもどったという。

五十周年パーティーでは、元会長のジム・ラジエが次のようなＦＣＣＪへの心からの賛辞を贈った。「ＦＣＣＪは偉大なジャーナリストたちを会員に擁しています。ごろつき、おべっか使い。癇《かん》癪《しゃくも》持ち、気難し屋、偏屈屋、気の利いたやつ、世話焼き屋、ガキっぽい野郎、感情的な野郎、感傷的な野郎、歯切れのいい野郎、頑固者、皮肉屋、怠け者、大酒飲み、人使いの荒いやつ。ほかにもまだまだまだいます……」

ある意味、外国人特派員たちは、私に日本のプロ野球でプレイするガイジン野球選手を思いださせた。私は東京のカントリー・ウェスタン・バー〈チャップス〉のようなナイトスポットへ、試合のあと毎晩足を運ぶガイジン選手たちとよく会っていた。そこで彼らは酔っ払い、日本での生活や、雇用主からの不当な扱いについて不平をこぼし、そしてどれほど頑張っても日本人の島国根性を理解することなど到底不可能……とぼやいていた。

もちろん、時代は変わってきている。世の中は馬鹿騒ぎに対し、これまでほど寛容ではなくなり、二十一世紀のＰＣ《ポリテイカル・コレクトネス》は、ＦＣＣＪにも浸透してきた。バーに貼られていた〈プレイボーイ〉誌のマリリン・モンローのヌード写真はとりはずされた。パーティーからは、かつては呼ばれていたヌード・ダンサーの姿が消えた。ＦＣＣＪはますますＰＣ的になった。

先述のブラッドレー・マーティンは、シンディ・マリンズという真面目な女性会員が歌をうたっていたところに割り込んで、ふざけてこういったことがあった。

「下着姿で踊ってくれよ」

彼女は理事会に苦情を申し立て、理事会はブラッドレーを不適切な行為を行ったとして六か月の資格停止処分にした。

私はFCCJで、ときどきサム・ジェイムソンに会った。背が高く痩《や》せこけた体つきで社交的な性格のサムは、ベテランの日本駐在特派員だった。彼は渡邉恒雄《わたなべつねお》に関する情報をいつも私に伝えてくれていた。読売帝国のドンである渡邉は、私が東京ドームの収容人数についての暴露記事を書いてから、私と話をしてくれなくなった。読売がスポンサーを務めるエキシビジョン・ツアーで、日本を訪れたMLBオールスター・チームのレセプションで顔を合わせても、渡邉は私をまったく無視した。サムによると最近の彼は車椅子生活で、身体の他の機能も徐々に失いつつあるが、毎日職場に顔を出しているそうだ。

「恒雄は東京ドームの収容人員に関する記事を書いたオマエをまったく許していないよ」とサムはある夜、私に向かって言った。「彼は、真実を報じたことにはそれほど怒っていないんだ。君が〈朝日新聞〉傘下の週刊誌に書いたことを怒っているんだ」

いつの間にか渡邉は、日本の政界の真のフィクサーになっていた。安倍晋三《あべしんぞう》が健康上の理由で首相を退任したときには、福田康夫《ふくだやすお》が次期首相に任命されるよう手をまわし、安倍が二〇一二年に首相に返り咲いた際にも、渡邉は安倍のために私的な晩餐《ばんさん》を主宰して彼を励ました。その後、安倍は日本の政治史のなかでも稀《まれ》な長期政権を築き、一連の家族と友達を贔屓《ひいき》したスキャンダルで人気に陰りが見えるまで、有数の支持率を誇ることになる(ついでに言えば、安倍はA級戦犯だった岸信介《きしのぶすけ》の孫で、岸は超国家主義者のフィクサー児玉誉士夫《こだまよしお》とともにアメリカ政府に協力するという条件で巣鴨《すがも》プリズンから釈放された男だった。彼は一九五七年に首相までのぼりつめ、左翼勢力からの猛反対を押し切って一九六〇年に日米安全保障条約を批准させた)。政界のフィクサーとして超多忙だったはずの渡邉が、私に怒りを向ける時間をどうやって捻出《ねんしゅつ》していたのかはちょっとした謎といえる。

二〇一二年、サムはとつぜんFCCJを訴えた。当時の理事会は経費削減のために、昔からの従業員約十二人の解雇を可決した。サムはそんな非道《ひど》いことはするべきではないと憤った。

「彼らも彼女らも、家族同然の存在じゃないか。なのに、まったく理解できないやり方だ。許せない！」

裁判となり、カレル・ヴァン・ウォルフレンがサムに加勢した。ピオ・デミリア、イギリス人ジャーナリストのアンソニー・ローリー、経済界では名の通ったビジネスマンのリック・ダイクなどもサムの味方に加わった。彼らは日本の法律のシステムに従い、月に一度一時間ずつ出廷し、四年間も法廷で闘いつづけた。

ＦＣＣＪが訴えられた裁判はこれだけではなかった。従業員のうち数人は自分たちで訴訟を起こし、その結果、ＦＣＣＪが雇っていた弁護士も潤うことになった。

二〇一五年五月、私はＦＣＣＪの古株メンバー数人から、理事選挙に出馬するよう要請された。私は一九八二年から会員になってはいたが、ＦＣＣＪの運営や政治的な人付き合いからは距離をとるようにしていた。それはけっこうストレスを生じ、精神的に不安定を招くものだとわかっていたからだ。

一例をあげると先に書いたメンバーの一員のアズハリは、スイスのラジオ局の記者で弁の立つ当時の会長のジョージ・バウムガルトナーを殺すと脅したりしていた。ピオが仲裁に入ったことでジョージは命を落とさずに済んだのだったが……。

そんな事情も頭に浮かんだが、ＦＣＣＪに恩義を感じていた私は理事選に出ることを承諾した。そして私は、豪華チーズの盛り合わせをメニューに復活させることを選挙公約にしたのだった。昔からのスタッフのおかげで、クラブの豪華チーズの盛り合わせは東京一を誇っていた。フレッシュチーズとパンが大きな皿に堂々と盛り合わされた料理は千九百円だった。ところが首切り事件のあとを引き継いだ新しい業者は、価格はそのままで量を四分の一も減らし、中身もプロセスチーズとパサついたパンに変えた。私の選挙公約は「自由・平等・博愛」のような偉大なものではなかったが、ＦＣＣＪの問題を反映していたのは確かだった。ＦＣＣＪは全般的に品質が劣化していたのだ。

私は選出され、その結果ＦＣＣＪの運営に忙殺されるようになった。週に四十時間を理事会に関する問題に費やし、絶え間なく会議に出席し、報告も求められた。その結果テレビ出演や進行中だった書籍のプロジェクトを中断しなければならなくなった。理事の仕事は、それまでに経験したヤクザとのいざこざよりもずっと悩ましいものだった。過去の理事たち——戦争や急激に変化するアジアを取材してきた高名な歴代の理事たちや、ピューリッツァー賞の受賞者も多く含まれていた理事たちが、自分自身の仕事とＦＣＣＪの運営に関わる時間をどのように振り分けていたのか、不思議でならなかった。

私が属する理事会は、ＦＣＣＪを訴えているサムやカレルやその他の原告たちを説得し、和解に持ち込もうとしていた。私たちがクビにするまでにＦＣＣＪの弁護士たちは三年間で四千万円の報酬を受け取っていた。じつにオイシイ仕事だったというべきだろう。

私はそれまでの人生で会議に出席したことなどなかった。が、七十三歳になった私は、気がつくと理事会の会議の席に座っていた。その席のひとつには、以前の理事会で新築されるビルへの移転を主張していた理事がまだ残っていた。その移転には数百万ドルの費用が必要だったが、ＦＣＣＪにはそんな大金はなかった。私がくわわる前の理事会が、会員に対して〝財務は健全な状態〟であると発表していたのとは裏腹に、実際にはかつてないほどの借金で首がまわらない状態だった。移転計画どころか、ＦＣＣＪは深刻な資金難に陥っていたのだ。

三菱地所がＦＣＣＪに割りあてたのが新しいビルの五階と六階の部分だということが判明したとき、私の堪忍袋の緒は切れ、血圧は急上昇した。そのビルディングは正面玄関とエレベーターを午後九時に閉めることになっているため、毎晩早くても十時半まで、ときにはもっと遅くまで営業しているバーやレストランを併設するＦＣＣＪにはまったく不向きな建物だったのだ。

幸運にも私たちの理事会は大きな訴訟を和解に持ち込むことができ、アソシエート会員からの財務支援を得て財務状況も立て直し、なによりチーズの盛り合わせを以前の堂々たる姿に戻すこともできた。

新しいビルへの移転問題も二〇一七年の夏には解決することができた。工事中の五階の現場で作業していた建築作業員の足場の鉄板が落ちて三人が転落。そのうちのひとりが死亡するという事故が起きたのだ。日本では死亡事故が起きた建築物に引っ越すのは縁起が悪いと考えられており、理事会の理事の多くは移転プロジェクトを中止し、ほかのいい場所を探すことも頭に思い浮かべた。が、それ以上に、この事件は現在の有楽町電気ビルに留まるいい口実になった。現在の場所が手狭だと指摘する者もいたが、官庁街に近く東京のビジネスの中心地であることを考えるなら、いまの場所に留まりつづけるほうがいいと考える意見が大勢を占めた。

二十一世紀が幕を開けて十年も経つと、ＦＣＣＪはますます素晴らしい存在となった。その理由は〝独立性〟にあった。多様なバックグラウンドを持つメンバーが集まることによって、日本の記者クラブや報道機関では検閲や互いの〝申し合わせ〟によって隠されてしまうような重大なニュースも、表に出すことができた。卓越した活動家や反体制派のリーダー、内部告発者などがＦＣＣＪのもとに駆け込み、世界に向けて発信するのだ。国境なき記者団の調査で日本のメディアの自由度がどんどん下位に下がるなか［民主党政権下の二〇一〇年には世界で十一位だったのが、二〇一六年には七十二位にまで落ちた］、ＦＣＣＪは日本社会に暮らすひとびとにとって最も信頼できる報道機関のひとつとなっていた。日本の主要メディアはインターネットなどの新規参入してきたライバルに押されるようになり、減りつづける広告収入を獲得するのに必死だった。デジタル革命以外に、アジアにおける世界の耳目が中国にシフトしたことも、日本の主要メディアの停滞の一因ということができた。さまざまな日本のメディアが直面する問題はそれぞれに異なっているだろうが、メディア同士は生き残りを賭《か》けて苦しい闘いを展開していた。が、ＦＣＣＪという組織は、そのようなメディア同士の消耗合戦とは無縁でいた。ＦＣＣＪはユニークな立ち位置を守りつづけたのだ。

二〇一二年四月にＦＣＣＪで行われた記者会見には、カメラなどの光学機器メーカーであるオリンパスの役員マイケル・ウッドフォードが登場し、自社の粉飾決算を内部告発した。ウッドフォードはオリンパスが数十億ドルの損失を隠蔽《いんぺい》し、株価を保持するために損失を帳簿から帳簿へと移し替えていることを発見した。オリンパスは価値の疑わしい企業を買収し、実際の価値よりもずっと高い金額を支払い、この取引を隠蔽するためケイマン諸島の怪しげなブローカーに高額の報酬を支払ったりもしていた。一年の売上高が六十万ドル程度しかないジャイラスという医療機器メーカーを、なんと二十億ドルで買収し、日本の犯罪組織と関係のある投資会社であるＡＸＡＭインベストメントに六億八千七百万ドルもの手数料を支払っていた。その結果、三人のオリンパス役員が背任で起訴され、執行猶予付きの懲役刑の有罪判決を受けたのだった。

ウッドフォードは、この告発によって殺人の脅迫まで受けたが、ＦＣＣＪが創設した報道の自由推進賞の初の受賞者となった。ある情報源によると、「彼は危機一髪で死なずに済んだ。彼がいまでも生きているのは奇蹟《きせき》だ」という。

ジャーナリズムの社会への義務を描いた最高の映画のひとつといえる『スポットライト　世紀のスクープ』に主演したレイチェル・マクアダムスは、来日すると日本記者クラブを無視してＦＣＣＪで講演を行った。それはＦＣＣＪの快挙のひとつといえる瞬間だった。ロサンゼルス・ドジャースの元監督トミー・ラソーダがオリンピック種目に野球を復活させようとＦＣＣＪで記者会見を行い、喝采《かっさい》を浴びたこともあった。「野球は世界的ではないと言われたりもしている」と彼は言った。「だが、〝アー・チェ・リー〟とかなんとかいう競技は、野球と較べてどうだっていうんだ？　そんなに世界的といえるのかい？」（このラソーダの発言を、かしこまって緊張した面持ちで聞いていた若い記者に向かって、「君のそのケバケバしい派手なネクタイは、いったいなんだね？」と話しかけた。その記者が照れ笑いを見せると、さらに追い打ちをかけた。「誰かと賭けをして負けたから、そんな奇妙なネクタイをつけさせられているのかい？」ラソーダは、場を和ませる天才だった）。

安倍政権の土地取引スキャンダルに関与して注目を浴びた籠池泰典《かごいけやすのり》もFCCJの記者会見に登場した。きわめて饒舌な彼は、自身の言い分をFCCJでぶちまけた。二〇一七年三月二十三日の夜に行われたその記者会見には、二百人を超える内外の記者が集まり、日本の主要なすべてのテレビ局が全国に生中継した。

政府の方針に従い、異論を唱える記者は追放するような日本記者クラブに対して、FCCJはまったく別の対抗する活動を積極的に展開している。また、世界のどこかで破局的な事件が起こり、それに巻き込まれたジャーナリストが日本にきて頼る場所としても、世界的な役割を担っている。FCCJは、いまもそんなユニークな存在でいるのだ。

二〇一一年三月十一日

私のマンションには、世界でも最先端のトイレが設置してある。便座は常に暖かく、お尻《しり》を洗ってくれるほどよい温かさのお湯も、さまざまなやりかたを駆使して清潔さを保ってくれる。汚物を流すのももちろん自動だ。便座に座ったあと立ちあがれなくなったときのために、すぐ横には非常ベルのボタンまでついている。それを押せば下の階の管理人があがって来て、助けてくれるのだ。

二〇一一年三月十一日金曜日。東北地方を中心とする大地震が発生した。そのとき私は、そんなハイテクトイレに座っていた。私は、地震には慣れていた。カリフォルニアで生まれ育ち、日本に数十年も住んでいるのだ。地震にはこれまで数えきれないくらい遭遇していた。激しい揺れも何度か経験していた。が、それらはいつも数秒か長くても十秒程度でおさまるものだった。しかし、今回は違った。大地が揺れだすと、一向におさまる気配がなかった。大きな横揺れがあり、何度か急に垂直方向にも揺さぶられ、壁のきしむ音が響き、揺れはいつまでも終わらなかった。五分間以上もつづいたかと思われるそれは、私がこれまでに経験したなかでずば抜けて激しい強烈な地震だった。

　それでも、トイレから出ると、本棚から飛び出した本は一冊もなく、照明も花瓶も倒れていなかった。幸いにしてすべてはもとのままだった。埋立地に建つ〈豊洲タワー〉は最新の耐震技術を採用しており、建築時に地下の砂と泥をコンクリートと混ぜていたため、非常階段の壁に容易に補修可能な軽いヒビが入っただけで済んだ。

　しかしその直後、私の書斎のテレビに映しだされたのは、二百五十キロ北の東北地方の混乱と恐怖の光景だった。あらゆる建物が倒壊していた。道路や線路は破壊され寸断され、あちこちで火の手があがっていた。公表されたマグニチュード九・〇という地震の規模は、これまで日本を襲った地震のうちで最も大きく、一九〇〇年の観測開始以来いちばん強力なものだった。あとでわかったことだが、本州は二・五メートル東へと移動し、地球の地軸が五センチほどずれたという。

　さらに大地震のあと海中から海面に水の壁が高々と盛りあがり、それが陸に向かって押し寄せてくるのを、私はリアルタイムでテレビで見た。強烈な地震が巨大な津波を引き起こしたのだ。最初の揺れから一時間後には、高さ四十メートルを超す波が海岸から十キロ以上離れた内陸まで押し寄せた。あるところでは川伝いに自動車や建物や瓦礫《がれき》を巻き込み、その過程で高速道路などのインフラを押し潰《つぶ》し、街全体を消し去った。東北地域の地獄絵図は、避難したひとびとの手にした数千ものスマートフォンによって録画もされた。

　私のマンションから地下鉄で四駅の距離にあるＦＣＣＪも、大揺れに襲われた。ＦＣＣＪはふたつ並んだビルの北棟にあるのだが、地震の揺れを吸収するため〝しなる〟ように設計されていた。そのため最上階のＦＣＣＪは、余計に大きな揺れに見舞われた。水の入ったグラスは文字通り卓上を飛びまわった。窓からの見晴らしがいいその場所では、会員たちがまず千葉県沿岸部の巨大な爆発を目撃した。石油コンビナートが炎上し、大きな火の手があがったと報道された。ＦＣＣＪの誰もが、そのときは東京の被害がいちばん大きいと信じ込んだくらいだった。それくらい東京周辺の揺れも激しかった。

が、大きな損害を受けたのはもちろん東北地方だった。この天災による被害は、のちに死者一万五千八百九十五人と算出された（二〇一八年三月九日現在）。そのうち九〇％以上は溺死《できし》であり、そのなかには数百人の小中学生もふくまれていた。宮城県石巻《いしのまき》市の大川《おおかわ》小学校では、高台に逃げる途中で波に呑まれ、七十四名の学童と十名の教師が死亡した。

二十万人以上が家を失い、その多くのひとびとは、それから数か月間も窮屈で混雑した避難所で生活することを余儀なくされた。水道などの基幹的インフラが整っていない避難所も多かった。さらに、数百回におよぶ余震《すさ》とともに、原子力発電所の損傷した原子炉からの放射能漏れが恐怖を倍増させた。被害の規模は凄まじく遺体安置所や火葬場はキャパシティを超え、集合墓地を掘らざるを得なかった。大勢の死者に加えて二千五百三十九人が消息を絶ち行方不明となって、数千人が負傷した。

破壊の規模は想像を絶した。日本の国土の約三分の一がこの災害で麻痺《まひ》した。この大震災に較べれば、9・11の同時多発テロ事件や一九九五年の阪神淡路《はんしんあわじ》大震災も霞《かす》んで見えると思われるほどだった。千葉県の埋立地に建てられた住宅やマンションは、地盤の液状化現象によって沈んだり傾いたりして、住民は避難を余儀なくされた。道路、線路、ダムなどは構造的に激しいダメージを負った。

東京だけを考えるなら、被害は大きかったもののそれほど深刻ではなかった。歩道はところどころ歪《ゆが》み、側面や前面にヒビが入った建物もあった。技術者が安全点検をするあいだ、橋は封鎖され、電車は止まった。電力の供給が停止されたり削減されたりすると、世界的に有名な銀座や新宿のネオンサインも暗くなり、近郊の街にも停電する地域が広がった。

東京で働く妻の姪《めい》は、郊外の大宮に帰ることができず、彼女の職場である浜松町《はままつちょう》の東芝ビルからハイヒールで三時間、東京湾岸沿いを歩いて豊洲の我が家に来た。

うちのマンションから近くにあるホームセンターの〈ビバホーム〉は店内を確認するためにその週末は店を閉めた。〈ららぽーと〉のなかのスーパーマーケット〈あおき〉も閉店。通りの向かいのNTTタワーをふくむ豊洲界隈《かいわい》のオフィスビルは、すべて電力消費を控えて夜は真っ暗になった。

地震直後の数日間は、何度も恐ろしい瞬間に襲われた。ひとつは激しく大きな余震だった。豊洲タワーのインターコム・システムによる地震予知は、二十秒前に通知が入るが、ピーピーピーピーというその通知は、数えきれないほど頻繁に鳴った。さらに恐ろしかったのは、放射能に関する報道だった。地震の翌朝、米軍諜報センター時代の友人ヒロキ・アレンがEメールで、アメリカ国《N》家《S》安《A》全保障局の衛星の〝空中偵察装置《アイ・イン・ザ・スカイ》〟が福島県にある合計十基の原子炉のうち、福島第一原発の複数の原子炉からの放射能漏れを発見したと伝えてきた。第一原発は海岸に近いところに四基、少し離れた場所に二基。第二原発に四基あり、このあたりは福井県若狭湾と同じように〝原発銀座〟と呼ばれることもあった。が、海に最も近い海岸にある四基の原発が地震のあと津波にも襲われて破壊されたのだった。アメリカ政府はこの嬉《うれ》しくない情報を日本政府に知らせた。が、当時政権を握っていた民主党はアメリカ軍を嫌っていたため、さらに喜ばしくない事態に陥った、とアレンは伝えてきた。そのあとすぐに二基の原子炉で、電源喪失が起きて冷却システムが故障。緊急事態が宣言されたのだ。福島原発から半径二十キロ圏内の住民に避難指示が出され、二十キロから三十キロ圏内の住民には被曝《ひばく》の恐れがあるため屋内退避指示が出された。

その土曜日の夜、ヒロキから放射能雲が〝東京に向かっている〟とのEメールが届いた。

「放射能漏れは昨夜《ゆうべ》からつづいている」と彼は書いていた。「それは、まだ制御されていない。アメリカの原子力チームが原子炉の制御を手伝い、事態を打開するために駆けつけた。そのことはまだ公表されていない。あとから明かされるだろう。が、どちらにしろ、昨夜放射能漏れを起こしたということは、ちょうどいまごろわれわれを襲ってくるところだ。私はしばらくのあいだ外には出ない。放射能を浴びても行く価値のあるようなイベントやパーティー、スポーツや映画など存在しないからね。放射能はとても遠くまで移動する。かなり遠くまで。風はどこにでも吹いているが、おそらく放射能は東京都心部に向かっている。どうしても外出したいなら、マスクと帽子を身に着けるように。家に帰ってきたらすぐにシャワーを浴びて服を洗濯するように……」

東京で経営コンサルタントを営む友人のミッチ・ムラタは、ヨウ化カリウムの錠剤や、放射性物質のより危険な形態であるセシウムが出たときのために紺青《プルシアン・ブルー》を取り寄せた。彼はまた、どこの薬局でも売っている、うがい薬のイソジン（ポピドンヨード）や、切り傷などに塗る消毒薬のヨードも携帯していた。

どんな事柄についても百科事典並みの知識があるミッチはこう言った。「ヨードチンキを皮膚に塗るのは家庭でできる効果的な処置だ。原子炉の事故で排出されたヨウ素131が、甲状腺《せん》に吸収されるのを妨げるんだ」

放射能に関しては、私の知らないことだらけだった。

「原子炉が爆発したときに大量の放射性ガスが排出されたのを、きみもテレビで見ただろう」とミッチはつづけた。「ヨウ素131は特に心配だ。ヨウ素はすぐに甲状腺に蓄積するんだ。甲状腺が放射性ヨウ素を吸収するのを予防するため、科学者たちは何年ものあいだ、重大な核事故の現場の風下になる地域は、ヨウ化カリウムを地域住民全員に配布することを検討してきた。放射能汚染は数年後になって、ようやく甲状腺癌という症状として表面化する。だから政府は、いまのところ何も心配することはないというんだけど、そこが大問題なんだ」

放射能が心配なせいで、ミッチ・ムラタは妻と息子を、彼の別宅がある東京から新幹線で二時間西の名古屋《なごや》に転居させた。彼は、そう決意した理由として、日本政府と東京電力が否定しつづけている（しかし、のちに認めることになった）原子炉のメルトダウンというより大きな問題と、福島で被曝者数が増えつづけていること（地震発生から二日間で百六十名に達した）をあげた。彼の友人のうちふたりがすでに東京から他所《よそ》へ引っ越し、それ以外にも少なからぬひとびとが同じ結論に達していると彼はいった。いまこそ東京を出て行くべきときなのだ、と。

地震発生直後の日曜日、フランス大使館は東京に住むフランス人全員にEメールを送り、さらなる地震のリスクと損傷した福島の原子炉の状況が判然としないことを理由に、東京から退去するよう勧告した。ドイツとオーストラリアの大使館もそれにつづいた。東京に拠点を置く多くの外資系企業も社員に東京からの退去を命じ、日本からの出国を命じる企業もあった。

ロンドンの英国外務省は東京と東北地方への旅行は控えるよう勧告した。ワシントンDCのアメリカ国務省も同じ勧告を出し、中国国際航空は北京《ペキン》と上海《シャンハイ》発の東京行きのフライトをすべてキャンセルした。

金曜日の地震のあと月曜日までに、外国人たちは何千ドルもの費用を使い、香港《ホンコン》やシンガポールなどの安全と考えられる場所へと逃げだした。入国管理局の記録によると、地震翌日の三月十二日から十八日までに日本を出国した四百十八人の外国人のうち、五四%にあたる二百二十四人は観光ビザで来日していた者たちだった。言い換えれば、四六%は観光でなく仕事で日本に滞在していて日本から逃げだした外国人だった。その数は一週間前の二倍にもおよんだ。

そのなかにはプロ野球投手のブライアン・バニスターもいた。彼は三月十五日に無断でジャイアンツを去った。〈スポーツニッポン〉の報道によれば、バニスターはジャイアンツのフロントに日本に戻るくらいなら引退するほうがましだと告げたという。

日本を脱出する〝ガイジン〟たちのなかには、事務所を管理する日本人従業員を残して出て行く外国企業の幹部たちもふくまれていた。彼らに対して、日本に留まることに決めた仲間たちのあいだでは、〝ガイジン〟をもじって〝飛んでいくガイジン〟という意味で、〝フライジン（flyjin）〟という蔑称《べっしょう》も生まれた。

福島の核危機はチェルノブイリの再来だと不安を煽《あお》る誇張した国外の報道もあった。それによって、外国人のあいだで核による大量虐殺《ホロコースト》の発生を懸念する声はますます高まった。たとえばニューヨークの〈デイリー・ニューズ〉は、第一面にガスマスクを被《かぶ》った日本人の写真を掲げ、横に巨大な黒い太文字で〝パニック〟と見出しを掲げた。

BBCのウェブサイトでは、マスクをつけた通勤客の写真を載せて〝放射能マスク〟と表現し、彼らが放射能から身を守ろうとしていると書いた。しかし実際には、そのような使い捨てマスクは、春先に多くの日本人が花粉アレルギーを予防するためにつけるものだった。

CNNは画面の下に大仰な見出しを掲げつづけた。

「核の冷却は失敗した。放射能雲《ラディエーションクラウド》は金曜日にはアメリカにも到達する可能性も……」

CNNインターナショナルは、首都からの〝集団脱出〟のせいで東京の下町からひとが消えたと報じた。実際にはひとびとは〝逃げ出した〟のではなく、会社から自宅待機を命じられたり、交通機関の麻痺のせいで家にとどまることを選択したりしただけだった。

CNNのアンカーマンであるアンダーソン・クーパーは、日本にやって来て現場レポートを繰りかえしたが、福島第一原発のことを〝ダイアチ〟と発音しつづけ、防護服を着た作業員たちが損壊した原子炉のひとつを放棄したと報じた。が、実際には線量がおさまるまで二時間ほど作業員が持ち場を離れただけのことだったということが、あとになって判明した（クーパーがインタヴューした一万三千キロ離れたマサチューセッツ工科大学の核の専門家は、「なんだって？　誰もこの原子炉のことが心配じゃないのか？　我々はいま真の大災害を目撃しようとしているんだぞ……」と語った）。

フォックスの〈ユア・ワールド・ウィズ・ニール〉のキャスターであるニール・カブートは、日本の実在しない二つの原子力発電所を描いたイラストを示した。そのうちひとつは、渋谷《しぶや》にある〝シブヤ・エッグマン〟で、それは渋谷のライヴハウスの外観だった。

しかし最もヒステリックだったのは、三月十七日付の〈ザ・サン〉に掲載された記事だった。〝核危機はおさまらず英国を悪夢が襲う。いますぐ東京から離れろ〟と題した記事には東京在住の英国人女性との電話インタヴューが掲載され、彼女は東京の様子をこう語っていた。「東京は核の大惨事の恐怖に包まれ、食料、水、燃料が尽き、破壊された原子炉からの放射能レベルは通常の十倍に達している」

〝東京――ゴーストタウンに閉じ込められた私の悪夢〟という見出しを冠した記事では、以下のような女性の発言も引用されていた。

「私はゴーストタウンのようになった街の一角に閉じ込められている。いつもは世界に類を見ないほど賑やかだった大通りが、いまではひとがまったく姿を消してしまった。それはまるでゾンビ映画『28日後…』［ダニー・ボイル監督のホラー映画。ひとを凶暴化するウィルスの蔓延で殺し合いのために大都市がゴーストタウンと化す］に出てくるロンドンの街のようだ。私は、東京都心部近くに住んでいるが、通り一帯は静寂に包まれ、ひっそりと静まりかえっている。燃料も水も食料もない。放射能がこのまま増えつづけたらいったいどうなるのだろう……」

その翌日の三月十八日金曜日には、〈ロイター〉の電信サービスが、東京では数百万人が放射能を帯びた放射性物質の襲来を恐れて屋内に閉じ籠《こも》っている、と報じた。

私自身は、もちろんそれらの報道が現実離れしていることを知っていた。〝ゴーストタウン〟と称された日の東京で、私は豊洲から有楽町まで有楽町線に乗り、FCCJでの会食に出掛けていた。私の目には世の中はいたって通常通りに映った。地下鉄駅に向かう途中、私の住むマンションの向かいの公園を通り過ぎると、男の子たちが野球をやっていた。有楽町線は八〇%のダイヤで運行していた。車両の混み具合はいつもどおりで、有楽町駅前の大型電器量販店〈ビックカメラ〉も、店内の照明は薄暗かったものの、いつもと同じくらいの混雑ぶりだった。学校の授業も、出席は自主性に任せられていたものの通常通りに行われ、サラリーマンは通常通りに会社に通っていた。有楽町電気ビルの一階にあるコンビニエンスストア〈ローソン〉では、電池のほかはとくに販売に数量制限もなく、電気ビル二十階にあるFCCJのメイン・バーでは照明が煌々《こうこう》と灯《とも》されていて、記者たちは酒を飲みながら津波に関する情報を交換していた。

「あの馬鹿げた〈ロイター〉の記事を読んだか?」カレル・ヴァン・ウォルフレンが怒鳴った。「嘘つき記者が書く大嘘を、よくもまあ堂々と報道できたもんだ。誰か少しでも窓の外の現実を見ようとする記者はいなかったのかね」

日本のメディアでは、海外のメディアが報じたような放射性物質の東京襲来についての記事は見当たらなかった。その日の東京の放射能レベルは、毎日測定値を掲載していた〈朝日新聞〉によると〇・〇五三マイクロシーベルトで、それは通常の年平均の〇・〇七八を下まわっていた。東京で家に閉じ籠るひとがいたとしても、それはおそらく停電のせいだった。停電で郊外からの通勤電車が運休になったりしていたからだ。おそらく〈ロイター〉の東京支局には、出勤してきたものは誰もいなかったのだろう。そうでなければ、〝地球最後の日《エンド・オヴ・ジ・アース》〟の記事を掲載できた理由がわからない。

もちろん福島第一原発をはじめ、地震の影響を受けた多数の原子炉を所有する東京電力が免罪されるわけではない。東京電力は自分たちの知っていることを公表するのを渋り、政府の初動も後手にまわり、まるで国民を安心させるようなものではなかった。

東京に居住し、通勤しているほとんどすべての外国人と同様、私も日本国外の親戚《しんせき》や友人たちから多くのメッセージを受けとった。彼らは、妻と私が無事か、そしていつ避難するのか、とたずねたうえで、いまこそカリフォルニアに帰って来るべきだと主張した。

しかし妻と私は、もしも東京を出て行きたいと思っていたとしても(じっさいには思ってもいなかったのだが)、現実的に選択の余地はなかった。というのは、東京やその近郊には私たちの助けを必要とする家族や親戚がいたからだ。私の妻の弟は自動車事故に遭い、病院の集中治療室にいた。彼の鼻と口にあてられている人工呼吸器は非常用発電機で動いていた。私たちが東京から逃げだすことを真剣に考えたことは一度もなかった。妻と私は食料と水を備蓄し、イソジンやヨウ素の石鹸《せっけん》や錠剤などを買い集め、普段通りの生活をつづけていた。

先に書いたヒロキ・アレンは独自の情報で、メディアに出まわっていた情報の欠陥を埋めてくれた。陸軍士官学校出身で特殊作戦部隊にいたこともあり、がっしりとした大柄な体格のヒロキは東京で株式トレーダーとして働いていた。彼は駐日米軍と日本の自衛隊の架け橋となる通訳を副業とし、軍人時代には敵の原子炉の破壊工作をするための訓練を受けていたため、原発に詳しかった。

三月十九日になって風向きが変わり、それまで主に北方に向いていた風が、北から東京へ向けて吹くようになった。そのため放射能雲の恐怖がまたしても持ちあがったころ、彼は興味深い事実を指摘してくれた。一九四五年八月、広島に原爆が落とされたとき、二百五十キロ離れた神戸《こうべ》では放射能の影響はまったくなく、何の記録もされなかった。長崎にプルトニウム爆弾が投下されたとき、百キロ離れた福岡も放射能の影響をまったく受けなかった。「福島の原子炉は原爆よりもずっとパワーが弱く、影響も小さい。だから我々は大丈夫だと思うよ」

ヒロキはユニークな人物だった。彼は、ヤクザが根城を構え、犯罪の街とも言いえた葛飾《かつしか》区のある一角で育った。未亡人の母はアメリカ陸軍の曹長と再婚。曹長はヒロキをアメリカに連れて行き、アメリカで最も厳しい士官学校に入学するのを援助した。陸軍の特殊部隊の将校となった彼は南米コロンビアのゲリラ組織への襲撃に参加したのち、中東では一般人に偽装したテロリストたちを追跡する作戦に参加。その後退役し、ジョージタウン大学でビジネス学の修士号を取得した。彼は、何があってもすぐに動揺するような人間ではなく、そのような連中を軽蔑もしていた。地震の翌日、彼は仲間たちに向けて、すぐに街を逃げ出そうとするいわゆる〝フライジン〟に関する長いメモを送った。

「物理学や技術工学の知識がなく、軍の訓練を受けていない人物のなかには、〝放射能〟という言葉に接しただけで思考停止してしまう連中もいるだろう。そういう人物たちは、放射能を触れるとすぐに死んでしまう殺人光線のようなものと思い込んでいる。が、それは違う。強いガンマ線ならそうだが、風に乗って飛んでくる放射線同位体ではそのようなことは起こらない。煙草の煙のほうが放射線よりも発癌性が高いことも明らかだ。香港の大気には中国の工場から排出される硫黄《いおう》や、広州《こうしゅう》の産業地帯から排出される重金属、そして自動車の排気ガスや煙草の煙が充満している。しかし健康上の理由から、香港を脱出して東京に避難するひとなどひとりもいない」

「地震発生から一週間経つが、爆発は起こっていない。三号機のMOX燃料からのプルトニウムの排出も起こっていない。放射能による死者も報告されていない。東京電力はさまざまなことを隠蔽できるが、人の死を隠すのは難しい。放射能による死亡者がいないことは明らかだ」

「食品の安全性については、僕は心配していない。食品に何か問題があれば、日本政府は大騒ぎするはずだ。かつてBSE《ビーエスイー》が騒がれたときに、すべての牛を検査対象にしたのは世界中で日本だけだった。食品に放射能汚染の可能性があるなら、日本政府はすべての食品を検査するだろう」

「広島と長崎の原爆投下後の癌の発症率については、怪しいデータが出まわっている。そのほとんどは高塩分や炭火焼きといった日本の食生活に潜んでいる発癌性や、肝臓癌の発生率が高いことの原因である日本の飲酒文化を無視している。行ったことのある人なら誰もが知っていることだが、広島と長崎は日本でも有数の飲酒量の多い地域だ」

福島の原子炉の爆発が報道されると、ヒロキはまた新たなメモを送ってきた。

「今回の原子炉の爆発は、冷却の過程で水素ガスが酸素とくっついて起こったものだ。燃料棒や燃料そのものが爆発したのではない。水素爆発は、雨や風によって運ばれる微粒子放射線(チェルノブイリはこれのせいで大惨事となった)を発しない。これは重要なことだ。国民に放射能汚染の危険がおよぶ可能性は非常に低い」

私が連絡を取れる人物のなかにはゲルハルト・ファーソルもいた。東京在住の物理学者で、起業家でもある彼は、ケンブリッジ大学の博士号を有する放射能の専門家で、東京から逃げないと宣言し、福島から南西に電車で一時間のつくば市の放射能の測定値は、イタリアのある地方の家に住んでいる平均的なイタリア人がつねに浴びている放射能と同じ程度だということを示してくれた。そのイタリアの地方には、自然界に放射性ラドンが存在しているのだ。

アメリカ国務省の名誉のために指摘しておくと、彼らはこれらのことをすべて把握していた。が、停電や余震などの震災に関連する障害を理由に、日本への緊急ではない渡航は避けるようアメリカ国民に勧告したのだった。東京のアメリカ大使館は当初、東京在住のアメリカ人に対して、落ち着いて普段通りに生活するようにと勧告していた。

しかし大使館職員のひとりが家族を国外に脱出させたことが発覚すると、大使館職員の扶養家族のあいだで大騒ぎとなった。そのため大使館は、東京からの脱出希望者のためにチャーター機を手配しなければならなくなったのだった。

東京から逃げだそうとする理由として、私が唯一思いつく理由は、ただ単に当時の東京は仕事をするのに不便であるということだった。定期的に停電が起こり、そのため公共交通機関のダイヤが乱れ、東京郊外から都心部に通勤するサラリーマンは、しばしば足止めをくらった。そのうえ節電のため、エスカレーターは止まり、地下鉄の駅は薄暗くなった。単三電池や単四電池、飲料水、パン、米、トイレットペーパー、燃料など、特定の物資も不足した。東京に来る外国人のビジネスマンが（そして日本人ビジネスマンも）少なくなった。そのことも東京が不便になった理由のひとつにあげることができる。多くのケースで、ビジネスをする相手がいなくなったのだ。

情報の公開という点でいうなら、東京電力はすべての事実を積極的に公開していたとはいえないだろう。当初、福島原発のメルトダウン（〝メルトスルー〟とも呼ばれた）についてはほとんどの人物が知らされていなかった。

ひとびとの生活が本当に悲惨だったのは、やはりその原発が存在する福島だった。膨大な数の避難するひとびとが、食料も暖房も水もない避難所に集まり、体育館や公民館のホールの冷たい床のうえに寝ていた。温かい食事や衣料、トイレットペーパーや生理用品などの生活必需品は、すべて寄付頼みだった。生き地獄とはこのような場所のことをいうのだろう。東京はけっっしてそうではなかった。

それでも多くのひとびとが東京から逃げつづけた。三月十九日から二十五日の一週間のうちに合計十四万八千九百三十八人の外国人が日本から出国し、その八一％が観光客ではなかった。三月二十六日から四月一日の一週間では七万九千二百二十八人の外国人が日本から出国したが、七二％が観光客ではなかった。四月二日から四月八日の一週間では五万八千七百九十四人の外国人が日本から出国したが、五五％が観光客ではなかった。

このことが日本のメディアと西欧のメディアの報道姿勢の違いを、何より如実に表していた。ほとんどの海外メディアの報道は引きつづき原発の事故に集中し、事態はますます収拾がつかなくなっていると報じた（それらの報道を見聞きした母国の家族や友達は驚いて、愛するひとたちが安全な場所に逃げるよう願いつづけた）。一方日本のメディアの基本的な態度は、それとは対極にあるものだった。原発事故は膠着《こうちゃく》した状況のままいずれは長期間のなかで収束に向かうだろうとでも考えたのか、原発に関する報道は量が減り、報道の重点は避難所での生活やその苦しさに移った。

週刊誌の〈アエラ〉が、防護マスクをした救助隊の写真に〝放射能がくる〟という見出しをつけたときは、恐怖を煽《あお》って商売をしていると多方面から非難の声が湧いた。編集長は雑誌のウェブサイトでの謝罪文の掲載を余儀なくされ、さらに東北の犠牲者たちに対してお見舞いのメッセージを添えた。日本のメディアの報道のトーンは、準国営放送であるＮＨＫのアナウンサーの事実に即した事務的な調子に象徴されるように、全体としてきわめて冷静だった。

三月十一日からあとの数週間、私は比較的安全で居心地の良い東京にいることに罪の意識を感じはじめた。日々の生活での一番の不便は、節電でエレベーターが閉鎖されたため、六階の私の部屋まで階段を上り下りしなければならなかったことだ。が、四月末から五月第一週のゴールデンウィークのころには、それも元に戻っていた。東京の夜は、街の明かりは引きつづき震災前よりも暗かった。ネオンサインは以前ほど煌々と輝くことなく、どんな店の前も薄暗かった。換気のため多くの窓が開けられるようになり、多くの店の閉店時間も少し早くなった。マンションから見えるレインボーブリッジは、夜になると真っ暗なままだった。

しかし私たちは、何時間もの停電に耐えたわけではなかった。停電はあったとしても短時間だった。どの路線が運行し、どの路線が運休なのかなどと、日々確認する必要もなかった。電車はときたま運休することはあっても、復旧も早かった。飲料水や自動車のガソリンの配給のために長い列に長時間も並ぶこともなかった。固い木材の床のうえで寝ることもなく、プライバシーのない生活に耐える必要もなければ、避難所での退屈な時間を不平をいわずに我慢する必要もなかった。しかし、東北の数万人のひとびとは、それらのことに黙々と耐えていたのだ。

自衛隊員、消防団員、警察、それに原子炉の内部で危険な作業をつづけている作業員と並んで、この文章を書いているいまも、避難所生活に耐えている避難民たちの忍耐に対して、私はどんなに深い敬意を抱いているか、それは言葉にならないほどだ。

女川《おながわ》の水産加工会社の佐藤《さとう》さんは、中国人研修生の命を救った。同年、当時の中国国務院総理だった温家宝《おんかほう》が訪日した際、彼はたっての希望で女川を訪れ、佐藤さんの家族にお礼を述べ、この町を支援すると宣言した。「このような災害のなかで、中国と日本のあいだに友情が育《はぐく》まれたことには大きな意味と価値がある。私たちはけっしてこのことを忘れない」と温家宝がいったとき、日本の外務大臣は彼が何のことを話しているのか理解できなかった。この出来事については、中国の新聞はもちろん日本のあらゆる新聞に掲載されていたにもかかわらず……。

アメリカのハリケーン「カトリーナ」のあとに起こったような略奪は、日本ではいっさい見られなかった。ハリケーンのあとニューオリンズでの犯罪発生率は七〇％に急増した。が、日本では、叫んだり怒鳴ったりするひとすらいなかった。商店を襲撃する者はもちろんいなかった。ヤクザ組織の稲川会《いながわ》は、被災者のために水やインスタントラーメン、トイレットペーパーなどの物資を積んだ多くのトラックを沿岸部の町へ走らせた（知人の皮肉な警察官は、この稲川会の一見利他的な活動について、別の見解を抱いていた。「彼らは単に顧客基盤を維持しようとしただけですよ。表面上は被災者のために支援金を集めていたけど、実際にはその半分を懐に入れ、残りの半分で支援物資を配っていた。しかも麻薬や売春婦の斡旋《あっせん》で、それらはすべて取り戻してるんですよ」）。

あとでわかったことだが、東北の震災に起因する犯罪には、ATMの盗難、性犯罪、詐欺、偽医師、公務員への賄賂《わいろ》などがあった。被災者が銀行預金をおろすのを手伝う銀行員のふりをした詐欺師も現れた。ヤクザたちは、損壊した原子炉の修復や打ち捨てられた家屋の撤去、復興プロジェクトなどに作業員を派遣することで、どうやら一儲《もう》けしたようだった。

しかし震災後の犯罪発生率は、おおむね下がっていた。スーパーマーケットや被災者の臨時受付所や被災者情報の交換所などでは、ひとびとが整然と行列する姿が見られた。FCJの特派員たちが海外に発信する報道には、〝我慢〟という言葉が何度も使われた。〝根性〟や〝和〟という言葉もよく使われた。〈クリスチャン・サイエンス・モニター〉は、三月三十日に「日本人の魂の奥底には〝がまん〟が根づいている」と報じた。〈ニューヨーク・タイムズ〉は三月二十九日に「〝がまん〟の精神こそが日本人を象徴している。彼らは深い苦悩を隠し、快活さを失わないでいる」と書いた。〈デイリー・テレグラフ〉は日本人医師がどうやってこのような状況に対処しているのかと問われた際に彼が答えた言葉「私はサムライ・ドクターだ」という返答を引用した。海外のメディアが、嘘ばかり書いたわけではない。彼らはもちろん正しいことも書いたのだ。

結局のところ、この災害にまつわるさまざまな苦しみのなかで私が最も腹を立てたのは、日本政府の一貫性のなさだった。

差し伸べられた援助の手を妨害するような官僚的なシステムは犯罪的ですらあった。東北のひとびとを支援するため、カナダから数千万ドルもの寄付が寄せられたが、一方で多くの国々が派遣を申し出た医療チームや救援チームの多くを日本政府は断り、当初たった一か国のチームしか入国を認めなかった。緊急事態の装備を持ち、訓練も受けている一流の救援チームの入国を断った理由は不可解というほかない。政府はまた、移動式家屋やツーバイフォーの資材提供の申し出も拒絶した。そして建設会社が儲かるように、品質の劣る建材に高い対価を支払った。日本政府にとって、震災はまったくタイミングの悪い時期に起きてしまったといえる。過去には自民党と大企業が結びつき、日本国民を苦しめて利益を独占してきた長い歴史があった。東北の災害への対処は、政権が変わってもその最新の例に過ぎなかったようだ。

震災から二年後の二〇一三年、世界保健機関《WHO》は避難を要請された地域の住民はごく微量の放射能にしか晒《さら》されておらず、放射能に起因する病気に罹患《りかん》する可能性は予測されていたよりも低いと結論づけた。

医師でアメリカ大使館のアドヴァイザーでもあったデヴィッド・ロバーツは、二〇一三年から開始した彼自身の連載記事で、〈ニューヨーク・タイムズ〉等の海外の主要メディアによる嘘の報道を非難した。彼が引き合いに出した多くの嘘の報道のなかでも、東京の〝ホットスポット〟の放射能レベルを〝チェルノブイリ周辺の汚染地域〟に匹敵するとした〈ニューヨーク・タイムズ〉二〇一一年十月の記事はとくにひどいものだった。

「それは厳密には間違いではなかった」と彼は私に語ってくれた。「しかし、それはチェルノブイリの汚染地域のうちで、もっとも遠い地域の放射能レベルであり、アメリカの多くの街の通常の放射能レベルと同じ値だったのだ」

震災後の初の訴訟は二〇一七年二月に結審し、地方裁判所は日本政府と福島第一原発の事業者である東京電力が、大勢のひとびとが亡くなり何万人ものひとびとが家を失った地震による津波に対して、予防措置をとる責任を怠っていたと判定した。東京電力は福島の海岸に沿って過去の津波の高さよりもずっと低い、ほとんど海面と同じ高さに四基の軽水炉を建設した。二〇〇二年の政府の調査では、二〇％の確率で三十年以内にマグニチュード八クラスの地震が起き、福島第一原発を十メートルを超す津波が襲い、原子炉が水浸しになって安全設備や緊急用発電機が損傷するリスクがあると予測していた。なのに東京電力は、適切な防波堤の建設などの処置を怠った。裁判長は国が東京電力に予防的な措置を講じるよう命じるべきであったことも指摘し、安全よりもコスト削減を優先した東京電力を非難した。福島に住んでいた八万人を超える住民が福島を離れた。その多くはほんの数年のつもりで仮設住宅に引っ越した。その間に政府は、放射能に汚染された土壌を取り除き、仮設の保管場所にはその土がいまも数千個もの大きな黒い袋に入れられて保管されている。七年後のいま、それらの町は打ち捨てられたままで、八十万トンもの放射能汚染水が専用のタンクに入れて保管されている。放射能に汚染した豚が無人となった町のなかをうろついているというまことしやかな嘘もささやかれている。が、当局は、まだ手のつけようのない原子炉から七十キロほど北西にある「あづま球場」を、十分に安全だとして二〇二〇年東京オリンピックの野球とソフトボールの会場に決めた。避難エリアのほかの多くの施設はまだ再開していないにもかかわらず……。

原発事故から七年後、八万人のひとびとはまだ家を失ったままで、仮設住宅で生活していた。兵器コンサルタントでネクシアル・リサーチ社社長のランス・ガトリングは、核の専門家でもあり、東京で活動をしている当初から放射能のリスクを大げさに書きたてることに警告を発していた。その彼が、震災六年後に東京のアークヒルズ・クラブのセミナーで講演を行った。ガトリングは、講演を聞きに来た〈ニューヨーク・タイムズ〉の記者に向かってふたつの質問を投げかけた。その記者は、地震と津波とそのあとの影響についての記事を書いたこともある人物だった。

「福島で放射能が原因で死んだ人は何人か？」

「あれだけのひとびとを全員避難させる必要が本当にあったのか？」

「正解はそれぞれ、〝ゼロ〟と〝なかった〟だ」とガトリングは自分で自分の質問に答えた。

〈ニューヨーク・タイムズ〉の記者はこういった。「私にとって、福島での出来事は、すべて政府の大失態《ファッキング・アップ》だったというほかないね」

石原

　東日本大震災当時の東京都知事は、私が一度ランチをともにした超国家主義の工作員とも人種差別主義者ともいえる石原慎太郎だった（一九九九～二〇一二年）。彼には、目をしょっちゅう瞬《しばた》かせる癖があった。彼は、オウム真理教を支援していたことが暴露されたりしたこともあり、四半世紀におよぶ国会議員としてのキャリアの終結を余儀なくされ、都知事へと仕事の場を変えた。オウムは一九九五年に東京霞《かすみ》が関《せき》などの地下鉄駅で十三人を殺害し、六千人を超すひとびとを負傷させたサリン攻撃を実行したほか、いくつかの殺人事件にも関与したカルト宗教団体だった。このときのオウム地下鉄サリン事件は、ヤクザや中国マフィアとかかわりの深い歌舞伎町《かぶきちょう》で四十四人が死亡したビル火災が二〇〇一年に発生するまで、戦後の日本で発生した最も死亡者の多い事件といわれた。石原はその後、無所属の都知事候補として一九九九年にふたたび姿をあらわし、すんなりと当選した。

　在任中の石原は、彼のお家芸ともいうべき過去のかずかずの問題発言の伝統を守りつづけた。彼はあるスピーチで、東北の地震と津波の惨事について「日本人が貪欲《どんよく》になったため、天罰がくだった」と語ったと報じられたのだ。

「アメリカのアイデンティティーは自由。フランスは自由と平等と博愛。日本にはそんなものはない。あるのは、我欲だよ。物欲、金銭欲。日本人のアイデンティティーは我欲。それを一気に押し流す必要がある。積年にたまった日本人の心の垢《あか》を。津波をうまく利用して、我欲をうまく洗い流す必要がある。これはやっぱり天罰だと思う」

　宮城県知事や大衆の抗議によって、石原はその後この発言について謝罪せざるをえなくなった。

これは石原が任期中に放った多くの問題発言のひとつだった。ほかにも同性愛者を〝異常《アブノーマル》〟だと決めつけ、「どこか足りない感じがし、遺伝的にも問題がある」と発言し、生殖能力を失った年配女性は〝無駄〟な存在だと断じ、それでも生きつづけようとするのは〝罪〟だと発言した。二〇〇四年には「フランス語は数を勘定できない言葉」であるため国際語としては失格だと宣言。これは、フランス語では数の数え方が英語や日本語のような十進法ではなく、二十進法に基づいていることに言及したものだった。この発言により語学学校から複数の訴えを起こされた石原は、ふたたび発言を撤回。フランス文学への愛を表明することになった。そして二〇一二年にロンドンで開催された夏季オリンピックを見た石原は、西洋人の柔道を〝獣《けだもの》の喧嘩〟と呼んだ。

石原を擁護するなら、これは彼の性格なのだ。彼はこうした発言を口にせずにはおれない性格なのだ。彼はよくいる口を閉じておけないタイプの人間のひとりなのだ。彼のDNAには弱者への攻撃も組み込まれている。彼は、英語に堪能《たんのう》な息子が他の日本人の前で英語をしゃべったことで叱りつけることもあった。面白いのは、それにもかかわらず、いやむしろそうだからこそ、彼の人気は異常なほど高いまま、国会議員や都知事に再選されつづけた。このことは石原自身と同じくらい、石原に投票したひとたちの性格をも物語っているといえよう。一九九九年、石原は次点者に倍する票差をつける三〇・四七%の得票率で東京都知事に当選した。都知事としての石原は、東京の横田《よこた》米軍基地の返還を何度も求めたが、その訴えは政府から無視された。

二〇一二年十月、石原は都知事を辞職し、もう一度国会に返り咲くために新しい政党を発足させた。それは最初のうちは予想通りにうまくいったようだった。彼は都知事としては、合計四千九百四十一日務めたことになった。これは官僚から政治家に転向し、一九七九年から一九九五年まで都知事を務めた鈴木俊一《すずきしゅんいち》に次いで長い期間だった。鈴木は東京湾岸のお台場地域を第二の都心とする開発を指揮し、また東京都庁を現在の新宿に移転する計画も立てた。さらに鈴木は、東京国際フォーラムと江戸東京博物館をも開館させ、周辺地域の開発にも寄与した。

いっぽう石原の遺産は、それほど輝かしいものは見当たらなかった。

二〇二〇年東京オリンピック

東京で二度目のオリンピックを開催することは石原の悲願だった。オリンピックを開催することで、東京をバブル経済崩壊後の沈滞から復活させ、街をさらに活気づけようと考えた石原は、まず二〇一六年の大会招致に名乗りをあげた。が、それは失敗に終わった。しかし石原の後継者となる人物が立候補して知事に当選。二〇一三年九月、東京は二〇二〇年のオリンピック開催を射止めたのだった。

一九六四年のオリンピック招致に成功したときは、東京は下水システムも原始的で、水道水は汚染され、犯罪と病気の巣窟《そうくつ》状態だった。そんな街全体を再建するには、大々的な建設工事が必要だった。そんな状態だった東京が、憐《あわ》れみをもって五輪開催都市に選ばれた面もあった。が、今回は他の二つの最終候補都市がイスタンブールとマドリッドだったため、安全面を重視したＩＯＣ（国際オリンピック委員会）は、二〇二〇年オリンピック開催地として東京を選んだのだった。スペインは大不況の真っ只中《ただなか》にあるうえ、鉄道爆破というテロ事件も起きていた。イスタンブールも爆破テロが起き、東京は手堅い選択だったのだ。

大手企業の広告に〝二〇二〇年〟の文字がつけられるようになり、自民党が支配する安倍晋三政府は国粋的な政策を押し出しながらも、オリンピック招致で誰にも知られるようになった〝おもてなし〟を合言葉に、新たな観光政策を実践するようにもなった。

しかし二度目の東京オリンピックの開催も、スタート時点から山積みの問題が次つぎと噴きだした。それは、誰もが大惨事となるのではないかと危惧《きぐ》するなかで動き出した一九六四年の東京オリンピックを、そっくりなぞるようなスタートとなった。オリンピックの準備作業は、予算の超過、リーダーの能力不足、いろいろな部署での責任者の不在……などなど、次からつぎへと問題が起きたため、はたして日本政府はこれほど無能だったのかという驚きと、そんな無能な指導者たちではたして準備を間に合わせることができるのか、という疑問の声まで囁《ささや》かれるようになった。これらの問題について、私は〈ジャパンタイムズ〉で五回にわたって連載し、世界中から大きな関心を集めた。

まず東京が直面したのは、メイン会場である新国立競技場の建設予算があまりにも高額なことだった。八万席の国立競技場に二十億ドル（約二千億円）以上もかかるというのだ。当初の計画では、高名な建築家のザハ・ハディドの設計で、横に大きく広がる二十階建てビルの中味をくりぬいたような巨大なもので、その屋根は東京ドームの三倍もの大きさだった。これには、東京の神聖な場所である明治《めいじ》神宮《じんぐう》の静寂な森の威厳が押しつぶされるようにも見え、多くの反対の声があがった。

さらに、その形状は設計の変更とともに、トイレの便座やUFOや「どろんとした牡蠣《かき》」（森喜《もりよし》朗《ろう》元首相・東京オリンピック・パラリンピック競技大会組織委員会会長の言葉）のような形状だとの指摘から、自動掃除機ロボット、サイクリング用ヘルメット、亀の甲羅などにたとえられるものに変わり、格好のジョークの的ともなった。しかも巨大な電動開閉式天井は、開けるのにも閉めるのにも一時間もかかり、そのようなタイプの天井の宿命として、きわめて壊れやすい構造であることも判明した。くわえて設計では、可能かどうか首を傾げたくなるが、ほぼ密閉状態になっている競技場のフィールドに天然芝を生やすことになっていたうえ、天井などの一部の部品には消防法では認められていない可燃物質の使用まで明らかになった。

しかし日本中のひとびとが騒ぎ出したいちばんの理由は、その価格だった。日本の国の借金は、現在（財務省の発表では）千兆円を超え、それはGDPの約二三五％であり、その比率はアメリカの約二倍となっている。そんな日本の金銭状況のなかで、ジャーナリストのメアリー・コルベットはこう書いた。「新国立競技場を二週間ノンストップで換気と冷却を行えば、そのコストは計算できないくらい高額になる。日の当たらない競技場の地面だか床だかに敷かれた天然芝の手入れにかかる費用がとんでもない高額になることも、改めて指摘するまでもないだろう」

競技場の建設コストは、当初（二〇一二年七月のデザインコンペ募集当時）には十三億ドル（一千三百億円）だった予算が、三十四億ドルへと雪だるま式に膨れあがり（二〇一三年七月）、いったん十六億ドル（一千六百二十五億円）程度におさえられると発表された（二〇一四年五月）が、その後ゼネコンが三十億ドル（三千八十八億円）と発表。最終的に建築施工主であるＪＳＣ（日本スポーツ振興センター）が工事費を二十五億二千万ドル（二千五百二十億円）と発表したところで、安倍総理が建設の中止と設計コンペのやり直しを発表（二〇一五年七月）。ついにザハ・ハディド案は空中分解し、消滅してしまった。

ＦＣＣＪで開催されたパネルディスカッションで、多くの日本人トップアスリートやスポーツ関係者、建築関係者たちは、ザハ・ハディドの国立競技場案を見た目に醜いだけでなく、技術的に実現不可能と切り捨てていた。が、このプロジェクトを取りやめることになったときも、その責任をとった人物は、ひとりもいなかった。

という以上に、ハディドの設計に起因する大事件によって、オリンピックの準備に関する日本の不都合な真実が暴露されてしまった。それは、責任者不在ということだった。オリンピックの準備に関与する複数の組織――日本オリンピック委員会《JOC》、文部科学省《MEXT》、最初に新国立競技場のデザインコンペを提唱して四十六のデザイン案からザハ案を選んだ前出のＪＳＣ、日本体育協会［現在の日本スポーツ協会］、そして東京オリンピック・パラリンピック組織委員会《TOCOG》、東京都……。そのどの組織も、お金については他の組織の管轄だとしてコストを度外視していたのだ。組織委トップの森喜朗元首相も、安倍首相が別の設計で進める決定を下した直後に記者会見を行い、この大失態の責任は自分たちにはないと主張した。森はそのころになって突然、最初からハディドの設計には反対だったとまで口にしたのだった。

「われわれはこの競技場の単なる使用者にすぎないんですよ」と彼はいった。「この施設の建設の責任は政府にある。国民は私がこのプロジェクトの責任者だと思っているが、そのことで私は大変迷惑しているんです」

責任者の不在。長く東京に住むビジネスマンのリック・ダイクは「これは日本の意思決定のあり方を端的に表す最悪の事例だ」と評した。

二〇一五年六月に五輪担当大臣となっていた衆議院議員の遠藤利明《えんどうとしあき》は、新たなコンペで建設費の上限を十五億五千万ドルとし、十二月に規模を縮小した、より保守的で低コストの競技場設計案を選んだ。が、それでも建設費は十四億九千万ドル（一千四百九十億円）と世界一高額なうえ、いまでも建築がその金額内に収まるか、さらに期間内に間に合うかと懸念されている。

近年のオリンピック史を見ても、開催後は負債に苦しむ国ばかりで明るいニュースはない。それは莫大な借金を負う国にとっては、さらに悩ましい問題となった。ある見積もりによれば、二〇一二年のロンドン・オリンピックは当初の予算の五倍、二〇〇四年のアテネ・オリンピックはなんと十六倍の費用がかかったという。ギリシャは国の財務管理の失敗によって、オリンピック開催から数年後に国家財政が本当に破綻《はたん》してしまった。

最初の東京の五輪開催予算案は八十億ドル（約八千億円）程度で、それは冬季五輪では史上最高額とされたソチ冬季大会の予算と同程度。夏季大会としてはきわめて低予算だった。しかも、そのほとんどは古いインフラの修繕に充てられることになっていた。しかし二〇一五年十二月、東京都がオリンピックのすべてのコストの見積もりを見直したところ、その総額は百八十億ドル（一兆八千億円）以上へと膨れあがり、コストを抑えるために一部の計画（アクアティクスセンターやバレーボール専用会場の建設）を縮小または中止することを話し合う緊急会議が設けられた。

このような都民の誰もがガッカリするような事実の発覚直後に、ボートやカヌーなどの水上競技場の建設コストについて、立候補時の東京都がＩＯＣに対して虚偽の見積もりを報告していたというニュースも報道された。当初報告されたコストは九十八億円だったのに、建設費と維持費をふくむ実際のコストは四百九十一億円だったというのだ。

あれやこれやで、結局オリンピックの予算は、二〇一七年十二月二十二日に組織委員会が一兆三千五百億円と発表した。もちろん、この範囲内におさまる保証はどこにもない。が、この予算には東京都の負担分と国の負担分がふくまれている。そして二〇一八年一月二十六日には、小池《こいけ》都知事が、東京都が独自に建設する施設の建設費や運営費が、合計一兆四千百億円になると発表した。これに組織委員会の負担する六千億円と国の負担分千五百億円を加えた二兆千六百億円程度が（これまたその範囲内におさまる保証はないのだが）二〇二〇年東京オリンピック・パラリンピックの総予算といえそうだ。

二〇一四年に消費税が五％から八％に引きあげられた（そしておそらく、二〇一九年には一〇％に上がるだろう）。そんな増税に耐えたうえに、東京都民はオリンピックのためにさらに重税を課されることになる……かもしれないのだ。

そして、失態はさらにつづいた。東京オリンピックの公式エンブレムに選ばれたデザインに盗作疑惑が持ちあがった。また国立競技場の変更後の設計図では、聖火台が忘れられているという指摘も出た。そして二〇一六年一月半ばには、東京オリンピック招致委員会のメンバーがＩＯＣのメンバーに二百万ドルもの賄賂を贈っていたという疑惑も表面化した。この疑惑は完全に払拭《ふっしょく》されないままうやむやになった。

しかし、それほど失敗が重なったなかでも、最悪の決定といえるのはオリンピックを七月末から八月初旬までの開催としたことだろう。この時期、東京の気温は三十度を軽くオーバーし、湿度は八〇％以上にも達する。この過酷な夏の気候のため、一九六四年の東京オリンピックは開会の日を秋の十月十日とし、一九六八年にはメキシコシティもそれに倣って十月十二日開幕とした。なのに真夏の熱波が襲う気候のなかで競技を行うのは（特にマラソンなどの）選手にとってきわめて危険というほかない。もちろん世界のテレビ放送の需要を考えると、オリンピックの放映権を有するNBCがメジャーリーグ（MLB）のプレイオフやワールドシリーズ、ナショナル・フットボール・リーグ（NFL）のシーズン開幕といったビッグイベントとぶつかるのを避けたがっているという事情もある（十月は、テニスやバスケットボールもふくめてアメリカのスポーツ界は最高のイベントが目白押しだ）。が、二〇一三年の立候補時に、当時の都知事だった猪瀬《いのせ》直樹《なおき》がIOCに提出したJOCの書類には、真夏の東京の気候は〝温暖で天気が良く、選手が最大限の力を発揮できる理想的な気候〟と書いてあったのだ。なぜそのように〝明白なウソ〟を書く必要があったのか？ それは、ただただ首を傾げるほかない出来事というほかないだろう。

副作用

一九六四年の東京オリンピックは、いったい何をもたらしたといえるのだろうか？

東京を大改造するほどの建設によって、その完成後は確かに都心部にギラギラと派手な輝きは生まれたようだ。しかしその光景は、草を刈ったあとのように殺風景なものともいえた。二〇一四年の〈ジャパンタイムズ〉の社説には、東京の光景がこんなふうにも書かれている。「雑然とした醜い建物、広いだけで退屈な広場、そして旅行者や住民が、ほとんど見向きもしないような景観ばかりになった」

さらに一九六四年のオリンピックの直後には五輪不況と名づけられた不況が襲い、日本政府は戦後初めて赤字国債を発行することで対処した。が、それがきっかけとなって毎年のように赤字国債の発行はつづけられ、日本を慢性的で莫大な累積赤字へといざなうことになってしまった。一九六四年のオリンピックこそ今日までつづく日本政府の財政苦境の根源であると断じるひともいる。オリンピック以来日本は、課税しては使い、借金しては使い、そんな終わりのない繰り返しをつづけている……と。

二〇一六年十一月にFCCJで開催された記者会見では、東京都都政改革本部の上山信一《うえやましんいち》特別顧問が登場し、膨れあがりつづけるオリンピック開催費用の削減に向けた提案に対して武藤敏郎《むとうとしろう》元財務省事務次官が事務総長として率いている東京オリンピック・パラリンピック組織委員会がまったく協力的でないと、集まった記者たちに向かって不満をぶちまけた。予算について責任を負わない組織委員会を、CEO（最高経営責任者）やCFO（最高財務責任者）が存在しない企業にたとえた。

「東京オリンピックには公式の予算がなく、責任者もいない」

上山は、東京都が組織委員会とともにCFOの役割を担うことを提案した。

まさに東京オリンピックは、混沌《カオス》状態のなかにあった。前回の東京オリンピックでも開催間際まで同じようなことが起こっていた。歴史は繰り返されるのだ。

二〇一七年半ばになってようやく、東京都はオリンピックのコストの大部分を負担することで合意し、ひとまず騒動は収まったかのように見えるのだが……。

豊洲

世界的に有名で、観光客にも人気のある築地《つきじ》市場は、一九二三年にまで歴史を遡《さかのぼ》ることができ、その結果としての老朽化と手狭であることから、移転が計画されていた。が、そこには東京都の醜《みにく》い裏取引も潜んでいた。石原慎太郎が都知事だった時代に、移転先として豊洲の地が選ばれた。豊洲沿岸の私のマンションから歩いてすぐのところにあるその場所は、もともとは広大な工業用地で、前は東京ガスの敷地だった。そして、その土壌が毒物で汚染されていることで、大いに物議を醸すことになった。

石原都政は東京ガスからこの土地を購入した。二〇二〇年夏のオリンピックに間に合うように二〇一六年十一月に市場を移転し、築地をオリンピック関連施設（選手の移動等に使う大量のバスの駐車場など）として利用したあと、再開発する計画だった。新たな豊洲市場は、古い江戸時代の店舗を模したレストランなどとともに、魚の加工や獲《と》ったばかりの新鮮な魚の競りをする、免許を有する数百もの水産卸売業者を受け入れる予定だった。

私自身もそれを楽しみにしていた。毎朝妻と私は東京湾の北端の沿岸を散歩し、市場になるはずの建物の建設過程を観察した。海を挟んで向こう側には、二〇二〇年オリンピック選手村も同時に建設されていた。新しいオリンピック競技施設も、東京湾沿いに、ゆりかもめなどで移動できる範囲内に建設されたり改築されたりしていた。

しかし二〇一六年八月、新しく東京都知事に選ばれた小池百合子《ゆりこ》は築地市場の豊洲への移転を延期し、都が新たに実施した地下水に対するテストで、かつてそこにあった東京ガスの製造プラントが残した（と思われる）ベンゼンやヒ素などの毒物が検出されたことを都民に公表した。過去の東京都政は、何か月間も、いや何年間ものあいだ、汚染された土壌は撤去され、完全に安全な状態にあると都民に宣言していた。それにもかかわらず、新たな汚染が発見されたのだ。さらに、新たに土で埋めるとかつての東京都政が都民に約束していたはずの地下に、コンクリート製の空洞があることもわかり、その大気中から水銀も発見された。

これらの報道を知って、私たち夫婦は朝の散歩をする気が失《う》せた。

市場のビルの地下にある空洞のせいで、新しい市場は、その地盤とともに強い地震に耐えられないだろう、というひともあらわれた。

「食用の魚としての豊洲ブランドは、すでに死んでいる」と、ＦＣＪを訪れた著名な建築家は断言した。「二〇二〇年まで市場を築地に残しておいて、夏にオリンピックが終わってから、選手村の跡地にでも移転するとか、いろいろ別の方法を考えたほうがいい」

豊洲市場予定地の使い道については、新たにさまざまな提案がなされた。東京でジャーナリストをしているメアリー・コルベットは「東京都が問題の元凶なのだから、責任を取って東京都庁を豊洲に移転し、新宿の都庁は貸しビルにして賃貸料を二〇二〇年オリンピックの膨大な経費の足しにすればいい」といった。そして私の妻は、墓地にするべきだと口にした。

すでに引退している石原は、ベテラン官僚と東京都議会議員に任せていたため、この件に自分はかかわっていないと主張した。

「私は素人ですよ。担当の司《つかさ》の職員の判断を仰ぐしかないんだ」

石原と小池のあいだには、ほかにふたりの都知事が存在していた。ひとり目はベストセラーを出したノンフィクション作家でジャーナリストの猪瀬直樹。彼は、二〇一二年十二月に地滑り的大勝利で知事に当選した。が、金銭に関する疑惑から面目丸つぶれという結果で退任した。小柄で眼鏡をかけたこの作家は空手の黒帯を持ち、マラソンも走るようなアクティヴな人物で、私はそれまでに何度か会ったことがあった。彼にインタヴューしたこともあったし、彼の早朝のテレビ番組に呼ばれたこともあった。彼の著作は素晴らしいと私は評価している。『ミカドの肖像』(小学館)や『死者たちのロッキード事件』(文藝春秋)はノンフィクションの傑作といえる。猪瀬は、同じく作家で都知事を務めていたときの石原慎太郎から副知事に抜擢《ばってき》された。

しかし知事の座に就いたあとの猪瀬は悲惨だった。二〇二〇年夏のオリンピックの招致委員会会長を務めた猪瀬は、ひどい発言で(そして詐欺的な発言でも)有名になった。

前述のように「(真夏の)東京は温暖で天気が良く、屋外でスポーツをするのに理想的」と彼は堂々といってのけたのだ。

二〇一三年の春には、東京の招致活動の真っ最中に、さらに大きな失言をしてしまった。彼は二〇二〇年オリンピック立候補都市のひとつであるイスタンブールについて、東京ほど発展していないし、設備も整っていないと批判したうえ、「イスラム国家が共有するのはアラーだけ。国や部族は互いに喧嘩ばかりしていて、上下の階級も存在する」と発言したのだ。

これは明らかに、ライバルの候補地について論評するのを禁じたＩＯＣの規則に違反していた。猪瀬は謝罪させられたが、その発言により一般大衆の評価を（作家としての評価も）大幅に失ったように思われた。

六か月後、猪瀬は利息なしの借金という名目で五千万円を受け取り、銀行の個人用貸金庫にしまって報告していなかったことが判明し、さらに窮地に立たされることになった。都議会で追及されるなか、猪瀬は何度も言い分を変えた。

「何の見返りもなく五千万円をくれるひとがいるなどと、本当に思ったのか」と訊《き》かれた彼はこう答えた。

「私のことが好きだったからでしょうかねえ？」

これには出席者のあいだから失笑が漏れた。

猪瀬は結局、二〇一三年十二月十九日に辞職を余儀なくされた。世論調査では、彼が嘘をついていると思うひとが八九％、オリンピック開催都市である東京の代表者にふさわしくないと考えるひとが六三％で、彼の辞任は、その結果が公表されたあとのことだった。猪瀬の三百七十二日という任期は東京都政史上最短記録となった。

次に登場したのは舛添要一《ますぞえよういち》だった。参議院議員で「新党改革」という政党を立ちあげ、その代表だったこともある彼は、英語とフランス語に堪能な点では大いに異色だった。が、失言が多いことでは前任者たちと同類だった。

彼は、「僕は本質的に女性は政治に向かないと思う」と発言したこともあった。女性には各部分的《パーツ》な事項を論理的にひとつにまとめあげる能力がなく、一日二十四時間働いて重要な決断をくだすような体力もない。さらに月一度、月経のために行動に異常を来すこともある、といった発言も口にしていた。彼は三度の結婚歴があり、五人の子供がいて、そのうち三人は婚外子だった。彼の二番目の妻で財務省の官僚だった片山《かたやま》さつきは、知事選での舛添への支持を拒否した。

二〇一四年二月に都知事に選出された舛添は、驚くほど一般市民の前にあらわれなかった。彼は、海外の都市にファーストクラスのジェットで飛んで五つ星ホテルのVIP用スイートルームに泊まったり、運転手付きのリムジンに乗って湯河原《ゆがわら》の別荘に行ったり、高価なアート作品や高級なシルクの中国服――趣味の習字をする際に筆を持つ腕を動かしやすく、心を鎮めるためにも必要だというのが彼の言い分だった――を購入するなど、税金や政治資金を派手に浪費したため、二〇一六年六月に辞任させられた。そして舛添の次に都知事の地位に就いたのが六十四歳の小池百合子だった。彼女は、東京で初の女性知事だった。

小池は男性主導の日本の政界では異端の存在だった。中東とのかかわりの深い裕福な石油貿易商の娘として育った彼女は、一九七〇年代にカイロ・アメリカン大学に通い、アラビア語と英語に堪能で、参議院議員と衆議院議員を務め、自民党と右翼的な思想に傾倒し、環境大臣や防衛大臣にも抜擢もされた。安倍晋三首相と同様、小池もかなり右寄りの保守派で、戦死者の魂に祈りを捧《ささ》げるため定期的に靖《やす》国《くに》神社に参拝し、日本最大の保守派シンクタンクであり日本の戦争責任を否定する歴史修正主義の圧力団体である日本会議の代表的メンバーでもある。

と同時に、彼女は非常に独立した思考の持ち主でもあり、左翼的な環境保護運動を支持することもある。

小池は、元岩手県知事の候補者増田《ますだ》寛也《ひろや》を擁した自民党に反旗を翻し、とつぜん二〇一六年七月の東京都知事選への出馬を宣言。自民党の幹部たちは小池の態度に激怒し、彼女を〝裏切り者〟と呼び、戦後の都知事選史上最も強烈ともいえるネガティヴ・キャンペーンをくりひろげた。

息子の伸晃《のぶてる》が自民党の幹部である石原慎太郎は、その先頭に立った。

「厚化粧した大年増《おおどしま》に都政をまかせられない」と、石原はいつものように相手への配慮などまったく無視した発言を口にした。

多くの保守派の女性たちも小池を攻撃し、九〇年代風のビジネススーツで宝石をジャラジャラと身につけたり、化粧が濃かったりという時代遅れのファッションセンスをやり玉にあげたりもした。化粧が濃い理由について、小池は顔のアザを隠すためだと弁明した。が、私の妻も〝反小池〟のひとりで、「彼女はナルシスト」とあっさり斬り捨てた。

そこに野党の女性たちも加わった。社民党元党首の福島瑞穂《ふくしまみずほ》は、「外は女装してても中身がタカ派の男性だったら女性である意味がない」と発言した。

しかし私自身は、小池のことがけっして嫌いではなかった。私は『菊とバット』の宣伝のため彼女のビジネス番組〈ワールドビジネスサテライト〉にゲスト出演したことがあった。そのとき彼女が野球ファンで、とくに阪神タイガースが好きだと知った。その後一九九三年にラリー・キングが東京に来ていたとき、彼女と私は一緒に〈ラリー・キング・ショー〉に出演した。また二〇一六年には、彼女が記者会見を行うためにFCCJを訪れた際にも会った。小池はたしかにナルシストかもしれないが、馬鹿ではないし、自分の意思をはっきり表明することを恐れない女性といえる。「日本にあるのはガラスの天井ではない」と彼女は日本に蔓延《まんえん》する男性優位主義についてこういった。「鉄の天井が覆い被《かぶ》さっているのです」

結局、小池は大差で都知事に選出された。都民は女性差別的な攻撃を受けた小池に同情したようだった。しかしこの勝利は、東京都議会第一党の自民党をさらに激怒させた。自民党の幹部は、都議会で開催された新知事の歓迎式典に出席さえしなかった。

彼女が真っ先に手をつけたのは、市場予定地の豊洲の地下の土壌を新たに検査することだった。その結果、先に書いたように地下水からの毒物の検出が明らかになった。

十一月になって小池は、豊洲市場は少なくとも一年、もしくはそれ以上オープンを延期すると発表した。彼女は築地に拠点を置く会社のうち、すでに移転先の豊洲の不動産を契約してしまったところには賠償金を支払う予定であり、市場に関する騒動の責任者であると彼女が認定した東京都職員十八名の給与をカットすると宣言した。それは現役の職員のほか、退職者もふくまれていた。小池はまた、石原元都知事のこの一件とのかかわりについての調査にも乗りだした。

それは選挙で激しいネガティヴ・キャンペーンに曝《さら》された小池にとっては、まさに痛快な復讐《ふくしゅう》劇だった。

その後、この一件に関するさまざまな新事実が明らかになった。一九九八年に東京都が老朽化した築地市場の移転先として、はじめて豊洲を選んだ際、東京ガスには別の開発計画がもちあがっていて、その土地を東京都に売却することに乗り気ではなかった。二〇〇〇年十二月に、東京都の幹部職員が東京ガスに対し「（東京都が）安全宣言をしないと、東京ガスも地価が下がって（売却に）困るだろう」と発言。そして東京都は、市場価格をうわまわる五百五十九億円を支払い、さらに東京ガスによる土壌浄化にかかる莫大なコストも肩代わりするという売買契約を密室で締結した。東京ガスが二〇〇一年一月に初めて行った土壌検査では、基準値の千五百倍ものベンゼンが検出されていたことも判明。東京ガスは汚染された土壌を処分して入れ替えるという処理を完了させたが、東京都に対して浄化作業後も土壌汚染は一部残っている可能性があると警告した。じじつ二〇〇八年に実施された検査では、ふたたびベンゼンが、今度は環境基準値の四万三千倍ものレベルで検出されたのだった。そして、それらの〝浄化作業〟にはおよそ七億五千万ドルもの費用がかかり、それらはすべて東京都の納税者が負担したのだった。

それでも東京都は築地市場の豊洲移転へと突き進んだ。

当然、「なぜ？」という疑問がわく。

なぜ、都民の安全を危険に晒《さら》そうとするのか？　その答えは明らかだった。そこには、新たな豊洲市場での営業権と商業スペースの販売、そして都心近くの広大な築地市場跡地の再開発によって生み出される利益というものがあった。

市場のテナントのあいだには、〝築地に残る〟という強い勢力が常に存在していた。が、築地市場の施設がいつ崩れてもおかしくないのも事実で、それを改修して維持するコストも莫大であり、〝まっさらな豊洲の設備〟に移転するほうがコストが〝安い〟という都の職員の〝甘い誘い〟は無視することができなかった。

二〇一七年三月二十日、専門家会議の委員は地下に有害物質はあるものの、コンクリートで覆われているため新市場は安全だと宣言。同じ日に東京都議会に証人喚問された石原は、豊洲市場が安全であるとの考えを繰り返し強調し、地下水は海に排出されるため、問題になるのは土壌の汚染だけだとして地下の汚染水は重要ではないと論じた。石原は自分は何も悪いことをしておらず、移転を保留して多額の無駄な費用を垂れ流した小池こそ訴えられるべきだという主張を繰りかえした。そのあとに行われた築地の地下の土壌テストでは、厚いアスファルトで覆われているから安全とはいえ、豊洲よりも多くの毒物が検出されたことも明らかになった。

結局小池は、二〇一八年十月に豊洲への移転を実施すると決めた。一方、〝築地ブランド〟を維持するために築地市場の一部で小売店の営業などはつづけることにした。

小池は、二〇一七年七月の東京都議会議員選挙の前に自民党から離党し、都民ファーストの会の代表となった。都民ファーストの会は公明党との連携を取りつけ、両党で百二十七議席のうち過半数を超える七十八議席を獲得。自民党を打ち負かしたのだった。

透明性に欠け、説明責任を果たさず、誰も責任をとらない既得権勢力が、新しい変化の前に敗北するのを見るのは胸のすく思いがした。

しかし——。

その後の小池の動向は、必ずしも順風満帆とはいかなかった。オリンピック予算の見直しをふくむ、施設建設の見直しや会場の見直しでも、たしかにいくらかの予算削減にはつながったものの、それほど高い評価を得ることはできず、二〇二〇年東京オリンピックへ向けての一連の騒動は依然として多くの問題を抱えながらも、いまはいったん鎮静化したように見える。また、小池の企図した国政政党である「希望の党」の立ちあげでは民進党の多くの議員を引き抜いたあたりから、その少々強引な手法が批判されるようにもなり、小池自身も都政に専念すると宣言。〝騒ぎ〟の最前線から（いったんは？）引きあげたようにも思える。

もっとも、静かでいることよりも動きつづけることが〝常態〟である東京という大都会が、このまま鎮《しず》まるとはとうてい思えない。

今度はどのあたりから火の手があがるのか……。江戸時代から「火事と喧嘩は江戸の華」ともいわれた東京の伝統は、いまも受け継がれているはずだ。火事だ、火事だぁ！　喧嘩だ、喧嘩だぁ！という威勢のいい掛け声は聞こえてこず、木造の屋根のうえで半被《はっぴ》に捻《ねじ》り鉢巻き姿の鯔背《いなせ》な若者が纏《まとい》を振ることはなくても、ドドドドド……ガガガガガ……ガンガンガン……ドンドンドン……という破壊と建設の槌音は、いまもけたたましく鳴り響いている。

はたして二年後に二度目のオリンピックとパラリンピックを迎える東京は、いったいどんな未来に向かって突き進んでいくつもりなのだろうか？

エピローグ

この文章を書いている現在、私は七十五歳。お世辞で中年ですね、と優しくいってもらえる年齢もとっくに超えてしまった。しかし歯はまだ全部そろっている。一マイル走っても息はあがらない。だから東京がもたらしてくれる楽しさを、私はまだまだ享受することができている。二〇一七年十月の七十五歳の誕生日には、妻は銀座《ぎんざ》一丁目のビルの九階にあるヴェネツィア料理専門のイタリアン・レストランに私を連れて行ってくれた。私たちはプロシュート（生ハム）やボロネーゼ風パスタを食べ、素晴らしいキャンティ・ワインを一本空けた。デザートのジェラートを楽しみながら、東京の街には私の年齢よりも古いものが少ししか残っていないことに思いが至った。東京は常に新陳代謝をつづけている。休むことのないエネルギーと終わりなくつづく変化により、東京はいつまでも若さをたもっている。

東京と私には共通点が多い。東京も私も、二十世紀後半の戦後の変化の波をまともに受けた。その結果、まったくの別のものに生まれ変わった。私はアメリカの片田舎から、世界がそれまで見たこともない巨大な建築現場へ上陸し、戦後の焼け野原から新しい街が生まれ、立ちあがってくるのを目撃した。闇雲に、また無我夢中に、革新的な変身を遂げた新しい東京は、一九六四年の東京オリンピックの開幕に集まった世界のひとびとの目を驚かせただけでなく、その地に暮らす住民たちをも仰天させた。新しく生まれた東京は、日本人であることの意味までも変化させ、日本人を再定義した。そしてまた、新生東京は、多くの日本人に多大な影響を与えたのと同様、私自身をも変化させ、新しい私を形づくってくれたのだった。

目の前に広がる東京湾とレインボーブリッジ、その手前に建設中の新しい豊洲《とよす》市場と二〇二〇年東京オリンピックの選手村を見渡すと、この街が成し遂げた大変貌《へんぼう》に対して、私はあらためて畏怖《いふ》にも近い深い感慨の念に打たれる。一九六二年に私が初めて東京の地を踏んだころ、このあたりは石川島播磨《いしかわじまはりま》の造船所や東京ガスなどの工場が建ち並び、大勢の在日韓国人や朝鮮人をふくむ低所得者層のひとびとが数多く住んでいた。一九七四年、この地に東京初のコンビニエンスストアであるセブン‐イレブンがオープンし、いまでは高級高層マンションや、現代最先端のショッピングモールなどが立ち並んでいる。

東京の別の地域でも高層ビルの建築ラッシュにより、古くからある神社の領域が縮小されたりもした。ＦＣＣＪのある有楽町《ゆうらくちょう》電気ビルもそうだ。ビルが建設される以前に土地を占有していた神社の敷地はほとんどなくなり、祈りの場所はビルの屋上や正面入口の横に移設された。有楽稲荷《いなり》神社という名のその神社は、営業時間中にビートルズを大音量で鳴らしつづけるヴィクトリア調の英国風パブ〈ザ・ローズ＆クラウン〉の数歩先に、こぢんまりと慎《つつ》ましく佇《たたず》んでいる。神様は小型化されたが、まだそこに鎮座している。あらゆる場所に八百万《やおよろず》の神々の存在を感じ、神々に祈り、神々と話すため、足繁く神社に参拝することの多い日本人にとっては、小さくなってもそこに神社の存在していることが重要なのだ。

汲《くみ》取り式から水洗式へ、さらにあらゆる機能を備えた高機能トイレへと、トイレ設備が激しく進化したことについてはすでに触れた。コミュニケーション手段の進化も同様だ。私が東京に初めて来たころは、国際電話料金は法外に高く、その業務を独占している企業のオペレーターを通し、専用電話を使ってかけなければならなかった。さらに電話がようやくつながっても、相手の声は雑音にかき消されてほとんど聞こえなかった。それがいまではｉＰｈｏｎｅを手に取るだけで、数秒のうちに世界中のどことでも完璧《かんぺき》な映像と音声のやりとりができる。

七〇年代に〈スポーツ・イラストレイテッド〉のために書いた記事は、大手町《おおてまち》のタイム・ライフ社の支局からニューヨークへテレックス端末を使って送っていた。電話線につながっているテープに、改めてすべての文字を打ち込まなければならなかったのだ。その後、ファックスが登場した。一九八四年に私は、アップルⅡCラップトップを買い、誤って磁気が消失されることのないようにアルミホイルで包まれた五・二五インチのフロッピー・ディスクで記事をニューヨークに送るようになった。その数年後にバッテリー駆動式のラップトップ型パソコン東芝T1100 PLUSに内蔵された三・五インチのハード・ディスクを使うようになった。その後マクロン社のコンピュータに買い換え、さらにデルのデスクトップとVAIOのラップトップを使って書いた原稿を、USBメモリー・スティックで海の向こうへ送るようになった。それから数年後の二〇〇八年、私は、MacBook ProとiMacを買い、すべての原稿をEメールで送るようになった。昔に較べて、作業はなんと楽になったことか。

かつては、調査のために図書館に足繁く通わなければならなかった。国会図書館やアメリカ大使館の図書館にも調査にでかけては、何冊もの重い本やマイクロフィルムの山をあさった。が、いまではポケットからiPhoneを取りだせば、日本語であれ英語であれ、どちらの言語を使ってもインターネットを検索することができ、一瞬のうちにいろんなことが見つかるようになったのだ。これは驚嘆するほかない進歩といえる。まさに驚異的な進化というべきだろう。

ほかにも大きな変化が数多くある。

終身雇用制度は崩れた。もはや転職は珍しくなくなり、勤続年数だけでなく、業績も評価の対象となってきた。しかし日本では、いまでも従業員を解雇するのはなかなか難しいようだ。

日本の学生は、かつてのように海外へ留学しなくなった。アメリカの名門大学の学位はかつてほど高く評価されなくなった。学費が高騰したせいもあるかもしれない。または周囲と〝あまりにも違い過ぎた〟ため、帰国後除《の》け者にされた者たちの負の経験が知られたせいかもしれない。裕仁《ひろひと》の息子の天皇明仁《あきひと》は、父親にはなかった物怖《ものお》じしない態度と威厳ある率直さで、明治維新以来初の生前退位を認められる天皇となった。二〇一九年五月一日に、彼は天皇の地位を息子の徳仁《なるひと》に譲る。

日本のタバコは長い時間をかけてゆっくりと消えていった。かつて東京には、そこいらじゅうでタバコの煙がもくもくとたちこめていた。レストランや喫茶店、タクシーの車内、満員の駅のホームなどでタバコに火をつけても、それを咎《とが》めるひとは誰もいなかった。当時タバコの販売は国が直轄する専売公社が独占しており、公共の場での喫煙の禁止を推進する奨励策《インセンティヴ》など、ほとんど誰も思い浮かばなかった。自動車の排気ガスと工場が排出する汚染物質とともに、肺に悪影響をおよぼすタバコの煙に、多くのひとびとはじっと我慢するほかなかったのだが、これにも抗議するひとは誰もあらわれなかった。しかし、それも最近では変わってきた。自動車と工場による大気汚染がきわめて微量にまで減少されると同時に、豊洲地区や千代田《ちよだ》区をふくむ東京の広範囲での路上喫煙が違法となった。制服を着た禁煙パトロール隊が街を巡回し、道端で喫煙しているひとを見つけると二千円の罰金を徴収するようにもなった。

本書のなかに、心からの愛着をこめて私が書いた昔馴染《なじ》みの場所も、次つぎと消えてなくなってしまった。歌舞伎町《かぶきちょう》は美しく生まれ変わり、二〇二〇年のオリンピックにむけて中国風マッサージ店は池袋《いけぶくろ》に移転させられている。リキ・マンションは改修工事を経て、いまではまるで別物になった。が、遠くからもすぐそれとわかる屋上の巨大なRのマークは健在だ。

かつての知人たちもすっかりいなくなってしまった。クサカさんは大阪へ転勤になって以来、交流が絶えた。ラリー・フェッツァーは日本人の恋人と結婚し、モービル石油に職を得た。その後彼とは、ニューヨークで一度会ったきりだ。ブリタニカとタイム・ライフ社で同僚だったドワイト・スペンサーは五十四歳のときに膵臓《すいぞう》炎で亡くなった。生前の彼と離婚し、再婚していた元妻はニューヨーク州の北部で大学教授として活動している。ほかにも大勢のひとびととの交流が途絶えた。東中野《ひがしなかの》で友人だったヤクザのジローとは、その後一度も逢《あ》っていない。おそらく、すでにもう誰かに殺されているのだろう。グレッグ・デイヴィスは二〇〇五年に肝臓癌で死去した（彼の日本人の妻は、ベトナム戦争の取材で枯葉剤を浴びたせいだと主張している）。デイヴィッド・ハルバースタムは二〇〇七年に自動車事故で死去した。それから間もない二〇一三年には、私がライターとしてのキャリアを歩みはじめるのを手助けしてくれた、〈スポーツ・イラストレイテッド〉の編集者パトリシア・ライアンがバークシャーの自宅で亡くなった。

レジー・スミスはロサンゼルス郊外のサンフェルナンド・バレーに、子供向けのバッティング・スクールをつくった。ウォーレン・クロマティはハリケーン・カトリーナと悪徳エージェントのせいで資産のほとんどを失った。

〈夕刊フジ〉で私のコラムを何年も担当した阿部耕三《あべこうぞう》は、すでに六十代半ばだがまだ〈夕刊フジ〉で仕事をつづけている。『和をもって日本となす』を翻訳し、本著の翻訳も引き受けてくれた旧友の玉木正之《たまきまさゆき》は、いまもメディアから引っ張りだこだ。妻と私は二〇一二年には結婚三十周年を迎え、これからもずっと一緒にいることになりそうだ。

二〇一五年の冬のある夜、私はボーリュー神父にばったり出逢った。一九六二年に御茶ノ水《おちゃのみず》の語学学校で世話になった人物だ（第一章、第二章）。間もなくクリスマスという日、忘年会に出掛けようと広尾《ひろお》駅で日比谷《ひびや》線の電車を降り、プラットフォームを歩いている私の背後から呼ぶ声が聞こえた。

「ムッシュー・ホワイティング！　ムッシュー・ホワイティング！」

出口のそばで、昔ながらの粗末なコートを着た神父が、私に向かって叫びながら満面の笑みで手を振っていた。

「あなたの本は全部読んでいますよ。どれも素晴らしい。ほんとうに面白かった」

そんな褒め言葉を口にしてくれた神父に逢うのは、約半世紀前のルービック・キューブのようなペンキ塗り事件以来のことだった。彼は元気そうだった。鼻と頰がやや赤らんでいたが、それはクリスマス・パーティーの帰りだったからにちがいなかった。彼は渋谷《しぶや》近くのドミニコ会本部に住んでいた。数日後、彼は私と妻を新宿《しんじゅく》の小田急《おだきゅう》デパートのレストランでのディナーに招待してくれた。五十三年ぶりの再会で思い出話に花が咲いた。彼は、東京は若者が生活し、結婚して落ち着くのにふさわしい場所ではないと口にしていたが、その見解を変えたといった。

「もう東京はそんな場所ではなくなった。東京はとても洗練された大都市になった」

実名は出さなかったが、別の懐かしい人物とも、路上でばったり出逢ったことがある。彼によると、稲川《いながわ》会の横須賀《よこすか》支部の親分が『東京アンダーワールド』の記述が正確なことと、丹念な調査をしていることを称賛していた、とのことだった。

東京での長い生活のあいだに、私は両親とも和解することができたようにも思う。一九九八年、私は妻とともに両親のためにカリフォルニア州のサリナスにコンドミニアムを買った。寝室が三つある素敵な物件だ。プールやバスケットボールのコートもあり、姉のマーゴが経営している古着屋から数ブロックの場所にある。両親は公共料金を払うだけでよかった。父は年金受給者で、両親は銀行にそれなりの貯金も持っている。ふたりは悠々自適の生活を送ることができた。父は幸せだった。が、母は私からの親切な行為に、気分を害しているようだった。母は、近所の下宿に引っ越したいと、ことあるごとに私を脅すような口調でいった。そうすれば彼らが住んでいるコンドミニアムを、私が売り払うこともできるだろうというのだ。母は、私に頼っているという事実に耐えられなかったようだ。父が二〇〇四年に心臓疾患のため九十二歳で死去してから、事態はさらに悪化した。認知症がはじまり、姉のマーゴも私も、そして弟のネッドも、恩知らずで身勝手な罰当たり者だと罵倒《ばとう》された。母が倒れて腰を骨折すると、州の保険局から係員が来て母を正気ではないと判定し、老人ホームに入るよう命じた。係員が母を連れて行く際に、母が係員に話す言葉が聞こえてきた。

「そもそもカリフォルニアなんかには最初から来たくなかったんだよ」

母は私の面会依頼を拒絶した。風の便りによれば、母は自分の子供たちがどれほど酷《ひど》いかという不平を施設のスタッフにぶちまけているそうだ。

話を東京に戻すことにしよう。東京には、世界に出遅れ、立ち後れているものもある。ATMや公共Wi-Fiの設備などがそうだ。かつてウォークマンを発明した国が、コミュニケーション・ツールやアプリの開発競争で負けているのだ。この国にはまだまだ発明者たちが残っている。が、ゲームのプログラマーや漫画家やアニメ作家を除き、かつての本田《ほんだ》宗一郎《そういちろう》や盛田《もりた》昭夫《あきお》のように世界に進出する人物が出なくなった。しかし現在の日本政府の関心は、そんなところにはなく、通勤時間の長い住宅事情の不備や、家族の支援の欠如も原因だと思える出生率の低下や、超高齢化社会への対処に注がれている。優れてはいるが徐々にコストがかさむようになった国民皆保険制度のおかげもあり、平均寿命は女性が八十七歳（男性は約八十一歳）と世界でトップを争うほど高く、それは半世紀前とくらべて約二十歳も上昇した。東京では求人数が求職者の倍にのぼるが、そのような人手不足問題を解決するための移民の拡大にはほとんどのひとが反対している。

国の借金はそのほとんどが国内に対するものではあるが、二〇一八年の時点でGDPの二倍となっている。

英語を流暢《りゅうちょう》に話せるひとは少なく、大学入試の英語もいまだにコミュニケーション力ではなく、文法や筆記力を重視しているように思える。学生は文法規則の記憶に膨大な時間を費やし、ほとんどの日本人は人前で間違えて恥をかくのを怖れるあまり、英語を積極的には話したがらない。人類学者はこれを〝恥の文化〟と名づけている。この傾向は戦後七十年以上、まったく変わっていない。

東京に住むことで、私は多くのことを自然に学んだ。若いころの私は、とくに確固たる信念もなく、思慮深くもなく、楽しむことや小遣い稼ぎにしか興味がなかった。日本の芸術にもさして関心はなかった。もちろん歌川広重《うたがわひろしげ》や葛飾北斎《かつしかほくさい》のことは嫌いではないが、歌舞伎を観に行くと二十分もすれば眠りこけてしまうし、お茶席も好きではない。膝《ひざ》が痛むし、抹茶は苦すぎる。川端康成《かわばたやすなり》や大佛次郎《おさらぎじろう》など、好きな小説家は何人かいるが、本田靖春《ほんだやすはる》のようなノンフィクション作家のほうがずっと好きだ。本田が書いた渋谷の殺し屋の一代記『疵《きず》―花形敬《はながたけい》とその時代』は紛《まが》うことなき傑作である。

しかし何より野球や武道や相撲が、私に日本人のものの考え方を教えてくれた。『菊とバット』や『和をもって日本となす』の執筆や調査を通じて、私は日本についての考えを組み立て、日米間の文化の違いに対する理解を一つの形に結晶化させることができた。それによって私は、私自身の心も視野も広げることができた。

私は独身時代にもさまざまな地域を訪れ、国連難民高等弁務官事務所に二十五年勤務した妻と一緒になってからも、さまざまな場所に移り住んだ。ニューヨーク、ソウル、メキシコシティ、ジュネーヴ、パリ、ストックホルム、モガディシュ、カラチ、ダッカ……などなど。長期滞在を経験した都市も、ロサンゼルス、サンフランシスコ、シアトル、ワシントンＤＣ、ホノルル、香港《ホンコン》、シンガポール、バンコク……など。

しかし、つまるところ、これまでに住んだり訪れたりしてきたすべての街のなかで、私は東京がいちばん好きだと確信している。パリは洗練されていて文化や歴史もある。が、それほど清潔ではない。ストックホルムは完璧な街だが、冬が長すぎる。ニューヨークはおそらく世界で最もエキサイティングな街だが、七〇年代よりましになったとはいえ危険なことには変わりない。そのうえ残念なことに、ロンドンやサンフランシスコなどと同じく家賃の高騰によって中流階級のひとびとの多くが街を離れ、独得のニューヨークらしさが薄れてしまった。

東京も最近は熱気と活力を失ってきた、というひとがいる。たしかに東京の気質《メンタリティ》も変化してきた。東京という土地とひとびとの結びつきは薄れ、東京人の〝根性〟も薄まり、その心根《こころね》は淡いモノになってきた。繁栄の自然な結果として、いまや東京の男は優しく穏やかであることを目指し、身だしなみが最大の関心事となってきている。

近頃は過労死に伴う訴訟も数多く起こされるようになり、日本の企業は従業員の労働条件を引きさげるようになった。ひと月に百三十時間の残業を強いられていた電通の女性社員が、そんな職場環境に耐えきれずに自殺するという事件も起こり、かつて名門企業としてその名を轟《とどろ》かせていた広告会社は〝日本一邪悪な企業〟といった目で見られるようになった。このような傾向は、日本の多くの職場やスポーツ界に巣くっていた〝サドマゾ的な傾向〟や、そんな体質が浸透し切っていた野球界にも波及してきた。過度に厳しい練習を強制されるのは肩の故障と野球人生の短縮につながるという真っ当な考えから、野茂《のも》英雄《ひでお》は日本野球界を去った。そのころから、スポーツ界にも変化がみられるようになってきた。が、昔ながらのやり方がすべて消えたわけではなく、とくに高校野球には残りつづけている。

また、大学の予算削減のせいもあり、科学や技術工学の分野に進もうとする若者は減少しつつある。そうした人材はコンピュータ関連のゲームやアニメの分野にシフトしているようだ。

私自身と同じく、いまや戦後の東京も若くはなくなった。いまも若者たちは東京に流入し、若者たちを流出している他の府県と較べれば東京に暮らすひとびとの平均年齢はずっと低い。とはいえ、その年齢は四十四歳を超えた。おそらく東京は、すでに成熟期を迎えているはずだ。

東京には、世界に誇るべきものがたくさんある。東京がいちばんだと私がいうのには、もちろん理由《わけ》がある。東京は、安全で、清潔で、便利な街だ。地下鉄や電車などの公共交通システムをはじめ、公共インフラの時間厳守は世界でもとびきり卓越している。ひとびとは総じて行儀が良く、躾《しつけ》が行き届いており、食べ物の味も種類の豊富さも素晴らしい。一方アメリカは……といえば、不健康なファストフードがあふれ、高速道路は随所に穴があき、自動販売機は故障していることで知られ、そしてひとびとは悪性の肥満病に襲われている。そんな病を（いまのところ？）東京都民は免れている。

米陸軍士官学校卒で特殊作戦部隊に所属した経歴を持ち、ジョージタウン大学でMBAを取得した、ウォールストリートのアナリストのヒロキ・アレンは、東京がこんなにうまく機能している理由についての持論がある。

「まず第一に、単一文化的《モノカルチュラル》であることだ」と、二〇一七年春のある夜、FCCJでアサヒのドラフトビールを何杯も飲みながら、彼は私に語りはじめた。「東京はG7の国家で唯一の単一文化の都市だ。欧州やアメリカの都市のような多くの文化が共存する試みがうまくいってないのとは対照的に、日本は独自の文化を守っている。日本国民を改宗させることにくらべれば、中東全域をキリスト教に改宗させるほうがまだ可能性があるくらいだよ。それは、日本の根底に神道や仏教が浸透しているからというのではない。日本人はすでに〝日本〟という独自の宗教を確立しているのだ」

彼の意見に対する反証は難しい。このような意見は政治的に正しくないと思うひとがいるかもしれない。何も日本政府や行政機関が、〝日本教〟としての神道や仏教を推進しているわけではないのだから。しかし東京のほとんどのひとびとは、なんとなく〝日本教〟の存在を感じているのも事実だ。東京には、コリアンや中国人、フィリピン人、ブラジル人などのマイノリティのひとびとも住んでいる。しかしアメリカのように、自分たちの権利について常に声をあげつづけるような多種多様なグループは存在していない。多様なアイデンティティを主張し合う政治的対立のようなものは、この国には存在しないのだ。

「日本へ入ってきた移民や永住者たちのコミュニティには、まず同化することが期待され、じっさい彼らは同化しようとして日本語を学ぶ。対照的にニューヨークでは、検定試験を十二か国語で実施しているのだ。しかも一方で、日本は人種差別に比較的寛容な国だといえる。アメリカでは街を歩いている白人よりも黒人のほうが、警官からずっと頻繁に職務質問される。それと同じように、日本にはコリアンや中国人に対する文化的偏見が存在しているのも事実だ。誰かが机を激しく叩《たた》いたり、葬式で大声で泣き叫んだりすると、あれは韓国人に違いない、などと囁《ささや》かれる。が、差別による実害はそれほどでもない」

二〇一六年のデータでは、日本政府は一万九百一人の難民申請を受けていた。が、それが受け入れられたのは、たった二十八人だったという。それは、その年だけが特別だったというわけではない。一方、二〇一七年の東京都区部の人口九百三十万人のうち四・五％は外国人で、二〇一八年に二十三区内で成人式を祝った新成人のうち、八人に一人（一二・五％）は外国人だった。

ヒロキは言葉をつづけた。「ふたつ目の理由は、秩序《オーダー》だ。東京でのすべての活動には、守るべき課題《タスク》、条件《コンディション》、基準《スタンダード》が存在し、東京のひとびとはそのような社会規範《ソーシャル・ノルマ》を受け入れ、それらに沿って行動する。そこで、単一文化であることが役に立つ。東京で一般的に受け入れられる行動規範に対しては、誰もが同じように従っている。その結果、地球上で最も人口が過密している都市のひとつである東京の清潔さや、礼節、平穏さの維持に役立っているのだ」

私は、個人的な経験から、彼のいったこのふたつ目の理由を裏づけることができる。東京ほどゴミの収集が洗練されている場所は、ほかに存在しないのではないか。たとえばゴミは、七種類に区分されている。生ごみ、ガラス瓶、鉄や錫《すず》の缶、アルミ缶、プラスチック容器、可燃紙、その他の不燃物。そして、それぞれの区分ごとに収集日が指定され、間違った区分のゴミを出すと、誰かがそれを出したひとの家の前まで戻す。しかもメモ書きまで添えられて。数年前に我がマンションの近所のルールが変わり、黒いゴミ袋の使用が禁止され、中身が透けて見えるように半透明のゴミ袋を使用しなければならなくなった。そうすれば正しい区分のゴミかどうか、誰が出したゴミなのか、ということがわかりやすくなり、間違えたひとのもとに戻しやすくなるからだ。その後、電話番号と住所をゴミ袋に記さなければならないという規則まで加わった。私のマンションの近所の小学校や野球場には、いつもチリひとつ落ちていない。掃除するのは子供たちの仕事なのだ。

同様に、通勤電車などの混雑した場所で、携帯電話で大声で話すひともほとんど見当たらない。風邪をひいたひとは、公共の場に出る際にはマスクを着用してウイルスをうつさないように心がける。エレベーターを降りるひとは他の乗客の待ち時間を短縮するため、ドアを閉めるボタンを押しながら降りる。そんなひとがいることも珍しいことではない。公共の場――特に室内では、他人の嗅覚器官《きゅうかく》を刺激してしまうからと、シャネルの五番を家でしかつけないという女性がいることを、私は知っている。このような他人に対するあらゆる気遣いが、世界有数の過密都市を快適に保っているのだ。そんな日本人の動作や行動には、伝染性も存在する。私は、電話でひとと話しながらお辞儀をしている自分に気づいたことが何度もあるのだ。

ヒロキがあげるみっつ目の、そして最後の理由は安全《セーフティ》だ。「前のふたつの特徴のおかげで、東京はおそらく先進国の大都市のなかで最も安全な街になっている。路上犯罪はほぼ存在しないうえ、暴力犯罪も少ない。テレビドラマや映画では、街中での事件が描かれることも少なくないが、それとは違って現実では、女性や子供が一日中ひとりで周囲をとくに心配することもなく歩きまわることができる。ひとびとは警察の活動や法律の執行に協力的で、江戸時代からつづく伝統を引き継ぎ、自分たちで町内近所の安全パトロールまで行っている」

この点についても、私は実感している。東京ではスターバックスなどで、パソコンや荷物を自分の座っている席のテーブルに置いたまま、盗難の心配などせずにトイレに行ったり煙草を吸いに店の外へ出たりするひとを、しょっちゅう見かける。じっさい盗まれることなどありえないからだ。もっとも、そのせいで日本人は海外旅行で、スリや泥棒のプロたちの恰好《かっこう》の餌食《えじき》となってしまうのだが。

もちろん、東京にも犯罪や汚職は存在する。が、それらは大抵暴力団がかかわる組織犯罪だったり、オリンパスのスキャンダルのように企業ぐるみのものが多い。二〇一五年には東芝で、利益水増しの粉飾決算スキャンダルによって役員の半数が辞任した。が、東京だけでなく、日本では、一般のひとびとが犯罪に巻き込まれるということが、他の世界の大都市とくらべて極端に、といえるほど少ないのだ。東京が世界一安全な都市であることは、誰の目にも明らかな事実なのだ。

また東京での生活にも、マイナス面はある。東京での生活費は恐ろしく高い。非関税障壁の存在や、八％の（近く一〇％になる）消費税、その他もろもろの輸入税などの影響のため、東京は地球上でも有数の高額な生活コストがかかる都市といえる。税金も高く、所得税の最高税率は五五％にものぼる（そのうち国税が四五％、住民税が一〇％となっている）。相続税も法外に高い。地価も高い。食料品や日用品、特に電気代も高い。世界の物価指数では、東京はカネのかかる都市のトップテンに常にランクインしている。

東京は交通の混雑も激しい。ラッシュアワーの渋滞は常軌を逸している。混雑時の外出は、できる限り避けるのが賢明だ。気候は、夏が耐えがたいほど暑い（一方、冬の寒さはそれほどでもない）。コンビニや自動販売機は便利だが、そこらじゅうに沢山あって景観を損ねているケースもある。パチンコ屋の騒音も激しい。それに光害ともいえる視覚を妨げるほどの光を、店から放っていることもある。山手《やまのて》線沿線のすべての駅のコンクリートの床には、いまでも酔っ払ったサラリーマンや大学生による吐瀉《としゃ》物や未消化物が落ちていることがある。が、それらが素早く掃除されることには驚かされる。

また東京では、警察の権力が強大過ぎるといえるかもしれない。日本の警察はひとを逮捕し、起訴せずに二十三日間勾留《こうりゅう》することができる。警視庁の地下には、エレベーターには表示されない階段でしか通行できない階があり、そこに入れられた容疑者は鎖で拘束される。これではまるで警察国家のようだ。これはおそらく、すぐにひとを誘拐しては起訴することなく勾留していたＧＨＱのＧ２（参謀第二部）やキャノン機関の名残りだろう。

そして最後に、日本海にミサイルを何度も撃ち込む北朝鮮の脅威が挙げられる。核ミサイルが平壌《ピョンヤン》から東京に放たれると、十五分後には着弾する。アメリカのミサイル防衛システムは一度に四発を撃ち落とせる。が、北朝鮮は現時点で五発の同時発射が可能となっている。標的に命中させることができるか否かは不明だが、日本政府にできることは、せいぜい机の下に隠れるよう国民に指示することくらいだ。

北朝鮮の脅威は二〇一八年四月、金正恩《キムジョンウン》委員長と韓国の文在寅《ムンジェイン》大統領との南北首脳会談、さらに六月のトランプ大統領による米朝首脳会談によって、かなり状況が変化した。が、それ以前からも、日本の見識のあるひとびとの多くは、平壌が実際に攻撃してくるという可能性を懐疑的に見ていた。なぜなら大変な額のカネがかかわっているからだ。北朝鮮は、いまだにスピードやメタンフェタミンといった合成ドラッグを製造し、組員の親戚《しんせき》が北朝鮮にいるといわれる日本の暴力団を通じて、東京などの大都市で販売しているともいわれている。そこに莫大なカネがからんでいるのだ。さらに多くの日本のパチンコ屋は北朝鮮とつながりのある人物が所有し、その売上げの一部は本国に送られ、北朝鮮はそこからいまも多大な利益を得ている。日本の警察は、パチンコ屋がパチンコを行う客のために販売するコインの利権に食い込むことで、利益の分け前にあずかってもいる。そのためか、北朝鮮は数十年にもわたって日本人を拉致《らち》誘拐し、本国での日本語の教師として利用していたが、警察は長いあいだまったく動かなかったという事実もあるのだ。

おわりに

いま振りかえってみると、初めて東京に着いたころの私は、当時の多くのアメリカ人と同様、それが正しいか否かは別にして、無意識的に（あるいは意識的に）自分たちアメリカ人は日本人よりも優れていると思っていた。それには、さまざまな理由もあった。太平洋戦争の結末、アメリカのGNPの高さ、メジャーリーグのレベルの高さ、ハリウッド映画の影響、ジャズやロック・ミュージックの流行……などなど、すべてにおいてアメリカが日本よりも上だと思っていた。

当時のアメリカ人は、じじつ畏敬の目で見られることが多かった。まったくふつうのアメリカ人でも、並々ならぬ敬意を払われて扱われた。まさにそのせいでわれわれアメリカ人に、特権意識が芽生えもした。佐藤《さとう》医師のような金持ちの日本人は、ガイジンの（それも白人の）友達をほしがった（第三章）。それらはもちろん、すべてアメリカが〝王座〟から転げ落ちる前の出来事だった。

最近の調査では、一般の日本人はアメリカ人のことを特別何とも思っていないことが判明した。特別に正直だとも思っていなければ、働き者だとも思っていない。凄《すご》いとも、素晴らしいとも思っていないのだ。日本でのアメリカ人の価値は、なんとも下落したものだ。

しかし時折いまでも、かつてのアメリカへの敬意が復活して顔を出すこともある。たとえばキャロライン・ケネディが駐日アメリカ大使に任命されたときだ。彼女はケネディ家という輝かしい苗《みよう》字《じ》を有している。日本ではその威光にまだ十分な力があるようだ。キャロラインの働きかけにより、二〇一六年五月二十七日バラク・オバマ大統領の歴史的な広島訪問が実現した。それは一九四五年八月の原爆投下以来、アメリカ大統領がこの地に足を踏み入れる初めての出来事であり、やはりこれは大変価値のある出来事だったといえよう。

キャロラインは格別に優れた大使とはいえなかった。もっと素晴らしい大使は、ほかに何人もいた。マイケル・アマコスト、ジョン・トーマス・シーファー、ビル・ハガティなど。これまで私はアメリカ大使館のレセプションに何度も出席し、何人かの大使とも会ってきた。が、キャロラインだけが他の大使たちと違い、パーティーに出るのを嫌がっているように見えた（あるいは、乗り気ではないように見えたというべきかもしれない）。多くの一般のひとびとと触れ合うのも、あまり好きではなさそうだった。行事の際はちょっと顔を見せるだけですぐに大使館の上の階の居住エリアに引っ込んでしまった。恥ずかしがり屋だという印象を受けたが、ケネディ家という出自には少々似つかわしくない感じもした。

日本における排外主義について、私はとくに語りたいとは思わない。これまでの私の著作を読んでいただければわかってもらえるだろうが、日本には排外主義が確かに存在している。もっとも、それは（いままでのところ）潮の干満のように静かな波が満ち潮と引き潮として繰り返される程度だ。

じっさい英語教師で日本に帰化した有道出人《あるどうでびと》（旧名デイヴィッド・アルドウィンクル）のように、差別について書いたり文句をいったりすることで生計を立てている外国人もいる。彼は入場を拒否されたとして北海道の銭湯を訴えて、勝訴した。それ以降、外国人客を排除する店やバーを日本中さがしまわってはそれを暴露したり、大柄で毛深い白人の彼を日本人ではなく外国人だと思い込み、彼が日本のパスポートを持っていることを確かめようとしないと非難したり……。まるで、そうすることが自分の使命でもあるかのようにふるまっている。そんな彼を見ていると、若いころの自分を思いださざるをえない。当時の私はいつも文句ばかりいっていたので、テレビ番組のコメンテーターから、「ホワイティングのような頑固なガイジンには出逢ったことがない」といわれるほどだった。たしかに私は、自分を革命家や変革者であるかのように錯覚していた時期もあった。しかし私は、いつしか文句をいうのに疲れてしまった。と同時に、物事には見えない側面があることを何度も教えられた。

たとえば日本人は、外国人が日本で暮らしやすくなるようにさまざまな方法で手助けをしてくれる。失くした財布が玄関に届けられるという有名な日本の逸話《エピソード》は、いかにもありきたりだが、それは間違いなく真実といえる。二〇一七年の春のある日、私はインタヴューの約束をしていた小さなテレビ・スタジオに向かおうとしていた。そのとき財布を落としたわけではないが、小さな乾物屋で道を尋ねると、店の主人は私がメモしていた住所を見てうなずき、店を閉めてわざわざ私を目的地まで案内してくれた。そこは狭い路地裏を五分ほど歩いたところだったため、私ひとりでは到底たどり着けなかっただろう。もちろんそのことが店主にはわかっていたので、私が道に迷わないですむよう、みずから案内役を買って出てくれたのだった。私は東京に住む何年もの年月のあいだに、何度も同じような経験をした。こんなことはニューヨークでは絶対にありえないのだ。

個人的な経験をつづけさせてもらうと、私の妻の家族が私を受け入れてくれたという事実にも同じような意味がある。妻の親戚のふたりが大宮《おおみや》に住んでおり、家族のひとりは茅ヶ崎《ちがさき》に住んでいるのだが、誰もが長年にわたって私を温かく迎えてくれた。友人たちや、出版業界の編集者たちも私を受け入れてくれている。私は、東京にも日本にも不満などいえる立場ではないのだ。


結局のところ、私は東京に大満足しているのだ。

ハーバード大学を卒業し、アメリカ大使館に勤務するアメリカ人から、いくつか質問を受けたことがある。自分が日本にすっかり同化してしまったと感じているか？　おまえの親友は日本人か外国人か？　日本にいて寂しくなることはないか？　アメリカにいたら人生がどれほど違ったものになっていたと思うか……？

ひとつ目の質問に、私は「イエス」と答えた。同化には無数の方法がある。東京には千三百万人が住んでいて、そのうち外国人は五十万人強（中国人とコリアンのほかに、一万八千人ほどのアメリカ人がいる）。東京での選択肢は無数にある。私は幸運だった。おしゃべりの相手になってくれる日本人とアメリカ人の良い友人たちに恵まれた。妻は落ち着いていて聡明《そうめい》で、正直な女性だ。妻の家族は教養があり国際感覚に優れたひとたちだ。義理の甥《おい》は温和で親切で、拳法《けんぽう》の黒帯の持ち主だ。その気になればひとを気絶させることも可能だろうが、そんな機会はまず訪れないだろう。妻の家族には知識の泉ともいうべき東京大学の博士号の取得者が二人もいる。ひとりは工業化学の専門家で、化学産業の大手企業に長く勤めていた。もうひとりは、国立天文台所属の天文学者だ。私と妻の親族のなかで何人かが故人となり、妻とともに見送ったりもしたが、残った親戚とはいまもときどき楽しい時間をともに過ごしている。

東京で寂しいと思った記憶はない。それは、ひとつには夕食をともにして新しい仕事について語り合う編集者や、四十年近く親交のある玉木や阿部といった一緒に酒を酌《く》み交《か》わすライター仲間がいたからだ。彼らは私の仕事の良きアドヴァイザーだ。著名な作家でテンプル大学日本キャンパス教授のジェフリー・キングストンや、鎌倉《かまくら》で隣人だった著名な芸術家ピーター・ミラーも同様の存在といえる（彼もまた優れた編集者の目を持っていた）。私には常に仕事があり、また私を選んでくれる友がいた。『菊とバット』や『和をもって日本となす』から『東京アンダーワールド』『イチロー革命』、そして野茂についての出版物へと、私は順調に日本の出版社から本を出版しつづけることができた。東京での私は、ほとんど休みをとらなかった。それはひとつには年に少なくとも二度か三度、世界一周航空券で飛行機に乗り、世界のさまざまな地域——パリ、ジュネーヴ、ストックホルム、カラチなどに住んでいる妻に会いに行くとわかっていたからだ。そんな私の人生は、おおむねエキサイティングなものだったといえるだろう。

私がもしアメリカに留《とど》まっていたら、どんな人生になっていただろうか。それは、まったく想像がつかない。たぶんコンピュータ・プログラマーにでもなっていただろう。タクシーの運転手になっていたかもしれない。ひょっとすると偉大なるアメリカ文学［フィリップ・ロスの小説『Great American Novel』のことだが、中野好夫と常盤新平による邦訳題名が『素晴らしいアメリカ野球』となっているように、野球がテーマでもある］に連なる小説を書きあげていたかもしれない。おそらくそれは運次第だろう。アメリカにいたままでも、はたしてパトリシア・ライアンやデイヴィッド・ハルバースタムのような運命を変えてくれる出逢いがあっただろうか。それはまったくわからない。唯一わかっているのは、私の人生はいまあるように展開し、それに私は満足しているということだ。ときには不運だったこともある。しかし結局のところは、まずまず上出来といっていいだろう。

私に関するかぎり、良いことのほうが悪いことよりもおおむねうわまわっていたといえる。東京に住むことで、自分の性格もかなり改善されたと思う。我慢強くなったうえ、ニューヨークにいたときよりもずっと礼儀正しくなった。自分勝手だった性格も薄れたと思う。

編集者から仕事の依頼があると、私は報酬の金額を聞かずにその仕事を引き受けたりもしている。

おカネの話題を出すことで、編集者との人間関係を損ないたくないと思うからだ。これはアメリカ人には奇妙に聞こえるだろう。じっさい私自身も、いまでもときどき奇妙に思うことはある。が、東京に住むひとびとにとっては、それが当たり前のことなのだ。だから私もそれでいいと思って、そうしている。

東京で外国人として暮らすことは、いまから思いかえしてみると容易《たやす》いことだった。東京で外国人として住むコツは、外国人であることを受け入れ、それに伴う利益は享受し、マイナス面は無視することだ。外国人だからといって損をすることなど、めったにないのだ。あったとしても、それは些細《ささい》なことだ。私はこれまでの人生で、あるときは〝ジャップ・ラヴァー（日本贔屓《びいき》）〟と呼ばれ、またあるときは〝ジャパン・バッシャー（日本叩き野郎）〟とも呼ばれた。〝アンチ・アメリカン（反米野郎）〟と呼ばれた時期もあった。しかし……、他人からどう思われようと、放っておけばいいのだ。私にとって、私は私以外の何者でもないのだから。自分なりに社会や仕事仲間のネットワークで自分なりの世界を築くことができれば、それでいいのだ。日本人になる必要もない。日本のコミュニティで上に立つ必要もない。それが東京で過ごした五十年間のうちに、私が学んだことである。そう。アウトサイダーでいればいいのだ。

訳者あとがき

本書『ふたつのオリンピック 東京1964／2020』は、ロバート・ホワイティング（Robert Whiting）氏が書き下ろした"TWO OLYMPICS"の全訳である。

とはいえ、本書の原書にあたる英語版は、まだ推敲《すいこう》作業と編集作業の真っ最中で、出版の予定日も定まっておらず、"TWO OLYMPICS"というタイトルも仮題で、今後変更される可能性もあるという。したがって本書は、ホワイティング氏の原書"TWO OLYMPICS"の翻訳書というよりも、〝日本語版オリジナル〟と呼ぶほうが適切といえるだろう。

新たに作成中の英語版では、ページ数の関係などから、米空軍諜報部で活動していたころの詳細な出来事や、力道山《りきどうざん》対ザ・デストロイヤーの一戦を東京の喫茶店のテレビで観戦する様子など、さまざまな部分がカットされ、本書の三分の二くらいの長さになる可能性が高いという。それはアメリカの読者の興味をあまり惹《ひ》かない部分を削除するという理由からの処置らしい。ならば英語版とは無関係に〝生原稿〟を先にいただき、日本語版として翻訳出版できたことを、心から喜びたいと思う。

先の東京オリンピックを迎えるころの一九六〇年代の「東京のナマの姿」を、ホワイティング氏は自分の目で見たまま聞いたままに、見事に活写している。冷戦時代のアメリカとソビエト連邦（現ロシア）が核戦争寸前の危機に陥ったときの在日米軍の様子も、米軍基地周辺にはいかがわしい店が数多く並んでいたことも、「汚穢《おわい》都市」と呼ばれたほど汚れていたが、オリンピック開催に向けて活力に充ち満ちていた東京の街の姿も、ひとびとの姿も……。それらの細かい描写は、往事を懐かしく振り返ることのできる年配者の読者にとっても、初めて知る当時の事実を驚きとともに読み進む若い読者にとっても、すべて興味津々の内容にちがいない。そのすべてを訳出することができたいま、私は、大きな満足感に浸っている。ロバート・ホワイティングという「アメリカ人アウトサイダー」が体験した東京の半世紀の記録を、日本語に残すことができたのだ。それは多くの日本人にとっても、貴重な記録、かけがえのない財産といえるものに違いない。

改めて説明するまでもなく、本書はロバート・ホワイティング氏の――という以上に、私の大親友でもあるボブさんの――自伝的ノンフィクションである。それは、ビルドゥングスロマン（自己形成小説・成長小説・教養小説）と呼ばれている小説のジャンルの実録《ノンフィクション》版と言うことができよう。

北カリフォルニアの小さな田舎町ユーレカから「とにかく出ていきたい」と心に決めた若者が、軍人（諜報員）として日本に配属され、一九六四年の東京オリンピックを前に大変貌《へんぼう》を遂げつつある大都会・東京にやってくる。若者は、そこでさまざまな出来事や人物と遭遇し、東京の魅力を次つぎと発見し、両親から「おまえは日本狂い《ジャップラヴァー》になってしまったのか」と嘆かれるほどに東京に魅せられ、軍隊を除隊したあとも東京に住み着いてしまう。それはまさに、アルキメデスが金の純度を測る方法を発見したときに叫んだとされるギリシャ語「ヘウレーカ（ηὕρηκα）＝我、発見す！」に由来する英語の都市名Ｅｕｒｅｋａと名づけられた街の出身者に相応《ふさわ》しい行動のようにも思われる（その都市名は、カリフォルニアから大量の金鉱が発見されたことにちなんで名づけられたらしい）。

そして東京で見聞きした日本のプロ野球や、東京の裏社会で蠢《うごめ》く外国人や日本人の出来事を、見事に描写してノンフィクション作家として成功。東京の土地を踏んで約半世紀後の二〇二〇年に二度目の東京オリンピックを迎えるまでのすべての体験を、みずからの歩みと東京という大都会の変貌を重ね合わせて描いたのが本作である。

その間の東京には（そして日本やアメリカにも）、じつにさまざまな出来事が次つぎと生起した。社会的には高度経済成長、ヴェトナム戦争、七〇年安保闘争、オイルショックとニクソン・ショック、それを乗り越えてバブル経済を迎え、ジャパン・アズ・ナンバーワンと呼ばれたかと思った途端、バブル崩壊と失われた十年、二十年……そして東日本大震災……。ほんの少し思い出してみるだけでも、その激動ぶりに驚かされる。

　そんな社会の動きのなかでボブさんも、本書に書かれているとおり、英語の教師としてさまざまな日本人と出逢い、上智大学にも通い、財界人や政治家とも出逢い（読売新聞の渡邉恒雄《わたなべつねお》氏の家庭教師も務め）、沖縄出身のヤクザの若者や在日コリアンの若者とも友達になり、ヤクザの親分の招待も受け、日本人女性との恋愛も（そして失恋も）経験し、東京に暮らす外国人ジャーナリストや有名無名の多くの外国人とも交流し、取材を通じて野球選手との交流も生まれ、その交流が原因で一部の球団から出入禁止の処分を受け、さらに日本政府からも睨《にら》まれ……。

　しかし、そんな激動の戦後史のなかでの激動の個人史以上に、私が改めて本書を訳出しながら心に残ったのは、ボブさんが赤提灯《ちょうちん》で酒を呑《の》むシーンだった。「アナタハ、キョジンふぁんデスカ？」などと話しかけながらボブさんは、いろんな日本人と酒を酌み交わす。さらに狭いカウンターでひとり熱燗《あつかん》の徳利《とっくり》を傾けながら、テレビアニメの星飛雄馬《ほしひゆうま》が歯をくいしばる姿を見て涙を流し、ひとりユーミンの歌を口ずさんで涙ぐむ。それこそボブさんならではの素晴らしいノンフィクション作家としての資質である、と私は確信している。

　ノンフィクション作家、あるいはジャーナリストとは、取材対象を客観視するために、できるだけ高高度から（鳥の目で）対象物を冷静に視野に収める作業を行う人種であるということができる。が、ボブさんはそんなノンフィクション作家が絶対に持つべき目を有していると同時に、地面にしっかり足を着けて（虫の目で）対象物に迫ったり、超低空飛行をつづけて物事を詳細にとらえることのできる人物なのだ。U2偵察機のように超高高度を飛行して物事を見ることも難しい作業だろうが、超低空飛行を長く墜落しないで飛行しつづけるというのもまた、技術的に困難という以上に、持って生まれた資質というものが必要となるだろう。

そんな天性の資質を有している（星飛雄馬やユーミンに涙する）ボブさんだからこそ、上智大学で日本の戦後の政治史を学びながらも、それをテーマに選ぶことなく、日本のプロ野球や、裏社会《アンダーワールド》を自然《ナチユラル》にメインテーマに選ぶことになったに違いない。

私がボブさんと初めて出逢ったのは、たしかフリーのスポーツライターとして仕事を始めて四～五年を経た一九八一年頃のことだった。〈週刊ポスト〉の書評でアメリカのベースボール・ライターとして著名なロジャー・エンジェルの作品『アメリカ野球ちょっといい話』（村上博基《むらかみひろき》・訳／集英社）を取りあげるというので、それなら『菊とバット』の著者であるロバート・ホワイティング氏に、作品についての解説をしてもらわねば……と編集者を説得し、赤坂《あかさか》のマンションまで出向いたのが最初だった。

当時『菊とバット』を読んで感激していた私は、何かにかこつけてホワイティング氏に逢う機会が訪れるのを狙っていたのだ。が、正直に言うと、この最初の対面はあまり愉快なものではなかった（ボブさん、ごめん）。ロジャー・エンジェルというアメリカの人気作家に対する解説——もうひとりの人気作家ロジャー・カーンと「ふたりのロジャー」を比較した解説——や、当時のメジャーリーグの解説——選手のストライキによるメジャーの危機——は、もちろん有意義で勉強になったが、このシャイな人物はまったくアメリカ人らしくなく、もごもご籠《こ》もった口ぶりで、ぼそぼそと話す姿に、彼の著作を読んだときのような興奮を味わうことはできなかった。

次に彼と逢ったのは一九八五年。阪神タイガースの快進撃に日本全国が二十一年ぶりの優勝かと大騒ぎするなか、〈ナンバー〉の取材で何度か一緒になり、新幹線のなかでふたりとも江夏《えなつ》投手の大ファンだということで意気投合。日本の野球の話をいろいろするなかで、いつの間にか酒を酌み交わす仲になったのだった（ふたりともお酒は好きですからね）。

もちろん交流は酒だけでなく、ボブさんが高校野球のユニークな取材をしたいというので、私の母校で少々面白い高校野球の指導をしている先生を紹介したり、夏の甲子園《こうしえん》大会を一緒に取材したり（それらの様子は『和をもって日本となす』角川文庫・下巻、第十一章「夏の球児たち」に収録されている）、ＦＣＣＪ（日本外国特派員協会）の昼食会で同席し、一緒に何度か記者会見に参加したり、シンポジウムに参加したり、ボブさんの資料集めに協力して大宅《おおや》文庫へ案内したり、また、ふたりとも何度か某球団の広報担当者と喧嘩《けんか》になり、別々の理由で出入禁止を言い渡されたり……などなど、公私ともに楽しくも有意義なお付き合いをさせていただいた。

そして単行本で十万部近くが売れた『和をもって日本となす』の翻訳をやらせてもらったり、戦国時代に宣教師として来日したルイス・フロイスの日欧比較論を真似《まね》て日米野球比較論『ベースボールと野球道』（講談社現代新書）を共著で出版したり……と、かなり濃密な関係を長年にわたって築かせていただいた。

十歳年上の大先輩ではあるのだが、ボブさんと私はかなりよく似たところがあると感じている。某球団や野球界から立ち入り禁止を食らったり、日本のメディアやスポーツ界のエライさんから睨まれたりするところも同じだが、別に私は（そしてボブさんも）喧嘩っ早くてそうなったわけでもなければ、話題づくりを狙ってやったわけでもない。まったくナチュラルに、自分が正しいと思っていることを書いたり言ったりすると、なぜかぶつかってしまう組織や個人が存在してしまうのだ。これはボブさんが本書で書いているとおり（ふたりの）「持って生まれた性癖」としか言い様がない。

また本書を訳出しながら、冗談が大好きで、真面目な話のなかにもついついジョークを口にして（若いころは）よく失敗したところもそっくりだな、とひとりで吹き出してしまったが、それだけではない。

一九六四年の東京オリンピックに、強烈な印象を受けたのも同じだ。私は小学六年生で、家が京都祇園《ぎおん》町にあった電器屋だったので町内中のひとびとが三十人以上我が家の店頭に集まり、当時京都に三台しかなかったカラーテレビのうちの一台の画面を見つめた。そのとき我が両親をふくむ多くの大人たちが、笑顔のなかでボロボロと大粒の涙を流していたことが、トラウマといえるほどの大きな衝撃として刻まれた。そして十八歳のころになると私も、ボブさんがユーレカの町を出て行きたいと切望したのとまったく同じように、自分の生まれ故郷の京都の祇園町という土地がいやでいやでたまらなくなり、出て行くことばかり考えるようになった（そこは都会ではあっても、女性が中心の人間関係がやや複雑な田舎町のような土地柄ですからね、そのときの事情と心情は、『京都祇園遁走曲』という自伝的小説に書きました）。そして東京という大都会に出てきてフリーランスの物書きになったわけだが、そこでボブ・ホワイティングさんのようなナチュラルに強い芯《しん》のある尊敬できる先輩に出逢えたことは、私にとって最高にラッキーなことだったといえる。

本書では、ボブさんが日本人の仕事仲間たちと酒を酌み交わして歌をうたうシーンがあり、私も、ボブさんと酒席で一度だけ一緒にフランク・シナトラの『New York, New York』や『マイ・フェア・レディ』の『On The Street Where You Live（君住む街角）』をうたったことがある。が、別の酒席でいろんな歌の話題を話し合ったとき、私が驚かされたのは（本書にも出てくるが）「ワタシノイチバンスキナウタハ『カゼ』デスヨ」とボブさんが言ったことだった。たしか大船《おおふな》のバーで一緒に呑んでいたときのことで、ふたりで生ビールを三十杯以上飲み干し、バーテンダーから「うちの店の新記録」と呆《あき》れられたことも憶えているが、それ以上にボブさんの口にした『風』という歌の題名に私は呆然《ぼうぜん》とした。その歌が、はしだのりひことシューベルツのメキシコ五輪（一九六八年）の年に発表されたデビュー曲（作詞はザ・フォーク・クルセダーズで同僚だった北山修《きたやまおさむ》。作曲は端田《はしだ》宣《のり》彦《ひこ》）であることはもちろん知っていた。が、ボブさんが、その曲を「イチバンスキ」と言うのは、かなりセンチメンタルにすぎるというか、ハードなノンフィクション作品を次つぎとものにしたジャーナリストにしては相当の手弱女《たおやめ》ぶりのように思え、おもわず飲みかけていたビールを、ブッファーと吹き出してしまったことを憶えている。

「デモ、アノ歌ハ、ホントニイイ歌デスヨ。ソウハ思ワナイカ?」と、そのときボブさんは少々不満げな言葉を口にした。そんな話をしたのは、いまから十年ほど前のことだった。

当時六十六歳だったボブさんは、今年で七十六歳。五十六歳だった私は、六十六歳。そんな歳になって、「サイゴノサクヒンニ　ナルトオモウカラ、タマキサン、ホンヤクシテクダサイ」とボブさんから言われ、これほど光栄なことはないので、喜んで引き受けさせていただいた。

そして翻訳の作業を約半年間つづけながら、いつも頭のなかには、あの歌のメロディと言葉が鳴り響いていた。

翻訳をつづけていて、ボブさんが何故この歌が「イチバンスキ」なのか……、そのことがじわじわと心に押し寄せてくるように理解できました。この歌は、ほんとにいい歌ですね。とくに本書の最後にはピッタリですね。ありがとう、ボブさん。Thank you so much, Bob. This song is a small token of my gratitude and our warm feelings.

＊

本書を翻訳するにあたっては、下訳に蜂谷敦子さんの協力をいただき、英語力に乏しい小生を助けていただいた。またその下訳は英語のみならず、事実関係のチェックまで詳しくくわえていただき、大いに参考にさせていただいた。ここに心からの感謝を込めて御礼を述べさせていただきます。ほんとうにありがとうございました。

また本書の出版は、ＫＡＤＯＫＡＷＡ編集部の伊集院元郁氏の尽力によるところが大きく、彼にもこの場を借りてひとこと御礼を申しあげたい。原稿が遅れ気味になってばかりで、本当にご迷惑をかけました。何とか出版まで漕《こ》ぎ着けることができたのは貴兄のおかげです。ありがとうございました。

それにボブさん。改めてもうひとこと。翻訳者に小生を選んでくれて本当にありがとう。出版前に吞んだ席で、ボブさんはメジャーリーグで二刀流を貫いている大谷翔平《おおたにしょうへい》選手のことを、「本当にスバラシイ！」と絶賛していましたね。「自分で二刀流を選んで、それを主張しているところが、これまでの日本人選手と違う。将来はバッターだけになるのかどうかわからないけど、それも彼なら自分で選ぶでしょう。他人から言われるのじゃなく……」

さらにボブさんは、こう言った。「東京も、日本も、大きく変わったところもあれば、変わらないところもあります。相変わらず老人の力が強くて、若者が活躍しにくい社会ですね。でも、大谷のような素晴らしい若者が大勢出てきているから、日本の未来はけっして悪くないんじゃないですか……」

ボブさんの父上も母上も百歳近くまで生きられた長寿の家系だから、そのときまた一緒に生ビールのジョッキと熱燗徳利を酌み交わしましょう。

最後に本書を手にとってくださった読者の皆さんにも感謝します。本書がボブさんの最後の出版物にならないことを私は願ってますが、そうなるかもしれません。それでもボブさんの書いたものを読みたいと熱望される方は、その代わりに、私がいま書きはじめている『スポーツジャーナリズムとは何か？（仮題）』をお買い求めください（笑）。

二〇一八年八月
連日の災害的猛暑のなかで、二年後の
東京オリンピック・パラリンピックの開催を心配しながら……

玉木正之

ロバート・ホワイティング
1942年、米国ニュージャージー州生まれ。作家、ジャーナリスト。77年に『菊とバット』（サイマル出版会、早川書房）、90年に『和をもって日本となす』（角川文庫）がベストセラーとなる。『東京アンダーワールド』『東京アウトサイダーズ』（角川文庫）や『サクラと星条旗』『イチロー革命』（早川書房）など多数の著作がある。

玉木正之（たまき　まさゆき）
1952年、京都市生まれ。東京大学教養学部中退後、スポーツライター、作家として活躍。現在はスポーツ文化評論家。

ふたつのオリンピック　東京《とうきよう》1964/2020

2018年 9 月21日　初版発行

著者／ロバート・ホワイティング
訳者／玉木《たまき》正之《まさゆき》
発行者／郡司 聡
発行／株式会社KADOKAWA
〒102-8177　東京都千代田区富士見2-13-3
電話　0570-002-301(ナビダイヤル)
印刷所／旭印刷株式会社
製本所／本間製本株式会社

KADOKAWAカスタマーサポート
［電話］0570-002-301（土日祝日を除く11時～17時）
［WEB］https://www.kadokawa.co.jp/（「お問い合わせ」へお進みください）
※製造不良品につきましては上記窓口にて承ります。
※記述・収録内容を超えるご質問にはお答えできない場合があります。
※サポートは日本国内に限らせていただきます。

定価はカバーに表示してあります。

Printed in Japan
ISBN 978-4-04-400218-3　C0098